EMMA SCOTT

Never Doubt

Emma Scott

# NEVER DOUBT

Roman

*Ins Deutsche übertragen von Inka Marter*

LYX

LYX in der Bastei Lübbe AG
Dieser Titel ist auch als E-Book und als Hörbuch erschienen.

MIX
Papier aus verantwortungsvollen Quellen
FSC® C014496
FSC
www.fsc.org

Die Originalausgabe erschien 2018 unter dem Titel »In Harmony«.

Textredaktion: Hannah Brosch
Umschlaggestaltung: Sandra Taufer, unter Verwendung von Motiven von © KRIACHKO OLEKSII / shutterstock, HS_PHOTOGRAPHY / shutterstock, Shebeko / shutterstock
Satz: Greiner & Reichel, Köln
Gesetzt aus der Adobe Caslon
Druck und Verarbeitung: GGP Media GmbH, Pößneck
Printed in Germany
ISBN 978-3-7363-1280-7

1 3 5 7 6 4 2

Sie finden uns im Internet unter lyx-verlag.de
Bitte beachten Sie auch: luebbe.de und lesejury.de

*Für jede Frau, die die Worte* me too *geflüstert, gebrüllt oder geschrien hat. Und für jede Frau, die die Worte noch nicht laut gesagt hat, es aber eines Tages tun und gehört werden wird. Dieses Buch ist für euch.*

*Für Suanne, für alles. Lass uns immer wir bleiben.*

## PLAYLIST

*Violet*, Hole
*Best Friend*, Sofi Tukker
*Legendary*, Welshly Arms
*I Feel Like I'm Drowning*, Two Feet
*Til It Happens to You*, Lady Gaga
*Imagination*, Shawn Mendes
*World Gone Mad*, Bastille
*Ophelia*, Tori Amos
*&Burn*, Billie Eilish
*Feeling Good*, Nina Simone

# ERSTER AKT

»Worte, Worte, Worte.«
*Hamlet*

# PROLOG

*»Erzähl mir eine Geschichte.«*

*Grandma lächelte ihr faltiges Lächeln und strich mir eine Locke meines blonden Haars aus der Stirn. »Noch eine? Drei Bücher waren nicht genug?«*

*»Kein Buch. Eine von deinen Geschichten.«*

*»Es ist spät …«*

*Unten wurden die Stimmen meiner Eltern lauter, als sie sich wegen Daddys Job stritten. Schon wieder. Grandma setzte sich zurück auf die Bettkante. Den Quilt hatte sie selbst genäht, mit Blumen in Rosa und Rot. Meinen Lieblingsfarben.*

*»Wie kann ich da Nein sagen?« Sie berührte das Grübchen in meiner linken Wange. »Aber nur eine kurze.«*

*Ich strahlte und legte mich wieder hin.*

*»Es war einmal eine kleine Flamme. Sie war auf dem Docht einer hohen weißen Kerze geboren worden und lebte zwischen tausend anderen Lichtern. Ihre Welt war erfüllt von Gold und Wärme und guten Dingen. Die Flamme tanzte und flackerte, übte, in die Höhe zu wachsen. Und sie war glücklich …«*

*»Bis?«*

*In Grandmas Geschichten gab es immer ein »bis«. Das Problem, das alles zerstörte, aber den Figuren zeigte, was sie am dringendsten brauchten oder wollten.*

*»Bis«, sagte Grandma, »ein steifer Wind aufkam und all die an-*

*deren Kerzen auspustete. Ganz allein im Dunkeln hielt die kleine Flamme sich an ihrem Docht fest und überlebte.«*

*»Ich weiß nicht, ob ich die Geschichte mag«, sagte ich und zog mir die Decke bis zum Kinn hoch. »Ich bin nicht gern allein im Dunkeln.«*

*»Die kleine Flamme hatte auch Angst. Aber sie lernte, zu wachsen und zu leuchten.«*

*»Allein? Sie war für immer allein im Dunkeln?«*

*»Nicht für immer. Aber lange genug.«*

*»Lange genug wofür?«*

*»Um zu entdecken, dass sie vielleicht eine Flamme unter vielen gewesen war, aber ihr eigenes Feuer hatte.«*

*»Ich verstehe das nicht. Sie war glücklicher mit den anderen Lichtern.«*

*»Ja. Aber neben den anderen Lichtern konnte sie sich nicht sehen und wusste nicht, wie hell sie leuchtete. Erst allein in der Dunkelheit sah sie ihren eigenen Glanz.«*

*Ich runzelte die Stirn, nur ein winziger Hauch von Erkenntnis berührte mein achtjähriges Bewusstsein.*

*Grandma legte die Hand an meine Wange. Ihre Hand war kräftig. Sie war noch nicht welk geworden durch den Krebs, der sie ein Jahr später holen würde.*

*»Eines Tages, Willow, wirst auch du dich vielleicht in der Dunkelheit wiederfinden. Ich hoffe, dieser Tag kommt nie. Aber wenn doch, wird es zuerst beängstigend sein. Aber du wirst dein eigenes Licht sehen. Deine eigene Kraft. Und du wirst leuchten.«*

Ich bat Grandma oft um die Geschichte von der kleinen Flamme. Sie meinte, es sei ein Märchen aus ihrer Kindheit in Irland. Jahre später wollte ich es in der Bibliothek nachschlagen. Ich durchforstete Bücher über Bücher mit keltischen Märchen und Sagen, aber die Geschichte von der kleinen Flamme konnte ich nirgends finden.

Stattdessen fand mich die Dunkelheit.

Zwei Wochen nach meinem siebzehnten Geburtstag.

Ein Handyfoto, das ich nie hätte verschicken dürfen. Eine Party bei mir zu Hause. Ein Tanz mit einem Jungen. Ein Getränk, in das etwas hineingemischt worden war.

Die Dunkelheit war undurchdringlich, als der Junge, Xavier Wilkinson, aus meinem eigenen Bett ein Gefängnis machte. Ein Mund presste sich unerbittlich auf meinen und nahm mir die Luft zum Atmen. Eine Hand lag um meinen Hals. Sein Körper erdrückte mich. Erstickte mich. Blies mich aus.

*Ganz allein im Dunkeln hielt die kleine Flamme sich an ihrem Docht fest und überlebte.*

Auch ich hielt mich fest. Am nächsten Morgen erinnerte ich mich nur an Bruchstücke, aber meine Seele wusste alles. Ich öffnete die Augen, und trotz der hellen brennenden Sonne war ich im Dunkeln. Wie wenn man sich in einem vollen Raum allein fühlt. Eine Fremde in einer neuen Stadt. Für immer isoliert und abgetrennt von allem, was ich war, allem, was ich gehofft hatte zu sein.

Ich sah kein Licht. Auch nicht am nächsten Tag. Oder in der nächsten Woche. Nicht in den Wochen, die sich zu Monaten aufhäuften.

Vielleicht nie wieder.

»Wir ziehen um«, verkündete mein Vater über dem blutigen Rostbraten. Sein Kartoffelbrei war rosa gefärbt.

»Wir ziehen um?«, fragte ich und schob meinen Teller weg.

»Ja, nach Indiana«, sagte meine Mutter.

Die angestaute Wut in ihrer Stimme sagte mir, dass es ihr absolut gegen den Strich ging, New York City zu verlassen. Ich hätte auch sauer sein müssen. Jedes normale Mädchen wäre aufgebracht gewesen. Man zieht nicht im Dezember des letzten Highschool-Jahrs um. Weg von den Freunden, die man in zwölf Jahren gewonnen hat, und allem, was man kennt.

Ich war nicht normal.

»Warum Indiana?«, fragte ich. Warum nicht Indien oder Timbuktu oder der dämliche Mond? Für mich war es ein und dasselbe.

Meine Eltern tauschten einen Blick, bevor meine Mutter sagte: »Dein Vater wurde versetzt.«

»Mr Wilkinson möchte, dass ich Wexx im Mittleren Westen leite. Sie brauchen mich, um mit ein paar der säumigeren Franchisebetreiber fertigzuwerden. Neu organisieren und verjüngen. Es ist eine sehr lukrative Beförderung …«

Ich hörte nicht mehr zu, nachdem der Name mich wie ein Phantomschmerz voll in den Bauch getroffen hatte. Die Worte – mehr als ich im ganzen letzten Monat von mir gegeben hatte – strömten auf einer Welle irrationalen Zorns aus mir heraus.

»Ach wirklich? Mr *Wilkinson* hat beschlossen, dass du wegziehst? Einfach so? Kurz vor Weihnachten?«

Meine Mutter legte sich eine beringte Hand über die Augen. »Willow …«

»Und du hast natürlich Ja gesagt«, sagte ich. »Ohne Fragen zu stellen.« Ich salutierte. »Ja, Sir, Mr Wilkinson, Sir.«

»Er ist mein Chef«, sagte Dad und seine Stimme wurde härter – das erste Anzeichen dafür, dass sein dünner Geduldsfaden bald reißen würde. »Dank ihm hast du zu essen und ein Dach über dem Kopf. Es sollte nicht wichtig sein, wo dieses Dach sich befindet.« Er sah meine Mutter an. »Du solltest dankbar sein.«

»Dankbar«, spottete ich.

»Seit wann hast du etwas gegen Mr Wilkinson?«, fragte Dad. »Was hat er dir jemals getan?«

*Er nichts*, dachte ich. *Sein Sohn.*

»Zum Beispiel ist es ihm egal, dass ich mitten im letzten Jahr einfach die Schule wechseln soll«, sagte ich.

»Hat das irgendeine Bedeutung?«, fragte meine Mutter und wedelte mit dem Löffel, als hoffte sie, dadurch eine Antwort beschwören zu können. »Seit letztem August bist du wie ausgewechselt. Du redest nicht mehr mit deinen Freundinnen. Du schminkst dich nicht mehr. Dir ist egal, wie deine Haare aussehen oder was du anziehst ...«

Ich verdrehte die Augen, aber innerlich wand ich mich. Um Make-up aufzulegen oder sein Aussehen wichtig zu nehmen, musste man in den Spiegel sehen, was ich in letzter Zeit nicht mehr oft tat. Und mein blondes Haar war wahrscheinlich zu lang – es ging mir fast bis zur Taille –, aber es war nützlich, um Blickkontakt zu vermeiden. Wie jetzt.

Ich wandte mich ab und ließ das Haar runterhängen, eine Mauer zwischen meiner Mutter und mir.

Sie stöhnte auf ihre typische dramatisierende Art. »Was ist bloß mit dir los? Ich habe es so satt, diese Frage zu stellen und keine Antwort zu bekommen. Du warst eine Einserschülerin. Du wolltest an einem Ivy-League-College studieren, und jetzt kommt es mir vor, als wäre dir alles egal.«

Ich ignorierte sie. »Wo in Indiana?«, fragte ich meinen Vater.

»Indianapolis«, sagte Dad. »Ich werde in der Stadt arbeiten, aber es gibt eine kleine Gemeinde namens Harmony, ein paar Kilometer südlich. Deine Mutter hat recht. Du hast dich verändert, und wir können daraus nur schließen, dass du schlechten Umgang hast. Aus Manhattan in eine Kleinstadt umzuziehen scheint uns das Beste, weshalb ich das Angebot von Mr Wilkinson angenommen habe.«

*Totaler Quatsch.*

Wir zogen um, weil Mr Wilkinson meinem Dad gesagt

hatte, dass er umziehen musste. Mit mir hatte das überhaupt nichts zu tun. Meine Eltern liebten mich, wie man ein Kunstwerk liebt: einen Gegenstand, den man im Haus aufstellt und bewundert und von dem man hofft, dass er eines Tages etwas wert sein wird. Und seit jener Party – einer Party, die ich ohne ihr Wissen gegeben hatte – war ich ein unschöner Anblick für sie geworden.

In Wahrheit wäre mein Vater ohne diesen Job am Ende gewesen. Er war seit dreißig Jahren bei Wexx Öl & Gas. Viel zu lange, um noch in einer anderen Firma anzufangen. Zu Hause war mein Vater streng und ließ es an uns aus, dass er im Job so wenig zu sagen hatte. Denn wenn Ross Wilkinson bei Wexx sagte: »Spring!«, dann sprang mein Vater. Diesmal bis nach Indiana.

»Und du, Willow Anne Holloway«, sagte Dad und fuchtelte mit seiner Gabel herum wie ein tyrannischer König mit seinem Zepter, »wirst dir ein paar außerschulische Aktivitäten suchen. Das ist nicht verhandelbar. Deine College-Bewerbungen sind eine Schande.«

Ich antwortete nicht. Er hatte recht, aber es war mir so was von egal.

»Es wird schön«, erklärte er. »Anstatt in diesem Stadthaus werden wir in einem großen Haus mit Garten wohnen. Mit sehr viel Platz. Mehr, als du dir überhaupt vorstellen kannst. Und frische Landluft anstatt des Smogs hier …«

Er redete weiter, aber ich hörte nicht mehr zu. Worte waren für mich bedeutungslos geworden. Die wichtigsten musste ich hinter meinen Lippen verschließen. Die Zeit, in der ich hätte erzählen können, was mit Xavier Wilkinson passiert war, war längst vorbei. Sobald ich mein Bettzeug gewaschen und meine Kleider verbrannt hatte, war es zu spät gewesen. Wenn ich jetzt die Wahrheit enthüllte, würde ich von einem gewaltigen

Sturm erfasst werden, der die Karriere meines Vaters dem Erdboden gleichmachen und den Lebensstil meiner Mutter gleich mitreißen würde.

Wenn sie mir überhaupt glaubten.

»Ziehen die Wilkinsons auch nach Indiana?«, fragte ich.

»Natürlich nicht«, sagte Dad. »Der Hauptsitz der Firma ist immer noch hier. Ich werde die Niederlassung im Mittleren Westen leiten. Und da Xavier noch in Amherst ist …«

»Kann ich aufstehen?«

Ohne eine Antwort abzuwarten, nahm ich den Teller mit dem kaum angerührten Essen und trug ihn in die Küche. Ich stellte ihn in die Spüle, dann floh ich durchs Wohnzimmer. Es war für Weihnachten dekoriert, inklusive eines glitzernden, elegant geschmückten, komplett künstlichen Baums. Als meine Großmutter noch lebte, hatte sie auf einem echten Baum bestanden, um den Raum mit Wärme und grünen Düften zu füllen. Wir hatten ihn mit Popcorngirlanden und Baumschmuck aus Ton behängt, den ich in der Schule gebastelt hatte. Aber sie war nicht mehr da, und unser Haus sah nicht aus wie ein Zuhause, sondern wie ein Kaufhaus, das man für die Feiertage dekoriert hatte.

Ich rannte nach oben, der Name Xavier Wilkinson rannte mir hinterher.

Ich versuchte, nicht an ihn zu denken. Meiner Ansicht nach hatte er nicht einmal einen Namen. Er verdiente keinen. Namen sind für Menschen.

X. Das war er. Ein X. Ein X markiert eine Stelle. Wenn ich mich selbst gezeichnet hätte, wäre er noch auf mir gewesen: ein Meter dreiundsechzig mit langem, vollem, lockigem blonden Haar, blauen Augen, einem Grübchen in der linken Wange, das meine Grandma geliebt hatte, und darüber gemalt ein großes, schwarzes X. Das X markiert die Stelle. Auf mir, auf der Matratze, wie bei einer Piratenschatzkarte. Was geplündert worden war. Geraubt. Ver…

*(Wir denken dieses Wort nicht einmal.)*

Ich schloss die Tür ab und zog die Bettdecke runter auf den Boden. Seit der Party hatte ich nicht mehr in meinem Bett geschlafen. Auch darauf war ein schwarzes X. Aber auch auf dem Boden schlief ich nicht viel. Schreckliche Albträume verfolgten mich, und ich wachte wie gelähmt auf und bekam keine Luft. Der geisterhafte Druck eines Mundes auf meinem, Hände um meine Kehle, und ein Körper, der mich niederdrückte und zerquetschte, bis ich das Gefühl hatte, lebendig begraben zu sein.

In eine schlichte graue Wolldecke gewickelt – den wunderschönen Quilt meiner Großmutter hatte X ruiniert – lag ich auf dem Hartholzboden auf der Seite und betrachtete die Bücher, die sich auf dem Boden, den Regalen, der Fensterbank stapelten. Wenn ich fliehen musste, versteckte ich mich zwischen ihren Seiten. In den Büchern konnte ich für eine Weile jemand anders sein. Ein anderes Leben leben als dieses.

*Vielleicht ist dieser Umzug gar nicht so schlecht*, dachte ich und fuhr mit dem Finger über die Buchrücken. *Eine neue Geschichte.*

Mein Ärmel rutschte ein Stück nach oben, als ich die Bücher berührte. Ich zog ihn weiter hoch und untersuchte die kleinen schwarzen X, die in einer krummen Linie von meinem Handgelenk zu meiner Armbeuge wanderten. Wie Insekten. Ich nahm den schwarzen Edding, den ich unter dem Kissen aufbewahrte, und malte ein paar dazu.

*X markiert die Stelle.*

Meine Hoffnung, dass Harmony mir etwas Besseres geben könnte, starb. Solange ich die Hauptfigur war, würde sich auch meine schreckliche Geschichte nicht ändern.

*Bis.*

# 1. KAPITEL

## Isaac

Zitternd wachte ich auf, fest in die Decke gewickelt, die nicht einmal ansatzweise dick genug war. Eisiges Licht fiel auf mein Bett, ohne Wärme zu bieten.

*Scheißtrailer. Als würde man in einer kaputten Eierschale wohnen.*

Ich warf die Decke zur Seite und stapfte in den Wohnbereich. Paps lag auf der Couch anstatt in seinem Zimmer hinter der Küche. Eine Flasche Old Crow ragte zwischen den Bierdosen auf dem klapprigen, fleckigen Couchtisch auf. Der überfüllte Aschenbecher qualmte noch.

Eines Tages würde mir warm genug werden, und zwar wenn eine von Paps' nicht richtig ausgedrückten Zigaretten einen Brand verursachte.

Sein Schnarchen erfüllte den Trailer, als ich zur Heizung rüberging. Wir mussten mit dem Thermostat vorsichtig sein – ich achtete darauf, dass er auf 18 °C stand –, aber der Trailer war schlecht isoliert und hatte keine Sockelverkleidung. Ich hielt die Hand vor die Lüftungsschlitze. Die Heizung lief und verpulverte unser Geld, ohne groß zu nützen. Unter uns pfiff ein kalter Januarwind, den ich durch den Boden spürte.

Durch das vordere Fenster sah ich den Schrottplatz, der unter einer weißen Decke lag. Dahinter befand sich unsere Wexx-Tankstelle. Sie war heute geschlossen. Nicht dass wir je irgendwelche Kunden hatten. Es war still dort draußen. Die rostigen alten Autos waren weiße Hügel, rein und makellos über dem verbogenen Metall. Ein Friedhof.

Ganz Harmony kam mir wie ein Friedhof vor, ein Ort, der einen begrub. Nur Touristen liebten es. Im Sommer kamen sie von überallher, um die Gegenwart zu verlassen und die USA um 1950 zu besuchen. Das Zentrum bestand aus sechs quadratisch angelegten Häuserblöcken mit viktorianischer Architektur, bunten Ladenfronten, einem Eis- und Burgerladen mit Jukebox und Postern von Elvis und Jerry Lee Lewis an den Wänden. Die einzige Ampel hing über der Main Street, und wir hatten einen Billigladen, der Souvenirs aus der Zeit des Sezessionskriegs verkaufte. In den grünen Hügeln zwischen Harmony und Braxton, dem nächstgelegenen Außenposten der Zivilisation, war eine wichtige Schlacht geschlagen worden. Die Touristen kamen wegen der Geschichte und eines Milchshakes und verschwanden dann wieder. Entflohen.

Ich sah zu Paps. Er war dreiundfünfzig Jahre alt und vielleicht zweimal aus Harmony rausgekommen. Einmal ins Krankenhaus in Indianapolis, als ich geboren wurde, dann noch einmal in dasselbe Krankenhaus, als meine Mutter vor elf Jahren gestorben war.

Er war wie die Autos, die wir verschrotteten, und die Tankstelle, die er manchmal aufmachte – vorzeitig gealtert, kaputt und nach seinem Lieblingskraftstoff stinkend. Er würde nicht mehr aus Harmony rauskommen, aber ich schon, und zwar todsicher.

Irgendwann.

Ich legte die Hand an die kalte Fensterscheibe. Eisige Windtentakel fuhren durch Risse in der Fensterbank. Ich hatte den ganzen Sommer auf bessere Fenster gespart – hatte für Martin Ford im Harmony-Community-Theater gearbeitet, wenn ich nicht hinterm Schalter der Tankstelle saß. Im Oktober hatte Paps versprochen, im Baumarkt neue Scheiben zu kaufen. Aber ich hatte ihm das Geld gegeben, und er war damit auf Sauftour gegangen.

Das passierte, wenn man jemandem vertraute.

Paps rührte sich, schnaubte und blinzelte, als er aufwachte. »Isaac?«

»Jepp. Willst du Frühstück?« Ich blies gegen meine kalten Finger und ging in die kleine Küche.

»Würstchen«, sagte er und zündete eine halb gerauchte Winston an.

»Es gibt keine Würstchen«, sagte ich und machte uns zwei Schüsseln mit Cornflakes. »Ich fahre nach der Schule einkaufen. Vor der Vorstellung heute Abend.«

»Und ob du das wirst!«

Grunzend wuchtete er sich von der Couch hoch und trampelte zu dem Klapptisch, der uns als Esstisch diente. Ich setzte mich ihm gegenüber und versuchte nicht darauf zu achten, wie er schlürfend und zwischen Zügen an seiner Zigarette seine Cornflakes aß.

Paps beugte sich über die Schüssel, das Gewicht seines Lebens zog ihn runter. Auf ihm lasteten die Jahre voller Mühen und Armut, die harten Winter, der Kummer und der Alkohol. Er war unrasiert, die Wangen hingen wie die Tränensäcke unter seinen feuchten Augen. Ich senkte den Blick, entschlossen, so schnell wie möglich aufzuessen und von hier zu verschwinden.

»Was ist heute Abend? Eine Vorstellung?«, fragte Paps.

»Jepp.«

»Was ist es diesmal?«

»*König Ödipus*«, sagte ich, als würde es nicht schon seit zwei Wochen laufen, ganz abgesehen von den vier Wochen Proben davor.

Er grunzte. »Griechische Tragödie. Ich bin nicht ganz blöd.«

»Das weiß ich«, antwortete ich gereizt. Bis jetzt hatte er nichts getrunken, und seine Gemeinheit schlummerte noch. Sein Mr Hyde erwachte meistens abends, und ich versuchte, ihm aus dem Weg zu gehen, bis er so betrunken war, dass er wegdöste.

»Und welche Rolle hast du?«

Ich seufzte. »Ich bin Ödipus, Paps.«

Er schnaubte, schaufelte sich einen Löffel Cornflakes in den Mund, und Milch bekleckerte sein unrasiertes Kinn. »Dieser Martin Ford hat einen richtigen Narren an dir gefressen.« Er zeigte mit dem Löffel auf mich. »Pass bloß auf. Der macht dich zu 'ner Schwuchtel, wenn du mit diesem Schauspielerblödsinn weitermachst. Wenn es nicht schon zu spät ist.«

Ich biss die Zähne zusammen und ballte die Hände zu Fäusten, aber ich schwieg. Er unterstellte nicht zum ersten Mal, dass Martin – der Leiter des Harmony-Community-Theaters – mich nicht aufgrund meines Talents, sondern aus anderen Gründen bevorzugte. In Wahrheit waren Martin und seine Frau Brenda mehr wie Eltern zu mir gewesen, als Paps es sich je hätte vorstellen können.

Aber das sagte ich ihm nicht. Man erwartet nicht, ein richtiges Gespräch zu führen, wenn man mit einem herumschreienden Idioten redet.

»Morgen Abend ist die letzte Vorstellung.« Ich wagte aufzusehen. Ich war nicht so dumm, ihn zu fragen, ob er kommen würde, aber der Teil von mir, der noch glauben wollte, dass er ein richtiger Vater war, gab nicht so leicht auf.

»Ach ja?«, sagte Paps. »Und was kommt danach? Du machst diese Scheiße seit Jahren. Das macht dich nur weich. Ich hinterlasse mein Geschäft keinem Homo.«

Die Worte glitten an mir ab. Ich hatte die Nummern von

einem Dutzend Frauen in meinem Handy gespeichert, mit denen ich mich abwechselnd traf, und die Vorstellung, dass er mir die Pearce-Altautoverwertung oder die Wexx-Tankstelle hinterließ, war einfach lächerlich. Beides lief nicht mehr, abgesehen von den gelegentlich vorbeikommenden Reisenden, die zu blöd waren, zehn Kilometer weiter zu den glänzenden Tankstellen mit den großen Namen in Braxton zu fahren. Wir lebten von Paps' Erwerbsminderung und meinem Lohn im Theater. Oder sagen wir, er lebte, ich existierte. Ich lebte nur, wenn ich auf der Bühne stand.

Mit seinen Worten konnte ich umgehen. Es waren seine Fäuste, auf die ich aufpassen musste.

Mehr als einmal nach einem von Paps' Wutanfällen, nach denen wir meist beide bluteten, war ich in meinen alten blauen Dodge-Pick-up gestiegen, hatte ihn so schnell wie möglich durch die gewundenen Straßen aus Harmony hinaus gesteuert, um Indiana endlich hinter mir zu lassen. Dann stellte ich mir vor, wie Paps allein hier saß und zum Frühstück, Mittag- und Abendessen kalte Cornflakes aß, bis er sich in einem schlimmen Winter eine Lungenentzündung einfing. Oder sich vielleicht an einem Bucket mit gebratenen Hähnchenteilen überfraß und einen Herzinfarkt bekam. Und tot auf der alten Couch vermoderte, weil wochen- oder gar monatelang niemand vorbeischaute.

Ich hatte den verdammten Pick-up jedes Mal gewendet.

So etwas tat man für die Familie. Selbst wenn die Familie ein Scheißalkoholiker war, der sich einen Dreck für einen interessierte.

»Gib mir noch was«, sagte Paps, als ich aufstand und meine Schüssel in die Spüle stellte.

Ich machte ihm eine zweite Portion Cornflakes, dann zog ich mich für die Schule an.

In meinem kleinen Zimmer – Bett, Kommode, Schrank von der Größe eines Sargs – zog ich meine besten Jeans an, Stiefel, ein Flanellhemd und meine schwarze Lederjacke. Ich zog die Wollmütze und die fingerlosen Handschuhe, die Brenda Ford für mich gestrickt hatte, unter einem Stapel von Skripten hervor und steckte ein Päckchen meiner eigenen Winston in die Innentasche. Ich hatte einen heimlichen Vorrat, von dem Paps nichts wusste, sonst hätte er ihn geplündert.

Paps starrte mit trüben Augen auf den Wandkalender – ein Vertreter hatte ihn nach einem vergeblichen Versuch dagelassen, uns eine Wohnungseigentümerversicherung anzudrehen. »Heute ist der Achte?«

»Ja«, sagte ich und schulterte im selben Moment meinen Rucksack.

Er drehte sich zu mir um, ein Anflug von Reue und Schmerz lagen in den geröteten Tiefen seiner tränenden Augen.

»Du bist jetzt neunzehn?«

»Ja«, sagte ich.

»Isaac?«

Ich erstarrte, die Hand auf dem Türgriff. Die Sekunden dehnten sich.

*Herzlichen Glückwunsch, mein Sohn.*

»Denk an die Würstchen.«

Ich schloss die Augen. »Mach ich.«

Dann ging ich.

Mein blauer 71er-Dodge, der neben dem Trailer parkte, war vereist. Ich schaffte es, den Motor anzulassen, und ließ ihn warm laufen, während ich das Eis von der Windschutzscheibe kratzte. Die Uhr auf dem Armaturenbrett verriet, dass ich zu spät kommen würde. Ich fluchte, und mein Atem bildete Wölkchen vor meinem Mund. In einen schon vollen Klassenraum zu kommen gehörte nicht gerade zu meinen Lieblingsbeschäftigungen.

Ich fuhr so schnell, wie ich wagte, über die vereisten Straßen am Stadtrand, dann über die Hauptstraße durchs Zentrum bis zur George Mason Highschool. Ich parkte, dann rannte ich ins Gebäude und hauchte mir in die Hände. Die Wärme drinnen ließ meinen Ärger ein wenig verrauchen. Wenn ich endlich hier rauskäme, würde ich irgendwo hinziehen, wo es niemals schneite. Hollywood war okay, aber ich hätte lieber auf einer Bühne gestanden als beim Film gearbeitet. Vielleicht würde ich ja auch in New York groß herauskommen, und dann könnte es so oft schneien, wie es wollte. Ich würde immer die Heizung anlassen und keinen Gedanken daran verschwenden, was es kostete.

Ich ging durch die leeren Gänge zu Mr Paulsons Englischstunde. Zum Glück war Mr Paulson ein bisschen zerstreut – er war noch dabei, seine Sachen auf dem Schreibtisch zu sortieren. Ich blickte geradeaus, ignorierte den Rest der Klasse und ging zu dem Pult in der dritten Reihe, wo ich immer saß.

Ein Mädchen saß auf meinem Platz.

Ein atemberaubend schönes Mädchen in einer teuren Jacke mit unglaublich langen blonden Locken, die ihr über den Rücken fielen, saß auf meinem verdammten Platz.

Ich blieb vor ihr stehen und starrte sie an. Das genügte in der Regel, damit die Leute mir aus dem Weg gingen, aber dieses Mädchen …

Sie sah zu mir hoch. Ihre Augen waren wie blassblauer Topas, und sie grinste herausfordernd, was nicht zu der traurigen Schwere passte, die über ihr hing. Sie warf einen schnellen Blick auf das leere Pult neben sich und hob eine Augenbraue.

»Alles in Ordnung, Mr Pearce?«, rief Mr Paulson von vorn.

Ich starrte das Mädchen an. Sie starrte zurück.

Dann setzte ich mich schnaubend auf den leeren Platz links von ihr und streckte die Beine in den Gang. Doug Keely, der Kapitän der Football-Mannschaft, der zwei Plätze weiter saß, zischte, um Justin Bakers Aufmerksamkeit zu erregen. Justin, ein Baseballspieler, drehte sich um. Doug zeigte mit dem Kinn auf die Neue, hob die Augenbrauen und formte mit dem Mund das Wort *heiß*.

Justin antwortete stumm: *Superheiß*.

»Guten Morgen.« Mr Paulson stand vorn im Raum. Es war erst kurz nach acht, und er hatte schon Kreidestaub auf seiner gebügelten Hose. »Ich hoffe, Sie hatten alle entspannte Feiertage. Wir haben eine neue Schülerin auf der George Mason. Bitte heißen Sie Willow Holloway herzlich willkommen. Sie kommt aus New York City zu uns.«

New York.

Es raschelte im Klassenraum, als ein paar der Schüler und Schülerinnen sich umdrehten und Willow musterten. Manche hoben grüßend die Hand. Hier und dort erklang ein gemurmeltes »Hi«. Nur Angie McKenzie – Herausgeberin des Jahrbuchs und Königin der Geeks – schenkte ihr ein echtes Lächeln, das Willow nicht erwiderte.

Sie brachte ein heiseres »Hi« heraus, das mir einen Schauder über den Rücken laufen ließ. Willow Holloway sah aus wie die Weide, von der sie ihren Namen hatte: hübsch, zart und trauernd. Nicht von außen, sondern von innen. Martin Ford hatte mir beigebracht, darauf zu achten, wie Menschen in ihren Körpern wohnten, und nicht, was sie sagten oder taten. Dieses Mädchen war tiefgründig. Ihre Augen hatten sie verraten, als unsere Blicke sich begegnet waren.

*Natürlich ist sie traurig*, dachte ich. *Sie musste New York gegen das beschissene Harmony in Indiana tauschen.*

»Glühend heiß«, flüsterte Doug Justin Baker zu und betonte genüsslich jede Silbe. Justin grinste.

*Idioten.*

Aber sie hatten nicht unrecht. Während der ganzen Stunde musste ich ständig zu Willow Holloway sehen, und mir war extrem bewusst, wie gegensätzlich wir waren. Sie war nicht super ordentlich oder makellos – eher leicht zerzaust mit dem vollen langen Haar, das ein bisschen wild aussah. Aber ihre Stiefel und die Jeans bedeuteten Geld. Ihr ovales Gesicht war glatt wie Porzellan, als wäre sie nicht einen Tag im Leben Sonne oder Wind ausgesetzt gewesen. Und konkret an diesem Morgen war sie wahrscheinlich gut zwei Jahre jünger als ich.

*Zu jung*, dachte ich, auch wenn mein Blick an der Rundung ihrer Brüste unter dem Kaschmirpulli hängen blieb, und an dieser Mähne, die aussah, als wäre sie gerade aus dem Bett aufgestanden, und die ich berühren wollte.

*Wer ist jetzt der Idiot?*

Ich rutschte auf meinem Stuhl herum und ermahnte mich, dass ich mehr volljährige Frauen kannte, als ich verkraften konnte. Ich musste sie nur anrufen oder ihnen schreiben. Trotzdem. Für den Rest der Stunde war meinem Körper die Nähe von Willow extrem bewusst. Als es klingelte, blieb ich sitzen, um sie aufstehen zu sehen. Sie nahm ihre Bücher mit desinteressierter Sicherheit, als wäre sie seit Jahren auf der George Mason, nicht erst seit ein paar Minuten.

Mit einem nüchternen Lächeln drehte sie sich zu mir um. »Morgen kannst du deinen Platz zurückhaben.«

Ich sah ihr fest und schweigend in die Augen.

Sie zuckte mit den Achseln und ging, warf sich diese unglaubliche Masse weichen Haars über die Schulter. Es schwang zur einen Seite, dann zur anderen und beruhigte sich dann wie eine Gardine, die ihr fast bis zur Taille reichte.

*Vergiss es*, sagte ich mir. *Zu jung, zu reich, zu … alles, was du nicht bist.*

Ich war mein ganzes Leben lang arm gewesen. An den meisten Tagen war das okay. An anderen Tagen, wie heute Morgen, war es wie ein Schlag ins Gesicht.

## 2. KAPITEL

### Willow

»Bitte heißen Sie Willow Holloway herzlich willkommen. Sie kommt aus New York City zu uns.«

Ich lächelte meine neue Klasse höflich an. Die Sportler in den Collegejacken hatten trotz ihres freundlichen Lächelns klare Hintergedanken. Das Mädchen mit den dunklen Locken und den Sommersprossen im blassen Gesicht würde sich zweifellos sofort nach dem Pausenklingeln auf mich stürzen. Dieser harte, rebellisch wirkende Typ, auf dessen Platz ich mich gesetzt hatte …

Ich konnte alle leicht ignorieren, nur ihn nicht.

Mein Gott, ich hatte in meinem ganzen Leben noch nie einen so umwerfenden Typen gesehen. Fast eins neunzig mit breiten Schultern, schlanken Muskeln und Filmstargesicht. Hohe Wangenknochen, gemeißeltes unrasiertes Kinn, dichte Augenbrauen, volle Lippen. Seine Augen waren graugrün wie die See vor Nantucket im Winter.

Alles an ihm war stürmisch und kalt, mit einer gefährlichen Strömung in der Tiefe. Seine schwarze Lederjacke roch leicht nach Zigarettenrauch, und es hätte mich nicht überrascht, wenn er in seinem Stiefel ein Klappmesser aufbewahrte. Es fühlte sich sogar gefährlich an, wie er mich ansah. Mein Körper reagierte sofort und überall, als würde sein forschender Blick mir unter die Haut gehen. Er sah mich an, als könnte er mich *sehen*.

*Du überreagierst, Mädchen. Aber so was von.*

Ich konzentrierte mich auf das Fenster und die trostlose Landschaft aus grauem Himmel und schmutzigem Schnee. Einfach alles war falsch. Der erste Schultag gehörte ans Ende des Sommers, wenn die Hitze dem kühlen Herbstwind noch nicht ganz gewichen war. Nicht mitten in den Winter mit Schneedecke auf der Erde und nur wenigen Monaten bis zum Abschluss.

Hätte es mir noch etwas ausgemacht, ob ich Freunde fand oder nicht, wäre das ätzend gewesen. Aber ich war in meinem eigenen ewigen Winter gefangen. Versiegelt in gefühllosem Eis, wie diese Mumien, die im Discovery Channel gezeigt wurden. Sie sahen fast lebendig aus, aber im Inneren … nichts.

Ich war immer gern zur Schule gegangen. Ich hatte mich auf die Schule gefreut. Meine Freundinnen waren manchmal mies drauf oder dramatisch, aber sie waren meine Freundinnen. Die Schulaufgaben waren entweder zu viel oder todlangweilig, aber ich war stolz auf meine Noten. Ich hatte es schrecklich gefunden, dass mein Durchschnitt in den Monaten nach der Party immer schlechter geworden war und mit ihm meine Aussichten auf ein gutes College. Ich hatte es schrecklich gefunden, meinen Eltern Sorgen zu bereiten, auch wenn sie sich nur am Rande für mich interessierten.

Ich sah mich aus der Sicherheit meines Eissargs im Klassenraum um. Ich wollte ja freundlich sein. Aber Freundlichkeit führte zu Freundinnen. Und Freundinnen führten zu Telefonaten und Nachrichten und nächtlichen Gesprächen unter der Bettdecke. Warme, gefährliche Umstände, bei denen die Eiswände schmelzen könnten und die schrecklichen Geheimnisse schließlich herauskämen, während sich ein unendlicher Strom von Tränen ergoss.

*Vergiss es.* Diese Leute hier konnten mich mögen oder hassen oder – meine bevorzugte Variante – ignorieren, und ich würde den Unterschied nicht bemerken. Nicht mal bei dem James Dean neben mir. Er konnte seinen blöden Platz morgen zurückkriegen. Ich konnte ihn und seine stürmischen grauen Augen, die bis unter meine Haut zu blicken schienen, nicht gebrauchen.

Mit dem dunkelhaarigen Mädchen hatte ich recht gehabt. Nach der Englischstunde ging ich ihr aus dem Weg, aber sie erwischte mich später am Morgen, als ich aus Wirtschaftswissenschaften kam. Sie ging plötzlich neben mir her, voller Selbstvertrauen in Stiefeln, Leggins und einem schwarzen Schlabberpulli, auf dem stand: *Mein Kopf sagt SPORT, aber mein Körper sagt TACOS.*

»Hi. Angie McKenzie, Jahrbuchredaktion«, sagte sie. Fast erwartete ich, dass sie mir eine Visitenkarte überreichte oder wie FBI-Agenten im Fernsehen einen Ausweis hochhielt. »Du kommst aus New York? Was hat dich hierher verschlagen?«

»Der Job meines Vaters«, sagte ich.

»Wow. Blödes Timing, oder? Mitten im letzten Jahr?«

Ich zuckte mit den Achseln. »Ich werd's überleben.«

Sie grinste durchtrieben. »Sieh mal einer an. Engelsgesicht und das Haar einer Disney-Prinzessin, und alles nur Fassade für 'ne ganz harte Braut!«

Trotz meiner Bemühungen schlich sich ein Lächeln auf meine Lippen. Angie war eines dieser skurrilen Mädchen, die man sofort mögen musste, verdammt. Meine beste Freundin Michaela (*ehemals beste Freundin*, dachte ich) war auch so.

Ich bekam das Lächeln unter Kontrolle. »Genau«, sagte ich. »Das Haar ist nur Tarnung.«

»Tarnung wie aus der Shampoo-Werbung«, sagte Angie. »Ich bin echt neidisch. Nash, mein Freund seit, na ja, schon immer … jedenfalls nervt er ständig, ich soll mir die Haare wachsen lassen, aber es würde niemals so aussehen wie bei dir.« Sie griff in ihre dunklen Locken und schüttelte sie. »Könnt ihr *Frizz* sagen, Kinder? Ich wusste, ihr schafft das!«

Ich musste lachen. »Du bist echt schräg. Ich meine auf 'ne gute Art«, fügte ich hinzu. Ich befand mich vielleicht in selbst auferlegter Kryostase, aber deshalb war mir noch lange nicht egal, ob ich ihre Gefühle verletzte.

Angie lachte mit und ihre pinkfarbenen Kreolen hüpften auf und ab. »Ha. Schräg ist mein Lebensinhalt.«

Wir waren vor meinem Schließfach am Ende des Gangs im zweiten Stock angekommen. Glastüren führten zu einer kleinen Außentreppe mit gemauerten Wänden und Metallgeländer. Der umwerfende Typ aus der Englischstunde stand da mit einer Strickmütze und fingerlosen Handschuhen, die beide nicht aussahen, als wären sie warm genug. Er lehnte superlässig am Geländer und rauchte eine Zigarette. Der Rauch verdichtete sein Atemwölkchen, dann wurde beides vom Wind fortgerissen.

»Wer ist das?«, fragte ich.

»Isaac Pearce«, sagte Angie. »Er ist superscharf, oder? Aber vergiss es. Er datet nur ältere Mädchen. Und mit ›datet‹ meine ich, er hat wahnsinnigen gefühllosen Sex mit ihnen. Glaub ich zumindest.«

Eine Phantomhitze durchströmte mich, wie das Jucken, das ein Amputierter an dem Bein fühlen konnte, das nicht mehr da war. Ich lehnte mich an die Schließfächer, fummelte an meiner Tasche, meinem Haar, dann wieder an der Tasche herum.

»Echt? Er steht auf Ältere?«

Angie nickte. »Obwohl man sich nur schwer vorstellen kann, dass er eine anruft und fragt, ob sie sich mit ihm trifft. Am Telefon, meine ich. Mit Worten.«

»Wie meinst du das?«

»Er spricht nicht«, sagte sie.

Ich blinzelte. »Er ist stumm?«

Sie verdrehte die Augen. »Na ja, er *kann* sprechen. Er tut es nur nicht oft. Es sei denn, er steht auf einer Bühne und spielt …«

Sie verstummte, und ich sah zu Isaac Pearce, der hinter den Glastüren am Geländer lehnte, der Kälte trotzte und für jeden sichtbar eine Zigarette rauchte, ohne sich darum zu kümmern, ob ein Lehrer ihn erwischte.

»Er ist Schauspieler? Er sieht …« Ich verstummte, meine Worte waren absolut ungenügend. *Heiß. Harter Typ. Herzensbrecher. Verschleißt Frauen. Jede Nacht eine andere …*

»… tough aus«, schloss ich.

»Muss er auch sein. Sein Vater prügelt ihn windelweich.«

Schnell blickte ich wieder zu Isaac. Ich wollte wissen, ob die Spuren der Misshandlung auf ihm zu sehen waren oder ob seine schlimmsten Narben wie meine im Inneren verborgen blieben.

»Sein Vater schlägt ihn?«

»Sagen die Leute. Aber gerade hat man seinen Vater eine ganze Weile nicht gesehen, das aktuelle Gerücht ist also, dass Isaac ihn umgebracht und die Leiche auf ihrem Schrottplatz versteckt hat.«

Ich verzog das Gesicht. »Was? Komm schon …«

Angie zuckte mit den Achseln und zog die sommersprossige Nase kraus. »Es ist nur ein dummes Gerücht, aber ich könnte es ihm nicht verdenken. Sie wohnen am Stadtrand in einem alten Trailer, sonst ist da nur der Autofriedhof.« Ihr schauderte.

Jetzt suchte ich nach Anzeichen für Isaacs Armut und fand sie sofort: die abgewetzten Schuhe und die ausgeblichenen Jeans. Arm, aber stolz. Nichts an ihm bettelte um Mitleid.

»Okay, aber er hat *nicht* seinen Dad umgebracht«, sagte ich.

Angie winkte ab. »Irgendwann taucht Charles Pearce in der Stadt auf. Dann verstummen die Gerüchte für ein paar Wochen, bis sie von Neuem losgehen. Das ist so, seit vor etwa zehn Jahren Isaacs Mom gestorben ist. Damals kam er ständig mit blauen Flecken zur Schule. Jetzt nicht mehr. Ich meine, sieh ihn dir an. Inzwischen ist er stark genug, um sich zu wehren. Warum sollte er es nicht tun?«

Ich hatte darauf keine Antwort. Ich wollte nicht darüber nachdenken, wie schrecklich es wäre, nicht nur vom eigenen Vater geschlagen zu werden, sondern auch noch zurückschlagen zu müssen. Sich wehren zu müssen.

»Auf der Bühne ist Isaac völlig anders«, sagte Angie. »Übermenschlich sexy und unglaublich genial. Er spielt immer die emotionalen Rollen – schreit und weint auf der Bühne. Vor ein paar Jahren haben sie im Community-Theater *Angels in America* aufgeführt, und er und ein anderer Typ haben sich *geküsst*. Man sollte denken, das wäre sein Todesurteil gewesen, aber nein. Er ist unantastbar.«

*Unantastbar.*

Das Wort klang für mich wie ein Wiegenlied. In den vier Silben lag alles, was Schutz bedeutete. Alles, was ich sein wollte und nicht war.

*Isaac ist es auch nicht*, dachte ich. *Für seinen Dad ist er nicht unantastbar.*

»Du solltest dir heute oder morgen das aktuelle Stück ansehen«, sagte Angie. »Schau dir Isaac auf der Bühne an.«

»Ist er gut?«

Sie schnaubte. »Gut? Es ist eine Erfahrung, die dich völlig verändert. Ich steh gar nicht so auf Theater, aber Isaac Pearce auf der Bühne zu sehen …« Sie warf mir einen listigen Blick zu. »Ich sage nur, bring dir eine Ersatzunterhose mit.«

»Mach ich vielleicht«, sagte ich. »*Hingehen*, meine ich.«

»Lass uns heute Abend gehen«, sagte sie fröhlich. »Es läuft *König Ödipus*. Ich weiß, ich weiß, griechische Tragödien sind todlangweilig, aber mit Isaac in der Hauptrolle …« Sie ließ ihre Schultern erzittern. »Ich habe es schon zweimal gesehen. Morgen ist die letzte Vorstellung, aber für dich quetsche ich noch ein drittes Mal rein.« Sie stupste mich gegen den Arm. »Bin ich nicht das allerbeste Empfangskomitee für jemanden, der neu in der Stadt ist?«

»Keine Ahnung, du bist die Erste, die ich treffe.«

Angie angelte einen Kuli aus ihrem Rucksack, schnappte sich meine Hand und schrieb mir ihre Telefonnummer auf die Handfläche. Ich wand mich; ihr Stift war nur Zentimeter von den verborgenen schwarzen X auf meinem Handgelenk entfernt.

»Heute um acht«, sagte sie. »Schreib mir, wenn du das Okay von deinen Eltern hast. Ich warte vor dem Theater auf dich.«

Ich blinzelte angesichts der Verabredung, die mir so plötzlich aufgedrängt worden war. Meine Freitagabendpläne drehten sich in der Regel um Lesen, Teetrinken oder Binge-Watching von *Black Mirror* auf Netflix. Ein ruhiger Abend im Eispalast.

»Ja, okay, ich schreib dir«, hörte ich mich sagen.

»Cool.« Angie strahlte. »Und setz dich beim Mittagessen zu mir und meinen Freunden. Du kannst den Die-Neue-isst-allein-Quatsch einfach überspringen.«

»Danke.«

»Empfangskomitee Royal!«

Es klingelte. Sie warf mir eine Kusshand zu und lief zum Unterricht. Ich ließ mir Zeit und blickte über die offene Tür meines Schließfachs zu Isaac. Er sah auf.

Eine Sekunde lang trafen sich unsere Blicke durch die beschlagenen Glastüren. Wieder haute die gefährliche Schönheit dieses Typen mich um. Er war wie ein Dolch. Durchbohrte dich mit einem Blick, wenn du nicht wusstest, wie du ihm begegnen solltest.

Und ich hatte ihm in Englisch den Platz weggenommen.

*Vielleicht sollte ich das in Zukunft lieber lassen ...*

Isaac hob das Kinn, dann drückte er die Zigarette aus und schlenderte ins Gebäude zurück. Er ging an mir vorbei und roch nach Rauch, der Kälte des Winters und einem Hauch von Pfefferminz. Er redete mit niemandem, und niemand redete mit ihm. Aber die anderen Schüler starrten ihn alle an. Wie ich. Wirklich alle. Völlig gebannt.

In New York hatte ich nie Autofahren gelernt. Es war einfach nicht nötig gewesen. Ich hatte nicht mal einen Übungsführerschein. Also fuhr ich mit dem Schulbus nach Hause. Er rumpelte und schlingerte durch Harmonys Osten, wo die Straße in Kurven über ein paar Hügel führte. Die Häuser auf dieser Seite der Stadt waren riesig, mit großen ausgedehnten Gärten. Auf mehr als einem Grundstück prangten Pferdekoppeln und Scheunen. Ich hätte nie gedacht, jemals so viel Platz ums Haus herum zu haben. Vorgärten, Hintergärten, Seitengärten. Und überall Bäume. Jetzt im Winter waren sie kahl, aber es war leicht, sie sich grün und belaubt im Sommer vorzustellen oder knallorange und rot im Herbst. Einfach und erfreulich. Ich ertappte mich dabei, mich darauf zu freuen.

Meine Mutter war nicht ganz so begeistert.

»Ich hoffe, unsere Hausratversicherung deckt auch Indianerüberfälle ab«, hatte sie zu Dad gesagt, als wir angekommen waren. »Und Heuschreckenplagen.«

Er hatte so getan, als würde sie einen Witz machen, aber ich wusste, dass Mom es todernst meinte. Das Landleben würde ihr nicht gefallen. Sie war in der Gesellschaft Connecticuts aufgewachsen, hatte in Wellesley studiert und war ein fester Bestandteil der Upper West Side gewesen. Ich gab ihr sechs Monate in Harmony, bevor sie meinen Dad vor ein Ultimatum stellte: zurück nach New York oder gleich eine neue Wohnung in Scheidungshausen.

Als ich an diesem ersten Tag in meiner Straße aus dem Schulbus stieg, sog ich die klare, kalte Luft tief in meine Lungen. Es war eine völlig andere Kälte als in New York. Sie war sauberer. Vielleicht bildete ich es mir nur ein, aber ich hatte das Gefühl, leichter atmen zu können.

Unser altes Haus war für Manhattan geräumig gewesen, aber das neue war *riesig*. Keine Scheune oder Koppel für Regina Holloway – sie hatte darauf bestanden, ein komplett umgestaltetes Haus zu kaufen. Wie Winona Ryders Stiefmutter in *Beetlejuice* wollte sie den ländlichen Charme aus dem Haus herausreißen und durch kalte Eleganz ersetzen. Ich hätte ein altes Landhaus mit vergilbten Blümchentapeten und warmen Holzgeländern an der Treppe geliebt. Je gegensätzlicher zu unserem alten Haus, desto besser. Keine unbewussten Erinnerungen oder Rückblicke auf meine heimliche Party und das, was in jener Nacht in meinem Zimmer passiert war.

Ich schloss die Haustür auf und trat ins Warme. Wir hatten eine große Eingangshalle mit einem Kronleuchter, der eigentlich in einen Ballsaal gehört hätte. Ich zog die schneeverkrusteten Stiefel aus und ging über den beigegrauen Hartholzboden durch das Labyrinth aus Sofas und Sesseln und aufgerollten Teppichen – alles noch in Plastikfolie verpackt.

Das Haus war leer und still. Unsere New Yorker Möbel genügten nicht, um all den Raum zu füllen, und Mom war in Indianapolis, um mehr zu kaufen. Dad war bei der Arbeit – wo sonst? – und schuftete für Mr Wilkinson, um Moms Ausgaben stemmen zu können.

Die Küche war größtenteils ausgepackt. Ich machte mir Erdbeertee und nahm ihn mit in mein Zimmer. Mein neues Bett sollte heute geliefert werden. Es war das Einzige, worum ich vor dem Umzug gebeten hatte. Mein Argument war, dass wir jetzt genügend Platz hatten, und Dad – wahnsinnig froh, dass ich nicht wegen Indiana meckerte – kam meinem Wunsch gerne nach.

Ich steckte den Kopf in den Raum und atmete aus.

*Yay.*

Mein altes Bett und die mit einem X markierte Matratze waren weg. Auf dem Müll oder beim Recycling. An seinem Platz stand ein ein Meter fünfzig breites Himmelbett mit hauchdünnen Vorhängen.

*In diesem Bett werde ich schlafen*, schwor ich. *Wie ein normales Mädchen.*

Ich stellte den Tee auf den Tisch daneben und legte mich auf die in Plastik verpackte Matratze. Ich faltete die Hände auf meinem Bauch und schloss die Augen.

»Unantastbar«, flüsterte ich.

Nach den zahllosen Nächten, die ich schlecht geschlafen hatte, packte mich die Müdigkeit schnell mit ihren Klauen und zog mich nach unten. Tief in die schwarze Dunkelheit. Gedämpfte, pulsierende Musik kam durch die Wände und den Boden. Ein warmer, nach Bier und Erdnüssen riechender Mund auf meinem. Hände um meinen Hals. Und dieses Gewicht. Xaviers erdrückendes, erstickendes, zerstörendes Gewicht …

Ich fuhr senkrecht hoch, ein Schrei blieb mir in der engen keuchenden Brust stecken. Ich blinzelte, bis ich das neue Zimmer in unserem neuen Haus sah. Das Nachmittagslicht war verschwunden. Der Radiowecker zeigte 18:18. Stockend atmete ich ein, wischte mir die Tränen von den Wangen und rutschte auf den Fußboden.

Kein Bett war mehr sicher.

Ich saß da, die Beine ausgestreckt wie die einer Puppe, und dachte an den Song »Living Dead Girl«. Ich überlegte, mich in die Bettdecke und die Wolldecke zu wickeln und so auf den nächsten Morgen zu warten. Dann fiel mir Angies Einladung zu Isaacs Vorstellung ein.

Der Albtraum haftete noch an mir, und es kam mir unmöglich vor, mich aus dem Haus zu wagen und unter Leute zu gehen. Aber ein Theaterstück anzusehen war vielleicht ein bisschen wie ein Buch zu lesen – man konnte darin eintauchen und fliehen. Ich könnte mich im alten Griechenland verlieren und ein wenig Abstand zu meiner eigenen lächerlichen Tragödie gewinnen.

Ich zog den Arm unter der Decke hervor und starrte auf die Telefonnummer auf meiner Handfläche.

Wollte ich wirklich zu dem Stück gehen? Warum?

*Um mich mit Angie anzufreunden.*

*Um dieses angebliche Schauspielwunder, Isaac Pearce, zu sehen.*

*Um rauszukommen.*

*Um normal zu sein.*

Ich schob den Ärmel hoch und verglich Angies geschwungene, mit blauem Kuli gemalte Ziffern mit meinen hässlichen schwarzen X.

Dann nahm ich mein Telefon und schrieb Angie eine Nachricht.

**Ich bin's, Willow. Ich komme mit. Sehen wir uns 19:45?**

Die Antwort kam fast sofort. **Mach 19 Uhr draus, dann ist Zeit für Burger und Milchshakes im Scoop. Wie kommst du hin?**

Ich hatte keine Ahnung, wie ich da hinkommen würde, und in Harmony gab es wahrscheinlich nicht so viele Taxis wie in New York.

**Keine Ahnung. Kannst du mich abholen?**

**Ja, Eure Majestät. <3**

Ich schickte ihr meine Adresse, dann schrieb ich meinen Eltern.

**Gehe mit Freunden essen, dann ins Theater. Bin gegen 23 Uhr zu Hause.**

Meine Mutter wollte wissen, mit wem ich ausging – sie hatte sich bereits die Meinung gebildet, dass ganz Harmony von Bauerntölpeln und Hinterwäldlern bevölkert war. Dad bestand darauf, dass ich um »23 Uhr und keine Minute später« zu Hause war.

Ich ignorierte ihre Nachrichten, als ich mich fertig machte. Es ging Mom nichts an, und ich hatte Dad nicht um Erlaubnis gefragt.

# 3. KAPITEL

## Willow

Angie stand zehn vor sieben in der Einfahrt und hupte. Ich ging raus, warm eingepackt in meiner weißen Winterjacke und mit der rosa Strickmütze. Angie reckte den Hals aus dem Fenster ihres grünen Toyota Camry und betrachtete das Haus.

Sie ließ einen Pfiff hören, als ich in den Wagen stieg. »Sähr elegonte chez Holloway«, sagte sie mit einem fürchterlichen französischen Akzent und küsste ihre Fingerspitzen. »Dein Dad ist im Ölgeschäft?«

»Gut geraten«, sagte ich. »Er ist leitender Angestellter bei Wexx.«

»Ah, hier gibt's überall diese Tankstellen. Sogar Isaacs Versagerdad betreibt eine neben seinem Schrottplatz. Und was gibt's hier für euch zu holen?«

Ich zuckte mit den Achseln. »Sein Boss will, dass er das Geschäft im Mittleren Westen auf Vordermann bringt. Und das macht er.«

»Du klingst, als wäre es total okay für dich.« Angie fuhr vorsichtig, aber nicht ängstlich auf der gewundenen verschneiten Emerson Road, die mein Viertel mit dem Zentrum verband. Schnee türmte sich zu beiden Seiten der Straße. »Ich würde durchdrehen, wenn ich im letzten Jahr umziehen müsste.«

»Ich hatte keine Wahl. Hast du immer hier gewohnt?«

»Mein ganzes Leben«, sagte Angie. »Aber ich bleibe nicht.

Ich habe mich in Stanford, an der UCLA, Berkeley – praktisch jeder Uni in Kalifornien – beworben, die mich nehmen würde. Ich will Sonne und Strand.« Sie schürzte die Lippen, als ich schwieg. »Und du? Wo hast du dich beworben?«

»Nirgends«, sagte ich.

Angie wurde vor einem Stoppschild langsamer. »Wirklich? Du willst nicht aufs College?«

»Nein.« Ich rutschte auf dem Sitz herum. »Ich meine, ich habe mich noch nirgends beworben. Aber das mache ich. Bald.«

»Hey, du musst dich ranhalten. Die Zeit läuft.«

»Ich weiß«, sagte ich und biss die Zähne zusammen.

Das war das Gemeine am Leben: Es ging einfach weiter, auch wenn es dringend langsamer werden und einen Moment stehen bleiben sollte, während man versuchte, sich wieder zusammenzusetzen.

»Du willst bestimmt nach Yale. Oder Brown?«, fragte Angie, als wir am Ende der Kurve ankamen und die Lichter des Zentrums von Harmony vor uns auftauchten. »Ich stelle mir für dich etwas Vornehmes, Neuengland-Mäßiges vor.«

»Vielleicht.«

»Hey, alles okay?« Angie sah mich von der Seite an. »Mir ist klar, dass ich dich nicht sehr gut kenne – Hashtag Untertreibung –, aber du scheinst mir ein bisschen … IDK, fertig. Mehr als heute Vormittag.«

»Ich hab nur ein Nickerchen gemacht und war danach ein bisschen verschlafen«, sagte ich. »Und hast du gerade IDK gesagt? Ich meine *gesagt?*«

»Ich bin ein Kind des technologischen Zeitalters.«

»Und so was willst du beruflich machen?«, fragte ich. Ich wollte vor allem die Aufmerksamkeit von mir ablenken, war aber auch neugierig. »Etwas Technisches?«

»Tatsächlich«, sagte Angie. »Mein Ding ist Robotik. Ich will Gliedmaßenprothesen für Amputierte bauen. Mein Traum ist, in einem Team zu arbeiten, das solche Teile baut wie die Hand von Luke Skywalker. Von außen realistisch, von innen Terminator.«

»Guckst du viele Filme?«

»Geek. Zu hundert Prozent.«

Ich lächelte leicht, aber es schwand schnell, als ich über Angie und ihre Träume nachdachte. Sie war großzügig und freundlich und wollte nach Stanford gehen und etwas Gutes bewirken. Ich sehnte mich nach so einem Funken. Einem Feuer, das mich vorantrieb, in eine Zukunft mit einer Karriere und Zielen und Absichten. Einem Ziel, das größer war als das Überleben einer weiteren schlaflosen Nacht.

*Du bist aus dem Haus gegangen*, sagte eine Stimme, die ein bisschen wie die meiner Grandma klang. *Du tust dein Bestes. Das ist etwas.*

Das tröstete mich ein bisschen, und ich wurde mit der Postkartenansicht des Zentrums von Harmony belohnt. Leuchtende Weihnachtsgirlanden hingen noch an den viktorianischen Gebäuden, die meisten der breiten Fassaden beherbergten mehrere Geschäfte. Wir kamen an einem Waschsalon vorbei, dem Billigkaufhaus, Daisy's Coffeehouse und einem Kosmetikstudio. Das Neonschild von Bills Eisenwarenladen leuchtete grellrot neben der Leuchtschrift des Einsaalkinos. Der Schnee war auf ordentliche Haufen geschippt, und ein paar Leute waren auf dem Bürgersteig unterwegs.

»Es ist wunderschön«, murmelte ich.

»Ja?« Angie verdrehte den Hals, als wir darauf warteten, dass die einzige Ampel im Ort auf Grün sprang. »Ja, wahrscheinlich schon. Hast du viel von Harmony gesehen? Ich weiß, es ist alles unter dem Schnee begraben, aber dafür, dass wir nur ein

Fleck auf der Landkarte sind, gibt es ein paar wirklich coole Sachen.«

»Zum Beispiel?«

»Es gibt ein richtig tolles Heckenlabyrinth, genau nördlich von uns.«

»Ein Heckenlabyrinth?«

»Die Hecken sind nicht hoch, und es ist nicht so kompliziert, dass sich Touristen darin verirren, aber in der Mitte ist eine gemütliche kleine Hütte mit einer Windmühle. Rein dekorativ.«

*Oder romantisch*, flüsterte ein Gedanke.

»Im Westen der Stadt gibt es einen wirklich coolen Friedhof, der bis zum Sezessionskrieg zurückgeht. Und wir haben ein Amphitheater, wo es Festivals gibt und Veranstaltungen der Stadt. Wenn man Fast Food braucht oder Outlet Stores, dann fährt man zehn Minuten Richtung Norden nach Braxton. Und wenn man eine richtige Stadt will, dann gibt es Indy, zwanzig Minuten hinter Braxton.«

Sie parkte vor einem Gebäude mit dem Schild *The Scoop*.

»Und hier haben wir unseren typischen Oberstufentreff, wie aus einem Film von John Hughes«, sagte Angie und machte den Motor aus. »Aber sei gewarnt: Es gibt Burger, Pommes und Eis. Falls du eher der Salat- und Sprossentyp bist. Ich nicht, falls du es noch nicht bemerkt hast.« Lachend klopfte sie sich auf die rundlichen Hüften.

Ich folgte ihr in das Lokal. Es war gerammelt voll mit Schülern der George Mason und ein paar Familien mit kleinen Kindern.

»Und schau, unsere Cliquen haben ihre übliche Stellung bezogen.« Mit dem Kinn deutete Angie auf mehrere Gruppen, die sich um Tische oder in Sitznischen drängten. »Das da sind meine Freunde«, sagte Angie. »Ich hoffe, es macht dir nichts aus, dass ich ihnen Bescheid gesagt habe.«

»Nein, kein Problem«, sagte ich und versuchte mich an die Namen der Leute zu erinnern, die Angie mir heute beim Mittagessen vorgestellt hatte. Ihr Freund, Nash Argawal – ein niedlich aussehender Typ indischer Abstammung. Caroline West, ein zierliches Mädchen mit braunen Haaren. Und Jocelyn James, eine riesenhafte Blondine, Kapitänin der Basketballmannschaft.

»Wenn ich uns einordnen müsste wie in *Girls Club*, dann sind wir die großartigsten Leute, die du je kennenlernen wirst«, sagte Angie. »Schräge, diverse Wissenschaftsgeeks und Leute mit noch ungeklärter sexueller Orientierung.« Sie beugte sich zu mir, als wir uns der Nische näherten. »Auf dem Papier sind wir alle Heteros, aber Caroline hat Jocelyn mal auf einer Party geküsst, und, um die unsterblichen Worte von Katy Perry zu zitieren, ›they liked it‹.«

Ich hatte Angies Freundeskreis schon als absolut sympathisch eingeordnet, als *Nett* mit großem N. Leute, die man wirklich leicht kennenlernen konnte. Leute, die einen nicht als Schlampe brandmarkten oder einen fragten, warum um alles in der Welt man ein Oben-ohne-Bild an einen älteren Typen geschickt hatte, falls man ihnen hässliche Geheimnisse erzählte. Oder warum man ebendiesen Typ in sein Schlafzimmer gelassen hatte. Sie wären sogar entsetzt, wenn sie erführen, dass man sich nicht daran erinnern konnte, ihn überhaupt reingelassen zu haben.

»Hey Leute, ihr erinnert euch an Willow«, sagte Angie, als sie sich neben Nash auf die Bank setzte. Caroline rutschte dichter an Jocelyn heran, um Platz für mich zu machen. »Ich dachte, ich schnappe sie mir, bevor die Cheerleaderinnen Ansprüche anmelden.« Sie sah mich unsicher an. »Oder willst du Cheerleaderin werden?«

Sie deutete mit dem Kinn zu einem Tisch, wo sich ein paar

hübsche Mädchen mit langen Haaren und glitzerndem Lipgloss unterhielten und dabei auf ihre Handys guckten. Am Tisch daneben saßen Typen in Collegejacken und sahen sich das Spiel an, das plärrend auf einem Fernseher in der Ecke lief.

»Nein, will ich nicht«, sagte ich.

*Nicht mehr.*

In meinem alten Leben war ich nicht nur Cheerleaderin gewesen, sondern auch zweite Vorsitzende des Abschlussballkomitees, Kassenwartin meiner Klasse und Mitglied des Debattierclubs. Ein Haufen Aktivitäten, die jetzt die blassen Erinnerungen einer anderen Person zu sein schienen.

»Es wäre auch okay«, sagte Angie. »Unsere Plastics sind gar nicht so plastikmäßig.«

»Eigentlich sind alle ziemlich nett«, sagte Jocelyn und winkte einem Mädchen auf der anderen Seite des Lokals. »Wenn man seit dem Kindergarten mit denselben Leuten aufwächst, ist es ziemlich schwierig, zickig zu sein.«

Nash lächelte mich an. »Wenn man weiß, dass die Ballkönigin früher Brei gegessen hat, kann man sie nicht so ernst nehmen.«

»Trotzdem könnten sie versuchen, dich uns wegzuschnappen«, sagte Angie. »Du bist so neu und glänzend.«

»Mich wem wegschnappen?«, fragte ich.

Angie wechselte einen Blick mit Nash. »Ich hatte vielleicht Hintergedanken, als ich die Gang zusammengetrommelt habe. Gedanken, die nichts mit griechischer Tragödie zu tun haben.«

»Sie will dich für unser Jahrbuchteam«, sagte Nash und verzog das Gesicht, als Angie ihn in die Rippen stieß.

»Ich wollte das besser verkaufen«, sagte sie.

»Dafür ist nicht genug Zeit«, sagte Nash. »Das Stück fängt in einer Dreiviertelstunde an.«

Angie verdrehte die Augen und wühlte in ihrer Tasche. »Na

gut.« Sie holte das letzte Jahrbuch heraus und schob es mir zu. »Wie wir vorhin besprochen haben, stehen jetzt College-Bewerbungen an, und du brauchst außerschulische Aktivitäten, oder?«

Ich nickte und schlug das glänzende Fotobuch auf. »Mein Dad hat es befohlen – und so soll es sein.«

»Und?« Angie klatschte in die Hände. »Sind wir nicht perfekt dafür geeignet?«

»Vielleicht«, sagte ich und blätterte durch die Seiten.

Ich hatte nicht das geringste Interesse daran, zum Jahrbuchteam zu gehören. Oder wieder Cheerleaderin zu werden. Oder den Anordnungen meines Vaters überhaupt zu folgen. Ich sah mir die Gesichter auf den Fotos an – Schüler, die zusammen lachten, an Projekten arbeiteten, in Talentshows sangen und Preise für Wissenschaftsprojekte gewannen. Das ganze Buch war normalen Leuten gewidmet, die normale Sachen machten. Ich wusste, dass viele von ihnen – wahrscheinlich mehr, als ich ahnte – ihren eigenen Scheiß aushalten mussten, aber es sah aus, als würden sie viel besser darüber hinwegkommen als ich.

Ich kam über gar nichts hinweg.

Eine Kellnerin nahm unsere Bestellung auf, und während die anderen sich unterhielten, blätterte ich weiter durch das Jahrbuch. Ich kam auf eine Seite mit städtischen Aktivitäten. Und da war Isaac Pearce auf der Bühne. Festgehalten in einem dramatischen Schwarz-Weiß-Foto. Ich beugte mich vor.

»Oh, Miss Holloway«, sagte Angie. »Wir sind wirklich neugierig auf Mr Pearce, nicht wahr?«

Ich ignorierte sie und betrachtete die Fotos von Isaac mit den Bildunterschriften: *Angels in America*, *Vergrabenes Kind*, *Alle meine Söhne*.

»Macht er das schon lange?«, fragte ich.

»Seit der Grundschule«, sagte Angie.

»Verstehe«, sagte Nash und verdrehte die Augen. »Es geht heute gar nicht darum, die Schauspielkunst zu würdigen, sondern ein neues Mitglied für den Isaac-Pearce-Fanklub anzuwerben.« Er sah seine Freundin an. »Ich hoffe, du hast der Neuen gesagt, dass sie auf dem Holzweg ist.«

»Ich bin auf gar keinem Weg«, sagte ich und spürte einen tiefen Schmerz in mir. Der Gedanke, je wieder mit jemandem zusammen zu sein, war abstoßend. Die Vorstellung, dass ein Junge dicht neben mir stand. Dass ich bei einem Date in der Enge seines Autos saß. Geküsst wurde. Oder berührt. Dass der Körper eines Jungen sich an mich presste, ohne dass ich seine Absichten kannte. Oder seine Kraft.

Ich klappte das Jahrbuch zu, und weg waren die Bilder von Isaac und auch die Gedanken, die mich in eine ausgewachsene Panikattacke steuerten.

»Er ist hübsch anzusehen«, sagte Jocelyn, »aber er vögelt Studentinnen in Serie. Uns Kinder sieht er nicht mal an.«

»Kinder?«, fragte ich. »Er ist in unserem Alter.«

Alle schüttelten den Kopf.

»Nein?«

»Nein. Seine Mom ist gestorben, als er acht war«, sagte Angie. »Er hat etwa sechs Monate lang kein Wort gesagt und musste ein Jahr aussetzen.«

Ich runzelte die Stirn. »Er hat sechs ganze Monate nicht geredet?«

Angie nickte. »Vielleicht länger. Er war in der dritten Klasse. Irgendwann ist er nicht mehr in die Schule gekommen, aber davor … es war total schräg, dieser kleine Junge, der kein Wort gesagt hat.« Sie schüttelte den Kopf. »Der Arme.«

In meiner Vorstellung sah ich einen blonden Jungen mit rauchgrünen Augen, dem das Unglück die Worte direkt herausgeprügelt hatte. »Wie kam es, dass er wieder angefangen hat zu reden?«

»Miss Grant, die Lehrerin in der Vierten, hat ein kleines Stück aufgeführt und ihn überredet, mitzuwirken.« Angie hob die Hände. »Der Rest ist bekannt.«

Ich nickte langsam. Sie hatte ihm die Worte von jemand anderem gegeben.

»Aber er hat in der Schule ein Jahr verloren«, sagte Nash.

Caroline nickte. »Er ist achtzehn. Nein, wartet …« Sie zählte an ihren Fingern ab. »Wahrscheinlich ist er jetzt neunzehn, oder?«

»Das muss hart sein«, sagte ich.

Jocelyn zuckte mit den Achseln und tauchte eine Pommes in den Ketchup. »Es hat sich gelohnt. Er wird ein berühmter Schauspieler werden.«

»Apropos«, sagte Nash und sah auf die Uhr. »Wir sollten gehen. Ödipus wird sich nicht allein die Augen ausstechen.«

Angie schlug ihn auf den Arm. »Hallo? Spoilerwarnung!«

»Ich kenne die Geschichte«, sagte ich und musste einfach lächeln. Und ich musste Angie einfach mögen, die sich bei mir einhakte, als wir den Fußweg entlanggingen. Zuerst erschrak ich ein bisschen; ich war kein Fan davon, berührt zu werden, aber Angie war Wärme auf meinem Eis, und ich ließ sie, als unser Atem in der glitzernden winterlichen Straße Wölkchen erzeugte.

»Und? Was hältst du von meinem Angebot?«, fragte sie. »Das Jahrbuch kommt in die entscheidende Phase, und ich könnte die Hilfe wirklich gebrauchen.«

»Ich weiß nicht«, sagte ich. »Ich glaube, es ist nicht so mein Ding.«

Sie zog eine Grimasse. »Bist du sicher? Weil –«

»Ja, ich bin sicher«, sagte ich mit harter Stimme. Ich zwang mich, wieder weicher zu klingen. »Sorry. Wir sind vor neun Tagen umgezogen. Ich bin noch dabei, mich zu orientieren.«

»OMG, natürlich«, sagte Angie mit einem breiten Lächeln. »Ich bin total aufdringlich ...«

»Glaubst du?«, murmelte Nash.

Angie warf ihm über die Schulter einen bösen Blick zu und beugte sich wieder zu mir. »Mach dein Ding, Holloway«, sagte sie. »Was auch immer das ist. Aber meine Tür steht immer offen. Immer.«

»Danke.«

Angies Worte wärmten mich noch auf dem Rest des Wegs zum Harmony-Community-Theater.

*Mach dein Ding, was auch immer das ist.*

# 4. KAPITEL

## Willow

Verglichen mit den anderen Gebäuden im Zentrum war das Harmony-Community-Theater fast peinlich heruntergekommen. Die Säulen am Eingang aus der Zeit der vorletzten Jahrhundertwende waren durch jahrelange Autoabgase verdreckt. Die Vortreppe hatte Risse. Drinnen tanzten Staubflocken in der weichen Beleuchtung der eleganten Deckenlampen aus Buntglas.

Nachdem wir an dem kleinen Schalter Karten gekauft hatten, unterhielt Angie sich mit ihren Freunden, während ich durch die Lobby ging und die Galerie mit Schwarz-Weiß-Fotos betrachtete. Ein paar waren historische Aufnahmen des Gebäudes. Den Bildunterschriften zufolge war das Theater seit 1891 in Betrieb. Damals war Harmony eine Ansammlung weniger Häuser gewesen, die durch breite unbefestigte Straßen getrennt waren. Pferdekutschen und Frauen in langen Kleidern und mit großen federbesetzten Hüten überquerten die ausgedehnten Erdflächen.

An einer Wand hingen Fotos von früheren Aufführungen – wie im Zeitraffer wurden Stile, Kostüme und Stücke von 1900 bis heute gezeigt. Bei den Bildern der letzten fünf Jahre wurde ich langsamer. Isaac Pearce war auf fast allen. Er hatte nicht immer die Hauptrolle, aber er war immer dabei.

*Und er sieht jedes Mal anders aus*, dachte ich.

Selbst in den früheren Stücken, als sich in dem weicheren, rundlicheren Gesicht seine Jugend zeigte, konnte er seinen Ausdruck oder seine Körperhaltung subtil verändern – was ihn in jeder Rolle in einen völlig anderen Mann verwandelte.

»Lass die Fotos«, sagte Angie und zog an meinem Ärmel. »Zeit, sich am echten Anblick zu erfreuen.«

Wir betraten den Theatersaal mit den zwei Sitzbereichen. Die Samtpolster waren einmal leuchtend rot gewesen, jetzt waren sie zu einem müden Braun ermattet. Die roten Samtvorhänge vor der Bühne hatten auch schon bessere Tage gesehen. Wandleuchter schickten Lichtsäulen die Wände hinauf bis zu den verschränkten Bögen an der Decke.

*König Ödipus* lief schon seit zwei Wochen in der kleinen Stadt, aber nach meiner Schätzung war das fünfhundert Personen fassende Theater drei viertel voll.

»Haben nicht alle in Harmony das Stück schon gesehen?«, fragte ich Angie, als wir uns setzten.

»Mehr als einmal«, sagte Angie. »Morgen ist die letzte Vorstellung, und die ist ausverkauft. Die Leute kommen von überallher. Aus Braxton und Indy.«

»Sogar aus Kentucky«, sagte Jocelyn auf meiner anderen Seite. »Theater ist wichtig im Mittleren Westen.«

»An den Universitäten in Ohio und Iowa gibt es renommierte Institute für darstellende Kunst«, sagte Nash. »Unser kleiner Ort zieht einige VIPs an.«

Angie polierte ihre Fingerknöchel an der Vorderseite ihres Sweatshirts. »Wir sind was Besonderes.«

»Wenn es so besonders ist, warum können sie es sich nicht leisten, es zu renovieren?«, fragte ich und rutschte auf dem Sitz herum, weil sich eine Sprungfeder in meinen Hintern bohrte.

Angie zuckte mit den Achseln. »Martin Ford – der Besitzer – hat es vor zehn Jahren übernommen. Der Vorbesitzer hat den Laden total runtergewirtschaftet. Fast wäre er bankrottgegangen. Ford bemüht sich, es so gut es geht über Wasser zu halten.«

»Können die keinen Zuschuss oder so was kriegen? Vielleicht von einer Stiftung?«

»Ich bin mir sicher, Mr Ford tut, was er kann«, sagte Jocelyn.

Caroline nickte. »Er liebt das Theater. Er ist nicht nur der Besitzer, er führt bei allen Stücken Regie.«

»Und fast alle Schauspieler kommen aus Harmony«, sagte Angie. »Er will, dass es bodenständig bleibt.« Sie zeigte auf das Programm. »Er spielt auch selbst mit.«

Ich sah mir die Besetzung an und fand den Namen Martin Ford neben *Teiresias, blinder Seher*.

»Also gibt er Isaac die ganzen Rollen?«

»Mehr als das«, sagte Angie. »Er wählt Stücke, von denen er weiß, dass Isaac darin glänzen kann. Isaac ist sein Protegé.«

»Ich denke, du suchst ein anderes Wort: Isaac sichert seine Einkünfte«, sagte Nash abwesend und wickelte sich zärtlich eine von Angies Locken um den Finger.

»Das sind vier Wörter.« Sie beugte sich zu mir. »Nash ist nur eifersüchtig, weil er in einer Toga nicht so gut aussieht.« Die Lichter im Zuschauerraum wurden gedimmt. »Wenn man vom Teufel spricht.«

Die Lichter gingen ganz aus, und als sie wieder angingen, hatte der Vorhang sich auf eine dunkle leere Bühne geöffnet. Große weiße Würfel und Säulen deuteten einen Raum an. Auf dem weißen Hintergrundvorhang war Theben mit groben schwarzen Strichen skizziert. Ein minimalistisches Bühnenbild, das es den Worten überließ, die Aufmerksamkeit des Publikums zu fesseln.

Ein Priester trat auf die Bühne, umgeben von Frauen und

Männern in weißen Togen, die pantomimisch Angst, Verwirrung oder Verzweiflung darstellten.

Dann kam Isaac Pearce auf die Bühne, und es ging ein Raunen durch das Publikum; eine Welle elektrisierter Erwartung.

*Da ist er.*

Sein schönes Gesicht war zum Teil von einem falschen Bart bedeckt, was ihn von einem Neunzehnjährigen im Amerika des einundzwanzigsten Jahrhunderts in einen mächtigen und allwissenden König verwandelte. Ich hatte nie im Leben eine religiöse Erfahrung gehabt, aber in diesem Moment hätte ich schwören können, dass das Licht, das auf ihn hinabstrahlte, von den griechischen Göttern kam. Er war göttlich. Übernatürlich.

*Unantastbar.*

Er hob die Arme, als er sprach, seine dröhnende Stimme forderte – nein, *beherrschte* unsere Aufmerksamkeit.

*»O Kinder! Kadmos' des alten, neuer Stamm!*
*Was sitzt ihr flehend mir auf diesen Stufen da, [...]*
*indes die Stadt von Weihrauch überquillt,*
*zugleich von Bittgesängen und von Schmerzgestöhn?*
*Dies hielt ich nicht recht, von Boten, Kinder,*
*von andern nur zu hören, und so komm ich selbst hierher,*
*von allen der Berühmte, Ödipus, genannt.«*

Ich starrte mit offenem Mund.

*Von allen der Berühmte, Ödipus, genannt.*

»Oh, mein Gott«, flüsterte ich.

Aus dem Augenwinkel konnte ich Angie grinsen sehen, auch wenn sie den Blick nicht von der Bühne abwendete. »Ich hab's dir ja gesagt ...«

Wir sprachen kein weiteres Wort, bis der Vorhang fiel. Obwohl sich diese Sprungfeder in meinen Hintern bohrte, rührte ich mich kaum. Und selbst ein Feueralarm hätte mich nicht von der Handlung auf der Bühne ablenken können.

Wie jede andere Highschool-Schülerin hatte ich *Ödipus* im Englischunterricht gelesen, mit dem Kommentar daneben und ständig gähnend, denn wen interessierte schon ein Typ, der mit seiner Mutter schlief?

An diesem Abend interessierte er mich. Alles interessierte mich. Ich erlebte es mit. Mit Isaac auf der Bühne war ich dort in Theben, sah, wie die Geschichte sich entfaltete, und konnte nicht wegsehen. Ich hielt den Atem an, als Ödipus sich in sein schreckliches Schicksal stürzte und versuchte, das Rätsel zu lösen, das er mit jeder einzelnen Person in diesem Theater gemein hatte. Ein Rätsel, das ich selbst unbedingt ergründen wollte.

Identität. Bestimmung. Selbst.

*Die Wahrheit*, flüsterte eine Stimme in meiner endlosen Dunkelheit. *Was ist von mir übrig?*

Als Ödipus erfuhr, dass der Reisende, den er vor Jahren ermordet hatte, sein Vater gewesen, und die Frau, die er geheiratet hatte, seine Mutter war, war sein Schmerz furchtbar und mächtig. Er vernichtete ihn fast. Sein gequältes Leugnen hallte durch den Saal, als würde es das Fundament erschüttern. Als könnte er das ganze Gebäude zum Einsturz bringen, als er auf die Knie fiel.

Der Schmerz des Königs, als Jokaste – seine Frau und Mutter – sich erhängte, holte uns als Publikum so nah heran, dass es unangenehm war.

Ödipus riss die goldenen Broschen von ihrem Kleid und stach sich damit die Augen aus, und das Kunstblut, das unter seinen Handflächen hervorquoll, war so echt wie das Blut, das entsetzt in unseren Adern pochte. Seine Qual erfüllte jeden

Schrei, jede Silbe, jedes Keuchen. Und wir hatten keine Wahl, als es auch zu fühlen.

Vage war mir das Schniefen auf den Plätzen in meiner Nähe bewusst: Leute reichten sich Taschentücher und seufzten stockend. Aber erst als Ödipus, endlich von dem schrecklichen Gewicht der Prophezeiung befreit, aus seiner Heimat verbannt wurde, liefen mir die Tränen über die Wangen. Der gefallene König, in der Dunkelheit ausgesetzt und gezwungen, allein durch die Welt zu ziehen.

Sobald der Vorhang fiel, sprangen wir auf und applaudierten. Die Menge brüllte, als Isaac sich verbeugte. Hinter dem Bart und den Blutstriemen sah er erschöpft aus. Dann lächelte er. Das strahlende, atemberaubende, triumphierende Lächeln eines Menschen, der einen dunklen Ort bereist und es wieder hinausgeschafft hatte.

Ich klatschte immer weiter, Tränen liefen ungehindert, als die kleine Flamme in mir aufflackerte und sich nach der Bühne reckte.

## 5. KAPITEL

### Isaac

Das Gedränge nach der Vorstellung war immer surreal. Die Umarmungen und das Schulterklopfen der anderen schienen einen anderen Körper zu betreffen, während ich vom Rand zusah – noch verbunden mit Ödipus, verloren in der Figur. Martin nannte es den »Flow«. Eine kreative Strömung, bei der das Spiel nicht mehr Spiel war, sondern Realität wurde.

Der Flow war meine Droge. Ich sehnte mich danach, sobald ich das Theater verließ. Wie ein Junkie würde ich alles verkaufen, was ich besaß, um an diesem Ort zu leben, wo die schmerzhaften, in mir gefangenen Gefühle befreit wurden. Hier konnte ich nackt und bloß sein und war doch geschützt durch die Kostüme und das Bühnenbild.

Lorraine Embry, die vierzigjährige Lehrerin, die die Jokaste gespielt hatte, schloss mich in eine lange Umarmung. Tränen standen ihr in den Augen, als sie sich von mir löste.

»Jeden Abend«, sagte sie und umfasste mein Gesicht mit beiden Händen. »Wie kannst du jeden Abend so viel geben?«

Ich zuckte mit den Achseln. »Ich mach nur meine Arbeit.«

Wir gingen in die Garderoben, um uns umzuziehen und die Schminke und in meinem Fall auch das Kunstblut abzuwischen. Die anderen unterhielten sich, während wir unsere Straßenkleidung wieder anzogen, redeten über die Vorstellung und klagten, dass es nur noch eine Aufführung geben würde. Sie winkten zum Abschied und gingen in die Lobby, um Freunde und Verwandte zu begrüßen, die gekommen waren, um sie zu sehen. Wie immer empfand ich flüchtige Neugier, ob auch Paps irgendwo in der Menge stand. Wie immer unterdrückte ich sie.

*Er würde nur kommen, wenn man zusätzlich zur Eintrittskarte eine Flasche Whiskey bekam.*

In der Garderobe waren nur noch ich, Martin und Len Hostetler, der den Kreon gespielt hatte.

»Wollt ihr noch ein Bier trinken gehen?«, fragte er. Dann lachte er. »Mist, Pearce, ich vergesse ständig, dass du erst achtzehn bist, oh König, und nicht dreißig.«

Martin, ein schlanker Mann mit grau meliertem Haar und großen blauen Augen, strahlte. »Tatsächlich ist heute …«

Ich warf ihm durch den Spiegel einen warnenden Blick zu und schüttelte unmerklich den Kopf.

»… kein guter Tag dafür«, schloss er. »Danke, Len.«

Len salutierte. »Was kommt danach, Herr Direktor? Hast du schon eine Entscheidung getroffen?«

»Ja, ich habe mich für *Hamlet* entschieden«, sagte Martin und sah mir im Spiegel in die Augen.

»Gute Wahl«, sagte Len. »Da kommt die Frage auf, was zuerst da war – das Stück oder der Schauspieler, den du dafür im Sinn hattest?« Er lachte und stieß mich gegen die Schulter. »Ich mach nur Witze, Junge. Du warst brillant. Wie immer.« Er drehte sich zu Martin um. »Wir müssen das Talent dieses Kerls ausnutzen, bevor Hollywood oder der Broadway ihn uns wegschnappen, hab ich recht?«

»Genau mein Gedanke«, sagte Martin.

»Schönen Abend, Leute.«

Die Tür ging zu, und Martin und ich waren allein.

»Wenn du sie lassen würdest, würde das Ensemble dir eine Geburtstagsparty geben«, sagte er und band sich die Schuhe.

»Es gibt schon eine Party«, sagte ich. »Eine Party für alle. Morgen nach der letzten Vorstellung.«

»Das ist nicht dasselbe …«

»Es ist nicht wichtig«, sagte ich. »Ehrlich gesagt ist es verdammt lächerlich, neunzehn zu werden und noch zur Highschool zu gehen.«

Martins Gesicht legte sich in besorgte Falten, und ich wünschte mir sofort, ich hätte einfach den Mund gehalten.

»Es ist nicht deine Schuld«, sagte er und hielt meinen Blick im Spiegel. »Du bist umgehauen worden, Junge. Man hat dich von der Schule genommen, damit du zu Atem kommen kannst. Du solltest dich deswegen nicht schämen.«

Wie immer hatte ich keine angemessene Antwort darauf, also wechselte ich das Thema.

*»Hamlet?«*, fragte ich. »Ich dachte, du würdest überlegen, *Die Glasmenagerie* aufzuführen.«

Martin hob die Hände. »Len hat recht. Ich muss die Talente nutzen, die ich habe, und du musst auf größeren Bühnen auftreten. Hamlet ist die ultimative Rolle und wird dafür sorgen, dass du in den richtigen Kreisen wahrgenommen wirst.«

»Vielleicht.«

»Nicht vielleicht. Ganz bestimmt. Ich habe mit ein paar Künstleragenturen gesprochen. Ein paar große Nummern in New York, eine aus Los Angeles. Der Kerl aus L. A. hat schon zugesagt, dich im Frühling anzusehen.«

Ich lehnte mich auf dem Stuhl zurück. »Willst du mich verarschen?«

Er legte mir die Hand auf die Schulter. »Ich finde es schlimm, dich zu verlieren, Isaac, aber mit diesem Stück werde ich dich aus Harmony verabschieden. *Hamlet* wird dein großes Finale werden.«

Ich starrte ihn an. Martin wusste, wie es zwischen mir und

meinem alten Herrn stand. Er wusste, dass ich sparte, um endlich wegzugehen. Unser Schrottplatz und die Tankstelle brachten nichts ein. Mit dem Mindestlohn, den ich bekam, um das Theater als Martins inoffizieller Helfer zu putzen, und den dreißig Dollar pro Auftritt würde ich noch weitere neunzehn Jahre brauchen, bis ich genug Geld hatte. Ganz abgesehen davon, dass der Gedanke, Paps würde sich in dem alten Trailer totsaufen, sobald ich weg war, meine Fluchtpläne sowieso in Schuldgefühlen ertränkte.

»Du musst auch an dich denken, Isaac«, sagte Martin. »Du bist für etwas Größeres und Besseres bestimmt, als was du jetzt hast. Und ich weiß, du glaubst es nicht, aber du *verdienst* auch etwas Besseres.«

Ich sah in den Spiegel und wischte den Rest des getrockneten Kunstbluts unter meinen Augen weg. »Ich muss erst vorsprechen«, sagte ich mit angespannter Stimme.

Martin klopfte mir auf die Schulter. »Ja, musst du. Vermassel es nicht.«

Ich stieß einen unverbindlichen Laut aus und duckte mich unter seiner Hand weg, um die Stiefel anzuziehen.

»Fährst du nach Hause?«, fragte er. »Oder hast du ein heißes Date mit einer deiner Frauen?«

Ich verdrehte die Augen. »Ich werde arbeiten.«

»Keine Chance«, sagte er. »Du hast heute frei.«

»Ich kann es mir nicht leisten freizunehmen.«

»Glaubst du, ich würde dir den Lohn kürzen? An deinem Geburtstag?«

Martin hob seine große zerkratzte Ledertasche auf den Garderobentisch. Er suchte darin und holte einen dicken roten Umschlag hervor. »Happy Birthday, Junge.«

Ich sah ihn kurz an, dann nahm ich den Umschlag. Er war schwer, sicher war ein Geschenkgutschein darin. Wahrscheinlich für den Klamottenladen in Braxton. Ich spürte das Gewicht all der Dinge, die Martin mir heute gegeben hatte. Nicht nur der Karte.

*Hamlet*, meine bisher wichtigste Rolle.

Die Künstleragenturen.

Eine echte Chance, hier herauszukommen.

Dankbarkeit überwältigte mich, erfüllte mich und verstümmelte die armseligen Worte, die zu sagen ich mich bemühte.

»Du musstest das nicht tun. Nichts davon. Aber … ich bin dankbar.« Ich räusperte mich und schob den Umschlag in die Gesäßtasche meiner Jeans. »Ich meine, wirklich. Danke.«

»Es ist von Brenda *und* von mir«, sagte Martin. Sein Lächeln wurde angespannt. »Wie wird es deinem Vater heute gehen?«

»Wahrscheinlich wartet er mit einer Überraschungsparty auf mich.«

Martin verschränkte die Arme und sah mich fest an.

»Du weißt, wie es ihm gehen wird, Marty.« Ich schlüpfte in meine Lederjacke. »Entweder hat er sich ins Koma gesoffen, oder er hat einen Wutanfall und ist scharf auf eine Prügelei.«

»Pass auf dich auf. Und denk daran, unsere Tür steht immer für dich offen.«

»Ja, okay. Sag Brenda Danke von mir.«

Seufzend ließ er die Arme sinken. »Sicher.«

Ich spürte Martins besorgten Blick wie einen warmen Wind im Rücken, bis ich in die Kabine meines alten blauen Dodge stieg. Ein Kühlschrank. Mein Atem dampfte, als ich den Motor anließ und einen Moment warm laufen ließ. Dann versuchte ich dasselbe mit Martins Angebot.

Die Fords wohnten in einem großen Backsteinhaus in der Front Street. Riesige Kastanienbäume im Vorgarten, ein schmiedeeiserner Gartenzaun davor. Das Haus war von 1862 und war umgebaut und renoviert worden. Es war voll von

Skulpturen und Gemälden, die sie über die Jahre von befreundeten Künstlern oder auf weiten Reisen gekauft hatten.

Ich war Hunderte Male dort gewesen, und ein paarmal, als Paps richtig gewalttätig geworden war, hatte ich in ihrem Gästezimmer geschlafen. In jenen Nächten hatte ich viel darüber nachgedacht, wie es wäre, für immer bei Martin und Brenda einzuziehen. Ich wusste, sie würden mich aufnehmen. Ich war neunzehn und konnte wohnen, wo ich wollte. Paps konnte es mir nicht verbieten. Und doch …

In dem weichen Bett im Gästezimmer der Fords, mit einer einwandfrei funktionierenden Heizung, umgeben von Komfort und soliden Backsteinmauern anstatt einer billigen Verschalung, hatte ich nicht schlafen können. Ich hatte mir meinen Dad allein in dem beschissenen Trailer vorgestellt und mich an meine Kindheit erinnert, wie er, bevor meine Mom gestorben war, mit mir Ball gespielt hatte. Oder mir erlaubt hatte, so zu tun, als würde ich mich im Badezimmerspiegel mit ihm rasieren.

Paps war ein heruntergekommener Alkoholiker, aber er war meine Familie.

Ich holte den roten Umschlag aus der Gesäßtasche meiner Jeans. Die Karte war schick – bestimmt aus dem teuren Schreibwarenladen in der Mall in Braxton. Goldene Theatermasken, Tragödie und Komödie, schmückten die Vorderseite. Darin lagen ein Fünfzigdollarschein, ein Geschenkgutschein für einen Klamottenladen in Braxton und ein handgeschriebener Gruß von Martin.

*Das Geld ist für das, was du willst. Die Karte für das, was du brauchst.*

*Happy Birthday,*
*Martin und Brenda*

Mein Blick verschwamm. »Verdammt, Marty.«

*Paps ist vielleicht mein Fleisch und Blut*, flüsterte ein Gedanke. *Aber meine Familie sind Martin und Brenda.*

Ich riss mich zusammen, ließ ein paarmal den Motor aufheulen und wischte die beschlagene Scheibe ab. Von meinem Parkplatz gegenüber dem Theater konnte ich sehen, dass noch ein paar Leute dort standen und sich mit Mitgliedern des Ensembles unterhielten.

Und dann sah ich sie.

Willow. Die Neue. Sie stand dort mit Angie McKenzie und ihren Leuten auf der Treppe. Ihr Haar floss unter der rosa Mütze hervor über die weiße Jacke. In ihren behandschuhten Händen hielt sie ein zusammengerolltes Programm von *König Ödipus*.

»Sie hat es gesehen«, hörte ich mich sagen.

Wie ein Idiot berührte ich das Fenster. Sicher und verborgen in der dunklen Kabine sah ich, wie Willow zu der Leuchtschrift hochblickte. Das Licht erhellte ihr atemberaubendes Gesicht, ein perfektes Oval aus glatter Haut mit großen Augen. Dann zogen ihre Freunde sie am Arm, und sie gingen in die entgegengesetzte Richtung die Straße entlang.

Ich kannte dieses Mädchen überhaupt nicht, aber dass Willow Holloway mich heute auf der Bühne gesehen hatte, zählte ich zu meinen Geburtstagsgeschenken dazu.

Und zum ersten Mal in meinem Leben fühlte ich mich reich.

# 6. KAPITEL

## Isaac

Die Lichter von Harmony verschwanden im Rückspiegel, während die Straße vor mir immer dunkler und unebener wurde. Die Häuser in diesem Teil der Stadt waren klein, umgeben von Maschendrahtzäunen und nackten Bäumen, die am Himmel kratzten.

Meine Schultern verkrampften sich, als ich vor dem Trailer hielt – das Licht im Wohnzimmer war noch an. Ich atmete tief ein, um mich zu beruhigen. Vielleicht war Paps eingeschlafen und nicht auf Randale aus, sagte ich mir. Es wäre nicht das erste Mal gewesen.

Ich machte den Motor aus und legte den Umschlag mit dem Geschenkgutschein und dem Geld ins Handschuhfach. Beweise für Martin Fords Großzügigkeit in den Trailer mitzubringen hieß, einen Riesenhaufen Ärger herauszufordern.

Ich drehte den Schlüssel im Schloss und wand mich innerlich, als die Tür quietschte. Ich steckte den Kopf hinein, ein Löwenbändiger, der sich darauf vorbereitet, den Käfig zu betreten. Paps saß auf der Couch. Aufrecht und bewusstlos. Das Kinn lag auf seiner Brust, und er schnarchte feucht. Im Fernsehen liefen plärrend die Nachrichten. Eine zweite Flasche Old Crow stand neben der ersten auf dem Couchtisch. Ebenfalls leer. Es war völlig verraucht.

Ich seufzte erleichtert. Leise schlich ich mich hinein, machte den Fernseher und das Licht aus. Ich dachte daran, meinen Vater hinzulegen und zuzudecken, aber ich hatte auf die harte Tour gelernt, dass es sicherer war, ihn in Ruhe zu lassen. Ich wollte den Ödipus morgen nicht mit gebrochener Nase spielen.

Die Heizung sirrte leise, aber das Gefühl von Wärme, das ich beim Hereinkommen empfunden hatte, ließ schon nach. In meinem Zimmer zog ich nur Schuhe und Jacke aus und legte mich komplett angezogen ins Bett.

Meine Gedanken wanderten zur Vorstellung zurück. Lorraine hatte recht: Ich gab jeden Abend auf der Bühne so viel – so viel Zorn und Kummer. Es war kathartisch, das alles im Theater rauszulassen. Ödipus' Schmerz zum Blitzableiter für meinen eigenen werden zu lassen. Ich gab so viel, weil ich so viel zu geben hatte, seit Mom gestorben war.

Ich drehte mich auf der dünnen Matratze um und versuchte nicht daran zu denken, wie es gewesen wäre, wenn Mom heute und jeden anderen Abend im Theater gewesen wäre. Vielleicht wäre Paps mitgekommen, und der zähe harte Zug an ihm wäre nicht hässlich und böse geworden, wenn sie noch bei ihm wäre. Wir würden noch wie damals, als ich ein Kind gewesen war, in einem der kleinen Häuser wohnen, an denen ich auf dem Weg hierher vorbeigefahren war, anstatt in dem heruntergekommenen Trailer. Und anstatt nur Paps besoffenes Grölen, seine Wut zu hören, wäre da Moms Summen, wenn sie im Garten arbeitete, oder wie sie laut beim Radio mitsang, wenn wir »einfach nur so« Eis kaufen fuhren.

Als Mom noch lebte, hatte ich Harmony geliebt. Der Soundtrack der Stadt, die Hintergrundmusik meines Lebens war ihre weiche Stimme gewesen. Aber sie war für immer verstummt, und als sie gestorben war, war auch ein Teil von mir totenstill geworden.

Ich rollte mich auf die andere Seite, drehte den albernen

Fantasien den Rücken zu und wickelte mich fester in die Decken. Was geschehen war, war geschehen. Sie war tot, Harmony war die Hölle, und der einzige sichere Weg, dem Elend zu entkommen und meine Stimme wiederzufinden, war, von hier zu verschwinden.

*Martin hat Künstleragenten eingeladen, damit sie mich spielen sehen.*

Mein Schauspieltalent konnte mich woanders hinbringen. Ich spielte nicht für Lob. Komplimente widerten mich an. Aber jetzt erinnerte ich mich an den Applaus heute, das Publikum war aufgestanden und hatte nicht aufgehört zu klatschen. Der Beifall hallte in meinem Kopf wider, verdrängte den kalten Wind, der unter dem Trailer hindurchpfiff.

Und kurz bevor der Schlaf kam, erinnerte ich mich an Willow Holloways goldenes Haar, als sie unter der Leuchtschrift des Theaters gestanden und dort hinaufgesehen hatte, als würden sich die Geheimnisse des Universums darin verbergen.

Am nächsten Morgen war Paps früh auf. Ich sah durch das Küchenfenster, wie er die Reihen von Schrottautos abschritt. Er war kaum mehr als ein dicker Fleck mit der armeegrünen Jacke und der roten Schirmmütze. Vor seinem Mund bildeten sich rauchige Atemwolken.

Er lief häufig über den Friedhof seines Betriebs, wie ein Trauernder, der zwischen Gräbern spazieren ging. Er trauerte um seine Hoffnungen und Träume. Trauerte um meine Mutter. Fast hatte ich Mitgefühl mit ihm, wenn ich nicht verdammt genau wusste, dass er zurückkommen und seine Wut über sein Scheitern und die miesen Karten, die das Leben ihm ausgeteilt hatte, an mir auslassen würde.

Ich berührte eine Narbe an meinem Kinn, fast bedeckt durch den leichten Bart, wo Paps eine Lampe auf mich geworfen hatte. Ein anderes Mal hatte er eine Eisenstange vom Schrottplatz mit reingebracht und verlangt, mehr davon zu finden und zum Recycling zu bringen. Als ich nicht schnell genug aufgesprungen war, hatte er mir den Arm gebrochen. *Tod eines Handlungsreisenden* hatte ich im Gips gespielt.

Als er das letzte Mal versucht hatte, mich zu schlagen, hatte ich mich gewehrt und ihm ein blaues Auge verpasst, das er dann in Nicky's Tavern herumgezeigt hatte. Da hatten die Gerüchte in der Schule angefangen. Ich sei gewalttätig, reizbar und könne zuschlagen, genau wie mein Vater. Allerdings legte sich auch niemand mit mir an, und das war mir gerade recht.

Ich wandte mich vom Fenster ab und duschte in dem winzigen Badezimmer des Trailers, fror mir die Eier ab, als kühle Luft durch die Risse am Fenster hereinwehte. Ich trocknete mich ab und zog mich schnell wieder an – dieselben Jeans wie gestern. Danach zog ich ein sauberes T-Shirt an, ein Sweatshirt drüber und dann meine Jacke.

Paps kam gerade rein, als ich rauswollte.

»Wo willst du hin?«, sagte er und stellte sich mir in den Weg.

»Weg«, sagte ich. »Später arbeite ich im Theater. Heute Abend ist die Aufführung.«

»Weg.« Ein rauchiger Atemzug kam aus seiner Nase, als er mich in den Wohnwagen zurückdrängte. »Ist unter ›weg‹ mit eingeplant, wenigstens eine verfluchte Minute in der Tankstelle zu verbringen?« Er zeigte mit dem Daumen hinter sich auf den Hof. »Oder den Anrufbeantworter nach Anfragen für Autoteile abzuhören? Gute Ware verrostet, während du auf einer Bühne herumstolzierst.«

Ich knirschte mit den Zähnen. Seit einem halben Jahr hatte niemand mehr wegen Ersatzteilen angerufen. Unser Betrieb bestand darin, dass Paps sonntags in der Wexx-Tankstelle saß und ich rostige Schrottautos zerlegte, um brauchbare Teile zu gewinnen. Niemand kam tanken, und ich hatte schon hundertmal durchgesehen, was wir hatten.

»Bei dem Frost kann ich nicht arbeiten«, sagte ich.

»Blödsinn. Der ganze Hof steht voller möglicher Erträge, die nur wegen deiner Faulheit zum Teufel gehen.«

Mein Kiefer zuckte. Eine Ladung Metallschrott auf meinem Pick-up würde nicht einmal für eine Schachtel Zigaretten reichen. Bei den miesen Preisen würde ich mich wochenlang abrackern und brauchbares Metall zum Recycler bringen müssen, bis halbwegs etwas dabei heraussprang.

»Im Theater verdiene ich mehr«, sagte ich. »Wenn der Schnee schmilzt, können wir mit dem Recycling weitermachen.«

*Und vielleicht könntest du die Tankstelle betreiben, wie es in deinem Franchise-Vertrag steht.*

Paps' Gesicht wurde rot, und ich fragte mich, ob er etwas versuchen würde. Ich richtete mich zu meiner ganzen Größe auf und senkte das Kinn. Inzwischen überragte ich ihn. Seit dem gebrochenen Arm vor drei Jahren hatte ich Gewichte gehoben, um sicherzugehen, dass er es sich zweimal überlegte, bevor er mit mir Streit anfing.

Aber er war nüchtern. Der Rest Anstand, den er im Leib hatte – viel konnte es nicht sein –, war heute Morgen noch nicht in Alkohol ersoffen. Trotzdem. Er schob sich an mir vorbei, der Geruch nach Whiskey und abgestandenem Rauch stieg mir in die Nase.

»Dann verpiss dich. Versager. Ich will dich nicht sehen.«

*Beruht auf Gegenseitigkeit*, sagte ich mir und knallte die Tür hinter mir zu. Unverletzt, aber mit dem Gefühl, als hätte er mich trotzdem geschlagen, mitten auf die Brust.

Ich fuhr nach Braxton. In dem Klamottenladen kaufte ich zwei neue Jeans, Socken und Unterwäsche. Die Dame an der Kasse sagte, es wären noch fast fünfzig Dollar auf der Karte übrig.

*Meine Güte, Marty.*

Ich ließ meine Einkäufe bei ihr stehen und ging in die Kinderabteilung. Ich fand eine wetterfeste Winterjacke – eine gute, kein billiger Scheiß – in Hellblau und im Angebot für 45,99. Ich hob sie hoch, um die Größe einzuschätzen, dann nahm ich sie mit zur Kasse.

»Für Ihren kleinen Bruder?«, fragte sie, als sie das Guthaben auf null korrigierte.

»Jepp«, sagte ich.

Sie lächelte. »Wie nett.«

Im Food Court der Mall holte ich mir ein Pizzastück und eine Dr Pepper, dann machte ich mich wieder auf nach Harmony. Ich hatte noch eine Stunde, bevor ich zur Arbeit im Theater musste. Ich fuhr zurück in mein Stadtviertel, nahm den Privatweg, der östlich der Pearce-Altautoverwertung entlangführte. Am hinteren Ende, wo der Zaun des Schrottplatzes an eine Reihe kleiner Häuser grenzte, parkte ich und stieg aus.

Ein verrosteter alter Pick-up lag umgekehrt vor dem Maschendrahtzaun. Wie ein vergessenes Requisit aus einem Actionfilm. In der Kabine hörte ich eine Stimme, die verhalten Nina Simones »Feeling Good« sang.

Ich pfiff leise auf zwei Fingern.

Der Gesang verstummte und Benny Hodges kletterte aus dem Wagen. Ein Grinsen blitzte in seinem dunklen Gesicht auf, bevor er es zum gelangweilten Desinteresse eines Dreizehnjährigen herunterdimmte.

»Wie geht's, Bro?«, fragte er, wischte sich die Hände an den Jeans ab und stieß seine Faust gegen meine. »Happy Birthday.«

»Danke.«

»Mama hat dir was gemacht. Warte, ich hol's eben.«

Er duckte sich durch ein Loch im Zaun, seine zu kleine Jacke flatterte, als er über das schneebedeckte Gras lief. Er ging ins Haus und kam mit einem Teller mit einem kleinen runden Kuchen zurück, der mit Frischhaltefolie abgedeckt war. Gabeln steckten in seiner Tasche und klirrten, als er über den Rasen rannte.

Er kletterte wieder unter dem Zaun hindurch und hielt mir den Kuchen hin. Er war mit weißer Frischkäseglasur überzogen. Obendrauf stand in oranger krakeliger Jungenschrift *Happy Birthday, Isaac!*

»Karottenkuchen«, sagte er und strahlte. »Den magst du am liebsten, oder? Und ich hab die Schrift gemacht.«

»Danke, Benny«, sagte ich, und mein Herz zog sich zusammen. »Sag Yolanda auch Danke.«

»Sie ist arbeiten, aber sie hat gesagt, ich soll dir gratulieren.« Er sah zu mir auf, unverhüllte Ungeduld in den braunen Augen. »Den essen wir jetzt, ja?«

Ich lachte. »Ja, machen wir. Aber zuerst …«

Ich stellte den Kuchen auf einem Sattelschlepperreifen ab und hielt Benny die Tüte aus dem Klamottenladen hin. Benny beäugte sie misstrauisch.

»Was ist das?«

»Eine Jacke.«

»Hab ich Geburtstag oder du?«

»Deine ist zu klein. Nimm sie.«

Er zögerte. Der Stolz hinderte ihn daran zuzugreifen.

Ich seufzte. »Deine Ma sorgt dafür, dass du ein Dach über dem Kopf hast?«

»Ja.«

»Und was zu essen auf dem Tisch?«

Er nickte.

»Ganz genau«, sagte ich. »Und wie oft macht sie etwas für mich und Paps?«

Benny kratzte sich mit einem Finger am Kinn. »Einmal die Woche?«

»Mindestens. Sie kümmert sich um uns.« Ich hielt ihm die Tüte hin. »Und wir kümmern uns um dich. Nimm schon.«

Er nahm sie.

»Die Kids in der Schule haben mich geärgert …« Er zog die alte Jacke aus und die neue an. Zog den Reißverschluss bis zum Kinn hoch und strich die Ärmel glatt. Er lächelte, und einen Moment lang war er ein ganz gewöhnlicher Junge, nicht ein junger Mann ohne Vater, der gezwungen war, schnell erwachsen zu werden.

»Sie ist warm«, sagte er.

»Gut.«

Wir gaben uns die Hand, dann umarmte er mich halb und klopfte mir männlich auf den Rücken.

»Danke, Bro«, sagte er mit belegter Stimme und hielt mich ein bisschen länger fest als nötig. Ich ließ ihn.

Ich hatte Benny vor drei Jahren getroffen. Oder, besser gesagt, gefunden, hier am Zaun. Er hatte an den Reifen des Sattelschleppers gekauert und um seinen Vater geweint, der in Afghanistan getötet worden war, als Benny fünf war. Er wollte nicht so dicht am Haus heulen. *Mama würde es sehen und sich Sorgen machen*, hatte er erklärt. Er hatte mir gesagt, dass er sich jetzt um sie kümmern müsste. Ich hatte ihm gesagt, dass ich mich genauso um Paps kümmerte. Seitdem waren wir Freunde.

Benny ließ mich los, und der gefühlvolle Moment wehte in der kalten Luft davon.

»Wie war die Schule diese Woche?«, fragte ich, als wir den Kuchen aßen.

»Okay«, sagte Benny. »Physiktest.«

»Und?«

»Geht so.«

»Du bist zu klug für ›geht so‹. Du musst lernen. Du passt doch auf, dass du keinen Ärger kriegst?«

»Jo. Und du?«

Ich sah mit erhobenen Augenbrauen zu ihm hinunter. »Immer.«

Er lachte. »Klar. Wer ist diese Woche deine neue Freundin?«

»Hab keine.«

»Quatsch. Du bist der König der Sexdates.«

»Weiß deine Ma, dass du so redest?«

»Nö.«

»Meine Güte.«

Er zuckte mit den Achseln. »Es ist ihr egal.«

So wie ich Yolanda Hodges kannte, war es ihr ganz und gar nicht egal. Und ihr war auch nicht egal, was ich für ein Vorbild für ihren Sohn abgab. Aber eines Abends hatte ich ihn mit meinem Telefon spielen lassen, und er hatte eine nicht altersgerechte Nachricht von einer der Frauen gesehen, mit denen ich manchmal Sex hatte. Um den Druck rauszunehmen.

Natürlich hatte Benny tausend Fragen gestellt. Ich hatte ihm damals keinen Blödsinn erzählt und würde jetzt nicht damit anfangen.

»Hör zu«, versuchte ich, ein paar kluge Worte zu sagen. Mein Kiefer bewegte sich wie auf einem rostigen Scharnier. »Du musst alle Mädchen anständig behandeln. Egal was. Egal wann.«

»Mach ich.«

»Ich bin nicht untreu. Die Mädchen, die ich –«

»Vögel? Flachlege? Bumse?«

Ich sah zu ihm hinunter. Er grinste zu mir hoch.

»Meinetwegen«, sagte ich. »Diese Mädchen. Wir haben

eine Abmachung. Es ist okay, dass ich nicht mit ihnen zusammen bin oder mit ihnen ausgehe oder sie ständig anrufe. Sie sind nicht meine Freundinnen und erwarten das auch nicht. Manchmal mögen Mädchen es, zu …«

»Bumsen? Vögeln? Flachgelegt zu werden?«

Ich lachte leise. »Ja. Genau. Da ist nichts verkehrt dran, solange alle einverstanden sind, okay?«

Benny schielte zu mir hoch und runzelte die Stirn. »Warum führst du so komische Aufklärungsgespräche mit mir?«

»Es ist wichtig.«

Er dachte kurz darüber nach, dann zuckte er mit den Achseln. »Okay.«

Wir aßen unseren Kuchen, als die Sonne durch das Grau brach und der rostige Pick-up glänzte. Benny summte »Feeling Good«.

»Seit wann kennst du Nina Simone?«, fragte ich.

Er blinzelte. »Wen?«

»Der Song eben.«

»Ich kenn keine Nina. Den hab ich aus dem Jay-Z-Video.«

»Okay, das kann sein.«

»Heute ist dein letzter Auftritt?«, fragte er.

»Der letzte Ödipus, ja.«

»Bist du traurig deswegen?«

»Nicht wirklich«, sagte ich.

Aus irgendeinem Grund kam die Erinnerung an Willow Holloway zurück, wie sie mit dem Programm in der Hand vor dem Theater gestanden hatte.

Ich sah zu Benny, dessen eine Wange mit Frischkäse verschmiert war, und lächelte ein bisschen. »Es war ein guter Geburtstag.«

# 7. KAPITEL

## Willow

Am Montagmorgen in Englisch setzte ich mich auf den einzigen freien Platz – in der letzten Reihe neben Isaac Pearce. Er saß schon auf dem Stuhl, den ich letzte Woche genommen hatte – zurückgelehnt, Arme verschränkt, Beine in den Gang gestreckt. Er blickte geradeaus, als ich den Gang hinunterkam, und ich sah ihn nur einmal kurz an. Lederjacke, Jeans, Stiefel. Die harten kantigen Züge seines Gesichts wirkten nicht länger göttlich wie unter der Bühnenbeleuchtung, aber trotzdem nicht weniger atemberaubend.

Ich setzte mich an das Pult neben ihm und verstaute meinen Rucksack zu meinen Füßen. Ich hatte das ganze Wochenende an Isaacs überirdische Vorstellung gedacht. In etwas so Gewöhnlichem wie Englisch neben ihm zu sitzen kam mir komisch vor, aber ich verstand, warum Isaac seine Worte für die Bühne aufbewahrte – er saß auf seinem Stuhl, als würde ihm der Platz nicht genügen.

*Er ist zu groß für diese Stadt.*

Ich warf ihm verstohlen einen Blick zu und erwischte ihn dabei, wie er das Gleiche tat. Mein Herz machte einen Sprung in der Brust. Wir sahen beide weg und ich saß absolut still, bis das elektrisierende Kribbeln aufhörte.

*Oh, mein Gott.*

»Hey«, zischte eine Stimme links von mir.

Ich drehte mich um und sah Angie, die über der Rückenlehne ihres Stuhls hing und mich amüsiert ansah. Auf ihrem Sweatshirt war die Zeichnung eines Nashorns und die Aufschrift: *Auch pummelige Einhörner brauchen Liebe.*

»Kennen wir uns?«, fragte sie. »Du kommst mir so bekannt vor? Haben wir letzten Freitag was zusammen gemacht, oder hab ich mir das eingebildet?«

»Hey«, sagte ich und grub ein Lächeln für sie aus. »Wie geht's?«

Sie blickte zu Mr Paulson, der noch durch einen Haufen Papiere blätterte, dann winkte sie mir, dass ich mich näher heranbeugen sollte. Wir steckten die Köpfe zusammen und flüsterten, genau wie früher mit Michaela und den Mädchen in New York. Bevor X sie aus meinem Leben gestrichen hatte.

Angie deutete mit dem Kinn auf Isaac. »Es ist, wie neben Kit Harington zu sitzen, stimmt's? Oder neben Brad Pitt etwa in der Zeit von *Legenden der Leidenschaft*.«

Ich biss mir auf die Lippen, um nicht zu lächeln, und zuckte mit den Achseln. »Ich krieg das schon hin.«

»Bist du sicher? Du hast dich bis vor einer Sekunde nicht mal daran erinnert, dass ich existiere, was mir normalerweise das Herz gebrochen hätte.« Sie riss die Augen auf und rückte dichter an mich heran, ihre Stimme wurde noch leiser. »Findest du ihn gut? Ich sag dir ständig, dass es hoffnungslos ist, aber vielleicht nicht. Vielleicht findet er dich auch gut. Du solltest ihm sagen, dass du seinen Auftritt gesehen hast. Sag ihm, dass du *geweint* hast.«

»Psst.« Ich schlug ihr auf die Hand, heiße Scham durchfuhr mich. »Ich habe nicht geweint.«

Angie hob die Augenbrauen.

»Mist. Du hast es gesehen?«

»Fühl dich nicht schlecht deswegen«, sagte sie. »Er hat auf

alle diese Wirkung.« Sie deutete mit dem Kinn auf Doug Keely auf der anderen Seite des Raums. »Die Sporttypen müssen sich manchmal auf die Brust trommeln und irgendwas Gemeines zu ihm sagen, aber Isaac bringt sie schnell zum Schweigen. Wie ein Löwe. Oder ein Jaguar?« Sie klopfte sich mit dem Fingernagel gegen die Vorderzähne. »Was ist die sexyste Großkatze?«

»Panther«, flüsterte ich, dann verdrehte ich die Augen. Aber trotzdem fühlte es sich gut an, mit einer Freundin über einen Jungen zu reden. Normal.

*Nur dass besagter Junge ein Mann ist und direkt neben mir sitzt.*

»Panther, genau«, sagte Angie viel zu laut. »Egal, was hab ich gerade gesagt?«

»Die Sporttypen haben es auf Isaac abgesehen?«, flüsterte ich.

»Mhm. Es ist ein unglaublicher Anblick. Ich bin kein Fan von Gewalt, aber ihn bei jeder Art Action zu beobachten ist heiß. Er ist einfach ... der Wahnsinn.« Sie warf mir einen lasziven Blick zu. »Man fragt sich, wie er im Bett ist.«

Ein erregter Schauder lief mir den Rücken hinunter, bevor das Gefühl in meiner Brust schwer und hässlich wurde. Meine Lungen verengten sich, mein Atem wurde flacher. Der Gedanke, mit einem gut aussehenden Mann wie Isaac ins Bett zu gehen – oder egal welchem Mann –, war etwas Schönes und Sehnsuchtsvolles, das unter dem schwarzen X verrottete. Plötzlich machte es mich traurig, dass ein so harmloser Kommentar und ein so normaler Teil der menschlichen Natur so vergiftet werden konnten. Ich setzte mich zurück, weg von Angies warmer Energie.

Über Jungs zu reden konnte ich offensichtlich auch auf die Liste der Dinge setzen, die Xavier aus meinem Leben gestrichen hatte.

Angie missverstand meine Reaktion und ihr freundliches

Lächeln schwand. »Versteh mich nicht falsch. Ich bin mit Nash zusammen, zu hundert Prozent …«

»Das habe ich gar nicht …«, stammelte ich. »Das weiß ich doch. Es ist nur –«

»Guten Morgen«, sagte Mr Paulson und stellte sich vor die Klasse.

Erleichtert richtete ich meine Aufmerksamkeit auf ihn, auch wenn ich Angies Verwirrung wahrnahm. Rechts von mir blickte Isaac mit versteinerter Miene stur geradeaus. Plötzlich war ich mir sicher, dass er jedes Wort zwischen Angie und mir mitgehört hatte. Scham überkam mich und ich versuchte, sie auszublenden. Wahrscheinlich war er daran gewöhnt, dass Mädchen über ihn tuschelten, und ich war sowieso zu jung, um seiner Aufmerksamkeit würdig zu sein.

»Zuerst ein paar Ankündigungen«, sagte Mr Paulson. »Karten für den Spring Fling gibt es ab nächster Woche. Der Ball wird am …« Er blickte auf den Zettel in seiner Hand. »Am 15. März in der Turnhalle stattfinden. Und falls jemand von Ihnen statt Twitter die *Harmony Tribune* liest, werden Sie bereits wissen, dass das Harmony-Community-Theater als Nächstes Shakespeares *Hamlet* aufführen wird.«

Als gäbe es einen anderen *Hamlet*. Sofort blickten alle zu Isaac, der unter der plötzlichen Aufmerksamkeit erstarrte.

»Ich weiß, viele von Ihnen haben Mr Pearce' unglaubliche Darstellung des Ödipus gesehen«, sagte Mr Paulson und strahlte wie ein stolzer Vater. »Dieser Liebhaber der Klassiker hier«, er zeigte mit dem Daumen auf sich, »hat es zweimal gesehen. Bravo, Isaac. Ich bin sicher, ich spreche für viele von uns, wenn ich sage, dass wir uns darauf freuen, Sie in diesem bedeutendsten Stück des Barden zu sehen.«

Isaac antwortete nicht, sondern nickte nur leicht. Ich runzelte die Stirn und fragte mich, ob er überhaupt noch für eine

Rolle vorsprechen musste. Dann erinnerte ich mich daran, wie er gequält auf die Knie gefallen war, während das Kunstblut ihm die Wangen hinunterströmte.

Wahrscheinlich musste er das nicht.

»Apropos«, sagte Mr Paulson, »das Vorsprechen für das Stück findet übernächsten Mittwoch um 19 Uhr im Theater statt.«

Mein Kopf fuhr hoch. Aus dem Augenwinkel sah ich, wie Isaac sich als Reaktion in meine Richtung drehte. Es gab einen kurzen Blickkontakt, und wieder spürte ich das elektrische Knistern, diesmal mit einem Hauch Neugier, bevor er wegsah.

»Ich hänge die Info ans Schwarze Brett, für die Mimen unter Ihnen, die es wagen wollen«, sagte Mr Paulson. »In der Tat werde ich in der Unterrichtseinheit zu Lyrik und Drama am Ende des Schuljahrs Extrapunkte an die vergeben, die eine Rolle bekommen oder freiwillig bei der Inszenierung helfen.«

Niemand sprang bei dieser Neuigkeit auf und rannte zum Schwarzen Brett, und Paulson begann die heutige Stunde über die Symbolik in *Schuld und Sühne*. Ich blickte durch die Tafel hindurch.

*Vorsprechen.*

Tief in mir flackerte die kleine Flamme wieder auf, die sich am Freitag zur Bühne gereckt hatte und tun wollte, was Isaac konnte. Einen Moment lang brannte sie gerade und hell, dann duckte sie sich wieder. Was wusste ich schon vom Theaterspielen? Meine letzte Leistung auf der Bühne war die fesselnde Darstellung von Affe Nr. 3 in Ms Mellons Kindergartenaufführung *Dschungeltiere!* gewesen.

*Ganz dumme Idee*, dachte ich. *Das ist ein echtes Theater mit echten Schauspielern. Und es ist Shakespeare. Leute machen eine jahrelange Ausbildung, um Shakespeare zu spielen.*

Als es klingelte, drückte ich mich lange genug neben

Mr Paulsons Schwarzem Brett herum, um mir die Webadresse des HCT zu merken. Angies Adleraugen bemerkten das natürlich. Als ich den Raum verließ, hakte sie sich mit einer Vertrautheit bei mir ein, an die ich mich anlehnen wollte und vor der ich gleichzeitig zurückschreckte.

»Ah, Miss Holloway«, sagte sie. »Ich wusste ja gar nicht, dass Sie so ein Fan vom alten Bill Shakespeare sind.«

»Bin ich auch nicht«, sagte ich. »Ich bin nur … neugierig. Und mein Dad sitzt mir total im Nacken wegen außerschulischer Aktivitäten.«

»Aha. Oder könnte vielleicht der Gedanke, Zeit mit Isaac Pearce zu verbringen, Ihre eigentliche Motivation sein?«

»Ich bin nicht an Isaac interessiert«, sagte ich.

Ich riss mich etwas zu kräftig von ihr los und knickte dabei um. Es tat nicht weh, aber ich stolperte gegen jemanden. Jemanden, der groß und breit wie eine Mauer war und eine schwarze Lederjacke trug. Eine starke Hand stützte mich, und ich hob den Kopf und sah Isaac Pearce, der zu mir hinunterblickte.

*War ja klar.*

»Hi«, sagte ich.

»Hey«, gab er zurück.

*Er spricht …*

Wir standen dicht beieinander, zu dicht. So dicht wie ein tanzendes Paar. Ich roch seine Seife, einen Hauch von Pfefferminz und eine rauchige Note von Zigaretten. Er sah unglaublich gut aus. Schnell betrachtete ich sein Gesicht, als hätte ich Angst, etwas zu übersehen. Als ich in seine grünen Augen blickte, durchfuhr mich wieder einer dieser Schauder. Ich trat zurück.

»Ja, ich … tut mir leid, dass ich … dich angerempelt habe.«

*Oh, mein Gott, reiß dich zusammen. Er ist keine unbezahlbare Statue.*

Ich spürte, dass Angie hinter mir das lustig fand, und Hitze stieg mir in die Wangen.

Isaacs graugrüne Augen wurden weich. Für den Bruchteil einer Sekunde dachte ich, er würde tatsächlich etwas sagen. Aber seine Miene verhärtete sich wieder, und er ging.

»Okay«, sagte ich zu seinem Rücken. »Nettes Gespräch.«

Ich drehte mich zu Angie um, die mich erwartungsvoll mit hochgezogenen Augenbrauen ansah.

»Was?«

»Du hast ihn berührt. Er hat dich berührt. Hat dein Leben sich für immer verändert?«

Ich musste lachen, und meine ganze Wut auf sie verrauchte. »Du bist echt eine Nervensäge, weißt du das?«

Sie grinste. »Sagen wir, man hat mir das schon öfter gesagt.«

Wir blieben vor meinem Schließfach stehen, und Angie lehnte sich an, während ich das Englischbuch gegen VWL tauschte. Ein Stück den Gang entlang drehte Isaac an seinem Zahlenschloss. Ich starrte auf meine Sachen, versuchte den Drang, ihn anzusehen, zu ignorieren.

*Komm schon, er sieht großartig aus. Ich sollte ihn ansehen* wollen. *Es ist normal.*

»Also.« Angie zog das Wort in die Länge, bis es sieben Silben hatte. »Ich bringe das jetzt ein letztes Mal vor, dann lass ich dich in Ruhe, versprochen.« Sie klimperte mit den Wimpern und sah mich an wie ein bettelndes Hündchen. »Jahrbuch?«

Es wäre so leicht gewesen, Ja zu sagen. Jahrbuch hieß Sicherheit. Ich könnte es nebenbei machen. Zu dokumentieren, wie andere Kids ihr Leben lebten, wäre wie ein wissenschaftliches Experiment: Was ist »normal«? Aber die Erinnerung an Isaacs Auftritt neulich Abend – die Katharsis der Gefühle – lockte mich. *Hamlet* schien mir das Erste zu sein, was ich *tun* könnte – ein Schritt, um unter Xaviers schwarzem X hervorzukommen. Oder es wenigstens zu versuchen.

Ich machte mein Schließfach zu, sah Angie an und holte tief Luft.

»Ich weiß, du wirst mir nicht glauben, dass es nichts mit Isaac zu tun hat, aber ich werde für *Hamlet* vorsprechen.«

*Da. Es ist gesagt. Es gibt kein Zurück.*

»Wirklich?« Angie schürzte die Lippen. »Hast du je Theater gespielt?«

»Noch nie«, sagte ich. »Es ist dumm, oder? Ich werde keine Rolle bekommen. Ich weiß nicht, wie ich darauf komme.«

»Na, du denkst ja positiv, Holloway«, sagte Angie, dann wurde sie sanft. »Wirklich, wenn du das willst, dann versuch es. Ich helfe dir.«

»Das würdest du tun?«

»Klar.« Sie verdrehte die Augen. »Ich meine, ehrlich, du würdest eine Wahnsinnsophelia abgeben.«

»Ophelia«, sagte ich, ließ mir den Namen wie ein Bonbon auf der Zunge zergehen und durchforstete mein Gehirn nach allem, was ich über *Hamlet* wusste. Was nicht viel war. »Wird sie nicht verrückt und bringt sich um?«

»Genau die. Große, reizvolle Rolle. Ein Klassiker. Meine Lieblingsschauspielerin, Kate Winslet, hat sie gespielt. Und Julia Stiles. Helena Bonham-Carter …«

»Wirklich?«, fragte ich, und meine Hoffnung setzte zum Flug an und knallte auf den Boden. »Wenn es eine wichtige Rolle ist, werden sie sie nicht einer Anfängerin wie mir anvertrauen.«

Angie machte *Pfft*. »Der Leiter, Martin Ford, castet Talente, nicht Erfahrung. Warum sonst, glaubst du, haben in *Ödipus* so viele Verkäufer und Friseurinnen gespielt anstatt Studierende? Du brauchst einen total guten Monolog, mit dem du vorsprechen kannst.« Sie zeigte mit dem Finger den Gang entlang und sagte voller Dramatik: »Geh in die Bibliothek.«

»Äh, was?« Ich lachte, dankbar, dass dieses schräge, nette Mädchen sich in mein Leben drängelte.

»Geh in die Bibliothek?«, sagte Angie. »Verstehst du? Wie ›Geh in ein Kloster‹! Aus *Hamlet!*«

»Ah. Ach ja.«

Sie sah mich aus zusammengekniffenen Augen an, dann fing sie an, an ihren Fingern abzuzählen. »Du hast noch nie gespielt. Du kennst das Stück nicht. Du glaubst nicht, dass du eine Rolle bekommst. *Und* du versuchst nicht, die nächsten zwei Monate jeden Abend in Isaac Pearce' Nähe zu sein.« Sie hob die Hände. »Warum sprichst du überhaupt vor?«

Ich zuckte mit den Achseln und sah sie nicht an. »Ich muss etwas tun.«

»Für College-Bewerbungen ist es ein bisschen spät.«

»Das ist es nicht …«

»Was dann?« Angies weiches Gesicht sah jetzt besorgt aus. Sie legte eine Hand auf meinen Arm. »Hey. Ich bin hier.«

Diese einfache Erklärung genügte fast, um die Wahrheit direkt aus mir rauszureißen. Tränen drohten, aber bevor ich etwas sagen konnte, kam ein großer Typ mit blonder Igelfrisur in einer marineblauen George-Mason-Windjacke mit seinen Kumpels vorbei. Er blieb stehen, als er mich sah, und musterte mich aus blassblauen Augen von oben bis unten.

»Hey Prinzessin. Du bist die Neue, stimmt's? Ich hab dich schon gesehen. Und mir gefällt, was ich sehe.«

Ein normales Mädchen hätte bei diesem peinlichen Spruch die Augen verdreht. Oder dem Schwachkopf gesagt, dass er sich verpissen solle. Oder sie hätte sich vielleicht geschmeichelt gefühlt, wenn diese Sorte Blödmann ihr Typ war. Aber ich hatte plötzlich ein Gefühl von Enge in der Brust, und die

Luft schien dünner zu werden, schwieriger einzuatmen, solange dieser Schrank so dicht neben mir stand.

Angie beugte sich zu mir. »Willow, darf ich dir Ted Bowers vorstellen? Der mit Steroiden vollgepumpte Kapitän des Ringkampf-Teams.«

Ted verzog wütend das Gesicht. »Halt die Klappe, Angie, du dämliche Kuh.« Er wandte sich wieder mir zu und setzte ein überfreundliches Lächeln auf. Er kam einen Schritt näher. »Wir sollten mal was zusammen machen. Ich zeig dir die Stadt.«

Ich spürte, wie ich nickte, obwohl jede Faser meines Wesens vor seinen offensichtlichen Absichten zurückschreckte. Ich war verstummt, konnte kaum atmen. Flehte zu allen Göttern, die mich möglicherweise hören konnten, dass ich nicht gleich mitten im Gang eine ausgewachsene Panikattacke bekam.

»Hast du Angst vor mir, Prinzessin?«, fragte Ted, blickte lachend zu seinen Kumpels, dann wieder zu mir. »Ich beiße nicht. Solange du das nicht willst.«

Mir schnürte sich die Kehle zusammen, und Lichter tanzten vor meinen Augen. Wie aus weiter Ferne hörte ich, wie Angie zu Ted sagte, er solle die Klappe halten, und dann war Isaac Pearce da.

Er schob sich wie ein Schild zwischen Ted und mich und überragte den Ringkämpfer drohend. Sein Geruch nach Seife und Rauch war wie Riechsalz und holte mich zurück. Ich atmete tief ein, und das Schwindelgefühl legte sich ein wenig.

»Sieh an, Ödipus«, sagte Ted. »Was gibt's, Motherfucker? Kapiert? Du vögelst deine Mutter.«

»Toller Witz, Ted«, sagte Angie. »Sehr originell.«

Er ignorierte sie, hielt den Blick auf Isaac gerichtet. »Lass die kleine Prinzessin in Ruhe, Pearce. Sie ist zu jung für dich.«

Isaac legte den Kopf schief. Ted war gute fünfzehn Kilo

schwerer als er, aber ich hatte plötzlich Angst um den Idioten. Von Isaac ging eine solche Gefahr aus, dass sich die Härchen auf meinem Arm aufstellten.

»Und?«, fragte Ted. »Willst du was sagen, Motherfucker?« Er war jetzt voll in Fahrt, stieß einen seiner Kumpel an, der nicht halb so selbstsicher wirkte. »Hey, wie kommt's, dass du immer noch in der Highschool bist? Bist du nicht so was wie dreißig? Oder haben sie dich extra aus dem Knast gelassen, damit du die Schule fertig machen kannst?«

Ich stand so nah an Isaac, dass ich seine Anspannung spürte. Der Panther war bereit zum Angriff. Angie packte mich fest am Arm, und das Grüppchen, das sich versammelt hatte, hielt den Atem an. Sah zu.

Ted war noch nicht fertig. Sein Lachen war dunkel und hässlich. »Hab deinen Alten 'ne Weile nicht gesehen, Pearce. Wo hast du die Leiche vergraben? Neben deiner Mutter?«

*Ruhe in Frieden, Ted Bowers*, dachte ich.

Isaac richtete sich auf, aber es war Ted, der anfing und ihn mit beiden Händen nach hinten schubste.

Direkt danach ging gleichzeitig ein Stück den Gang hinunter die Tür eines Klassenzimmers auf, und Isaac, ein Blitz aus schwarzem Leder, landete einen rechten Haken direkt in Teds Gesicht. Das Geräusch der Knöchel, die auf Knochen trafen, hallte durch den Gang, gefolgt von einem Keuchen. Ted taumelte rückwärts, Blut kam aus seiner Nase.

Die Menge raunte *Uuuh* und lachte.

»Was ist hier los?« Mr Tyler, der Biologielehrer, trat in den Gang und schob sich durch die größer werdende Menge. »Hört sofort auf.« Er warf einen Blick auf Teds blutige Nase und drehte sich blitzschnell zu Isaac um. »Wow, wirklich. Pearce. Ins Büro des Rektors. *Sofort*.«

Isaac rührte sich nicht, sondern wartete ruhig, dass Ted

sich fasste. Vielleicht zurückschlug. Isaacs Hände waren nicht einmal mehr zu Fäusten geballt, aber er sah aus, als könnte er jederzeit noch einmal zuschlagen.

»Du bist ein toter Mann, Pearce«, sagte Ted und schob die helfenden Hände seiner Freunde weg. »Ich hab's satt, dass du hier rumläufst, als würde dir der verdammte Laden gehören.«

»Das reicht, Mr Bowers«, sagte Mr Tyler und hielt die Hände zwischen die beiden. »Isaac. *Los.*«

Ohne Eile ließ Isaac einmal seinen Hals knacken und ließ keinen Zweifel daran, wem die Gänge der George Mason gehörten. Mädchen starrten ihn an, als er seinen Rucksack schulterte und mich ein letztes Mal ansah, bevor er sich umdrehte und zum Büro des Rektors ging.

»Viel Spaß bei deinem Schulverweis, Arschloch«, rief Ted ihm nach und versuchte vergeblich, wieder Oberwasser zu bekommen.

Die Menge verteilte sich, und es war klar, dass die Leute sich nicht zuflüsterten, wie mutig Ted gewesen war, sich mit Isaac anzulegen. Das begriff selbst Ted, und er riss sich aus dem Griff seiner Freunde los und wischte sich die blutige Nase am Ärmel ab, bevor er steifbeinig den Gang entlanglief.

»Und deshalb, verehrte Damen und Herren«, sagte Angie, »legt man sich nicht mit Isaac Pearce an.«

Ich drehte mich zu ihr um. »Wird er suspendiert werden?«

Sie zuckte mit den Achseln. »Wäre nicht das erste Mal. Aber ich habe noch nie gesehen, dass er die Ehre eines Mädchens verteidigt hat. Das ist neu.«

Angie sah, dass ich in die Richtung blickte, in der Isaac verschwunden war. »Hey. Wirklich. Magst du ihn? Denn …« Sie verstummte und schüttelte den Kopf.

»Ich bin nicht auf diese Weise an ihm interessiert«, sagte ich. »Und selbst wenn …«

»Ja?«

»Nichts.«

»Sicher?« Sie blickte mich besorgt an. »Gibt es etwas, worüber du reden willst? Ich habe irgendwie das Gefühl …«

Ich biss mir auf die Wange. »Nein. Es gibt nichts.«

Nichts, was ich mit eigenen Worten sagen könnte. Die Chancen, dass ich wirklich eine Rolle in *Hamlet* bekommen würde, und dann auch noch die Ophelia, waren verschwindend gering. Aber ich musste dieses Nichts in *etwas* verwandeln, bevor meine kleine Flamme endgültig verlosch.

## 8. KAPITEL

### Isaac

»Nun, Isaac?« Mr Dillings, der Rektor, lehnte sich auf seinem Stuhl zurück und trommelte mit den Fingern auf seiner Brust. »Als Pädagoge ist es nicht meine Gewohnheit, Schüler zu ermutigen, das Jahr nicht zu beenden und den GED-Test zu machen ... aber ich fürchte, wir sind langsam am Ende angelangt.«

Ich erwiderte unverwandt seinen Blick. Das kam nicht zum ersten Mal zur Sprache. Als ich mitten im letzten Schuljahr achtzehn geworden war – und in eine Prügelei mit drei von Ted Bowers' Kumpels geraten war –, hatte Dillings auch schon vorgeschlagen, dass ich das GED machte. Ich hätte einen Vollzeitjob annehmen und Paps mit den Rechnungen helfen können, und die Demütigung, ein Jahr ausgesetzt zu haben, hätte sich einfach in Luft aufgelöst.

Aber das General Education Diploma war nicht dasselbe wie ein normaler Highschool-Abschluss. Es roch nach Schulabbrecher. Und ich *wollte* zur Schule gehen. Der Tod meiner Mutter hatte mich aus dem Fluss des Lebens gerissen, und ich hatte wie ein Fisch auf dem Trockenen gelegen und zappelnd nach Luft geschnappt. Ich war wieder in den Fluss gestiegen, in der Hoffnung auf ein kleines Stück Normalität. Stattdessen hatten die Armut, der Alkoholiker-Dad und das verlorene Schuljahr sich gegenseitig verschlimmert, bis nur noch das Schauspielen mich retten konnte. Auf der Bühne spielte ich, um die Dämonen auszutreiben, die in meinem Herzen brüllten. In der Schule spielte ich den Kriminellen, damit man mich nicht in Stücke riss.

Meine Mutter hatte gewollt, dass ich die Schule abschloss. *Geh weiter zur Schule, Schatz*, hatte sie immer wieder gesagt. *Die Welt wird versuchen, dir Dinge wegzunehmen, aber niemand kann dir deinen Verstand wegnehmen und das, womit du ihn füllst.*

Tausendmal hatte ich aufhören wollen, und ihre Worte hatten mich immer dazu gebracht, weiterzumachen. Außerdem wollte ich Benny ein Vorbild sein. Was würde es ihm vermitteln, wenn ich von der Schule abging?

»Es ist an der Zeit, nicht wahr?«, fragte Mr Dillings. »Es sind nur noch sechs Monate bis zum Abschluss. Wenn es Ihnen wichtig ist, können Sie mit den anderen an der Abschlussfeier teilnehmen …« Stumm gab er mir zu verstehen: *Wir wollen Sie hier nicht mehr.*

»Klar«, sagte ich und stand auf. »Ich bin hier fertig.«

Dillings ließ einen erleichterten Seufzer hören und stand mit mir auf. Er zog sein billiges Jackett zurecht. »Ich denke, es ist das Beste. Sie sind ein kluger junger Mann mit einem großartigen Talent. Ich habe keine Zweifel –«

Ich ging hinaus und machte die Tür hinter mir zu, unterbrach, was auch immer er mir für einen Rat aufdrängen wollte.

Die Gänge waren leer. Niemand sah mich, als ich die George Mason Highschool verließ. Ich holte nicht einmal mehr meine Sachen aus dem Schließfach und ging über den Parkplatz zu meinem Dodge. Ich machte den Motor an, aber ließ ihn im Leerlauf. Ich wusste nicht, in welche Richtung ich fahren, welche Straße ich nehmen sollte.

Paps würde erwarten, dass ich in unserem toten Betrieb arbeitete, aber da konnte man nichts verdienen. Und dass Martin sich im Theater eine Vollzeitkraft leisten konnte, bezweifelte ich. Vielleicht konnte ich mir in einer Werkstatt in Braxton einen Job suchen und ein bisschen richtiges Geld verdienen, um mein lächerliches Sparkonto aufzubessern.

Ich blickte zur George Mason zurück.

»Und wennschon«, sagte ich, als könnte ich die Worte in meinem Herzen zementieren, wenn ich sie laut aussprach. »Ich scheiß auf diese Schule.«

*Willow Holloway …*

Natürlich tauchte ein schönes Mädchen wie sie genau drei Tage vor meinem Rauswurf auf. Ich kannte sie nicht, und sie kannte mich nicht, aber sie war der erste Lichtblick in der beschissenen Welt außerhalb der Bühne. Es würde nie etwas zwischen uns passieren, aber ich hatte begonnen, mich darauf zu freuen, in Englisch neben ihr zu sitzen. Ihren lieblichen Duft zu riechen und zu sehen, wie ihr das weiche Haar über die Schultern fiel. Mein Blick war ihr überallhin gefolgt, und ich hatte sofort gesehen, dass Ted und seine Gang ihr wahnsinnige Angst gemacht hatten.

Der verfluchte Ted Bowers. Er hatte Willow angesehen, als wäre sie eine Mahlzeit, die er verschlingen würde. Als hätte er das *Recht*, sie zu verschlingen. Ich hatte ihm das obszöne Grinsen direkt aus dem Gesicht boxen wollen, aber hatte mich zurückgehalten. Erst als Ted eine Bemerkung über meine Mutter gemacht hatte, hatte ich die Kontrolle verloren.

Ich zündete mir eine Zigarette an und bewegte vorsichtig meine schmerzenden Finger. Es fühlte sich scheiße an, von der Schule geflogen zu sein. Aber wenigstens hatte ich Ted Bowers eine verpasst, für meine Mutter und für Willow Holloway, und das machte es erträglicher.

Ich legte den Gang ein und fuhr vom Parkplatz.

Zurück beim Trailer parkte ich im Hof, aber stieg nicht aus. Der Gedanke, hineinzugehen und Paps entgegenzutreten, machte mich so verdammt müde. Er hatte ständig gemeckert, ich solle die Schule aufgeben und mehr arbeiten, aber dass ich von der Schule geflogen war, würde ihm nur eine Rechtfertigung liefern, seine nie versiegende Wut an mir auszulassen.

Anstatt reinzugehen, lief ich über schmutzigen Schnee und Matsch zum östlichen Ende des Grundstücks. Bei dem Reifen des Sattelschleppers wollte ich gerade eine Zigarette aus einer frischen Packung Winstons klopfen, als eine leise Stimme mich innehalten ließ. Es war höchstens zehn Uhr morgens, aber Benny saß unter dem umgedrehten Pick-up und rappte flüsternd vor sich hin.

Ich packte die Zigaretten weg und pfiff. Benny streckte den Kopf hervor, riss die Augen auf und nahm die Kopfhörer aus dem Ohr.

»Hi Isaac, Mann. Was machst du hier?«

»Ich könnte dich dasselbe fragen.« Ich warf ihm einen strengen Blick zu. »Warum bist du nicht in der Schule?«

Er starrte zurück. »Und du?«

Ich schob die kalten Finger in meine Jackentasche. »Ich hör auf. Ich mach stattdessen das GED.«

Benny kam unter dem Pick-up hervor. »Du brichst die Schule ab?«

»Ich bin neunzehn«, sagte ich. »Ich bin erwachsen. Es ist die richtige Entscheidung. Du andererseits schwänzt, und deine Mom könnte deswegen Ärger kriegen.«

Er zog eine Grimasse, aber ich sah das schlechte Gewissen in seinen Augen. »Ich hatte keine Lust.« Er zupfte an der Jacke, die ich ihm gekauft hatte. »Wenn man kein Geld hat, kann man genauso dafür geärgert werden, neue Sachen anzuhaben wie alte.«

»Aha. Machst du das oft?«

»Nein.«

»Ist das die Wahrheit?«

»Es ist die Wahrheit«, sagte er, und ich glaubte ihm. Es war unser Ding – ich und dieser dreizehnjährige Junge und unsere schräge Freundschaft. Wir waren ehrlich zueinander, bei allem.

Ich setzte mich auf den Sattelschlepperreifen. Benny hockte sich neben mich.

»Was ist passiert?«, fragte er.

»Ich hab einem Typen eine reingehauen.«

Benny riss die dunklen Augen auf. »Echt? Wem? Warum?«

»Einem Arschloch, das einem Mädchen zu nahe gekommen ist.«

»Ohh, ein Mädchen?« Er stieß mich gegen den Arm.

»Ja. Es gibt Mädchen auf der George Mason.«

»Wer ist sie? Wie heißt sie?«

»Das ist egal. Ich werd sie wahrscheinlich nicht wiedersehen. Oder vielleicht doch …« Ich verstummte, dachte an Willows Reaktion, als Paulson das Vorsprechen für *Hamlet* erwähnt hatte – als hätte jemand ihren Namen gerufen.

»Du willst sie wiedersehen«, sagte Benny und grinste. »Yeah, du willst. Du magst sie.«

Ich stieß ihn mit dem Ellbogen an. »Wie zum Teufel kommst du darauf?«

»Erstens bist du ihretwegen von der Schule geflogen«, sagte er. »Und zweitens ist dein Gesicht gerade ganz weich und schnulzig geworden.«

»Ist es nicht«, sagte ich.

»Wie heißt sie?«

»Willow.«

Er zog die Nase kraus. »Das ist der weißeste Weiße-Mädchen-Name, den ich je gehört hab.«

Ich lachte. »Außerdem ist sie superreich. Und jung.«

*Und absolut tabu.*

Mein Lächeln schwand. »Warum rede ich überhaupt mit dir über sie? Schwing deinen Arsch in die Schule! Morgen und übermorgen komme ich vorbei, um sicherzugehen.«

Benny verdrehte die Augen. »Ist ja gut.«

Wir schwiegen.

»Wirst du die Schule vermissen?«, fragte er.

»Nein.« Ich sah ihn von der Seite an. »Doch. Zum Teil.«

»Ja?«

Ich nickte. Ich hätte gern eine geraucht. Benny wusste, dass ich rauchte, aber in seiner Gegenwart ließ ich es bleiben.

»Welchen Teil?«, fragte er. »Mir fällt nämlich nichts ein, was ich vermissen würde.«

»Du würdest es vermissen, Sachen zu machen, die Kids tun. Mit deinen Freunden Sport machen. Nach der Schule mit ihnen abhängen. Auf Partys gehen.«

»Ja, vielleicht«, räumte Benny ein.

»Ich werde nicht den ganzen Tag abhängen und nichts tun. Ich werde arbeiten müssen.« Ich zupfte an seinem Ärmel. »Und du musst zur Schule. Jetzt. Ich fahr dich hin.«

»Auf keinen Fall. Sie würden Ma auf der Arbeit anrufen. Ich hab keine Entschuldigung.«

»Ich schreib dir eine.« Ich stand auf. »Komm schon. Es ist kalt.«

Er seufzte und hüpfte theatralisch von dem Reifen runter. »Hey, wird dein Dad sauer sein, dass du nicht mehr zur Schule gehst?«

»Wahrscheinlich.«

»Wird er versuchen, dich zu schlagen?«

»Vielleicht.«

»Isaac.« Benny blieb stehen und sah ängstlich zu mir auf. »Du wirst bald aus Harmony weggehen.«

Ehrlichkeit. Auf der Bühne und bei Benny. Daran hielt ich fest.

»Ja«, sagte ich. »Werde ich.«

Benny schluckte, wischte sich über die Augen und nickte dann. »Gut.«

# 9. KAPITEL

## Willow

An diesem Nachmittag half Angie mir, Stücke und Bücher mit Monologen zum Vorsprechen anzugucken. Während sie suchte, blätterte ich durch *Hamlet* und überflog Ophelias Szenen. Die Worte waren auf Englisch, aber ich brauchte eine Übersetzung. Was zum Teufel *meinte* Shakespeare? Ich fand in Ophelias Text nicht rein.

»Konzentrier dich«, sagte Angie und nahm mir das Buch weg. »Du kannst nicht mit *Hamlet* für *Hamlet* vorsprechen. Das macht man nicht. Such dir einen anderen Monolog von Shakespeare, um zu zeigen, dass du damit klarkommst.«

»Aber ich komme nicht damit klar«, sagte ich. »Ich habe keine Ahnung, was ich tue oder worum es in diesem Stück überhaupt geht.«

Angie nahm einen falschen spanischen Akzent an: »Lass es mich dirr erklären, Señorita.« Dann redete sie normal weiter. »Nein, es ist viel zu viel. Ich fasse zusammen: Hamlet ist Prinz von Dänemark. Sein Dad, der König, ist tot, und obwohl es erst zwei Monate her ist, heiratet seine Mom Claudius, den Bruder seines Dads. Jetzt ist Claudius König. Hamlet findet das gar nicht gut.«

»Klingt nach Shakespeare.«

»Eines Nachts sehen drei Wachen ein Gespenst und erzählen es Hamlet. Der sieht es auch. Es ist sein Dad. Dad sagt,

Claudius habe ihm Gift ins Ohr geträufelt und ihn umgebracht. Hamlet ist total durch den Wind. Aber vorher hat er Ophelia gedatet, Polonius' Tochter. Polonius ist Claudius' rechte Hand. Polonius sagt Ophelia, dass Hamlet eine Schraube locker hat und sie mit ihm Schluss machen soll.

Ophelia und Hamlet lieben sich, aber du weißt ja: das verfluchte Patriarchat! Sie gibt dem Druck nach und ist einverstanden, mit Hamlet Schluss zu machen. Ham ist am Boden zerstört und schimpft, dass alle Frauen miese, untreue Schlampen sind, Ophelia solle in ein Kloster gehen und sich bloß nicht fortpflanzen. Dann stellt Ham seine Mom zur Rede, während Polonius heimlich lauscht und – hoppla! – Hamlet bringt Polonius um.

Ophelia, die ihren Liebsten *und* ihren Dad verloren hat, verliert jetzt auch noch den Verstand. Sie dreht durch, singt ein paar schmutzige Songs über Sex und ertränkt sich im Fluss. Dann passieren noch ganz viele andere Sachen, bis so ziemlich die gesamte Besetzung tot ist. Und Vorhang.« Angie holte tief Luft und lächelte strahlend. »Hast du das?«

Ich starrte sie einen Moment an, dann fing ich langsam an zu klatschen. »Angie, ich kann nicht mal …«

»Ich weiß«, sagte sie lachend. »Ich staune selbst manchmal über mich.«

Selbst mit Angies mündlichem Kommentar sah Shakespeare für mich immer noch aus wie eine Fremdsprache. Ich würde mit fliegenden Fahnen untergehen, sollte ich versuchen, mit einem seiner Monologe vorzusprechen.

Ich wollte das Ganze schon zum millionsten Mal aufgeben, als ich die Zusammenfassung eines Stücks mit Namen *Tagträumer* las. Die Hauptfiguren waren Rose, eine schüchterne, weltabgewandte junge Frau, und Cliff, der einsame Lastwagenfahrer, den sie eines Abends mit nach Hause nimmt.

Tränen traten mir in die Augen, als ich Roses Monolog las, eine Erinnerung an eine Nacht im New Yorker Zoo. Sie ging immer hin, um die eleganten Kraniche im stillen dunklen Wasser stehen zu sehen. Eines Nachts kamen ein paar randalierende Jungs durch den Zoo, redeten laut und hatten dröhnende Musik dabei. Sie bewarfen die Vögel mit Steinen, brachen ihnen die Beine und töteten sie, während Rose schrie und schrie …

Ich las ihn ein zweites Mal. Dann noch einmal, und er ging mir wirklich nah.

Ich hatte einen Monolog zum Vorsprechen.

Besteck stieß gegen Porzellan. Dad hielt in einer Hand eine Gabel, in der anderen das Telefon. Mom stocherte in ihrem Soufflé herum, dann legte sie die Gabel weg, nahm die Weinflasche und schenkte sich ein drittes Glas ein. Ich aß beim Abendessen mehr als sonst. Ich konnte mich nicht erinnern, wann ich das letzte Mal solchen Hunger gehabt hatte, nicht nur auf das Essen, sondern auf die Tage, die vor mir lagen. Ich hatte etwas, worauf ich mich freuen konnte, selbst wenn ich mich vor dem Leiter des HCT blamierte.

*Aber ich versuche es. Das ist etwas.*

Ich lächelte ein wenig und dachte, dass Grandma sich freuen würde. Zum ersten Mal, seit X mich markiert hatte, saß ich nicht da wie ein Eisblock und versuchte, das Abendessen zu überstehen, um dann halbherzig die Hausaufgaben zu machen und mich schließlich auf dem Fußboden in die Decke zu wickeln und zu hoffen, schlafen zu können.

»Ich habe mir eine außerschulische Aktivität überlegt.«

Die Köpfe meiner Eltern schossen synchron hoch, es sah fast komisch aus.

»Wirklich?« Mein Dad kaute langsam und schluckte runter. »Das ist erfreulich.«

»Ein bisschen zu spät«, murmelte Mom. »Die Bewerbungsfristen der besten Colleges sind schon verstrichen. Das Beste, was sie tun kann, ist erst einmal aufs Community College zu gehen – Gnade uns Gott! – und dann zu versuchen, sich zum nächsten Frühjahr zu bewerben.«

»Was ist so schlimm am Community College?«, fragte ich. »Außerdem bin ich mir nicht sicher, ob ich überhaupt studieren will.«

Sie sah gequält aus. »Natürlich studierst du. Warum solltest du nicht studieren?«

»Regina«, sagte Dad warnend. Er sah mich an. »Über das Studium können wir später reden. Sag erst, was du entschieden hast. Debattierclub? Du warst immer gut im Debattieren.«

»Ich werde für das Stück im Harmony-Community-Theater vorsprechen.«

Mein Dad sah mich starr an, die Art, wie sein Kiefer arbeitete, bedeutete, dass er viel dazu zu sagen hatte, auch wenn ich keine Ahnung hatte, was.

Mom schniefte, als würde sie etwas Unangenehmes riechen. »Theater?«

»Ja.«

Mein Vater kaute langsam die grünen Bohnen, schob sie von einer Seite auf die andere, bevor er sie hinunterschluckte und sich den Mund mit einer Serviette abwischte. »Nun, das ist ein bisschen sehr außerschulisch ...«

»Ich will das machen«, sagte ich.

»Warum?«, fragte Mom in einem Tonfall, als wollte ich mich einem Zirkus anschließen.

»Ich habe gerade gesagt, warum«, sagte ich. »Als außerschulische Aktivität.«

Mein Vater fixierte mich mit seinem härtesten Blick. »Es ist nicht wegen dieses Jungen, oder?«

Ich erstarrte.

*Er weiß es. Er weiß von X. Und der Party. Und was passiert ist …*

Mom sah zwischen uns hin und her. »Welcher Junge? Wer …?«

Mein Dad legte seine Serviette weg, für ihn waren meine Starre und mein Schweigen Bestätigung genug, dass alles, was er sagen würde, der Wahrheit entsprach.

»Ein Kollege hat eine Tochter auf der George Mason. Als er erfuhr, dass auch meine Tochter dorthin geht, musste ich mir einiges über einen Jungen namens Isaac Pearce anhören.«

Mit einem erleichterten Seufzer sackte ich kurz zusammen. Dann flammte Empörung in mir auf, und ich strangulierte unter dem Tisch meine Serviette. Mein Vater, der kaum die Namen meiner New Yorker Freunde kannte, kam jetzt plötzlich mit Isaac Pearce an. Warum mischte er sich in mein Leben ein, wo es zu spät war? Warum hatte ihm nicht irgendein verdammter Kollege einiges über Xavier Wilkinson erzählt?

»Wer ist dieser Isaac Pearce?«, fragte Mom.

»Ein Typ aus der Schule«, sagte ich. »Ich kenne ihn kaum –«

»Gary Vance, ein Kollege von mir, sagt, Isaac ist in der zwölften Klasse, aber viel älter als die anderen. Er hat ein Jahr aussetzen müssen, und angeblich hat er Ärger mit dem Gesetz –«

»Er musste ein Jahr aussetzen, weil seine Mutter gestorben ist und er ein Jahr lang nicht geredet hat«, schimpfte ich. »Bei dir klingt es, als wäre er schwachsinnig oder verwahrlost. Das stimmt beides nicht.«

Mein Vater schürzte die Lippen und nickte bei sich, als hätte ich gerade seinen schlimmsten Verdacht bestätigt. »Gary sagt, er wohnt bei seinem Trinker-Vater in einem Trailer auf einem Schrottplatz und, was schlimmer ist, sein Vater ist einer unserer

Franchisenehmer. Gary sagt, seine Tankstelle ist eine Schande.«

Die Hand meiner Mutter huschte an ihre Kehle. »Mein Gott, Willow.«

»Was?« Wütend betrachtete ich die selbstgerechte Miene meines Vaters. »Ihr seid ja überhaupt nicht voreingenommen. Er ist also nicht durch schmutziges Ölgeld reich geworden wie wir. Na und?«

»Schmutzig«, sagte meine Mutter schnaubend. »Wer ist hier voreingenommen?«

»Mal ganz abgesehen von den geschäftlichen Aspekten, der Junge hat einen Ruf«, sagte Dad, als wäre er der offizielle Familienhistoriker der Familie Pearce. »Offensichtlich ist er so was wie ein Schauspieler. Er spielt in Stücken am Community-Theater.«

Aus dem Mund meines Vaters klang es wie: *Er verkauft Drogen an kleine Kinder.*

Mom drehte sich rasch zu mir um. »Willst du deshalb Theater spielen? Um diesem Jungen hinterherzulaufen?«

»Das ist das Erste, woran ihr denkt?«, rief ich. »Wisst ihr was? Isaac Pearce ist kein Krimineller. Zufällig hat er mich heute vor so einem dämlichen Idioten beschützt, aber trotzdem, *trotzdem* …« Ich schrie jetzt gegen ihre wissenden Blicke an. »Ich will nicht seinetwegen vorsprechen. Gott, könnt ihr mir einmal vertrauen, verdammte Scheiße? Ihr wolltet, dass ich etwas mache, und ich mache etwas.«

»Achte auf deine Wortwahl«, sagte Dad, und seine Stimme wurde strenger. »Und wir sollten nicht vergessen, dass du noch nie im Leben geschauspielert hast. Plötzlich willst du vor der ganzen Stadt auf der Bühne stehen?«

»Wird *Isaac Pearce* auch vorsprechen?«, fragte Mom und sprach seinen Namen wie ein Schimpfwort aus.

»Ja«, sagte ich und kämpfte darum, meine Wut unter Kontrolle zu halten. »Und wahrscheinlich bekommt er die Hauptrolle, weil er brillant ist. Und, um noch mal aufs Thema zurückzukommen, ich werde wahrscheinlich *keine* Rolle bekommen. Denn, Zitat: Ich habe *noch nie im Leben geschauspielert.* Also vergesst einfach, was ich gesagt habe.«

»Wir möchten nicht, dass du mit solchen Jungen Umgang hast«, sagte Mom, an der offensichtlich alles, was ich gerade gesagt hatte, vorbeigegangen war. »Wir sind hergekommen, damit du neu anfangen kannst, aber du treibst dich natürlich sofort mit den schlimmsten Elementen herum –«

»Oh, mein Gott«, sagte ich und verdrehte die Augen. »Hörst du, wie lächerlich das klingt? Es gibt ganz verschiedene Arschlöcher, Mom. In der Stadt oder auf dem Land, arm oder reich.«

*Vor allem Söhne von CEOs.*

»Und ich treibe mich mit niemandem herum. Ich versuche nur …«

*Mich in der Dunkelheit zu finden.*

Dad und Mom tauschten Blicke, in denen sie ihn stumm darum bat, dem ein Ende zu setzen. Dad faltete seine Serviette auf dem Tisch, was er immer tat, wenn er eine Entscheidung getroffen hatte. »Ich werde dir nicht verbieten, vorzusprechen, wenn du glaubst, dass du das willst. Aber egal, was passiert«, sagte er, »deine Beziehung zu diesem Pearce – im Theater und in der Schule – wird absolut professionell bleiben. Er ist vor dem Gesetz ein Erwachsener. Du bist siebzehn. Verstehst du, was das bedeutet?«

»Es bedeutet rein gar nichts«, hörte ich mich sagen. »Himmel, du tratschst schlimmer als die Kids in der Schule.«

Innerlich wand ich mich, als ich daran dachte, was passieren würde, wenn Dads Informant ihm erzählte, dass Isaac suspendiert worden war, weil er Ted Bowers geschlagen hatte. Meine

Eltern waren für mich keine moralische Instanz. Eins der vielen Dinge, die mir egal waren, seit X mit mir fertig war. Aber sie konnten alles sehr kompliziert machen, falls ich durch irgendein Wunder eine Rolle in *Hamlet* bekam.

Ich dämpfte also die Stimme. »Es ist keine große Sache«, sagte ich. »Ich spreche vor, weil ich etwas Neues ausprobieren will. Es hat nichts mit irgendeinem Typen zu tun.«

»Das will ich hoffen«, sagte Mom. »In dieser Stadt gibt es ohnehin nicht gerade viele gute Familien.«

»Um Himmels willen, Regina«, sagte Dad. »Hast du mal einen Blick aus dem Fenster geworfen? Die Häuser in dieser Straße sind alle so groß und schön wie unseres.«

»Es gibt ein New-York-City-wohlhabend und ein Provinzwohlhabend«, sagte Mom und hob das Weinglas an die Lippen. »Das ist ein Unterschied, und das weißt du.«

»Du bist also gegen den gesamten Bundesstaat Indiana voreingenommen«, sagte ich. »Und Dad ist gegen einen armen Typen voreingenommen, der in einem Trailer wohnt. Herzlichen Glückwünsch, ihr seid beide gleich oberflächlich.« Ich stand auf und nahm meinen Teller. »Mir ist der Appetit vergangen.«

Ich hatte nie so mit meinen Eltern geredet. Nie! Aber ich ignorierte Moms leisen Aufschrei und Dads gebrüllten Befehl, dass ich mich wieder hinsetzen solle. Ich stampfte in die Küche und stellte den Teller in die Spüle.

Und dann fühlte ich mich schlecht.

Ich seufzte. Hätten die Dinge anders gelegen, wäre ich genauso pampig und voller Vorurteile gegen Indiana gewesen wie Mom. Garantiert. Ich kam aus Manhattan. War dort geboren und aufgewachsen. Mein altes Ich hätte über die George Mason die Nase gerümpft und über jeden und alles ein Urteil gefällt, bevor es auch nur einen Fuß hineingesetzt hätte.

X hatte das verändert. Du kannst auf niemanden herabsehen, wenn dein eigenes Selbstwertgefühl in den Dreck geworfen, in Stücke gerissen und angepisst worden ist.

Ich *mochte* Harmony. Ich mochte Angie und ihre Clique. Ich mochte Isaac, weil er heute in der Schule für mich eingetreten war und wegen der Möglichkeiten, die er mir durch den *Ödipus* gezeigt hatte. Jemanden zu mögen fühlte sich nach den Monaten erstarrter Apathie wie etwas Zerbrechliches an. Ich musste es schützen, bevor es mir aus den Händen glitt und ebenfalls zerbrach.

Ich ging wieder ins Esszimmer. »Es tut mir leid, dass ich so mit euch geredet habe. Ich schwöre, ich spreche nicht wegen irgendeines Jungen vor, sondern weil ich es will. Darf ich hochgehen und meine Hausaufgaben machen?«

Meine Eltern starrten mich an.

»Hausaufgaben?«, fragte Mom. »Das ist das erste Mal, dass du dieses Wort –«

»Ja«, unterbrach mein Vater sie. »Aber noch so ein Ausbruch, und du kannst das Theaterstück vergessen. Haben wir uns verstanden?«

»Verstanden.«

Und das hatte ich wirklich. Dad hatte auf der Arbeit absolut nichts zu sagen, aber in unserem Haus war er der Boss und regierte mit eiserner Hand. Vorher hatte mich das nicht gestört, weil ich immer seiner Meinung gewesen war. Daddys kleines Mädchen.

Xavier hatte auch das ausgeixt.

Ich rannte nach oben. Hinter der verschlossenen Tür holte ich den fotokopierten Monolog aus *Tagträumer* aus dem Rucksack. Ich las die Worte immer wieder, verlor mich in Roses Welt. Machte ihre Worte zu meinen.

Es war leicht.

Sie gaben Rose eine Spritze, damit sie aufhörte zu schreien. Sie schrie nach außen, wie ich innerlich schrie. Immer weiter, den ganzen Tag, jeden Tag schrie es tief in mir. Schreien wie kotzen. Schreien, bis das Geräusch meine Knochen zersplittern ließ. Wenn ich den Mut aufbrachte, in den Spiegel zu sehen, erschrak ich, dass ich noch ganz war. Ich hatte Bücher über Leute gelesen, die verrückt wurden. Wie war es möglich, dass ich noch diesen »Einen Schritt nach dem anderen«-Scheiß machte?

*Du brennst noch*, flüsterte Grandma.

Ich klappte meinen Laptop auf und gab die URL für das Theater ein. Die Seite lud und man sah ein schmeichelhaftes Bild des Backsteingebäudes unter einem blauen wolkenlosen Sommerhimmel. Gleich darunter kamen Bilder vom letzten Stück, *König Ödipus*, fast alle vom bärtigen und blutüberströmten Isaac Pearce, dessen nackte Emotionen vom Bildschirm trieften.

Unten auf der Seite war ein Anmeldeformular für das Vorsprechen. Ich gab meinen Namen und die Kontaktdaten ein, dann klickte ich auf *Senden*.

## 10. KAPITEL

### Willow

Zwei Wochen später setzte Angie mich zum Vorsprechtermin vor dem Theater ab.

»Sieht voll aus«, sagte ich und blickte aus dem Beifahrerfenster auf die vielen Leute.

»*Hamlet* ist ein großes Stück«, sagte sie. »Sie brauchen einen Haufen Totengräber und Adlige und umherziehende Spaßmacher.« Sie stupste mich gegen den Arm. »Hals- und Beinbruch.«

»Danke«, sagte ich, mein Mund war knochentrocken. »Wir treffen uns im Scoop, wenn ich fertig bin.«

»Ich bestell schon mal Kakao.«

In der Theaterlobby wimmelte es von Leuten jeden Alters, die vorsprechen wollten. Ich erkannte ein paar Leute aus Harmony, viele andere nicht. Ich sah zwei ältere Mädchen, die die Köpfe zusammensteckten. Vielleicht wollten sie Ophelia sein. Sie warfen mir einen Blick zu und wandten sich ab.

Hinter dem Anmeldetisch saß eine Frau mittleren Alters mit dunklem, zu einem losen Dutt hochgestecktem Haar. Sie blickte mich durch eine Brille mit dicker Fassung an. »Name?«

»Willow Holloway«, sagte ich mit klopfendem Herzen.

Sie hakte mich auf ihrer Liste ab. »Und für welche Rolle wollen Sie vorsprechen?«

»Ophelia. Wo findet das Vorsprechen statt?«

»Da lang«, sagte sie und zeigte mit dem Daumen auf den Eingang zum Theatersaal.

»Wir sprechen alle zusammen vor? Auf der Bühne?«

»Genau.«

»Wir werden nicht einzeln in einen Raum gerufen?«

»Mr Ford macht es nicht so«, sagte sie mit sanfter Miene. »Er hält die Dinge gern offen und transparent. Hals- und Beinbruch. Der Nächste, bitte?«

Ich betrat das Theater und sah, dass der Zuschauerraum zu zwei Dritteln mit dem künftigen *Hamlet*-Ensemble gefüllt war.

*Oh Mist, Mist, Mist.*

Fast drehte ich mich um und ging wieder. Ich konnte meinen Monolog auf keinen Fall vor all diesen Leuten vortragen. Ich hatte es nicht einmal vor Angie gekonnt, egal wie sehr sie mich deswegen genervt hatte.

*Wenn du keinen Monolog vor Leuten sprechen kannst, wie kannst du dann in einem Stück spielen?*

»Ich kann es nicht«, flüsterte ich mit zusammengebissenen Zähnen. »Das ist so dumm. Ich sollte nicht hier sein.«

Trotzdem zwang ich mich, mich auf einen Platz in der letzten Reihe neben der Tür zu setzen. Dieses blöde Vorsprechen war mein bester und einziger Plan, um die Dunkelheit zu vertreiben, das Eis um mich herum zum Schmelzen zu bringen. Nichts zu tun hatte nicht funktioniert. Ich musste es versuchen.

*Und wenn ich mich blamiere, dann ist das eben so.*

Ich schloss die Augen und dachte an die ersten Worte meines Monologs.

Sie fielen mir nicht mehr ein.

Ich riss die Augen auf, mein Herz hämmerte in meiner Brust. Der Leiter des Theaters, Martin Ford, richtete sich jetzt auf der Bühne ein. Ich erkannte ihn von der Website des Theaters. Ein schlaksiger Typ mit ungebändigtem Haar und großen

Augen. Er sah sympathisch aus. Freundlich. Ich hatte trotzdem das Gefühl, mich übergeben zu müssen.

Mein Blick wanderte umher, suchte in der Menge nach jemandem, der so nervös war wie ich.

Und entdeckte Isaac Pearce.

Er stand allein an der Rückwand und hatte die Hände in die Taschen seiner Lederjacke geschoben. Er wirkte nicht nervös, sondern gelangweilt, als würde er auf den Bus warten. Sein schönes, wie gemeißeltes Gesicht war ausdruckslos. Dann drehte er sich zu mir um und starrte mich an. Kurz sah ich Unglauben aufflackern, als könnte er nicht glauben, dass ich da war. Dann blinzelte er und sah schnell weg.

»Ich kann dich sehen, Isaac Pearce«, murmelte ich. »Zeit, deine Weisheit mit der Anfängerin zu teilen.«

Ich stand auf und ging in seine Richtung. Als ich näher kam, sah ich Überraschung in seinen stürmischen Augen aufflackern, dann war seine Miene wieder neutral.

*Mein Gott, er ist so schön.*

Isaac Pearce anzusehen war wie ein Schaufensterbummel: Man seufzte, weil man etwas haben wollte, das man sich niemals würde leisten können … Aber die Unmöglichkeit, mit ihm – oder irgendeinem anderen Mann – etwas anzufangen, machte es leichter, dreist zu sein.

»Hi«, sagte ich.

»Hey«, gab er zurück und sah geradeaus.

»Ich glaube, wir haben uns noch nicht offiziell kennengelernt. Ich bin Willow.«

Er sah mich an, dann sah er weg. »Isaac.«

»Tja.« Ich lehnte mich genau wie er an die Wand. »Als ich dich das letzte Mal gesehen habe, hast du diesem Arschloch, Ted Bowers, eine reingehauen.«

»Stimmt wohl.«

»Das ist zwei Wochen her.« Ich senkte die Stimme. »Die Gerüchteküche sagt, du bist rausgeflogen.«

Er bewegte sich leicht. »Ich bin abgegangen. Meine Entscheidung.«

»Du bist nicht geflogen, weil du Ted geschlagen hast?«

Er sah zu mir hinunter. »Hat es irgendeine Bedeutung?«

»Wahrscheinlich nicht. Aber es tut mir trotzdem leid.«

»Was?«

»Ted ist mir zu nahe gekommen, und du hast dafür gesorgt, dass er sich zurückzieht. Ich fühle mich ein bisschen verantwortlich.«

Isaac zuckte mit den Achseln. »Keine große Sache.«

»Für mich schon«, sagte ich. »Ich wollte dir danken.«

»Okay.«

Ich blinzelte. »Ja, dann … Danke.«

»Klar.«

Ich schnaubte leise. »Hat dir schon mal jemand gesagt, dass du zu viel redest?«

Langsam wanderte sein Blick zu mir. »Nein.«

Das Blut wich mir aus dem Gesicht, als ich mich daran erinnerte, warum Isaac ein Jahr nicht zur Schule gegangen war.

»Tut mir leid. Schlechter Witz. Ich bin nur schrecklich nervös.«

»Ich auch.«

Ich sah zu ihm auf und kniff die Augen zusammen. »Ja. Klar. Nur dass du so ruhig aussiehst wie … wie etwas wirklich Ruhiges.«

Seine Lippen zuckten. »Ist alles nur gespielt.«

*»Ächz«*, sagte ich und lachte.

*Also haben Sie durchaus Sinn für Humor, Mr Pearce.*

»Danke, genau das habe ich gebraucht.« Ich atmete stockend ein. »Ich habe nicht damit gerechnet, dass wir vor allen anderen vorsprechen. Ich dachte, wir wären allein in einem Raum, nicht vor dem versammelten Erschießungskommando.«

»Martin hat es gern transparent«, sagte Isaac.

»Hab ich schon gehört. Du hast viel mit ihm gemacht, stimmt's?«

Er nickte.

Ich biss mir auf die Lippe. Unter normalen Umständen hätte ich mich von seiner Zurückhaltung abschrecken lassen. Aber an diesem Abend war ich so nervös, dass ich nicht aufhören konnte zu reden.

»Ich hab dich letzten Monat in *Ödipus* gesehen«, sagte ich.

»Mhm.«

»Wahrscheinlich hörst du das ständig, aber du warst unglaublich.«

Sein Seufzen klang genervt, als hätte er mehr von mir erwartet. »Danke.«

»Du hörst das sicher oft«, sagte ich. »So ein Kompliment perlt einfach an dir ab, stimmt's?«

»Ich habe *Danke* gesagt.«

*Er will es nicht hören. Halt die Klappe.*

»Ich sag's mal anders.« Ich drehte mich zu ihm um und schob die Schultern zurück. »Dich spielen zu sehen war, als würde man durch eine Tür in eine andere Welt sehen. Einen Ort, wo außergewöhnliche Dinge passieren. Ich konnte weg von hier, weil ich dich gesehen habe. Anstatt dir also einfach ein Kompliment zu machen, will ich dir dafür danken, dass du mich für eine Weile an einen anderen Ort transportiert hast. Ich hab's echt gebraucht.« Die letzten Worte zitterten in meiner Kehle. Ich blinzelte, plötzlich traten mir Tränen in die Augen. »Ist das besser?«

Er sah zu mir hinunter. Ich spürte ihn in allen Zellen meines Körpers. Eine Verbindung. Ein Stück seiner Macht oder seiner Magie oder seines Charismas richtete sich ganz an mich. Als der Moment andauerte und wankte, fragte ich mich, wie es sein würde, mit ihm auf der Bühne zu stehen, ganz in diese Energie gehüllt. Als würde man zusammen irgendwo hingehen.

*Unmöglich*, dachte ich. Ich sah weg und unterbrach den Moment. *Er ist ein Genie. Ich bin nicht einmal eine Amateurin.*

Isaacs tiefe Stimme durchbrach meine Gedanken. »Danke.«

Zwei langsame Silben. Nicht mehr. Und doch schienen sie alles zu sagen. Als ich jetzt aufsah, war sein kantiges Gesicht weich geworden, und der Sturm in seinen graugrünen Augen hatte sich beruhigt. Ich starrte ihn an, wieder gefangen in seinem Blick, wieder von seiner Energie umhüllt.

»Gern geschehen«, sagte ich.

Martin Ford stand auf und bat alle, sich einen Platz zu suchen. Ohne ein Wort stießen Isaac und ich uns von der Wand ab und gingen zu den Reihen abgewetzter Samtsitze. Er blieb im Gang stehen und deutete auf eine Sitzreihe, als würde er mir die Tür aufhalten. Ich schlüpfte aus meiner Jacke, und wir setzten uns nebeneinander, sein Ellbogen lag auf der Armlehne zwischen uns, seine Schulter war nur Zentimeter von meiner entfernt. Aber es war nicht wie bei Ted Bowers, als der mir zu nahe gekommen war. Ich fühlte nichts von dieser erdrückenden Anspannung in Isaacs Nähe. Sein Duft nach Zigaretten und Männerduschgel umgab mich, und meine rasenden Nerven wurden ruhig.

Martin Ford trat auf der Bühne in einen gelben Lichtkegel. Sein graues Haar stand an ein paar Stellen ein bisschen ab, und er hatte die Ärmel bis zu den Ellbogen hochgekrempelt. Er lächelte freundlich und aufmunternd, aber seine Stimme klang ernst und professionell.

»Ich danke allen fürs Kommen und freue mich wirklich sehr,

dass es so viele sind. Wenn ich Ihren Namen aufrufe, gehen Sie bitte in die Mitte der Bühne, stellen sich vor und sagen, welchen Monolog Sie vortragen. Wir werden heute Abend kein Feedback geben. Wenn wir Sie wiedersehen wollen, erfahren Sie das morgen Vormittag per Mail, in diesem Fall erwarten wir Sie für eine zweite Runde morgen Abend hier um dieselbe Zeit. Wer nicht kommen kann, gibt jede Chance auf, in diesem Stück mitzuwirken. Und Sie kommen auch nicht für eine Rolle infrage, wenn Sie sich nicht an den Probenplan halten können, der auf unserer Website steht.« Er klatschte in die Hände. »Und jetzt genug mit den langweiligen Formsachen. Fangen wir an.«

Ich erwartete eine alphabetische Reihenfolge. Oder vielleicht ein System, bei dem die erfahrenen Schauspieler zuerst kamen. Stattdessen wurden völlig willkürlich Namen aufgerufen und Unbekannte folgten auf Personen, die ich in *König Ödipus* gesehen hatte. Die Frau, die die Jokaste gespielt hatte, trug einen fesselnden Monolog aus *König Lear* vor. Ein anderer Mann spielte ein Stück aus dem *Sommernachtstraum*. Eine Studentin sprach einen berühmten Monolog der Julia aus *Romeo und Julia*.

Ich beugte mich zu Isaac. »Stand etwa irgendwo, dass wir mit Shakespeare vorsprechen müssen?«

Der winzige Anflug eines Lächelns lag auf Isaacs Lippen, aber bevor er antworten konnte, rief Martin Ford seinen Namen auf.

Das ganze Theater verrenkte sich den Hals und folgte ihm wie ein Scheinwerfer, während er aufstand und auf die Bühne ging. Dort überflutete ihn dann das richtige Licht, funkelte golden in seinem braunen Haar. Seine Hände hatte er noch in den Jackentaschen, und ich fragte mich, ob er so spielen würde. Ein Preisboxer, der sich einen Arm auf den Rücken band, um den anderen eine Chance zu geben.

»Ich bin Isaac Pearce.« Er wandte den Kopf in meine Richtung. »Der Monolog ist aus *Endstation Sehnsucht.*«

Ich stieß einen langen Seufzer der Erleichterung aus.

*Kein Shakespeare. Danke.*

Meine Erleichterung kehrte sich in ein erschrockenes Keuchen um, als Isaac die Hände aus den Taschen nahm. Seine Miene verwandelte sich so schnell von neutral zu arrogantem Zorn, ich musste blinzeln, um meine Augen daran zu erinnern, dass sie denselben Mann sahen. Eine Hand ballte er zu einer Faust, die andere stieß er anklagend in die Luft über dem Publikum, als er zu sprechen anfing.

Fasziniert sah ich zu, als er wie ein Raubtier über die Bühne ging. Er zog die Jacke aus und warf sie zu Boden, als würde sie ihn bremsen. Darunter trug er nur ein weißes Feinrippunterhemd, und der Anblick seines Körpers in diesem eng anliegenden Baumwollfetzen berührte etwas in mir, das ich längst tot geglaubt hatte.

Das Licht fiel auf seine Muskeln. Ein Tattoo prangte dunkel auf seinem rechten Bizeps. Ein zweites auf der Innenseite seines linken Unterarms. Haut und Knochen und Macht, entblößt im Rampenlicht. Isaac kehrte sein Inneres nach außen, sein Spiel kam aus den Tiefen seiner Seele, und er spielte mit jeder Faser seines Körpers, jedem Muskel, jeder Sehne. Er brüllte, dass er »hier der König« sei, und jeder im Publikum, mich eingeschlossen, glaubte ihm.

Als er zum Ende kam, drehte Isaac die Leidenschaft, die aus ihm herausgeströmt war, zu wie einen Wasserhahn. Eine kurze Verbeugung, ein gemurmeltes Danke. Dann hob er seine Jacke auf, stieg von der Bühne, ging den Gang hoch und setzte sich wieder auf den Platz neben mir.

Sein Körper war ruhig, knisterte allerdings ein wenig. Ich spürte, wie die letzten Reste seiner Energie wie Dampf verflogen. Ich starrte ihn an, als er sich die Jacke auf die Knie legte. Starrte auf den nackten Oberarm, der nur Zentimeter von mir entfernt war.

Er blickte geradeaus, dann sah er mich schließlich an.

»Was?«

»Sorry«, flüsterte ich zurück. »Ich kann dich nicht hören, der Geist von Marlon Brando heult so laut.«

Ein kleines Lächeln kroch über Isaacs Lippen. Zweimal hatte ich ihn schon zum Lächeln gebracht. Wenn ich es mir recht überlegte, hatte ich ihn sonst nur einmal lächeln sehen. Als er sich nach dem *Ödipus* verbeugt hatte.

»Willow Holloway?«

Ich erstarrte.

*Das muss ein Witz sein. Ich bin nach ihm dran?*

Ich schluckte den nervösen Kloß im Hals runter und stand langsam auf.

»Irgendwelche letzten Tipps?«, flüsterte ich.

Ich erwartete keine Antwort und ging weiter, aber Isaac packte mich am Arm und hielt mich sanft, aber fest zurück. Ein elektrischer Blitz durchfuhr mich erneut und landete warm in meinem Bauch. Seine Hand war warm durch den Ärmel, und statt dass ich mich in der Falle fühlte, beruhigte mich seine Berührung.

»Denk nicht an die Worte«, sagte Isaac. »Selbst wenn du Fehler machst oder den Text vergisst, rede weiter.« Er ließ mich los. »Erzähl einfach die Geschichte.«

Martin rief mich wieder auf, und das Publikum fing an, sich nach mir umzudrehen. Ich sah noch immer Isaac in die Augen.

»Erzähl die Geschichte«, flüsterte ich. »Danke.«

Er nickte, und seine graugrünen Augen blickten zur Bühne. *Geh.*

Zögernd löste ich mich und ging durch den Gang zwischen den Sitzen.

*Erzähl die Geschichte.*

Das war genau, was ich nicht tat. Was ich nie getan hatte. Was ich nicht konnte.

Ich nahm die drei Stufen zur Bühne und stand im Rampenlicht. Martin Ford, sein Inspizient und die stellvertretende Leiterin – die Frau mit der dicken Brille von der Anmeldung – saßen an einem Tisch und sahen mich an. Das Publikum verschwamm zu einem Meer aus gesichtslosen Zuschauern.

Meine Nervosität kam mit aller Macht zurück, als ich jetzt auf der Bühne stand und so viele Menschen mich ansahen. Sie überlief bebend meinen Körper, brachte mein linkes Bein zum Zittern.

*Scheiß drauf.* Rose, meine Figur, war ein nervöser Typ. Ich würde die Angst nutzen, statt dagegen anzukämpfen.

»Hi, ich bin Willow Holloway. Ich werde einen Monolog aus William Mastrosimones *Tagträumer* vortragen.«

Ich senkte den Kopf, holte Luft, und als ich ihn wieder hob, hörte ich auf so zu tun, als könnte ich spielen. Ich vergaß die »Beats« der Szene und die »Atemtechnik« aus dem Buch übers Schauspielern, das ich in der Bücherei ausgeliehen hatte. Ich zog die unsichtbare Jacke aus, die Willow war, und tat, was Isaac gesagt hatte.

Ich erzählte einfach die Geschichte.

Ich erzählte dem Publikum, dass ich mich gern nachts in den Zoo schlich und die eleganten Kraniche betrachtete, wie sie im stillen Wasser standen. Ich versetzte mich dorthin, zu den Vögeln und ihrer leisen Ruhe. Mein Herz klopfte, als die lauten Jungen mit der lauten Musik kamen und die Vögel mit Steinen bewarfen. Ich sah entsetzt zu, wie die Beine der Kraniche »wie Strohhalme umknickten«, und ich rief, dass sie aufhören sollten, aber die Jungen konnten mich nicht hören. Sie warfen weiter mit Steinen, und Tränen rannen mir über die Wangen, als ich erzählte, wie das Blut die weißen Federn befleckte …

*(Blut auf meinen weißen Laken)*

… und das dunkle Wasser still und ruhig wurde.

Ich erzählte, wie ich losrannte, um den Wärter zu holen, und wie es zu spät war, als ich zurückkam. Sie waren alle tot. Ich erzählte, wie ich schrie und schrie …

*(X hatte seinen Körper wie einen Stein auf mich geworfen, und ich war zerbrochen, während ich innerlich schrie und schrie.)*

… und nicht aufhörte zu schreien, bis sie mich mitnahmen, mir eine Spritze in den Arm gaben und ich einschlief.

Ich erzählte weiter, dass die Jungen niemals gefasst worden waren, meine Stimme zitterte, als ich in Roses weichem, schüchternem Tonfall sprach, aber selbst wenn es anders gewesen wäre, würde es die Vögel nicht wieder lebendig machen.

*(Ich hatte es nie jemandem gesagt, denn es würde mich nicht wieder lebendig machen.)*

Schweigen. Ich war wieder ich auf dieser Bühne. Ich wischte mir über die Wangen und beugte den Kopf, um zu zeigen, dass der Monolog vorbei war, und als ich aufsah, starrten mich alle mit offenem Mund an.

»Okay … danke«, sagte ich.

Ich ging eilig von der Bühne, suchte nur den schnellsten Weg nach draußen. Ich ging durch den seitlichen Notausgang in die belebende Kälte.

*Ich habe es geschafft.*

Mir war egal, ob ich die Rolle bekam oder nicht. Es war nur wichtig, dass ich zum ersten Mal die Wahrheit gesagt hatte. Verhüllt von fremden Worten, aber die Wahrheit.

Ich ließ mich gegen die Hauswand sinken. Tränen liefen mir über die Wangen, und ich konnte nicht sagen, ob es Roses waren oder meine.

Vielleicht war es nicht wichtig.

# 11. KAPITEL

## Isaac

*Heilige Scheiße.*

Willow lief aus dem Theater, das lange Haar wehte hinter ihr her. Ich nahm ihre Jacke und die Mütze, die sie vergessen hatte. Ich hatte verdammt noch mal weiche Knie, als ich das Theater durch den Vorderausgang verließ und außen herumging. Ich wollte eine Zigarette, und sie würde ihre Jacke wollen. Sie fror wahrscheinlich da draußen.

*Nicht, dass mir das irgendwas ausmacht.*

Ich konnte praktisch sehen, wie Martin bei diesem Satz die Augen verdrehte und mich bat, es noch einmal zu versuchen.

Willow stand in der schmalen Gasse zwischen dem Theater und Nicky's Tavern. Sie lehnte an der Mauer, ihre Schultern hoben und senkten sich, und Atemwolken umgaben ihren Kopf. Ihre Augen weiteten sich, als sie mich sah, und sie wischte sich mit dem Ärmel übers Gesicht.

»Was willst du?«, fragte sie. Sie umfasste ihre Ellbogen und sah mich nicht an. Ihr Körper in den Jeans und dem weichen rosa Pulli zitterte.

»Du hast was vergessen.« Ich hielt ihr die Jacke hin – schwere, teure Wolle – und die rosa Strickmütze.

»Oh. Danke.«

Ich wandte mich zum Gehen.

»Warte kurz.« Sie zog die Jacke an und setzte die Mütze auf.

»Danke für deinen Ratschlag. Es hat funktioniert. Ich hatte nicht erwartet, was da oben passiert ist. Oder vielleicht doch«, fügte sie fast an sich selbst gerichtet hinzu. »Vielleicht sollte genau das passieren, aber ich war nicht … ich war nicht bereit dafür.«

»Verstehe«, sagte ich. »Stört's dich, wenn ich rauche?«

Sie schüttelte den Kopf. Ich zündete eine Zigarette an, und die Flamme meines Feuerzeugs erhellte die Gasse, in der wir standen. Die einzige andere Beleuchtung kam von der Kneipe gegenüber. Ich nahm einen Zug, atmete aus und kämpfte darum, Worte zu finden.

»Alles okay mit dir?«, fragte ich schließlich.

»Ja. Es … hat mich nur überrascht.«

Ich nickte. »Du warst …« *Beeindruckend und krass und verdammt echt.* »… gut.«

Ich wand mich innerlich bei dem nichtigen, lächerlichen Wort. Sie verdiente ein besseres Feedback. Aber ich sagte entweder: *Du hast mich auf eine bis dahin nie empfundene Weise bis ins Mark erschüttert, und ich konnte den Blick nicht von dir abwenden.* Oder: *Du warst gut.* Dazwischen gab es nichts.

»Danke«, sagte sie. Sie zitterte, obwohl sie die Jacke jetzt zugeknöpft hatte. »Ich sollte gehen.«

Ich trat beiseite, um sie vorbeizulassen, und war mir plötzlich der Tatsache bewusst, dass ich praktisch ein Fremder war, der sie in einer dunklen Straße bedrängte.

Sie ging los, dann blieb sie stehen.

»Machst du es deswegen?«

»Was?«

»All deine Worte für die Bühne aufheben?«

Ich starrte sie an.

»Es ist eine Katharsis, nicht wahr?«, sagte sie. »Als würdest du deine Geschichte erzählen, ohne sie wirklich zu erzählen.«

*Welche Geschichte steht hinter der, die du heute erzählt hast?*, wollte ich fragen. Aber wie auch immer der Subtext aussah, den Willow für ihre Darbietung benutzt hatte, es war keine Geschichte für ein zwangloses Gespräch hinter einem alten Theater. Oder mit mir. Trotzdem wollte ich ihr auch etwas von mir erzählen. Ihr etwas zurückgeben.

*Vergiss es. Auch nichts für ein zwangloses Gespräch hinter einem Theater.*

Ich steckte mir die Zigarette zwischen die Lippen, um mich davon abzuhalten, mehr zu sagen. »Denke schon.«

»Redest du deshalb so wenig?«

»Vielleicht«, sagte ich und nahm noch einen Zug. »Vielleicht habe ich aber auch einfach nichts zu sagen.«

»Das bezweifle ich«, sagte sie. »Aber ich versteh's auch.«

»Du wirst die Rolle der Ophelia bekommen«, sagte ich.

»Wirklich?« Ihre Augen leuchteten auf, und in diesem Moment war sie schön – all die Hoffnung, die von ihr ausstrahlte. Strahlen, die auf mich trafen und meinen Kopf mit Möglichkeiten füllten. Wenn sie Ophelia war, würde ich die nächsten zwei Monate mit ihr proben. Mit ihr Theater spielen. Diese unantastbare Schönheit auf *meiner* Bühne haben.

Das war zu viel Hoffnung für einen Pechvogel wie mich.

»Klar, du kriegst die Rolle vielleicht«, sagte ich und machte meine Stimme hart. »Aber ein Monolog ist nicht dasselbe wie ein ganzes Stück von Shakespeare. Du musst zu absolut jeder Probe kommen. Du musst es *ernst* nehmen. Denn für dich ist es vielleicht nur eine Laune oder so was, aber für mich ist es verdammt wichtig.«

Sie richtete sich trotzig auf, reckte das Kinn. »Es ist nicht nur eine Laune«, sagte sie und klang jetzt selbst härter. »Es ist auch für mich wichtig. Und du bist ja überhaupt nicht eingebildet. Was macht dich so sicher, dass du eine Rolle kriegst?«

Meine Härte zerbröselte und ich lachte mit der Winston im Mund. Das hässliche gelbe Licht aus Nicky's Tavern tauchte Willows Haar in Gold. Der Drang, meine Hände in diesem Haar zu vergraben, war so stark, dass ich noch einen Zug nehmen musste.

»Ich bekomme die Rolle, weil Martin sie niemand anderem anvertrauen wird.«

»Das ist nicht der einzige Grund«, sagte Willow. »Du weißt, wie gut du bist.«

Ich seufzte, warf meine Zigarette auf den Boden und trat sie aus.

Sie legte den Kopf schief. »Darüber willst du auch nicht reden?«

»Nein, weil es langweilig ist. Es ist, wie es ist. Durch das Theater werde ich es aus Harmony hinausschaffen. Und alles andere?« Ich zuckte mit den Achseln.

»Oh«, sagte sie und sah enttäuscht aus. »Du willst hier weg?«

Ich sah sie neugierig an. »Du willst *bleiben?*«

Sie zuckte mit den Achseln, rieb sich das Kinn an der Schulter. »Ich weiß es nicht. Vielleicht. Es gefällt mir besser, als ich gedacht hätte. Es ist ruhig hier. Friedlich.«

»Für mich gibt es hier nichts.«

»Nein, wahrscheinlich nicht«, sagte sie. »Dein Talent ist zu groß für diese kleine Stadt.«

*Das hoffe ich. Es ist alles, was ich habe.*

Wir schwiegen. Dann sagte sie: »Okay. Ich bin mit einer Freundin verabredet. Mr Ford wird uns sagen, was als Nächstes kommt?«

»Er mailt den Leuten, die er noch einmal sehen will«, sagte ich. »Du musst morgen Abend um sieben wieder hier sein.«

»Wenn er mich noch einmal sehen will.«

Ich grinste. »Bis morgen, Willow.«

»Bis morgen, Isaac«, sagte sie. »Wenn er *dich* noch einmal sehen will.«

Ich unterdrückte das leise Lachen, das in meiner Brust aufstieg, und sah Willow nach, bis sie sicher an der Hauptstraße ankam. Dann stieß ich mich von der Wand ab und ging aus der Gasse hinaus vom Theater weg. Ging weg von meinem wahren Zuhause. Es war eine gute Übung dafür, Harmony endgültig zu verlassen. Ich würde all die beschissenen Erinnerungen hinter mir lassen. Das Gespenst meiner Mutter und den Zorn meines Vaters. Die Armut und die Kälte und die ständige Sehnsucht danach, mehr zu haben. Das alles würde ich hinter mir lassen und niemals zurückblicken.

Willow konnte hierbleiben, wenn sie wollte. Mehr Macht für sie.

Ich würde auch sie hinter mir lassen.

## 12. KAPITEL

### Willow

Als ich mich am Montagmorgen für die Schule fertig machte, hielt ich inne und las zum hundertsten Mal die Mail, die Samstag früh auf meinem Handy angekommen war.

<martinford@HCT.com>
Datum: 28. Januar
Re: Hamlet, Endgültige Besetzung
*Herzlichen Glückwunsch und danke, dass ihr an der HCT-Produktion von Shakespeares* Hamlet *teilnehmt. Bitte beachtet den Probenplan unten in der Mail und benachrichtigt mich, die stellvertretende Leiterin Rebecca Mills oder den Inspizienten Frank Darian, falls ihr Terminprobleme habt und nicht länger dabei sein könnt.*
*Danke! Ich freue mich darauf, mit euch gemeinsam in die Magie der Bühne einzutauchen!*

*Hamlet*: Isaac Pearce
*Gertrude*: Lorraine Embry
*Claudius*: Len Hostetler
*Polonius*: Martin Ford
*Ophelia*: Willow Holloway
*Laertes*: Justin Baker

Es folgten weitere Rollen und Namen, aber mein Blick wanderte immer wieder zurück zu *Ophelia* und meinem Namen daneben.

»Oh, mein Gott.«

Der Schreck schlug von einer Seite auf mich ein, während auf der anderen leiser Stolz aufflammte. Ich war mit meinem Vorsprechen zufrieden gewesen und erleichtert, dass ich mich in der zweiten Runde nicht blamiert hatte, aber ich hatte trotzdem nicht geglaubt, dass ich die Rolle bekommen würde. Und jetzt vertraute der freundliche Martin Ford mir eine kleine, aber zentrale Rolle in einem von Shakespeares berühmtesten Theaterstücken an. Ein Theaterstück, das vor der gesamten verdammten Stadt aufgeführt werden würde.

»Und vor der Schule«, murmelte ich. »Sie werden kommen, um Isaac zu sehen …«

Mein Blick wanderte von meinem Namen zu Isaacs, der neben Hamlet stand. Natürlich spielte er Hamlet.

Und ich spielte Ophelia.

*Scheiße. Was hast du dir dabei gedacht?*

Es war einfach zu viel. Isaac war ein Genie und verdiente es, an der Seite richtiger Künstler zu spielen. Und Martin Ford war ein guter Mensch, der einfach versuchte, eine gute Aufführung auf die Beine zu stellen. Ich dagegen war eine hoffnungslose Amateurin und hatte nur vorgesprochen, um ein bisschen Erleichterung für meine eigene beschissene Lage zu finden.

Das war so dämlich, es haute mich richtig um. Dann landete mein Blick auf dem Deckenbündel, das neben meinem unberührten Bett auf dem Boden lag. Wieder einmal hatte ich eine größtenteils schlaflose Nacht verbracht, war immer wieder aufgewacht, wenn ich geträumt hatte, dass ein schattenhaftes Gewicht mich niederdrückte und mir die Luft aus den Lungen presste. Mein Arm war schwarz von den X, die ich mit meinem Edding gemalt hatte.

*Nichts zu tun hat nicht funktioniert. Ich muss etwas anderes ausprobieren.*

»Ich habe die Rolle gekriegt!«, sagte ich zu den Decken. »Ich schaff das.«

*Ich muss einfach nur die Geschichte erzählen.*

Schnell schob ich das Telefon in meine Schultasche und ging hinaus.

Ich übernahm Isaacs altes Pult im Englischkurs von Mr Paulson. Ich sagte mir, dass ich so gegenüber von Angie saß. In Wirklichkeit ertrug ich es nicht, es leer zu sehen. Ich hasste die tägliche Erinnerung daran, wie das System Isaac im Stich gelassen hatte. Ihn buchstäblich rausgeworfen hatte.

»Ich habe die Rolle«, sagte ich und rutschte auf meinen Platz.

Angie riss den Kopf hoch und schob sich ein Durcheinander aus schwarzen Locken aus den Augen. Auf ihrem Sweatshirt stand: *Marathon? Nur auf Netflix.*

»Ehrlich? Ophelia? Das sagst du mir erst jetzt?«

»Nicht so laut«, zischte ich und sah mich um. Die Schüler hatten entweder die Köpfe zusammengesteckt, um zu tuscheln, oder die Köpfe auf die Pulte gelegt. Mr Paulson war damit beschäftigt, seine Sachen zu ordnen. Niemand sah zu uns.

»Wann hast du es erfahren?«

»Samstag.« Ich holte mein Telefon heraus und rief die Mail auf.

»Samstag?« Sie kreischte praktisch. »Zwei Tage sind in Angie-Normalzeit zwei Monate. Kennst du dich aus mit dem Ding, das du da in der Hand hältst? Es hat eine coole Nachrichtenfunktion, die solltest du mal ausprobieren.«

»Ich war mir nicht sicher, ob ich es wirklich durchziehen will«, sagte ich und gab Angie mein Telefon. »Es ist verrückt, oder? Ich habe keine Ahnung, was ich tue.«

Angie scrollte durch die Besetzungsliste und langsam breitete sich ein Grinsen auf ihrem Gesicht aus.

»Sieh an, Miss Superstar, du wirst neben dem großen Isaac Pearce auf der Bühne stehen.«

»Psst, sag nichts. Nicht hier. Mir hat gerade noch gefehlt, dass alle denken, ich würde ihm wie eine dumme Tussi hinterherlaufen.«

»Warum sollten sie das denken?«

»Sogar *du* hast es gedacht.«

»Schuldig im Sinne der Anklage.« Sie klopfte sich mit dem Finger gegen die Zähne. »Aber warum machst du es dann? Ich will dich nicht nerven. Ich will es wirklich wissen.«

Ich wollte sie schon mit irgendeinem Blödsinn abfertigen. Stattdessen zuckte ich mit den Achseln und blickte zu Boden. »Der letzte Sommer war … ziemlich schwierig, und jetzt brauche ich eine Veränderung.«

Angies rundes, offenes Gesicht war weich und besorgt. »Eine Veränderung wovon?«

*Von dem, was aus mir geworden ist.*

»Von nichts, einfach eine Veränderung. Ein Neuanfang. Da wir umgezogen sind, ist es ein guter Moment, um etwas Neues auszuprobieren.«

Angie nickte langsam, ihre dunklen Augen waren warm. Dann lächelte sie strahlend und sah wieder auf die Besetzungsliste. »Ich bin stolz auf dich. Und ich verspreche, es nur den Großartigsten zu erzählen, aber guck mal hier.« Sie hielt mir das Telefon vor die Nase und zeigte auf den Namen Justin Baker. »Dein großer Bruder, Laertes, sitzt direkt da vorn.«

Sie deutete mit dem Kopf auf einen blonden Typen in der

ersten Reihe. Sein Gesicht war im Profil, als er sich mit Jessica Royce, einer der Plastics, unterhielt. Justin sah außergewöhnlich gut aus, sein hochgewachsener Baseballspieler-Körper war in teure Jeans und Schuhe gekleidet. Mein altes Ich hätte ihn sofort beim Betreten des Klassenzimmers bemerkt und nicht erst Wochen später. Die alte Willow hätte sich einen Platz in seiner Nähe gesucht und ihn gefragt, was die Hausaufgaben waren – selbst wenn sie die längst notiert hatte.

Er beugte sich vor und sagte etwas zu Jessica, dann drehten sich beide zu mir um. Ich wandte schnell den Blick ab.

»Entspann dich«, sagte Angie. »Warum sollte jemand glauben, du hast vorgesprochen, um Isaac nachzulaufen? Mit dieser Logik hätte Justin das aus dem gleichen Grund tun können.« Sie grinste. »Falls jemand fragt, sag einfach, du hast es für Mr Paulsons Extrapunkte gemacht.«

Das Blut wich mir aus dem Gesicht. »Mr Paulson …«

Der jetzt vor der Klasse stand und mir ein strahlendes Lächeln schenkte.

»Einen guten Montagmorgen, Leute. Zunächst ein paar Ankündigungen: Ich freue mich zu berichten, dass Justin Baker und Willow Holloway beide Rollen in der HCT-Inszenierung des *Hamlet* bekommen haben.«

Er fing an, in die Hände zu klatschen, und ermutigte die anderen, es ihm nachzumachen. Es gab einen halbherzigen Applaus bis auf Angie, die laut klatschte und ein lautes *Yeah* hören ließ.

Ich knirschte mit den Zähnen. »Musste das sein, Angie?«

Mr Paulson strahlte. »Sie werden im Frühling beide Extrapunkte für Lyrik und Drama bekommen.« Sein Lächeln schwand. »Und wenn Sie Mr Pearce einen Glückwunsch von uns bestellen würden, das würde mich sehr freuen.«

Er sah mich direkt an, und dic Klassc sah es. Meine Wangen

brannten, und ich wollte mich am liebsten hinter das Pult ducken.

*Dir ist egal, was die Leute denken, schon vergessen?*

Stimmte aber nicht. Zumindest nicht ganz. Ich gab Angie die Schuld für das Abschmelzen meiner Reserviertheit. Es war unmöglich, sie nicht zu mögen, und merkwürdigerweise gab sie mir das Gefühl, normal zu sein, ohne irgendwas dafür tun zu müssen.

Ich setzte mich auf und nickte Mr Paulson schwach zu. Justin verdrehte den Hals, lächelte freundlich und sah mich mit erhobenen Augenbrauen fragend an. Er sah super aus – hübsche Augen, markanter Kiefer.

Und obwohl er nicht wie ein dämliches Arschloch wirkte wie Ted Bowers, flatterten keine Schmetterlinge in meinem Bauch, sondern mir zog sich der Magen zusammen.

Beim Mittagessen saß ich bei den »großartigsten Leuten, die du je kennenlernen wirst«, und sie freuten sich, dass ich die Rolle bekommen hatte.

»Gratuliere«, sagte Jocelyn, die neben Caroline saß. Ihre Hände lagen nebeneinander auf dem Tisch, so nah, wie sie sich trauten, aber ohne sich zu berühren. »Dein erstes Mal auf einer Bühne?«

»Und dann gleich Shakespeare«, sagte Caroline, als ich nickte. »Das wird nicht leicht.«

»Vor allem neben Isaac«, sagte Nash und verzog den Mund, als Angie ihn in die Rippen stieß. »Was? Ich sag nur, wie 's ist. Das ganze Ensemble wird seine Leistung ein bisschen hochschrauben müssen.«

»Aber Mr Ford wird mich nicht bewusst versagen lassen, oder?«, fragte ich. »Er wird mich erlösen, wenn ich der Sache nicht gewachsen bin.« Ich sah mich um. »Oder?«

»Du wirst nicht versagen, du wirst es großartig machen«, sagte Angie. »Wird sie doch?«

Die anderen stimmten begeistert zu, und dann wurden wir alle still, als Jessica Royce mit zwei der Plastics zu unserem Tisch kam. Sie warf sich ihr seidiges dunkles Haar über die Schulter.

»Hey, Willow. Bitte bestell Mr Pearce unsere *aufrichtigsten* Glückwünsche.« Sie wiederholte fast wörtlich, was Mr Paulson gesagt hatte. »Und auch dir herzlichen Glückwunsch dafür, eine Rolle bekommen zu haben.«

»Danke«, sagte ich und versuchte, Isaacs gleichgültigen Gesichtsausdruck zu kopieren.

Jessicas Lächeln war breit, aber es kam nicht ansatzweise bei ihren Augen an. »Das muss man ihr lassen, Ladys«, sagte sie zu ihren Freundinnen. »Manche Mädchen fragen einen Typ einfach nach seiner Telefonnummer. Willow hebt das auf ein ganz neues Niveau.«

Die Mädchen kicherten und gingen weiter, Jessica wackelte zum Abschied mit den Fingern.

»Hattet ihr nicht gesagt, eure gemeinen Mädchen sind nicht so gemein?«

»Wir sind abgestanden und öde«, sagte Nash. »Du bist frisches Blut.«

»Ich kapier immer noch nicht, warum es etwas mit Isaac zu tun haben soll, dass ich in dem Stück mitspiele.«

»Eifersucht«, sagte Angie. »Sie sehen sich die Stücke einzig und allein seinetwegen an. Er hat hier eigentlich nie jemanden groß beachtet, aber du hast dir für die große Isaac-Show gerade einen Platz in der ersten Reihe gesichert.«

Ich verdrehte die Augen. »Meine Güte, er ist einfach irgendein Typ. Selbst von meinem Vater musste ich mir was anhören.«

Angie runzelte die Stirn. »Was weiß er darüber?«

»Die Tochter von einem Kollegen von ihm geht hier zur Schule. Sie hat ihm allen möglichen Scheiß über Isaacs Familienleben erzählt.«

»Lass mich raten, Tessa Vance?« Caroline verdrehte die Augen. »Ihr Dad arbeitet bei Wexx. Letztes Jahr ist sie an Isaacs Handynummer gekommen und hat ihm eine Nachricht geschickt, ob er mit ihr ausgehen würde. Er hat sie abblitzen lassen, und ihr kleiner Bruder hat ihr Telefon geklaut, einen Screenshot von dem Wortwechsel gemacht und ihn auf Facebook gepostet.«

Beim Gedanken an einen Typen, der Screenshots benutzte, um ein Mädchen zu demütigen, erstarrte ich, auch wenn er noch so jung war. Es ging mir einfach zu nah.

»Was ist mit Tessa passiert?«

»Totale Bloßstellung«, sagte Jocelyn.

»Was hat Isaac in der Nachricht geschrieben? War er ätzend zu ihr?«

»Schlimmer«, sagte sie. »Er hat nur geschrieben *Nein, danke.*«

Ich blinzelte, die Verkrampfung in meiner Brust löste sich. »Das ist alles?«

Angie nickte. »Das ist alles. Und auf Tessas Frage, ob er etwas ausführlicher werden könnte, hat er nicht geantwortet.«

»Seitdem verbreitet Tessa miese Geschichten über Isaac. Um ihre Würde wiederherzustellen«, sagte Caroline.

»Sie ist unermüdlich«, sagte Nash. »Flüstert als Erste ›Mord‹, wenn Pearce senior länger nicht in der Stadt auftaucht.«

Ich zog die Nase kraus. Highschool-Scheiß war auf dem Land offensichtlich nicht viel anders als in der Stadt. In gewisser Weise war es schlimmer. Meine Highschool in Manhattan war groß genug gewesen, um ein Geheimnis verbergen zu können. Hier hörte es die halbe Schule, wenn man auch nur hustete.

»Aber egal«, sagte ich, erleichtert, dass Isaac sich in dieser Sache nicht wie ein komplettes Arschloch verhalten hatte. »Ich spiele nicht in dem Stück, um Isaac hinterherzulaufen, es sei denn, er hat einen Rat für mich. Ich weiß nicht, was ich tue. Und ich habe keine Ahnung, wie ich jeden Abend zur Probe und wieder zurückkommen soll.«

»Können deine Eltern nicht einspringen?«

»Ich musste meinen Dad schon überreden, die Unterlagen zu unterschreiben, da ich noch minderjährig bin. Er arbeitet meistens bis spät, und meine Mutter war nie die Sorte Mom, die Cupcakes backt und mich überall abholt. Sie wird jetzt nicht damit anfangen.«

»Ich kann aushelfen«, sagte Angie, »aber du musst wirklich fahren lernen.«

»Vielleicht kann Isaac dich nach Hause bringen«, sagte Nash und bemerkte, dass Angie ihn demonstrativ ansah. »Was? Ich bin nur praktisch.«

»Was ist mit Justin Baker?«, fragte Angie und deutete mit dem Kinn auf den Tisch, wo er mit Doug Keely, Ted Bowers und ein paar anderen Sporttypen saß. »Dein Laertes.«

»Er ist superheiß.« Jocelyn starrte rüber und bemerkte Carolines Blick. »Wenn man auf so was steht. Was ich nicht tue.«

Ich lächelte wehmütig angesichts der beiden süßen Pärchen vor mir. Ich sah zu Justin Baker und ertappte ihn dabei, wie er mich ansah. Er lächelte dieses freundliche, neugierige Lächeln, und ich wandte schnell den Blick ab.

»Wer war noch gleich Laertes?«, fragte ich Angie.

»Ophelias Bruder«, sagte sie und verdrehte die Augen. »So langsam solltest du an dem Stück arbeiten. Fang vielleicht an, indem du es *liest*.«

Am Nachmittag fuhr Angie mich nach der Schule ins Zentrum von Harmony. »Wie ist noch mal der Probenplan?«

»Montag-, Mittwoch- und Freitagabend und Samstagnachmittag«, sagte ich. »Und wenn die Premiere näher rückt, jeden Abend und das ganze Wochenende.«

»Ich kann dich herbringen, und wir können auch ab und zu im Scoop einen Kaffee trinken gehen, aber zwischen jetzt und sieben Uhr abends ist ziemlich viel Zeit zu überbrücken.« Sie legte einen Arm aufs Steuer. »Warum willst du nicht nach Hause?«

»Weil ich dann nicht wieder zurückkomme«, sagte ich. »Das geht schon, versprochen. Meine Eltern sind ichbezogene Arschlöcher, aber es ist nichts Schlimmeres.«

»Okay«, sagte Angie. »Weißt du, als du zuerst mit deinem Disney-Prinzessinnenhaar und den Manhattan-Klamotten in die Klasse gekommen bist, hab ich gedacht, du wärst auch ein ichbezogenes Arschloch. Aber ich finde dich okay, Holloway.«

»Danke, McKenzie.« Ich nahm meine Sachen. »Ich werde mich etwa vier Stunden lang in die Bibliothek setzen.«

»Darf ich dir einen Rat geben, wie du die Zeit rumkriegen kannst …?«

»Ich werde das verdammte Stück lesen.«

Sie lachte. »Schreib mir, wenn du nicht weiterkommst.«

»Danke«, sagte ich und stieg aus dem Auto. Ich beugte mich hinein. »Ich bin dir echt dankbar, Angie. Für so vieles.«

Sie lächelte. »Jetzt übertreib mal nicht. Und ich will einen ausführlichen Bericht, wie es ist, Isaac Pearce in Aktion zu sehen.«

Ich verdrehte die Augen. »Vielleicht spiele ich auch selbst ein bisschen Theater.«

Sie hob die Faust. »Frauenpower!«

Ich schlug die Autotür zu und trat in das helle, eisige Sonnenlicht. Es fühlte sich an, als würde der Winter seinen Griff lockern, und die Luft war sauber und klar. Ich sprang über einen von Abgasen verfärbten Schneehaufen am Straßenrand und machte mich auf den Weg zur öffentlichen Bibliothek, die etwa anderthalb Blocks vom HCT entfernt war. Ich fand einen Tisch an einem Fenster und setzte mich mit einer Ausgabe von *Hamlet* und dem aufgeklappten Laptop hin, auf dem ich eine Seite mit dem Kommentar und einer Übersetzung des Stücks ins heutige Englisch geöffnet hatte, falls ich hängen blieb. Was häufig vorkam.

Die alte Willow war eine Einserschülerin gewesen, die überlegt hatte, etwas zu studieren, das mit englischer Literatur zu tun hatte. Aber *Hamlet* hatte nicht zum Lehrplan meiner Schule gehört, und ich hatte keine der Verfilmungen gesehen.

Ich überflog Ophelias Szenen und war erleichtert, als ich keine offensichtliche Liebesszene entdeckte. Hamlet und Ophelia waren glücklich zusammen, bevor das Stück anfing. In der ersten gemeinsamen Szene macht sie – unter dem Druck ihres Vaters – mit Hamlet Schluss.

Hamlet schikaniert Ophelia, ermordet ihren Vater.

Sie wird verrückt, begeht Selbstmord.

Ende.

Keine Liebesgeschichte. Keine Liebeserklärungen. Keine *Berührungen.*

Erleichtert atmete ich aus.

*Leg das ab unter: Fakten, die ich* vor *dem Vorsprechen hätte recherchieren sollen.*

Ich war vielleicht die unerfahrenste Schauspielerin auf dieser Bühne, aber wenigstens würde ich nicht vor allen eine Panikattacke bekommen, weil ich jemanden küssen oder anfassen sollte. Das schwarze X auf meinem Körper würde unsichtbar bleiben, und ich würde die Szenen nutzen, in denen Ophelia in den Wahnsinn hinabsteigt, um ein paar mehr Dämonen auszutreiben und ein wenig Frieden zu finden.

Es war eine unschuldige, naive Hoffnung, die wahrscheinlich irgendwann in tausend Teile zerbrechen würde.

# 13. KAPITEL

## Willow

Nach einem ausgewogenen Abendessen aus Pommes, Salat und einem Schokomilchshake im Scoop ging ich rüber ins Harmony-Community-Theater. Der Vordereingang war gespenstisch ruhig, aber am Empfang saß eine Frau und schickte mich zu einer Treppe, die in den ersten Stock über der Bühne führte.

Die ausgetretene Treppe roch nach Staub und Zeit. Ich ging an geschlossenen Bürotüren vorbei und kam zu einem großen halbdunklen Raum mit einer Spiegelwand, der wie ein spärlich beleuchtetes Tanzstudio wirkte. In der Mitte war ein Stuhlkreis aufgebaut, und daneben stand die Besetzung von *Hamlet*, lachte und unterhielt sich.

»Da ist sie ja.« Die Frau, die in *Ödipus* die Jokaste gespielt hatte, winkte mir zu. »Unsere ›naive Liebhaberin‹. Willkommen. Ich bin Lorraine Embry, aber Sie dürfen mich Königin Gertrude nennen.« Sie trug klobigen Schmuck und fließende seidige Kleidung. Ich hatte den Eindruck, dass sie sowohl auf als auch jenseits der Bühne gern dramatisch war.

»Hi, ich bin Willow Holloway«, sagte ich. »Oder … dann wohl Ophelia?«

Der Mann, der Kreon gespielt hatte, kam heran – groß, mit Sommersprossen, rostrotem Haar und einem breiten Lächeln. Er trug einen Jogginganzug, und ich nahm an, dass er entweder

Basketballtrainer an der Uni war oder ein Sportbekleidungsgeschäft besaß.

»Len Hostetler.« Er umfasste meine Hand und schüttelte sie. »Meine Liebe, Ihr Vorsprechen war wirklich einmalig. Wirklich einmalig.«

»Da muss ich zustimmen«, sagte Lorraine. »Eine großartige Darbietung. So viel Herz, so ein reines, organisches Talent.«

»Danke.«

Sie strahlten mich an wie stolze Eltern. Da meine eigenen Eltern das Vorsprechen nicht gesehen hatten und in letzter Zeit auch sonst keinen Grund gehabt hatten, stolz auf mich zu sein, war ihr Stolz wie ein Sonnenstrahl an einem kalten Tag. Aber das Schweigen zog sich in die Länge, während sie darauf warteten, dass ich etwas sagte.

»Äh … ist es egal, wo wir uns hinsetzen?«

»Natürlich, natürlich«, sagte Len. »Der Herr Regisseur wird gleich da sein.« Er rieb seine riesigen Hände aneinander. »Ist das nicht aufregend? Es geht doch nichts über die erste Probe für ein neues Stück, oder? Oder ist das überhaupt das erste Mal für Sie?«

»Nein, aber es ist eine Weile her«, sagte ich.

»Wie lange ist eine Weile?«, fragte Len.

*Ich bin so am Arsch.* »Kindergarten.«

»Oh …«, lachte Lorraine. »Wenn Ihr Vorsprechen irgendetwas zu bedeuten hat, dann sind Sie ein Naturtalent. Ich freue mich darauf zu sehen, was Sie aus der lieben, armen Ophelia machen.«

*Und ich erst*, dachte ich.

Als ich die Jacke auszog und mich in den Kreis setzte, versuchte ich, mich an der warmen Begrüßung und dem unerwarteten Lob festzuhalten. Die Atmosphäre im Raum ließ meinen Magen flattern wie bei einem kleinen vorfreudigen Trommelwirbel. Obwohl ich mir plötzlich wie die totale Hochstaplerin vorkam, fühlte ich mich wohl. Zumindest war es besser, als allein in meinem Zimmer auf dem Boden zu liegen – nur mit einem Buch, einem Edding und der Dunkelheit als Gesellschaft.

Isaac Pearce stand auf einer Seite der Spiegelwand und blickte durch den Raum an einen anderen, geheimen Ort. Der Spiegel verdoppelte ihn – zwei gut aussehende, nachdenkliche Profile und vier Arme, die sich über einem roten Ringbuch verschränkten.

Jetzt sah er mich und blinzelte, als würde er aufwachen. Ich winkte vorsichtig und lächelte. Seine Mundwinkel wanderten nach oben, dann wandte er den Blick ab, und seine distanzierte Maske war wieder da.

*Freut mich auch, dich zu sehen.*

»Hey.« Justin Baker stand plötzlich vor mir und ich konnte Isaac nicht mehr sehen. Er zeigte auf den Stuhl neben mir. »Kann ich?«

»Äh ... klar. Setz dich.«

Als Justin sich hinsetzte, ging ein schwacher Hauch Eau de Cologne von seiner Kleidung aus. Er trug Jeans, Timberlands und ein blaues T-Shirt unter einer blauen North-Face-Jacke. Er sah glatt, teuer und entspannt aus. Als würde ihm jeder Raum gehören, den er betrat, wenigstens irgendwann in der Zukunft.

Mein altes Ich hätte es toll gefunden, neben Justin zu sitzen. Das neue fühlte sich mehr zu abgetragenen Jeans, schwarzem Leder und stürmischen graugrünen Augen hingezogen.

Aber letztlich waren beide unerreichbar. Ausgesperrt durch den Eissarg, in dem Xavier mich zurückgelassen hatte. Ich klickte die Spitze meines Kulis raus und malte ein X unter den Handballen.

»Du bist Willow, stimmt's?«, sagte Justin. »Ich bin Justin. Wir haben beide Englisch bei Paulson.«

»Weiß ich.« Es kam zickiger raus, als ich beabsichtigt hatte.

Justin lachte leise. »Klar. Blöder Einstieg. Hast du schon mal Theater gespielt?«

»Ein Mal. Vor langer Zeit. Du?«

»Ich war in ein paar Stücken. Vor ein paar Jahren hab ich mir das Knie verletzt, und anstatt Second Base zu spielen, bin ich in *Tod eines Handlungsreisenden* gelandet.«

»Cool.« Ich schaffte es zu lächeln.

»Dein Vorsprechen war wirklich gut.«

»Danke. Ich … hab deins nicht gesehen.«

Er zuckte mit den Achseln. »War ganz okay, denk ich. Ich glaube, ich hab die Rolle wegen meiner Haare gekriegt.«

»Was?«

Er grinste und zupfte an seinem blonden Haar. »Die gleiche Farbe wie deine, zack – ich bin dein Bruder.«

Ich lachte ein bisschen. »Ich bin mir sicher, dass du die Rolle nicht deswegen bekommen hast.«

Er hob die Hände und lächelte ungezwungen. »Wenn du meinst.«

Ich lächelte auch, während ich eine Reihe Kreuze auf meinen Collegeblock malte. Seine Freundlichkeit machte mir fast mehr Angst, als wenn er ein Idiot gewesen wäre.

Mein Blick wanderte zu Isaac.

Er hatte sich nicht aus der Ecke wegbewegt, um einen Platz zu suchen, und der Stuhl auf meiner anderen Seite war noch frei. Ich wollte lieber Isaacs schwachen Geruch nach Zigarettenrauch und Seife wahrnehmen als Justins teures Parfüm. Aber Isaac war in anderer Hinsicht ausgeixt. Mein Vater hatte die Formulare des HCT nur unter der Bedingung unterschrieben, dass ich außerhalb des Theaters nichts mit Isaac zu tun haben würde. Dad würde mir verbieten, an dem Stück mitzuwirken, wenn er herausfände, dass ich mit diesem »gestörten Schulabbrecher, der auf einem Schrottplatz wohnt«, Umgang pflegte.

Das hatte wehgetan, als wäre es direkt gegen mich gegangen. Isaac hatte mir bei dem Vorsprechen geholfen, als ich mich vor Nervosität fast übergeben hatte. Er war irgendwie blöd gewesen, aber nur an der Oberfläche. Als trüge er eine Rüstung mit einer Million Rissen. Von Weitem sah man sie nicht, aber wenn man näher heranging …

*Du hast auch eine Flamme, oder?*, fragte ich ihn stumm. *Du beschützt sie mit deinem Leben. Meine fängt schon bei der leisesten Brise gefährlich an zu flackern. Du lässt nichts an dich rankommen. Du bist kein Krimineller, du bist wachsam. Ständig. Warum?*

Die Kreuze auf dem Blatt verwandelten sich in Fragezeichen. Warum war es mir wichtig? War es nicht. Durfte es nicht sein. Ich klappte den Collegeblock zu.

Martin Ford kam mit der stellvertretenden Leiterin Rebecca Mills herein, beide trugen Stapel mit roten Ringbüchern, wie Isaac eines hatte.

»Das offizielle Skript«, sagte Martin, als alle sich setzten. »Unser Buch der Bücher. Buchstäblich.«

Ich schob die Ausgabe aus der Bibliothek in meine Tasche zurück und legte mir das schwere Ringbuch auf den Schoß. Als wir alle saßen, stellte Martin sich in die Mitte des Stuhlkreises und drehte sich langsam um seine Achse, während er zu uns allen sprach.

»Meine erste Anordnung als Regisseur – «

Erfahrene Mitglieder der Besetzung beendeten einstimmig den Satz: »Weg. Vom. Buch.«

»Genau«, sagte Martin. »Lernt euren Text. Ihr könnt nicht mit einem Ringbuch in der Hand Theater spielen. Ihr könnt dramatisieren, aber nicht spielen. Zwei unterschiedliche Dinge.« Er breitete die Arme aus, als wäre der Raum so weit wie eine afrikanische Savanne. »Wir wollen uns umsehen und die weite, prächtige Landschaft von Shakespeares Worten erkunden.« Er beugte sich vor und verengte sein Blickfeld mit den Händen. »Und nicht mit gesenktem Blick die Nase in die Landkarte stecken.«

Ich rutschte auf meinem Platz herum. Das war real. Martin Ford war ein richtiger Regisseur, und das hier war eine richtige Aufführung und … *Oh Gott, ich werde das vermasseln.*

»Ist das für alle klar?«, fragte Martin. »Ich gebe euch drei Wochen, wenn jemand den Text dann noch nicht kann, werde ich die Zweitbesetzung einsetzen. Fangen wir an.«

Martin erzählte ein bisschen, wer er war, und erklärte kurz, warum er *Hamlet* ausgesucht hatte – nicht nur, damit er selbst den Polonius spielen konnte, scherzte er –, dann sollten wir uns der Reihe nach vorstellen und sagen, welche Rolle wir spielten.

Als die Reihe an Lorraine kam, setzte sie sich aufrechter hin.

»Ich bin Lorraine Embry, und ich stelle Gertrude dar, Königin von Dänemark, Hamlets Mutter.«

Ich biss mir auf die Lippe und sah aus dem Augenwinkel, wie Justin genau das Gleiche tat. Wir tauschten ein kurzes amüsiertes Grinsen. Dann, bevor ich ihn sah, spürte ich Isaacs eisigen Blick – er sah mich so wütend an, dass das Lächeln aus meinem Gesicht verschwand und durch heiße Scham ersetzt wurde. Ein Kind, das dabei erwischt wurde, wie es im Unterricht Zettel herumgab.

»Isaac Pearce. Hamlet«, sagte er.

Ich blickte auf meine Füße, bis ich dran war. »Willow Holloway. Ich spiele die Ophelia«, sagte ich, überzeugt, dass alle jeden Moment begreifen würden, dass es ein Fehler war, und mir sagen würden, dass ich mich im falschen Raum befand.

Martin lächelte. »Willow ist neu in Harmony, und ich freue mich sehr, dass sie frische Energie in unser Theater bringt.«

Der spontane Beifall erschreckte mich und ließ mich tiefer auf meinen Stuhl sinken. Ich sah zu Isaac, aber der fummelte an einem Loch in seinen Jeans herum.

Justin war der Nächste.

»Justin Baker, und ich spiele Laertes.«

»Meine Bühnenkinder«, sagte Martin und strahlte wie ein stolzer Vater. Er sah sich im Raum um. »Fertig? Super. Und jetzt«, sagte er, »lesen wir.«

Man hörte das Rascheln von Papier, als alle ihre Skripte aufschlugen. Ich sah noch einmal zu Isaac. Meine Augen konnten oder wollten sich nicht von ihm fernhalten. Diesmal trafen unsere Blicke sich, dann sah er weg.

Wir begannen mit der ersten Leseprobe. Viele machten sich Notizen, vor allem Isaac. Ich fragte mich, ob ich das auch machen sollte, und hörte zu, während der Dialog uns immer näher zu Akt eins, Szene drei brachte, Ophelias ersten Worten.

Rebecca, die stellvertretende Regisseurin mit der dicken Brille, las die Bühnenanweisungen. »Laertes und Ophelia treten auf«, sagte sie.

Justin als mein Bruder Laertes fing mit einer langen Hetzrede gegen Hamlet an. Ich notierte mir innerlich, dass er Ophelia warnte, nicht mit dem Prinzen zu schlafen – sich vor Sex zu hüten und ihren »keuschen Schatz« nicht einem Typen zu öffnen, der sie sowieso nicht heiraten würde.

Dann kam Martin als Polonius dazu. Und behandelte seine Tochter, als wäre sie eine dämliche Idiotin. Völlig hilflos und naiv, was das Verhalten von Männern anging.

*»Ich muss euch sagen, dass ihr euch selber nicht so klar versteht, als meiner Tochter ziemt und eurer Ehre. Was gibt es zwischen euch? Sagt mir die Wahrheit!«*

Ich wusste, dass Isaac mich ansah, als ich meine Zeilen las. *»Er hat seither Anträge mir getan von seiner Zuneigung.«*

*Er hat mir beim Vorsprechen geholfen*, dachte ich. *Er hat mir meine Jacke gebracht, als es kalt war …*

*»Pah, Zuneigung!«*, spottete Martin. *»Ihr sprecht wie junges Blut, in solchen Fährlichkeiten unbewandert. Und glaubt ihr den Anträgen, wie Ihrs nennt?«*

Ich hob den Blick zu Isaac. *»Ich weiß nicht, Vater, was ich denken soll.«*

Isaac hielt meinen Blick, während Polonius weiterschimpfte, dass Ophelia ihm, ihrem Vater, gehorchen und sich von Hamlet fernhalten solle.

Ich schluckte und sah wieder auf das Skript, das mein eigenes Leben schwarz auf weiß reflektierte.

*»Ich will gehorchen, Herr.«*

Vier Stunden später endete das Stück, und fast alle Figuren waren tot. Ein Dutzend rote Ringbücher wurden resigniert zugeklappt. Wir reckten uns und packten unsere Sachen zusammen. Justin beugte sich zu mir, als ich die Taxi-App auf meinem Telefon aufrief. Beugte sich so weit vor, dass es mir unangenehm war. Ich wich einen Schritt zurück, tat so, als würde ich meine Tasche zurechtrücken.

»Wie kommst du nach Hause?«, fragte Justin. »Soll ich dich mitnehmen? Wo wohnst du?«

»Oh, äh …«

Aus irgendeinem dummen Grund suchte mein Blick nach Isaac, aber er unterhielt sich mit Martin. Justin wartete auf eine Antwort. Das Gewicht seiner Erwartung hing über mir. Ich hörte mich meine Adresse stammeln, weil man das Mädchen seit Ewigkeiten so beibringt – sie sagen und tun Dinge, bei denen ihnen nicht wohl ist, nur um die Gefühle eines Mannes nicht zu verletzen.

»Super«, sagte Justin. »Ich wohne auch in Emerson Hills. Etwa drei Querstraßen von dir entfernt.«

»Schön«, sagte ich. »Danke.«

Ich ging zu Martin und Isaac, die sich noch unterhielten. »Sorry, dass ich unterbreche, aber ich wollte mich noch einmal bedanken, dass ich dabei sein darf. Justin nimmt mich in seinem Auto mit nach Hause.«

*Jetzt wisst ihr, wo ich bin und in wessen Wagen ich gleich einsteige.*

Isaac schob die Hände in die Taschen und sah mich ausdruckslos an, als Justin sich zu uns stellte.

»Wunderbar«, sagte Martin. »Das nenne ich Bruderliebe. Einen schönen Abend noch – und gute Arbeit! Wir sehen uns am Mittwoch.«

»Danke.« Ich wollte schon gehen, dann drehte ich mich noch einmal zu Isaac um. »Tschüs.«

Er nickte fast unmerklich, sagte aber nichts.

*Wie eine Textnachricht, in der* Nein, danke *und sonst nichts steht.*

Justin und ich gingen nach unten.

»Bruderliebe«, sagte Justin. »Martin nimmt alles so wörtlich.«

Ich lächelte schwach und presste die Lippen zusammen. Mein ganzer Körper war angespannt, und als wir in die kalte Nacht traten, verkrampfte ich mich noch mehr und zog die Schultern bis zu den Ohren hoch.

Justin führte mich zu seinem glänzenden schwarzen Ford-Pick-up auf dem Parkplatz gegenüber vom Theater und hielt mir die Beifahrertür auf. Steifbeinig stieg ich ein und wurde sofort mit Justins Gerüchen bombardiert – Parfüm, Leder und das Duftbäumchen, das am Rückspiegel hing. Sein Pick-up war makellos sauber. Es war nichts darin, das man fürchten musste, aber als seine große Gestalt auf den Fahrersitz rutschte, fing mein Herz an zu galoppieren.

*Beruhig dich, beruhig dich, beruhig dich.*

Mit zitternden Händen schnallte ich mich an.

»Ist dir kalt?«, fragte Justin. »Die Heizung geht ziemlich schnell an.«

Eine gefühlte Ewigkeit ließ er den Wagen im Leerlauf, dann endlich fuhr er los. Die ganze Zeit plauderte er und schien nicht zu bemerken, dass ich einsilbig auf seine Fragen antwortete.

»Hier ist es«, brachte ich heraus, als er in meine Straße einbog. »Danke.«

»Kein Problem.« Er parkte und sah zu unserem großen. weißen Haus. »Hast du kein Auto? Ich kann dich gern jeden Abend nach der Probe mitnehmen.«

»Danke«, sagte ich und kletterte ungelenk aus dem Wagen. »Super.«

Ich rannte zur Haustür, als wäre ein Serienkiller hinter mir her, suchte nervös nach dem richtigen Schlüssel und bekam erst wieder Luft, als ich drinnen war. Die Wärme umhüllte mich, und meine verkrampften Muskeln entspannten sich ein wenig.

Mom saß im Wohnzimmer, ein Glas Wein in einer Hand, in der anderen eine Zeitschrift über Innendesign. Auf dem Flachbildfernseher lief *House Hunters*. Ein junges Paar besichtigte ein Strandhaus und meckerte leise über alles.

»Wie war die Probe?«, fragte Mom.

Ich starrte sie an. »Du hast gesagt, du könntest mich nicht abholen.«

»Und du hast gesagt, du würdest dir eine Mitfahrgelegenheit organisieren.«

»Weil du gesagt hast, du *könntest mich nicht abholen*.«

Sie seufzte und blätterte um. »Willow. Nach einem langen Tag habe ich wirklich keine Lust, mich um elf Uhr nachts noch mal in die Kälte aufzumachen. Wenn du nicht hin- und zurückkommst, dann lass es bleiben. Du solltest es sowieso lassen. Es ist albern und hilft dir kein bisschen bei deinen College-Bewerbungen. Und offensichtlich hast du jemanden gefunden, der dich mitnimmt.« Sie sah zu mir auf. »Bitte sag mir, es war nicht dieser Pearce, vor dem dein Vater dich gewarnt hat.«

Ich drehte mich um und rannte nach oben, sie rief mir nach, dann ließ sie es sein. Ich knallte meine Zimmertür zu. Die kalte Beklemmung, die ich in Justins Wagen empfunden hatte, war abgeklungen, aber ich wusste, ich würde Albträume bekommen. Ich spürte sie an den Rändern meines Bewusstseins wie dunkle Gestalten, die höhnisch kichernd dort lauerten.

Ich zog mir den Schlafanzug an, wickelte mich in die Decke und legte mich auf den Boden neben den Bücherstapel – eine improvisierte Mauer aus Geschichten, die besser waren als meine. Ich schlief ein in dem törichten Glauben, dass sie mich beschützen würden.

Aber das erdrückende Gewicht und die Atemnot kamen trotzdem. Als ich endlich wieder Luft bekam, konnte ich nicht aufhören zu weinen.

# 14. KAPITEL

## Isaac

*Natürlich*, dachte ich, als ich sah, wie Willow mit Justin Baker ging. *Ist sowieso besser.*

»Isaac.«

Martin stieß mich gegen den Arm. Zu spät riss ich den Blick von Willow los. Martin sah ihr weiter nach, bis schließlich auch ihr Kopf im Treppenhaus verschwand, dann drehte er sich zu mir um, ein leises Lächeln auf den Lippen.

»Ah. Willow Holloway.«

»Was ist mit ihr?«

»Sie wird eine fantastische Ophelia abgeben, nicht wahr? Im Moment ist sie noch nervös und ein wenig steif, aber sie hat großes Talent. Im vierten Akt lassen wir sie von der Leine.« Seine Augen glänzten, als er den Leuten winkte, die gingen. »Es wird überwältigend.«

Ich war seiner Meinung, aber bekam Magenschmerzen bei dem Gedanken. Willows Talent hatte einen dunklen Ursprung. Ich hatte es bei ihrem Monolog aus *Tagträumer* gespürt, sah den Ernst in ihren Augen, weil ich ihn kannte. Kummer und Schmerz lasteten schwer auf ihr, und sie kämpfte sich durch mit einem Lächeln und einer zähen Fassade, die jedes Mal, wenn sie sich abwandte, in sich zusammenfiel.

Willow war aus demselben Grund hier wie ich: Sie suchte Erleichterung. Sie wollte ihre Geschichte erzählen. Zum ersten Mal seit Langem war ich vor einem Auftritt nervös, allerdings nicht meinetwegen.

»Ich weiß nicht, Marty«, sagte ich. »Vielleicht ist es zu viel für sie. Zu schwierig. Ich meine, weil sie kaum Erfahrung hat«, fügte ich rasch hinzu.

»Ich glaube, sie schafft das«, sagte Martin, als die letzte Person zur Tür hinausging.

»Wenn du meinst«, murmelte ich.

*Was geht es mich überhaupt an?*

Willow lenkte mich ab, und das wurde langsam nervig. Während der ganzen Leseprobe hatte ich versucht, mich auf das Stück zu konzentrieren, aber mein Blick war ständig zu ihr hingewandert. Sie leuchtete richtig in dem weichen weißen Pullover und den Jeans. Das bernsteinfarbene Deckenlicht setzte goldene Akzente in ihr langes lockiges Haar. Als sie ihren Text vorgelesen hatte, war ihre Stimme weich geworden, mit einem Unterton aus Stahl. Perfekt für Ophelia.

Ophelia war stärker, als ihr dämlicher Bruder oder ihr hinterhältiger Vater glaubten, und so, wie sie gelesen hatte, wusste Willow das auch.

*Verdammt.*

Ich riss meine Gedanken – schon wieder – von ihrem Haar los und schwor mir, vernünftig zu sein. Meinen Job zu machen. Martins Künstleragenten kamen *meinetwegen*. Ich musste ihnen verflucht noch mal den besten Hamlet liefern, den sie je gesehen hatten, anstatt mir Gedanken über die geistige Gesundheit eines Schulmädchens zu machen.

*Das in diesem Moment im Auto eines anderen Typen sitzt.*

Der Raum war jetzt leer, und ich half Martin, die Stühle zusammenzustellen. Die Stille knisterte, und ich spürte, wie er sich innerlich darauf vorbereitete, sich in mein Privatleben einzumischen. Er konnte nicht anders.

»Justin Baker scheint ein netter junger Mann zu sein.«

Ich grunzte zur Antwort, während ich Stühle stapelte.

»Aber ein wenig nichtssagend, wenn ich ehrlich bin«, sagte Martin. »Er hat eine klare Ernsthaftigkeit an sich, die für den Laertes perfekt ist.«

»Aha«, sagte ich.

»Findest du nicht?«

Ich zuckte mit den Achseln. »Du bist der Regisseur, Marty. Ich habe keine Meinung zu ihm.«

»Bist du sicher?« Martin lächelte sanft. »Ich habe gesehen, wie du ihn und Willow angesehen hast …«

»Gott, ehrlich, Marty …«

»Und ich habe gesehen, wie sie dich angesehen hat.«

Ich erstarrte mit sechs Stühlen in den Händen. »Was?«

Martins Lächeln wurde breiter, und er zuckte mit den Achseln. »Ich sehe alles. Das ist mein Job.«

»Egal«, sagte ich und stellte die Stühle an die Wand. »Ich bin nicht mehr auf der Highschool.«

»Ist das von Bedeutung?«

»Ja.«

»Warum?«

»Baker ist in ihrem Alter. Ich nicht. Er hat Geld. Ich nicht.«

»Also hast du Interesse an ihr?«

Ich ließ den Stuhlstapel auf den Boden krachen. »Kümmer dich um deinen eigenen Kram, Marty.«

Er seufzte und schob die Hände in die Taschen seiner Cordhose. Seine Miene erhellte sich mit einem freundlichen Lächeln, wie ich es bei meinem Vater nie gesehen hatte.

»Ich kann es einfach nicht lassen, Isaac. Irgendwann bist du von einem Schauspieler, den ich bewundere, zu einem jungen Mann geworden, der mir wichtig ist.« Er zuckte mit den Achseln. »Ich will, dass du glücklich bist.«

Er sagte »glücklich«, als könnte man das jederzeit, wenn man Lust darauf hatte, einfach aus der verdammten Luft pflücken.

»Ich werde glücklich sein, wenn ich aus Harmony rauskomme«, sagte ich. »Aber wenn dir das Stück irgendwie wichtig ist, wirst du wollen, dass es mir schlecht geht. *Hamlet* ist eine Tragödie, du erinnerst dich?«

»Um das Stück mache ich mir keine Gedanken«, sagte Martin. »Ich bin höchstens besorgt, dass Willow nicht immer jemanden hat, der sie zu den Proben und danach nach Hause mitnimmt. Ihr Vater –«

»Sie hat jemanden«, schimpfte ich. »Justin Baker fährt sie.« Ich stapelte wütend die letzten Stühle übereinander. »Ich bin fertig. Ich muss morgen früh arbeiten. Gute Nacht.«

»Isaac –«

»Gute Nacht!«, rief ich noch einmal, schon halb die Treppe hinunter.

Ich sehnte mich nach Martins väterlicher Sorge, und gleichzeitig ärgerte sie mich. Ich wollte Harmony verlassen. Ich musste die Verbindungen kappen, sie nicht stärker machen.

*Oder neue knüpfen mit schönen, talentierten Mädchen.*

Ich startete den Motor des Pick-ups und ließ ihn etwas warm laufen. Er würde nur absaufen, wenn ich vorher losfuhr. Ich nahm an, dass Justin Baker ein Auto fuhr, das in diesem Jahrzehnt erbaut worden war. Ein schickes Modell, das nicht zufror oder an Stoppschildern schwarze Rauchwolken ausstieß. Mit beheizbaren Sitzen. Willow war beheizbare Sitze wahrscheinlich gewöhnt. Und Typen wie Justin, die sich noch keinen Tag im Leben Sorgen um Geld gemacht hatten. Willow hatte es sicher bequem in seinem Auto mit ihm, der aus demselben wohlhabenden Holz geschnitzt war.

*Gut*, dachte ich. *Soll sie mit Justin glücklich werden, denn mit mir würde das garantiert nicht passieren.*

Aber während ich mein beschissenes Auto in den beschissenen Teil der Stadt fuhr, in dem ich wohnte, hing ein Gedanke wie ein aufziehendes Gewitter am Horizont: Am Ende des Stücks bringen Laertes und Hamlet sich auf Ophelias Grab gegenseitig um, und niemand wird glücklich.

Bei den Proben am Freitag wechselten wir auf die Bühne. Während Marty den Bewegungsablauf einer Szene festlegte, tat die übrige Besetzung sich paarweise zusammen, um den Text zu lernen. Willow und Justin fragten sich gegenseitig ab. Natürlich. Ich schwor, dass es mir egal war, aber ich beobachtete jede ihrer Bewegungen mit meinem Schauspielerblick. Lächelte sie häufiger? Wurden ihre Augen sanft, wenn sie ihn ansah? Bewegte sie sich in seiner Nähe entspannter?

*Du verwandelst dich in einen verfluchten Irren, Pearce.*

Wir probten Szene fünf des ersten Akts, in der Horatio und Marcellus Hamlet den Geist seines Vaters zeigen. Sie warnen den Prinzen, der Erscheinung nicht zu folgen, aber er tut es trotzdem und lässt seine Freunde zurück. Dann ist Hamlet allein auf der Bühne und spricht mit einem unsichtbaren Geist.

In dieser Szene muss man sich total darauf einlassen, etwas Übernatürliches zu sehen, sonst funktioniert sie nicht. Ich versuchte es, aber meine Aufmerksamkeit war zweigeteilt: Mein Körper war auf der Bühne, mein Blick wanderte durch das Theater zu Willow und Justin, die im Dunkeln die Köpfe zusammensteckten.

»Fünf Minuten Pause«, sagte Marty. Er nahm mich beiseite, als die anderen von der Bühne sprangen. Sein väterliches Lächeln war fort, stattdessen hatte er seine Regisseursmaske aufgesetzt – die Mundwinkel nach unten gezogen, die Augen voller Gedanken und Ideen.

»Was ist los?«

Wenn es um das Spiel ging, erzählte ich ihm nie Blödsinn – professionelles Entgegenkommen. »Ich bin unkonzentriert.«

»Du bist wütend.«

Ich runzelte die Stirn. »Was? Nein, bin ich nicht.«

»Doch, bist du. Anstatt das mit Gewalt zu unterdrücken, lass uns am besten an einer Szene arbeiten, bei der wir das nutzen können. Wir springen zu Akt drei, Szene eins.«

»*Sein oder nicht sein?* Jetzt schon?«

»Noch nicht. Wir fangen direkt nach dem Monolog an.«

Als alle von der Pause zurückkehrten, legte Martin eine Hand über die Augen, um sie vor dem Licht zu schützen, und sah sich suchend um.

»Willow? Da ist sie ja. Willow, kommst du bitte?«

Die Scheinwerfer schienen grell auf Willow herab, tauchten sie in einen Kegel aus goldenem Licht. Sie trug Jeans, Stiefel und einen langen grauen Pulli. Mein dummes Herz zog sich zusammen, so wunderschön sah sie aus.

»Wir versuchen Akt drei, Szene eins«, sagte Martin.

»Okaay«, sagte sie, zog das Wort in die Länge und blätterte durch ihren Text. Ihre Augen weiteten sich, und sie blickte zwischen Martin und mir hin und her. »Die Klosterszene? Jetzt schon?«

»Ich arbeite nicht chronologisch an den Szenen«, sagte Martin. »Ich gehe danach, was die Energie im Raum verlangt. Also. Hamlet hat gerade den berühmten Monolog gesprochen, in dem er überlegt, ob er sich das Leben nehmen soll oder nicht. Polonius hat den König davon überzeugt, dass Hamlets Liebe zu Ophelia sein Wahnsinn ist. Ophelia hat Polonius einen Liebesbrief gegeben, den Hamlet ihr geschrieben hat, und beendet die Verbindung auf Anordnung ihres Vaters.«

Willow biss sich auf die Lippen. »Aber … ist Ophelia froh darüber? *Will* sie mit ihm Schluss machen?«

Martin schüttelte den Kopf. »Ich gebe erst einmal keine Anweisung. Ich will einfach deine intuitive Lektüre.« Er sah uns beide erwartungsvoll an. »Und? Fangen wir an.«

Wie immer hatte Martin recht, und die Wut diente dem richtigen Zweck. Hamlet verhielt sich Ophelia gegenüber in dieser Szene wie ein totales Arschloch, und es fehlte mir nicht an Gründen dafür. Ich war nicht länger der arme Schlucker, der in einem Trailer wohnte und sich abrackerte, um hier zu sein, während sie einfach an Justins Arm hereinspaziert kam und ihre Kleider nach Privilegien rochen wie nach Parfüm. *Ich* war der verdammte Prinz. Sie war nichts als die Tochter eines Gefolgsmanns.

*»Ha, ha! Seid Ihr tugendhaft?«*

Willow zuckte bei der vernichtenden, gnadenlosen Frage zusammen. Die Unsicherheit in ihren Augen war echt, bis etwas in ihr Feuer fing, und die Replik, die eigentlich demütig und verzagt hätte klingen müssen, unerwartet scharf herauskam.

Martin hörte und sah zu, einen Arm vor dem Bauch, den Ellbogen des anderen darauf gestützt, den gekrümmten Zeigefinger gegen die Lippe gepresst. Keine zwei Minuten später schüttelte er den Kopf und trat zwischen uns.

»Halt, halt, halt.« Er lächelte schwach. »Okay, ich nehme es zurück. Ich gebe doch eine Anweisung. Diese Szene sagt alles über Ophelia und Hamlet. Manche Kritiker behaupten, das Paar habe seine Liebe nie vollzogen. Andere sagen, sie waren ganz bestimmt Liebhaber.«

Willows Lippen öffneten sich, als sie plötzlich geräuschvoll einatmete, und mir wurde heiß.

»Ich glaube eher das Zweite«, sagte er. »Wenn sie wirklich ein Liebespaar waren, geht es um so viel mehr. Es bietet so viel mehr Möglichkeiten. Nutzt diese Vorstellung in eurem Spiel:

Wenn ihr die Wahl habt zwischen Ja oder Nein, wählt Ja. Jedes Mal.«

Willow und ich sahen uns an.

»Hamlet hat Ophelia wirklich geliebt«, sagte Martin. »Das steht nirgends, es findet statt, bevor die Handlung des Stücks beginnt, aber diese Liebe muss hinter jedem Wort des Textes erkennbar sein. Der Treuebruch und der Schmerz dieser Szene sind viel mächtiger, wenn ihre Liebe hier stirbt.« Er drehte sich zu mir um. »Dein Hamlet ist stinksauer.«

Ich zuckte die Achseln. »Er sollte auch stinksauer sein. Ophelia macht Schluss mit ihm und verschwört sich mit Polonius und König –«

»Ja, das stimmt alles. Aber du bist *nur* stinksauer, und das ist nur eine emotionale Schicht in dieser Szene. Ophelia wird gezwungen, ihn zu verlassen, und Hamlet weiß das. Sie wird zermalmt zwischen ihrer Liebe zu ihm und dem Gehorsam gegenüber ihrem Vater. Aber die Liebe ...« In Martins Blick sah man die Begeisterung, die ihn zu einem so außergewöhnlichen Regisseur machte. »Die Liebe war zuerst da.«

Er lächelte und legte uns beiden eine Hand auf die Schultern. »Das Stück funktioniert nicht, solange wir das nicht fühlen. Und deshalb möchte ich, dass ihr beide am Samstag nicht zur Probe kommt, sondern zusammen ausgeht. Geht etwas essen oder so.«

Ich riss die Augen auf, während Willow zwischen mir und Martin hin- und herblickte, die Lippen erneut leicht geöffnet, als sie nach Luft schnappte.

»Ich bitte euch um nichts Unerhörtes«, sagte Martin. »Ich will nur, dass ihr Zeit miteinander verbringt. Lernt euch kennen. Seid nett zueinander. Werdet *real* füreinander als menschliche Wesen. Ihr müsst mehr in dem anderen sehen als nur einen Mitspieler auf der Bühne.«

Willow und ich sahen uns wieder an, und ich bemerkte, dass sie sich etwas entspannt hatte. Sie ließ die Schultern sinken, ihre gerunzelte Stirn glättete sich.

»Macht das«, sagte Marty und sah mich an. »Und das nächste Mal, wenn wir diese Szene proben, wird dir jedes scharfe Wort, das du zu ihr sagst, auch selbst wehtun.« Er sah Willow an. »Deinem Vater zu gehorchen, anstatt Hamlet treu zu sein, wird das Härteste sein, was du je getan hast. Verstehst du?«

Sie nickte.

Martin strahlte. »Toll. Machen wir weiter.« Er klatschte einmal in die Hände und ging von der Bühne. »Akt zwei, Szene zwei. Kann jemand bitte Rosenkranz und Güldenstern wecken?«

Er ließ uns in der Mitte der Bühne stehen.

»Ist so was normal?«, fragte sie und umarmte das Skript. »Müssen die Schauspieler auch außerhalb des Theaters miteinander Zeit verbringen?«

»Du musst nicht«, sagte ich. »Ich werde dich nicht zwingen.«

»Niemand zwingt mich«, sagte sie. »Wenn Mr Ford glaubt, dass das eine gute Idee ist, dann … okay.«

»Okay«, sagte ich. »Also … was willst du machen?«

Verdammt, warum war das so schwer? Normalerweise schrieb ich einer Frau einfach Ort und Zeit, und das war's.

Willow zuckte mit den Achseln. »Keine Ahnung. Mittagessen im Scoop? Oder vielleicht Kaffee, falls das zu …« Sie fuhr mit der Schuhspitze über einen Riss im Bühnenboden.

»Zu was?« Ich wusste es genau: *zu teuer*.

»Zu … Harmony-mäßig?«, sagte sie.

Ein Lächeln zuckte in meinen Mundwinkeln. »Könnte schon sein. Soll ich dich abholen?«

»Nein, ich kann … Wir treffen uns hier«, sagte sie und umarmte das Skript fester.

»Okay.«

»Ein Uhr?«

»Gut.«

»In Ordnung. Dann … bis dann?«

»Jepp.«

*Du hast ein Date*, kicherte eine Stimme, die wie Benny klang.

Willow hielt ihr Ringbuch immer noch fest umschlungen, als sie von der Bühne hinunterstieg. Sie ging an Justin in der ersten Reihe vorbei. Er stand halb aus seinem Sitz auf, aber Willow winkte nur flüchtig, bevor sie zu Lorraine und Len weiterging, die ein paar Reihen weiter hinten saßen.

Justin setzte sich wieder, blickte hoch und erwischte mich dabei, wie ich ihn ansah. Er funkelte mich an. Ich funkelte zurück, bis er wegsah und seine Sachen packte.

Es war ein dummer, bedeutungsloser Sieg. Am Ende der Probe ging Willow trotzdem mit ihm.

Als alle weg waren, schloss Martin den Seiteneingang ab und ging über die Bühne. Er blieb stehen, als er mich in der ersten Reihe sitzen sah, die Stiefel gegen den Rand der Bühne gestemmt.

Er hob die Hände. »Ich weiß, was du denkst, aber es ist für die Aufführung, ich schwöre es.«

»Wirklich.«

»Ja, wirklich.« Er kam an den Rand der Bühne und hockte sich hin. »Du kannst deinen Hamlet zu einem Mistkerl machen, der mit Ophelia schimpft und tobt, und es seinem Wahnsinn zuschreiben. Und neunundneunzig Prozent des Publikums werden den Unterschied nicht sehen. Aber zwei Personen schon.«

Er zeigte auf sich und mich.

»Ich weiß, dass du mehr kannst. Und ja, ich habe gesehen, wie ihr euch anseht, wenn der andere gerade nicht hinguckt …« Er rieb sich mit einer Hand über die Bartstoppeln. »Ich würde mich freuen, wenn da etwas passiert.«

»Meine Güte, Marty …«

Er hob die Hände. »Es geht mich nichts an. Aber die Qualität des Stückes geht mich etwas an. Man muss eurer Präsenz auf der Bühne anmerken, dass ihr euch nicht zum ersten Mal nahe seid. Im Moment seht ihr aus wie zwei Boxer, die sich für einen Kampf bereit machen.« Er machte Fäuste und hob sie sich vor das Gesicht.

Unwillkürlich entfuhr mir ein Lachen. Er lachte auch und boxte gegen einen meiner Stiefel.

»Komm schon. Lass uns von hier verschwinden.«

Wir schlossen das Theater ab. Als wir zu unseren Wagen gingen, stolperte er über einen Riss im Zement. Ich packte ihn schnell, bevor er fiel.

»Hoppla, danke«, sagte er und hielt sich an meinem Arm fest. »So was kann einen Mann zehn Jahre älter machen.« Er betrachtete den Riss und schüttelte den Kopf. »Es ist furchtbar. Und ich meine den ganzen Block. Es müsste etwas getan werden.«

Wir gingen weiter, ich sah mir den Gehweg an. Marty hatte recht. Fast überall waren Risse im Zement, wie schwarze Blitze.

»Was ist mit dem Theater?«, fragte ich, die Sorge saß mir plötzlich wie ein Kloß im Hals. »Finanziell?«

»Alles gut«, sagte Marty lächelnd. »Konzentrier du dich auf deine Rolle.« Er ging zu seinem nicht mehr ganz neuen Lexus. »Und viel Spaß morgen bei deinem Date.«

Ich seufzte. »Marty.«

»Deinem *Arbeits*date.«

## 15. KAPITEL

### Willow

Samstagvormittag schnappte ich mir mein Telefon und schrieb Angie.

**Hilfe!**

**Bist du von Piraten entführt worden?**, schrieb sie zurück. **Samstags schlafe ich nämlich aus, Holloway.**

**Ich muss den Tag mit Isaac verbringen.**

Mein Telefon leuchtete auf. Ich sah Angies Nummer und ging ran. »Ja, ich meine es ernst.«

»Warum? Wann? Wie ist das passiert?« Ihre Stimme war zur Hälfte schläfrig und zur Hälfte empört. »Wow. Ist das – dramatische Pause – ein Date?«

»Auf keinen Fall«, sagte ich und meine feste Stimme täuschte über das Flattern in meinem Magen hinweg. »Mr Ford hat uns gebeten, etwas zusammen zu machen und uns besser kennenzulernen. Damit wir auf der Bühne nicht so verlegen sind.«

»Hört sich glaubwürdig an«, sagte Angie. »Und was ist mit dem SOS?«

»Ich brauche eine Mitfahrgelegenheit in die Stadt, um Isaac zu treffen.«

»Kann Isaac nicht fahren? Wenn ich mich nicht irre, hat er einen alten blauen Pick-up. Moment mal.« Ihre Stimme wurde leiser. »Dir ist es doch nicht peinlich, in seinem Wagen gesehen zu werden, oder?«

»Meine Güte, ich bin nicht *komplett* oberflächlich.«

»Ich weiß, aber wir kleinen Leute müssen gegen die Bourgeoisie zusammenhalten.«

»Du hast zu oft *Marie Antoinette* gesehen.«

»Das geht gar nicht. Sofia Coppola ist eine Göttin.« Sie gähnte. »Worüber haben wir noch gleich gesprochen?«

»Meine imaginären Vorbehalte gegen Isaacs Pick-up«, sagte ich. »Das eigentliche Problem ist mein Dad. Er hat mir verboten, Isaac außerhalb der Proben zu sehen. Er wird mir niemals glauben, dass wir den Tag miteinander verbringen, weil der Regisseur das angeordnet hat. Er wird mich aus dem Stück nehmen.«

»Hmmm, ein echtes Dilemma. Also gut, Cinderella. Wann brauchst du mich?«

»Ich treffe mich um eins mit Isaac.«

»Deine Kutsche wird Viertel vor eins vorfahren, aber den Rest des Tages muss ich Jahrbuchzeug erledigen. Ich kann deinen Hintern nicht wieder nach Hause schaffen, wenn dein Nicht-Date mit Isaac Pearce vorüber ist.«

»Ich überleg mir was. Danke, Angie.«

Ich setzte mich auf die Fensterbank in meinem Zimmer und betrachtete die Umgebung. Langsam wurde es wieder grün. Der Schnee war weg, und an dem klaren Himmel, wie ich ihn in Manhattan nie gesehen hatte, stand hoch und strahlend die Sonne. Sie warf lange Streifen auf den Hartholzboden und den Deckenhaufen, der noch dort lag.

Ich hatte nicht wirklich gut geschlafen, aber keine Angstanfälle gehabt. Stattdessen war ich mit den Gedanken, immer wenn ich aufgewacht war, bei den Proben gewesen.

Und bei Isaac.

Er war bei der Probe kalt und grob zu mir gewesen. Nein, Korrektur, Hamlet war grob zu Ophelia gewesen. Die Szene verlangte es, und ich musste das aushalten. Dafür hatte ich mich gemeldet. Ich konnte professionell sein und es nicht persönlich nehmen. Das hatte ja nichts mit uns zu tun – er spielte eine Rolle. Und außerdem: Je realistischer er war, desto besser die Aufführung.

*Die Liebe war zuerst da.*

Ich holte mir das Skript und schrieb die Worte – einfach nur eine Schauspielerin, die sich notiert, was der Regisseur gesagt hat, nichts weiter – oben über die Szene. Schwarze X krochen an der Seite hoch, sahen aus, als würden sie ausschwärmen und die wehrlosen Worte einholen, die oben auf der Seite schwebten.

Ich malte einen schützenden Kreis um *Die Liebe war zuerst da*, mit Pfeilen, die sich nach außen richteten, um die X abzuwehren … Dann klappte ich das Skript zu.

*Wenn das hier vorbei ist, bist du so verrückt wie Ophelia.*

Angie hupte um Viertel vor eins in der Auffahrt. Ich sauste an meinen Eltern vorbei, die im Wohnzimmer saßen und sich wegen eines Wexx-Empfangs in Indianapolis stritten. Dad wollte, dass Mom mit ihm hinging.

»Wo willst du hin?«, fragte Dad.

»Ich treff mich mit Angie.« Ich holte meine weiße Jacke aus dem kleinen Raum neben der Haustür. Als ich wieder rauskam, sah Dad durch das Küchenfenster zur Auffahrt.

*Nein, Dad, es ist nicht Isaac.* Laut sagte ich: »Zum Abendessen bin ich zurück.«

Dad nickte. »Es freut mich, dass du Freunde findest.«

Ich rannte die Auffahrt hinunter und sprang in Angies Auto. Sie hielt ihre unbändigen Locken mit einem bunten Haarreif zurück. Auf ihrem schwarzen Sweatshirt stand: *Ich trage erst dann kein Schwarz mehr, wenn eine dunklere Farbe erfunden wird.*

»Was siehst du hübsch und frisch aus für dein Nicht-Date mit Mr Pearce«, sagte sie und betrachtete meine hellen Jeans und den rosa Kaschmirpulli. Sie beugte sich zu mir. »Das Parfüm gefällt mir. Und ist das Lipgloss?«

»Halt den Mund. Ich hab trockene Lippen.«

Sie grinste. »Er vielleicht auch. Wahrscheinlich solltest du ihm was abgeben.«

»Jetzt hör auf.« Ich verdrehte die Augen, aber da war wieder das dämliche Flattern in meinem Magen. Ich machte Musik an, um nicht darüber reden zu müssen.

Es war kurz vor eins, als Angie mich vor dem HCT absetzte.

»Danke, Angie«, sagte ich und sprang aus dem Auto. »Ich weiß das wirklich zu schätzen.«

»Eins noch«, sagte sie.

»Ja?«

»Küss ihn.«

Ein Ruck ging durch mich durch. »Was?«

»Mit Zunge.«

»Und wozu soll das gut sein?«

»Ophelia und Hamlet waren ein *Liebespaar*, oder? Also ist das Recherche oder Method-Acting oder wie auch immer man das nennt.«

Ich verdrehte die Augen. »Isaac will nichts von mir. Seiner ätzenden Laune bei der Probe gestern nach zu urteilen, hat er absolut keine Lust, den ganzen Tag die Neue zu babysitten.«

Angie zuckte mit den Achseln. »Wir werden sehen. Ich will einen ausführlichen Bericht. *Heute.* Nicht erst Montag früh, sonst sterbe ich vor Neugier.«

»Tschüs, Angie«, sagte ich.

*»Mit Zunge«*, rief sie, und ich schlug schnell die Autotür zu.

Ich drehte mich um und fiel beinahe über meine eigenen Füße. Direkt vor Isaacs Nase, der an der Mauer neben dem

Kassenschalter des Theaters lehnte und eine rauchte. Das Herz hämmerte mir in der Brust, dann rutschte es mir in die Hose.

*Wenn es einen Gott gibt, hat Isaac das nicht gehört.*

»Hi«, sagte ich und ging langsam auf ihn zu, wie eine Dompteurin, die sich einer Raubkatze näherte.

*Einem Panther.*

Er trug die üblichen Jeans, Stiefel und schwarzes Leder über einem weißen Hemd. Sein dunkles Haar war feucht vom Duschen und seine graugrünen Augen betrachteten mich mit gelangweilter Distanziertheit.

»Hey«, sagte er. Sonst nichts.

»Ich habe mein Skript mitgebracht«, sagte ich. »Falls wir zusammen Text lernen wollen oder so.«

Er atmete eine Rauchwolke aus, ließ die Zigarettenkippe fallen und trat sie aus. »Was auch immer. Hatten wir Kaffee oder Essen gesagt?«

»Kaffee ist gut.«

»Okay.«

Ohne zu reden, gingen wir das kurze Stück zu Daisy's Coffeehouse. Isaac hielt mir die Tür auf.

»Danke«, sagte ich.

Keine Antwort.

*Er hat keinen Bock. Verstanden. Die Nachricht ist angekommen.*

Das Daisy's war ein hübsches kleines Lokal mit warmem Holzfußboden, dessen Tische zur Hälfte mit Gästen besetzt waren. Die Leute plauderten über dampfenden Tassen, tippten in Laptops oder lasen Bücher. Über die Anlage kam Nina Simone.

»Was möchtest du?«, fragte Isaac.

»Ich kann mir selbst was holen«, sagte ich und zog mein Portemonnaie hervor. Isaac starrte mich wütend an, und ich erwiderte das mit einem demonstrativen Blick. »Hör zu, es ist offensichtlich, dass du nicht hier sein willst. Dann musst du nicht auch noch dafür zahlen.«

Er machte den Mund auf und klappte ihn wieder zu. Er drehte sich weg und sah sich im Café um. Als er sprach, war seine Stimme weicher.

»Da vorn ist ein freier Tisch«, sagte er und zeigte auf einen Tisch mit zwei Stühlen in der Ecke neben einem kleinen Bücherregal mit einem *Zu verschenken*-Schild. »Du sagst mir jetzt, was du willst, und setzt dich da hin.«

»Caffè Latte, medium«, sagte ich. »Bitte.«

Er nickte und ich ging zu dem Tisch. Ein paar Minuten später kam er mit einem Caffè Latte für mich und einem schwarzen Kaffee für sich zurück. Beide in Tassen zum hier Trinken.

Er wollte sich gerade setzen, dann hielt er inne. »Willst du Zucker?«

»Zwei, bitte.«

Weibliche Blicke folgten Isaac, als er zu dem Tischchen mit Milch, Kaffeeweißer und Umrührstäbchen ging, und ich lächelte ein bisschen. Date oder Nicht-Date, es war nicht unangenehm, mit einem heißen Typen am Tisch zu sitzen.

*Kein Date*, dachte ich. *Wir sitzen nur zusammen.*

»Ist irgendwas lustig?«, fragte Isaac und setzte sich auf seinen Stuhl.

»Nein«, sagte ich und nahm den Zucker. »Danke.«

Er nippte an seinem Kaffee, und das Schweigen breitete sich aus, bis es anfing zu jucken.

»Du trinkst deinen Kaffee schwarz?«, fragte ich, eine peinliche Masche, um das Gespräch anzukurbeln. »Das könnte ich nie. Viel zu stark.« Ich verdrehte die Augen. »Bestimmt hatte Mr Ford genau das im Sinn, als er uns hierhergeschickt hat. Los, Hamlet, finde heraus, wie Ophelia ihren Kaffee trinkt.«

Isaacs Lippen zuckten, dann lächelte er, und die Anspannung löste sich ein wenig. »Nenn ihn Martin oder Marty«, sagte er. »Auf Mr Ford wird er nicht hören.«

»Gut zu wissen«, sagte ich. »Du hast schon in vielen Stücken mit ihm gespielt, oder?«

»Jetzt seit fünf Jahren.«

»Hast du ein Lieblingsstück?«

Er sah mich unverwandt an. »*Ödipus*. Bis jetzt.«

»Das ist witzig. Es ist das einzige, das ich gesehen habe.« Ich räusperte mich und schob mir eine Strähne hinters Ohr. »Und kannst du wirklich in drei Wochen alles auswendig? Dein Text ist das halbe Stück.«

»Es ist viel«, sagte er. »Aber ich habe Hilfe.«

»Ja?« Es war das erste Mal, dass er etwas über sich erzählte.

»Ja. Ein Junge, der nebenan wohnt, hilft mir, den Text zu lernen.«

»Du Glücklicher.«

»Ja«, sagte er. »Ich habe wirklich Glück.« Er legte einen unmerklichen Filter über das letzte Wort, färbte es bitter, aber nicht genug, dass man nachfragen mochte.

Das Gespräch stockte schon wieder. Nach ein paar unerträglichen Momenten nahm ich meine Tasche. »Ich habe mein Skript mitgebracht. Keine Ahnung, was Mr Ford ... Ich meine ... Martin sich gedacht hat, aber wir können den Text lernen, wenn du willst. Ich will nicht, dass du wegen mir einen Tag verlierst.«

Isaac verschränkte die Arme und lehnte sich so weit zurück, dass die vorderen Stuhlbeine sich vom Boden lösten. »Warum entschuldigst du dich ständig?«

»Ich entschuldige mich nicht«, gab ich gereizt zurück.

»Doch.«

»Na ja, es ist nicht so, dass du superbegeistert wärst, hier zu sein, also ...«

»Aber ich bin es«, sagte er. »Ich meine, ich bin *hier*. Wir können den Text lernen oder was anderes machen. Aber hör auf dir Sorgen zu machen, dass es Zeitverschwendung für mich ist. Ist es nicht.«

Ich lehnte mich auf die verschränkten Arme und beugte mich vor. »Weißt du, es wäre verdammt noch mal viel leichter, nicht das Gefühl zu haben, dass du gegen deinen Willen hier bist, wenn du dich nicht verhalten würdest, als wärst du gegen deinen Willen hier.«

Er schürzte die Lippen. »Ich rede nicht viel.«

»Das merke ich«, sagte ich. »Aber für mich ist es wichtig, dass diese Aufgabe, oder wie auch immer man es nennen will, funktioniert. Du hast es drauf mit dem Theaterspielen, aber ich hab total Schiss. Ich brauche jede Hilfe, die ich kriegen kann.«

Die vorderen Stuhlbeine kamen zurück auf den Boden. »Brauchst du nicht.«

Ich blinzelte. »Sorry?«

»Du brauchst nicht viel Hilfe. Ich habe dein Vorsprechen gesehen. Und Angst zu haben ist etwas Gutes.«

»Wie kommst du darauf?«

»So weiß man, dass es einem wichtig ist.«

Ich drehte die Kaffeetasse in meinen Händen. »Angst zu haben fühlt sich nicht an, als wäre etwas wichtig. Es fühlt sich an, als wäre etwas gefährlich.«

»Ist es ja auch«, sagte Isaac. »Es ist gefährlich, sich da vorne hinzustellen. Sich das Herz aus der Brust zu reißen und es dem Publikum vorzuwerfen. Was, wenn sie furchtbar finden, was du zu sagen versuchst? Was, wenn sie es nicht verstehen? Oder noch schlimmer, was, wenn es ihnen egal ist? Dein ganzes Leben wird an deiner Kunst gemessen. Also ja, es ist verdammt gefährlich. Und macht einem Angst.«

Ich sah ihn über die Kaffeetasse hinweg an und sog die

Körnchen Wissen in mich auf, die ich so dringend brauchte. »Du siehst nicht aus, als ob du Angst hättest. Du wirkst die ganze Zeit supercool.«

Er lächelte schwach. »Ist alles gespielt.«

»Das hast du schon mal gesagt. Bei dem Vorsprechen.«

»Ich weiß«, sagte er, aber diesmal war die kurze Antwort keine Abwehr des Gesprächs, sondern eine Eröffnung.

»Du hast auch gesagt, ich würde die Rolle der Ophelia bekommen«, sagte ich. »Und du hattest recht, weil ich auf deinen Rat gehört habe. Ich habe die Geschichte erzählt.«

Er nickte. »Das ist alles, was man machen muss.«

Ich widmete mich wieder meinem Kaffee und dachte, wie recht er hatte. Ich fuhr mit dem Finger über den Henkel. »Also, da wir schon mal hier sind, darf ich fragen … hilft es?«

»Hilft was?«

»Theater zu spielen. Ich meine, warum machst du es? Es erleichtert dich?«

Er nickte. »Ja. Es hilft eine Weile. Aber es gibt immer noch mehr. Mehr Geschichte, die man erzählen muss, sozusagen.«

»Was ist deine Geschichte?« Sobald die Worte heraus waren, wollte ich sie zurücknehmen. Sie waren so schrecklich übergriffig.

Und ich konnte ihm nicht im Gegenzug meine Geschichte erzählen.

»Tja«, sagte er.

Ich winkte ab. »Vergiss es einfach.« Ich nahm meinen Kaffee und trank einen großen Schluck, damit mein Mund etwas zu tun hatte.

Er zuckte mit den Achseln. »Deshalb sind wir hier, oder?« Er presste die Lippen aufeinander und entspannte sie wieder, als könnte er sich nicht entschließen, den Worten dahinter die Freiheit zu schenken. Seine langen Finger tippten auf das

Holzstäbchen, mit dem ich meinen Kaffee umgerührt hatte, sein Blick war in die Ferne gerichtet.

Vielleicht war er wie ich. Vielleicht wollte Isaac Pearce hinter der ganzen Distanziertheit und dem »Mir doch egal«-Gehabe nur ein kleines Stück Normalität. Bei einer Tasse Kaffee zusammensitzen und einfach nur *reden*.

»Meine Mom ist gestorben, als ich acht war«, sagte er. »Sie hatte einen Schlaganfall. Sie war viel zu jung für einen Schlaganfall, aber … es war eine Arterienverstopfung, von der niemand etwas wusste. Sie war sofort tot.«

Langsam kroch mir das Grauen über die Haut.

*Hat er sie sterben sehen? Bitte sag mir, dass er es nicht gesehen hat.*

»Ich war in der Schule«, sagte er, als hätte er meine Gedanken gelesen. »Als ich morgens in die Schule ging, hatte ich eine Mom, als ich nach Hause kam, hatte ich keine mehr.«

»Es tut mir so leid.«

Sein Lächeln war schnell und hart. Er drehte das Holzstäbchen immer wieder in seinen Händen.

»Es klingt dramatisch, aber meine Mom so plötzlich zu verlieren, hat mich ein Jahr lang völlig umgehauen. Ich konnte nicht verarbeiten, was geschehen war. Sie war nicht krank gewesen. In einem Moment war sie da, völlig gesund, und im nächsten Moment weg. Es war so verdammt sinnlos.« Er zuckte mit den Achseln, das beiläufige, bittere Akzeptieren von etwas Schrecklichem. »Also habe ich aufgehört zu reden. Ich sah nicht, wozu das gut sein sollte.«

»Ein ganzes Jahr?« fragte ich.

Er sah zu mir hoch, seine Züge verhärteten sich. »Du hast schon davon gehört?«

Ich lehnte mich zurück. »Na ja, ja … in der Schule.«

Er winkte ab. »Es ist okay. Es wird ziemlicher Mist über

mich erzählt. Meinem Dad geht's nicht gut. Das hast du wahrscheinlich auch gehört.«

Er verdiente Ehrlichkeit, also nickte ich.

»Er ist auch nicht gut mit Moms Tod zurechtgekommen. Er hat zu trinken angefangen. Mit ihm zu reden hat mir seitdem ohnehin nicht viel gebracht, abgesehen von Schlägen oder einem Tritt.«

Ich schluckte schwer, und Isaac bemerkte es.

»Sorry. Keine Ahnung, warum ich dir diese Scheiße erzähle. Es ist nicht wichtig.«

»Doch, ist es«, sagte ich. »Natürlich ist es das.«

Er antwortete nicht, aber ich sah, dass meine Worte zu ihm durchdrangen.

»Und dann hast du das Schauspielern entdeckt«, sagte ich, und es war keine Frage. »Ich habe gehört, dass es dir geholfen hat, deine Stimme wiederzufinden.« Ich schämte mich, den Gerüchten zugehört zu haben, als ginge es dabei nicht um einen echten Menschen.

»In der vierten Klasse«, sagte Isaac. »Als ich in die Schule zurückkehrte, war Miss Grant die einzige Lehrerin, die nicht von mir verlangte zu reden. Eines Tages hat sie die Worte von jemand anders vor mich hingelegt und gesagt: *Diese Figur braucht eine Stimme. Wenn du ihr deine leihen könntest, wäre das großartig*. Als würde ich ihr einen Gefallen tun.« Er sah mich an. »Und das hab ich dann gemacht. Es war nicht ich, der geredet hat. Es waren nicht meine Worte. Deshalb war es okay.«

»Und seitdem spielst du Theater.«

»Ja.«

»Und es hat dir geholfen.«

Er nickte. »Das ist das Komische an der Kunst. Wenn sie wirklich gut ist, kannst du dich selbst darin sehen. Manchmal ein bisschen. Manchmal sehr.«

»Siehst du dich in Hamlet?« Ich lächelte schwach. »Wahrscheinlich genau die Sorte Frage, die wir uns Martins Ansicht nach stellen sollen.«

Er erwiderte das Lächeln nicht. »Ja. Hamlet ist wütend, dass seine Mutter so bald nach dem Tod seines Vaters wieder heiratet. In Hamlets Augen ist Claudius ein unrechtmäßiger König. Er sitzt auf einem Thron, der ihm nicht gehört. Ich habe meinen Vater verloren, als meine Mutter starb. Jetzt sitzt jemand unrechtmäßig in unserem beschissenen Trailer, betrunken und nicht wiederzuerkennen, und kippt Gift in sich hinein.«

Ich biss mir innen auf die Wange. Angie hatte gesagt, durch mein Mitwirken in dem Stück könnte ich Isaacs unglaubliches Talent aus der ersten Reihe betrachten. Als ich ihm jetzt an dem kleinen Tisch gegenübersaß, stellte ich fest, dass er auch einen unglaublichen Verstand hatte. Es lag Poesie in seinen eigenen Worten, obwohl ich bezweifelte, dass er es wusste. Seine ruhigen Betrachtungen über sein Leben waren tausendmal eindringlicher und beeindruckender als alles, was ich von ihm auf der Bühne gesehen hatte.

Er hob den Blick, sah mir in die Augen und kam langsam wieder im Hier und Jetzt an. Und bemerkte meine ehrfürchtige Miene.

»Scheiße«, sagte er. »Das war wahrscheinlich sehr viel mehr, als du hören wolltest …«

»Entschuldige dich nicht«, flüsterte ich.

Seine Augen weiteten sich leicht, zogen mich in ihre graugrünen Tiefen. Ein sturmgepeitschter Ozean, eiskalt und kabbelig an der Oberfläche. Warme Ruhe darunter.

Wir sahen uns an. Und während des kurzen Schweigens klärte sich etwas zwischen uns. Wie eine Abmachung oder eine Übereinkunft. Er hatte mir von sich erzählt, aber um keine Gegenleistung gebeten. Ich konnte mich in der Vertrautheit und

Nähe zwischen Zuhörerin und Geschichtenerzähler frei bewegen. Er lockte mich nicht in eine Falle oder versuchte mich zu beugen.

*Ich könnte jetzt zur Geschichtenerzählerin werden …*

Nur konnte ich das nicht. Meine eigene Geschichte musste hinter meinen Lippen verschlossen bleiben. Unfair, aber wie sollte ich einem Menschen, mit dem ich auf der Bühne stand, etwas erzählen, das ich nicht einmal meinen Eltern oder meinen besten Freundinnen erzählen konnte? Sollte ich in diesem hübschen kleinen Café einen seelischen Zusammenbruch riskieren?

Nein, es war längst zu spät, die Wahrheit zu sagen. Was mir passiert war, konnte nur durch die Worte und Handlungen einer Figur zutage treten, die vor über vierhundert Jahren erfunden worden war. Der sicherste Weg, meine Geschichte zu erzählen, war, sie zu schneiden und zu sichten, sie durch das Prisma von Ophelias Wahnsinn zu brechen.

»Ich suche noch nach meiner Verbindung zu Ophelia«, sagte ich, ohne ihn anzusehen. »Ich habe so was noch nie gemacht. Ich meine, so tief in eine Figur einzusteigen.«

»Doch, hast du«, sagte Isaac. »Der Monolog beim Vorsprechen.«

»Das waren nur drei Minuten. Ein einzelner Moment. *Hamlet* ist so viel größer.« Ich zog eine Augenbraue hoch. »Ich erinnere mich noch, was du mir beim Vorsprechen gesagt hast.« Ich klopfte mir ans Kinn. »Ich weiß den genauen Wortlaut nicht mehr, aber du hast mich höflich gebeten, dir das nicht zu versauen.«

Ein leichtes Lächeln huschte über seine Lippen. »Meine übliche Bitte«, sagte er. Er kreuzte die Unterarme auf dem Tisch und stützte sich darauf. »Fang mit dem Einfachsten an. Was haben du und deine Figur gemeinsam?«

»Ich weiß es nicht.« Ich lehnte mich zurück und dachte nach. »Man könnte sagen, dass mein Vater ein autoritäres Arschloch ist, genau wie Polonius.«

Isaac nickte, seine Miene war nachdenklich. »Es war seine Idee, dich mitten im letzten Schuljahr hierher umzusiedeln?«

»Ja. Na ja, nein. Sein Boss hat ihn versetzt. Obwohl mein Vater eine Leitungsposition innehat, hat er bereitwillig gehorcht. Meine Mom liebt Manhattan, aber selbst das hat nicht genügt, um dortzubleiben.«

»Vermisst du New York?«

»Nicht wirklich.« Ich schluckte. Die Frage kam dem X etwas zu nah. »Eigentlich gefällt's mir hier«, sagte ich. »Harmony hat so etwas Abgeschiedenes an sich, und ich glaube, das brauche ich gerade.«

»Warum?«, fragte Isaac, seine Stimme sanfter, als ich je gehört hatte.

*Das kann ich dir nicht sagen, Isaac*, dachte ich. *Niemals.*

Ich zuckte mit den Schultern, als könnte ich das Gewicht abschütteln, das darauf lag. »Manhattan ist hektisch, es ist immer so viel los, und wahrscheinlich ist mir das zu viel geworden. Hier ist das Leben ruhiger. Vielleicht magst du es deshalb nicht?«

Er war am Zug. Gut. Nur antwortete Isaac nicht. Er sah mich bloß lange an. Und ich wusste es. Ich wusste, er durchschaute meine lächerlichen Ablenkungsmanöver, die unbeholfenen Themenwechsel. Er wusste, dass ich die Geschichte nicht erzählte. Aber ich spürte, dass er das respektierte. Er hatte einen Respekt vor meinem Schweigen, den nur jemand haben konnte, der selbst einmal ein ganzes Jahr nicht gesprochen hatte.

»Tja, ich werde aus Harmony weggehen«, sagte Isaac. »Martin hat für die Premiere von *Hamlet* ein paar Talentscouts eingeladen.«

Ich stellte die Tasse auf den Tisch. »Wirklich? Oh, mein Gott, Isaac, das ist großartig.«

Er zuckte mit den Achseln. »Wir werden sehen. Ich denke ständig, dass es wie ein sicheres Ticket hier raus ist, aber …«

»Das ist es«, sagte ich. »Die kriegen Schnappatmung, wenn sie dich sehen.«

»Vielleicht.«

»Nicht vielleicht. Es wird sehr viel Schnappatmung geben.«

Er lächelte halbseitig. Ich hatte ihn bisher noch nicht richtig lächeln gesehen oder ein offenes Lachen von ihm gehört. Ich fragte mich, ob ich das würde, bevor er aus Harmony wegzog.

*Er verlässt Harmony*, dachte ich wie zur Probe. Es gefiel mir nicht.

»Das Theater wird nicht dasselbe sein«, sagte ich und schob mir eine Locke hinters Ohr. »Martin wird dich vermissen.«

»Er kommt schon klar.«

»Wird dir die Stadt nicht fehlen? Wenigstens ein bisschen?«

Isaac begegnete meinem Blick mit Ruhe. »Nein«, sagte er und sah hart zu etwas hinter mir. Ich drehte mich um.

Draußen vor dem Fenster gingen zwei Plastics mit ihren Freunden vorbei. Sie wurden langsamer, als sie uns sahen, grinsten sich höhnisch an und liefen weiter.

»Toll«, murmelte ich. »Die Gerüchteküche brodelt los.«

Isaacs Miene verdüsterte sich.

»Nicht über dich«, sagte ich. »Über mich. Jessica Royce und Co sind der Meinung, ich hätte nur vorgesprochen, um dir hinterherzulaufen.«

Isaac hob die Augenbrauen. »Ach ja?«

»Das ist totaler Blödsinn«, sagte ich. »Ich mache nichts, was ich nicht machen will.«

*Nicht mehr.*

Ich reckte mich und trank den kalten Rest meines Caffè

Latte aus. »Aber mir ist scheißegal, was die denken. Wollen wir hier weg?«

Isaac runzelte die Stirn. »Und wohin?«

»Ich weiß es nicht. Lass uns ein bisschen spazieren gehen. Ich habe nicht viel von Harmony gesehen, als noch Schnee lag. Du kannst mir die Highlights zeigen.«

»Harmony hat keine Highlights.«

»Kann nicht sein. Jeder Ort ist für irgendwas berühmt.«

Isaac nickte. »Ja, wahrscheinlich schon«, sagte er. »Ich weiß was.«

# 16. KAPITEL

## Isaac

Willow und ich traten aus dem Café in die kalte Luft. Als ich in die strahlende Sonne blinzelte, wurde mir bewusst, was ich diesem Mädchen – praktisch einer Fremden – alles über meine Mutter erzählt hatte. Ohne das Gefühl zu haben, alles wegdrücken zu müssen. Geheimnisse zu erzählen gehörte wahrscheinlich zu Martys Aufgabe, aber es erklärte nicht, warum mir die Worte so leicht über die Lippen kamen. So leicht, wie wenn ich spielte. Aber ich spielte nicht. Ich war ein paar kostbare Minuten lang ich selbst gewesen, und es war nicht scheiße. Es war erträglich.

Willow machte es erträglich, ich selbst zu sein.

Ich klappte den Kragen der Jacke hoch und blickte sie an. Ich sah nicht länger das reiche, verwöhnte Mädchen aus Manhattan mit dem perfekten Leben. Sie schloss die Augen, drehte das Gesicht in die Sonne und atmete tief ein.

Sie brauchte Harmony. Sie hatte etwas in New York zurückgelassen. Etwas war kaputtgegangen, oder man hatte es ihr weggenommen. Es war nicht ihre Idee gewesen, in dieses Nest zu kommen, aber sobald sie hier gewesen war, hatte sie ihren Ausweg gefunden. Ihre Chance, sich zu verstecken. Oder ihre Chance, zu heilen?

Sie würde es mir nicht erzählen, aber das musste sie auch nicht. Sie hatte mir schon so viel gegeben.

»Wo gehen wir hin?«, fragte sie.

»Da lang«, sagte ich.

Wir bogen um eine Ecke, und ich führte uns nach Norden, aus dem Zentrum hinaus. Die Geschäfte und Gebäude an der Straße wichen hohen Bäumen – Ahorn, Eiche und Hartriegel –, die gerade wieder grün wurden.

Wir durchquerten ein kleines Viertel, Reihen einstöckiger Häuser von höchstens achtzig Quadratmetern mit Küchengärten und niedrigen Zäunen zwischen den Grundstücken. Kinderspielzeug lag im Gras und teils sogar auf dem Fußweg, als würde es allen gehören. Windspiele gaben hohle Klänge von sich.

»Die Häuser sind total süß«, sagte Willow, und ihre Augen strahlten. »Was ist das für ein Viertel?«

»Es heißt *The Cottages*. Hier wohnen eher alternative Leute.«

»Wolltest du mir das zeigen?«

»Nein.« Ich sah sie an. »Gefällt es dir?«

»Ich liebe es«, sagte sie. »So ruhig. Und friedlich.«

Wir kamen an einem Haus mit einer Töpferscheibe im Vorgarten vorbei. Vor einem anderen standen kleine schmiedeeiserne Skulpturen von Kokopelli mit Flöte, Sonnen und kleinen Pferden.

»Kannst du es nicht vor dir sehen?«, fragte Willow. »So ein kleines Häuschen zu haben? Morgens kommst du mit einem Skript nach draußen, trinkst deinen Kaffee und siehst dir den Sonnenaufgang an?«

Ich blieb fast stehen, als die Worte mich mitten in die Brust trafen. Ich war Hunderte Male durch The Cottages gegangen – Tausende Male. Die ganzen Jahre, die ich hier lebte, hatte ich immer nur gedacht, wie einsam es wäre, in diesem Winkel der Welt zu leben.

Als wir die letzten Häuschen passierten, sah ich sie durch Willows Augen. Der Vorhang meiner Fantasie gab den Blick auf eine Szene frei: Ich saß mit einem Skript auf dem Schoß und einer Tasse schwarzem Kaffee auf der vorderen Veranda. Die Sonne ging hinter den grünen Bäumen auf und strahlte durch die Blätter. Sanfte Arme legten sich um meinen Hals, eine lange blonde Locke fiel auf meine Schulter, und weiche Lippen strichen über mein Kinn und flüsterten: »Guten Morgen …«

Ich schüttelte den Traum ab.

*Nette Fantasie, Idiot.*

Noch ein Vorhang ging auf: Ich blieb weitere zwanzig Jahre in Harmony, und mein schreckliches Leben verfolgte mich. Die halbe Stadt hatte Angst vor mir, die andere Hälfte tuschelte und verurteilte mich. Man redete mehr über die Sauferei und die Wutanfälle meines Vaters als über mein Schauspieltalent. Der Name Pearce war mit einem rostigen Schrottplatzschild verbunden, nicht mit der Ankündigung in einem Theater.

*Diese Stadt kann mich mal.*

Diesmal bemerkte Willow meinen düsteren Gesichtsausdruck.

»Kein Fan?«

»Nein«, sagte ich. »Ich will weg.«

»Was hast du dir überlegt?«, fragte sie. »Hollywood oder Broadway?«

»Wer auch immer mich nimmt.«

Sie runzelte die Stirn. »Es ist dir egal? Ist es nicht ganz anders, in einem Film mitzuspielen, als auf der Bühne zu stehen? Würdest du die Atmosphäre eines Live-Publikums nicht vermissen?«

»Doch, wahrscheinlich schon«, sagte ich. »Aber eigentlich

habe ich nie drüber nachgedacht. Das Spielen war für mich immer nur Mittel zum Zweck. Um hier wegzukommen.«

»Wirklich?« Sie verzog das Gesicht, als hätte sie gerade etwas Fauliges gerochen. Sie schwieg, aber in ihren Augen standen mehr Fragen.

»Los«, sagte ich, »du kannst es ruhig sagen. Ich bin egoistisch. Sollte dankbarer sein.«

Sie warf mir einen Blick zu. »Jetzt, wo du es erwähnst …«

Mein kleines Lachen klang verrostet. Aber anstatt mich angegriffen zu fühlen, freute ich mich, dass sie sich nicht von mir einschüchtern ließ.

»Ich verstehe es ja«, sagte ich. »Aber ich sehe meine Fähigkeit nicht als Talent oder Gabe. Es ist nur ein Ausweg.«

»Aber spürst du nicht, was es mit den Leuten macht, die dir zusehen? Du kannst jemanden mit dieser Gabe woandershin transportieren. Sie ist auch für uns ein Ausweg.«

Ich blieb stehen und sah sie an. »Ich freue mich, dass es das für dich sein kann. Für alle, die zusehen. Aber für mich …« Ich zuckte mit den Achseln. »Es ist alles, was ich habe.«

»Mir geht es genauso«, sagte sie. »Als hätte ich mich ein wenig verlaufen, und dann ist mir *Hamlet* in den Schoß gefallen. Damit ich auf meinen Weg zurückfinde.« Sie lachte nervös. »Das klingt jetzt ein bisschen dramatisch. Und wahrscheinlich dumm.«

»Es ist nicht dumm«, sagte ich. »Sachen passieren aus einem Grund, denke ich.«

»Glaubst du?« Ihre Stimme war plötzlich hart. Sie blieb stehen, ihre Miene verzog sich ungläubig und verwirrt. »Passiert *alles* aus einem Grund?«

Ich kniff die Augen zusammen angesichts ihrer plötzlichen Wut. »Ich weiß es nicht. Martin sagt immer –«

»Deine vollkommen gesunde Mutter hat *aus einem Grund*

einen Schlaganfall gehabt und ist gestorben? Du hast selbst gesagt, dass es sinnlos war.«

Ich biss die Zähne zusammen und wurde selbst wütend. Ich stieß mir einen Finger auf die Brust. »*Ich* sage, was es für mich bedeutet. Nicht du. Und auch sonst niemand.«

»Ganz genau«, feuerte sie zurück. »Es ist *deine* Geschichte. Und dieses ›Alles passiert aus einem Grund‹ ist total bescheuert. Als würde der Schmerz von jemandem *zuerst* nichts bedeuten, aber irgendwann schon, und dann ist alles wieder in Ordnung. Das ist Quatsch.« Sie sah mich an, und ihr Gesichtsausdruck hatte sich schon wieder verändert. In ihren Augen standen Tränen, und sie bettelte fast: »Was macht man in der Zwischenzeit?«

»Ich weiß es nicht«, sagte ich. »Man versucht, klarzukommen. Zu überleben.«

Sie hielt einen Moment lang meinen Blick, dann nickte sie. »Es tut mir leid, aber …« Sie fuhr mit den Fingerspitzen unter ihren feuchten Augen entlang. »Manche Dinge *passieren*, und es ist wie ein Stromausfall. Oder wenn die Lautstärke auf stumm gedreht wird.«

Ich nickte. »Das stimmt.«

»Bis.«

»Bis?«

»Meine Großmutter hat das immer gesagt. Sie hat gesagt, jede Geschichte hat ein ›bis‹. Wenn das Schlimme passiert, das der Figur zeigt, was sie am meisten will. Aber wo ist das ›bis‹, das alles wiedergutmacht? Wann bekommt die Figur endlich, was sie am meisten will?«

»Wenn sie es sich selbst erlaubt«, sagte ich. Meine Hände wollten das Haar zur Seite streichen, das ihr über die Wange gefallen war. »Oder wenn sie losgeht und es sich nimmt.«

»Deshalb gehst du aus Harmony weg«, sagte sie.

»Ja.«

Sie nickte, dann seufzte sie. Die Kraft kehrte in ihre Stimme zurück. »Ich wünschte, ich wäre so mutig wie du.«

»Für eine Rolle in Shakespeares berühmtestem Stück vorzusprechen, ohne je vorher Theater gespielt zu haben, klingt ziemlich mutig.«

»Oder dumm«, sagte sie und lachte leicht. »Tut mir leid, was ich über deine Mutter gesagt habe.«

»Braucht es nicht.«

»Zu spät. Es tut mir leid.« Sie lächelte wieder, und mein Blick wurde von ihren vollen Lippen angezogen, auf denen eine Spur von Lipgloss glänzte.

Ich fragte mich, wie er schmeckte …

Willow deutete mit dem Kinn auf die andere Straßenseite. »Bestimmt wolltest du mir das zeigen.«

Ich folgte ihrem Blick zum Amphitheater von Harmony.

»Ja«, sagte ich und riss den Blick von ihr los. »Ja, genau.«

Wir überquerten die Straße und gingen unter einem frei stehenden quadratischen Torbogen aus weißem Stein hindurch. Das Theater bestand aus einem Kreis aus Zementstufen mit einer Bühne in der Mitte. Hier und dort standen wie zufällig Zementquader herum, eine Art abstrakte Kulisse. Das Ganze war von grünem Gras umgeben, oder zumindest würde es grün werden, wenn der Frühling kam. Jetzt knallte die Sonne auf matschige Stellen im braungelben Rasen.

»Manchmal komme ich nachts her«, sagte ich. »Um zu rauchen und allein zu sein.«

»Das kann ich verstehen.« Sie breitete die Arme aus. »Warum hat Martin den *Ödipus* nicht hier aufgeführt?«

»Zu kalt im Januar.«

»Stimmt. Aber im Sommer? Führt er hier Stücke auf?«

»Nein. Die Miete ist zu hoch.«

»Wie blöd«, sagte sie. »Siehst du es nicht praktisch vor dir? Shakespeare im Park?«

»Ich sehe es«, sagte ich und stellte mir vor, wie Willow sich hier ein Leben aufbaute. Ein Häuschen in den Cottages, ein Sommer mit Shakespeare in ihrem Garten. Während ich, so schnell ich konnte, in die entgegengesetzte Richtung davonrannte.

»Und Martin sieht es auch«, sagte ich. »Er träumt davon, ab und zu Freiluftvorstellungen zu geben.«

»Warum macht er es nicht?«, fragte Willow und kletterte auf einen der Zementquader. Sie setzte sich hin und ließ die Beine baumeln.

»Kein Geld«, sagte ich. Ich lehnte mich gegen den Quader, meine Schultern waren auf einer Höhe mit ihrer Taille. »Er redet nicht drüber, aber der Vorbesitzer des HCT hat die Finanzen nicht so gut gemanagt.«

»Ist es schlimm?«, fragte Willow. Und die ernste Sorge in ihrer Stimme rührte an mein verdammtes Herz.

»Ich weiß es nicht. Aber es ist auch ein Grund, von hier wegzugehen. Hier kann ich kein Geld verdienen. Aber da draußen«, ich breitete einen Arm aus und meinte damit praktisch jeden Ort außer Harmony, »da draußen habe ich eine Chance. Ich kann ihm helfen.«

»Du vergisst nicht, wo du angefangen hast«, sagte Willow, und ihre Stimme wurde weich.

Ich zuckte mit den Achseln, aber lächelte bei mir und griff nach meinen Winston. »Macht es dir etwas aus, wenn ich rauche?«

»Ja und nein.«

Stirnrunzelnd sah ich zu ihr hoch. Die Sonne stand hinter ihr, und das lange lockige Haar erstrahlte in einem goldenen Nimbus.

*Sie sieht aus wie Lady Godiva, verdammt.*

Ich räusperte mich. »Ja und nein?«

»Ja, es macht mir etwas aus, weil es nicht gut für dich ist. Nein, der Rauch stört mich nicht.«

Fast steckte ich die Zigaretten wieder weg.

*Fang jetzt nicht an, dich ändern zu wollen, Pearce. Du bist schon fast weg.*

Ich klopfte eine Zigarette aus der Packung, steckte sie mir zwischen die Lippen und zündete sie mit meinem Zippo an. Als ich den ersten Zug nahm, bemerkte ich ein kleines schwarzes X auf dem Knie von Willows Jeans. »Was ist das?«

»Nichts«, sagte sie ein bisschen zu schnell. »Ich kritzle rum, wenn ich mich langweile. Bei Paulson neulich bin ich beinah eingeschlafen.«

Ich nickte. Ich war kein Experte für Klamotten, aber es war klar, dass ihre Jeans nicht vom Grabbeltisch waren. Markenjeans kosteten neunzig Dollar. So was wollte man nicht mit schwarzer Tinte einsauen.

*Lass es einfach.*

Ich nahm einen Zug und blickte über das Amphitheater. Ich kam gern nachts her, wenn die weißen Steine im Mondlicht leuchteten. Mein persönliches Stonehenge. Im Tageslicht spürte man das Echo der vielen Veranstaltungen, die hier stattfanden: der Jahrmarkt im Sommer, ab und zu eine Hochzeitszeremonie und die Abschlussfeier der Highschool, zu der ich nicht eingeladen war.

»Ich hab gehört, dass die George Mason hier ihre Abschlussfeier abhält«, sagte Willow, die offensichtlich meine Gedanken lesen konnte. »Gehst du hin?«

»Nein.«

»Macht es dir etwas aus?«

»Nein.«

»Und was ist mit den anderen Sachen, die mit der Schule zu tun haben? Footballspiele …« Sie kickte die Hacken gegen den Zementblock. »Bälle.«

Ich zuckte mit den Achseln. »Ich bin neunzehn. Ich bin fertig mit der Highschool.« Ich blickte zu ihr hoch. »Mir fällt gerade ein, dass bald dieser Spring Fling stattfindet. Gehst du hin?«

*Ach Mist.* Das klang, als wollte ich sie bitten, mit mir hinzugehen. Dabei ging ich nicht mal mehr auf die Schule. Ich konnte sie nicht fragen. Oder doch?

»Nein, ich gehe nicht hin«, sagte sie langsam.

»Vielleicht ist an dem Abend sowieso Probe«, sagte ich und warf die Zigarette auf den Boden. »Deshalb hab ich's erwähnt.«

»Stimmt. Und es hat mich sowieso niemand gefragt.«

»Justin hat dich nicht gefragt?« Mein Ton war beiläufig, und ich sackte ein wenig zusammen, als ich über das Amphitheater blickte. Einfach nur ein Typ, der sich locker unterhielt. Oscarreife Darstellung.

»Was? Nein. Justin und ich sind nur Freunde.«

»Ich hatte den Eindruck …« Ich schüttelte den Kopf. »Vergiss es.«

»Den Eindruck, dass ich ihn mag?«

Ich sah sie wieder an. »Dass er dich mag.«

»Oh«, sagte sie und runzelte die Stirn. »Gott, ich hoffe nicht. Er ist ganz nett. Ich meine, er fährt mich nach der Probe nach Hause. Aber …«

Ich spürte praktisch, wie ich mich reckte, und mein Ego machte schadenfroh Vorschläge, wie man den Rest des Satzes beenden konnte.

*Er ist strohdumm.*

*Er kann eigentlich nicht lesen.*

*Er furzt beim Lachen.*

»Es fühlt sich eher geschwisterlich für mich an als etwas anderes«, schloss sie. »Wahrscheinlich, weil er den Laertes spielt.«

»Klar«, sagte ich, und mein Ego klatschte sich ab.

»Mir ist so … gar nicht danach, mit jemandem zusammen zu sein«, sagte Willow, und ihr Tonfall hatte etwas Nervöses. »Jedenfalls im Moment nicht.«

*Oder auch nie wieder*, hörte ich wie ein Flüstern im Wind. Eine Ernsthaftigkeit in ihren Augen deutete darauf hin, dass sie etwas verloren und es fast aufgegeben hatte, danach zu suchen.

*Sie hat nicht aufgegeben*, dachte ich und eine grimmige Bewunderung stieg in mir auf. *Deshalb spielt sie in dem Stück mit. Um es wiederzufinden.*

In diesem Moment schwor ich mir, den ganzen egoistischen Blödsinn und die Eifersucht auf Justin sein zu lassen. Den Ball konnte ich sowieso vergessen. Ich könnte sie nicht fragen, ob sie mit mir hingehen würde, selbst wenn ich wollte. Was ich nicht tat. Mein Job war nur, ihr zu helfen, in *Hamlet* zu finden, was sie suchte. So gut ich konnte. Auch wenn meine Begeisterung, Harmony bald zu verlassen, darunter leiden würde.

Willow schirmte die Augen mit der Hand ab und blinzelte mich an. »Und was ist mit dir?«

»Was soll mit mir sein?«

»Findest du jemanden gut?«, fragte sie, die Stimme einen halben Ton höher als sonst. Sie lachte. »So was fragt man echt nur in der Highschool.«

»Nein«, sagte ich. »Wenn alles nach Plan läuft, gehe ich aus Harmony weg, schon vergessen? Es wäre blöd, vorher etwas anzufangen.«

»Ja, klar, logisch.«

Wir schwiegen.

»Na ja, also ich gehe wahrscheinlich nicht zu diesem Ball«,

sagte Willow. »Ich bin sowieso nicht mehr gut in solchen Situationen.«

»Was für Situationen?«

Sie schüttelte den Kopf. »Vergiss es. Ich muss langsam heim.«

Willow fing an, von dem Zementblock runterzurutschen. Ich bot ihr meine Hand, um ihr zu helfen. Sie zögerte für den Bruchteil einer Sekunde, dann nahm sie sie. Ich hielt ihr auch die andere Hand hin, und die nahm sie auch. Ich stützte sie, als sie herunterhüpfte, und dann standen wir voreinander. Nah genug, um zu sehen, dass ihre blauen Augen mit hellerem Blau durchsetzt waren wie ein Topas. Nah genug, um die Süße in ihrem Atem zu riechen – Kaffee mit Zucker. Nah genug, um zu tanzen, wenn wir wollten.

»Danke«, sagte Willow und sah zu mir hoch.

»Kein Problem«, sagte ich.

Ich hielt noch immer ihre Hände. Auch sie ließ nicht los.

»Na dann«, hauchte sie und bewegte sich immer noch nicht.

»Ja.«

Ich sah auf unsere Hände hinunter. Etwas so Weiches und Schönes hatte ich seit Jahren nicht berührt. Der Ärmel ihrer Jacke war hochgerutscht, und ich entdeckte ein schwarzes Zeichen auf der Innenseite ihres Unterarms, nahe am Handgelenk. Willow atmete geräuschvoll ein, als ich ihre Hand umdrehte. Ein X, etwa von der Größe eines Vierteldollars, setzte sich krass auf ihrer hellen Haut ab.

Sie zog die Hände weg. »Ich muss wirklich nach Hause.«

Alle Instinkte in mir meldeten sich lautstark, dass ich ihre Hand wieder nehmen und sie fragen sollte, was das X zu bedeuten hatte. Meinen Daumen anlecken, um es wegzuwischen. Irgendwie lag mir der Anblick schwer im Magen.

»Willow …«

»Ich kritzle herum, wenn ich mich langweile. Hab ich doch gesagt.« Ihre Stimme war scharf, aber ihr Lächeln wankte. »Lass uns gehen.«

Den kurzen Weg ins Zentrum legten wir schweigend zurück. Als wir vor dem Theater angekommen waren, legte Willow sich die Tasche über die Schulter und blickte sich um. »Danke für heute. Ich glaube, Martin wird mit unserem Fortschritt zufrieden sein.«

»Glaube ich auch.«

*Und zwar so was von*, dachte ich.

»Dann sehen wir uns Montag?«, fragte sie.

»Wie kommst du nach Hause?«

»Oh, äh …« Sie sah mir immer noch nicht in die Augen. »Ich wollte zu Fuß gehen.«

»Bis nach Emerson Hills?«, fragte ich. »Das sind zweieinhalb Kilometer, und es wird bald dunkel.«

Sie hob die Augenbrauen. »Darf ich nicht im Dunkeln herumlaufen?«

»Darfst du«, sagte ich. »Aber mir wäre es lieber, wenn du es nicht tätest.«

Willows Miene wurde weich. »Oh. Okay. Wenn es dir nichts ausmacht?«

»Macht es nicht.«

Als wir zu meinem Pick-up auf dem Parkplatz des Theaters gingen, bettelte jede Delle, jeder Kratzer um Aufmerksamkeit. Sobald wir drinnen saßen, blickte Willow aus dem Fenster auf ihrer Seite. Sie hielt ihre Tasche auf dem Schoß fest und hatte die Ärmel über die Handgelenke gezogen.

Wir schwiegen auf der Fahrt nach Emerson Hills, wo das flache Land von Indiana von ein paar Hügeln unterbrochen wurde. Wir kamen an einem Aussichtspunkt mit Blick auf das Zentrum von Harmony vorbei. Die Häuser hier waren riesig.

Keine Trailer oder Cottages erlaubt. In den Gärten gab es Ställe und Bäume, keine Haufen aus rostigem, verbogenem Metall.

Willow dirigierte mich in eine Straße. »Hier ist gut«, sagte sie mit einer vagen Handbewegung.

»In welchem wohnst du?«, fragte ich und parkte vor einem Haus aus braunem Backstein.

»Das passt super hier, danke«, sagte sie. Sie legte die Hand auf den Türgriff, dann hielt sie inne. Ihre Hand war weiß vor Anspannung. »Danke. Nicht nur fürs Herfahren, sondern dafür, dass du mir das Amphitheater gezeigt hast, und fürs Reden. Ich glaube, es hat mir geholfen.«

»Gern geschehen.«

»War es auch für dich gut? Ich meine, wegen dem, was Martin von uns wollte?«

»Ja«, sagte ich. »War es.«

Ich suchte krampfhaft nach etwas, was ich noch sagen konnte, irgendwas, was sie noch einen Augenblick im Wagen festhalten würde …

»Okay«, sagte sie. »Bis Montagabend.«

»Ja, bis dann.«

Sie kletterte aus dem Pick-up und schlug die Tür zu, dann winkte sie mir. Und blieb stehen.

*Sie wartet, dass ich wegfahre.*

Normalerweise hätte ich mich niemals von der Stelle gerührt, bis sie sicher in ihrem Haus war. Aber ich machte eine Ausnahme und wendete den Pick-up, fuhr zurück in den Westen der Stadt, wo mein mieser Trailer stand. Im Rückspiegel sah ich, wie Willow in ihrer Tasche wühlte. Vielleicht suchte sie nach ihrem Haustürschlüssel, aber ich bezweifelte es. Als ich um die Ecke bog, wusste ich, dass das braune Haus, vor dem ich gehalten hatte, nicht ihres war.

# 17. KAPITEL

## Willow

Montagmorgen im Englischkurs. Mr Paulson stand an seinem üblichen Platz und blätterte durch Unterlagen. Angie saß an ihrem Pult, trug weite Jeans, Doc Martens und ein schwarzes T-Shirt mit: *I'm pretty cool, but I cry a lot.*

Als sie mich sah, holte sie ihr Handy hervor, schüttelte es und hob es mit einem verwirrten Gesichtsausdruck ans Ohr.

»Hallo? Hallo? Funktioniert dieses Ding?« Sie ließ die Hand sinken und blickte mich demonstrativ an. »Das war eine rhetorische Frage, falls du dich gefragt hast. Woher ich das weiß? Meine *richtigen* Freundinnen, Caroline und Jocelyn, haben mich nämlich am Wochenende angerufen.«

»Sorry«, sagte ich und setzte mich hinter mein Pult. »Mir war nicht nach Reden, okay? Mir ist oft nicht danach, zu telefonieren. Ehrlich gesagt ist mir kaum je danach zu telefonieren.«

»Ich verstehe das. Die meisten Leute telefonieren nicht mehr gern. Dafür gibt es die Nachrichtenfunktion.« Sie drehte sich auf ihrem Stuhl um und beugte sich über ihren Arm zu mir. »Du hast gesagt, du würdest anrufen, nachdem ich dich in der Stadt abgesetzt hatte. Also habe ich angenommen, dass du mich anrufen würdest. Aber das hast du nicht getan. Also musste ich dich anrufen. Du bist nicht rangegangen. Ich habe das ganze Wochenende gedacht, Isaac Pearce hätte dich ermordet und deine Leiche in einen Straßengraben geworfen.«

»Das hast du nicht gedacht«, sagte ich und verdrehte die Augen.

»Hat es irgendeine Bedeutung für dich, was ich gedacht habe? Mir scheint eher *nicht*.« Schnell drehte sie sich in ihrem Stuhl nach vorn, dann drehte sie sich noch einmal zu mir um. »Ich weiß nicht, wie das in New York läuft, aber hier hören Freunde nicht einfach auf, sich zu melden, wenn ihnen danach ist.« Sie hob die Hände, die leeren Handflächen zeigten in meine Richtung. »Ich bin keine Stalkerin, ich bin nicht deine Mutter, ich bin nicht dein Babysitter. Aber du hättest mir schreiben können. Mehr sag ich dazu nicht.«

Sie drehte sich um. Und mehr sagte sie dazu nicht für den Rest der Stunde.

*Na und?*, dachte ich und versuchte, mich in eine »Mir doch egal«-Schutzschicht zu hüllen. Ich hatte vor langer Zeit aufgehört, mich um Freundschaften zu bemühen. Meine Freundinnen in New York hatten das Gleiche gesagt wie Angie. Und sie hatten es hundertmal gesagt, bis sie mich eine nach der anderen aufgaben. Michaela, meine beste Freundin, hielt am längsten durch. Sie hatte den Verdacht, dass im Sommer etwas passiert war, aber ich weigerte mich, mit ihr zu reden. Ich redete über gar nichts mehr mit ihr, weil ich Angst hatte, dass die schlimmste Geschichte einfach aus mir heraussprudeln würde. Um Thanksgiving herum hörte sie auf, mich anzurufen. Ihre letzte Nachricht kam in der Woche vor den Weihnachtsferien:

**Bitte rede mit mir.**

Ich antwortete nicht. Als wir nach Indiana zogen, bekamen wir neue Telefonnummern, und ich hatte mich von allen, die mich von früher kannten, getrennt. Ich hatte mich aus ihren Leben ausgeixt.

Dass Angie mir den Rücken zudrehte, tat mehr weh als erwartet.

Es klingelte, und sie rannte ohne einen Blick zu mir aus dem Klassenraum. Ich schnappte mir meine Sachen und folgte ihr zu ihrem Schließfach.

»Du hast recht«, sagte ich. »Es tut mir leid. Wirklich. Du bist mir eine so gute Freundin, und ich … ich habe einfach vergessen, wie das ist.«

Sie sah mich komisch an, dann drehte sie sich zu ihrem Schließfach um, um ein Lehrbuch gegen ein anderes zu tauschen. »Du hattest keine Freunde in New York? Schwer zu glauben.«

»Ich hatte Freunde«, sagte ich. »Dann nicht mehr. Und so war es jetzt eine Weile. Bis du gekommen bist.«

Angie machte ihr Schließfach zu und drehte sich zu mir um. Hatte sich das Buch und einen Block an die Brust gedrückt. »Warum?«

Ich konnte sie nicht ansehen. »Es ging einfach nicht anders.«

Angie sackte mit einem Seufzer zusammen. »Weißt du, wenn du über etwas reden willst … Ich bin da. Okay? Wann auch immer du willst.« Ihre dunklen Augen begegneten meinen. »Oder … wann immer du bereit bist.«

Ich wollte schon sagen, dass ich nichts zu sagen hatte. Stattdessen flüsterte ich: »Danke, Angie.«

Sie nickte knapp, ihre schwarzen Locken wippten über ihren Schultern. »Gut. Da wir die alte Sache jetzt erledigt haben, können wir vielleicht zu der neuen Sache übergehen? Und zwar das große Nicht-Date mit Isaac Pearce?«

Ein kleines Lächeln zeigte sich ohne meine Erlaubnis auf meinen Lippen, als wir zusammen den Gang entlanggingen. »Es war wirklich schön«, sagte ich. »Isaac ist ganz anders, als die Leute denken.« Sie warf mir einen Blick zu, und ich stieß sie gegen den Ellbogen. »Ich weiß, wie das klingt, aber es stimmt. Nach Ansicht der Leute hier ist er entweder ein Krimineller oder ein Schauspielgenie, und das ist alles. Aber er ist ein vollständiger Mensch. Er ist wirklich klug und denkt auf mehreren Ebenen …«

»Klingt, als hättet ihr euch gut verstanden. Warum klingst du so traurig, wenn du von ihm redest?«

»Es war total nett, aber zwei von den Plastics haben uns Kaffee trinken gesehen. Ich fürchte, dass eine davon Tessa Vance war und tratscht. Wenn mein Dad das herausfindet, wird er mir verbieten, bei dem Stück mitzuspielen.«

»Klingt wie eine berechtigte Sorge«, sagte Angie. »Aber wir sind *traurig*, weil …?«

»Ich kann das Isaac niemals sagen. Er würde wissen, dass ich den Klatsch über ihn und Tessa gehört habe. Dann hat er mir auch noch angeboten, mich nach Hause zu bringen. Als wir in meiner Straße waren, hab ich ihm gesagt, er soll einen halben Block von meinem Haus entfernt parken, damit meine Eltern ihn nicht sehen. Und er *wusste*, dass es nicht das richtige Haus war. Jetzt fühlt er sich aus den total falschen Gründen wegen mir schlecht, und ich fürchte, die Wahrheit würde ihn noch mehr verletzen. Dass mein Dad mir verbietet, mich außerhalb der Proben mit ihm zu treffen.«

Angie machte den Mund auf, um etwas zu sagen, dann stieß sie mich gegen den Arm. Sie beugte sich vor. »Tessa Vance steht da drüben«, sagte sie durch die Zähne. »Rotbraunes Haar.«

Ich folgte ihrem Blick zu den Plastics, die am Wasserspender standen, und erkannte zwei von ihnen vom Samstag.

»Scheiße, das ist sie.«

»Und, Scheiße, die starren uns jetzt an«, erwiderte Angie.

Tessa schenkte mir ein durch und durch falsches Lächeln und flüsterte dann demonstrativ mit ihren Freundinnen. Alle drehten sich zu mir um und rissen belustigt und voller Verachtung die Augen auf.

»Ich bin am Arsch«, sagte ich.

»Komm«, sagte Angie, hakte sich bei mir unter und zog mich den Gang entlang. »Dreh dich nicht um.«

»Ich bin total am Arsch. Mir ist egal, was sie denkt, aber wenn sie es ihrem Dad sagt ...«

»Was dann?«, fragte Angie. »Erzähl einfach deinem Dad, dass sie eine verlogene kleine Schlampe ist«, sie drehte sich um und rief über ihre Schulter zurück, *»die sich um ihren eigenen Kram kümmern soll.«*

Mein Lachen verhallte, und ich stöhnte. »Was soll ich machen? Ich brauche dieses Stück.«

»Du *brauchst* es?«

»Es ... ist mir ans Herz gewachsen. Der Regisseur und die Schauspieler.«

»Und Isaac.«

»Ja, auch, okay? Aber er wird in ein paar Monaten aus Harmony weggehen, also sind wir nur Freunde. Wir können nur Freunde sein.«

Angie verdrehte die Augen. »Berühmte letzte Worte.«

Im Laufe des Tages war ich mir immer sicherer, dass Tessa petzen würde. Die alberne Angst wurde immer schlimmer, und ich kriegte fast Panik, dass Dad mich aus dem Stück rausnehmen würde. Ich hatte Angie die Wahrheit gesagt. Ich brauchte das Stück. Ich hatte noch nicht gefunden, was ich in Ophelia suchte, aber es lag am Horizont, wie die Dämmerung eines neuen Tags. Eine optimistische Sonne, die in meiner immerwährenden Dunkelheit aufstieg.

Und dann war da noch Isaac. Mit einer anderen Ophelia neu anzufangen könnte ihn rausbringen. Ich wollte nicht dafür verantwortlich sein, dass etwas seinen Flow – oder welchen Prozess auch immer – störte. Talentscouts würden kommen, um ihn zu sehen. Er hatte schon genug Sorgen. Das Letzte, was er brauchte, waren Probleme wegen der lächerlichen Vorurteile meines Dads.

Nach dem letzten Klingeln holte ich die Sachen für die Hausaufgaben aus meinem Schließfach und klappte es wieder zu. Ich sprang mit einem kleinen Aufschrei zurück, als ich Justin Baker entdeckte, der sich lässig mit einer Schulter anlehnte.

»Hey«, sagte er. »Ich hab dich Samstag vermisst, aber heute kommst du zur Probe, ja?«

»Ja, natürlich«, sagte ich.

*Direkt nachdem ich mich von dem Mini-Herzinfarkt erholt habe, den ich deinetwegen gerade hatte.*

»Cool.« Er betrachtete die Schüler, die hin und her eilten. Ein träger Prinz, der sein Königreich überblickt. »Hör mal, bald ist dieser Schulball. Der Spring Fling?«

»Ja«, sagte ich langsam. »Ich hab davon gehört.«

»Cool«, sagte Justin wieder. »Glaubst du, Martin gibt uns von den Proben frei, damit wir hingehen können?«

»Ich … Ich weiß es nicht.«

Ich trat zurück. Ich betrachtete Justins gut aussehendes Gesicht. Blondes Haar, blaue Augen und ein entspanntes Lächeln. Er hatte nichts Bedrohliches an sich, allerdings war auch an Xavier nichts Bedrohliches gewesen.

Hinter Justin sah ich, wie Tessa, Jessica und ein paar andere Mädchen uns beobachteten.

»Und? Willst du?«

»Will ich was?«

Er lachte verwirrt. »Mit mir hingehen.«

Es war nicht mal eine Frage.

»Zu dem Ball gehen …?«

Ein Ball. Körper, die sich im Dunkeln bewegten. Pulsierende Musik. Eine Hand auf meiner Hüfte. Eine Stimme in meinem Ohr: »Kann ich dir etwas zu trinken holen?«

Ich schob die düsteren Erinnerungen weg. Die Sehnsucht, normal zu sein und normale Dinge zu erleben, war wie ein Hunger. Ich wollte auf einen Ball gehen. Ich wollte shoppen gehen und ein hübsches Kleid kaufen und Schmetterlinge im Bauch spüren, wenn mein Date an die Tür kam und ein Ansteckstäußchen in einer Plastikschachtel mitbrachte.

In meiner flüchtigen Fantasie öffnete Mom die Tür und krähte begeistert, wie umwerfend mein Date im Smoking aussah. Mein Vater schüttelte ihm die Hand und bat ihn herein. Ich kam die Treppen hinunter, und es war Isaac, der auf mich wartete und lächelte …

Ich blinzelte und sah wieder Justins erwartungsvolles Grinsen.

»Oh, ich … Ich will eigentlich gerade mit niemandem zusammen sein … nicht ernsthaft. Nicht, dass du gefragt hättest. Ich meine …«

Sein Lächeln wurde breiter, und er lehnte sich schwerer an die Schließfächer, als wäre er daran gewöhnt, dass Mädchen in seiner Gegenwart stammelten.

»Super«, sagte er. »Wir gehen einfach als Freunde hin und … gucken, was passiert.«

Mein Magen zog sich zusammen, als sein Blick kurz flackerte, und plötzlich hatte ich das Gefühl, dass die Decke nur einen Zentimeter über meinem Kopf hing.

»Wir müssen Martin fragen …«

»Was gibt's, Leute?«, fragte Angie und stellte sich neben mich. Sie sah Justin streng an, worauf er mit einem lockeren Lächeln reagierte.

»Nicht viel«, sagte er. »Wir sprechen nur die Details zum Spring Fling ab.«

Angie riss die Augen auf, und sie zeigte mit dem Finger abwechselnd auf uns beide. »Ihr zwei wollt zusammen auf den Ball gehen?«

Ich machte den Mund auf, um etwas zu sagen.

»Jepp«, sagte Justin. »Lass uns bei der Probe weiterreden. Ich muss los.« Er deutete in einer Art Abschied mit dem Kinn auf mich. »Bis heute Abend.«

»Ja … bis dann«, sagte ich.

»Bis dann«, echote Angie und zog mich nach draußen. »Ich bin total verwirrt. Justin?«

Der Vorfrühlingsnachmittag war kalt und brachte mich wieder zu mir.

»Nun … ja. Warum nicht?«, sagte ich und kämpfte um mein Gleichgewicht. »Dann hat Tessa nichts mehr zu tratschen. Stimmt doch. Und … wenn Justin mich abholt, wird mein Dad sich vor Begeisterung nicht wieder einkriegen. Er wird so glücklich sein. Und ich muss mir keine Gedanken mehr machen, dass er mich aus dem Stück nimmt. Jepp. Die perfekte Tarnung.«

Angie sah mich zweifelnd an. »Ja, vielleicht. Aber einen Moment lang sah es aus, als hätte er dich überrumpelt …«

Ich blieb stehen. »Hat er *nicht*«, sagte ich ein bisschen zu laut. »Es ist *meine* Entscheidung. Ich kann zu dem Ball gehen, mit wem ich will.«

*Außer mit Isaac.*

Ich versuchte mich zu beruhigen. Isaac hatte mir geradeheraus gesagt, dass er mit der Highschool durch war. Wenn ich Normalität wollte, musste ich sie mir nehmen. Genau wie er gesagt hatte.

»Okay, okay«, sagte Angie. »Aber Willow …«

»Wir gehen einfach als Freunde. Wir alle. Zusammen. Du und Nash und Joc und Caroline, ja? Wir gehen alle zusammen, okay? Bitte.«

Angie runzelte die Stirn. »Ja, klar«, sagte sie langsam. »Wenn du das willst.«

»Das will ich. Natürlich will ich das.«

*Normal sein. Das will ich. Das ist alles, was ich jemals will.*

»Willow, meine Liebe«, rief Martin. »Kommst du?«

Die Probe hatte noch nicht angefangen. Das Ensemble saß im Zuschauerraum und unterhielt sich leise. Isaac stand mit Martin auf der Bühne. Als ich die Stufen zur Bühne hinaufging, betrachtete ich Isaacs hochgewachsene Gestalt, schlank, aber muskulös. Er stand mit verschränkten Armen da, die langen Beine in Jeans und abgewetzten schwarzen Stiefeln. Die Ärmel seines T-Shirts dehnten sich über seinem Bizeps.

*Warum fällt mir das überhaupt auf? Warum kann ich nicht aufhören, ihn anzusehen?*

»Ich habe mich gerade mit Isaac über euer Treffen am Samstag unterhalten. Es war nicht zu schlimm, nehme ich an?«

»Ich hab's überlebt«, sagte ich und setzte für Isaac ein kleines Lächeln auf.

Er reagierte mit einem schwachen, uninteressierten Nicken, aber seine graugrünen Augen waren voller Gefühle, als er mich von oben bis unten ansah. Seine Lippen – sonst immer zusammengepresst – öffneten sich leicht. Dann riss er abrupt den Blick von mir los. »Ja, es war gut«, sagte er. »Wirklich gut.«

»Wirklich gut?«, sagte Martin und zog die Augenbrauen in scherzhaftem Unglauben hoch. »Hat das jemand gehört? An diesem historischen Tag fand Isaac Pearce etwas *wirklich* gut.«

»Hör auf, Marty.«

Martin zwinkerte mir zu. »Ich habe ein gutes Gefühl.« Lauter sagte er: »Proben wir euren Dialog in Akt drei, Szene zwei.«

Dank den Nachmittagen in der Bibliothek mit meinem Skript und der Übersetzung in heutige Sprache auf der SparkNotes-Seite bestand das Stück für mich nicht länger aus Absätzen voll vager Poesie. Ich war jetzt mit jedem Akt vertraut. Die Szene, die Martin proben wollte, war ein Spiel im Spiel – Hamlet hatte eine Schauspieltruppe gebeten, den Mord an seinem Vater zu reinszenieren. Während der Vorstellung quält Hamlet Ophelia mit derben Witzen und sarkastischen Bemerkungen.

Zwei Stuhlreihen wurden schräg auf die Bühne gestellt, sodass sie nicht im Profil zum Publikum waren und auf die linke Bühnenseite blickten. Der König und die Königin würden in der ersten Reihe sitzen, ich dahinter neben einem leeren Stuhl. Isaac wartete hinter der Bühne auf seinen Einsatz.

Ich konnte den Text dieser Szene, Isaac auch. Mit dem auswendig gelernten Dialog war es das erste Mal, dass wir ohne Skript in der Hand spielten, und ich wusste nicht, was ich mit meinen Händen machen sollte.

»Von deinem Auftritt an, Hamlet«, sagte Martin. Er hatte seine übliche Haltung angenommen – ein Arm quer über den Bauch gelegt, der andere Ellbogen darauf gestützt, die Hand über dem Mund.

Isaac kam aus den Schatten der Kulisse. Mit großen Augen und einem lockeren, nervtötenden Lächeln, das man im echten Leben niemals an ihm sah.

Martin gab ihm Gertrudes Text als Stichwort. *»Komm hieher, lieber Hamlet, setz dich zu mir.«*

Isaacs fieberhafter Blick fiel auf mich und wurde weicher. *»Nein, gute Mutter, hier ist ein stärkerer Magnet.«*

Er eilte zu mir und ging zu meinen Füßen auf die Knie. Seine Miene war vorgetäuschte Unschuld, und seine Augen waren stürmisch und boshaft.

*»Fräulein, soll ich in Eurem Schoße liegen?«*

Ich erschrak und setzte mich aufrechter hin, den Blick geradeaus, die Hände gefaltet. »*Nein, mein Prinz.*«

»*Ich meine, den Kopf auf Euren Schoß gelehnt?*«, sagte er und tat genau das, legte seine Wange auf meinen Oberschenkel.

Ein Schauder überkam mich, wo er mich berührte, tanzte die Wade hinunter und schoss gleichzeitig warm zwischen meine Beine. Die erste intime Berührung eines Mannes seit X. Anstatt sich zu verkrampfen oder völlig dichtzumachen, mochte mein Körper das Gewicht von Isaacs Kopf auf meinem Schoß. Seine dunklen Bartstoppeln setzten sich krass gegen meine weißen Jeans ab.

Röte brannte in meinen Wangen, als ich flüsterte. »*Ja, mein Prinz.*«

Isaac drehte den Kopf und legte das Kinn auf meinem Oberschenkel ab. Die Szene verlangte spöttische Verachtung, verborgen unter künstlichem Humor, aber er flirtete fast.

»*Denkt Ihr, ich hätte erbauliche Dinge im Sinne?*«

Ich wusste aus dem Kommentar, dass damit Sex gemeint war, wurde noch röter und setzte mich noch gerader hin. »*Ich denke gar nichts, mein Prinz*«, sagte ich und dachte an sein volles braunes Haar und dass ich meine Finger hineingraben wollte.

»*Ein schöner Gedanke, zwischen den Beinen eines Mädchens zu liegen.*«

Gott, wieder durchfuhr mich Hitze und legte sich zwischen *meine* Beine, als hätte seine Stimme es befohlen.

»*Wa-was ist, mein Prinz?*«, fragte ich, stammelte Shakespeares Worte.

»*Nichts*«, sagte er.

Ich versuchte, mir bewusst zu machen, dass Hamlet nur mit Ophelia spielte, aber meine Replik kam mit einem kleinen provozierenden Lachen heraus. »*Ihr seid aufgeräumt.*«

Isaac lächelte wissend. »*Wer? Ich?*«

»Ja, wirklich aufgeräumt«, sagte Marty und unterbrach den Moment wie mit einem Vorschlaghammer. »Mir scheint ein bisschen zu aufgeräumt. Ich werde etwas dazu sagen.«

Isaac blieb kurz, wie er war, dann hob er den Kopf von meinem Schoß und setzte sich auf den leeren Stuhl neben mir. Ich legte meine Hand auf die Stelle, wo er mich berührt hatte, um die Wärme dort ein wenig länger zu spüren.

Martin rieb sich das Kinn. »Ihr habt wirklich großartige Fortschritte gemacht. Man merkt, dass ihr euch anders zueinander in Beziehung setzt, da ist viel mehr Vertrautheit.« Er sah Isaac an. »Aber du bist zu nett.«

Isaac schnaubte. »Ich bin nett?«

»Es gibt für alles ein erstes Mal«, sagte ich.

Spielerisch rempelte er mich mit der Schulter an. Er sah mich nicht an, aber das »Ödipus nach dem Vorhang«-Lächeln zeigte sich, und mein Eisblock bekam sofort einen Riss. Ein Lichtstreifen in der Dunkelheit. Ich wusste, er hatte mir verziehen, dass ich ihm mein Haus nicht gezeigt hatte, und ich hasste es umso mehr, dass ich ihn verstecken musste.

*Ich will ihn nicht verstecken. Ich fühle mich gut bei ihm.*

»Letztes Mal warst du zu wütend«, sagte Marty. »Diesmal zu nett. Sei wieder wütend, und lege es über die Gefühle, die ihr füreinander hegt. Bau auf dem auf, was wir letztes Mal erarbeitet haben.«

Isaac nickte. »Alles klar.«

Martin wandte sich mir zur. »Willow, die Nervosität gefällt mir ganz außerordentlich. Ophelia ist eine Dame, und Hamlet benimmt sich für einen Prinzen ziemlich unpassend. Die erste steife und schockierte Reaktion war brillant. Aber später … Wie soll ich es taktvoll ausdrücken? Später siehst du ein bisschen angetörnt aus.«

Meine Augen wurden weit, und ein elektrisches Kribbeln schoss mir die Wirbelsäule hinab.

Martin wandte sich wieder an Isaac. »Wenn ich recht überlege, wirkst du auch verliebt. Im Moment scheint die Szene eher zu *Romeo und Julia* zu passen.«

Da ich Isaac unmöglich ansehen konnte, suchte mein Blick Zuflucht im Zuschauerraum. Justin saß in der ersten Reihe mit Rosenkranz und Güldenstern – zwei Schauspieler aus dem College, mit denen er sich angefreundet hatte – und sah mich ausdruckslos an.

»Wenn ihr in dieser Szene ein Schloss aus Gefühlen bauen wollt«, sagte Martin, und ich richtete meine Aufmerksamkeit wieder auf ihn, »dann ist Liebe das Fundament. Die Ruine dieser Liebe ist das Erdgeschoss. Der erste Stock ist Hamlets Wahnsinn. Und im Dachgeschoss finden wir eine gesunde Dosis sexueller Anziehung. Okay?«

Martin sah auf die Uhr. »Verdammt. Die Schauspielergewerkschaft verlangt eine Pause.« Er klatschte in die Hände. »Okay, Leute. Fünf Minuten.«

Isaac und ich blieben allein auf der Bühne sitzen, zwischen uns hing ein schweres Schweigen voll geflüsterter Worte.

*Die Gefühle, die ihr füreinander hegt …*

*Du siehst verliebt aus …*

*Eher wie Romeo und Julia …*

»Tja«, sagte ich endlich. »Martin nimmt als Regisseur kein … Blatt vor den Mund, stimmt's?«

Isaac rieb sich den Hinterkopf. »Ja, er hat manchmal echt wilde Ideen.«

»Ich mag seine Ideen«, sagte ich. »Ich meine, ihn. Ich mag ihn.«

Isaac sah mich an. »Ja. Ich auch.«

Der Moment leuchtete. Isaacs graugrüner Blick war so

warm, und die gelbe Bühnenbeleuchtung schien auf uns hinab. Dann klatschte Martin in die Hände, um unsere Aufmerksamkeit zu erregen, und ich zuckte zusammen.

»Martin klatscht auch gern in die Hände«, sagte Isaac. »Das macht er oft.«

Ich lachte. »Hab ich bemerkt.«

»Nur eine freundliche Erinnerung an das Auswendiglernen. Wir proben jetzt seit zwei Wochen«, sagte Martin. »Wie weit sind alle mit dem Text?«

Ein paar Leute murmelten und nickten, ein paar stöhnten. Len Hostetler packte sich selbst an der Kehle und tat so, als würde er erwürgt werden. Dann grinste er und hielt den Daumen hoch. »Läuft, Marty.«

Justin hob die Hand. »Ich habe eine Frage. Willow und ich wollen zum Spring Fling nächsten Freitag in der Schule. Können wir den Abend freikriegen?«

Eiseskälte blühte in meinem Magen auf und breitete sich aus. Ich sah Isaac an. Er starrte zurück. Eine halbe Sekunde lang war die Verletzung offensichtlich. Ein kleines Boot trieb auf den graugrünen Wellen und ging unter. Dann machte er dicht und sah weg.

»Du musst es erlauben, Herr Regisseur«, sagte Len mit seiner dröhnenden Stimme.

»Aber wirklich«, sagte Lorraine. »Ein Frühlingsball ist ein wichtiges Ereignis im Highschool-Leben.«

»Ich werde dann mal eine Ausnahme machen«, sagte Martin und runzelte leicht die Stirn. »Aber mehr als ein Abend geht auf keinen Fall. Noch jemand? Nimm die Hand runter, Len.«

Alle lachten, und Justin sah selbstzufrieden aus. Die Scham und das schlechte Gewissen lagen so schwer auf mir, dass ich Isaac nicht in die Augen sehen konnte.

*Warum hast du ein schlechtes Gewissen? Er geht weg aus der Stadt. Er hat gesagt, er ist durch mit der Highschool …*

»Okay«, sagte Martin und klatschte in die Hände. »Machen wir weiter. Willow? Isaac?«

Wir spielten die Szene noch einmal – diesmal, ohne zu flirten. Ohne Nettigkeit. Isaac sprach seinen Text mit kaum verhohlener Verachtung. Ein verletzter Prinz, der die Geliebte verhöhnt, die ihn verraten hat. Sein Kopf lag wie ein Stein auf meinem Schoß. Wir spielten keine Rollen. Wir waren einfach wir selbst.

Es hatte nur einen Samstag gebraucht, um eine Verbindung herzustellen. Isaac hatte mir private Dinge erzählt. Ich hatte ihn näher an meine Geschichte herangelassen als jeden anderen Menschen. Die Zeit, die wir zusammen verbracht hatten, war das Fundament der Szene. Dass ich mit Justin auf die Party ging, war der Verrat. Hamlets Schmerz war Isaacs. Ophelias Bedauern war meines.

Als wir fertig waren, klatschte Martin wieder, und diesmal war es Applaus.

»Perfekt«, sagte er. »Es war perfekt. Es gibt der Szene so viel mehr Tiefe. Wirklich gute Arbeit. Machen wir weiter …«

Am Ende der Probe holte ich schnell meine Sachen und ging raus. Dann fiel mir wieder ein, dass Justin mich nach Hause brachte. Er wartete am Eingang des Theaters auf mich und sah selbstgefällig und triumphierend aus. Ich hasste ihn ein wenig dafür.

Ich wollte das Skript zu eilig in meine Tasche schieben und war so unaufmerksam, dass ich es fallen ließ. Das Ringbuch öffnete sich, als es auf den Boden fiel. Seiten rutschten heraus, und ich kniete mich hin, um sie einzusammeln. Eine Gestalt ging neben mir in die Hocke, und ich roch Benzin, Aftershave und Zigarettenrauch.

»Ich dachte, du wolltest nicht hingehen«, sagte er, und die Muskeln in seinem zusammengepressten Kiefer waren sichtbar.

*Du hast gesagt, du wärst durch mit der Highschool*, wollte ich schreien.

»Ich hab's mir überlegt«, sagte ich und schob das Kinn vor. »Darf ich das nicht?«

Er lachte kurz und hart. »Doch, sicher.«

Er reichte mir den Papierstapel, dann erstarrte er und runzelte die Stirn, als er die kleinen schwarzen X auf den Rändern entdeckte, als wären die Seiten von Insekten befallen.

»Sind die Proben so langweilig?«

»Nein. Das ist nur Gekritzel.«

»Du hast gesagt, du kritzelst rum, wenn dir lang–«

»Gib sie mir, bitte.«

Die harten Linien und Kanten seiner Miene wurden weich, als er mir die Seiten gab. Fast widerstrebend. Als wollte er mir die schwarzen X nicht zurückgeben.

»Nacht, Willow«, sagte er sanft und stand auf.

»Gute Nacht, Isaac«, sagte ich, aber er war schon weg.

## 18. KAPITEL

### Isaac

»Was war das denn bitte, Marty?«, fragte ich, als alle anderen gegangen waren. »Verliebt? Ich sah verflucht noch mal verliebt aus?«

Martin sah mich gelassen an. »Ich werde nicht ändern, wie ich Regie führe«, sagte er. »Ich nenne die Dinge beim Namen. Aber ich hatte gehofft …«

»Vergiss das mit der Hoffnung. Mach deine Regie, wie du willst, aber hör auf, mich verkuppeln zu wollen.«

Sein Blick wurde hart, und er verschränkte die Arme vor der Brust. »Ich nenne die Dinge beim Namen«, sagte er wieder. »Wenn du mir etwas gibst, verwende ich es für eine Szene.« Er ging einen Schritt auf mich zu. »Da kannst du nichts machen, aber was *sie* angeht, kannst du einiges machen.«

»Es ist zu spät, Marty«, sagte ich und meine Wut verrauchte. »Ich werde aus Harmony wegziehen. Ob deine Talentscouts mich nehmen oder nicht.«

»Ich hoffe, du findest, was auch immer du suchst, wenn du das tust. Aber ich hoffe auch, dass du nicht übersiehst, was direkt vor deiner Nase liegt.« Er legte mir die Hand auf die Schulter. »Es ist nie *zu spät*. Diese beiden Worte sind die größten und mächtigsten Hoffnungskiller, die die Menschheit sich jemals ausgedacht hat.«

Ich öffnete die Tür zum Trailer. Paps war auf dem Sofa eingepennt, eine Zigarette glühte noch im Aschenbecher auf dem Wohnzimmertisch. Ein Haufen unbezahlter Rechnungen, bekleckert mit Bier und Whiskey und Resten seines Fast-Food-Dinners, diente ihm als Untersetzer. Wenn Hoffnungslosigkeit einen Geruch hatte, dann stank sie nach schalem Bier, Fett und einem überquellenden Aschenbecher.

»Es ist nicht zu spät, endlich von hier zu verschwinden«, murmelte ich.

Aber anstatt zu packen und zu Marty rüberzufahren, drückte ich die Zigarette aus und löschte das Licht.

Am nächsten Morgen goss ich Milch in eine Schüssel mit Cornflakes und aß sie im Stehen vor der Küchentheke. Paps wachte irgendwann mit einem Schnarcher auf, blinzelte mich aus trüben Augen an und kratzte sich am unrasierten Kinn. »Gehst du zur Arbeit?«

»Ich habe heute frei.«

Er lehnte sich auf der Couch zurück. »Du nimmst dir einen Tag frei?«

Mein Körper spannte sich an, jeder Muskel, jede Sehne war in Alarmbereitschaft. Er suchte Streit und war noch nicht mal von der Couch aufgestanden.

»Ich nehme mir nicht frei, Paps«, sagte ich ruhig. »Ich arbeite dienstags nicht.«

Die Autoschlosserei in Braxton, wo ich arbeitete, hätte mich auch Vollzeit genommen, aber ich half Marty weiterhin an manchen Tagen im Theater. Das musste Pops nicht wissen.

Ich aß die Cornflakes schneller.

»Und was willst du den ganzen Tag machen? Das dämliche Stück proben? In Strumpfhosen herumstolzieren und einen Haufen Blödsinn von dir geben, den kein Mensch versteht?«

»Klar, Paps, genau das habe ich vor«, sagte ich.

Er starrte mich einen Moment lang an, und ich starrte zurück.

»Komm mir bloß nicht dumm«, sagte er leise, wie grollender Donner, der ein Gewitter ankündigt.

Er starrte noch einen Moment länger, dann knurrte er. Er nahm das Feuerzeug und suchte die Zigaretten auf dem vollgestellten Wohnzimmertisch. Als er sie nicht fand, wurde er immer ungeduldiger und schubste leere Flaschen und Bierdosen um. Endlich kippte er mit einem gemurmelten Fluch den ganzen Tisch um, und Zigarettenstummel, Asche, Flaschen und Dosen verteilten sich auf dem Boden.

»Mein Gott, Paps.«

Ich stellte meine Schüssel weg, holte eine Mülltüte und kniete mich neben das Schlamassel. Ich fing an aufzuräumen und Flaschen und Dosen in die Tüte zu packen.

Paps blieb einfach sitzen. Er bückte sich nach einer leeren Bierdose und warf sie in die Mülltüte. Dann nahm er eine der leeren Flaschen am Hals und schlug mir damit seitlich ins Gesicht.

*»Du kommst mir nicht dumm!«*, brüllte er und drohte mit der Flasche.

Ich starrte ihn an, das Herz hämmerte in meiner Brust. Mein Atem ging schnell, und ich spürte, wie meine rechte Gesichtshälfte anschwoll. Bei jedem Herzschlag pochte der Schmerz in meinem Wangenknochen und unter dem Auge. Blut lief mir die Wange hinab.

Mit einem wütenden Schrei schlug ich ihm die Flasche aus der Hand, packte seine Handgelenke und presste sie gegen seine Brust. Ich drückte ihn auf die Couch, beugte mich mit meinem ganzen Gewicht über ihn. Mein Gesicht war nur Zentimeter von seinem entfernt, das Blut, das mir die Wange hinunterlief, tropfte auf sein kariertes Hemd.

»Das machst du nie wieder!«, brüllte ich zwischen zusammengebissenen Zähnen. »Nie wieder, verdammt.«

Er hatte mich hart getroffen, lebenslange Arbeit mit schwerem Stahl war in dem Schlag zu spüren gewesen. Und ich hatte nicht aufgepasst. Ich war inzwischen stärker als er. Er versuchte nicht, sich zu wehren, und ein Hauch von Angst zeigte sich in seinen Augen.

Ich stieß ihn ein letztes Mal hart gegen die Couch und richtete mich auf. Ein paar Minuten blickte ich auf ihn hinab und versuchte, mich an eine Zeit zu erinnern, in der er mich nicht voller Verachtung angesehen hatte. Eine Zeit, in der er und meine Mutter und ich zusammen und glücklich gewesen waren. In meinem Kopf hatte ich ein Foto von uns dreien, aber jetzt waren darauf nur noch meine Mutter und ich. Der Mann, der mein Vater gewesen war, war längst aus dem Bild verschwunden.

Ich ging ins Bad. Hinter mir keuchte Paps und fluchte leise. Ich machte die Badezimmertür zu und sah mich im Spiegel an.

»Verdammt.«

Meine rechte Wange war angeschwollen und blutete aus einer Platzwunde von einem Zentimeter Länge. Auf meinem T-Shirt war ein besorgniserregender roter Fleck.

Ich nahm das Handtuch neben dem Waschbecken, ließ kaltes Wasser darüberlaufen und säuberte die Wange. Wahrscheinlich musste die Wunde genäht werden, aber ich würde mir nicht auch noch eine fette Rechnung über eine Notfallbehandlung aufhalsen. Ich besaß für genau solche Gelegenheiten einen Vorrat an Wundnahtstreifen. Ich brauchte drei Versuche, um einen schnell genug aufzukleben, bevor das Blut die Haut zu glitschig machte. Ich klebte einen zweiten daneben, dann ein normales Pflaster über beide.

Inzwischen pochte mein ganzes Gesicht. Die Schwellung

würde wahrscheinlich erst in ein paar Tagen abklingen. Ein paar Proben lang würden die anderen mich voller Mitleid ansehen, aber niemand würde fragen, was passiert war, weil sie es schon wussten. Marty würde mich beiseitenehmen und mir noch einmal sagen, dass seine Tür immer offen stand. Dass ich seine Gastfreundschaft nur annehmen müsste.

Während ich mein Spiegelbild anstarrte, fragte ich mich, warum ich das verdammt noch mal nicht tat.

Als ich aus dem Bad kam, verstand ich, warum. Mein Vater saß auf der Couch, die Hände im Schoß, und blickte ins Nichts. Traurig und verloren. Mein Blut trocknete zu braunen Flecken auf dem Grün seines karierten Hemds.

Er hob den Kopf und blickte sofort zu meiner Wunde. Schmerz und Reue huschten über sein Gesicht, bevor er schnell wegsah.

Ich schob das *Hamlet*-Skript in meinen Rucksack, schnappte mir die Autoschlüssel, die Winston und meine Jacke. Als ich wieder zum Wohnzimmertisch ging und die Fernbedienung nahm, zuckte er zusammen, als wenn ich ihn schlagen wollte. Das tat fast genauso weh wie mein Gesicht.

»Willst du Nachrichten schauen?«

Er nickte. Ich machte ihm den Fernseher an und ging hinaus.

Ich schlenderte zum östlichen Ende des Schrottplatzes, wo der umgedrehte Pick-up vor dem Maschendrahtzaun lag. Auf dem Weg zündete ich mir eine Zigarette an und nahm einen tiefen Zug. Langsam atmete ich aus und zwang meine Nerven, sich zu beruhigen. Als ich Bennys leise Stimme hörte, blieb ich stehen.

»Verdammt, Benny.«

Ich hörte einen Knall, gefolgt von einem Fluch. Benny kam heraus und rieb sich den Kopf.

»Mann, du hast mich total erschreckt.«

»Warum bist du nicht in der Schule?«

Er zuckte verlegen die Achseln und blickte zu Boden. »Ich weiß nicht«, sagte er. »Ich will da nicht hin.« Jetzt sah er von seinen Schuhen nach oben und riss die Augen auf. »Was ist passiert?«

»Du weißt genau, was mir passiert ist«, sagte ich. »Ich will wissen, was mit dir passiert. Du kannst nicht *nicht* zur Schule gehen.«

»Warum nicht?«, gab er zurück. »Du gehst auch nicht zur Schule.«

»Ich bin geblieben, bis sie mich rausgeworfen haben, und jetzt mache ich einen Test, um den Abschluss zu haben. Du bist in der achten Klasse. Du versaust dir die Zukunft, wenn du nicht hingehst.«

»Na gut«, sagte er, aber unverbindlich. Ich drang nicht zu ihm durch. Ich wusste nicht wie. Ich wusste nicht, was ich tun oder sagen sollte. Ich hatte nicht die Worte. Ich war nicht sein Dad. Ich war nur der Nachbar, dessen Vater ein Säufer war.

Und plötzlich war ich furchtbar müde. Erschöpft bis auf die Knochen.

»Hilfst du mir, den Text zu lernen?«

»Du bringst mich nicht in die Schule?«

»Ich kann dich jeden Tag meines Lebens hinfahren, Benny, aber es bringt nichts, wenn du nicht begreifst, wie wichtig es ist. Das Stück, in dem ich gerade spiele, ist wichtig für mich. Also kann ich Hilfe gebrauchen.«

»Ja, klar, Mann.«

Ich gab ihm mein Skript, und er setzte sich auf den Sattelschlepperreifen. »Wo bist du?«

»Ich hab's markiert.«

Er fand das Eselsohr und schlug die Seite auf. »Sein oder nicht sein?«

»Ja, das ist es«, sagte ich und nahm einen letzten Zug von meiner Zigarette. Ich ließ sie fallen, trat sie aus. »Ich spiele es nicht, sage nur den Text.«

»Ich bin bereit«, sagte Benny.

Ich stand in der Mitte der kleinen leeren Fläche auf dem Schrottplatz und schloss die Augen.

*»Sein oder nicht sein; das ist hier die Frage:*
*obs edler im Gemüt, die Pfeil und Schleudern*
*des wütenden Geschicks erdulden oder,*
*sich waffnend gegen eine See von Plagen,*
*durch Widerstand sie enden?«*

Ich ließ die Schultern hängen. *»Sterben – schlafen«*, sagte ich leise. *»Schlafen! Vielleicht auch träumen.«*

»Du hast ganz viel ausgelassen.«

»Ich weiß.«

»Was bedeutet es?«, fragte Benny, die Stimme jetzt gedämpft.

»Er fragt, ob es sich lohnt. Weiterzumachen oder nicht.«

»Tut es das?«

*Ich weiß es nicht*, dachte ich. *Manchmal weiß ich es einfach nicht.*

»Was ist die nächste Zeile?«, fragte ich.

*»Ja, da liegts«*, sagte Benny, zog die Nase kraus und lachte leise.

Ich sprach den Rest des Monologs, und Benny unterbrach mich ab und zu, um meine Fehler zu korrigieren. Ich kam zum Ende, wo Ophelia auftritt, und verstummte. Meine Gedanken wurden von Willow erfüllt. Ich stellte mir vor, wie sie mit mir auf diese Bühne – diesen Schrottplatz – trat und wunderschön und zerbrechlich, aber auch stark und widerstandsfähig aussah.

Benny dachte, ich hätte den Text vergessen. *»Nymphe, schließ in dein Gebet all meine Sünden ein!«* Er zog wieder die Nase kraus. »*Was heißt Nymphe?*«

»Ein Mädchen, er meint Ophelia damit. Sie kann ihn noch nicht hören, aber er bittet sie, in ihren Gebeten an ihn zu denken. Es ist wie ein Abschied.«

»Geht er weg?«, fragte Benny.

»Ja«, sagte ich, die Worte fielen wie Steine aus mir heraus. »Und er kann sie nicht mitnehmen.«

Ich ging zu Benny, nahm ihm das Skript ab und klappte es zu.

»Benjamin, wenn du mein Freund bist, dann mach die Schule fertig. Tu's für mich und deine Mutter. Du musst selbst auf dich aufpassen, niemand sonst kann es für dich tun. Deine Mom gibt ihr Bestes, aber am Ende liegt es bei dir.«

»Wo gehst du hin?«, fragte Benny und blinzelte die Tränen weg.

»Ich werde eine Weile bei einem Freund wohnen, und wenn *Hamlet* vorbei ist, gehe ich aus Harmony weg.«

»Sehen wir uns wieder?« Seine Stimme zitterte jetzt.

»Ja, natürlich. Ich komm vorbei. Und ich verabschiede mich, bevor ich wegziehe.«

Benny schniefte und wischte sich die Nase am Ärmel ab. »Scheiße, Mann«, sagte er. »Aber ich freu mich für dich. Ich werd dich vermissen.«

Ich strich ihm über das kurz geschorene Haar. »Los komm. Ich fahr dich zur Schule.«

Ich setzte Benny vor der Elizabeth Mason Middleschool ab, dann fuhr ich auf direktem Weg zurück zum Trailer, in Gedanken immer noch bei Willow und der Skriptseite mit den kleinen schwarzen X.

Ich würde nichts von ihr verlangen. Sie schuldete mir nichts.

Aber ich würde ihr das Stück geben, so gut ich konnte. Ich würde ihr helfen, ihre Geschichte bis zum Ende zu erzählen und die Erleichterung zu finden, um die sie ständig bat. Und danach würde ich gehen.

Paps war in seinem Zimmer und hatte die Tür zu, als ich zurückkam. Ich ging direkt in mein eigenes kleines Zimmer und packte ein paar Sachen. Es war nicht viel. Mein ganzer Besitz passte in einen kleinen Koffer.

Vor dem Zimmer meines Vaters blieb ich sehen. Ich wollte schon klopfen, dann ließ ich die Hand wieder sinken. Stattdessen riss ich eine Seite aus dem Skript und schrieb hinten drauf:

*Ich zahle die Rechnungen und schicke dir Geld. Du musst dir um nichts Sorgen machen.*

*Isaac*

Ich legte den Zettel auf den Wohnzimmertisch, der jetzt leer war bis auf einen Aschenbecher und ein Päckchen Winston. Nur zur Sicherheit lehnte ich das Blatt gegen die Zigaretten, damit er es nicht übersah.

Dann ging ich.

Ich fuhr durch die Stadt in das Viertel hinter dem Amphitheater. Straßen mit großen behaglichen Häusern, von denen die meisten noch aus dem Sezessionskrieg stammten. Ich klopfte an die Tür eines roten Backsteinhauses mit schmiedeeisernem Zaun. Brenda Ford öffnete die Tür, Haare und Kittel voller Farbflecken. Gerade wollte sie lächeln, als sie meine blutige Kleidung und die geschwollene Wange sah, und ihr Gesichtsausdruck verwandelte sich in erschrockene Sorge.

Dann erst bemerkte sie die Tasche in meiner Hand und den Koffer hinter mir. So viele Emotionen zeigten sich auf ihrem Gesicht: Kummer, Sorge – und endlich Erleichterung.

»Komm rein, Isaac«, sagte sie und machte die Tür weiter auf. »Komm einfach rein.«

# 19. KAPITEL

## Willow

Am Mittwochnachmittag gingen Angie und ich in ein Abendkleidergeschäft in der Mall in Braxton.

»Dein Auftrag – falls du ihn annimmst – ist ganz einfach«, sagte Angie. »Du musst nur ein Kleid für mich finden, das nicht übertrieben bemüht aussieht.«

»Ein Kleid mit einer blöden Bemerkung drauf finden wir vielleicht nicht«, sagte ich und deutete mit dem Kinn auf ihr T-Shirt. Es war grau mit schwarzer Schrift: *Sorry, dass ich zu spät bin, ich wollte gar nicht kommen.*

»Wenn es nach mir ginge, würde ich dieses Schätzchen hier tragen«, sagte Angie und zupfte am Saum. »Aber ich werde mich für Nash hübsch machen. Er verdient es. Auch wenn ich versuche, mich nicht zu oft in meiner ganzen Pracht zu zeigen, da es ihn meistens überwältigt.«

Ich grinste. »Ich kann es mir nur vorstellen.«

»Was ist dein Look?« Sie betrachtete ein langes gelbes Kleid aus glänzendem Satin mit in der Taille angesetztem Rock. »Mit deinem Haar kannst du komplett als Prinzessin gehen, auch wenn du eher Rapunzel bist als Belle.«

»Kein Prinzessinnenkleid«, sagte ich. »Ich will was Schlichtes. Justin soll auch nicht denken, dass ich mich zu sehr bemühe.«

»Vielleicht solltest du ihm eine Chance geben?«

Ich hielt ein rotes bodenlanges Kleid mit tiefem Ausschnitt hoch und hängte es sofort wieder weg.

»Eine Chance bei was, sagt bitte?«

»Oh, ›sagt bitte‹«, sagte sie. »Da ist ja jemand total auf Shakespeare hier.«

»Mir scheint, Ihr seid nicht bei Verstand.«

»Das kommt auf mein nächstes T-Shirt«, sagte sie. »Aber jetzt mal ehrlich. Justin ist wirklich süß. Und er ist nett. Oder wirkt jedenfalls so.«

»Ich bin an niemandem interessiert«, sagte ich. »Und wenn, dann sicher nicht an Justin. Ja, er ist nett, und sein Laertes ist nicht schlecht, aber da ist kein …«

»Funke?«, fragte Angie.

Ich nickte. »Ich will einfach auf den Ball gehen und Spaß haben; und das war's. Ich will nicht, dass es irgendwas *bedeutet*.«

»Na gut.« Angie hielt ein schlichtes schwarzes Kleid hoch. »Oh, schau mal, das ist traumhaft. Eine Eiskunstläuferin könnte so was tragen.«

Das Oberteil aus Jersey war wie ein T-Shirt geschnitten, nur enger und weiter ausgeschnitten. An der Taille war ein Taftrock angesetzt, der bis knapp übers Knie ging, was ich feststellte, als sie sich den Bügel unters Kinn hob.

»Es ist schlicht«, sagte sie und bemerkte meinen skeptischen Blick. »Aber mit ein paar Accessoires, du kennst mich ja, ist es perfekt.«

»Du wirst wunderschön aussehen.« Ich hielt ein marineblaues Neckholder-Kleid hoch. Der Rock ging auch bis übers Knie. Das Oberteil war mit einem komplexen Muster aus Perlen und Pailletten verziert. »Und das ist auch nicht schlecht.«

»Machst du Witze?«, sagte Angie. »Das wird atemberaubend an dir aussehen. Komm. Wir probieren die an.«

Wir zogen die Kleider an, posierten vor dem Spiegel, schnitten Grimassen und lachten. Als wir unsere Wahl getroffen hatten, zogen wir noch ein paar schreckliche romantische Fetzen mit Schleifen und Spitze an und machten Selfies, um sie Jocelyn und Caroline zu schicken. Und die ganze Zeit hatte ich dieses Gefühl, nach dem ich gesucht hatte. Diese leichte Aufregung, die kommt, wenn man mit einer Freundin ein Kleid für einen Ball kauft. Aber es war nicht genug. Kein Funke. Meine Gedanken wanderten zu Isaac. Ich fragte mich, ob er mir die Wahrheit gesagt hatte, als er meinte, der Ball wäre ihm nicht wichtig.

Ich fragte mich, ob es ihm etwas ausmachte, dass ich mit Justin hinging.

*Es ist egal*, dachte ich. *Selbst wenn er mich gefragt hätte, hätte ich nicht mit ihm hingehen können. Dad würde alles ruinieren.*

Außerdem war ich mir nicht sicher, ob ich mit einem Ball klarkommen würde. Der Gedanke, dass ein Typ sich an mich drückte, ob es nun Justin oder Isaac war … Ein Typ, der mir zu nahe kam. Die Möglichkeit, allein in einem abgedunkelten Raum zu sein und keine Kontrolle zu haben …

Mir wurde eiskalt, und schnell zog ich meine eigenen Klamotten wieder an.

»Alles okay?«, fragte Angie. »Du siehst blass aus.«

»Mir geht's gut. Ich muss nur was essen.«

Wir saßen im Food Court mit den Tüten mit unseren Kleidern auf dem Schoß, aßen Laugengebäck und tranken Limonade. Wir machten noch mehr Selfies. Wir beobachteten Leute. Wir lachten. Ich erinnerte mich daran, wie es war, weibliche Gesellschaft zu haben. Das Vertrauen und die Sicherheit. Ich hatte es aus meinem Leben herausgeschnitten, ausgeixt, aber jetzt bekam ich es mit Angie zurück, und es fühlte sich gut an. Ich hatte eine richtige Freundin.

»Bist du sicher, dass alles okay ist?«, fragte Angie. »Du siehst mich an, als wärst du in mich verliebt. Aber das ist echt in Ordnung, das passiert mir ständig.«

»Ja, Angie, du hast mich ertappt. Ich liebe dich.«

Wir lachten und machten Witze darüber, aber es war die Wahrheit.

Die guten Vibes vom Shoppingausflug waren abends noch da, und ich nahm sie direkt mit in die Probe. Das Theater wirkte leer, weil nur das halbe Ensemble da war. Justin und ein paar andere mit kleineren Rollen hatten nicht kommen müssen. Ich fühlte mich irgendwie leichter … bis ich Isaac sah.

Seine rechte Gesichtshälfte war geschwollen und blau. Weiße Wundnahtstreifen hielten eine Platzwunde auf seinem Wangenknochen zusammen. Sie war größtenteils bedeckt, aber man sah die Enden, dunkelrot vor geronnenem Blut.

Es tat mir weh. Bis zu diesem Moment waren die Schläge seines Vaters nur ein Gerücht für mich gewesen. Plus eine Bemerkung, die Isaac am letzten Samstag gemacht hatte. Das Ganze war vage und abstrakt geblieben und passierte an einem anderen Ort. Jetzt war da diese heftige Wunde und ein krasser blauvioletter Bluterguss unter seinem Auge.

*Es ist real.*

*Das passiert ihm.*

*Und niemand redet darüber.*

Ich nahm an, dass die Leute, die schon länger am HCT spielten, Bescheid wussten. Sie kannten Isaac viel länger als ich. Aber ihr Schweigen machte mich trotzdem wütend.

*Ist es allen egal?*

Andererseits lud Isaac auch nicht direkt zum Fragen ein. Er stand allein da, trug seine Lederjacke wie eine Rüstung. Sein zerschundenes Gesicht war eine Mauer mit fest verschlossenen Toren. Wahrscheinlich *wollte* er nicht, dass man darüber sprach.

*Und wenn er es doch will?*

Ich hatte mich mit schwarzen X markiert, meine Version des scharlachroten Buchstabens, nur dass niemand wusste, was sie bedeuteten. Vielleicht war es ein Hilferuf, vielleicht wollte ich in Wirklichkeit, dass jemand danach fragte, auch wenn ich es nie sagen würde. Isaac hatte gefragt. Jetzt trug er die Zeichen seiner Misshandlung mitten im Gesicht, wo er sie nicht verbergen konnte.

Ich stellte mich zu ihm. »Geht es dir gut?«

»Ja, geht schon.«

Er bewegte kaum die Lippen. Seine Stimme war sanft. Und dankbar.

»Die Fords nehmen mich eine Weile bei sich auf«, sagte er. »Ich bin in ihr Gästezimmer gezogen.«

»Gut«, sagte ich. »Das freut mich.«

»Es ist nur für eine Weile.«

»Natürlich.«

Schweigen, dann: »Ich kann nicht schlafen. Das Bett ist weich, das Haus ist gut geheizt, und ich kriege jeden Abend eine warme Mahlzeit, aber ich kann nicht schlafen. Ich liege wach und denke daran, wie mein Dad allein in dem beschissenen Trailer hockt …«

Ich nickte. »Ich weiß, was du meinst«, sagte ich, und dann kam ohne mein Zutun noch mehr. Ein kleiner Teil meines Geheimnisses. »Ich kann auch nicht schlafen.«

Langsam drehte Isaac sich zu mir um. Sein Blick fiel auf mein Handgelenk, auf die Stelle, an der das schwarze X unter dem langärmligen T-Shirt verborgen war. Dann sah er mir in die Augen, und seine Stimme war wie eine Hand, die er mir reichte, als würde er mich bitten, ihm zu vertrauen. »Warum kannst du nicht schlafen?«

Ich sah ihn an und fragte mich, wie es wäre, es wirklich jemandem zu erzählen. Den Eisblock ein für alle Mal zu zertrümmern und die Worte in die Welt hinauszulassen.

Ich drehte mich zu Isaac um, und er drehte sich zu mir um. Wir lehnten seitlich an der Wand, so wie ein Pärchen im Bett liegen könnte. Er neigte den Kopf, bereit zuzuhören, und ich hob das Kinn, die Worte kletterten mir schon die Kehle hinauf.

Martin klatschte in die Hände und zerschnitt den Moment.

»Akt zwei, erste Szene«, rief er. »Ophelia? Meine Tochter?«

»Geh«, sagte Isaac. »Vielleicht später?«

»Ja«, sagte ich leise. »Vielleicht.«

Martin ließ die anderen Schauspieler mit Rebecca arbeiten, der stellvertretenden Leiterin, und nahm mich beiseite. »Komm, Tochter. Es ist wohl an der Zeit, dass wir zwei an Szene eins des zweiten Akts arbeiten.«

In dieser Szene läuft Ophelia zu Polonius, erklärt, dass Hamlet bei ihr war und sich verrückt verhalten hat. Anstatt auf jemanden zu reagieren, musste ich schon erschrocken auf die Bühne laufen, und dann musste ich auch noch mit einem erfahrenen Schauspieler spielen, der gleichzeitig der Regisseur war.

*Es wird furchtbar werden …*

»Wann auch immer du so weit bist«, sagte Martin.

Ich fühlte mich wie eine Idiotin, als ich hinter die Kulissen trat, tief Luft holte und auf die Bühne rannte.

*»O lieber Herr, ich bin so sehr erschreckt!«*

Martin wirbelte mit der perfekten Mischung aus Erschrecken und Sorge herum. *»Wodurch in's Himmels Namen?«*

*»Als ich in meinem Zimmer näht …«*

Ich fiel mit einem undamenhaften Schnauben aus der Rolle. »Ich kann es mir einfach nicht vorstellen. Ich sehe sie da fast im Dunkeln sitzen und wie eine pflichtbewusste kleine Frau nähen. Ich fühle es einfach nicht. Hamlet war bei ihr, und sie erzählt, was passiert ist? Warum kann man nicht einfach zeigen, was passiert?«

»Ohne Dialog?« Martin grinste. »Shakespeare benutzt niemals keine Worte. Worte sind irgendwie sein Ding.«

Ich musste lächeln.

»Ophelia erklärt, warum Hamlet ihr Angst gemacht hat, aber Polonius nimmt das als Zeichen, dass Hamlet so in seine Tochter verliebt ist, dass er den Verstand verliert.«

Meine Wangen wurden rot. »Okay, mir fällt die Stelle schwer. Es fällt mir schwer, die Gefühle zu finden. Die schönen Worte machen es schwer, sich in diese Denkweise hineinzuversetzen.«

*Ächz. Schauspielerversagen.*

Mich in Ophelias Denkweise hineinzuversetzen war genau meine Aufgabe, aber Martin lächelte geduldig.

»Warum versuchen wir nicht, es real zu machen?«, fragte er. »Wenn wir es vorher einmal spielen, ergeben die Worte, mit denen du Polonius das Geschehene beschreibst, mehr Sinn. Du hättest eine richtige Erinnerung, auf die du dich berufen könntest.«

»Alles, was hilft.«

Er blickte durchs Theater und sah Isaac, der mit Mel Thompson, dem Horatio, Text lernte.

»Isaac«, rief Martin. »Kann ich dich einen Augenblick ausleihen?«

Das Herz pochte mir in der Brust, als Isaac die Bühnenstufen hinaufkam. Das passierte jedes Mal, wenn er mir nahe kam, fiel mir plötzlich auf.

»Was gibt's?«, fragte er.

»In dieser Szene beschreibt Ophelia meiner Wenigkeit, wie Hamlet mit derangierten Kleidern in ihr Zimmer stürzt und sich so sonderbar verhält, dass er ihr Angst macht.«

Isaac nickte. »Okay.«

»Willow hat Probleme damit, ihre Motivation zu finden. Deshalb machen wir jetzt Folgendes.« Martin drehte sich zu mir um. »Willow, ich lese deinen Text. Isaac, du agierst das aus. Es wird Willow vermitteln, wie ernst die Situation ist.«

Isaac sah mich an, als er antwortete. »Wenn du glaubst, es hilft?«

Ich nickte. »Ich will das richtig verstehen.«

Er wirkte widerstrebend, aber wir nahmen unsere Plätze ein. Ich setzte mich auf einen Stuhl und tat so, als würde ich nähen.

»Sehr gut«, sagte Martin. »Hamlet ist in dein Zimmer gerannt gekommen, er ist blass und derangiert, seine Knie schlottern und so weiter.«

Isaac machte nur einen einzigen Schritt und erweckte irgendwie den Eindruck, als wäre er gerade auf die Bühne gerannt. Seine Augen waren wild in seinem zerschundenen Gesicht. Sein Atem kam schnell und hart und keuchend, er ballte die Fäuste und löste sie wieder.

Während Martin vorlas, wie Ophelia Hamlets Verhalten beschrieb, spielte Isaac es.

Er stürzte sich auf mich, packte mich hart am Handgelenk und riss mich vom Stuhl hoch. Ich stand kaum richtig, als er mich wegschubste, in Armeslänge von sich weghielt, aber immer noch hart mein Handgelenk umklammerte. Sein wilder, intensiver Blick huschte immer wieder über mein Gesicht, als würde er versuchen, mich auswendig zu lernen. Mein Herz klopfte jetzt heftig und panisch, und ich wollte meine Hand losreißen. Er trat näher zu mir, beugte den Kopf zu mir herunter, steckte die Nase in mein Haar und atmete mich ein. Dann atmete er aus und ließ ein langsames, bedauerndes Stöhnen hören, als er mich losließ.

Ich riss das Handgelenk an meine hämmernde Brust. Isaac trat zurück, sah mir in die Augen. Er drehte sich um und ging von der Bühne, sah mich jedoch die ganze Zeit über die Schulter an, ohne darauf zu achten, was vor ihm war. Dann verschwand er hinter dem Vorhang, und ich sah ihm zitternd und mit weichen Knien nach.

Martin ließ das Skript fallen, und mein wilder Blick richtete sich auf ihn. Er war jetzt Polonius und packte mich an den Schultern, ergriff den Moment, während ich noch in ihm gefangen war.

*»Geht mit mir, kommt, ich will den König suchen. Dies ist die wahre Schwärmerei der Liebe.«* Er schüttelte mich leicht. *»Sagt, gabt Ihr ihm wohl kürzlich harte Worte?«*

Mit geweiteten Augen starrte ich ihn an, mein Verstand übersetzte die Frage.

*Was hast du ihm getan, dass er sich so verhält?*

Meine Worte kamen flüsternd heraus. *»Nein, bester Herr, nur wie Ihr mir befahlt.«*

Polonius hielt mich noch eine halbe Sekunde länger fest. Als er losließ, war es Martins Gesicht, auf dem sich ein triumphierendes Lächeln zeigte. »Du hast es«, sagte er und umarmte mich. »Du bist wirklich ein Naturtalent, Willow. Ich bin so froh, dass du in meinem Theater gelandet bist.«

»Danke«, brachte ich heraus. »Kann ich kurz auf die Toilette?«

Ich wartete die Antwort nicht ab, sondern rannte aus dem Theatersaal zur Damentoilette in der Lobby, wo ich mir immer wieder kaltes Wasser ins Gesicht spritzte.

»Es geht dir gut«, sagte ich zu dem Mädchen im Spiegel. »Es geht dir gut, es geht dir gut, es geht dir gut.«

Am Ende der Probe sah ich mir die noch anwesenden Schauspieler an und fragte mich, wen ich bitten könnte, mich nach Hause zu fahren. Ich beschloss, ein großes Mädchen zu sein und ein Taxi zu rufen. Ich buchte die Fahrt, dann ging ich hinaus in die Kälte. Die Tage wurden jetzt wärmer, aber nachts war es noch winterlich kalt.

»Hey.«

Ich drehte mich um und sah Isaac an der Wand lehnen, einen Fuß flach daran gestellt, eine Zigarette zwischen den Lippen. So groß, mit der Verletzung und in der schwarzen Lederjacke sah er für jeden dunkel und gefährlich aus. Nur nicht für mich.

»Hey«, sagte ich. »Danke für deine Hilfe vorhin.«

Er sah einen Moment weg, sein Kinn war hart, dann sah er mich wieder an. »Du hattest Angst.«

Ich schob mir das Haar hinters Ohr und zuckte mit den Achseln. »Du bist ziemlich heftig rübergekommen. Gehört das nicht so?«

»Dann war alles nur gespielt?«

»Man nennt es nicht umsonst Theater.«

Er schnaubte, und Rauch kam aus seiner Nase. »Es hat mir nicht gefallen, dir solche Angst zu machen.«

»Warum?«

»Es hat sich real angefühlt.«

Ich verschränkte die Arme. »Glaubst du, wir fühlen etwas anderes, wenn wir *dich* sehen? In *Ödipus* hatte ich Angst, dass du dir wirklich die Augen ausgestochen hättest.«

»Ich meine es ernst.«

»Ich auch.« Ich hob das Kinn in gespielter Arroganz und warf mir eine Haarsträhne über die Schulter. »Vielleicht bin ich einfach so gut.«

Er nickte und lachte nicht über den Witz. »Ich weiß, dass du das bist, aber …«

»Aber was?«

Er dachte kurz nach, zog an seiner Zigarette. »Wenn ich

richtig in eine Szene reinkomme, dann weil ich mich dabei mit einer realen Emotion oder Erinnerung verbinde.«

»Ich weiß, was Method-Acting ist«, sagte ich ironisch, damit das Gespräch nicht dort ankam, wo Isaac es hinlenkte.

Er sah mich an, dann wieder weg. »Ich will mich nicht in deine Angelegenheiten einmischen, aber als ich dir heute zu nahe kam, als ich dich angefasst habe …« Er biss die Zähne zusammen. »Die Angst, die ich in deinen Augen gesehen habe …«

Und da war sie wieder, Isaacs starke und sichere Hand. Er reichte sie mir, während ich den breiten schwarzen Abgrund überquerte.

»Ich habe die Angst herausgelockt, aber ich war nicht die Ursache«, sagte er. »Oder?«

»Nein«, flüsterte ich.

»Wer war es?«

Ich schluckte hart. »Es ist egal.«

»Mir ist es nicht egal«, sagte er mit rauer Stimme. »Mir ist es überhaupt nicht egal, Willow.«

Unwillkürlich ging ich näher zu ihm. Er sah so stark und mutig aus, als hätte er vor nichts Angst. Und ich fühlte mich so klein und müde. Ich wollte nicht länger so tun, als wäre ich nicht bis ins Innerste erschöpft, und mich in seine Arme fallen lassen. Mich eine Weile von ihm festhalten lassen, auch wenn es feige war.

»Ich sollte gehen«, sagte ich. »Es ist spät.«

Er hielt meinen Blick einen Moment länger, dann nickte er und trat die Zigarette aus. »Ich fahre dich.«

»Das geht nicht«, sagte ich. »Nicht, weil ich nicht wollen würde. Das schwöre ich. Es ist mein Vater. Er –«

Isaac winkte ab. »Du musst es nicht erklären.«

»Deshalb habe ich mich vor einem anderen Haus absetzen lassen.«

»Ich weiß.« Sein Lächeln war sanft. »Es ist okay. Marty hat darauf bestanden, meinen Pick-up zur Wartung in die Werkstatt zu geben. Ich habe diese Woche Brendas Nissan. Ich kann dich fahren, und dein Vater wird rein gar nichts merken.«

»Es ist so schrecklich, dass es so sein muss«, sagte ich. »Es ist schrecklich, dass er ein voreingenommenes Arschloch ist, aber ich kann dieses Stück nicht verlieren.«

»Das will ich auch nicht«, sagte Isaac. »Komm schon. Du zitterst.«

Er fuhr mich in Brenda Fords Nissan Altima nach Hause. Rosa Kristalle hingen am Rückspiegel. Sie schlugen klirrend gegen den Ärmel seiner schwarzen Lederjacke, als er den Spiegel justierte. Der Duft nach Potpourri strömte aus den Ledersitzen, trotzdem konnte ich noch den Zigarettenrauch wahrnehmen. Zwischen all dem femininen Firlefanz wirkte Isaac nur noch eindrucksvoller. Männlicher. Seine Gestalt neben mir war imposant, aber ich fühlte mich absolut sicher.

Er hielt am Straßenrand vor meinem Haus und beugte sich über das Steuer, um es besser sehen zu können. Wahrscheinlich verglich er es mit seinem Trailer. Vielleicht dachte er, ich wäre nur ein weiteres verwöhntes, reiches Mädchen, das nicht zu schätzen wusste, was es hatte.

»Bist du hier sicher?«, fragte er.

Ich sah ihn verblüfft an. Verwirrt. Dann begriff ich, was die Frage bedeutete, und Gott, mir tat das Herz weh. Allein dass er daran dachte, berührte mich so tief.

»Willow?« Seine graugrünen Augen drängten mich forschend.

»Ich bin hier sicher«, sagte ich.

Er nickte zufrieden. »Du solltest gehen. Ich glaube, wir werden beobachtet.«

Ich sah hinaus und entdeckte eine Gestalt am Wohnzimmerfenster, die die Gardinen zur Seite hielt.

»Das ist mein Dad«, sagte ich. »Pünktlich wie die Uhr.«

»Sag ihm einfach, die Frau des Regisseurs hat dich nach Hause gefahren.«

»Mach ich.« Und bevor ich mich stoppen konnte, beugte ich mich vor und küsste Isaac auf die Wange. Seine Bartstoppeln waren kratzig unter meinen Lippen, aber seine Haut war warm und roch nach Seife und Tabak. Als ich mich aufrichtete, sah er mich aus großen Augen an.

»Danke«, sagte ich.

»Wofür?«

»Weil du gesagt hast, dass es dir nicht egal ist.« Plötzlich traten mir Tränen in die Augen und schnürten mir die Kehle zu. Ich öffnete die Tür und stieg aus. Die kalte Luft belebte mich. Ich atmete tief ein, dann drehte ich mich noch einmal um. »Gute Nacht, Isaac. Bis morgen.«

»Bis morgen, Willow. Gute Nacht.«

Ich machte die Tür zu und ging die Einfahrt hoch. Dad blieb am Fenster stehen und sah hinaus, bis Isaac wegfuhr.

»Wer war das?«, fragte er.

»Auch Hallo, liebster Vater«, sagte ich. »Das war Brenda Ford, die Frau des Regisseurs.«

»Was ist mit Justin passiert?«

»Er war heute nicht bei der Probe.«

»Deine Mutter sagt, du gehst mit ihm auf einen Ball – und dass er aus einer sehr guten Familie ist.«

»Ja, tu ich, ja, ist er, und ich bin wirklich müde –«

»Du hältst dich doch fern von diesem Isaac Pearce?« Dads Blick hatte sich verdüstert. »Die Tochter meines Kollegen Gary hat gemeint, sie hätte dich am Samstag mit ihm gesehen.«

»Nun, Garys Tochter sollte sich um ihren eigenen Kram kümmern, oder?«

Mein Vater stemmte die Hände in die Hüften. »Ich habe ernst gemeint, was ich über diesen Pearce gesagt habe. Du wirst nicht mit dem einen Jungen der Stadt Umgang haben, der einen solchen Ruf hat.«

Worte stiegen mir wie Galle in der Kehle hoch. Ich wollte sie meinem Vater entgegenspucken. Ihm sagen, dass er sich seine geheuchelte Sorge um mich in den Arsch schieben konnte. Er sorgte sich nicht um mich, er sorgte sich um seinen eigenen Ruf.

Aber ich war siebzehn. Minderjährig. Wenn mein Vater mir verbot, an dem Stück teilzunehmen, blieb Martin keine Wahl, als mich rauszuwerfen.

»Und?«, fragte Dad. »Hast du Isaac gesehen oder nicht?«

»Nein, bester Vater«, presste ich hervor. »Ganz wie Ihr mir befahlt.«

# 20. KAPITEL

## Willow

Der Tag des Balls war gekommen. Meine Eltern, begeistert, dass ich mich bemühte, unter Leute zu kommen, hatten Hors d'œuvres und Getränke für zwanzig statt für sechs bestellt. Auf den marmornen Arbeitsflächen unserer Küche standen kleine Sandwiches und mit Schokolade überzogene Nüsse und Kirschen ohne Ende. Es gab sogar Cracker und Kaviar.

»Kaviar?«, sagte ich zu Mom.

»Proteine, Schatz.« Sie trug eine mit Rüschen besetzte Schürze über ihrem Chanel-Outfit, als hätte sie alles selbst zubereitet, anstatt es bei einem Catering-Service zu bestellen.

»Ist das dein Ernst?«

Sie nippte an ihrem Rotwein. »Ich glaube, das Wort, das du suchst, ist *Danke.*«

Ich seufzte, murmelte ein Danke und ging die Treppe hoch, um mein Kleid anzuziehen. Hätte ich geglaubt, dass sie das für meine Freunde tat und nicht, um Eindruck zu machen, wäre ich dankbarer gewesen.

Ein paar Stunden später kamen Nash, Angie, Caroline und Jocelyn zusammen an.

»Gemeinsam sind wir stärker«, flüsterte Angie, als sie mich umarmte. Sie betrachtete mit offenem Mund den Eingangsbereich unseres Hauses. »Euer Foyer ist größer als mein Zimmer.«

Wie ich vorausgesagt hatte, sah sie in ihrem Eiskunstläuferinnenkleid wunderschön aus. Das Haar fiel ihr in weichen schwarzen Locken um die Schultern, und sie hatte ein Halsband mit einer roten Seidenblume umgebunden. Nash und Jocelyn trugen beide Anzüge. Nash mit einer roten Fliege, passend zu Angies Blume. Jocelyn mit hellblauer Krawatte samt Einstecktuch, passend zu Carolines fließendem blauen Kleid.

Moms Lächeln wirkte etwas verkrampft, als sie ins Foyer kam, um meine Freundinnen zu begrüßen. Ihre Stimme war eine Oktave höher als sonst, als sie uns bat, uns zusammenzustellen, um ein Foto zu machen. Mein Dad stand weiter hinten im Raum, hatte die Hände in die Taschen gesteckt und wippte vor und zurück. Sein Lächeln war noch angespannter als das meiner Mutter.

»Meine Eltern sind nicht sehr fortschrittlich«, sagte ich zu Angie.

»Ein Pärchen, bei dem einer einen Migrationshintergrund hat, und Lesben«, flüsterte Angie kichernd zurück.

»Es strapaziert die Grenzen ihrer Toleranz.«

»Wird Zeit, dass sie politisches Bewusstsein entwickeln!«

Es klingelte an der Tür. »Verstärkung«, sagte ich.

Wie ich gedacht hatte, waren meine Eltern von Justin Baker vollauf begeistert. Er kam in einer gemieteten Limousine, und ich musste zugeben, dass er in dem schwarzen Anzug ziemlich flott aussah – die marineblaue Krawatte passte zu meinem Kleid. Aber er sah gut aus, wie ein schickes Auto in einer Verkaufsausstellung gut aussah. Es war hübsch anzusehen, aber man hatte null Interesse, eine Probefahrt zu machen.

*Warum mache ich das hier noch gleich?*

Mom scharwenzelte um ihn herum, und Dad schüttelte ihm die Hand, als würden sie ein Geschäft abschließen. Sein Verhalten gegenüber Justin verglichen mit seinem Verhalten gegenüber meinen Freunden war wie ein blinkendes Neonschild: nur weiße Heteros.

»Tut mir leid«, flüsterte ich Caroline zu.

Sie schenkte mir ein Lächeln und zuckte mit den Achseln. »Nicht das erste Mal. Und nicht das letzte.«

Justin kam zu mir. Er hatte ein Blumenarmband in einer Plastikschachtel dabei – eine blaue Rose. »Du siehst wunderschön aus«, sagte er.

»Danke«, sagte ich.

Für jemanden, dem es schwerfiel, in den Spiegel zu sehen, hatte ich es ziemlich gut hingekriegt. Meine Mutter hatte darauf bestanden, mit mir zum Friseur zu gehen, und sie hatten mir das Haar zu einem hohen, spektakulär lässigen, aber doch anmutigen Knoten hochgesteckt. Strähnen fielen hier und dort hinab und umrahmten mein Gesicht, ein paar flossen mir über den Rücken. Ich hatte glitzernden rosa Lidschatten und dunkelrosa Lipgloss aufgelegt.

Ich fühlte mich hübsch, aber ich wollte nicht für Justin hübsch sein. Unwillkürlich wünschte ich mir, dass die Augen, die mich ansahen, stürmische graugrüne Meere wären, nicht flache blaue Schwimmbecken. Der Arm, der mir geboten wurde, sollte nach Benzin und Zigaretten riechen, nicht nach Drakkar Noir und Geld.

Justin schob mir die Blume über das Handgelenk, das ich eine Stunde lang geschrubbt hatte, um die kleinen schwarzen Kreuze abzukriegen – als er sich vorbeugte, um mir einen Kuss auf die Wange zu geben, hatte ich trotzdem das Gefühl, sie würden wie Gänsehaut an die Oberfläche steigen.

*Wie war das noch mit »nur Freunde«?*

Ich trat einen Schritt zurück, weg von ihm. Justins selbstgefälligem, wissendem Lächeln nach zu urteilen, deutete er meine Reaktion, als hätte sein Charme mich umgeworfen. Ein kalter Klumpen legte sich auf meinen Magen, breitete sich aus, brachte den Fortschritt, den ich bis jetzt gemacht hatte, zum Stillstand.

*Ich kann das … ich kann das … ich kann das …*

Meine Mutter machte tausend Fotos von uns beiden, ein paar Hundert Gruppenbilder, und dann war es Zeit zu gehen. Wir marschierten aus dem Haus und die Einfahrt hinunter. Mrs Chambers, unsere neugierige Nachbarin, beobachtete die Prozession von ihrer vorderen Veranda aus.

Natürlich machte Dad einen Riesenwirbel um die Limousine, die Justin gemietet hatte. Es war keine Stretch-Limo, aber sie war lang genug, dass wir zu sechst reinpassten und noch Platz war.

»Sehr schön«, sagte Dad, als wir einstiegen. »Wirklich sehr schön.«

»Ich bringe sie nicht zu spät zurück«, sagte Justin und schüttelte Dad die Hand.

»Lassen Sie sich Zeit, lassen Sie sich Zeit«, sagte Dad zu Justin. »Viel Spaß.« Wieder zu Justin.

Ich warf Angie einen Blick zu, als wir uns setzten, unsere Kleider glatt strichen und aufpassten, dass unser Haar an der Decke der Limo nicht platt gedrückt wurde.

»Die ist wirklich schick«, sagte Jocelyn und strich mit der Hand über den Ledersitz.

»Lass uns für die Miete zusammenlegen«, sagte Nash.

»Nee«, sagte Justin. »Ich zahl das schon.«

»Das musst du nicht«, sagte ich. »Es ist viel Geld.«

Er zuckte mit den Achseln und lächelte mich an. »Du bist es wert.«

Ein anderes Mädchen wäre vielleicht in Ohnmacht gefallen, aber ich hörte Andeutungen. Erwartungen.

*Du bist paranoid. Er ist nur nett.*

Das Gewicht der Erwartungen fiel auf meine nackten Schultern, und wieder lief mir ein Schauder über den Rücken. Justin legte den Arm auf die Rückenlehne meines Sitzes. Ich versuchte, mich zu entspannen. Mein Daumen rieb über mein Handgelenk.

Angie beugte sich vor und nahm meine Hand. »Ich weiß, ich wiederhole mich, aber ist mit dir alles okay?«

»Alles gut«, sagte ich.

»Ja? Du siehst nämlich nicht so aus. Mein Nash hier sieht *guut* aus. Du siehst aus, als hättest du gerade fünf Liter Blut gespendet.«

»Mir ist nur kalt.«

»Hast du keine Stola oder ein Tuch?«

»Nein, ich …«

Mein Kiefer arbeitete, aber es kam kein Ton mehr raus. Die Limousine fuhr in den Kreisel vor der Highschool. Der Ball ging nur bis zehn, aber ich hörte, wie Justin zu Nash sagte, dass wir den Wagen bis Mitternacht hätten, falls wir danach noch woandershin wollten.

Als ich aus der Limousine stieg, wusste ich, dass es ein Fehler war. Wenn Nash Angie nicht gerade da für einen kurzen romantischen Moment beiseitegezogen hätte, hätte ich vielleicht den Mut gehabt, ihr zu sagen, dass ich nach Hause musste. Ich war nicht bereit. Ich konnte nicht hier sein.

»Lass uns reingehen«, sagte Justin. »Da ist es wärmer.« Er legte die Hand auf meinen unteren Rücken, um mich sanft zu lenken.

In der Turnhalle war auf einer Seite ein DJ-Pult aufgebaut, auf der anderen ein Tisch mit Snacks und Getränken. Die Tribünen waren abgebaut worden, um mehr Platz zu schaffen. Das Ballkomitee hatte Girlanden aus Papierblumen mit kleinen LED-Lichtern am Rand verteilt, und drei Ballonbögen wölbten sich in Blau, Grün, Rosa und Gelb über die Fläche.

Als wir uns an einen Tisch setzten, drehten sich ein paar der Plastics neugierig zu uns um. Ich nahm Tessa als eine von ihnen wahr, aber dann waren da nur noch die Dunkelheit, die Musik, die vielen Leute … und alles kam immer näher. Es war wie auf der Party, die ich gegeben hatte, nur in größerem Maßstab. Eine größere Bühne und andere Spieler, aber meine Psyche rechnete alles zusammen und kam zu demselben Ergebnis.

*Xavier …*

Angie hob den Daumen. Ich nickte vage, aber das alberne Ablenkungsmanöver war mir inzwischen egal. Ich ertrank bereits in einem eiskalten schwarzen Meer aus Erinnerungen.

Der DJ spielte den Achtziger-Hit »Do You Really Want to Hurt Me« von Culture Club. Angie und Nash rannten auf die Tanzfläche, während Caroline und Jocelyn zum Tisch mit den Snacks gingen und mich allein an unserem Tisch zurückließen.

Ich sah mich in der dunklen, überfüllten Turnhalle um, betrachtete die Menge, die unter bewegten Discolichtern tanzte. Die Plastics und ihre Dates standen am Rand der Tanzfläche. Justin hatte sich zu ihnen gesellt und redete mit ein paar Freunden vom Baseball.

Plastics. Ich hasste die Bezeichnung. Ich schwor, sie nicht mehr zu benutzen. Ich spürte die leichte Panikattacke, die in meinen Adern surrte und zuzuschlagen drohte, und der Gedanke, ein anderes Mädchen zu hassen, fühlte sich wie Verrat an. Ich war nicht allein. Ich wusste, viele der Mädchen auf der Tanzfläche hatten Ähnliches erlebt wie ich. Vielleicht waren sie wie Plastik behandelt worden: billig und austauschbar. Etwas, das man einmal benutzte und dann entsorgte. Vielleicht hatte man sie schikaniert. Damit sie sich minderwertig fühlten. Hässlich. Fett. Scharfmacherin. Schlampe. Plastic.

Tessa konnte so viel über mich reden, wie sie wollte, aber ich konnte sie nicht hassen. Sie war auch verletzt worden. Es hatte sie gedemütigt, als ihr Bruder Isaacs *Nein, danke* geteilt hatte.

*Isaac.* Mein Herz klopfte, und mir wurde heiß, als ich mich erinnerte, wie er seinen Kopf in meinen Schoß gelegt hatte, sein Kinn auf meinen Oberschenkel gestützt und gelächelt …

»Soll ich dir was zu trinken holen?«, murmelte Xavier mir ins Ohr.

Ich zuckte so heftig zusammen, dass mir die Handtasche runterfiel und ich einen Schrei unterdrücken musste.

Justin Baker fuhr zusammen. »Meine Güte? Ich wollte nur wissen, ob du Durst hast?«

»Nein, ich … ich will nichts.«

Ich musste hier raus. Langsam stand ich auf, und Justin nahm meine Hand.

»Alles klar«, sagte er. »Lass uns tanzen.«

Ich ließ mich von ihm auf die Tanzfläche führen. Die Menge tanzte und lachte, die Gesichter von den schweifenden Discolichtern erhellt. Angie und Nash waren da, lächelten und winkten. Ihre Münder bewegten sich, aber bei der lauten Musik konnte ich nicht hören, was sie sagten.

Justin beugte sich vor. »Hast du Spaß?«, rief er neben meinem Ohr.

Ich schaffte es zu nicken. »Klar.«

»Was?«, rief er.

»Ich sagte, *klar*.« Mein Magen schnürte sich zusammen, und ich bekam kaum Luft. Überall lauerten vage Erinnerungen, mörderisch und bereit, sich auf mich zu stürzen. Mit Kissen in der Hand, um mich zu ersticken.

Der DJ spielte »Best Friend« von Sofi Tukker, und die Menge schrie auf. Die Energie im Raum schraubte sich höher und das Tanzen veränderte sich. Paare näherten sich einander an.

Mädchen pressten ihre Hintern an den Schritt der Jungs. Selbst die, die in Gruppen tanzten, rückten dichter zusammen, als würde der Song ihnen die Erlaubnis geben, sich aneinander zu reiben.

Justin lächelte erwartungsvoll. Er kam immer näher, bis ich das Gewicht des ganzen Raums auf mir spürte. Sein Duft stieg mir in die Nase. Die Hitze seines Körpers drang durch sein Hemd, als er die Arme um meine Taille schlang. Anstatt dass mir warm wurde, wurde mir meine eigene Kälte umso mehr bewusst.

*Ich kann das … ich kann das … ich kann das.*

Ich drehte mich um – hoffte und betete, dass es besser wäre, wenn ich ihn nicht ansähe. Dass ich tanzen und lachen und sexy sein konnte – wenn auch nur auf der Tanzfläche – wie so viele andere Mädchen in dieser Turnhalle.

Justins Hände landeten auf meiner Taille. Sein Atem fuhr heiß über meine Schulter, und ich spürte seine Brust an meinem Rücken. Ich bewegte mich kaum. Ich musste wie eine Leiche aussehen, aber entweder bemerkte er es nicht, oder es machte ihm nichts aus.

Innerlich hatte ich angefangen zu schreien. Ich rang nach Luft, aber sie kam nur bis zur Kehle. Die Nacht erdrückte mich, presste mich an Justin. Tränen traten mir in die Augen. Es war so dumm zu glauben, dass ich das konnte.

*Oh bitte. Ich will einfach nur auf einem Ball sein wie ein normales Mädchen …*

Die Dunkelheit der Turnhalle fing an zu wabern. Trübte sich. Ich hörte auf mich zu bewegen, steif gefroren und zerquetscht durch die unsichtbare Macht der Erinnerung. Es waren dunkle Erinnerungen ohne Form und Schärfe, es gab nur Xs erdrückendes Gewicht, das mir den Atem nahm und mich lähmte.

Mit einem erstickten Schrei riss ich mich los, stieß Justin weg und taumelte durch die Turnhalle. Ich musste hier raus. Abhauen. Mich vor allem und nichts retten.

Panisch öffnete ich den Seiteneingang, stolperte aus der Turnhalle und fiel auf Hände und Knie. Ich schürfte mir die Haut auf dem Zement auf, und der Schmerz holte mich zurück wie eine Ohrfeige.

Das Gewicht wurde leichter.

Da war kein Schattenmonster. Nur ich selbst im Licht der gelben Lampe über der Tür. Ich setzte mich hin, Blut lief mir die Schienbeine hinunter, und die Handflächen taten weh. Scharf atmete ich ein, dann fing ich an zu schluchzen.

Ich zog die Knie an die Brust und heulte, bis ich mich fühlte, als wäre mein Innerstes nach außen gekehrt. Jede Sekunde konnte die Tür aufgehen, und jemand würde mich sehen, oder vielleicht kam Angie mir hinterher. Ich atmete stockend ein. Das hübsche blaue Kleid war schmutzig, und meine Knie sahen furchtbar aus. *Ich* sah furchtbar aus. Meine Handtasche war drinnen, aber so, wie ich aussah, würde ich auf keinen Fall wieder reingehen.

Ich stemmte mich hoch, und nach einem einzigen Schritt in den hohen Schuhen stolperte ich wieder.

»Scheiße.«

Ich zog die Schuhe aus und ging in die Mädchentoilette gegenüber der Turnhalle. Es war nicht sehr würdevoll, barfuß aufs Klo zu gehen, aber das war mir ziemlich egal. Ich riss ein paar Papierhandtücher aus dem Spender, ließ kaltes Wasser darüber laufen und säuberte mir die Knie.

Als ich mich aufrichtete und meine aufgeschürften Handflächen reinigen wollte, entdeckte ich entsetzt mein Spiegelbild. Der unordentliche Knoten war dabei sich aufzulösen, und mein Gesicht sah aus, als hätte ich bei hundertachtzig Stundenkilometern den Kopf aus dem Autofenster gehalten. Verschmiertes Make-up, geschwollene, glänzende Augen. Gerötete Wangen.

»Oh Gott«, flüsterte ich.

*Wie lange noch?*, wollte ich schreien. Wann war ich endlich wieder ich selbst? Wann würde es dieser Katastrophe im Spiegel besser gehen? Jemals?

Nie?

Ich spritzte mir kaltes Wasser ins Gesicht und tupfte es ab. Da war noch fleckige Wimperntusche um die Augen, aber es erschien mir viel zu anstrengend, sie abzuwischen und es noch einmal zu versuchen. Ich konnte unmöglich zurückgehen und mich den besorgten Fragen von Angie oder den wirren Erwartungen von Justin stellen. Ich war viel zu müde, um mir etwas auszudenken. Es war wirklich verdammt anstrengend, so zu tun, als sei alles in Ordnung.

Unser Haus war gute zwei Meilen entfernt. Ich hätte ein Taxi rufen können, aber mein Handy war in meiner Handtasche, und meine Handtasche lag in der Turnhalle. Mit den Schuhen in der Hand ging ich los. Ein Knie blutete noch leicht.

Ich lief durch die ruhigen Straßen des nördlichen Harmony. Die Schule lag gerade mal zehn Minuten hinter mir, als mir die Dummheit meines Plans klar wurde. Mir taten die Füße weh. Sie wurden von Steinen und Schotter zerkratzt. Ich wollte mich gerade an den Straßenrand setzen und ausruhen, als ich Scheinwerfer sah.

Ein Auto kam näher. Ein Pick-up.

Der Wagen von Isaac Pearce.

*Oh nein, nein, nein. Er darf mich so nicht sehen.*

Ich ging schneller.

Er fuhr langsam neben mir her und ließ das Beifahrerfenster runter.

»Hey, wo willst du –?«

Er verstummte, als er die blutigen Knie und das schmutzige Kleid bemerkte. Er bremste, machte den Motor aus und sprang aus dem Wagen.

»Was ist passiert?« Er nahm meinen Arm. »Willow …?«

Ich starrte zu ihm hoch, und tausend Gedanken durchliefen mich in einer einzigen Sekunde. Seine Hand auf meinem Arm ließ mich nicht vor Kälte erschaudern. Seine Gegenwart fühlte sich an wie ein Schutzschild, nicht wie eine Bedrohung, und sein Gesicht … Gott, er sah so gut aus. Er würde in einem Anzug großartig aussehen, und ich wäre so stolz gewesen, in seinem Pick-up vor der Schule vorzufahren anstatt in dieser blöden Limousine. Mit Isaac als mein Date wäre der Ball perfekt gewesen, denn bei ihm hatte ich nicht das Gefühl, in Eiswasser zu ertrinken …

»Willow, was ist *passiert?*«

»Nichts«, sagte ich und riss mich los. »Ich bin hingefallen. Mir geht's gut.«

Isaac sah mir forschend ins Gesicht, betrachtete die geschwollenen Augen und das verschmierte Make-up. »Du bist hingefallen.«

»Ja, ich bin hingefallen«, fuhr ich ihn an. »Auf dem Weg aus der Turnhalle. Keine große Sache.« Ich drehte mich von seinem forschenden Blick weg und ging weiter. Inzwischen hinkte ich, weil ich mit der Ferse auf einen spitzen Stein getreten war, aber ich würde ihm nicht zeigen, wie sehr es wehtat.

»Du bist mit Justin Baker gegangen, stimmt's?«, fragte Isaac. »Wo ist er?«

Ich blieb stehen und wirbelte herum. »Das kann dir ja wohl egal sein.«

»Hat er dir wehgetan?«

»Nein, und es geht dich sowieso nichts an.«

»Willow …«

Mein Zorn stieg an, getragen von Tränen der Enttäuschung. »Sag meinen Namen nicht so«, sagte ich. »Und halt dich da raus. Du gehst nicht auf Bälle, schon vergessen? Du bist fertig mit der Highschool. Ich nicht. Und ich wollte nur Spaß haben, wie jedes andere normale Mädchen, und ich … ich hatte …«

»Was?«, fragte Isaac weich und kam näher. »Was ist passiert?«

»Nichts«, sagte ich und rang um Kontrolle. »Nichts ist passiert. Ich hatte irgendwie … Klaustrophobie oder so was. Eine Panikattacke. Es passiert manchmal, und es ist so … dumm. So verdammt dumm. Und unfair.« Ich wischte mir über die Augen. »Egal. Es ist nicht so wichtig.«

»Doch, ist es.«

»Ist es? Wem? Wenn dir so verdammt wichtig ist, was bei diesem Ball passiert, dann hättest du …«

*Hättest du mir das an diesem Samstag sagen sollen …*

Ich schluckte die Worte runter, bevor sie alles noch schlimmer machten.

»Du hast recht.« Isaacs tiefe Stimme war leise und ruhig. »Das hätte ich.«

Mein Herz klopfte, und ich starrte ihn an, hatte keine Ahnung, was ich sagen oder fühlen sollte. Ich wollte wenigstens ein bisschen Würde zurückhaben. Ich wischte mir mit dem Handrücken die Nase ab.

»Na, jetzt ist es zu spät.«

Einen Moment lang sah er durch mich hindurch, als würden meine Worte ihn an etwas erinnern. Dann deutete er mit dem Kinn auf meine Knie. »Du blutest. Komm, ich bring dich nach Hause. Ich parke so, dass dein Dad mich nicht sehen kann.«

»Nein danke. Ich gehe zu Fuß.«

»Was?«

»Ich laufe. Ich gehe zu Fuß.«

»Meine Güte, Willow, kannst du jetzt bitte einsteigen?«

»Mir geht es gut. Und was machst du hier überhaupt? Fährst du auf der Suche nach Jungfrauen in Nöten durch die Gegend?«

»Nein. Ich … bin hier nur zufällig vorbeigekommen.« Er fuhr sich mit der Hand durchs Haar. »Wen interessiert, was ich gemacht habe? Steig ein.«

»Sag mir nicht, was ich zu tun habe«, sagte ich und ging weiter.

»Gut.«

Ich hörte den Kies unter seinen Stiefeln knirschen. Die Wagentür öffnete und schloss sich. Der Motor heulte auf und beruhigte sich dann zu einem leisen Brummen. Und dann fuhr Isaac mit etwa drei Stundenkilometern neben mir her. Er hatte den Blick nach vorn gerichtet, eine Hand lag lässig auf dem Lenkrad, die andere auf dem Beifahrersitz.

»Was machst du da?«, fragte ich.

»Ich fahre.«

»Willst du mich verarschen?«

»Nein.«

Ich war wütend. »Na toll. Viel Spaß dabei.«

Ich humpelte noch ein paar Schritte, bis ich diese absolut dämliche Situation nicht mehr ertragen konnte. Ich blieb stehen und drehte mich mit verschränkten Armen zu ihm um.

»Ich passe nur auf, dass du sicher nach Hause kommst«, sagte er leise. »Das ist alles.«

*Das ist alles, was er will.*

Wieder traten mir Tränen in die Augen. Ich blinzelte sie weg und stieg in den Wagen.

Sofort umgab mich Isaacs Duft, der den Innenraum durchdrang. Benzin, Seife, Zigarettenrauch und etwas Süßes, Holziges, das er selbst war. Das besiegte den letzten Rest der Panikattacke und ließ etwas Neues an ihre Stelle treten.

Ich räusperte mich. »Danke, dass du mich mitnimmst.«

»Mach ich doch gern.«

## 21. KAPITEL

### Willow

Wir fuhren schweigend ein paar Blocks. Ich seufzte und lehnte den Kopf ans Fenster.

»Was ist passiert?«, fragte er schließlich.

»Hab ich doch gesagt«, sagte ich. »Klaustrophobie.«

Wir kamen an ein Stoppschild. Es gab in keiner Richtung Autos. Keine Menschenseele war in der Nähe. Die Nacht war schwarz und still und kalt. Isaac umfasste meinen rechten Unterarm und drehte ihn um. Ein blasses schwarzes X war im schwachen Licht der Straßenlaterne an der Ecke sichtbar.

Mir stockte der Atem. Dann atmete ich aus. Isaac blickte auf meinen Arm, während sein Daumen über die verblasste Farbe strich.

»Ich wollte auf den Ball gehen, um wie andere Mädchen zu sein«, sagte ich und hasste die Tränen, die meinen Blick trübten und meine Stimme hoch und klagend klingen ließen. »Ich habe nicht viel erwartet. Ein anständiger Tanz hätte schon gereicht.«

Isaac sagte nichts. Er rieb ein letztes Mal mit dem Daumen über das X, dann ließ er los und fuhr weiter. Ich hielt meinen Arm im Schoß fest, berührte ihn, wo er mich berührt hatte, versuchte, die Wärme zu bewahren.

Wir bogen in die Emerson Road. Sie führte einen halben Kilometer aufwärts, bevor sie auf etwa fünfzehn Metern oberhalb der Stadt blieb. Isaac hielt bei dem Aussichtspunkt und parkte unter einer hohen Eiche, die wie ein Wachtposten auf dem Hügel stand. Harmonys winziges Zentrum lag unter uns, glitzerte mit kleinen gelben Lichtern und dem größeren, goldenen Licht des HCT.

Isaac machte den Motor aus, aber ließ die Schlüssel stecken. Licht erhellte noch das Armaturenbrett, und er suchte etwas im Radio.

»Was machst du?«, fragte ich.

»Bin mir nicht sicher«, sagte er.

Es knisterte und rauschte, dann kam plärrende Werbung – und dann die ersten Akkorde von Shawn Mendes' »Imagination«.

Isaac sah mich an, die grünen Augen tiefer und weicher, als ich es je gesehen hatte. »Wie findest du das?«

Ich nickte. »Schön.«

Isaac stieg aus und ging um den Wagen herum, um mir die Beifahrertür zu öffnen. Er hielt mir die Hand hin, und ich nahm sie. Sie war rau und schwielig von der Arbeit, aber warm und stark. Schon bei der leichten Berührung wünschte ich mir, dass er beide Arme um mich legte. Sich mit dem ganzen Körper an mich drückte.

Ich hatte nicht gedacht, dass ich das je wieder wollen würde.

Er half mir aus dem Auto, und ich verzog das Gesicht, als meine Füße den Boden berührten. Er fing mich auf, als ich stolperte, dann trat er zurück und beugte sich ins Auto, um die Musik lauter zu drehen. Er nahm wieder meine Hand, und wir gingen an den Rand des Aussichtspunkts, zu dem weichen Gras, das um die Eiche herum wuchs.

Isaac legte mir einen Arm um die Taille, nahm meine Hand und legte sie an seine Brust, über sein Herz.

»Ist das okay?«, fragte er.

Ich nickte und legte einen Arm um seinen Hals. Sein Duft, der im Wagen so mächtig gewesen war, umhüllte mich sanft. Ich lehnte mich an ihn, legte den Kopf an seine Brust, wo die offene Lederjacke das weiße Baumwoll-T-Shirt frei ließ. Ich atmete ihn ein, als wir uns langsam zur Musik bewegten, der Text sprach für uns beide.

Nach ein paar Momenten hob ich den Kopf und sah ihn an. »Das ist nicht gespielt, oder? Das bist du?«

Isaac machte den Mund auf, sah aus, als wolle er es leugnen oder protestieren. Dann nickte er. »Ich habe das nicht geplant, aber … Ja. Das bin ich.« Er legte eine Hand an meine Wange und strich mit dem Daumen die Tränen weg. »Ist mit dir alles okay?«

»Ja.« Ich legte wieder den Kopf an seine Brust. »In diesem Moment ist alles perfekt.«

Er schwieg, aber ich spürte, wie er nickte. Seine Wange lag an meinem Haar. Es war genau, was ich brauchte.

Vielleicht brauchte er es auch.

Der Song war vorbei, und es folgte eine Werbung für Gebrauchtwagen. Wir blieben umarmt stehen, ganz Harmony lag unter uns ausgebreitet. Das echte Harmony mit dem HCT, wo wir uns kennengelernt hatten, und dem Amphitheater, wo Isaac zum ersten Mal meine Hand berührt hatte. Nicht das Viertel hinter uns, wo meine Eltern in einem kalten weißen Haus wohnten.

»Ich muss zurück«, sagte ich schließlich. »Sie werden anfangen, nach mir zu suchen. Je länger ich wegbleibe, desto schlimmer wird es.« Ich blickte auf meine aufgeschürften Knie. »Es wird schon schlimm genug.«

»Wie schlimm?«

Ich berührte sanft die Schwellung unter seinem Auge. »Nicht so. Mir wird nichts passieren. Versprochen.«

Widerstrebend löste er unseren schützenden Kreis auf und half mir zu seinem Pick-up. Wir fuhren zu meiner Straße und ich sagte ihm ein paar Häuser vor meinem, dass er langsamer werden sollte. In der Einfahrt parkte Justins Limousine.

»Mist! Justin ist da. Vielleicht auch meine Freunde.«

»Ich will dich nicht allein da reingehen lassen.«

»Das wirst du aber müssen«, sagte ich.

»Wissen sie es?«, fragte Isaac mit leiser Stimme. Er nahm sanft meinen Arm und drehte ihn wieder um, dass man das X sah. »Wissen sie, was es bedeutet?«

»Nein«, sagte ich. »Niemand weiß es.«

Ich begriff, dass das nicht völlig stimmte. Xavier würde wissen, was es bedeutete. Er trug die Schuld an jedem einzelnen dieser X. Er hatte mich gezeichnet, vielleicht für immer.

»Ich muss gehen«, sagte ich. »Danke fürs Mitnehmen und den Tanz und … dass du einfach da warst.«

Ich schlüpfte aus dem Auto, bevor noch mehr passieren konnte, und humpelte mit den Schuhen in der Hand zum Haus. Als ich vor dem Haus stand, drehte ich mich um. Isaac war noch da. Ich winkte kurz und ging die Einfahrt hoch.

Justin saß mit meinen Eltern im Wohnzimmer. Alle drehten sich zu mir um, als ich hereinkam, und die Männer sprangen auf. Die eine Hand meiner Mutter flog zu ihrem Mund, in der anderen hielt sie ein Glas Wein.

»Was ist mit dir passiert?«

»Wo warst du?«

»Wir waren krank vor Sorge.«

»Ich bin hier. Mir geht es gut«, sagte ich. Ich sah Justin an. »Tut mir leid, dass ich einfach weg bin. Ich hatte eine … Panikattacke und bin rausgerannt. Ich brauchte frische Luft –«

»Du hattest eine Panikattacke?«, fragte Mom von der Couch. »Seit wann hast du Panikattacken?«

*Seit letztem Sommer …*

»Ich weiß nicht, es ist einfach … passiert. Ich bin rausgerannt und hingefallen. Die Tür zur Turnhalle war zu, und ich sah so schlimm aus, und es war so peinlich, also habe ich beschlossen, zu Fuß nach Hause zu gehen. Ich hatte mein Handy nicht, sonst hätte ich euch angerufen.« Ich fuhr vor Schreck zusammen. »Wo ist mein Handy?«

»Justin hatte es«, sagte Dad. »Und auch deine Handtasche.«

Er hob das Handy hoch, und alles Blut wich mir aus dem Gesicht. Plötzlich fühlte ich mich so nackt wie damals, als ich Xavier dieses Foto geschickt hatte. Schon wieder waren meine persönlichen Sachen, meine Gedanken und Inhalte nicht unter meiner Kontrolle. Dad hatte garantiert in meinem Telefon herumgeschnüffelt. Ich durfte keine geheime PIN haben – das waren die Bedingungen, seitdem ich letzten Sommer »außer Kontrolle« geraten war.

Im Kopf ging ich alle Nachrichten durch, die Angie und ich uns je geschickt hatten. Ich konnte mich nicht erinnern, ob wir über Isaac geschrieben hatten. »Gib es her.« Ich griff danach, aber Dad hielt es hoch.

»Erst sagst du uns, wo du warst. Bei Isaac Pearce?«

»Der bedeutet nur Ärger«, sagte Justin.

Ich sah jetzt ihn wütend an. »Halt den Mund.«

Er breitete die Hände aus. »Ich bin schon länger hier als du, Willow. Ich versuche nur, auf dich aufzupassen. Ich war krank vor Sorge.«

»Ich war nicht bei Isaac«, sagte ich. »Ich habe doch gesagt, dass ich nach Hause gelaufen bin. Es sind drei Kilometer, und ich war barfuß. Rechnet es aus.«

»Warum solltest du zu Fuß gehen?«, fragte Mom. »So wie du aussiehst? Du bist eine Schande.«

»Regina«, sagte Dad.

»Ist doch wahr. Sie sieht aus, als würde sie auf den Strich gehen.« So wie meine Mutter die Worte in die Länge zog, war sie wahrscheinlich bei ihrer zweiten Flasche Wein. »Was sollen die Nachbarn denken?«

»Gib mir das Handy«, sagte ich zu Dad. »Ich muss Angie Bescheid sagen, dass es mir gut geht.«

»Ich habe sie nach Hause gefahren«, sagte Justin. »Sie haben sich auch Sorgen gemacht.«

»Kann ich mir vorstellen«, sagte Dad und gab mir das Telefon.

Ich ging zu einem Sessel und scrollte rasch durch meine Nachrichten. Ich wusste, dass mein Vater jede einzelne gelesen hatte. Justin vielleicht auch.

»Sie hat sich letzten Sommer verändert«, hörte ich Dad sagen. »Kaum zu bändigen.«

Meine Hände zitterten, als ich nach Nachrichten suchte, in denen Isaacs Name vorkam. Ich fand meinen Hilferuf an Angie, den ich geschickt hatte, als ich den Samstag mit Isaac verbringen sollte, und löschte die ganze Unterhaltung.

*Er hat sie nicht gesehen, sonst wäre ich schon tot.*

»Sie müssen sich nicht entschuldigen«, sagte Justin zu Dad. Ihre Stimmen wurden leiser. Ich hörte, wie Justin ein- oder zweimal *Isaac* sagte, und wollte am liebsten schreien.

*Hier sehen wir die Edelleute Laertes und Polonius, die besprechen, was sie mit der armen schwachen Ophelia machen sollen. Sie beschließen, was das Beste für sie ist, da sie das seit letztem Sommer nicht mehr selbst kann.*

Meine Mutter war das Publikum und trank Wein.

Ich schrieb Angie.

**Es geht mir gut. Ich bin zu Hause. Ich ruf dich später an. Versprochen.**

Die Antwort kam sofort. **Gott sei Dank. Wo warst du? Ich**

**wollte dir schreiben, aber ich wusste, dass Justin dein Telefon hat.** Eine Pause. **Bist du das wirklich? Schreib etwas, das nur Willow weiß.**

Ich lächelte durch die Tränen. **Angie McKenzie ist die beste Freundin, die man sich wünschen kann.**

**Das ist allgemein bekannt. Versuch es noch mal.**

Meine Finger flogen. **In der Mall hast du gesagt, dass ich eher Rapunzel bin als Belle.**

**Und ich hatte recht. Ruf an, wenn sie dich aus dem Turm herauslassen.**

**Mach ich. Hab dich lieb.**

**Ich dich auch.**

»Justin geht«, sagte Dad laut. »Angesichts des katastrophalen Abends könntest du deinen Gast vielleicht wenigstens zur Tür bringen? Und ihm für seine Rücksicht danken?«

Ich stand auf und brachte Justin gehorsam zur Haustür. Dad blieb am Ende der Eingangshalle mit verschränkten Armen stehen und beobachtete mich wie ein Coach, der bezweifelte, ob seine Starathletin es noch brachte.

Justin lächelte gutmütig. »Alles okay mit dir?«

Fast zog ich eine Grimasse. Dieselben Worte hatten aus Isaacs Mund so viel mehr bedeutet. Isaac hatte mich gefragt, weil ich ihm wichtig war. Justins Frage war nur ein Übergang zu seinen eigenen Gefühlen.

»Ich habe mir wirklich Sorgen gemacht. Das haben wir alle. Ich habe deine Freunde abgesetzt und dich dann gesucht.«

Das konnte nicht stimmen, dafür war ich nicht lange genug weg gewesen, aber ich war zu müde und zu fertig, um zu streiten.

»Tut mir leid«, sagte ich.

Er lächelte. »Schon verziehen.« Er beugte sich vor, um mich auf die Wange zu küssen, aber ich trat zurück und wich ihm aus.

»Okay«, sagte er, sein Lächeln verkrampfte sich. »Dann gute Nacht.« Er sah über meine Schulter und winkte meinem Vater zu. »Gute Nacht, Sir.«

Ich hätte kotzen können.

»Gute Nacht, Justin. Und danke.«

»Kein Problem.«

Ich konnte die Tür nicht schnell genug hinter ihm zumachen.

Mein Vater stand mit verschränkten Armen da und sah jetzt aus wie ein wütender Coach, dessen Athletin ein wichtiges Endspiel versaut hatte.

»So behandelst du ihn? Er hat so viel Geld für eine Limo ausgegeben, um –«

»Er hätte es nicht tun müssen«, sagte ich und sah auf meine nackten Füße hinunter. »Ich habe ihm gesagt, dass er es nicht machen soll. Ich habe ihm gesagt, dass wir als Freunde hingehen.«

»Warum? Was stimmt nicht mit ihm? Ich habe große Hoffnungen in diesen Abend gesetzt. Zum ersten Mal seit letztem Sommer warst du mehr wie du selbst. Gut, deine Freunde waren nicht, was ich erwartet habe, aber es ist immerhin ein Fortschritt gegenüber gar keinen Freunden. Aber du hast mit Justin dasselbe gemacht wie mit Xavier …«

Mein Kopf fuhr hoch, und ich starrte ihn an. »*Was* habe ich gemacht?«

»Xavier ist auch ein prima junger Mann, und ich dachte, er hätte Interesse an dir …«

»*Interesse* an mir?«

Wieder wich mir das Blut aus dem Gesicht, diesmal bei der Erinnerung an Xaviers wohlwollendes Lächeln. Breit wie das der Grinsekatze. *Komm, ich hol dir was zu trinken …*

»Er ist der Sohn meines Chefs«, sagte Dad. »Es wäre klug

gewesen, wenn du dich ein wenig um diese Beziehung bemüht hättest.«

»Dad«, sagte ich mit kalter, zitternder Stimme. »Ich bin müde und will jetzt ins Bett gehen.«

Ich wollte gerade die Treppe hinaufgehen, als er mich am Arm packte.

»Wenn ich herausfinde, dass du heute mit Isaac Pearce zusammen warst anstatt mit Justin, rufe ich sofort Martin Ford an und sage ihm, dass du leider nicht länger in seinem Stück mitspielen kannst. Hast du das verstanden?«

»Ja«, sagte ich und sah auf den Arm, den er festhielt. Kleine schwarze X krochen unter seiner Hand hervor, krabbelten wie Ameisen über meine Haut. »Ja, ich habe verstanden.«

## 22. KAPITEL

### Willow

Ich verbrachte ein schlafloses Wochenende, die meiste Zeit lag ich in meinem Zimmer auf dem Boden. Ich rief Angie an und erzählte ihr, was passiert war – dass Isaac mich nach Hause gefahren hatte, aber nichts von unserem Tanz. Montagmorgen stand ich benommen vor meinem Schließfach in der Schule. Ich erschreckte mich zu Tode, als Justin mir mit dem Finger auf die Schulter tippte. Weg war das freundliche Lächeln, das er für meine Eltern aufgesetzt hatte, stattdessen zeigte er die wütende Fratze des beliebten Jungen, den sein Date versetzt hatte.

»Was ist Freitagabend wirklich passiert?«, fragte er.

Ich trat einen Schritt zurück. »Haben wir das nicht schon besprochen? Ich hab es dir gesagt. Ein Anfall von Klaustrophobie oder so. Die Turnhalle war zu voll. Ich hatte mein Telefon nicht dabei.«

»Oder bist du weg, um Isaac zu treffen? Ich kann sehen, wie du ihn bei den Proben anguckst.«

Ich knallte mein Schließfach zu. »Das geht dich nichts an.«

»Halt dich von ihm fern.«

»Ja, Bruder.«

»Ich meine es ernst. Der Typ macht nur Ärger. Sein Dad war neulich Abend in Nicky's Tavern und hat einen Riesenaufstand gemacht. Die Besitzer mussten die Bullen rufen, damit sie ihn nach Hause bringen.«

»Oh, sein Dad *lebt?*«, fragte ich. »Ich dachte, Isaac hätte ihn umgebracht.«

Justin schüttelte den Kopf. »Okay, wenn du es so willst. Ich bin fertig mit dir.« Er ging weg, dann drehte er sich noch mal um. »Ich hab einfach Mitleid mit dir gehabt, weil du neu warst und ständig mit diesen Losern rumgehangen hast. Was für eine beschissene Geldverschwendung.«

»Wir haben dir angeboten, uns zu beteiligen. Erinnerst du dich? Was schulde ich dir?«

*Wie genau wolltest du, dass ich es dir zurückzahle?*

Er starrte mich an, dann wandte er sich mit einem angewiderten Schnauben ab und stellte sich zu ein paar Mädchen, die vorher als die »Plastics« bekannt gewesen waren. Sie beugten sich vor, dann warfen sie laut lachend die Köpfe zurück und sahen mich großäugig und mit gespieltem Mitleid an.

Toll. Gegen Mittag würde ich die Irre sein, die bei dem Ball durchgedreht war. Ich nahm nicht an, dass Justin gemein genug war, es noch schlimmer zu machen, aber wer wusste das schon? Ich eilte in den Englischkurs und wünschte, ich könnte den Tag überspringen und gleich zur Probe gehen, wo ich für eine Weile jemand anders sein konnte.

»Wie hältst du dich?«, fragte Angie, als ich auf meinen Platz rutschte. »Du siehst müde aus.« Ihr heutiges T-Shirt war weiß mit schwarzer Schrift: *Wenn du nichts Nettes zu sagen hast … haben wir viel gemeinsam.*

»Mir geht's großartig«, sagte ich. »In Anbetracht der Tatsache, dass der Typ, mit dem ich meines Vaters Meinung nach was anfangen soll, ein totaler Idiot, und der Typ, den ich sehen will, buchstäblich verboten ist.«

Angie klappte die Kinnlade runter. »Wirklich? Isaac? Du willst ihn *sehen*?«

»Psst. Ich weiß es nicht. Vielleicht. Es ist total dumm, weil er

Harmony in ein paar Monaten verlassen wird. Aber ich kann nicht aufhören an ihn zu denken. Er gibt mir nicht das Gefühl, gefangen zu sein.«

»Wie gefangen?«

Ich zupfte an dem langen Ärmel meines dunkelgrünen Shirts. Darunter marschierte eine neue Armee kleiner X über meinen Unterarm. »Nichts Konkretes«, sagte ich. »Ich fühl mich nur nicht gern von Typen unter Druck gesetzt. Und bei ihm ist das nicht so. Überhaupt nicht.«

»Wow«, sagte Angie. »Glaubst du, er findet dich gut? Muss er, oder? Schließlich hat er dich in der Stunde der Not aufgelesen …?«

*Und mit mir getanzt.*

Ich hatte mir unseren Tanz immer wieder vorgestellt, als ich in meinem Zimmer auf dem Boden gelegen und auf den Schlaf gewartet hatte, der nicht kam.

»Tut mir leid, dass ich dir den Abend verdorben habe«, sagte ich.

»Es ist –«

»Ich weiß, ich weiß. Du hast ja schon am Telefon gesagt, dass es nicht so wichtig ist. Aber ich wollte es dir persönlich sagen. Ich will einfach versuchen, eine bessere Freundin zu werden.«

»Du machst es schon ganz gut, Holloway.«

Ihr Blick fiel auf meinen Collegeblock, auf dem hundert weitere kleine X über die Ränder krochen.

Sie runzelte die Stirn und tippte darauf. »Was ist das?«

»Nichts. Nur Gekritzel«, sagte ich. »Hey, hast du schon mit dem Gedicht angefangen, das Paulson uns letzte Woche aufgegeben hat?«

»Ja«, sagte Angie langsam. »Ich hab ein bisschen rumprobiert, was hältst du hiervon? *Veilchen sind blau, Rosen sind rar, wenn du reden willst, ich bin für dich da.*« Ihr strahlendes Lächeln war durch Traurigkeit gedämpft. »Okay?«

»Okay«, flüsterte ich und nickte.

Beim Mittagessen signalisierte mein Handy eine ankommende Nachricht. Als Isaacs Name und Telefonnummer auf dem Display aufleuchteten, klopfte mein Herz, und mir wurde flau im Magen.

**Hey, ich hab eine Frage wegen der Probe heute Abend. Hast du kurz Zeit?**

*Schlau*, dachte ich.

**Die Luft ist rein**, tippte ich zurück.

**Wollte wissen, ob es dir gut geht. Ich hätte früher geschrieben.**

**Es geht mir gut. Danke.**

Eine Pause, dann fing er wieder an zu tippen.

**Wollen wir nach der Schule zusammen Text lernen?**

Ich fragte mich, ob das ein Codewort für etwas anderes war, aber es war egal. Ich wollte ihn einfach sehen.

*Er geht weg. Sei nicht dumm. Versuch nicht, dir den Weg aus der Dunkelheit zu bahnen, indem du dich in einen Typen verliebst, mit dem du nicht zusammen sein kannst.*

Meine Finger flogen über die Buchstaben. **Total gern. Wo?**

**Selber Ort wie letztes Mal?**

**Ich erinnere mich. 15 Uhr?**

**Bis dann.**

Eine Nachricht von einem Jungen, den ich mochte, und ich musste die ganze Unterhaltung löschen.

»Du musst mir zwei kleine Gefallen tun«, sagte ich nach der Schule zu Angie. »Ich treffe Isaac am Amphitheater, um Text zu lernen.«

»Ist *Text lernen* ein Codewort für *Sex*, und ich weiß nichts davon?«

Ein Schauder lief mir den Rücken hinunter, aber er war heiß, nicht eisig.

»Es ist ein Codewort für *Text lernen*. Kannst du mich decken?«

»Wie decken? Soll ich eine Schaufensterpuppe mit langen blonden Haaren bei mir auf den Beifahrersitz setzen und in der Stadt herumfahren?«

»Jetzt wo du 's sagst …« Ich grinste. »Erzähl einfach allen, die fragen, dass wir zusammen lernen.«

»Oh Gott.« Sie kniff mich in die Wange. »Sieh dir dieses Lächeln an. Du bist verliebt.«

»Was? Bin ich nicht.«

»Pfft. Und ich bin nicht die beste Freundin, die man sich wünschen kann.«

»Lass mich einfach im Moment ein bisschen glücklich darüber sein, okay?«, sagte ich. »In ein paar Monaten geht er weg, und ich möchte zumindest, dass die Erfahrung mit dem Theaterstück etwas Besonderes wird.«

»Okay, Holloway«, sagte Angie. »Ich decke dich. Aber diese Stadt ist klein, und Isaac Pearce ist groß. Er fällt auf, und wenn man euch zusammen sieht …«

»Ich passe auf«, sagte ich und gab ihr einen Kuss auf die Wange. »Du bist die Beste.«

»So sagt man. Was ist der zweite Gefallen?«

»Kannst du mich zum Amphitheater fahren? Jetzt, meine ich?«

Sie seufzte fünf ganze Sekunden lang und verdrehte die Augen. »Oh, weh mir, weh mir, mein Königreich für ein Auto für meine Freundin.« Sie legte mir den Arm um die Schultern. »Komm, Prinzessin. Los geht's.«

Ich war als Erste beim Amphitheater. Ich kletterte auf den Zementquader und wartete, erinnerte mich daran, wie Isaacs Hände sich angefühlt hatten, als er mir runtergeholfen hatte. Hoffte, er würde es heute wieder tun.

»Hey.« Isaac stand am Nordende des Theaters. Er trug Jeans, die neu aussahen, ein weißes T-Shirt und hatte die Kapuze seines Pullovers hochgezogen. Den Rucksack trug er über einer Schulter.

»Hi«, rief ich, und mein Herz hüpfte wie immer in seiner Gegenwart.

Keiner von uns sagte etwas, als er zu mir kam. Inzwischen wusste ich, dass Isaac ein bisschen Zeit brauchte, um warm zu werden. Er stand still und schweigend da. Kletterte nicht zu mir hoch und legte auch den Rucksack nicht ab.

»Wollen wir Text lernen?«, fragte ich schließlich.

»Nicht hier.« Er blickte über den offenen Platz. »Jeder könnte vorbeikommen und uns sehen. Ich weiß einen besseren Ort.«

»Okay.« Wieder wollte ich von dem Zementquader runterrutschen. Wieder reichte Isaac mir zuerst eine, dann die andere Hand. Ich nahm sie und sprang runter. Dann stand ich genauso vor ihm wie neulich.

Er hielt meine Handgelenke fest und strich mit den Daumen über die zarte Haut. Ich fragte mich, ob er meinen Puls fühlen konnte. Mein Herz schlug so schnell.

Er betrachtete mich. Seine graugrünen Augen waren ruhig und warm. Er trug kein Pflaster mehr, aber der Riss auf seiner Wange war noch dunkel vor geronnenem Blut. Die Schwellung war fast ganz abgeklungen.

»Schläfst du besser?«, fragte ich sanft.

Er schüttelte den Kopf. »Noch nicht. Du?« Er hielt noch immer meine Handgelenke.

»Noch nicht.«

Sanft schob er meinen Ärmel hoch und entblößte ein paar der schwarzen X auf meinem Unterarm. Ich hielt den Atem an, wartete auf den kalten Schauder und den instinktiven Drang, meine Hand wegzureißen. Stattdessen ließ ich ihn, und dann sah er mich an. Sorge verdüsterte seine Augen, und er runzelte die Stirn.

»Frag nicht«, sagte ich leise. »Noch nicht. Okay?«

»Okay.« So einfach. Er zog den Ärmel wieder runter und ließ meine Hände los. »Wir sollten gehen.«

Wir kletterten die Steinstufen wieder hinauf und bogen in eine ruhige kleine Straße hinter dem Amphitheater ein. Strahlende Frühlingssonne schien durch die Bäume, die auf beiden Seiten der Straße standen. Wir passierten einen kleinen Spielplatz, während wir stumm nebeneinanderher gingen. Ab und zu berührten sich unsere Handrücken. Die Häuser standen hier weiter auseinander. Die Straßen wurden ruhiger, bis irgendwann lediglich das Summen der Insekten das lauteste Geräusch war.

»Was meinst du?«, fragte Isaac.

Wir standen vor einem Heckenlabyrinth.

»Ich liebe es«, sagte ich, bevor ich überhaupt einen Fuß hineingesetzt hatte.

Die Hecken waren etwa anderthalb Meter hoch und erstreckten sich über etwa dreißig Meter nach rechts und links. In der Mitte konnte ich das Dach einer kleinen Hütte mit einer Windmühle sehen.

»Im Sommer ist es hier voller Touristen«, sagte Isaac. »Aber für den Moment sollte es gehen.«

»Okay. Wie viel Text hast du schon gelernt?«

Er zuckte mit den Achseln. »Neunzig Prozent?«

»Nicht schlecht, wenn man bedenkt, dass dein Textanteil am Stück etwa genauso groß ist.«

»Was ist passiert, nachdem ich dich nach dem Ball abgesetzt hatte?«

»Ach … nichts Aufregendes«, sagte ich. »Justin hat sich bei meinem Dad eingeschleimt. Sie haben geredet, als wäre ich gar nicht anwesend und noch dazu unfähig, irgendwelche Entscheidungen zu treffen. Das Leben imitiert die Kunst.«

»Wann wirst du achtzehn?«, fragte er.

»Juli«, sagte ich.

Isaac nickte. »Soll ich Marty heute Abend bitten, die Szene zu proben, in der Hamlet Laertes umbringt?«

»Nein«, sagte ich. »Weil Laertes ihn direkt zurückumbringt.«

»Laertes bringt ihn eigentlich zuerst um. Hamlet stirbt nur langsamer.«

»Und Ophelia stirbt am schnellsten. Ich schlage euch alle.«

Schweigen.

»Man weiß, dass es eine Tragödie von Shakespeare ist, wenn darüber geredet wird, welche Figur am schnellsten stirbt.«

Er lächelte leicht, aber das Lächeln schwand, als er mir in die Augen sah. Ich spürte, wie der Augenblick intensiver wurde. Es würde ihn kein bisschen Mühe kosten, sich vorzubeugen und mich zu küssen.

*Ich will, dass er mich küsst.*

Bei dem Gedanken kribbelte meine Haut, aber gleichzeitig verknotete sich mein Magen. Was würde passieren, wenn er es täte? Würde ich erstarren? Würde die Panik mich packen, schütteln und zu Boden werfen? Würde die schattenhafte Erinnerung an Xaviers Mund durch Isaacs Lippen scheinen?

Ich drehte mich um und strich mir eine Locke aus den Augen. »Meinetwegen können wir dieses Labyrinth jetzt betreten.«

»Klar«, sagte er, zu gleichen Teilen erleichtert und bedauernd. »Gehen wir.«

Wir betrachteten den Eingang zum Heckenlabyrinth. Zwei Gänge zweigten in entgegengesetzte Richtungen ab.

»Es ist nicht schwer«, sagte er. »Und du kannst die Mitte sehen, also kannst du dich nicht verlaufen.«

*Mich mit dir in einem Heckenlabyrinth zu verlaufen wäre nicht das Schlimmste, was heute passieren könnte.* »Okay«, sagte ich. »Wettrennen in die Mitte?«

»Ich gewinne«, sagte Isaac. »Ich habe mein ganzes Leben hier verbracht.«

»Du hast also Angst?«

Er lachte. Ein kleines, aber doch richtiges Lachen. »Okay. Sehen wir, was du kannst. Auf die Plätze. Fertig …«

Ich rannte auf meine Seite des Labyrinths, bevor er »los« sagen konnte.

»Schummlerin«, rief er.

Ich lachte, spürte die Sonne warm auf meinem Gesicht und den Duft des Frühlings, der um mich herum zurückkam. Die Hecken des Labyrinths wurden langsam wieder grün. Insekten surrten, und kleine weiße Schmetterlinge flogen mir in den Weg. Es war kein kompliziertes Labyrinth, und ich orientierte mich an der Windmühle in der Mitte. Isaac war über eins fünfundachtzig und hätte die Hecken überragen müssen, aber er war nirgends zu sehen.

»Er kann unmöglich so schnell sein«, murmelte ich, als ich die Lichtung mit der kleinen Windmühle erreichte. In einer Wand der Hütte war eine Tür ausgeschnitten, die verblasste rote Farbe blätterte ab. Isaac saß drinnen auf einer Bank und sah aus, als würde er seit Stunden warten.

»Okay, du hast gewonnen«, sagte ich mit einem Lachen, aber es erstarb, als ich bemerkte, wie er mich ansah. Er stand langsam auf und kam aus der Hütte. Seine Stirn war gerunzelt, als hätte er Schmerzen.

»Was ist?«, fragte ich.

Er hielt die Hände gesenkt, als würde ihn das anstrengen. »Nichts. Ich kann das nicht«, sagte er. »Wir sollten gehen.«

»Gehen? Wir sind gerade erst gekommen.«

»Das ist mir klar, aber es ist nicht fair. Weder dir gegenüber noch mir gegenüber …« Er seufzte, ließ den Blick sinken und schüttelte den Kopf. »Du hast keine Ahnung, wie schön du bist.«

»Isaac …« Mein Herz klopfte, und ich schluckte.

»Wir sollten gehen«, sagte er. »Wir sollten … Ich bin in ein paar Monaten weg. Ich muss. Ich bin es mir selbst schuldig, aus dieser Stadt zu verschwinden, und ich muss ein bisschen Geld für meinen Vater und für Martin und das Theater verdienen. Ich bin total pleite, aber wenn die Agenten mich gut finden …?«

Die verzweifelte Hoffnung in seiner rauen Stimme brach mir das Herz.

»Das weiß ich«, sagte ich. »Du musst weg. Es ist dein Traum. Die Welt braucht dein Talent.«

Er schluckte schwer. Ich sah, wie sein Adamsapfel sich bewegte, als würde er einen Kloß herunterschlucken.

»Sie braucht auch dein Talent«, sagte er. »Deine Ophelia …«

»Ach, keine Ahnung, aber *ich* brauche Ophelia. Ich brauche dieses Stück, und ich darf es nicht verlieren.«

*Und dich auch nicht.*

»Ich weiß«, sagte er leise.

»Und durch das Stück habe ich auch dich … ich kann Zeit mit dir verbringen«, sagte ich lauter. »Bis du gehst, haben wir das. *Hamlet*. Mein Vater würde es ruinieren, wenn wir …«

Er nickte brüsk, als wollte er mich unterbrechen. »Ich weiß. Und deshalb sollten wir gehen.«

Ohne ein weiteres Wort verließen wir Seite an Seite das Labyrinth. Isaac kannte den Weg ganz genau. Wir kamen an keine einzige Sackgasse, bis wir hinausgelangten.

*Jetzt geht es nicht mehr weiter.*

»Kommst du irgendwie nach Hause?«

»Ich rufe Angie an.«

Er nickte. »Wir sehen uns bei der Probe?«

»Ja, bis dann.«

Er nickte wieder, dann drehte er sich um und ging, während ich mich in die entgegengesetzte Richtung auf den Weg machte.

Ich ging in die Stadt, ließ mich von Angie nach Hause fahren und redete kaum. Um ihren Schwall von Fragen abzuwehren, sagte ich, dass ich mich nicht gut fühlte. Und es stimmte auch.

Zu Hause war niemand. Ich ging in die Küche, um mir ein Glas Wasser zu holen, und fand die heutige Post auf der Arbeitsplatte. Ganz oben lag ein dicker wattierter Umschlag, der nach einer Einladung aussah. Der Name des Absenders war Wilkinson.

Mit zitternden Händen drehte ich den Umschlag um. Er war schon offen. Ich zog die Karte darin heraus. Die edle Kalligrafie verschwamm vor meinen Augen. Erst nach einer Weile sah ich die Worte wieder scharf:

*Wir laden Sie herzlich ein, den höchsten Quartalsumsatz in der Geschichte von Wexx mit uns zu feiern. Großer Ballsaal, Renaissance Hotel, Braxton, Indiana, am 30. April, um 20 Uhr.*

Darunter handgeschrieben mit schwarzer Tinte:

*Xavier hat frei in Amherst. Wenn er wüsste, dass Willow kommt, könnte ich ihn sicher überreden uns Gesellschaft zu leisten. Be-*

*stimmt würde er sich freuen, sie wiederzusehen. Ich hoffe, Sie alle dort zu treffen!*
*Ross Wilkinson.*

Xavier. In Indiana.

Die Worte auf der Einladung verschwammen wieder, und ich sah nur noch kleine schwarze X.

# 23. KAPITEL

## Isaac

*Du lässt dich nicht auf Willow ein*, dachte ich, *genau wie du es dir vorgenommen hast. Wie fühlt sich das an?*

»Es ist scheiße«, murmelte ich.

Vom Labyrinth zu den Fords waren es zwanzig Minuten zu Fuß. Zwanzig Minuten unter einer Sonne, die mit jedem Tag wärmer wurde. Sie hatte so hell über Willow geschienen, als sie zwischen den Hecken aufgetaucht war. Die kalte Blässe ihrer Haut von neulich Nacht war weg gewesen, und sie hatte so verdammt strahlend ausgesehen mit der Sonne im Haar und einem Lächeln für mich. Alles für mich.

Wie hatte ich das zulassen können?

Ich schob den Riemen des Rucksacks höher auf die Schulter und wiederholte meinen Schwur. Ich würde ihr Hamlet geben und sonst nichts. Sie würde mir ihre Ophelia geben, und so würde ich aus Harmony herauskommen.

Ich musste hier weg.

Letzte Nacht hatte ich wie immer nicht schlafen können. Ich ging nach unten, um mir etwas zu essen zu holen, und blieb auf halbem Weg durch das Wohnzimmer stehen. Brenda und Marty redeten leise in der Küche. Ich wollte zurückgehen, als ich hörte, wie Martin den Namen meines Vaters sagte. Und dann lauschte ich.

»… ist in Nicky's Tavern aufgetaucht … Hat eine furchtbare

Szene gemacht … Isaac verflucht … allen erzählt, dass sein Sohn eine Schwuchtel sei …«

Dad war verhaftet worden und hatte die Nacht in der Ausnüchterungszelle verbracht. Die Demütigung traf mich bis ins Mark. Nicht die Behauptung, dass ich schwul sei – daran war ich gewöhnt. Pops war nicht nur der Alki der Stadt, sondern auch ihr schimpfender Eiferer. Und schon redeten die Klatschmäuler wieder über uns. Ich betete, dass Sam Caswell an dem Abend nicht im Nicky's gewesen war. Er und ich hatten vorletzten Sommer in *Engel in Amerika* gespielt, und er hatte sich durch die Erfahrung so ermutigt gefühlt, dass er sich gegenüber seinen Freunden und seiner Familie als schwul geoutet hatte. Jetzt zog mein Dad auch das in den Dreck.

Gott, ich musste wirklich weg aus Harmony, dachte ich auf meinem Weg und zündete mir eine Zigarette an.

Aber Willow … Vielleicht konnte ich zuerst mein Glück machen, wie die Helden in den Geschichten, und dann nach Harmony zurückkehren.

Bei dem Gedanken blieb ich stehen. In all den Jahren, in denen ich meine Flucht geplant hatte, hatte ich niemals in Betracht gezogen, vielleicht zurückzukehren.

»Scheiße«, murmelte ich und blies den Rauch durch die Nase aus. Ich hatte es fast geschafft, von hier zu verschwinden, und traf die eine Person, die mich zurückbringen könnte. Das Universum hatte tatsächlich einen abartigen Sinn für Humor.

Aber das war Quatsch. Ich würde mich auf *Hamlet* konzentrieren. Ich würde all diese Gedanken an Willow einfach für Hamlet nutzen. Sollte *er* sich nach ihr verzehren und bedauern, dass sie sich trennen mussten. *Er* konnte wütend auf ihren Vater sein und ihrem Bruder nach dem Leben trachten. Ich würde all diesen Mist auf der Bühne lassen, würde Worte für mich sprechen lassen, die vor Hunderten von Jahren geschrieben worden waren.

Als abends um sieben die Probe anfing, war Willow nicht im Theater.

Und Justin auch nicht.

»Wir geben ihr ein paar Minuten«, sagte Martin.

Zwanzig Minuten später immer noch kein Zeichen.

Schwere legte sich mir auf den Magen. Ich zog mein Telefon aus der Tasche, um Willow zu schreiben, aber sie schrieb mir zuerst.

**Isaaaaaaaac ich bin draußen und soooooo betrunken:D:D:D**

»Scheiße.« Ich schnappte mir die Lederjacke vom Stuhlrücken. »Es ist Willow. Ich bin gleich zurück«, sagte ich zu Martin.

Ich stand auf dem Gehweg vor dem Theater und sah in beide Richtungen die Straße hinunter. Endlich entdeckte ich sie einen halben Block entfernt vor dem Schnapsladen. Sie stand da mit ein paar Typen – ältere Männer, niemand aus der Highschool – und lachte laut.

Ich überwand die Distanz zwischen uns in etwa drei Sekunden. »Willow.«

»Isaac«, rief sie, und ihr Gesicht hellte sich auf wie nur bei Betrunkenen – als hätten sie einen zehn Jahre nicht gesehen. »Oh Gott, du bist *hier*.«

Sie schlang mir die Arme um den Hals, und ich nahm den durchdringenden Geruch nach Whiskey in ihrem Atem wahr.

»Leute, das ist Isaac. Ist er nicht schön? Er ist *so* schön.« Sie tätschelte mir die Wange. »Und er ist ein genialer Schauspieler. Er ist Hamlet. Seht ihr das große Schild dahinten?« Sie stieß mit dem Finger in die ungefähre Richtung des HCT und des Aushangs in schwarzer Schrift: *Hamlet. Demnächst in die-*

*sem Theater*. »Das ist er.« Sie schlug mir mit der Hand auf die Brust. »Er ist unser Hamlet.«

»Was soll das, Willow?« Ich beäugte die drei Typen, die sie amüsiert betrachteten.

»Mithilfe dieser freundlichen Herren erwerbe ich ein wenig Bier.« Sie sprach den Satz langsam und sorgfältig aus.

Ich sah einen der Typen an. Der zuckte mit den Achseln. »Sie hat meinem Kumpel fünfzig Dollar für ein Sechserpack Heineken gegeben.«

»Und Sie finden es okay, Minderjährigen Bier zu kaufen?« Ich legte Willow den Arm um die Taille, um sie zu stützen. »Komm, wir gehen.«

»Nein.« Sie stieß mich weg und stolperte. »Ich gehe nicht ohne mein Bier.« Ihre wütende Miene wandelte sich in Freude, als ein anderer Typ mit einer schwarzen Plastiktüte aus dem Laden kam. Er blieb stehen, als er meinen finsteren Blick sah.

»Nein, nein, nein«, sagte Willow mit erhobenem Zeigefinger zu mir. »Niemand schreibt mir vor, was ich zu tun habe.« Sie nahm dem Typen die Plastiktüte ab und sah hinein. »Ah, *perfekt*.« Sie boxte ihn gegen die Schulter, als wären sie alte Kumpel. »Behalt das Wechselgeld, mein Freund.«

Die Typen gingen weiter, lachten und schüttelten den Kopf.

»Du hast ihm für Bier, das zwölf Dollar kostet, einen Fünfziger gegeben?«, fragte ich.

»Und wennschon«, sagte sie. »Was ich zu Hause von dem tausend Jahre alten Scotch meines Vaters getrunken hab, war garantiert mehr wert als fünfzig Dollar, weißt du.«

»Ich will es gar nicht wissen«, sagte ich, als ihr Whiskey-Atem mich überströmte. »Willow, was ist passiert? Was ist los?«

Sie warf mir einen komischen Blick zu. »Ist das nicht offensichtlich? Ich besauf mich.« Sie griff in die Plastiktüte und versuchte, eine der Bierflaschen aus der Papphalterung zu lösen. »Willst du auch eins? Wer trinkt schon gern allein!«

»Nicht hier, um Himmels willen«, sagte ich und nahm ihr die Tüte weg.

Ihr glückliches betrunkenes Gesicht verzog sich vor Wut. »Ich habe gesagt, niemand schreibt mir vor, was ich zu tun habe. Gib mir das Bier, oder ich schreie.«

»Du bist betrunken genug.«

Die Wut verschwand so schnell, wie sie gekommen war, und ihre Miene wurde tieftraurig. »Du verstehst das nicht, Isaac«, sagte sie und packte mich am Sweatshirt. »Ich muss weg von alldem.« Sie gestikulierte über dem Kopf, als wollte sie eine dunkle Wolke aus Gedanken oder Erinnerungen vertreiben.

Was für eine Wolke? Woher kam sie? Ich blickte in ihre großen verängstigten Augen, erinnerte mich an die schwarzen X auf ihrem Arm, und eine tiefe Angst entfesselte sich in meinem Inneren.

*Es ist schlimm. Was auch immer es ist, es ist schlimm.*

»Bitte«, bettelte sie. »Bring mich irgendwohin.«

Ich sah wieder zum Theater, dann zu ihr, hin- und hergerissen.

»Der Friedhof«, sagte Willow, und ihre glasigen Augen leuchteten auf. »Bring mich zum Friedhof. Er ist wirklich alt, oder? Hunderte von Jahren? Ich will da hin. Bitte.« Sie festigte ihre Stimme. »Es ist meine Entscheidung. Ich geb mir sowieso die Kante, ohne dich oder mit dir.«

Scheiße. Ihr zu helfen, sich zu betrinken, fühlte sich absolut richtig und absolut falsch an. Aber wenn sie sich unbedingt abschießen wollte, dann war es besser, ich war bei ihr.

»Okay, gehen wir.«

Sie hakte sich bei mir ein, als würden wir einen Spaziergang durch die Fußgängerzone unternehmen. Ich holte mein Telefon hervor und schrieb Marty.

**Willow geht es nicht gut. Ich bringe sie nach Hause. Ich komme nicht zurück.**

Seine Antwort kam wenig später. **Pass auf sie auf.**

Ich brachte Willow zu meinem Pick-up und half ihr in den Wagen, dann kletterte ich hinter das Lenkrad. Sie hatte schon wieder die Hände in der Tüte.

»Du musst warten, bis wir da sind«, sagte ich. »Kein offenes Bier. Bitte versuch dich so zu verhalten, dass ich nicht verhaftet werde.«

*Dann könnte ich mal eine Nacht in der Ausnüchterungszelle verbringen, genau wie mein Alter. Sicher wäre er stolz auf mich.*

»Ich will nicht, dass du verhaftet wirst«, sagte sie mit betrunkenem Ernst. »Das wäre ehrlich scheiße.«

Ich musste gegen meinen Willen lachen. Willow lehnte den Kopf an den Sitz, schloss die Augen, lächelte und summte. Ihr Haar war offen und fiel ihr in langen blonden Locken fast bis zur Taille. Sie trug ein schwarzes, enges langärmliges Oberteil, das die Rundung ihrer Brüste und die elegante Kurve ihres Halses betonte.

Sie war das wundervollste Mädchen, das ich je gesehen hatte, obwohl sie total betrunken war. Aber sie *war* betrunken, was mein Gefühl für sie veränderte. Jedes körperliche Verlangen aufschob. Mein Job war es, auf sie aufzupassen und nichts weiter.

*Und zu versuchen, nicht vollgekotzt zu werden.*

»Wie viel hast du getrunken?«, fragte ich. »Was war es, Scotch?«

»Mm.« Ihr Kopf neigte sich in meine Richtung. »Mein Vater hat mich ohne sein Wissen großzie… äh … großzügig an seinem Vorrat teilhaben lassen.«

»Wie bist du in die Stadt gekommen?«

Sie schnaubte feucht. »Es gibt so was wie Taxis. Selbst im kleinen Harmony. Es gibt so viel, was du nicht siehst.«

»Ich habe mein ganzes Leben hier verbracht«, sagte ich. »Ich habe alles gesehen.«

»Mit deinen Augen, ja. Aber es gibt so viel mehr ...« Sie beugte sich vor, griff in die Gesäßtasche ihrer Jeans und holte ein kleines Bündel Banknoten hervor. »Meine Mutter hat mich großzie... großzügig mit Mitteln für unseren kleinen Ausflug versorgt. Hier.« Sie zählte drei Zwanziger ab und stopfte sie in die Tasche meines Sweatshirts. »Benzingeld, kleine Aufmerksamkeit von Madame Holloway. Damit du ihre Tochter herumfährst und ihr die Sehenswürdigkeiten zeigst.«

»Ich will dein Geld nicht.« Ich versuchte, es ihr zurückzugeben, aber sie schob meine Hand weg, also ließ ich es zwischen uns auf dem Sitz liegen.

Ich bog in die Straße zum Friedhof ein. Es gab keinen Parkplatz, und vor den Gräbern stand nur eine gedrungene Leichenhalle aus Backstein, die seit Jahrzehnten geschlossen war.

Willow öffnete ihre Tür, bevor ich den Wagen überhaupt richtig geparkt hatte. Ich stieg aus und rannte auf die andere Seite, um ihr zu helfen. Als ich sie stützte, sah sie zu mir hoch.

»Du siehst wirklich ... gut aus.« Ihre betrunken gelallten Worte wechselten von albern zu ernst. Ihre Gedanken gingen tiefer. »Schön«, sagte sie, »aber nicht auf mädchenhafte Art. Nein. Auf männliche Art. Auf die Art, wie ein Mann ein schöner Mann sein kann. Das ...« Sie fuhr mit den Fingern über die Stoppeln auf meinem Kinn, dann über meine Augenbrauen. »Und hier ...« Sie strich sanft über meine Wangenknochen, achtete auf die noch heilende Wunde.

Ich schloss die Augen bei ihrer Berührung, ein Rausch durchfuhr mich, als hätte ich selbst einen Scotch getrunken.

*Tu mir das nicht an.*

»Und hier«, flüsterte Willow und fuhr mir mit dem Finger über die Lippen. »Und deine Augen, Isaac.«

Ich öffnete sie, und sie stand so nah vor mir, war so schön …

»Weißt du, was ich gedacht habe, als ich dich zum ersten Mal gesehen habe? Dass deine Augen wie die stürmische See vor Nantucket im Winter sind. Kalt und windgepeitscht, aber tief. Und jetzt sind sie nicht kalt …«

Sie reckte den Kopf. Sie wollte mich küssen. Und wäre sie nicht betrunken gewesen, wäre es der perfekteste Moment meines Lebens gewesen.

Ich drehte den Kopf weg und hielt sie an den Schultern fest. »Nein, Willow. Das geht nicht.«

»Das geht nicht«, echote sie. Ihr Gesicht verdüsterte sich. »Wie wahr, wie wahr! Ich will ein Bier.«

»Nur eins.«

»Du darfst mir nicht vorschreiben, was ich zu tun hab«, schimpfte sie. »Schon vergessen?«

Ich beugte mich vor und holte zwei Heineken aus der Tüte. »Nein, aber du könntest eine Alkoholvergiftung bekommen. Und das wird nicht passieren.«

Sie verzog beleidigt das Gesicht, aber protestierte nicht weiter.

Ich zeigte auf das kleine Backsteingebäude. »Lass uns hinter die Leichenhalle gehen, bevor uns jemand sieht.«

Wir umrundeten auf dem Kiesweg die Leichenhalle, in der noch ein einzelnes Licht brannte, wahrscheinlich, um unbefugte Personen fernzuhalten. Grillen zirpten ein endloses Konzert in den Bäumen um den Friedhof. Sie waren die einzige Begrenzung dieses Orts. Es gab keine Tore oder Zäune, keinen offiziellen Ein- oder Ausgang. Nur ein unebenes Stück Erde. Ein schwarzes Meer, an dessen Oberfläche schiefe Grabsteine dümpelten. Der kleinen Tafel an der Mauer der Leichenhalle zufolge gingen einige Gräber bis 1830 zurück.

»Das ist perfekt«, sagte Willow, als ich zwei Bierflaschen mit meinem Schlüssel aufmachte und ihr eine gab. Sie nahm einen großen Schluck, als wäre es ein Zaubertrank, den sie unbedingt brauchte.

»Trink langsam«, sagte ich. »Du –«

Da griff sie nach mir, eine Hand hielt das Bier und verschüttete es, und mit der anderen packte sie mein Sweatshirt. Sie riss mich an sich. Ihre Lippen trafen meine Wange, versuchten, meinen Mund zu finden. Ihr Atem roch nach teurem Whiskey und billigem Bier.

»So geht es«, flüsterte sie zwischen den hektischen Küssen, die mich gleichzeitig erhitzten und abstießen. Ich wollte sie mehr als alles andere, aber nicht auf diese Weise.

»Willow …«

»So geht es, okay? Betrunken und berauscht, du kannst mich einfach nehmen, Isaac. So geht es.«

»Nein …«

»Genau wie vorher«, sagte sie, knabberte an meinem Hals und ließ dann den Kopf an meine Schulter sinken. »So geht es. Vielleicht geht es jetzt nur noch so.«

Der Schatten eines Gedankens glitt wie ein kalter Schauder meine Wirbelsäule hinunter.

»Was meinst du damit? Was geht so?«

»Du weißt es«, sagte sie. »Muss ich es dir buchstabieren?«

»Ja, das musst du, Willow. Was meinst du?«

»Was ich meine?«, fragte sie sich. »Ich sage es doch, oder nicht? Ich erzähle die Geschichte. Warum? Weil ich dich mag, Isaac. So sehr, und es ist so verdammt traurig, oder? Ich will ein normales Mädchen sein, das einen Jungen mag, und das kann niemals, niemals sein. Nicht für mich.«

»Warum nicht?«, fragte ich, und mein Mund flüsterte die Worte, während mein Körper sich verkrampfte, als er sich auf die Antwort gefasst machte.

»Es war einmal vor langer Zeit …« Willows Kopf kippte schlaff auf die Seite, und ihre glasigen Augen waren dunkel vor Alkohol und Schatten. »Da hab ich eine Party gegeben. Es wurde getanzt. Wir haben getanzt wie Sex, und ich hab mich sexy gefühlt. Und erwachsen. Und er wollte mich. Er war älter und heiß und beliebt, und er hat *mich* beachtet. Er hieß Xavier.«

Sie hakte einen Finger in ihren Ärmel und zog ihn hoch und enthüllte einen Schwarm kleiner X, die jeden Zentimeter ihrer blassen Haut bedeckten.

»Ein X markiert eine Stelle«, sagte sie. »Jetzt sind sie auf meinem Arm, aber ich kann sie überall hinmalen.« Ihre Stimme zitterte. »Er hat mich überall berührt.«

Sie zog den Ärmel runter und ließ sich gegen die Mauer sinken, während ich sie mit meiner ganzen Aufmerksamkeit ansah. Ich zitterte, weil ich Angst davor hatte, was sie mir noch erzählen würde.

Willow nahm einen Schluck Bier und betrachtete dann die Flasche. »Ich habe in jener Nacht Bier getrunken. Aus einem Becher. Ich habe nicht viel getrunken, aber das musste ich auch nicht. Xavier hat was reingetan …«

»Gott …«

»Ich weiß nicht, was es war. Dann ist alles verschwommen. Meine Erinnerungen sind zerbrochen, und ich erinnere mich nur in winzigen Einzelteilen an die Nacht.« Sie sah zu mir auf, der halb erinnerte, zersplitterte Schmerz erfüllte ihre Augen. »Ich weiß noch, dass alle nach Hause gegangen sind und er mir geholfen hat, aufzuräumen. Er war so nett. Aufmerksam. *Kann ich dir etwas zu trinken holen*, hat er gefragt.«

Sie kniff die Augen zusammen. »Dann erinnere ich mich, dass ich oben war. In meinem Zimmer.«

Ich hielt den Atem an. Mein Herz hämmerte immer wieder gegen meine Brust.

»Es heißt, man soll die Wahrheit sagen«, sagte sie und öffnete die Augen. »Aber was, wenn du weißt, dass es passiert ist, aber dich nicht erinnern kannst, wie? Ich erinnere mich ans Tanzen. Ich hatte einen kurzen Rock an. Ich hatte etwas getrunken. Und ich bin – ohne mich zu wehren – mit ihm nach oben gegangen.«

»Verdammt. Willow …«

»Ich habe nicht Ja gesagt«, sagte sie, und ihre feuchten Augen hielten verzweifelt meinen Blick. »Aber ich kann mich auch nicht erinnern, Nein gesagt zu haben. Nicht mit meiner Stimme. Ich hatte keine Stimme. Aber in mir drin …« Sie schüttelte den Kopf. »In mir drin habe ich es geschrien.«

Ihre Worte hingen schrecklich und unbeirrt in der Luft. Ich schluckte schwer, ein dicker Kloß aus Schmerz und Wut und Hilflosigkeit saß mir in der Kehle. Ich rang nach Worten. Nach etwas, das ich sagen oder tun konnte, um es unwahr zu machen. Ich wollte sie aus diesem Albtraum wecken. Sie packen und weit wegbringen. In den Pick-up steigen und einfach losfahren. Richtig Gas geben und uns aus dieser Welt heraus an einen verfluchten magischen Ort namens »Das ist nie passiert« bringen.

*Ich will, dass es nie passiert ist, verdammt …*

Die Hilflosigkeit war wie ein Schraubstock um meinen Hals. Ich fragte mich, wie Willow es ertrug. Tag für Tag. Den ganzen Tag. Die ganze Nacht. Wie konnte sie hier stehen? Betrunken und völlig fertig vor Schmerz, schon, aber sie war da.

Sie zuckte mit den Achseln und wischte sich mit dem Ärmel über die Augen. »Das war's, oder? Ich hab nicht Ja gesagt, aber ich kann mich nicht erinnern, Nein gesagt zu haben. Jedenfalls hab ich 's nicht ausgesprochen …«

»Was ist danach passiert?«, fragte ich durch die zusammengebissenen Zähne.

*Sag mir, das Arschloch sitzt im Knast. Und kriegt jeden Tag seines Lebens die Scheiße aus ihm rausgeprügelt.*

Willow zuckte wieder mit den Achseln, eine schreckliche, hoffnungslose Geste.

»Der nächste Morgen ist passiert. Ich hatte Kopfschmerzen, als würde mein Gehirn versuchen, aus meinem Schädel auszubrechen. Ich habe meine zerrissene Unterwäsche verbrannt. Ich habe das Blut aus den Laken gewaschen. Ich habe eine Dreiviertelstunde lang heiß geduscht. Ich habe versucht, alle Beweise zu vernichten und so zu tun, als wäre es nie passiert.«

»Du hast es niemandem erzählt«, sagte ich.

»Erzählen …« Sie schüttelte den Kopf. »Unmöglich. Wie soll ich der Polizei erzählen, dass Xavier Wilkinson, Sohn des CEO eines milliardenschweren Unternehmens mich unter Drogen gesetzt und … mich … vergewaltigt hat?« Nach diesem Wort lähmte sie ein ersticktes Schluchzen, und sie schluckte es herunter. »Mein Dad würde seinen Job verlieren. Sie würden uns eine Armee von Anwälten auf den Hals hetzen. Wir wären pleite. Mal ganz davon abgesehen, dass ich erklären müsste, was ich anhatte und was ich getan habe. Wie viel ich getrunken habe und wer mich mit ihm tanzen gesehen hat. Ich hab mich vor allen anderen beim Tanzen an ihm gerieben, als würde ich es wollen.«

»Aber …«

»Da ist noch mehr«, sagte sie. »Wir hatten den ganzen Sommer lang geflirtet. Ich hatte ihn am Nationalfeiertag auf einer Party in den Hamptons kennengelernt. Wir haben uns geschrieben. Und daraus wurde … *mehr*. Es ging zu weit, und am

Ende habe ich …« Sie versuchte, mir in die Augen zu sehen, und konnte nicht. »Ich habe ihm ein Foto geschickt. Von mir. Oben ohne. Er hat mich darum gebeten, und ich habe es getan. Jetzt hat er es. Er hat es immer noch. Er wird es allen zeigen, wenn er das nicht schon getan hat, und ich … ich …«

Plötzlich beugte sie sich vor und kotzte den gesamten Alkohol des Abends vor sich auf den Boden. Ich trat zu ihr und hielt ihr Haar nach hinten, während sie würgte. Und ich wusste, es hatte mehr mit ihrer Geschichte zu tun als mit dem, was sie getrunken hatte.

Als nichts mehr übrig war, stieß sie mich weg und ließ sich keuchend und erschöpft an die Mauer sinken.

Ich ging auf und ab. Feuer floss durch meine Adern, meine Hände waren zu Fäusten geballt, und mein Herz hämmerte. Blut rauschte in meinen Ohren und färbte meinen Blick rot.

»*Fuck.*« Ich wirbelte herum und rammte die Faust gegen das Holzschild der Leichenhalle, meine Knöchel platzten auf. »Ich bringe ihn um. Wo ist er jetzt? Ich bringe ihn um, verdammt.«

Willow ließ ein bitteres Lachen hören. »Ach ja? Du bringst ihn um? Oder verprügelst ihn? Und dann ist alles wieder gut?«

»Ich … ich muss einfach etwas tun …«

»Damit du dich besser fühlst?« Sie wischte sich mit dem Handrücken das Kinn ab. »Ja, super, schön für dich. Aber was ist mit mir? Wann fühle ich mich besser? Nie. Ich werde diese Erinnerung für immer in meinem Gehirn haben, für immer diesen Schmutz auf meinem Körper fühlen. Eine chronische Krankheit, für die es keine Heilung gibt.«

»Es ist nicht deine Schuld …«

»Das weiß ich, aber verstehst du es nicht? Es ist egal. Es ist nicht meine Schuld, aber *das ist egal.* Weil es zu spät ist. Zu spät. Du kannst ihn zu Brei schlagen und gegen Schilder boxen, bis du dir die Knochen brichst. Aber ich bin immer noch hier.«

Sie zeigte mit dem Finger auf den vollgekotzten Boden, und Tränen schimmerten in ihren Augen. »Ich bin hier. Für immer. Genau *hier*.«

Die Erkenntnis stieg langsam in ihr auf, als würde sich eine schreckliche Tragödie vor ihren Augen abspielen.

»Scheiße ...«, flüsterte sie. Die Tränen liefen ihr über die geröteten Wangen. Ihre Unterlippe zitterte, und ihr Atem kam in hektischen Stößen. »Scheiße. *Scheiße*.« Sie warf die Flasche auf den Boden, wo sie in glitzernde grüne Scherben zersprang, dann verließ sie den Kiesweg und stapfte taumelnd den Hügel hoch auf den Friedhof.

Ich folgte ihr schweigend. Sie brauchte meine Worte nicht zu hören. Sie würde etwas von dem Zorn und dem Schmerz rauslassen, und es war meine Aufgabe, ihr das zu ermöglichen und danach für sie da zu sein.

»Arschloch, Arschloch, *Arschloch*.«

Ihre Stimme wurde lauter und lauter, schnitt wütend durch den Himmel. »Du Arschloch!«, schrie sie. »Du Arschloch! *Arschloch!* ARSCHLOCH!«

Ihr letzter Schrei überschlug sich, und sie brach zusammen. Ihre Knie gaben nach, und ich fing sie gerade rechtzeitig auf und hielt sie fest. Vorsichtig. Neutral. Wie konnte sie je wieder wollen, dass ein Mann sie berührte?

Aber Willow zerrte am Kragen meiner Jacke und drückte sich an mich, als wollte sie in mich hineinkriechen. Ich umhüllte sie. Zog sie an mich. Machte meinen Panzer zu ihrem Panzer. Ihr blondes Haar fiel über meine Hände, und ich machte Fäuste darin, hielt sie so fest. Gott, ich hatte mir tausendmal vorgestellt, ihr Haar zu berühren, aber nicht so.

Niemals so.

Ich hielt sie und versuchte, ihr den Schmerz abzunehmen. Und wenn es nur ein bisschen war. Ich hätte gern alles auf mich genommen. Ich spürte, wie er sie erzittern ließ. Selbst wenn ihr Gehirn sich nur an ein paar verschwommene Momente erinnerte, ihr Körper wusste noch alles. Es steckte in ihren Zellen. In ihrer Seele. Jeder Moment dieser Vergewaltigung saß tief in ihr, war auf ihr aufgedruckt.

Und ich konnte nichts tun.

Sie weinte an meiner Brust, atmete zwischen verzweifelten Schluchzern stockend ein. Die Schluchzer wurden schwächer, und sie erschauderte nur noch ab und zu. Dann kam eine tödliche Reglosigkeit.

»Ich will nach Hause«, krächzte sie an meiner Brust.

Ich streichelte ihr Haar. »Ich bringe dich.«

»Aber wo ist zu Hause?« Willow wischte sich mit dem Ärmel ihres Oberteils über die Augen und sah sich auf dem Friedhof um. Alte Grabsteine standen in schiefen Reihen, manche waren seitlich abgesackt und fleckig vom Alter. »Gott, ich bin so müde.«

Sie rutschte unter meinem Arm hindurch, ließ sich auf Hände und Knie nieder. Neben einem Grab rollte sie sich auf die Seite und legte den Kopf auf einen Arm.

»Willow …«

»Du musst nicht bleiben«, sagte sie und schloss die Augen.

»Aber … hier?«

»Ja«, sagte sie. »Wir Toten, wir schlafen auf Friedhöfen.«

»Du bist nicht tot«, sagte ich und ging neben ihr in die Hocke. »Du bist nicht tot, Willow.«

*Ich lasse dich nicht sterben.*

»Nicht ganz«, murmelte sie schläfrig. »Aber ein Teil von mir ist tot und weg. Und ich kriege ihn niemals zurück.«

Das traf mich tausendmal schlimmer als die Wut, die sie in den Himmel geschrien hatte.

Ich legte mich langsam und vorsichtig hin und rutschte näher an sie heran. Ich kam ihr so nah, wie ich wagte, zögerte immer noch, sie zu berühren. Aber sie ließ zu, dass ich mich hinter sie legte, ließ zu, dass meine Brust ihren Rücken berührte und meine Knie sich hinter ihre schoben. Ihr volles Haar war weich an meiner Wange, als ich die Arme um sie legte. Sie schmiegte sich an mich, und ich dachte schon, sie wäre eingeschlafen, als ihre Stimme sich in der warmen, ruhigen Nacht erhob.

»Es tut mir leid«, flüsterte sie.

»Gott, Willow, es gibt nichts, was dir leidtun muss.«

»Es tut mir leid, dass ich nie die Art Mädchen sein kann, die du willst.«

*Du bist schon die Art Mädchen, die ich will.*

Die Worte blieben mir im Hals stecken. Sie wollten heraus, aber sie blieben hinter meinen Lippen verschlossen. Wie umgekehrtes Lampenfieber. Ich hatte kein Problem, Dramatiker für mich sprechen zu lassen, wenn ich vor Fremden auf der Bühne stand. Mit diesem Mädchen in den Armen fühlte ich mich meinem wahren Selbst näher als je zuvor.

Willow stieß einen letzten Seufzer aus. Schließlich schlief sie ein – so friedlich, wie es ihr möglich war auf dem Boden zwischen den Grabsteinen. Erst dann war ich mutig genug, es zu flüstern.

»Du bist das Mädchen, das ich will, Willow.«

Ich sagte es als ich selbst. Als Isaac Pearce. Es war keine Zeile in einem Stück, das jemand anders geschrieben hatte. Ich war es.

»Du bist es. Du bist das Mädchen. Ich will keine andere.«

Sie seufzte wieder und schmiegte sich fester an mich. Und so schliefen wir. Die alten Toten und die neuen; und die Sonne ging auf, und der Morgennebel legte sich über uns alle.

## 24. KAPITEL

### Willow

Als ich aufwachte, hämmerte Kopfschmerz hinter meinen Augen, und ich hatte einen säuerlichen Geschmack im Mund. Der Geruch nach Erdreich stieg mir in die Nase. Ich öffnete die Augen, sah ein Grasbüschel und versuchte, mich zu erinnern. Der Alkohol hatte den gestrigen Abend gemischt wie ein Kartenspiel, hatte Ereignisse und Worte durcheinandergebracht und teilte sie mir nun in zufälligen Erinnerungsmomenten wieder aus.

Ich blinzelte. Reihen von schiefen Grabsteinen. Weißer, tief hängender Nebel waberte zwischen ihnen hindurch.

*Oh Gott, ich habe auf einem Friedhof geschlafen.*

Ich wurde wacher, und mir wurde bewusst, dass Isaac hinter mir lag. Über mir lagen seine schwarze Lederjacke und auch sein nackter Arm, in der kalten Morgenluft von Gänsehaut überzogen. Ich bemerkte ein Tattoo, eine Zeile, die in einer alten Schrift seinen Unterarm entlanglief.

*Ich schmacht', ich brenn', ich sterbe.*

Shakespeare? Vielleicht. Die Worte hörten sich nach *ihm* an, auf eine Weise, die ich noch nicht ganz verstand, aber vielleicht eines Tages verstehen würde. Sein warmer Körper lag dicht an meinem. Seine Gegenwart – seine harte, schwere Realität – machte meiner Seele keine Angst. Ich hatte die ganze Nacht geschlafen. Ich fühlte mich sicher.

Und dann erinnerte ich mich.

*Ich hatte ihm alles erzählt.*

Es fiel mir wieder ein und brachte Angst und Demütigung mit. Ich hatte Isaac etwa sechshundertmal gesagt, dass er schön sei. Hatte versucht, ihn zu küssen. Hatte ihm meinen Körper angeboten, weil ich gedacht hatte, dass ich nur halb benebelt von Alkohol je wieder Körperkontakt zu einem Mann haben könnte.

Ich hatte meine Geschichte erzählt.

Ich hatte Schimpfworte in den Himmel gebrüllt.

Und mich übergeben.

»Oh Gott«, flüsterte ich.

Das Geheimnis, das meinem Leben die Luft abschnürte, war gelüftet, und Isaac Pearce kannte es jetzt. Ganz. Jede schreiende, kotzende Minute. Jedes schmutzige Detail. Er war Zeuge geworden, wie der Schmerz stockend aus mir herausgeströmt war. Es war nicht länger eine schattenhafte Erinnerung, die tief in mir verschlossen nur in Form von kleinen schwarzen X durch die Haut sickerte. Es war real. Ich hatte es ausgesprochen.

*Xavier Wilkinson hatte mich unter Drogen gesetzt und vergewaltigt.*

Ich hatte die Worte gesagt. Hatte *das* Wort gesagt, laut und mit meiner eigenen Stimme, und ihm dadurch ein wenig von seiner Macht genommen. Nicht viel, nur ein Tropfen in einem großen Ozean, aber es war ein Anfang.

Ich setzte mich langsam auf, und Isaacs Jacke rutschte mir von der Schulter. Meine Jeans war dreckig und feucht, nachdem ich die ganze Nacht auf dem Rasen gelegen hatte. Mein Haar fiel in einer wirren Matte um mich herum.

»Hey«, sagte Isaac leise.

Mein Kopf fuhr herum, und ich sah zu ihm hinunter. All die

Worte, die ich gesagt hatte, hingen zwischen uns in der Luft, und ich konnte sie nicht zurücknehmen.

*Und wenn ich das gar nicht will?*

Isaac, der Bescheid wusste, war nicht wie Xavier, der ein Nacktfoto von mir besaß. Es stand ihm nicht ins Gesicht geschrieben. Er wendete es nicht ständig im Kopf und glotzte es nicht an wie ein anstößiges Bild. Er betrachtete mich stirnrunzelnd, seine Miene war voller Sorge und Unsicherheit.

»Hey«, sagte ich und verzog das Gesicht. Mein Hals war wund und rau vom Schreien. Meine Gedanken waren so durcheinander, dass ich nicht wusste, was ich sagen sollte, außer: »Wir haben auf einem Friedhof geschlafen.«

Isaac lächelte, und seine Stirn glättete sich. »Das haben wir.« Er sah sich den Grabstein an. »Ich hoffe, *Joseph P. Bouchard, geliebter und treuer Gatte*, hat es nichts ausgemacht.«

»Oh, Mist, wie spät ist es?«

Ich holte mein Handy aus der Gesäßtasche. Das Display war gesprungen, ein Opfer meiner Trunkenheit. Es war 05:17.

Ich hielt mir den schmerzenden Kopf. »Oh Gott, meine Eltern werden bald aufstehen. Sie werden herausfinden, dass ich nicht nach Hause gekommen bin. Ich bin erledigt. Und so kann ich unmöglich nach Hause gehen.« Ich stand wankend auf. »Ich weiß nicht, was ich machen soll. Was soll ich machen?«

Isaac stand auf und neigte den Kopf vor und zurück, um seinen Hals zu dehnen. Sein weißes T-Shirt war dreckig, seine Jeans von oben bis unten feucht.

Schnell hob ich seine Jacke auf und gab sie ihm zurück.

»Hier«, sagte ich. »Du siehst aus, als wenn dir kalt wäre.«

Er nahm mir die Jacke ab und legte sie mir um die Schultern. Er hielt sie vorne zu und zog mich sanft an sich. In seinem Blick war keine Verurteilung. Er war von meiner Geschichte nicht angeekelt oder abgestoßen.

»Isaac«, flüsterte ich und schluckte schwer.

»Nicht«, sagte er und umarmte mich. Seine Arme legten sich um meinen Rücken und hielten mich fest. »Alles wird gut.«

Ich schüttelte den Kopf an seiner Brust. »Nein, wird es nicht. Es war so lange nicht gut.«

»Vielleicht war gestern Abend ein Anfang.« Er löste sich von mir und sah mir in die Augen. »Wo ist er jetzt?«, fragte er mit leiser Stimme.

»Im College. Lebt sein Leben. Ich kann es niemandem sagen. Es ist zu spät«, sagte ich, und Panik stieg in mir auf. Ich stieß mich von ihm ab. »Ich muss nach Hause. Ich muss … Gott, sie werden merken, dass ich draußen geschlafen habe.« Ich zeigte auf meine schmutzigen Klamotten. »Ich kann das nicht verstecken.«

»Ich kann dich zu den Fords bringen. Marty wird uns decken.«

»Nein. Nicht er. Ich kann es ihm nicht sagen. Ich könnte ihm den Rest des Stücks nicht mehr in die Augen sehen.«

Isaac sagte nichts dagegen, obwohl ich merkte, dass er wollte. »Was ist mit Angie? Weiß sie es?«

Elend schüttelte ich den Kopf. »Nein. Und ich hasse es, ihr das ständig anzutun, sie zu bitten, mich zu decken. Ich will nicht, dass sie Ärger bekommt. Ich will es ihr nicht …«

*Erzählen.*

»Sie ist deine *Freundin*, Willow …« Er schüttelte den Kopf und fuhr sich mit den Fingern durchs Haar. »Was ist mit deinen Eltern? Vergiss letzte Nacht. Vergiss den Alkohol und dass du draußen geschlafen hast. Vergiss das Stück. Sie wissen nicht, was passiert ist. Glaubst du nicht, du solltest es ihnen sagen?«

»Nein«, sagte ich mit harter Stimme. »Das mach ich nicht. Ich … ich sage es Angie. Aber das war's. Sonst braucht es niemand zu wissen.«

Isaac wollte noch mehr sagen, aber ich schüttelte den Kopf. »Das ist meine Entscheidung. *Meine*. Und ich bin nicht bereit dafür. Selbst wenn ich es wäre, es ist zu spät.«

»Das sagst du schon die ganze Zeit.«

Ich versteifte mich. »Weil es stimmt.«

»Vielleicht nicht«, sagte er ruhig. »Martin hat neulich gesagt, dass der Gedanke, dass etwas *zu spät* sei, ein Hoffnungskiller ist.«

»Sie werden mir nicht glauben«, sagte ich. »Ich habe zu lange gewartet, und er hat dieses Foto ...« Ich schüttelte den Kopf heftiger. »Nein. Ich muss zu Angie, mich waschen und meine Klamotten sauber kriegen und versuchen, das Stück nicht zu verlieren.«

Ich nahm mein Telefon und rief Angie an.

»Hallo?«, sagte sie schlaftrunken.

»Angie, ich bin's.«

»Willow? Wie spät ist es?«

Ich schloss die Augen. »Ich brauche dich.«

Die McKenzies wohnten in einem bescheidenen Haus am Südrand von Harmony. Angie traf uns an der Hintertür. Sie trug weite Schlafanzughosen und ein T-Shirt, auf dem stand: *Ich schwöre feierlich, dass ich nichts Gutes im Schilde führe.* Ihre Augen weiteten sich, als sie meine dreckverschmierten Klamotten sah, dann rannte sie mit offenen Armen auf mich zu.

»Oh Gott«, flüsterte sie und umarmte mich. »Es ist okay. Was auch immer passiert ist, alles wird gut.« Sie ließ mich los und beäugte misstrauisch Isaac. »Mein Dad ist auf Geschäftsreise, aber meine Mom ist hier«, flüsterte sie. »Wenn sie dich sieht ...«

Isaac hatte sich in sein Schweigen zurückgezogen, sein Gesicht war die übliche ausdruckslose Maske.

»Gibst du uns einen Augenblick?«, fragte ich.

Angie sah schnell zurück ins Haus. »Einen kurzen.«

Ich nahm Isaac auf Angies Veranda beiseite und zog seine Jacke aus.

»Behalt sie«, sagte er.

»Das kann ich nicht«, sagte ich. Die Tränen kamen wieder.

»Willow«, sagte er. »Nicht.«

»Das hast du vorhin schon gesagt«, sagte ich. »Was *nicht?* Ich weiß nicht, wie ich mich fühlen soll.«

»Und ich versuche nicht, es dir vorzuschreiben. Du sollst nur wissen, dass es … okay ist. Es ist okay, dass du es mir gesagt hast.« Er knirschte mit den Zähnen. »Ich will das Arschloch umbringen, ich will nicht lügen. Ich will ihn aufspüren und …« Er atmete durch die Nase ein. »Aber ich werde nichts tun, was du nicht willst, ja? Versprochen.«

Tränen liefen mir die Wangen hinunter, und ich atmete ein. »Danke«, flüsterte ich.

Angie verlor die Geduld. Sie umarmte mich, und ihre Stimme war weich, als sie mit Isaac sprach. »Ich kümmere mich um sie.«

Er zögerte, als wollte er mich keine Sekunde lang allein lassen. »Danke.« Er drehte sich zu mir um. »Schreib mir später.«

»Mach ich.«

Wir sahen ihn durch den kühlen Morgen zurück zu seinem Pick-up gehen, die Hände in die Taschen geschoben, die Schultern hochgezogen.

Sobald er weg war, zog Angie mich zu sich herum. »Sag mir die Wahrheit«, sagte sie und schob mir das wirre Haar aus dem Gesicht. Ihre Stimme war noch nie so hart oder ernst gewesen. »Ist er der Grund, weshalb du so aussiehst?«

Ich schüttelte den Kopf. »Nein. Er ist der Grund, weshalb ich nicht noch schlimmer aussehe.«

Meine Stimme überschlug sich. Die Tränen flossen jetzt. Angie legte mir einen starken Arm um die zitternden Schultern. »Komm, gehen wir nach oben.«

Sie schob mich in ihr Zimmer im zweiten Stock. Unten hörte man hinter einer Tür das Geräusch von laufendem Wasser. Ein Hund, ein wunderschöner Irish Setter mit fließendem kastanienbraunem Fell, kam hinter uns die Treppe hoch.

»Barkley, nein«, sagte Angie, aber er kam trotzdem ins Zimmer.

»Mom macht sich für die Arbeit fertig«, sagte sie, als sie hinter sich die Tür schloss. Mir wurde mit Bedauern klar, dass ich nicht wusste, was ihre Eltern machten. Ich hatte nie gefragt.

Angies Zimmer stürmte auf meinen schmerzenden Kopf ein. Es sah genauso aus, wie ich es mir vorgestellt hatte: voll mit popkulturellem Kitsch. Poster von obskuren Alternative Bands, von denen ich nie gehört hatte. Eins von Emma Watson als Hermine. Drei Regale waren mit Romanen, Comics und reihenweise Mangas vollgestellt. Klamotten lagen auf dem Fußboden – all die T-Shirts mit Aufschrift.

Sie setzte mich auf die schwarze Überdecke des Bettes. Barkley legte sich hin und sah zu, wie sein Mensch vor uns auf und ab ging.

»Ich weiß nicht, was ich machen soll. Ich muss meiner Mutter irgendwas sagen, okay? Du hast dich nach der Probe nicht wohlgefühlt? Und bist deshalb hier gelandet? Und …?«

»Ich weiß es nicht«, sagte ich.

Angie kniete sich zwischen meine Beine und nahm meine Hände. »Was ist passiert, Willow? Vergiss den Rest. *Was ist passiert?* Erzähl mir alles.«

Ich erzählte ihr alles.

Anders als bei der entflammten Wut der letzten Nacht kam die Geschichte zwischen sanften Schluchzern hervor. Es Isaac zu erzählen war gewesen, als hätte ich eine Granate auf das Eis und das Taubheitsgefühl geworfen. Alles war explodiert. Als ich es Angie sagte, musste ich nur die Worte durch das Loch fallen lassen, das entstanden war.

Angie setzte sich neben mir aufs Bett und weinte mit mir. »Du musst die Polizei anrufen«, sagte sie. »Du musst Anzeige erstatten.«

»Ich kann nicht. Es ist neun Monate her.«

»Das ist egal.«

»Ich habe alle Beweise zerstört, und er hat dieses Foto.«

»Willow, du musst –«

»Ich muss gar nichts«, sagte ich. »Ich kann nicht … Gott, ich … ich fühle mich so schmutzig.«

»Er ist schmutzig«, fauchte Angie. »Er ist ein ekelhaftes, widerliches, verachtenswertes, unmenschliches Monster. *Er* sollte sich schämen. Er …« Sie verstummte und schüttelte den Kopf, dann hob sie eines ihrer T-Shirts auf, wischte sich die Augen ab und reichte es mir.

Barkley legte seine lange Schnauze in meinen Schoß und sah mich stumm aus seinen feuchten braunen Hundeaugen an, als würde er alles verstehen.

»Ich habe es niemandem erzählt«, sagte ich. »Nie. Bis gestern Nacht. Bitte, lass mich erst … verarbeiten, dass es in der Welt ist. Okay?«

»Natürlich.« Sie umarmte mich fest. »Gott, es tut mir leid. Was auch immer du brauchst. Was auch immer du willst.«

Es klopfte an der Tür, und eine Frauenstimme rief auf der anderen Seite. »Angie?«

Die Tür ging auf, und eine ältere Version von Angie erschien. Die gleichen schwarzen Locken, die gleiche rundliche Figur in einem fließenden Kleid.

»Schatz, ich fahre los. Ist Barkley hier …? Oh, es tut mir leid, ich wusste nicht …« Ihre Miene wechselte zu erschrockener Sorge, als sie von mir zu ihrer Tochter und wieder zu mir zurück guckte. »Hallo …?«

»Willow, das ist meine Mom, Bonnie«, sagte Angie, die noch die Arme um mich gelegt hatte. »Mom, das ist meine Freundin, Willow Holloway. Sie hatte eine etwas schwierige Nacht. Sie muss ihre Klamotten sauber machen, duschen und etwas essen, und dann müssen wir ihren Eltern sagen, dass sie die Nacht über bei mir war, okay?«

»Angela«, sagte Bonnie ernst.

»Es ist nichts Ungesetzliches passiert, versprochen«, sagte Angie. »Sie braucht unsere Hilfe, okay? Bitte. Du kannst mir vertrauen. Das weißt du.«

Bonnie schob Barkley sanft beiseite, setzte sich auf meine andere Seite und strich mir das lange Haar aus dem Gesicht. »Du hast getrunken.«

Angie biss sich auf die Lippen. »Okay, also eine ungesetzliche Sache …«

»Angie hatte nichts damit zu tun, Mrs McKenzie«, sagte ich. »Das schwöre ich. Und es tut mir so leid, dass ich hier einfach auftauche. Ich hatte eine schwierige Nacht, das ist alles.«

»Willow spielt die Ophelia im *Hamlet* am Community-Theater«, sagte Angie. »Es ist sehr wichtig für sie. Und sie ist wirklich brillant. Wenn wir ihr nicht helfen, werden ihre Eltern sie aus dem Stück nehmen.«

»Ich lüge nicht gern«, sagte Bonnie und strich mir dabei übers Haar, als wären Angie und ich seit dem Kindergarten befreundet. »Ich mache eine Ausnahme, wenn ihr mir beide versprecht, dass es genügt zu sagen, dass sie die Nacht hier war, um alles in Ordnung zu bringen. Ich will nicht herausfinden, dass mehr passiert ist und meine Lüge die Sache verschlimmert hat. Habt ihr das verstanden?«

Wir nickten.

»Okay. Ich werde euch vertrauen.« Ihr Tonfall implizierte, dass sie das besser nicht bereute.

»Danke.« Ich ließ mich an sie sinken, und sie umarmte mich. Eine warme und tröstliche mütterliche Umarmung. »Danke«, flüsterte ich noch einmal. »Es tut mir so leid.«

»Gibt es etwas, worüber du reden willst, Schätzchen?«, fragte sie.

»Nein«, sagte ich und warf Angie einen Blick zu.

Dann klingelte mein Telefon, und wir fuhren alle zusammen.

»Oh Gott, das ist meine Mom«, sagte ich, und meine Stimme zitterte. »Sie wird es meinem Dad sagen. Ich werde *Hamlet* verlieren.« Ich schluckte schwer. »Ich werde Hamlet verlieren.«

Bonnie nahm mir das Telefon aus der Hand und ging dran.

»Hallo Mrs Holloway? Mein Name ist Bonnie McKenzie, ich bin Angie McKenzies Mom.« Eine Pause, dann runzelte sie die Stirn. »Angie. Willows Freundin.« Pause. »Ja. Hi. Willow duscht gerade. Ich bin an ihr Telefon gegangen, weil ich mir sicher war, dass Sie sich Sorgen machen.« Eine Pause. »Ja, anscheinend hat meine Tochter gestern Abend nach der Probe im Scoop gelernt. Die Mädchen haben sich getroffen und beschlossen herzukommen. Sie haben sich verquatscht und sind zu lange aufgeblieben. Ich hatte angenommen, dass Willow Sie angerufen hat, aber habe heute Morgen erfahren, dass das nicht stimmt.«

Angie und ich tauschten Blicke, lauschten mit wachsender Hoffnung, wie ihre Mutter mir den Arsch rettete.

»Ich weiß«, sagte Bonnie und lachte kurz auf. »Teenager, stimmt's? Wir erfahren es immer als Letzte. Aber Willow fühlt sich nicht gut. Ich denke, sie sollte vielleicht heute nicht in die Schule gehen. Ich kann sie nach Hause fahren oder …« Eine

Pause. »Natürlich«, sagte sie und warf mir einen mitfühlenden Blick zu. »Sie können sie abholen.« Eine Pause. »Sehr gut, ich schreibe Ihnen die Adresse. Okay. Wiederhören.«

Sie legte auf und gab mir das Telefon zurück. »Ich schätze, du hast etwa zwanzig Minuten, um dich herzurichten.«

»Vielen, vielen Dank«, sagte ich. »Noch mal.«

»Mom, du bist ein Rockstar, ehrlich«, sagte Angie.

Bonnie schürzte die Lippen. »Nun, meine Damen, ich mache das nicht noch einmal. Aber es könnte funktioniert haben. Deine Mutter – ich sage es ungern – klang eher wütend als besorgt.«

»Das passt«, sagte ich.

Bonnie stand auf und strich ihren Rock glatt. »Geh duschen, wasch dir die Haare – und benutz auf jeden Fall die Mundspülung, die über dem Waschbecken steht. Angie, vielleicht kannst du Willow was zum Anziehen leihen? Sie ist größer als du, aber vielleicht einen Rock und ein T-Shirt? Ich packe deine Sachen in die Maschine, und du kannst sie später abholen. Frühstück? Ich wollte Eier mit Speck machen.«

Ich starrte diese Frau an. Sie war wie ein Gespenst oder ein UFO. Eine echte Mutter, die Sachen tat, die echte Mütter taten. Ich hatte gehört, dass es so etwas gab, aber ich hatte es nie mit eigenen Augen gesehen.

»Danke, Mom«, sagte Angie. »Du bist die Beste.«

Sie gab ein *Hmmpf* von sich, dann umfasste sie mein Kinn. »Wenn du das nächste Mal glaubst, du könntest eine schwierige Nacht haben, ruf Angie *vorher* an, okay? Und Angie erzählt es mir dann. Das tut sie doch?«

»Das tut sie auf jeden Fall«, sagte Angie.

Bonnie tätschelte mir die Wange, ging aus dem Raum und machte die Tür hinter sich zu.

Ich schüttelte den Kopf. »Deine Mom …«

»Oh ja, sie ist Gold wert. Sie ist Therapeutin. Eine Situation zu verstehen und nicht darüber zu reden ist sozusagen ihre Spezialität.«

*Eine Therapeutin*, dachte ich. Und gleich darauf fielen mir Isaacs Worte ein: *Alles passiert aus einem Grund.*

Ich duschte in Angies Badezimmer und wusch die gestrige Nacht mit warmem Wasser und blumigem Duschgel ab. Die Mundspülung spülte den Geschmack nach Erbrochenem und Alkohol weg. Mein Spiegelbild hatte geschwollene rote Augen. Stumm dankte ich noch einmal Bonnies schneller Auffassungsgabe und dass sie gesagt hatte, dass ich krank sei. Ich hätte auf keinen Fall zur Schule gehen können.

Als ich aus dem Bad kam, gab Angie mir einen langen fließenden Rock mit grünen und roten Blumen und ein übergroßes grünes T-Shirt mit der Aufschrift: *Manchmal frage ich mich, was aus den Leuten geworden ist, die mich mal nach dem Weg gefragt haben.*

Angie sah mich an. »Schlabberig, aber es wird gehen.«

Wir gingen nach unten, und ich setzte mich auf einen Hocker an die Küchentheke und aß etwas von den Eiern mit Speck. Das Haus der McKenzies war ebenso modern wie unseres, nur insgesamt kleiner und mit all der Wärme und Gemütlichkeit, die unserem fehlte.

*Bonnie ist bestimmt gut in ihrem Job*, dachte ich.

Zwanzig Minuten später summte mein gesprungenes Telefon, als eine Nachricht ankam.

**Ich stehe vor der Tür.**

»Ich wette, sie bereut es, den ganzen Weg hergekommen zu sein, nachdem Sie ihr angeboten hatten, mich nach Hause zu fahren«, sagte ich und gab Barkley ein Stück von meinem Speck. »Ihr Misstrauen hat sich gelegt, und jetzt ist sie nur noch genervt, dass sie mich abholen muss.«

Angies Mom hob die Augenbrauen. »War sie der Grund für deine schwierige Nacht?«

»Nein«, sagte ich.

»Dann würde ich rausgehen und mich bei ihr entschuldigen.« Sie lächelte hinter ihrer Kaffeetasse. »Du weißt schon. Für die Umstände.«

Ich musste lachen. Angies Mom hatte nach einem einzigen Telefonat begriffen, wie meine Mutter tickte.

Ich rutschte vom Hocker, und Angie und Bonnie begleiteten mich zusammen mit Barkley zur Tür. Draußen wartete meine Mutter in ihrem silbernen Mercedes. Ich kraulte den Hund hinter den Ohren und umarmte dann Bonnie, in der Hoffnung, etwas von ihrer Gemütlichkeit mit nach Hause nehmen zu können.

»Danke«, sagte ich.

»Du dankst mir am besten, wenn du nicht vergisst, was ich gesagt habe«, sagte Bonnie. »Du kannst jederzeit mit mir reden.«

Tränen stiegen mir in die Augen. Als ich Angie umarmte, liefen sie mir über die Wangen.

»Wir Mädels halten zusammen, stimmt's?«, sagte sie mit bebender Stimme. »Wir reden später weiter, okay? Wenn du dich ausgeruht hast.«

Ich nickte. Ich war erschöpft bis auf die Knochen.

Meine Mutter drückte auf die Hupe und ich seufzte. »Mein Stichwort.«

Ich ging nur mit dem Telefon in der Hand die Auffahrt hinunter, Angies Rock raschelte mir um die Beine. Angie und Bonnie standen mit ihrem süßen Hund an der Tür und winkten. Ein Bild von Wärme und Freundschaft und einem *Zuhause*.

Ich winkte zurück, bevor ich auf den Beifahrersitz kletterte.

Ich ließ das Haar auf der linken Seite meines Gesichts runterfallen, in der Hoffnung, dass Mom meine roten und geschwollenen Augen nicht bemerkte.

»Hey, Mom. Tut mir leid wegen gestern. Wir haben die Zeit vergessen, und heute fühle ich mich gar nicht gut.«

»Wohl eher nicht. Deine Stimme klingt furchtbar«, sagte sie, als sie anfuhr. »Und ich begrüße so etwas gar nicht, Willow. Es macht keinen guten Eindruck vor der Mutter deiner Freundin, dass ich nicht wusste, wo du gestern Nacht warst.«

»Sie versteht das. Sie ist Therapeutin. Und ich mag sie. Sehr.«

»Therapeutin.« Mom schniefte. »Vielleicht sollte ich dich zu ihr schicken.«

»Vielleicht solltest du das«, murmelte ich.

Meine Mom schniefte wieder und sah zu mir. Die Falten auf ihrer Stirn vertieften sich, und ich machte mich auf eine Frage gefasst. Die Frage, die Bonnie stellen würde. Die ich beinahe hören wollte. Wieder spürte ich, wie die Wahrheit in mir aufstieg. Ich hatte es schon zweimal erzählt. Ich konnte es auch ihr sagen. Sie musste nur fragen.

Mom: *Was ist los, Schatz?*

Ich: *Mom, es war Xavier …*

Aber sie brachte ihren Text durcheinander. »Was hast du da für Sachen an?«

# 25. KAPITEL

## Isaac

*Du bist das Mädchen, das ich will.*

Am Mittwochnachmittag erklang mein Geständnis immer wieder in meinem Kopf, während ich im HCT arbeitete. Willow hatte es vielleicht nicht gehört, aber ich schon. Und ich konnte es nicht zurücknehmen. Ich konnte den Satz nicht ungesagt machen.

»Scheiße«, sagte ich und fegte energisch den abgetretenen schwarzen Boden der Bühne.

Ich hätte einfach den Mund halten sollen, angefangen mit dem Tag in Daisy's Coffeehouse. Reden hatte mir dieses verdammte Schlamassel eingebracht. Mehr als zehn Jahre hatte ich geschwiegen, und dann kam Willow, und ich erzählte ihr alles. Jetzt wusste ich nicht mehr weiter. Irgendwie ging sie mir unter die Haut, bis ins Mark meiner verfluchten Knochen. Ihr Glück wurde meine Atemluft.

Ich wollte nicht bleiben.

Ich wollte sie nicht verlassen.

Vor allem nicht nach dem, was ihr passiert war.

*Oh Gott, Willow …*

Ich hörte auf zu fegen und rieb mir mit der Faust über die Brust. Willows Geschichte traf mein Herz wie ein Vorschlaghammer. Schlug jedes Mal wieder zu, wenn ich daran dachte. Und ich dachte ständig daran. Bilder eines gesichtslosen Typen, der ihr etwas in den Drink schüttete, sie in ein Zimmer führte, ihr die Kleider vom halb bewusstlosen Körper riss und sich auf sie legte …

Ich schloss die Augen und biss die Zähne zusammen, bis es wehtat.

*Xavier. Er hieß Xavier.*

Hass auf das niederträchtige Arschloch schwelte in mir wie eine kleine Flamme, die in ein Feuer ausbrechen würde, sobald ich ihn zu Gesicht bekäme. Es würde Willow nichts nützen, wenn ich ihn zusammenschlug. Aber er hatte ihr wehgetan. Auf die schlimmstmögliche Art. Ein tief sitzender und ursprünglicher Instinkt verlangte, dass ich ihm im Gegenzug auch wehtat.

»Sie ist nicht deine Freundin, verdammt«, sagte ich mir und fegte weiter. »Das Theaterstück. Halt dich an das verdammte Theaterstück.«

Aber auch *Hamlet* klang jetzt hohl, obwohl es mir immer Hoffnung gegeben hatte.

»*Fuck.*« Ich schleuderte den Besen zu Boden, und das Geräusch hallte dumpf durch das Theater.

Martin kam aus seinem Büro und stieg mit den Händen in den Hosentaschen zu mir auf die Bühne.

»Was ist los?«, fragte er ruhig.

»Nichts.« Ich bückte mich, um den Besen aufzuheben.

Er beobachtete mich, wartete. Ich hielt den Mund. Ich hatte das Reden satt.

Nach einer Sekunde nickte Martin wie zu sich selbst und holte zwei Stühle auf die Bühne.

»Lass uns über Hamlet reden«, sagte er, setzte sich und klopfte auf den anderen Stuhl. »Eine kleine Rollenanalyse, bevor die anderen kommen. Ich will sichergehen, dass wir für den Rest der Proben dieselbe Auffassung haben.«

Ich stellte den Besen weg, setzte mich, schlug die Knöchel übereinander und verschränkte die Arme vor der Brust.

»Was denkst du zu diesem Zeitpunkt der Proben über Hamlet?«

»Er redet zu viel.«

Marty lehnte sich zurück, schürzte die Lippen und dachte nach. »Kannst du das etwas genauer ausführen?«

»Er redet verdammt noch mal zu viel.«

Marty warf mir einen Blick zu.

»Er überanalysiert jeden Aspekt jeder Situation«, sagte ich. »Anstatt etwas zu tun, holt er aus, um nichts zu tun.«

»Akt zwei«, sagte Marty und nickte. »›*Ha, welch ein Esel bin ich!*‹ …?« Er grinste. »Aber dann heckt er aus, eine Schauspielertruppe den Mord seines Vaters nachspielen zu lassen. Das ist doch was.«

»Der Geist seines Vaters hat ihm gesagt, dass er ihn rächen soll«, sagte ich. »Anstatt in Akt eins zu Claudius zu gehen und ihm ein Messer zwischen die Rippen zu stechen, redet, redet und redet er. Quält sich. Tut Ophelia weh.« Meine Hände ballten sich zu Fäusten. »Dabei muss er nur tun, was er zu Beginn des Stückes geschworen hat.«

»Hm. Aber dann gibt es kein Stück.«

Ich zuckte mit den Achseln. »Am Ende sind alle tot. Keiner kriegt ein beschissenes Happy End, Marty. Keiner.«

»Das ist das Risiko beim Theater«, sagte Marty nach einer langen Pause. »Du bist festgelegt auf den Text, den man dir gibt, und auf das Schicksal, das der Autor für deine Figur vorgesehen hat.« Er beugte sich vor. »Aber du, Isaac, bist nicht auf diese Weise festgelegt. Auf der Bühne, ja. Im wirklichen Leben bist du frei.«

*Gequirlte Scheiße.*

Ich fühlte mich nicht frei. Harmony legte mich auf eine

Rolle fest, für die ich nie vorgesprochen hatte. Der Sohn eines Alkoholikers. Ein Loser mit einem Geschäft, das nicht lief. Ein Schulabbrecher. Ein potenzieller Krimineller. Ich musste hier raus. Das war das Schicksal, das ich mir selbst schreiben musste. Ende der Geschichte. Vorhang.

Martin betrachtete meine verhärtete Miene und seufzte.

»Komm schon. Die Probe fängt gleich an. Wird Willow kommen?«, fragte er. »Neulich ging es ihr nicht gut.«

»Ich denke schon«, sagte ich.

Willow hatte mir geschrieben, dass Angie und ihre Mom sie deckten, aber keine weiteren Details. Wenn Willows Dad bis jetzt nicht herausgefunden hatte, dass wir zusammen auf dem Friedhof gewesen waren, spielte sie noch mit. Und ich würde die Nervosität im Magen spüren, bis sie zur Tür hereinkam.

Es war sieben Uhr – und keine Willow.

Als Justin Baker kam, warf er mir einen verächtlichen Blick zu. Willow hatte ihn blamiert, als sie ihn bei dem Ball stehen und sich von mir nach Hause fahren lassen hatte. Es interessierte ihn einen Scheißdreck, warum sie das getan hatte oder wie sie sich fühlte. Für ihn zählte nur sein Stolz.

Laertes versetzt Hamlet am Ende den Todesstoß, aber Hamlet bringt Laertes im Gegenzug um. Plötzlich empfand ich ein intensives Verlangen, diese Szene zu proben, um den selbstgefälligen kleinen Bastard zu entwaffnen und mit seinem eigenen Degen zu durchbohren.

*Meine Güte, reiß dich zusammen.*

Um Viertel nach sieben erschien Willow hinten im Theater.

Erleichtert schloss ich die Augen, dann machte ich sie wieder auf und starrte sie an. Starrte, bis meine Augen brannten, weil ich nicht blinzelte. Denn wenn ich blinzelte, würde sie verschwinden, und ich wollte sie in der Zeit bewahren. Sie sah heil und gesund und so wunderschön aus in einem dunklen

Rock und einem grauen Pulli. Sie blickte sich im Theater um, und als sie mich entdeckte, lächelte und winkte sie.

*Alles wird gut werden.*

Besser als gut. Obwohl sie am anderen Ende des Theatersaals stand, sah ich die winzige Veränderung in ihrer Haltung. Als wäre die schreckliche Last, die sie niederdrückte, ein wenig leichter geworden. Sie war noch da. Ich wusste nicht, ob sie jemals ganz verschwinden würde. Aber mir ihre Geschichte zu erzählen hatte geholfen.

Und es hatte alles verändert.

Ich sah es an ihrem Lächeln und der Art, wie sie mich ansah. Man hört sich eine solche Geschichte nicht an und bleibt auf Abstand. Auch wenn sie völlig betrunken gewesen war, hatte sie mir vertraut. Ich kannte jetzt ihr Geheimnis, und nichts würde zwischen uns je wieder wie vorher sein.

*Aber das stimmt gar nicht*, dachte ich, und das Herz pochte in meiner Brust. Schon seit dem Tag in Daisy's Coffeehouse war nichts mehr wie vorher.

»Entschuldigung, dass ich zu spät bin«, sagte Willow. »Meine Mitfahrgelegenheit hatte eine Reifenpanne.«

»Das kann ja mal passieren«, sagte Martin milde. Rebecca kam dazu, und sie beugten sich über ihre Klemmbretter.

»Als Nächstes kommt Akt zwei, Szene zwei«, sagte sie.

Willow runzelte die Stirn und griff in ihre Tasche, um ihr Skript herauszuholen. »Ist das … Sorry, welche Szene ist das?«

»Du wirst nicht gebraucht, meine Liebe, nur im Geiste«, sagte Martin. »In Szene zwei des zweiten Akts erzählt dein lieber alter Dad Polonius« – er zeigte auf sich selbst – »dem König und der Königin, dass er den Grund für Hamlets Wahnsinn entdeckt hat. Das glaubt er jedenfalls.«

Er holte ein zusammengerolltes Stück Papier aus seiner Gesäßtasche.

»Das richtige Requisit wird besser aussehen«, sagte er, »aber für den Moment genügt das hier.«

»Was ist es?«, fragte Willow.

»Ein Liebesbrief von Hamlet an Ophelia.«

Martin gab Willow das Papier.

*Zweifle an der Sonne Klarheit,*
*Zweifle an der Sterne Licht,*
*Zweifle, ob lügen kann die Wahrheit,*
*Nur zweifle an meiner Liebe nicht!*

»Das ist schön«, sagte Willow. Sie sah mich an, dann wandte sie rasch den Blick ab.

»Das ist es in der Tat«, sagte Martin. »Liebe ist immer schön.« Er wedelte mit dem Papier. »Und es ist Beweisstück A, dass Hamlet durchaus handelt, wenn er will.«

Ich warf Martin einen mörderischen Blick zu, aber er strahlte mich nur an. Dann klatschte er in die Hände, um mit der Probe zu beginnen, und ließ Willow und mich nebeneinander stehen.

»Ich finde es großartig, dass Martin so richtig einsteigt«, sagte sie. »Bestimmt ist er deshalb ein so guter Regisseur.«

»Ich schätze schon«, sagte ich.

»Hamlet, Horatio, Fortinbras«, rief Rebecca. »Zu mir bitte.«

»Ich muss«, sagte ich.

»Klar«, antwortete sie, und ich fand es schlimm, wie *wenig klar* sie klang. »Hals- und Beinbruch.«

»Danke«, sagte ich, und wir trennten uns.

*Genau wie es sein soll*, dachte ich bitter.

Eine Stunde später stellte Rebecca sich in die Mitte der Bühne und konsultierte erneut durch die dunkel gerahmten Brillengläser ihr Klemmbrett.

»Wir brauchen Gertrude, Claudius, Ophelia, Laertes, Horatio und Hamlet. Akt fünf, Szene eins.«

Ophelias Beerdigung.

Aus der Requisite wurde eine hölzerne Bahre geholt, und Martin bat Willow, sich daraufzulegen und die Hände über dem Herzen zu falten. Ihre goldenen Locken lagen ausgebreitet um sie. Vier Schauspieler trugen sie zur Mitte der Bühne, wo Gertrude, Claudius und Laertes warteten. Horatio und ich standen am rechten Bühnenrand und beobachteten die Prozession aus einem Versteck.

Langsam drang die Szene in mich ein, löschte meine bewussten Gedanken aus und versetzte mich auf einen trostlosen Friedhof …

*Mit abgesackten Grabsteinen wie weiße, schiefe Zähne …*

Willow war ätherisch, wie sie dort mit geschlossenen Augen lag. Die Bühne wurde von einem einzigen Scheinwerfer beleuchtet, der ihre helle Haut erstrahlen ließ. Lorraine als Gertrude tat so, als würde sie Blumen auf Ophelia legen.

*»Süßes der Süßen. Lebe wohl! – Ich hoffte,*
*du solltest meines Hamlet Gattin sein.*
*Dein Brautbett, dacht ich, süßes Kind, zu schmücken,*
*nicht zu bestreun dein Grab.«*

Justins zornige Wutrede als Laertes war überzogen neben Gertrudes würdiger Trauer. Er fiel auf die Knie, um Hamlets Namen zu verfluchen.

*»O dreifach Wehe*
*treff zehnmal dreifach das verfluchte Haupt,*
*des Untat deiner sinnigen Vernunft*
*dich hat beraubt. – Lasst noch die Erde weg,*
*bis ich sie nochmals in die Arme fasse.«*

Dann stand Justin auf und warf sich auf die Bahre. Er schob die Arme unter Willow und riss sie an sich. Ihr Körper, vorher anmutig und schlaff, versteifte sich jetzt. Ihr Gesicht verzog sich trotz der noch geschlossenen Augen zur Miene einer Leidenden, die es gerade eben schafft, die Stimme nicht zu erheben. Darum kämpft, stillzuhalten. Ruhig zu sein.

*Nichts zu sagen.*

Mein Blick trübte sich. Dann wurde er wieder scharf, und ich sah einen Mann, der auf Willow lag und sie berührte. Sie konnte sich nicht bewegen. Konnte ihn nicht abwehren. Er nahm sie, während sie innerlich schrie und schrie …

Ich stürmte vor, stieß unzusammenhängend meinen Text hervor. Eigentlich sollte auch Hamlet sich auf Ophelias Bahre werfen. Stattdessen stürzte ich mich auf Justin.

Zorn raste durch meine Adern wie Feuer, und ich riss ihn von Willow weg. Sie sank mit einem leisen Keuchen zurück, kniff weiter die Augen zusammen.

Justin wirbelte herum, und seine eigene Kampfbereitschaft kochte über. »*Zum Teufel deine Seele!*«

Er ging schnell und mit aller Gewalt auf mich los. Die Regieanweisung schrieb vor, dass er die Hände um meinen Hals legte, aber Justin spielte nicht. Er drückte mir die Luft ab, das Gesicht nur Zentimeter von meinem entfernt.

»*Du betest schlecht*«, quetschte ich höhnisch grinsend hervor und packte fest seine Handgelenke. »*Ich bitt dich, lass die Hand von meiner Gurgel …*«

Justins Blick loderte, und er presste die Kiefer zusammen, als er trotz des Schmerzes stärker zudrückte. Seine Augen waren leer vor Hass.

Len als König Claudius rief seinen Text mit echter Angst: »*Reißt sie doch voneinander!*«

Die Schauspieler des Ensembles trennten Justin und mich und hielten uns fest, weil wir wie tollwütige Hunde aufeinander losgehen wollten.

»*Hamlet! Hamlet!*«, rief Lorraine.

Horatio nahm mich am Arm und sprach mir ins Ohr. »*Bester Herr, seid ruhig!*«

Ich schäumte, starrte Laertes wütend an, und die Wirklichkeit verschwamm. »*Ja, diese Sache fecht ich aus mit ihm, so lang, bis meine Augenlider sinken.*«

»*Oh mein Sohn, welche Sache?*«, jammerte Gertrude.

Ich sah Willow mit geschlossenen Augen auf der Bahre liegen, ihr Gesicht war blass und wunderschön. Das Ungeheuerliche, das ihr letzten Sommer geschehen war, brandete in mir auf wie eine gigantische Welle.

*Er hat sie betäubt. Ein todloser Tod, nach dem sie immer noch von unerbittlichen Träumen verfolgt wird, und ich kann es nicht ändern. Marty irrt sich. Ich komme zu spät. Die Geschichte ist erzählt.*

Ich stand jetzt allein da, den Blick auf Willow und nichts sonst gerichtet, und sprach den Text, der mir gegeben worden war. »*Ich liebte Ophelia.*«

Niemand sagte etwas. Niemand bewegte sich.

Willow machte die Augen auf, und ihre Lippen öffneten sich bei einem leisen Seufzer. Ein winziges Einatmen, das über die stille Bühne wisperte. Langsam setzte sie sich auf, ein zitterndes Lächeln auf den Lippen.

»Okay, Leute«, sagte Marty. »Machen wir eine Pause.«

Martin rief uns zusammen. Die Heftigkeit der Szene war so fassbar wie die roten Flecken an meinem Hals und die Druckstellen auf Justins Handgelenken.

»Das Schöne am Theater ist, dass es sehr real sein kann«, sagte Martin. »Und trotz der Kampfspuren halte ich den heutigen Abend für einen unglaublichen Erfolg.«

Er bat Justin und mich, uns die Hand zu geben.

»Tut mir leid mit deinem Hals«, sagte er und drückte fest zu. »Hoffe, es tut nicht zu sehr weh.«

Ich drückte fester zu, und sein selbstgefälliges Lächeln verschwand.

»Pass bloß auf, Pearce«, sagte er und beugte sich zu mir. »Die Firma ihres Dads hat dich in der Hand. Komm ihm bloß nicht quer, kapiert?«

Nachdem das Gleichgewicht für die anderen wiederhergestellt war, kam Marty zu den letzten Ankündigungen.

»Meine großzügige Deadline für das Auswendiglernen des Skripts ist verstrichen, meine Lieben«, sagte er nach der Probe. »Jetzt gilt alles oder nichts. Wir werden ab nächster Woche ohne Skript proben. Wenn ihr euren Text noch nicht könnt, dann lernt ihn bis dahin, damit wir anfangen können, richtig zu arbeiten, okay? Es wird langsam, ihr leistet alle hervorragende Arbeit. Ja, vor allem du, Len.«

Len ließ die Hand sinken und strahlte stolz. Alle lachten, und so endete die Probe mit etwas Positivem. Die Schauspieler verabschiedeten sich, und Willow warf mir einen letzten schnellen Blick zu, bevor sie mit Lorraine ging, mit der sie seit dem Ball nach Hause fuhr.

Marty und Rebecca zogen sich in die Büroräume oben zurück, um ein paar Sachen zu besprechen, und ich räumte die Bühne auf und stellte Stühle zusammen.

Willow erschien noch einmal am Eingang. Ich erstarrte eine halbe Sekunde, dann machte ich weiter und sagte nichts. Ich hatte wirklich genug gesagt.

»Ich wollte nicht gehen, ohne kurz zu reden«, sagte sie. »Über neulich Nacht.«

»Das musst du nicht«, sagte ich.

»Das weiß ich. Aber verstehst du das nicht? Genau das mag ich so an dir, Isaac. Du hast mich nie gedrängt. Nie. Und … na ja …« Sie schob sich eine Haarsträhne hinters Ohr. »Ich habe mich total peinlich benommen. Dich angeschmachtet, dass du so gut aussiehst. Und dich dann vollgekotzt.«

»Nee, du hast nicht getroffen«, sagte ich.

Ihr Lächeln brach durch. »Ich weiß, es war nicht leicht für dich zu hören, was ich gesagt habe. Es tut mir leid, dass ich mir dich ausgesucht habe, aber … Trotz allem glaube ich, es hat mir geholfen.«

»Das freut mich«, sagte ich.

So schwache Worte.

*Du bist mutig. Du bist stark. Du verdienst etwas Besseres als mich.*

»Egal, ich wollte dir nur danken, dass du da warst. Und dass –«

»Willow«, sagte ich. »Ich werde aus Harmony weggehen.«

Sie zuckte leicht zusammen und runzelte die Stirn. »Das weiß ich. Es ist dein Traum …«

»Es ist mehr als das. Mein ganzes Leben lang bin ich herumgeschubst worden. Meine Mutter ist gestorben, mein Vater hat sich in ein saufendes Arschloch verwandelt. Ich war scheißarm und habe jeden einzelnen Tag kämpfen müssen. Ich muss ein bisschen Geld verdienen. Richtiges Geld. Für meinen Dad und für das Theater. Und ich muss mir einen Namen machen, der nicht mit diesem Ort verknüpft ist.«

»Ich verstehe das«, sagte sie und wandte den Blick ab. »Du musst gehen, und ich will bleiben. Ich weiß, es klingt verrückt, aber ich brauche diesen Ort.« Ihre Stimme wurde leiser. »Ich kann immer noch nicht in meinem Bett schlafen. Ich wache immer noch auf, schwitze und kriege keine Luft und greife nach einem schwarzen Stift …« Sie wedelte mit der Hand. »Es tut mir leid. Ich sollte nicht –«

»Doch, du solltest.« Ich ging einen Schritt auf sie zu, meine

Hände wollten sie berühren. »Du solltest mehr reden, Willow. Erzähl deinen Eltern, was passiert ist.«

Sie schüttelte den Kopf. »Das kann ich nicht. Ich bin nicht bereit, und ... wir sollten uns auf die Aufführung konzentrieren, oder? Diese Talentscouts kommen, um dich zu sehen. Du musst bereit sein. Keine Ablenkung.«

»Natürlich«, sagte ich. »Keine Ablenkung.«

Ihre Miene wirkte so düster, wie mir zumute war, als ich die Worte aussprach.

»Okay ... Ich sollte gehen. Lorraine wartet. Danke noch mal für neulich Nacht. Und dafür, dass du einer von den Guten bist.«

Sie ging. Ich wartete auf die Erleichterung, dass mein Leben wieder in geordneten Bahnen verlaufen würde. Kein heimliches Tanzen mehr, kein Händchenhalten, kein *Willow*-Halten.

Ich räumte weiter das Theater auf. Ganz hinten fand ich auf dem Fußboden ein Stück Papier. Hamlets Liebesbrief an Ophelia in Martins krakeliger Handschrift.

*Zweifle an der Sonne Klarheit,*
*Zweifle an der Sterne Licht,*
*Zweifle, ob lügen kann die Wahrheit,*
*Nur zweifle an meiner Liebe nicht!*

Ich wollte den Zettel schon zerknüllen und in den Müll werfen. Stattdessen faltete ich ihn zusammen und schob ihn in meine leere Brieftasche.

# 26. KAPITEL

## Willow

Samstagnachmittag nahmen Angie und ihre Mom mich in die Mall in Braxton mit – ein Frauenausflug.

»Du siehst aus, als könntest du eine Stärkung gebrauchen«, sagte Angie.

Wir hatten uns eingehakt und die Tüten mit Klamotten von Urban Outfitters schlugen uns gegen die Oberschenkel. All die T-Shirts mit den Sprüchen waren in der Wäsche, also trug Angie heute ein T-Shirt ohne Aufschrift. Aber sie hatte ein neues gekauft, auf dem stand: *Wenn ich ein Vöglein wär, wüsste ich genau, wem ich als Erstes auf den Kopf scheißen würde.*

Bonnie war ein neues Topf- und Pfannenset kaufen und wollte uns im Food Court treffen.

»Was ist eigentlich mit Isaac?«, fragte Angie. »Seid ihr immer noch nur Freunde? Nach allem, was passiert ist?«

»Ja, es hat sich nichts geändert. Er verlässt die Stadt, sobald er kann, und … das war's.«

Sie sah mich an. »Das war's.«

»Wir haben das Stück, solange mein Dad mir das nicht versaut. Es werden Talentscouts kommen, um Isaac bei der Premiere zu sehen. Hab ich dir das erzählt?«

»Nur etwa hundertmal«, sagte sie. »Ich würde ja sagen, dass das eine kluge Entscheidung ist, wenn du nicht so traurig aussehen würdest.«

»Ich bin nicht traurig.«

*Ich liebte Ophelia.*

Gott, Isaacs Stimme in diesem Augenblick. Ich hatte so etwas noch nie gehört. Es hatte mich aus meinem falschen Tod gerissen, und sein Gesichtsausdruck, als ich die Augen öffnete …

»Es ist dumm«, sagte ich und winkte ab. »Das Stück geht mir wirklich nahe, weißt du? Ich glaube, es bringt meine Gefühle durcheinander. Es wird immer schwerer, die Realität von der Fiktion zu unterscheiden.«

Angie runzelte die Stirn. »Es ist schwer, die Realität von einem uralten Stück über Hofleute und Prinzen und Totengräber zu unterscheiden?«

»Das ist Kunst«, sagte ich und erinnerte mich an Isaacs Worte. »Je besser sie ist, desto mehr kann man sich darin wiedererkennen.«

Sie schürzte die Lippen und nickte. »Das kapier ich schon. Aber er hat neulich Nacht etwas Gutes für dich getan, und ich dachte, vielleicht …«

Ich zuckte mit den Achseln und sah weg. »Vielleicht war es ein Fehler, es ihm zu erzählen. Ich weiß nicht, warum ich mir überhaupt Isaac ausgesucht habe. Wahrscheinlich der Alkohol.«

»Oder weil du dich bei ihm sicher fühlst«, sagte Angie. »Der Alk war nur die Schmiere, damit es rauskam. Es gibt einen Grund, warum du *ihm* geschrieben hast.«

Ich machte den Mund auf, um es zu leugnen, um zu sagen, dass ich ihn zufällig zuerst in meinen Kontakten gesehen hatte. Aber die Wahrheit war, dass ich selbst in total betrunkenem Zustand wusste, dass Isaac ein sicherer Ort auf der Welt war.

»Was ist mit später?«, fragte Angie, als ich nicht antwortete. »Wenn du achtzehn wirst und er ausgezogen ist, um sein Glück zu suchen. Wie Westley in *Die Brautprinzessin.*« Sie hielt inne und packte mich am Arm. »Oh Gott, du bist total wie Buttercup. Gibt es das als Theaterstück? Das musst du unbedingt spielen.«

»Konzentrier dich, Angie.« Ich seufzte. »Angesichts dessen, was mit X passiert ist, glaube ich nicht, dass zwischen mir und Isaac etwas passieren könnte. Körperlich, meine ich.«

Angie blieb stehen. »Merk dir den Gedanken. Ich muss dir was sagen.«

»Was?«

»Irgendwie hab ich, ähm, meiner Mom erzählt, was mit X passiert ist.«

»Willst du mich verarschen?«

»Wir haben einfach diese Art von Beziehung. Ich kann ihr nichts verheimlichen. Sie wollte wissen, ob es dir gut geht, und ich habe angefangen zu heulen.« Sie berührte mich vorsichtig an der Schulter. »Sie wird nichts sagen, das verspreche ich.«

»Muss sie das nicht? Ist sie nicht gesetzlich dazu verpflichtet?«

Angie schüttelte den Kopf, ihre schwarzen Locken hoben ab. »Sie arbeitet nicht für die Schule oder den Staat, und du bist nicht ihre Patientin. Sie muss gar nichts tun, das schwöre ich.« Sie drückte meine Hand. »Es tut mir wirklich leid. Ich wollte dein Vertrauen nicht enttäuschen. Ich konnte einfach nichts dagegen tun.«

Ich hatte gedacht, ich würde mich gedemütigt oder betrogen oder ängstlich fühlen, aber ich empfand beinahe Erleichterung. Als hätte ich einen Menschen mehr auf meiner Seite.

»Sie hat echt ein Pokerface«, sagte ich, als wir weitergingen. »Auf der ganzen Fahrt hierher hat sie mich behandelt, als wäre alles normal.«

»Das ist ihr Job«, sagte Angie. »Und du bist normal. X ist die herzlose Missgeburt.«

»Sie wird wollen, dass ich es jemandem sage, oder?«

»Sie wird dich nicht unter Druck setzen, aber ich kann nicht versprechen, dass sie nicht einen Haufen Fragen stellen wird.«

»Das ist genau dasselbe.«

Angie umarmte mich fest. »Meine Mom ist großartig. Und um ehrlich zu sein, wollte ich es ihr sagen. Ich hatte das Gefühl, du könntest einen Menschen mehr auf deiner Seite gebrauchen.«

Kurz starrte ich Angie an.

»Was?«

»Nichts.«

Im Food Court saß Bonnie an einem Vierertisch. Vor ihr standen eine Limo und ein Teller mit Pommes, neben ihr eine große Tüte aus dem Haushaltswarengeschäft. Sie blickte konzentriert auf ihr Telefon und kaute auf ihrer Unterlippe.

»Hey Mom«, sagte Angie und beugte sich vor, um ihr einen Kuss auf den Kopf zu geben. Sie warf einen Blick auf das Display. »Hätte ich mir denken können. Mom ist süchtig nach Online-Scrabble.«

»Die Pommes sind für alle«, sagte Bonnie abwesend, dann seufzte sie. »Hier.« Sie gab mir ihr Telefon. »Willst du 's mal versuchen? Ich weiß nicht, was ich mit vier A und drei E machen soll.«

»Vielleicht das Geräusch, das jemand beim Gähnen macht«, sagte Angie, nahm sich eine Pommes und tauchte sie in Ketchup.

Mein Gehirn verweigerte die Zusammenarbeit, als es mir richtig klar wurde. Drei Menschen kannten jetzt mein Geheimnis. Ich hatte das Gefühl, als würden Bonnie, Isaac und Angie es wie eine heiße Kartoffel von einem zum anderen werfen. Sobald es runterfiel, würde es explodieren, Granatsplitter würden in alle Richtungen fliegen und alles kaputt machen.

»Mir fällt nichts ein«, sagte ich und gab ihr das Telefon zurück.

»Blödes Spiel«, sagte Bonnie leise lachend und warf das Telefon in ihre Handtasche. »Und, habt ihr was Schönes gefunden? Habt ihr Hunger?«

Angie warf mir einen Blick zu, dann sagte sie leise: »Sie weiß, dass du es weißt, Mom.«

Bonnies Miene verwandelte sich sofort in ihr, wie ich annahm, Therapeutinnengesicht. Einladend, freundlich und extrem ruhig. Ein Blick, der einem das Gefühl gab, dass sie alles unter Kontrolle hatte, selbst wenn das für einen selbst nicht galt.

»Ich hatte gehofft, mit dir darüber reden zu können, Willow«, sagte sie. »Aber vielleicht nicht im Food Court der Mall.« Sie warf ihrer Tochter einen Blick zu, dann war das Therapeutinnengesicht zurück. »Wir müssen nicht hier darüber reden.«

»Ich will überhaupt nicht darüber reden«, sagte ich.

»Das ist in Ordnung«, gab Bonnie zurück. »Darf ich nur eine Frage stellen? Seid du und deine Mutter euch nah? Wenigstens ein bisschen?«

»Sie kennen die Antwort schon«, sagte ich. »Sie ist keine Person, der man nah ist. Sie schottet sich mit Wein ab.«

»Verstehe.«

»Und alles, was ihr wichtig ist, sind Äußerlichkeiten. Unsere Kleidung, das Haus, in dem wir wohnen, die Autos, die wir fahren.«

*Die Jungen, die wir mögen …*

»Ob ich aufs richtige College gehe …«

»Hast du Pläne fürs College?«

»Das sind zwei Fragen«, sagte ich mit einem Lächeln. »Nicht mehr.«

Bonnie nickte. »Nur noch eine Frage, dann höre ich auf.«

»Mom«, sagte Angie lang gezogen.

»Hat das kleine schwarze X auf deinem Handgelenk mit dem Übergriff zu tun?«

Ich blickte nach unten auf die Tinte unterhalb meines linken Daumens.

»Ja.«

Einen Moment schwiegen wir alle.

»Okay, keine Fragen mehr, Mom«, sagte Angie. »Sonst hasst Willow mich, weil ich es dir gesagt habe.«

Bonnie lächelte, und die Therapeutin machte Supermom Platz. »Angie hat erzählt, dass du die Ophelia in der *Hamlet*-Inszenierung des HCT spielst. Das klingt aufregend. Macht es dir Spaß?«

»Ja«, sagte ich. »Ich mag es wirklich sehr.«

»Sie *liebt* es«, sagte Angie. »Das Stück, meine ich. Ich meine nur das Stück, nichts sonst. Ich meine, was sonst sollte ich meinen?«

Ich schlug ihr auf den Arm.

»Hast du jemals vorher Theater gespielt?«

»Nein, noch nie«, sagte ich. »Ich habe einfach gedacht, dass es helfen könnte.«

»Gefühle auf sichere Art ausdrücken?«

Ich nickte. »Ja, genau das.«

Angies Blick wanderte zwischen mir und meiner Mom hin und her. »Oooookay. Ich hol mir mal kurz ein Pizzastück. Willow, willst du auch?«

»Mit Peperoni, bitte, und eine Cola Light.«

»Mom?«

»Ich möchte nichts, danke, mein Schatz.«

Als Angie weg war und in der Schlange für die Pizza wartete, nahm Bonnie meine Hand.

»Es ist nicht wirklich der richtige Ort, aber ich denke, ich sollte dir sagen, dass es mir leidtut. Was dir passiert ist. Es war ein schreckliches Verbrechen, und es war nicht deine Schuld.«

Ich nickte. Ich drückte ihre Hand, um die Tränen zurückzuhalten. »Werden Sie mir sagen, dass ich es anzeigen soll?«

»Nein, das werde ich nicht«, sagte sie. »Ich denke, der Täter gehört ins Gefängnis, und in einer perfekten Welt könntest du einfach auf ein Polizeirevier fahren, deine Geschichte erzählen, und sie würden ihn genauso erbarmungslos befragen wie dich. Aber meiner Erfahrung mit Vergewaltigungsopfern nach ist das Erstatten einer Anzeige manchmal ebenso traumatisch wie die Tat selbst. Ich sage das nicht, um dich abzuhalten. Ich sage es, weil ich glaube, du wirst deine Geschichte erzählen, wenn du bereit dafür bist. Zu dem Zeitpunkt, der dir richtig erscheint, und so, wie es für dich am besten ist. Im Moment solltest du dich nur darauf konzentrieren. Okay? Auf das, was für dich am besten ist.«

Ich nickte, wagte nicht zu sprechen. Irgendwie hatte Bonnie mir die Erlaubnis gegeben, nicht jede Minute die Luft anzuhalten. Sondern einfach zu atmen.

»Und wenn du jemals wirklich reden willst, bin ich für dich da.« Sie drehte meine Hand um und rieb mit dem Daumen über die X. »Ich wäre wirklich froh, wenn die hier verschwänden.«

»Ich auch.«

Bonnie tätschelte meine Hand und ließ sie los. Sie gab mir eine Serviette, nahm sich eine Pommes und trank einen Schluck. Und plötzlich war ich wieder ein Mädchen, das mit der Mutter ihrer besten Freundin an einem Tisch saß.

»Was hab ich verpasst?«, fragte Angie, als sie ein Pizzastück und die Cola Light vor mich hinstellte. »Vergesst es einfach. Anwaltsgeheimnis.«

»Allerdings«, sagte Bonnie. »Also zurück zu diesem Stück, in dem du mitspielst. Im Januar habe ich *König Ödipus* gesehen. Isaac Pearce ist ein großes Talent.«

»Ja, ist er«, sagte ich und stupste wieder Angie an. »Halt den Mund.«

Angie riss die Augen auf, während sie an ihrer Pizza kaute. »Ich hab kein Wort gesagt.«

»Hat er dich neulich Morgen zu uns gebracht?« Bonnie wedelte mit den Händen. »Ich will nicht auf die Umstände zurückkommen. Das ist ein ganz normales Gespräch.«

»Ja, er war es«, sagte ich. »Ich habe es ihm erzählt. Und es war nicht schön, wie Sie gesehen haben. Wir sind uns irgendwie nähergekommen. Bei den Proben«, fügte ich rasch hinzu. Ich hatte Angie nichts von unserem Tanz am Aussichtspunkt erzählt. Diese Erinnerung behielt ich wie einen kleinen Schatz für mich.

»Und jetzt hast du Gefühle für ihn?«, fragte Bonnie und schnappte sich eine Peperoni von dem Pizzastück ihrer Tochter. »Das passiert, wenn man über persönliche Erfahrungen redet. Es ist fast unmöglich, sich jemandem nicht nahe zu fühlen.«

»Ich denke schon. Aber wir können nicht zusammen sein. Er wird Harmony bald verlassen. Zur Premiere von *Hamlet* werden Talentscouts kommen.«

»Oh. Dann habt ihr über eure Gefühle füreinander geredet?«

»Mom«, sagte Angie. Sie verdrehte die Augen und hörte abrupt damit auf. »Moment, die Antwort darauf wüsste ich auch gern.«

»Ja, wir haben darüber geredet.« Ich bemühte mich, das Lächeln und den Tonfall beiläufig zu halten. »Und es ist besser so.

Professionell zu bleiben. Außerdem ist er älter und erfahrener – und ich … nicht.« Ich hielt mir die Hände vors Gesicht. »Gott, ich kann nicht glauben, dass ich jetzt auch *darüber* rede.«

Bonnie lächelte. »Reden ist manchmal wie einen Felsen einen Abhang hinunterzurollen. Zuerst scheint es unmöglich, ihn von der Stelle zu kriegen, aber sobald er sich einmal bewegt, wird es immer leichter.«

»Mehr gibt es darüber nicht zu sagen«, sagte ich. »Nur, dass es ätzend ist.«

Sie legte den Kopf schief. »Du magst diesen Jungen?«

Ich nickte, dann zuckte ich mit den Achseln. »Aber es ist nicht das Ende der Welt.«

»Vielleicht ist es am besten so«, sagte Angie. »Wenn er sowieso weggeht. Ich will nicht, dass du verletzt wirst.«

»Da sind wir schon zwei«, sagte ich und täuschte eine Leichtigkeit vor, die ich nicht empfand.

Weder Angie noch Bonnie fragten nach. Wahrscheinlich wurde ich langsam eine wirklich gute Schauspielerin.

Diese Nacht, auf dem Boden in die Decke gewickelt, las ich beim Licht meines Telefons mein *Hamlet*-Skript. Ich kämpfte mit den Liedchen am Ende von Akt vier, die Ophelia singt, nachdem sie wahnsinnig geworden ist.

»Ich weiß nicht wirklich, was ich damit machen soll«, hatte ich bei der Probe zu Martin gesagt.

»An der Wurzel jedes Wahnsinns liegt eine unerträgliche Wahrheit«, hatte er entgegnet. »Nur der Mensch, der den Wahn erleidet, kennt sie. Ophelias Lieder enthüllen diese Wahrheit. Denk drüber nach, was es sein könnte.«

Auf meinem Deckenlager dachte ich nach. War die Wurzel von Ophelias Wahnsinn die Trauer um ihren Vater? War es das Ende der Liebe zu Hamlet? War es beides?

»Um die Liebe ihres Vaters zu behalten«, murmelte ich, »gibt sie Hamlet auf. Dann verliert sie ihren Vater trotzdem. Nichts bleibt ihr. Und das ist unerträglich.«

*Es war unerträglich, dass sie ihrem Herzen nicht gefolgt war.*

Ich klappte das Skript zu und machte »Imagination« von Shawn Mendes an. Der Song, zu dem Isaac und ich auf dem Aussichtspunkt getanzt hatten.

Ich schloss die Augen und driftete zu dem wunderschönen Song in den Schlaf. Meine Decken wurden zu Isaacs Armen. Der harte Boden war seine Brust. Mein letzter Gedanke galt noch etwas anderem, das Martin gesagt hatte: Wenn du vor Ja oder Nein stehst, entscheide dich immer für Ja.

*Entscheide dich für Ja*, dachte ich und driftete in den Schlaf.

Isaac sah mich an, eine Frage in den Augen.

Ich lächelte.

*Ja.*

# 27. KAPITEL

## Isaac

Sonntag aß ich mit Benny und Yolanda zu Mittag, dann ging ich zum Trailer, um nach Dad zu sehen und ihm ein bisschen Geld zu geben. Er war nicht da, und es sah schlimmer aus als sonst. Der Couchtisch verschwand komplett unter Flaschen, Dosen, ausgedrückten Zigaretten und Fast-Food-Behältern. Ich räumte kurz auf, wusch ein bisschen Geschirr ab und stellte es zum Trocknen in die Spüle. Dann ging ich zur Tankstelle am Ende des Grundstücks. Gott, sie sah so baufällig und schäbig aus. Ich spürte praktisch das Gewicht der unbezahlten Rechnungen und Lizenzgebühren, das sie in einen bodenlosen Abgrund drückte und meinen Vater gleich mit.

Paps saß in der Tankstelle hinter dem Schalter und rauchte eine Zigarette. Ich schob einen dünnen Umschlag unter dem Glas hindurch – der größere Teil meines Lohns aus der Werkstatt in Braxton. Paps' Rauch wirbelte hinter der Scheibe.

»Nächste Woche kommt mehr«, sagte ich.

Er nickte, zog den Umschlag zu sich, rutschte vom Hocker und verschwand im Hinterzimmer.

Ende des Gesprächs.

Seit dem Vorfall mit der Bierflasche hatte er kaum ein Wort mit mir gewechselt. Und mir gefielen weder sein Schweigen noch sein Blick. Das bisschen Licht, das darin noch gewesen war, schwand. Oder ertrank.

*Das passiert, wenn man arm ist*, dachte ich plötzlich wütend, als ich zu meinem Pick-up zurückging.

Das ständige schwere Gewicht des *Wollens* und *Brauchens* war wie eine riesige Hand, die einen zu Boden drückte. Ich wusste, was die Leute in Harmony dachten: Würde mein Dad sich zusammenreißen, ginge es ihm besser. Er war der Boxer im Ring, und sie waren die Zuschauer, die seinen Kampf nicht kämpfen mussten. Sie saßen auf ihren Plätzen und schrien: »Steh wieder auf!« Als ob das einfach wäre, nachdem man so oft getreten worden war.

*Ich muss hier weg*, dachte ich wieder. Ich musste mich um meinen Vater kümmern. Er war mein Fleisch und Blut. Familie. Mehr war nicht wichtig.

*Und Willow?*

»Nein, heute nicht, danke«, murmelte ich und stieg in den Pick-up. Das Skript lag auf dem Beifahrersitz. Ich hatte vor, den Text im Heckenlabyrinth zu lernen. Allein. Einfach nüchtern den Text zu lernen und mich an die Worte zu halten. Professionell zu sein.

Aber als ich in die Windmühlenhütte in der Mitte des Heckenlabyrinths kam, war dort Willow. In Jeans und einer weiten Bauernbluse mit Blumen. Ihre Augen leuchteten überrascht auf, als sie »Hi« sagte.

*Oh, mein Gott.*

Ihr Lächeln war voller Erwartungen und Möglichkeit. Jede Nuance ihrer Gedanken war auf ihrem wunderschönen Gesicht zu sehen.

*Lass es.*

»Was machst du hier?«, fragte sie.

»Ich wollte Text lernen.«

»Ich auch.«

»Okay.«

»Okay, also …« Sie wickelte sich eine Haarsträhne um den Finger. »Ich war zuerst hier.«

»Du warst zuerst hier? Ich war mein ganzes Leben hier.«

Sie zuckte mit den Achseln und breitete die Arme aus, wie um zu sagen: »Was willst du dagegen machen?«

Sie war so verdammt süß. Sie war umwerfend schön, aber manchmal war sie einfach nur verdammt süß.

Ich schlug mir mit dem Skript gegen das Bein. »Wir könnten uns helfen. Da wir schon beide hier sind.«

»Könnten wir«, sagte sie. »Wir sind schließlich Profis, oder? Du zuerst. Womit hast du Schwierigkeiten?«

*Das ist eine verfängliche Frage.*

»Ich habe einen riesigen Monolog am Ende der vierten Szene im vierten Akt.«

Willow klappte ihr Skript auf und überflog die Seite. Die Kurve ihres Halses ging elegant in ihr Schlüsselbein über – und die Rundung ihrer Brüste unter dem T-Shirt …

*Professionell. Wir sind professionell.*

Sie sah auf. »›*Wie jeder Anlass mich verklagt*‹ …?«

»Genau der.«

»Von mir aus kann's losgehen.«

Ich stand auf und fing mit dem Monolog an, ging vor dem Windmühlenhäuschen auf und ab. Nach einem ersten wackeligen Durchgang legte Willow den Kopf schief. »Worum geht es?«

»Hamlet grübelt über den Krieg nach und was Männer dazu bringt, ihr Leben zu riskieren. Wofür es sich lohnt zu sterben. Ehre. Er sagt, dass Claudius noch immer König ist, seine Mutter noch immer mit einem Mörder verheiratet, und er nichts getan hat.«

Willow las aus meinem Skript vor. »*O von Stund an trachtet nach Blut, Gedanken, oder seid verachtet.*«

Ich nickte. »Die Zeit zu reden ist vorbei. Jetzt muss er handeln und tun, was richtig ist, für die Ehre seiner Familie und seinen Namen.«

»Ja, das sollte er.«

Ich sah zu ihr und bemerkte, dass sie mich weich betrachtete. »Jetzt ich.«

Ich setzte mich auf die Bank, und sie legte mir ihr Skript auf den Schoß und zeigte auf die Stelle.

»All diese Liedchen am Ende der Wahnsinnsszene«, sagte sie. »Es ist so schwer, den Überblick zu behalten. Ich weiß, dass ich sie kann, aber dann fange ich an zu zweifeln.«

»Dazu fällt mir was ein«, sagte ich. »Geh zum Anfang des Labyrinths und sprich den Text im Gehen.«

Sie verzog das Gesicht. »Wie soll das helfen? Ich werde mich verlaufen *und* den Text durcheinanderbringen.«

»Du hast gerade gesagt, du kannst den Text. Dein Gehirn braucht etwas anderes, worum es sich Sorgen machen kann. Lass die Worte einfach kommen, während du dich darauf konzentrierst, durch das Labyrinth zu gehen.«

»Aber wie willst du mir die Stichworte geben?«, fragte sie. »Gertrude und Claudius haben ziemlich viel Text.«

Ich zuckte mit den Achseln. »Du rufst, und ich rufe zurück. Das ist auch eine gute Übung, um so laut zu sprechen, dass man es in der letzten Reihe hört.«

Sie ging wieder ins Labyrinth, ihr langes Haar wogte hinter ihr. »Bist du sicher, dass uns niemand hört?«, rief sie.

»Shakespeare-im-Park.«

»Sehr witzig.«

Der Nachmittag war still und ruhig, die Luft warm, aber noch nicht schwül von der Feuchtigkeit des Sommers.

»Kannst du mich hören?«, rief sie. Ihre Stimme war glockenhell.

»Jepp«, rief ich in ihre Richtung. »Fang an.«

Willow sagte ihren Text. Ich lächelte, als sie sich unterbrach und fluchte, als sie in eine Sackgasse gekommen war.

»*Wie erkenn ich dein Treulieb*

*vor den andern nun? An dem* – Mist!«

Ich lachte leise. »Das war nicht richtig.«

»Verdammt«, murmelte sie.

»Wieder falsch«, rief ich und lachte lauter.

»Das ist nicht hilfreich«, schrie sie.

Shakespeare hallte über den Hecken hin und her, bis Willow schließlich wieder bei der Windmühle ankam. Die Sonne hinter ihr leuchtete in ihrem Haar wie Gold, und sie stemmte die Hände in die Hüften. Ihre Augen waren unglaublich blau, als sie mir einen Blick zuwarf.

»Nun, ich hoffe, du hast das lustig gefunden, denn …«

Sie verstummte, und die spielerische Stimmung zwischen uns verwandelte sich, wurde zu etwas Tieferem. Der Moment lag nackt und offensichtlich zwischen uns und wartete.

Die Zeit zu reden war vorbei.

Ich überwand die Entfernung zwischen uns mit drei großen Schritten, nahm ihr Gesicht in beide Hände und küsste sie. Sie keuchte überrascht, wich aber nicht zurück und versteifte sich nicht. Ich küsste sie so sanft ich irgend konnte. Machte es ihr leicht, sich loszumachen. Aber sie stöhnte leise, ein Laut, der mich mit Erleichterung und Ekstase erfüllte. Ihre Lippen öffneten sich, sie schmiegte sich an mich, und ihre Zunge wagte sich ein winziges bisschen in meinen Mund.

*Es ist so wunderschön.*

Sie schmeckte so süß, ihre Zunge war zart, als sie sich an meiner rieb. Ein Knurren erklang aus meiner Brust, als ich den Kuss intensivierte und meine Zunge ihren Mund erforschte. Ihr Körper wurde ganz nachgiebig an meinem, und ich hielt sie fester, küsste sie leidenschaftlicher. Sie reagierte auf jede Drehung meines Kopfes, jede Bewegung meines Mundes an ihrem. Willig. Begierig.

Meine Hände gruben sich in die weiche, seidige Dichte ihres Haares. Ich wickelte es mir um die Fäuste, achtsam, um nicht daran zu ziehen. Ihr Mund zog mich an und ließ mich los wie Ebbe und Flut. Wir bewegten uns zusammen vor und zurück, öffnend und schließend, nippten an unseren Lippen, erforschten uns mit den Zungen. Das Verlangen nach ihr wurde heißer, drängender. Schließlich bremste ich mich, küsste sie ein letztes Mal innig und löste mich dann von ihr.

Schwer atmend standen wir voreinander, sie hielt die Aufschläge meiner Jacke gepackt. Ich wollte ihr Haar nicht loslassen, aber ich strich mit den Händen über ihren Rücken nach unten und ließ sie auf ihrer schlanken Taille liegen. Noch einmal atmete ich tief ein und drückte die Stirn an ihre, dann trat ich einen Schritt zurück.

In ihren Augen standen Tränen.

»Mist, tut mir leid«, flüsterte ich. »War es zu viel?«

»Nein«, hauchte sie mit einem kleinen Lächeln. »Es war perfekt. Es war perfekt. Und ich hatte geglaubt, dass nie wieder etwas perfekt sein würde.«

Sie stellte sich auf die Zehenspitzen, um mich wieder zu küssen, weich, langsam und tief. Sie nahm sich Zeit, genoss diesen Sieg über ihre Albträume. Und ich erwiderte den Kuss, schwelgte in der süßen Ekstase, ihren Mund auf meinem zu spüren. Auch wenn jeder Kuss und jede Berührung es uns am Ende so viel schwerer machen würden.

»Was tun wir nur?«, hauchte sie zwischen zwei Küssen. Sie fuhr mir mit den Fingern durchs Haar, und ich hatte im ganzen Leben noch nie etwas so verdammt Schönes empfunden.

»Ich weiß es nicht.« Mein Mund war auf ihrem Hals, küsste ihre Kehle hinunter. »Wir wollten eigentlich professionell sein.«

Sie zog meinen Mund an ihren und küsste mich wieder. »Isaac …«

»Gott, Willow …«

Wir küssten uns, bis die Erektion in meinen Jeans schmerzhaft wurde. Sie drückte sich an mich, fühlte sie und keuchte. Ich wich zurück.

»Tut mir leid … Er hat einen eigenen Willen.«

»Es braucht dir nicht leidzutun«, sagte sie. »Es ist okay. Wirklich.«

Ihr Gesicht war gerötet, ihre Lippen geschwollen von meinen Küssen, ihr Kinn rosa von meinen Bartstoppeln.

*So sollte sie markiert werden*, dachte ich. *Durch Küsse, die sie will, nicht diese verfluchten schwarzen X.*

Das Verlangen nach ihr verschränkte sich mit dem Bedürfnis, sie zu beschützen, und der Gedanke, aus Harmony wegzugehen, fühlte sich plötzlich an wie der Tod.

Ihre verträumte Miene stockte in diesem Moment, als könnte sie mir ansehen, was ich dachte. »Nein«, sagte sie und zog mich wieder an sich.

»Nein?«

»Du musst weggehen. Es ist dein Traum.« Sie legte mir die gespreizten Hände auf die Brust und strich über mein T-Shirt. »Aber ich muss ständig an etwas denken, das Martin ganz am Anfang der Proben gesagt hat. Er meinte, Hamlets und Ophelias Geschichte fängt an, bevor das Stück anfängt. Weißt du noch?«

»Sicher«, sagte ich.

»Ich weiß nicht, was danach passiert. Ich weiß, du musst aus Harmony weggehen, und ich werde dich nicht aufhalten. Ich würde nie versuchen, dich aufzuhalten. Vielleicht ist es also egoistisch von mir, dich jetzt zu wollen. Oder vielleicht … ist es einfach das, was in der Geschichte passiert.«

Sie legte mir die Arme um den Hals. Ihre Berührung war tapfer und ohne Scham, auch wenn ich spüren konnte, wie schnell ihr Herz schlug.

»Vielleicht haben wir diese Zeit«, sagte sie. »Bevor wir auf die Bühne gehen und spielen. Bevor du von einer großen Agentur entdeckt wirst, die dich von hier wegholt. Vielleicht können wir in der Zeit vor dem Stück leben. Wo die Geschichte anfängt.« Sie sah zu mir auf, ihre blauen Augen waren klar und strahlend und unbeirrt. »Die Liebe war zuerst da.«

Ich schob ihr eine Locke aus dem Gesicht. »Das war sie.«

Da lächelte Willow, und mir stockte der Atem. Noch nie hatte ein Mädchen mich so angesehen wie sie in diesem Moment. Als wäre ich wertvoll. Ich küsste sie wieder und wieder und wollte nichts, als sie zu umarmen und beschützen.

»Gott, Isaac«, hauchte sie, als wir uns zwangen, einander loszulassen. »Das ist Irrsinn.«

»Es ist das Leben«, sagte ich. »Es ist mit nichts zu vergleichen. Aber wie soll es funktionieren?« Meine Hände waren wieder in ihrem Haar, um mich davon abzuhalten, über die weichen Kurven ihres Körpers zu streichen. »Wenn uns jemand sieht …«

»Wir benutzen einen Code, falls mein Dad in meinem Handy herumschnüffelt.«

»Einen Code?«

»Ich notiere dich in meinen Kontakten als … Ham? Hammy? Nein, das ist zu offensichtlich.«

»Der Däne«, sagte ich. »Dane.«

»Dane.« Ihr Gesicht leuchtete auf. »Meine neue Freundin Dane. Sie spielt auch in dem Stück mit. Sie vergisst ständig, welche Szene wir gerade proben. Wenn wir uns, sagen wir, um drei Uhr dreißig treffen wollen, schreiben wir Akt drei, Szene drei.«

»Perfekt.«

Sie sah mich neckisch und ein bisschen ironisch an. »Und wenn wir uns etwas Nettes schreiben wollen – Mädchen mögen das, weißt du …«

»Ach wirklich?«

»In so einem Fall …« Sie biss sich auf die Lippen und dachte nach.

»Akt zwei, Szene zwei. A2, S2.« Ich zog sie an mich. »Weißt du?«

Ihre Lippen öffneten sich, und ihre Wangen färbten sich rosa. »Natürlich. Der Brief. *Nur zweifle an meiner Liebe nicht.*«

»Zweifle nicht, Willow.«

Ich küsste sie wieder. In diesem Moment schien es so leicht. So perfekt, dass ich fast vergaß, dass die Worte aus einer Tragödie stammten.

# ZWEITER AKT

*»Zur Grausamkeit zwingt bloße Liebe mich;*
*schlimm fängt es an, und Schlimmres nahet sich.«*

Akt III, Szene IV

# 28. KAPITEL

## Willow

Ich wachte auf, weil mir strahlend helle Frühlingssonne auf das Gesicht schien. Ich lag wie immer in die Decke gewickelt auf dem Boden, aber ich hatte ohne nächtliche Angstanfälle durchgeschlafen. Insgesamt hatte ich in den letzten Wochen besser geschlafen. Noch nicht in meinem Bett, aber ich war auf dem Weg dahin. Ich hatte Hoffnung.

Mein Telefon summte, als eine Nachricht von »Dane« kam. Lächelnd kuschelte ich mich mit dem Telefon in die Decke und sperrte den Rest der Welt aus.

**Muss die Probe ändern**, schrieb er. **Akt 4, statt 3.3**

Übersetzung: *Ich bin spät dran, wir sehen uns um vier statt um drei Uhr dreißig.*

Meine Daumen flogen. **Klingt gut.**

**A2**, schrieb er.

Ein angenehmer Schauder überlief mich, und ich biss mir lächelnd auf die Lippen.

**S2**, antwortete ich und packte das Telefon weg.

Ich duschte, zog ein hübsches blassrosa Sommerkleid an, das mir bis kurz übers Knie ging, und lief runter zum Frühstück. Meine Mutter saß an der Küchentheke und blätterte in einer Zeitschrift. Es war erst Viertel nach sieben, aber Dad war schon seit Stunden bei der Arbeit. Die Wilkinsons erwarteten viel von ihm, oder vielleicht ging er auch meiner Mutter aus dem Weg. Ich konnte es ihm nicht verübeln.

»Du bist früh auf«, sagte ich.

»Wellnesstermin in Braxton um acht.« Sie ließ ihre Zeitschrift sinken, als ich meinen Fahrradhelm auf die Arbeitsplatte legte und mir ein Glas aus dem Schrank holte.

»Wirklich, Willow, dieser Helm sieht so albern aus. Vor allem, wenn du in einem Kleid Fahrrad fährst. Wir können dir ein Auto kaufen. Wir können uns ein Auto *leisten.*«

»Ich will kein Auto.«

»Nächsten Dezember wirst du das nicht mehr sagen«, sagte sie. »Du weißt, wie schrecklich der Winter hier ist.«

Ich verdrehte die Augen. *Klar. Und der Winter in New York ist total super.*

»Wir haben hundertmal darüber gesprochen, Mom. Ich liebe das Fahrrad. Es ist nicht weit ins Zentrum und zur Schule, und du musst dir keine Gedanken darüber machen, wer mich abholt oder bringt.«

*Nicht, dass du das vorher getan hättest.*

Für mich war das Fahrrad eine Notwendigkeit. Die Tage, an denen ich Angie als Taxiservice ausgenutzt hatte oder sie gebeten hatte, mich zu decken, waren vorbei. Ich mochte sie viel zu sehr, um zu riskieren, dass sie Ärger bekam. Und als mein Körper langsam weiter auftaute und sich erholte, brachte es mich meiner Vorstellung von »normal« näher, draußen in der Sonne zu sein und mich zu bewegen.

*Über den Winter mache ich mir später Gedanken.*

Meine Mutter legte die Zeitschrift beiseite und ging die Post durch, die auf der Arbeitsplatte lag. »Ich hätte es wissen müssen«, sagte sie mit einem Umschlag in der Hand.

»Was ist?«, fragte ich und schenkte mir Saft ein.

»Die Party für Wexx, die nächste Woche in Indianapolis

stattfinden sollte, ist abgesagt. Es gibt einen neuen Termin dieses Wochenende, und zwar in Manhattan.«

Ich erstarrte mit dem Glas an den Lippen. »Abgesagt?«

Die einzige dunkle Wolke, die mein Glück in den letzten Wochen überschattet hatte, war die Wexx-Party gewesen, und die Tatsache, dass Xavier Wilkinson da sein würde.

Meine Mutter seufzte. »Es würde mich nicht wundern, wenn die Hälfte der Gäste abgesagt hat und Wexx gezwungen war umzudisponieren.«

Normalerweise ging es mir total gegen den Strich, wenn meine Mutter ihre Vorurteile über den Mittleren Westen von sich gab, aber heute hörte ich sie kaum.

»Die Wilkinsons kommen also nicht her?«, fragte ich und setzte vorsichtig das Glas ab.

»Willow, hörst du nicht zu? Warum sollten sie kommen, wenn die Party jetzt woanders stattfindet? Und zwar in Manhattan. Wir sind natürlich alle eingeladen …«

»Ich kann nicht. Ich habe zu viel für die Schule zu tun, und die Premiere rückt näher. Fahrt ihr! Ich wünsche euch eine schöne Zeit.«

»Okay«, sagte Mom und zog das Wort in die Länge. »Du bist so furchtbar nett. Fast wie früher.«

Ich zuckte mit den Achseln.

»Wirklich … wenn ich mich richtig erinnere, warst du das letzte Mal … letzten Sommer so. Etwa um deinen Geburtstag herum.« Sie runzelte die Stirn und dachte nach. »Willow.«

»Ja?«

Ihre zarten Augenbrauen trafen sich, ihre manikürten Finger trommelten auf der Küchentheke wie immer, wenn ihr ein unangenehmer Gedanke kam.

Ich hielt den Atem an. Fast konnte ich zusehen, wie sie endlich die Ereignisse von letztem Sommer zusammensetzte. Dass ich Xavier bei der Wexx-Party zum Vierten Juli kennengelernt hatte. Dass ich ihr erzählt hatte, wie gut wir uns verstanden. Wie froh sie gewesen war, weil er »der richtige Typ Mann« für mich sei. Sie wusste natürlich nichts von der Geburtstagsparty, die ich mir selbst ein paar Wochen später gegeben hatte, aber sie wusste, dass ich danach nicht mehr von Xavier gesprochen hatte. Es war alles da.

»Willow«, sagte sie, und ihre Stimme zitterte leicht. »Du verstehst doch, dass die Wilkinsons sehr wichtig für uns sind? Dein Vater ist ein loyaler Angestellter bei Wexx, und trotz der Versetzung hierher waren sie gut zu uns.«

Mein Mund wurde trocken, und ich konnte nur nicken.

»Willst du mir … vor diesem Hintergrund irgendetwas sagen?«

Es tat weh, die Worte ächzend aus ihrem Mund kommen zu hören. Was sollte ich damit anfangen? Ihr die Wahrheit sagen und ihr ganzes Leben einstürzen lassen? Wegen einer Anschuldigung, für die es keine Beweise gab, nicht einmal meine eigene Erinnerung?

Man konnte nichts tun, vor allem da Xavier in nächster Zeit nicht in die Nähe meines neuen Bundesstaates kommen würde. Ich hatte mit Isaac ein kleines Stück Glück. Das würde ich nicht loslassen.

»Nein, Mom«, sagte ich und gab ihr noch schnell einen Kuss auf den Kopf. »Ich muss los, sonst komm ich zu spät zur Schule.«

Sie klopfte mit einem genervten Seufzer auf ihr Haar, wo ich sie geküsst hatte. Aber ihre Finger hatten aufgehört zu trommeln. »Hab einen schönen Tag. Und komm nicht zu spät von der Probe zurück. Mein Gott, du scheinst in diesem Theater zu wohnen.«

»Die Premiere ist in zwei Wochen«, sagte ich. »Diese Woche haben wir Beleuchtungsprobe und ganze Durchläufe, und nächste Woche Kostümprobe …«

Aber sie las schon wieder in ihrer Zeitschrift.

Nach der Schule fuhr ich mit dem Fahrrad in Harmony herum, während ich darauf wartete, dass Isaac mit der Arbeit fertig war. Zuerst fuhr ich zu den Cottages. Es war eine Ecke des Dreiecks aus meinen Lieblingsorten: die Cottages, das HCT und das Heckenlabyrinth.

Alles, was ich mir wünschen konnte in einem Radius von vier Kilometern.

Ich blieb vor einem der Cottages stehen. Ein süßes, kleines blaues mit weißen Zierleisten. Im Vorgarten stand ein Schild *Zu verkaufen*, das so alt und verblasst aussah wie das Haus selbst. Der Immobilienmarkt in der Gegend war nicht toll, aber ich war froh, dass das Haus noch nicht verkauft war.

*Eines Tages*, dachte ich.

Ich fuhr zurück in die Stadt und ging in die Buchhandlung, um für Benny einen Comic zu kaufen. Isaac hatte erwähnt, dass er sich in der Schule gemacht hatte. Ich hatte ihn noch nicht kennengelernt, aber Isaac redete viel über ihn, und voller Wärme. Ich fand, dass Benny eine Belohnung verdiente. Nicht nur für seine schulischen Leistungen, sondern auch, weil er so wichtig für meinen Freund war.

*Freund?*

Das Wort hatte sich reingeschlichen und ließ mein Herz erschaudern. Und obwohl es wahrscheinlich dumm war, bewahrte ich es dort.

Ein paar Minuten nach vier fuhr ich zum Heckenlabyrinth und lehnte mein Fahrrad an das Informationsschild davor. Isaacs blauer Dodge parkte schon am Ende des Parkplatzes. Die Sonne schien hell und warm, und die Luft verdichtete sich zu sommerlicher Feuchtigkeit. Ich hielt mir die Hand über die Augen, um sie vor dem grellen Licht zu schützen. Hinter dem Labyrinth war eine Wiese mit hohem Gras und Bäumen. Wir hatten uns ein paar Mal dort versteckt, wenn andere Leute durch das Labyrinth liefen.

Inzwischen kannte ich den Weg durch die Hecken und entdeckte Isaac in der Windmühle, das Skript auf dem Schoß und einen Stift in der Hand. Das Ende des Stiftes war übel zugerichtet – er kaute darauf herum, um nicht zu rauchen, wenn wir zusammen waren.

Ich blieb stehen und betrachtete ihn einen Moment. Mein Blick nahm ihn auf, mein Körper registrierte jedes Detail. Die langen Beine in den Jeans, das schwarze T-Shirt, das die breiten Flächen seiner Brust betonte. Die Wölbung seines Bizeps und die gebräunten Unterarme – einer mit dem Tattoo *Ich schmacht', ich brenn', ich sterbe.*

Er hatte mir erzählt, dass es aus *Der Widerspenstigen Zähmung* sei und dass er es gewählt hatte, weil es sich wie sein Leben anfühlte. Brennendes Talent, endlose Sehnsucht nach einem besseren Leben und die Angst, es niemals zu erreichen.

*Er wird es schaffen. Aber im Moment gehört er mir.*

Isaacs Gesicht war kantig und ernst über dem Skript. Aber ich kannte den Mann hinter der ausdruckslosen Miene. Er war brillant und poetisch und beschützte mich. Er war durch seine Erfahrungen härter geworden, aber sie hatten ihn nicht gebrochen. Er zeigte seine weiche Seite niemandem außer mir.

Er sah auf. Ein schiefes Lächeln erschien auf seinen Lippen. »Hey.«

»Hi.« Eine Sehnsucht regte sich tief in mir. Sie war erst seit ein paar Wochen da. Unter Isaacs Händen erwachte mein Körper aus der eisigen Starre, obwohl er nie mehr getan hatte, als mich über der Kleidung zu berühren, wenn wir uns küssten.

Vielleicht war es, *weil* er nicht mehr getan hatte. Er hatte mich nie gedrängt, weder durch Worte noch körperlich. Er küsste mich, und seine Küsse waren perfekt. Er berührte mich sanft, bis mein Körper seine Hände und die der Schattenerscheinung X auseinanderhalten konnte.

Jetzt wollte ich mehr.

Isaac stand auf und durchmaß die Entfernung zwischen uns. Er war fast eins neunzig und überragte mich, und ich liebte es, wie beschützt ich mich neben ihm fühlte.

»Ich habe etwas für Benny mitgebracht«, sagte ich, und mein Herz pochte. »Als Belohnung für den guten Test.« Ich zeigte ihm den Comic. »Angie sagt, Luke Cage ist ein echt krasser Typ.«

»Benny sagt das auch«, sagte Isaac. »Ich bringe ihm den morgen früh.«

»Wie geht es deinem Dad?« Es war Montag, also war Isaac gestern zum Trailer gefahren, um seinem Vater Geld für die Woche zu geben.

Isaacs Blick verdüsterte sich. »Nicht gut«, sagte er. »Ich glaube, er trinkt mehr. Ich habe versucht, mit ihm über eine Entzugsklinik zu reden, aber er will nicht. Ich würde ihm gern etwas Netteres bieten, aber das kann ich mir nicht leisten. Noch nicht.«

»Das wirst du noch«, sagte ich.

Er beugte sich vor, um mich sanft zu küssen, aber ich vertiefte den Kuss sofort, zog ihn an mich und erforschte seinen Mund, bis wir beide kaum noch Luft bekamen.

»Okay, lass uns arbeiten«, sagte ich abrupt und stellte meine Tasche auf den Boden. Isaac lächelte mich verblüfft an, während ich über dem schweren, warmen Verlangen zwischen meinen Beinen schwebte.

*Ich will ihn.*

Diese Tatsache schockierte mich, knisterte in jedem Teil meines Körpers wie elektrischer Strom. Ich schüttelte meine zitternden Hände aus.

»Ich bin wirklich nervös wegen der Premiere. Ich würde gern an meinem letzten Monolog in Akt drei arbeiten.«

»Okay«, sagte Isaac. »Was auch immer du willst. Aber nach einem solchen Kuss ist meine Konzentration etwas ruiniert.«

Ein hohes Lachen brach aus mir hervor. »Ich gehe durch das Labyrinth.«

»Mach das.«

Ich ging zum Anfang des Heckenlabyrinths und nahm einen tiefen, beruhigenden Atemzug. Ich versuchte, die fremdartigen Gefühle zu ignorieren, die unter meiner Haut an mir zerrten, aber sie waren eine magnetische Kraft, die nur zu Isaac wollte.

Ich musste mich in Ophelia hineinversetzen, in einem konkreten Moment im Stück: dem Anfang ihrer Abwärtsspirale in die psychische Krankheit und den Schmerz. Dabei stand ich selbst gerade am Anfang von etwas Gutem und Echtem.

*»O welch ein edler Geist ist hier zerstört!*
*Des Hofmanns Auge, des Gelehrten Zunge,*
*des Kriegers Arm …«*

Ich rezitierte den Text, während ich durch die frühlingsgrünen Gänge schritt, die vor Leben summten. Inzwischen kannte ich den Weg perfekt. Und auch der Text kam automatisch; ich musste nicht mehr darüber nachdenken. Er war da wie ein Liedtext, dem ich meine eigene kleine Melodie hinzufügte.

Ich trat aus dem Labyrinth auf die kleine Lichtung in der Mitte. Isaac wartete auf der Bank. Mein grübelnder Däne. Dunkel und gefährlich für die ganze Welt außer mich.

*»Misstönend wie verstimmte Glocken jetzt,*
*dies hohe Bild …«*

Mein Blick wanderte über das hohe Bild. Schlanke Muskeln unter glatter Haut. Kraft unter Sanftheit. Stärke unter seiner zärtlichen Berührung. Ich konnte seiner magnetischen Anziehung nicht mehr entrinnen. Ich musste seine Hände auf mir spüren.

Er schwieg, als ich mich zwischen seine Knie stellte. Seine Hände glitten über meine Hüften. Meine Brüste waren auf Höhe seines Kinns, meine Brustwarzen wurden hart, als sein Atem darüberfuhr. Ich strich mit den Fingern durch das Haar an seinen Schläfen und fiel in seine dunklen geweiteten Augen, das Graugrün stürmisch vor Verlangen.

*»Die Züge blühnder Jugend …«* Ich schmeckte die nächsten Worte mit Zähnen und Zunge. *»… durch Überschwang zerrüttet.«*

»Willow«, sagte er, seine Hände fuhren seitlich an mir hinauf, seine Daumen strichen über meine Brüste, und ich stieß einen leisen Laut aus.

*»Weh mir«*, flüsterte ich an seinen Lippen. *»Wehe …«*

Unsere Lippen berührten sich erst sanft, dann pressten sie sich aufeinander.

Dieses Mal war es anders. Er schmeckte anders und fühlte sich anders an unter meinen Händen, die über sein Haar und die starken Muskeln seines Rückens hinunter strichen. Wir atmeten rau durch die Nase, als wir uns küssten, und selbst die Luft roch anders, als jeder Atemzug in das warme, schwere Verlangen zwischen meinen Beinen strömte.

Durch die Wimpern sah ich, wie Isaac die Stirn runzelte, sein Gesicht war angespannt vor Zurückhaltung. Mit einer Hand glitt er an meinem Bauch hoch und umfasste eine Brust. Ich stöhnte und lehnte mich in die Berührung, erschrocken, wie gut und richtig sie sich anfühlte. Wir küssten uns und klammerten uns aneinander, unser Verlangen wuchs, bis seine

Hand zwischen meine Beine glitt. Die winzigste Berührung dort, und ich fuhr zusammen.

Isaac unterbrach den Kuss. »Es tut mir leid.«

»Nein, es ist okay«, sagte ich und atmete schwer. »Es ist nur … neu. Ich will nicht aufhören. Nicht ganz.«

»Wir müssen nichts überstürzen. Gar nichts, Willow.«

»Ich will es nicht ruhig angehen lassen«, sagte ich. Die Worte verhedderten sich in mir, weil es plötzlich peinlich und komisch war, ihm zu sagen, was ich wollte. »Ich will nicht *alles* gleich, aber ich will … ich meine, ich muss …«

»Du willst kommen.«

Die Hitze stieg mir ins Gesicht, als die schamlosen Worte ausgesprochen waren.

»Ja«, flüsterte ich. Dann noch einmal, lauter. »Ja. Berühr mich, Isaac.«

Er legte den Mund in einem leidenschaftlichen Kuss auf meinen, seine Zunge drang fordernd und tief in mich ein. Seine Hände fuhren über meine Brüste und meine Taille, glitten tiefer und umfassten meinen Hintern, dann die Rückseite meiner Oberschenkel. Ich sagte Ja zu allem und stöhnte leise, als er mich auf seinen Schoß zog und ich rittlings auf seinen Beinen saß. Ich glitt mit den Händen unter sein T-Shirt, während er meinen Hals küsste.

Meine Hände konnten nicht genug von ihm bekommen. Harte Muskeln und warme Haut und ein paar wenige Haare auf seiner Brust. Er ließ mich ihn ertasten, während das Verlangen in mir brannte wie eine helle Flamme.

Meine Hüften bewegten sich, und seine Hände glitten meine Oberschenkel hinauf, sein Gesicht war angespannt. Er packte meine Hüften, als ich mich an dem groben Stoff seiner Jeans rieb, seine harte Hitze drängte von innen gegen den Reißverschluss.

Eine tiefe Lust breitete sich in meinem Bauch aus. All meine Sinne konzentrierten sich auf die Stelle, wo wir uns berührten. Ich setzte mich auf, rieb mich schamlos an ihm, genoss mein reines Verlangen, und es war absolut in Ordnung. Ich war sicher bei Isaac. Er war kein schemenhaftes Monster. Er war hier, und er war aus Fleisch und Blut. Er sah mir in die Augen, seine Worte lockten mich.

»Komm …«

»Oh Gott«, flüsterte ich flehend.

»Es ist okay«, sagte er durch die zusammengebissenen Zähne. »Ich will, dass du kommst.«

»Isaac …«

»Ich halte dich … Komm für mich.«

»Ich brauche … mehr.«

Ich nahm seine Hand von meiner Hüfte und schob sie unter das Kleid zwischen meine Beine. Ich stöhnte in seinen Mund, als seine Finger meinen Slip berührten. Meine Lust wuchs und dehnte sich aus, als er mich zärtlich an genau der richtigen Stelle streichelte.

»Gott, Baby.« Sein Atem war heiß an meinem Ohr. »Du bist so feucht.«

Die Worte gaben mir den letzten Stoß. Mein Körper wollte es. *Ich* wollte es. Der Druck, der sich zwischen meinen Beinen aufgebaut hatte, wurde auf einmal freigesetzt, und eine erschreckend mächtige Welle heißer Lust durchfuhr mich. Mein ganzer Körper spannte sich an. Der Atem stockte mir in den Lungen, dann stieß ich ihn aus, als die Ekstase mich ungehindert von Scham oder Reue durchflutete.

»Oh, mein Gott«, hauchte ich und ließ mich gegen seine Schulter sinken. »Wow, Isaac …«

»Komm her.« Er zog mich an sich, und ich schmiegte mich an ihn.

»Ich kann nicht glauben, dass ich das getan habe«, sagte ich und hob den Kopf. »Was ist mit dir? Mist, du musst denken, dass ich …«

»Ich denke gar nichts«, sagte er. »Ich wollte es für dich. Du hast so wunderschön ausgesehen …«

»Oh Gott«, sagte ich und vergrub mein Gesicht an seiner Schulter. »Ich kann es immer noch nicht glauben.«

»Glaub es, Baby«, sagte er und lachte in meinem Haar. »Du bist so verdammt sexy.«

»Vor sechs Monaten konnte ich mich nicht im Spiegel ansehen. Und jetzt …«

Er umfasste mein Gesicht mit beiden Händen. »Vor sechs Monaten ging es mir hundsmiserabel. Und dann bist du aufgetaucht. Wenn ich bei dir bin, empfinde ich nicht das Bedürfnis, woanders oder jemand anders zu sein. Ich halte es in meiner Haut aus, ohne dass es so furchtbar wehtut. Das ist ein Geschenk, Willow. Das ich dir nie zurückgeben kann.« Er fuhr mit dem Daumen über meine Unterlippe. »Also sieh mich nicht an, als würdest du mir etwas schulden. Das tust du nämlich nicht.«

Ich presste die Kiefer zusammen und schniefte. »Ich heule gleich wegen meines ersten Orgasmus«, sagte ich. »Aber willst du nicht … wie lange wirst du zufrieden sein, wenn du nur …?«

»Ich will nicht mit dir schlafen«, sagte er.

Ich verschränkte die Arme.

»Ich meine, ich *will*«, sagte er und lachte. »Gott, natürlich will ich. Aber du bist erst siebzehn.«

»Und?«, fragte ich, und mein Tonfall war eingeschnappt, auch wenn Erleichterung sich in meiner Brust niederließ und meine elektrisierten Nerven beruhigte.

»Wir sollten warten, bis du achtzehn bist. Oder so lange es eben dauert, bis du bereit bist, aber mindestens bis achtzehn.«

»Das Alter ist nicht wichtig.«

»Klar. Sag das einem wütenden Vater.«

»Ächz. Erinnere mich nicht daran.« Ich fuhr mit den Fingern an seinem Kinn entlang. »Es wird dich nicht frustrieren zu warten?«

Er schüttelte den Kopf. »Ich habe das Gefühl, mein ganzes Leben auf dich gewartet zu haben, Willow. Ich kann auch noch ein bisschen länger warten.«

Tränen füllten meine Augen, und ich schlug ihn gegen die Schulter. »Das machst du doch mit Absicht.«

Er küsste mich sanft. »Zweifle nicht.«

Ich schüttelte den Kopf. »Niemals.«

## 29. KAPITEL

### Willow

In Paulsons Englischkurs am nächsten Morgen setzte ich mich an mein Pult neben Angie. Auf ihrem T-Shirt heute stand: *Lies mein T-Shirt nicht*. Sie tat so, als würde sie eine Brille absetzen, um mich anzusehen.

»Du siehst anders aus«, sagte sie. »Hell und leuchtend. Wenn ich ein Adjektiv auswählen müsste, würde ich in der Tat sagen, dass du … *orgasmisch* aussiehst.«

Das Blut stieg mir in die Wangen, und sie riss die Augen auf.

»Neeeeeee«, hauchte sie. »Hast du?«

»Psst.«

Sie senkte die Stimme zu einem Flüstern. »Mit Isaac?«

»Nein, mit Käpt'n Iglo«, sagte ich. »Natürlich mit Isaac. Aber wir haben nicht miteinander geschlafen. Wir haben … andere Sachen gemacht.«

Angie verschränkte die Hände unter dem Kinn. »Oh, Süße, ich freue mich so für dich. Und andere Sachen sind unterbewertet. Nash und ich haben ein Jahr lang andere Sachen gemacht, und es war herrlich. Wie ein ausgedehntes Vorspiel.«

»Angie …« Ich sah mich um.

Sie zuckte mit den Achseln. »C'est la vie, ma chère.«

»Also …« Ich biss mir auf die Lippen. »Du und Nash, ihr habt ein ganzes Jahr gewartet?«

Ihre Miene wurde weich. »Nicht alle Typen sind Arschlöcher«, sagte sie. »Tatsächlich sind die meisten Typen *keine* Arschlöcher.« Sie schürzte die Lippen. »Natürlich gibt es Typen darunter, die nur *glauben*, dass sie keine Arschlöcher sind. Aber das liegt daran, dass die Gesellschaft ihnen nicht beibringen konnte, was es bedeutet, ein Arschloch zu sein.« Sie setzte sich aufrechter hin und suchte nach einem Stift. »Ich sollte mir das für meinen Blog notieren.«

Ich schüttelte lachend den Kopf. »Du wirst die Welt retten, Angie.«

»Ganz bestimmt sogar«, sagte sie. Sie sah mich von oben bis unten an und kniff die Augen zusammen. »Gott, Holloway, du strahlst praktisch.«

*Weil meine Flamme zurückkommt*, dachte ich.

»Ich schwöre bei Gott, Angie, ich habe nie gedacht, dass ich mich noch einmal so fühlen würde.«

»Glücklich?«

»Normal. Als hätte ich eine Zukunft, in der ich einfach wie jedes andere Mädchen sein kann.«

Angie dimmte ihr Lächeln um eine Stufe. »Heißt das, Isaacs Pläne haben sich geändert?«

Ich runzelte die Stirn. »Nein, und das will ich auch nicht.«

Sie sah mich an.

»Ich meine es ernst. Natürlich wird es ätzend, wenn er geht, aber das muss er. Er wird großen Erfolg haben, und soo lange werden wir gar nicht getrennt sein. Im Juli werde ich achtzehn, und dann kann ich so viel Zeit mit ihm verbringen, wie ich will. Meine Eltern können sich diese schrecklichen Vorurteile gegen ihn in den Hintern stecken.«

»Aber er hasst Harmony, und du liebst es. Wird das kein Problem sein?«

»Ich weiß es nicht, okay?«, sagte ich und spürte, wie ich mich ärgerte. »Darf ich nicht einfach jetzt ein bisschen glücklich sein? Du weißt, was es bedeutet, wenn ein Mann dich berührt und küsst. Ich dachte, dieser Teil meines Lebens wäre vorbei, aber das ist er nicht. Und ich dachte, Xavier würde nach Indiana kommen, aber das wird er nicht. Es läuft wirklich gut. Ich habe keinen Grund zu glauben, dass sich das ändert.«

Mr Paulson wünschte allen einen guten Morgen und fing an, über die Lyrikarbeit zu sprechen, die nächste Woche dran war.

Angie beugte sich ein letztes Mal zu mir. »Ich finde es sehr fortschrittlich von dir, ihn gehen zu lassen. Ich respektiere das. Ich weiß nur nicht, ob …«

»Ob was?«

»Ob du bereit dafür bist, wie sehr es wehtun kann.«

Am Nachmittag saß ich auf dem Bett meiner Eltern, während meine Mom ihren Louis-Vuitton-Koffer packte. Dad ging immer wieder in den begehbaren Schrank und kam mit Hemden und Krawatten beladen wieder raus.

»Die Premiere ist am Freitag, vergesst das nicht«, sagte ich und zupfte am Federbett.

»Sei nicht so dramatisch, Schatz«, sagte Dad. »Wir sind nur eine Woche weg. Wir sind rechtzeitig zu deinem großen Eröffnungsabend zurück.«

»Premiere«, korrigierte ich. »Warum bleibt ihr überhaupt so lange weg? Die Party ist doch nur ein Abend.«

»Ross Wilkinson hat mich gebeten, ein paar Tage länger zu bleiben, um über ein wichtiges Projekt zu sprechen.«

»Und du springst einfach ins Flugzeug und gehorchst?«

»Dein Vater ist wichtig und unverzichtbar für Ross«, sagte Mom. »Unverzichtbare Menschen springen in Flugzeuge.«

Im Tonfall meiner Mutter war ein winziger Hauch von Ironie zu hören, und mein Dad bemerkte es. Die Spannung zwischen den beiden nahm immer zu, wenn sie über Ross Wilkinson sprachen. Für mich war er wie ein mieser Hundebesitzer, der Hunde hasste. Er riss an Dads Leine, zerrte ihn herum, hielt ihm Knochen vor die Nase und nutzte seine Loyalität aus, indem er ihn nach Indiana versetzte. Vielleicht war das Gehalt es wert. Trotzdem hatte ich nicht das Gefühl, dass mein Vater unverzichtbar war. Eher, dass er nach Wilkinsons Pfeife tanzte und jeder im Zimmer das wusste.

Meine Mutter hob den Zeigefinger. »Keine Partys. Keine Jungs.«

Die Worte waren wie ein Schlag in den Magen. »Nein«, sagte ich leise. »Keine Partys mehr.«

Mein Dad stand vor mir und band seine Krawatte. »Hast du in letzter Zeit mit Justin Baker gesprochen? Er schien mir wie ein anständiger junger Mann.«

*Der Typ, der schnell wütend wird und seine Mitschauspieler würgt?*

»Ich bin nicht an Justin interessiert«, sagte ich. »Ich bin an niemandem interessiert.«

Dad grunzte. »Du weißt, ein Teil meiner Aufgabe hier ist, mich um die nachlässigen Franchisenehmer zu kümmern. Manche sind nur mit den Lizenzgebühren im Rückstand, aber Charles Pearce' Tankstelle ist wirklich die schlimmste, die ich je gesehen habe.«

»Dad …«

»Er ist so hoch verschuldet bei Wexx, nicht einmal ein Bankrott könnte ihm helfen. Die Rechtsabteilung glaubt, dass eine Klage sehr aussichtsreich wäre.«

Ich versuchte, ruhig zu bleiben, aber konnte mich nicht zurückhalten. »Wow, Dad. Eine gigantische Multimilliarden-Dollar-Firma zerschlägt einen winzigen Laden. Du musst stolz sein.«

Ich stand auf, aber mein Dad packte mich am Arm.

»Hey. Erstens redest du so nicht mit mir«, sagte er streng. »Und zweitens möchte ich, dass du darüber nachdenkst, wie falsche Entscheidungen zu solchen Situationen führen. Niemand hat Charles Pearce gezwungen, sein Geschäft – das ein Teil *meines* Geschäfts ist – zu versaufen. In dieser Welt sagt es mehr über dich aus, mit wem du dich abgibst, als alles andere. Und in dieser Stadt fällt es auf unsere Familie zurück, mit wem du dich abgibst. Vergiss das nicht.«

Er ließ mich los, und zwanzig Minuten später gingen meine Eltern zur Tür hinaus.

Meine Mutter gab mir einen Kuss auf die Wange. »Sei brav«, sagte sie, dann flüsterte sie mir ins Ohr. »Bitte.«

Mein Vater drehte sich an der Haustür um. »Ich möchte dich daran erinnern, dass deine Mutter und ich dir vertrauen, Willow. Und dieses Vertrauen zu enttäuschen würde unserer Beziehung wirklich schaden. Hast du mich verstanden?«

»Ja, Dad«, sagte ich und rieb mir den Arm. »Klar und deutlich.«

# 30. KAPITEL

## Isaac

»Erste Kostümprobe heute, Jungs?«, fragte Brenda Ford, als sie sich mit Brötchen zu uns an den Tisch setzte. Ich mochte die Küche der Fords. Vor allem das bunt gemischte Durcheinander von Kunst an den Wänden: amerikanischer Kleinstadtkitsch neben afrikanischen Stammesmasken, die sie aus ihren Flitterwochen im Kongo mitgebracht hatten.

»Die erste von vielen«, sagte ich.

»Nervös?«, fragte sie. »Martin, du siehst aus, als wärst du derjenige, der heute vier Stunden lang auf der Bühne steht.«

»Ich stehe eine Stunde dort, und das reicht«, sagte Martin. Er füllte sich gebratene Okraschoten auf und deutete mit dem Löffel auf mich. »Er hier ist wie immer die Ruhe selbst.«

»Du bist furchtbar still, Isaac«, sagte Brenda. Sie blickte zwischen ihrem Mann und mir hin und her. »Ist das Teil des künstlerischen Prozesses?«

Ich blinzelte. »Was? Nein.« Ich hätte mit den Gedanken nicht weiter von *Hamlet* weg sein können. »Ich überlege zu bleiben. In Harmony.«

Martins Gabel fiel auf den Teller. »Sag das noch mal.«

»Oder vielleicht eher, zurückzukommen.«

Beide starrten mich an.

»Ich muss weg, um ein bisschen Geld zu verdienen, aber dann …« Ich nickte. »Ja, ich komme zurück.«

»Hierher?« fragte Martin und zeigte mit einem Finger auf den Tisch. »Du willst zurückkommen und hier wohnen?«

»Ja. Nicht hier in eurem Haus, aber … Ja, ich komme zurück.«

»Ich … ich meine, du hast immer …« Martin lachte ein bisschen, als er sich auf dem Stuhl zurücklehnte. »Weißt du, ich hatte Angst vor der Premiere. Ich weiß, diese Agenten werden dich uns wegschnappen, und ich dachte, ich würde dich nie wiedersehen. Höchstens, wenn ich mal bei einer deiner Filmpremieren auftauche.« Er richtete sich auf. »Apropos, ein Casting-Agent, der zugesagt hat, will dir vielleicht eine Rolle in Hollywood vermitteln. Wichtiger Regisseur. Ziemlich viel Geld.«

»Vielleicht soll es so sein«, sagte ich. »Vielleicht kriege ich diese Filmrolle, kann ein bisschen Geld verdienen und Paps helfen, die Kurve zu kriegen. Und dir helfen, mit dem Theater die Kurve zu kriegen.«

Langsam breitete sich ein Lächeln auf Martins Gesicht aus. »Und dann kommst du zurück.« Er klatschte in die Hände, schüttelte den Kopf und sah mich überwältigt an. »Fantastisch. Ich könnte nicht glücklicher sein. Und Isaac …« Er schnaubte verlegen. »Mir mit dem Theater zu helfen …«

»Es ist das Mindeste, was ich tun kann.« Ich sah ihm in die Augen und sagte es mit meinen eigenen verdammten Worten. »Du hast mehr für mich getan als sonst jemand. Ihr beiden.« Ich räusperte mich. »Ich will nichts mehr davon hören.«

»Nun«, sagte Brenda und lächelte. »Vielleicht solltest du kein Geld ausgeben, das du noch nicht hast. Nicht, dass ich nicht absolut an dich glauben würde, Isaac, aber ich hätte gedacht, du würdest an den Broadway wollen. Auf die Bühne.«

»Das will ich auch, aber in Hollywood liegt das große Geld. Ich sehe erst einmal, was ich da machen kann. Dann, später, wenn ich mich hier niedergelassen habe, kann ich ab und zu im Osten für eine Rolle vorsprechen.«

Martins Lächeln wurde so breit, dass es fast in den nächsten Bundesstaat reichte. »Das ist richtig, bei Gott. Träume groß. Sprich es aus. Und was machst du mit dem Rest dieses Riesenvermögens aus Hollywood?« Er lachte. »Marlon Brando hat sich eine ganze Insel gekauft –«

»Ich kaufe Willow ein Haus in den Cottages.«

Marty verstummte wieder, und Brenda verbarg ein Lächeln hinter ihren Händen. »Willow?«

Ich nickte.

»Wie lange …?«

»Ein paar Wochen.«

»Ist es ernst?«

»So ernst, wie ich je etwas in meinem Leben gemeint habe. Einschließlich des Theaters.« Ich lächelte über ihre erstaunten Gesichter. »Ich werde ihr nicht bei der Premiere einen Heiratsantrag machen, wenn ihr das befürchtet. Aber ich weiß, dass sie sich ein Cottage wünscht, also werde ich ihr eins kaufen und … Meine Güte, Marty, reiß dich zusammen.«

Marty drückte sich die Serviette, die Brenda ihm gab, auf die Augen.

Meine Brust fühlte sich ganz warm an. Er hatte mich immer wie einen Sohn behandelt und im Gegenzug nur verlangt, dass ich rechtzeitig zu den Proben erschien. Die Wärme in meinem Herzen war reine Dankbarkeit, aber auch Erleichterung.

*Ich muss mich nicht verabschieden.*

Ich zeigte mit der Gabel auf ihn. »Du darfst zu niemandem etwas über Willow sagen. Niemand darf davon wissen. Ihr Dad würde total durchdrehen, und dann hast du eine Ophelia weniger.«

»Lydia ist eine passable Zweitbesetzung …«

Ich warf ihm einen Blick zu.

»Ja, gut, Willow ist außergewöhnlich. Aber Isaac, sie ist … jung.«

»Ich kann mich benehmen, Marty«, sagte ich. »Ich schwöre es. Sie ist mir wirklich wichtig.«

*Die Untertreibung des verdammten Jahrhunderts.*

Jetzt trocknete Brenda sich die Augen ab. Sie stand von ihrem Platz auf, umfasste mein Gesicht und drückte mir einen Kuss mitten auf die Stirn.

»Ich bin stolz auf dich«, sagte Martin. »Und wirklich von den Socken. Du und Willow. Ich hatte ja keine Ahnung.«

»Das ist so ein beschissener Blödsinn«, sagte ich in mein Wasserglas.

»Nicht fluchen«, sagte Martin lachend. »Und ich weiß nicht, was du meinst.«

»Schon klar«, sagte ich. Ich wollte noch einen bissigen Kommentar über seine Kuppelversuche abgeben, aber ich war ihm viel zu dankbar.

Martin verschränkte die Finger im Nacken und sah wirklich selbstzufrieden aus. »Du und Willow. *›Süß Liebe liebt den Mai‹* … Das ist aus *Wie es euch gefällt* …« Er schlug mit der Hand auf den Tisch. *»Wie es euch gefällt.«* Er sah seine Frau an. »Das wollte ich schon immer mal inszenieren. Siehst du sie vor dir? Willow und Isaac als Rosalinde und Orlando?«

Ich verdrehte die Augen und spießte ein Stück Okra auf, konnte selbst nicht aufhören zu lächeln. »Zu früh, Marty.«

»Ach, da du jetzt doch bleibst …« Er grinste und zwinkerte mir zu. »Aber du musst natürlich vorher vorsprechen.«

Abends bei der Kostümprobe fühlte ich mich unbesiegbar. Alle Teile meines kaputten Lebens rückten an den richtigen Platz. Der einzige dunkle Fleck war mein Dad. Ich betete zu allen

Göttern, die zuhörten, bat sie, auf ihn aufzupassen und dafür zu sorgen, dass es ihm gut ging, bis ich mich um ihn kümmern konnte. Ich würde ihn am Sonntag sehen, um ihm das Geld für die Woche zu bringen, und ich schwor mir, mit ihm zu reden. Ihm zu sagen, dass alles gut werden würde. Das Schweigen meiner beschissenen Kindheit und seine Misshandlungen verblassten. Durch Willow lernte ich, meiner eigenen Stimme zu vertrauen. Weil sie nicht von mir verlangt hatte, mehr zu sein als das, was ich war.

*Und dafür liebe ich sie.*

Der Gedanke traf mich mit voller Wucht. Ich starrte ins Nichts und zuckte zusammen, als Frank, der Inspizient, an die Tür der Garderobe klopfte.

»Drei Minuten«, sagte er. »Drei Minuten bis zur Stimmaufwärmung.«

»Hört ihr das, Mimen?«, sagte Len und schmierte sich noch ein bisschen Hautkleber unter seinen falschen Bart. »In drei Minuten beginnt die Kostümprobe.«

Ich sah in den Spiegel, färbte meinen eigenen leichten Bart dunkler und zwang mich, mich auf meine Routine vor der Aufführung zu konzentrieren. Ich ging Hamlets Entwicklung durch, malte im Kopf eine Karte seiner Reise in jedem Akt.

»Bist du bereit, Hamlet?«, fragte Len. Er schlug mir auf die Schulter, dann zuckte er zusammen. »Sorry. Du machst dieses Kopfding. Ich respektiere das.«

Ich lächelte leicht. »Du respektierst es, Len, aber du vergisst es jedes Mal.«

Er lachte herzlich. »Ich habe keine Ahnung, was für Glückspillen du nimmst, Amigo, aber nur weiter damit.«

Langsam gingen alle aus der Garderobe, und nur noch Justin Baker und ich waren übrig.

»Ich weiß, du hältst dich für einen Supertypen«, sagte er und zog seine Jacke im Spiegel zurecht. »Aber du bist nur der Sohn des Dorftrottels. Und glaub nicht, dass ich nicht wüsste, was du mit Willow machst.« Er verzog die Lippen. »Von wegen Glückspillen.«

Was Blödsinn war. Wenn er etwas Konkretes wüsste, hätte er es ausgeplaudert. Ich stand auf, überragte ihn um gute fünf Zentimeter und hielt seinem Blick stand. Dann hielt ich ihm die Hand hin. »Hals- und Beinbruch.«

»Verpiss dich, Pearce.«

Ich zuckte mit den Achseln und ging hinaus. Er war meine Zeit nicht wert. Ich schwebte auf dem High vor der Aufführung, oder vielleicht kam das Hochgefühl daher, dass ich Zukunftspläne schmiedete, die nicht auf Verzweiflung und Reue beruhten.

Martin rief uns auf der Bühne zu einem Kreis zusammen, und mein Blick suchte Willow.

Sie stand mir gegenüber, umwerfend in einem schlichten weißen Kleid mit einem viereckigen Ausschnitt, der den Ansatz ihrer Brüste zeigte. Ihr Haar war locker zu einem Zopf geflochten, Strähnen lösten sich aus einem goldenen Diadem, das sie auf der Stirn trug. Sie war eine perfekte Ophelia, und ich war ein perfekter Hamlet, und auf der Bühne würden wir uns gegenseitig zerstören.

*Aber im wirklichen Leben wird unsere Geschichte keine Tragödie sein.*

Sie schenkte mir ein kleines Lächeln, dann sah sie weg, ihre Wangen wurden rot.

Mein Blut regte sich. Jetzt, da ich plante, mit ihr zusammen zu sein, wollte ich sie ganz, alles auf einmal. Ich sehnte mich danach, sie zu berühren, sie zu umarmen, sie unter mir zu spüren …

*Beruhige dich, verdammt*, sagte ich mir, dankbar, dass meine Kostümhose aus festem Stoff gemacht war.

Marty, als Polonius in einem purpurnen Rock mit goldenen Tressen, sagte die üblichen aufmunternden Worte und machte dann ein paar Aufwärmübungen für die Stimme sowie Atemübungen. Die Bühnentechniker hatten sich am Wochenende um die Beleuchtung und den Ton gekümmert. Das Bühnenbild war fertig, sah aber absichtlich unfertig aus. Marty nahm nie aufwändige Bühnenbilder für seine klassischen Stücke. Er behauptete, es lieber schlicht halten zu wollen und die Worte für sich sprechen zu lassen. Aber ich wusste, dass Geldmangel seinen Visionen Grenzen setzte. Die Einnahmen aus Ticketverkäufen und Konzessionen gingen für die Miete und Steuern drauf.

*Ich werde auch das in Ordnung bringen, Marty.*

Ein befreundeter Künstler hatte eine wunderschöne Kulisse von Elsinore Castle in Aquarellfarben gemalt. Ein Antiquitätenhändler der Stadt hatte zwei kunstvolle, thronartige Stühle gespendet. Alles andere wurde von einer einzigen, schwarz gekleideten Person auf die Bühne und wieder herunter geschafft. Wir hatten nur minimale Requisiten.

Darunter den Liebesbrief, den Hamlet an Ophelia geschrieben hatte.

Das Requisitenteam hatte ein Stück Pergament dafür verwendet, mit rotem Band verschnürt und mit einem wächsernen Siegel versehen. Martin war wichtig, dass alles so authentisch wie möglich war, und hatte mich gebeten, die Worte selbst zu schreiben:

*Zweifle an der Sonne Klarheit,*
*Zweifle an der Sterne Licht,*
*Zweifle, ob lügen kann die Wahrheit,*
*Nur zweifle an meiner Liebe nicht!*

Die Worte gehörten jetzt uns. Mir und Willow.

»Zweifle nicht«, sagte ich zu ihr, den Rest der Zeile ließ ich immer weg. Mein Herz hämmerte wieder in meiner Brust, weil ich ihr auch das noch nicht gesagt hatte. Dass ich zurückkommen und hier mit ihr leben würde, wenn sie das wollte.

Frank rief die Darsteller auf, die in der nächsten Szene dran waren. Ich wartete hinter der Bühne und sah die beiden bewaffneten Wachen ihre Plätze auf der Vorbühne einnehmen. Willow stand irgendwo in der Dunkelheit hinter der Kulisse auf der anderen Seite.

Ich schloss die Augen und atmete tief ein. Ich schob die Gedanken an Willow oder Justin oder meinen Vater oder alles andere nicht weg. Ich ließ es an mich heran. Die Erfahrungen meines Lebens verschmolzen mit Shakespeares Worten, damit ich ihnen mit meinem Leben Leben einhauchen konnte.

Das Stück begann.

Meine Szenen mit Willow waren genau wie Marty sie sich vorgestellt hatte: Schmerz lag unter den Scherzen und Wortspielen, mit denen Hamlet alle in seiner Umgebung verwirrte und reinlegte.

*Die Liebe war zuerst da …*

Willow war unglaublich, aber es war ihre Szene am Ende von Akt vier, die alle umhaute. Als Laertes aus Paris zurückkam und sich lärmend darüber ausließ, dass er Polonius rächen wollte, fand er Ophelia zerrüttet vom Wahnsinn.

Ich konnte den Blick nicht von ihr wenden.

Ihr Zopf hatte sich aufgelöst, das Haar hing ihr wild und ungekämmt ins Gesicht. Das Kleid war weg, und sie trug nur einen weißen, dreckverschmierten Unterrock.

*Es ist wie in der Nacht auf dem Friedhof, als sie mir ihre Geschichte erzählt hat.*

An diesem Abend erzählte sie ihre Geschichte als Ophelia.

Mein Herz raste, fast kniff ich die Augen zusammen, so hell strahlte ihr Talent. Sobald sie die Bühne verlassen hatte, rannte ich hinter die Kulissen und stolperte beinahe über eine Seilrolle, als ich ihrer weißen Gestalt in die Frauengarderobe folgte.

Mein Blut brannte, ich ballte die Hände zu Fäusten und löste sie wieder, weil sie leer waren. Weil sie nicht *sie* packten. Ich hatte Hunger und Durst nach ihr. Sie auf der Bühne zu sehen hatte eine ganz andere Lust entfacht. Sie hatte nichts mit meinem Verlangen zu tun, es ging nur darum, ihr zu geben, was auch immer sie wollte.

Ich riss ein paar Sekunden, nachdem sie eingetreten war, die Tür zur Garderobe auf. Sie war allein.

*Gott sei Dank …*

Willow wirbelte herum und drückte sich gegen den Schminktisch. Ihre Augen wurden größer, und ihre Lippen öffneten sich, als ich die Tür hinter mir zumachte und abschloss. Es gab nur ein weiteres weibliches Ensemblemitglied – Lorraine –, und die war noch mindestens fünf Seiten lang beschäftigt. Ich hatte acht oder mehr Seiten vor meinem nächsten Auftritt.

Genügend Zeit.

»Kann ich dir helfen?«, fragte sie und tat ruhig und amüsiert, obwohl ihre belegte Stimme sie verriet.

Ich ging zu ihr und küsste sie einmal. Zweimal. Und dann stürzten wir uns verzweifelt aufeinander, küssten uns, als wären wir des anderen Nahrung und Wasser und die Luft, die wir zum Atmen brauchten.

»Wir sollten nicht … nicht hier …«, stöhnte sie, obwohl sie an mir zog, als könnte sie mich nicht nah genug an ihrem Körper haben.

»Ich will dich«, sagte ich und drückte sie gegen den kleinen Schminktisch. »Gott, ich will dich so sehr …«

In jeder ihrer Berührungen und in jedem ihrer Küsse war

Verlangen, aber auch ein Hauch von Nervosität. Ich spürte das in ihrem stockenden Atem.

»Nicht das«, flüsterte ich. »Ich will nur, dass du dich gut fühlst.« Ich fuhr mit dem Mund über ihren Hals, biss vorsichtig in die zarte Haut. »Ich will, dass du kommst. Gewaltig …«

Ihr Körper lockerte sich wie Wasser in meinen Armen.

»Gott, Willow, du warst unglaublich. Ich habe so etwas noch nie gesehen.«

Ich hob sie auf den Frisiertisch, stand zwischen ihren Knien und küsste sie lang und tief. Meine Hände griffen in ihr verworrenes Haar, unordentliche Locken, die ihr über die Schultern und den Rücken fielen. Sie sah mit großen Augen zu mir hoch.

»Was ist mit dem Stück?«

»Wir haben Zeit. Ich will dich überall küssen«, sagte ich an ihrem Hals, dann hob ich den Kopf, um sie anzusehen. »Darf ich?«

Ihre Lippen öffneten sich, und sie atmete rasch ein. Sie nickte. »Okay«, sagte sie. »Ich … okay. Aber mach schnell.«

Ich sah ihr in die Augen, suchte nach einem Zeichen, ob es ihr zu viel war, und glitt mit den Händen unter den Unterrock, dann die Oberschenkel hoch, die sich wie Seide anfühlten, bis ich ihren Slip fand.

»Isaac«, flüsterte sie und beugte sich vor, um mich feucht zu küssen. »Bitte …«

Langsam zog ich ihr den Slip aus. Ich küsste sie wieder, ganz langsam, dann fuhr ich ihren Hals hinunter. Ihr Puls pochte unter meinen Lippen. Ich küsste noch weiter hinunter, über ihre Brustspitzen, die sich gegen das Kleid reckten. Langsam arbeitete ich mich nach unten vor, bis ich zwischen ihren Beinen kniete. Meine Hände glitten ihre Oberschenkel hinauf und schoben das Kleid hoch.

»Wenn du sagst, dass ich aufhören soll, höre ich auf«, sagte ich. »Okay?«

Sie nickte.

»Sag es, Baby.«

»Ja.« Sie sah mich an, und das Blau ihrer Augen war voller Vertrauen. »Ja, Isaac«, sagte sie.

Und noch einmal.

*Ja*, sagte sie, und ich war an ihrem Knie.

*Ja*, hauchte sie, und meine Lippen fuhren über die Innenseite ihrer Oberschenkel.

*Ja*, stöhnte sie, als ich ihre Mitte fand.

Immer nur *Ja*, bis sie das Wort unterdrücken musste, um nicht zu schreien, als ich sie das erste Mal schmeckte. Sie keuchte, und unwillkürlich bewegten sich ihre Hüften. Ich schob die Arme unter ihre Beine, meine Hände lagen auf ihren Hüften, ihre Beine über meinen Ellbogen. Ich spreizte sie, um tiefer in sie einzutauchen, zu saugen und zu lecken, und ihr so viel Lust zu schenken, wie sie verarbeiten konnte.

Ihre Hände verkrampften sich schmerzhaft in meinem Haar, und meine Erektion drückte gegen meine Hose. Ich konzentrierte mich auf sie, selbst als mich das Bedürfnis überkam, mich selbst zu berühren.

Ihr Höhepunkt näherte sich.

»Oh, mein Gott, bitte, lass mich …«

»Jetzt, Baby«, sagte ich an ihrer Haut und tauchte ein letztes Mal mit der Zunge in sie ein.

Sie unterdrückte einen Schrei und bog den Rücken durch. Ich blieb bei ihr, ließ meinen Mund auf ihr und leckte langsam, bis sie zitternd zusammensank.

»Mein Gott«, keuchte sie. »Oh, mein Gott, Isaac.«

Ich küsste eine Linie auf ihren Oberschenkel, diesmal auf dem anderen Bein, und zog den Unterrock wieder runter. Sie war so wunderschön, als ich zu ihr hochsah. Ihr Gesicht war gerötet, die Ekstase verließ sie nur langsam.

»Komm her«, hauchte sie.

Sie packte mich vorn an der Jacke und küsste mich leidenschaftlich. Ihre Hand fuhr hinunter zu meiner Erektion, ertastete die Form und Größe durch den Stoff. »Es ist dir gegenüber nicht fair.«

»Es ist sehr fair », sagte ich und schob meine Kostümhose zurecht. »Und ich fürchte, ich habe keine Zeit mehr.« Ich küsste sie ein letztes Mal und ging zur Tür. »Bei der Premiere wirst du sie umhauen. Sie werden dir zu Füßen liegen.«

»Isaac.«

Ich blieb bei der Tür stehen. »Ja, Baby?«

»Ich …« Sie schluckte, und ich sah Tränen in ihren Augen glänzen. »Nichts. Du solltest gehen. Du verpasst deinen Einsatz.«

Ich ging noch einmal zurück und nahm ihr Gesicht in beide Hände. »Was auch immer du siehst, das da zwischen uns beiden passiert, Willow, ich sehe es auch.«

»Wirklich?«

Ich hätte heulen können, weil sie so glücklich aussah. Schnell küsste ich sie, weil ich meiner Stimme nicht traute, und rannte aus der Garderobe direkt auf Justin Baker zu. Er schüttelte im Dunkeln den Kopf.

»Du glaubst, ein Typ wie du kann so ein Mädchen halten? Bei dem Vater?« Er schnaubte. »Viel Glück damit.«

Ich ging zu ihm, überragte ihn. »Sie will dich nicht, Baker«, sagte ich beiläufig und distanziert. »Egal was du tust oder sagst, sie wird sich nie für dich entscheiden.«

Er gab einen spöttischen Laut von sich, aber hatte nichts mehr zu sagen. Ich kam gerade rechtzeitig zu meinem Einsatz zur Bühne und trat auf, meine Stimme war laut und durchdringend. Ich hatte keine Angst vor Justin. Oder Willows Vater. Ich hatte vor gar nichts Angst.

Bis …

# 31. KAPITEL

## Willow

Als ich am Montag in die Schule kam, war irgendetwas merkwürdig. Auf den Fluren schien es zu surren, Gruppen von Schülern standen zusammen und unterhielten sich lebhaft. Manche verstummten, sobald sie mich entdeckten, und die bis vor Kurzem als »Plastics« bekannten Mädchen starrten mich regelrecht an, als ich vorbeiging. Fast fürchtete ich, dass Isaac und ich aufgeflogen waren.

*Nimm dich nicht so wichtig*, dachte ich. *Das ganze Gerede kann nicht nur wegen dir sein.*

Aber warum starrten mich alle so an?

Als ich im Englischkurs ankam, drehte sich der ganze Raum zu mir um. Justin unterbrach sein Gespräch mit Jessica Royce, und beide sahen mich seltsam an. Justins Blick war gelassen und selbstzufrieden, Jessicas weicher, als würde sie sich schämen und es nicht gut verbergen können.

Ich sah Angie und setzte mich schnell an das Pult neben ihr.

»Was bitte ist los?«

»Ist dein Telefon an? Ich hab dir heute Morgen etwa tausend Nachrichten geschrieben.«

»Es ist in meiner Tasche«, sagte ich und holte es heraus. »Ich kann nicht schreiben und gleichzeitig Fahrrad fahren.«

Angie gestikulierte und schüttelte den Kopf. Sie ergriff meine Hand und zog mich näher. »Ich habe es erst heute Morgen erfahren. Alle haben das.«

»Was erfahren?« Kalte Angst lief mir den Rücken hinunter.

»Es gab gestern eine Explosion in der Wexx-Tankstelle von Isaacs Vater.«

Ich erstarrte. Tentakel aus Eis schlangen sich um meine Brust, und ich konnte kaum atmen.

»Wann?«

»Irgendwann am Nachmittag. Sie haben gesagt, das ganze Ding ist explodiert. Eine riesige Feuerkugel. Charles Pearce ist schwer verletzt. Hat am ganzen Körper Brandwunden. Sie haben gesagt –«

»Was ist mit Isaac?«, fragte ich und drückte ihre Hand so kräftig, dass sie eine Grimasse zog. »Er war am Sonntag da. Das ist der Tag, an dem er seinem Dad Geld bringt … Oh, mein Gott. Mir wird schlecht.«

Ich holte mein Telefon aus der Tasche und rief die Textnachrichten auf. Acht von Angie. Keine von Isaac.

»Oh Gott«, flüsterte ich.

»Jetzt warte mal«, sagte Angie und schluckte. »Niemand hat etwas von einer zweiten Person gesagt.«

Mein Kopf zeigte mir sofort das schlimmste Szenario.

*Weil nichts von ihm übrig ist. Eine riesige Feuerkugel. Sie haben die Leiche nicht gefunden.*

Mit zitternden Händen schrieb ich Isaac.

**Hab's grade gehört. Wo bist du? Geht's dir gut?**

Keine Antwort. Die Nachricht wurde als »gesendet«, aber nicht als »gelesen« markiert. Ich konnte nicht hier sitzen und warten.

»Welches Krankenhaus?«, fragte ich Angie und schnappte mir meine Tasche. Die anderen Schüler drehten sich auf ihren Stühlen um. »Wo haben sie Mr Pearce hingebracht?«

»In die Klinik nach Braxton.« Jetzt nahm auch Angie ihre Sachen. »Warte, ich fahre dich.«

Wir rannten aus dem Klassenraum, Mr Paulson rief uns nach. Was hieß, meine Eltern würden bald erfahren, dass ich die Schule geschwänzt hatte. Es war nicht wichtig. Nur Isaac war wichtig.

»Ruf im Krankenhaus an«, sagte Angie, als wir in ihren Toyota stiegen. »Frag sie, wie viele Patienten nach der Explosion der Tankstelle reingebracht wurden.« Sie sah mein blasses Gesicht und die zitternden Hände. »Oder lieber nicht. Versuch, nicht in Panik zu geraten, Süße, okay? Die Wahrscheinlichkeit, dass er da war, ist –«

»Ist wirklich groß«, beendete ich ihren Satz. »Die Wahrscheinlichkeit ist wirklich groß, Angie.«

Ich suchte die Nummer des Krankenhauses in Braxton. Es fühlte sich wie eine Ewigkeit an, bis jemand ans Telefon ging. Dieser jemand sagte, bisher sei nur eine Person eingeliefert worden, und mehr dürften sie mir nicht sagen.

»Keine große Hilfe«, sagte ich und beendete den Anruf. »Es geht ihm vielleicht gut. Oder? Oder nicht.«

»Du musst aufhören, so zu denken«, sagte Angie, als sie die ruhige zweispurige Landstraße Richtung Braxton entlangfuhr. »Was ist mit deinem Regisseur? Isaac wohnt doch bei ihm, oder?«

»Verdammt, ja, Martin.« Die Panik machte mich dumm. Ich rief Martin an, den ich in meinen Kontakten hatte, aber er ging auch nicht ran. Ich hinterließ ihm eine Nachricht, in der ich ihn bat, mich anzurufen, und dann schickte ich ihm noch eine Nachricht.

**Ist Isaac bei dir? Bitte sag Ja.**

Ich hielt das Telefon fest und sah die Landschaft draußen vorbeifliegen. Mit dem Frühling waren auch Gras und Getreide zurückgekommen. Alles war neu und hell und grün, während ich innerlich vor Angst kalt und gefühllos wurde. Ich raste auf eine schreckliche unbekannte Zukunft zu. Eine mit Isaac oder ohne ihn.

Gerade als Angie auf den Parkplatz fuhr, kam eine Textnachricht von Martin.

**Er ist bei mir. Wir sind im Krankenhaus in Braxton. Sein Vater hat schwere Verbrennungen.**

Der Laut, der aus mir herausbrach, war zur Hälfte ein Schluchzen, zur Hälfte ein erleichterter Seufzer.

**Isaac geht es gut?**

**Es geht ihm gut, meine Liebe.**

»Es geht ihm gut«, sagte ich Angie mit Tränen in der Stimme. »Ich werde ihn umbringen, aber im Moment geht es ihm gut.«

Wir rannten hinein und wurden in den dritten Stock zur Verbrennungsstation geschickt. Der Wartebereich war weit von den Zimmern entfernt, um Infektionen zu vermeiden. Isaac saß auf einem Stuhl, die Ellbogen auf die Knie und den Kopf in die Hände gestützt, Brenda und Martin Ford saßen zu seinen Seiten.

Ich durchquerte den Warteraum und blieb vor ihm stehen, die Hände zu Fäusten geballt. Ich wollte ihn berühren und sichergehen, dass er real war, während mich Gefühle überwältigten, von denen ich nicht einmal wusste, dass ich sie hatte.

»Isaac.«

Er sah zu mir hoch, die Augen gerötet und glänzend. Er sah jetzt schon aus, als hätte er seit einer Woche nicht geschlafen.

*Ich bin so wütend auf dich.*

*Ich bin so froh, dass du in Sicherheit bist.*

*Ich liebe dich so sehr.*

Der letzte Gedanke kam aus einem tiefen Ort in meinem

Herzen, und die Tränen liefen über. Aus den Augenwinkeln sah ich, wie Martin und Brenda aufstanden und sich leise mit Angie entfernten.

Ich ließ mich neben Isaac auf einen Stuhl fallen. »Ist er …?«

»Er hat Verbrennungen auf über zweiundachtzig Prozent seines Körpers«, sagte Isaac. »Sie sagen, es ist ein Wunder, wenn er die Nacht überlebt.«

»Es tut mir so leid«, flüsterte ich. »Was ist passiert?«

Isaac schüttelte den Kopf und blickte auf seine Hände. »Gestern hab ich ihm wie immer ein bisschen Geld vorbeigebracht. Ich habe ihm gesagt, dass er sich keine Sorgen machen soll, dass ich mich um alles kümmern würde. Ich bräuchte nur ein bisschen Zeit. Zwei Stunden später hat Martin einen Anruf von einem Freund bekommen, der bei der Feuerwehr arbeitet. Seitdem bin ich hier.«

Ich nickte, kämpfte gegen die Tränen und verlor. »Isaac, ich hatte Angst, als ich gehört habe, was passiert ist. Furchtbare Angst. Ich hatte nichts von dir gehört und dachte … Ich … ich will dir nicht sagen, was ich gedacht habe.«

Er hob elend den Kopf. »Es tut mir leid.«

»Nein, es ist okay …«

»Du hättest wenigstens eine Nachricht verdient«, sagte er dumpf.

»Es ist in Ordnung«, sagte ich, meine Stimme belegt vor Tränen. »Aber bitte, schließ mich nicht aus, okay?«

Er nickte, sagte aber kein Wort. Ich versuchte ihn so gut ich konnte zu trösten, aber jedes Mal, wenn ein Arzt in die Nähe des Schwesternzimmers kam, riss er den Kopf hoch und ließ ihn wieder sinken, wenn es keine Neuigkeiten gab.

»Paps war so niedergeschlagen«, sagte er und spielte mit seinem Feuerzeug. »Und jedes Mal, wenn ich ihn gesehen habe, war es schlimmer. Ich hätte wissen müssen, dass so etwas passieren würde. Ich hätte dort sein sollen.«

»Du musstest weg«, sagte ich. »Er hat dir wehgetan.«

Isaacs Schultern hoben und senkten sich. »Es war auszuhalten. Aber er hat es anscheinend nicht ausgehalten, allein zu sein. Oder alles ist auf ihn eingestürzt, und er hat am Ende aufgegeben.«

Ich setzte mich auf. »Was meinst du damit?«

Er sah mich jämmerlich an. »Vielleicht war es kein Unfall.« Er seufzte und beschäftigte sich wieder mit seinem Feuerzeug. »Angestellte von Wexx sind jetzt vor Ort. Wir haben sowieso schon bis zum Hals in Schulden gesteckt. Aber jetzt ...«

Er schüttelte den Kopf.

Ich biss mir auf die Lippen, hatte keine Ahnung, was ich tun oder sagen sollte.

»Egal«, sagte er schroff und richtete sich auf. »Ich schaffe das. Egal, was wir schulden, ich kriege das hin.«

Aber trotz seiner Haltung schien etwas in ihm zusammenzusacken. Als laste das Gewicht der ganzen Welt auf seinen Schultern. Agenten würden kommen, um ihn zu sehen, aber das war keine Erfolgsgarantie. Als Schauspieler Geld zu verdienen war schwierig, selbst für so unglaubliche Talente wie ihn.

In diesem Moment war ich schrecklich wütend auf meinen Vater. Er hätte Isaac helfen und mit einer einzigen Unterschrift einfach die Schulden seines Vaters tilgen können, aber das würde er nicht einmal im Traum tun. Nicht einmal für mich. Vor allem nicht für mich. Weil Isaac nicht der Richtige für mich war.

»Willow?«, fragte Angie, als sie und die Fords wieder näher kamen. »Ich muss in die Schule zurück. Kommst du mit?«

Isaac hob den Kopf. »Geh, Babe. Hier gibt es nichts zu tun, außer zu warten.«

»Ich will bei dir bleiben …«

»Wenn dein Vater herausfindet, dass du geschwänzt hast, um bei mir zu sein, wird alles nur noch schlimmer.« Er schüttelte den Kopf. »Ich schaff das schon.«

»Wir bleiben bei ihm«, sagte Martin sanft.

»Okay.« Ich legte kurz das Kinn auf seine Schulter, dann gab ich ihm einen Kuss auf den Mundwinkel. »Wir sehen uns bald. Ruf mich an oder schreib, wenn es Neuigkeiten gibt.«

»Das mache ich.«

Ich ging mit Angie, mein Magen war total verkrampft.

»Er ist in Sicherheit, Süße«, sagte Angie, als wir auf den Fahrstuhl nach unten warteten. »Und in der Schule sagen wir … irgendwas. Meine Mom wird uns helfen.«

»Danke, Angie«, sagte ich. »Du hast recht. Er ist in Sicherheit. Das ist alles, was zählt.«

Der Fahrstuhl hielt im Erdgeschoss. Davor warteten zwei Männer in Anzügen mit Aktentaschen in der Hand. Sie traten zur Seite, als wir den Fahrstuhl verließen, und aus dem Augenwinkel sah ich eine winzige Krawattennadel glitzern. Ein orangefarbenes W mit Goldrand. Ich hatte es tausendmal bei meinem Vater gesehen. Auf seinen Visitenkarten, dem Bildschirmschoner, auf jedem Briefkopf, seit ich ein Kind gewesen war.

Plötzlich hatte ich überhaupt nicht mehr das Gefühl, dass Isaac in Sicherheit war.

# 32. KAPITEL

## Willow

Ich quälte mich durch die letzte Schulstunde und fuhr in das leere Haus zurück. Meine Eltern würden erst morgen Abend zurückkommen. Ich fand es jetzt schon schrecklich, dass mein Dad bei seiner Ankunft von der Explosion erfahren würde und noch mehr Munition hatte, um Isaac zu hassen.

Ich ließ mich auf die Couch fallen, bestellte eine Pizza und machte die Nachrichten an. Alle lokalen Sender berichteten über den Brand. Ich sah die Bilder eines flammenden Infernos vor dem Nachthimmel. Dann änderte sich die Szene zu irgendwann heute Nachmittag. Angestellte von Wexx liefen um das verkohlte Gebäude herum, das einmal eine ihrer Tankstellen gewesen war.

Die Reporterin, eine hübsche Brünette, interviewte einen Wexx-Angestellten, der sagte, dass die Pearce-Tankstelle seit langer Zeit »Probleme« gemacht habe und das Unternehmen Brandstiftung nicht ausschloss.

Angewidert machte ich den Fernseher aus und sah auf mein Telefon, ob Isaac inzwischen geschrieben hatte. Nichts. Er war wieder in Schweigen verfallen – seine Version von kleinen schwarzen X.

Ich schrieb ihm: **Wie geht es deinem Dad? Wie geht es dir?**

Keine Antwort. Die Nachricht blieb »gesendet«, aber nicht »gelesen«, egal wie lange ich darauf starrte.

Ich machte es mir auf der Couch gemütlich, aß etwas Pizza und wartete. Ich schlief immer wieder ein und wachte auf, als eine Nachricht kam. Die Uhr zeigte 23:36.

**Er ist noch auf der Intensivstation**, schrieb Isaac. **Ich bin müde. Stundenlang Leute von Wexx hier.**

Eine Pause, dann eine neue Nachricht. **Sieht nicht gut aus.**

**Komm her**, schrieb ich.

**Finden deine Eltern sicher toll.**

**Sie sind bis morgen Abend weg.**

**Ich glaubc nicht, dass das eine gute Idee ist.**

**Warum nicht?**

**Du weißt, warum nicht.**

**Wir könnten einfach schlafen.**

**Ich würde gern**, antwortete er.

**Ich will nicht, dass du heute allein bist.**

Eine weitere lange Pause, dann: **O. K.**

Zehn Minuten später klopfte er an der hinteren Veranda. Ich deaktivierte den Alarm und öffnete die Glastüren. Isaac stand vorgebeugt da, die Hände in die Taschen seines Kapuzenpullis geschoben. Er sah so jung aus, dass mir das Herz wehtat. Man vergaß so leicht, dass er erst neunzehn war.

»Ich habe in einer Parallelstraße geparkt«, sagte er. »Niemand wird es bemerken.«

Auch dabei tat mir das Herz weh. Es war wie eine weitere Ohrfeige, zusätzlich zu der Schande, die er ohne eigenes Verschulden mit sich herumtrug. Ich machte die Tür weiter auf und ließ ihn herein. Er sah aus wie ein Dieb in einem Juwelierladen. Sein Blick schoss umher, als erwartete er, dass meine Eltern ihn aus dem Dunkel anspringen würden.

»Das ist ein schönes Haus«, sagte er, als ich ihn durch die Küche ins Wohnzimmer führte. Sein Blick wanderte wieder umher und dann zu mir zurück. Etwas von der Anspannung glitt von seinen Schultern, als er meine Schlafshorts und das Baseball-T-Shirt – weiß mit rosa Ärmeln – betrachtete.

»Ich hätte nicht kommen sollen.«

Ich sagte nichts, sondern packte seinen Kapuzenpulli und zog ihn an mich. Er umarmte mich, und wir blieben lange Zeit so stehen.

»Das habe ich gebraucht«, sagte er endlich. »Dich.«

»Hast du Hunger?«, fragte ich. »Es gibt noch Pizza.«

Er schüttelte den Kopf. Ich folgte seinem Blick zum Kaminsims, auf dem ein Preis stand, den mein Dad bei der Arbeit bekommen hatte: ein großes Wexx-Symbol aus Glas.

»Ich sollte gehen«, sagte er.

Und ich hätte ihn gehen lassen sollen.

»Bleib«, sagte ich. »Rede mit mir. Was war mit den Leuten von Wexx?«

Isaac zögerte, dann ließ er sich auf die Couch sinken und rieb sich die Augen.

»Sie haben mir einen ›groben Überblick‹ gegeben«, sagte er. »Mein Dad hat keine Lizenzgebühren für das Logo bezahlt und war bis zum Hals beim Benzinlieferanten verschuldet. Aber das wusste ich schon. Wie viel Steuerschulden er hatte, hab ich allerdings nicht gewusst. Das Grundstück ist mit einer Hypothek belastet. Und aufgrund der Art der Explosion haben sie den Verdacht auf Brandstiftung. Betrug, nehme ich an, oder bewusste Fahrlässigkeit. Wer will betrügen, indem er seinen Betrieb in die Luft jagt, obwohl er mitten drinsteht?«

»Du hast gesagt, du glaubst nicht, dass es ein Unfall war?«

»Ich weiß nicht, ob er es mit Absicht gemacht hat, aber wenn, dann nicht, um die Schulden loszuwerden, sondern um sein Leben zu beenden.«

Ich zog Isaac an mich und drückte die Lippen auf sein Kinn. »Ich rede mit meinem Dad. Er muss dir helfen.«

»Willow …«

»Ich weiß, aber ich muss es versuchen. Ich kann nicht zulassen, dass du das alles auf dich nimmst. Es ist zu viel.«

»Welchen Preis müsste ich für seine Hilfe bezahlen? Ich kann es dir jetzt schon sagen: Du bist es. Du wirst der Preis sein, den ich bezahle.« Er schüttelte langsam den Kopf. »Das ist zu viel. Ich kann dich nicht auch noch verlieren.«

»Was sollen wir tun?«

»Ich weiß es nicht«, sagte er. »Ich bin so müde.«

Ich stand auf und nahm seine Hand, führte ihn durch mein großes, schönes, kaltes Haus. Nach oben in mein Zimmer, wo er sofort das Deckenbündel auf dem Fußboden entdeckte.

»Es ist nicht in diesem Bett passiert«, sagte ich. »Aber ich kann trotzdem nicht darin schlafen. Ich dachte, vielleicht kann ich es mit dir zusammen versuchen.«

Isaac nickte. Er zog sich bis auf Unterhemd und Boxershorts aus, während ich die Decken aufs Bett warf. Isaac half mir, die Laken und die Bettdecke glatt zu ziehen, und dann legten wir uns zusammen hinein.

Wir lagen zusammengerollt auf der Seite, mit den Gesichtern zueinander, die Finger verschränkt, die Beine ineinander verhakt.

»Ich werde für eine ganze Weile weggehen müssen«, sagte er. »Wahrscheinlich länger, als ich gedacht hatte. Es ist so naiv zu glauben, dass ich sofort den Jackpot erwische und Millionen Dollar verdiene, um alles in Ordnung zu bringen.«

»Aber es könnte passieren«, sagte ich. »Du bist unglaublich, Isaac.«

»Du auch.«

Ich schüttelte den Kopf auf dem Kissen. »Nicht dasselbe. Dein Talent befindet sich auf einem ganz anderen Niveau. Es ist, als würdest du uns Zuschauer in deinen Bann ziehen und uns weismachen, dass wir woanders sind. Das ist eine Gabe. Manchmal brauchen Leute eine Pause von ihrem Leben. Du kannst ihnen das geben.«

»*Ich* mache es deshalb«, sagte er müde. »Um eine Pause von *meinem* Leben zu bekommen. Außer jetzt. Mit dir.«

Ich lächelte, streichelte seine Wange, fuhr mit der Rückseite meiner Finger über seine Bartstoppeln.

»Du wirst ein Star werden. Es passiert vielleicht nicht sofort, aber es wird passieren. Und ich werde auf dich warten. Egal wie lange.«

Isaac schloss die Augen, als hätte er Schmerzen. Er küsste mich. »Willow«, sagte er wie einen Wunsch oder ein Gebet. Er zog mich in seine schützende Umarmung, und wir schliefen ein.

Ich träumte von Feuer. Eine Kerze im Dunkeln, eine kleine Flamme, die sich an ihren Docht klammerte. Ich konnte zusehen, wie die Flamme wuchs und sich reckte. Sie änderte die Farbe von Blau über Orange zu Weiß und flackerte, aber sie war groß und stark.

Und dann explodierte sie zu einem grellen, heißen Feuerball.

Keuchend setzte ich mich auf.

*Nur ein schlimmer Traum*, dachte ich.

Aber kein Albtraum. Ich konnte atmen. Ich war bei Isaac.

Ich sah zu ihm hinunter. Seine Wimpern lagen auf seinen Wangen, und ich fuhr an ihnen entlang. Sein ausgeprägter Wangenknochen, die harte Linie seines Kiefers unter den kratzigen Bartstoppeln. Seine vollen Lippen, die mich berührt hatten, wo mich kein Mann nach ihm berühren sollte.

Ich hatte geglaubt, mich verirrt zu haben, aber er hatte mich zurückgeholt. Er hatte mir ermöglicht, den Weg zurück zu mir zu finden.

»Isaac«, flüsterte ich.

»Mmh.«

»Ich muss dir etwas sagen.«

Langsam öffnete er die Augen. »Mmmh?«

»Es tut mir leid, dass ich dich wecke, aber es ist wichtig.«

»Was musst du mir sagen, Baby?«

Ich holte Luft und ließ es raus. »Ich liebe dich. Ich habe mich in dich verliebt.«

Er sah mich an. »Willow …«

»Ich liebe dich. So sehr. Du musst es nicht auch sagen, aber – «

»Ich liebe dich auch«, sagte er. »Ich sage es seit Wochen mit den Worten eines anderen.«

»Wirklich?«

»Ja, Baby, wirklich.«

Meine Brust fühlte sich ganz warm an, und Tränen ließen meinen Blick verschwimmen. »Sag es noch einmal«, flüsterte ich.

»Ich liebe dich«, sagte er. »So sehr.« Er legte eine Hand in meinen Nacken und zog mich an sich, küsste mich erst sanft, dann leidenschaftlicher. »Ich bin froh, dass du mich geweckt hast. Ich muss dir auch etwas sagen.«

»Etwas Besseres als ›Ich liebe dich‹?«

»Das hoffe ich. Ich wollte dir sagen … Ich wollte es dir neulich im Theater schon sagen, aber dann hatte ich keine Zeit mehr.« Er lächelte leicht. »Ich hatte zu viel mit anderen Dingen zu tun.«

»Die anderen Dinge waren es wert.«

Er lächelte kurz. »Du sollst eines wissen: Was auch immer du dir für ein Leben wünschst, ich will es dir geben. Wenn du in Harmony leben willst, lebe ich auch in Harmony. Es wird nicht so schlimm, wie ich immer gedacht habe. Mit dir sehe ich es anders. Ich werde weggehen und etwas aus meinem Schauspieltalent machen, damit du stolz auf mich bist. Um deiner wert zu sein.«

Ich legte meine Fingerspitzen auf seine Wange, auf die Narbe, dorthin, wo sein Vater ihn geschlagen hatte. »Du würdest wirklich für mich hierbleiben?«

»Für uns«, sagte er. »Ich will tun, was nötig ist, um dich glücklich zu machen. Außerdem fand ich den Gedanken, Martin und Brenda zu verlassen, immer schrecklich. Und nicht da zu sein, wenn Benny seinen Schulabschluss macht.«

»Es muss nicht für immer sein«, sagte ich. »Ich will nur für eine Weile ein bisschen Ruhe. Ich will zuerst heilen. Hier.«

Er strich mir das Haar aus dem Gesicht. »Und ich will, dass du das kannst. Mehr als alles andere. Ich liebe dich, Willow. So sehr.«

»Ich liebe dich, Isaac«, sagte ich.

Wir küssten uns, bis ich lachen musste, und ich lächelte an seinen Lippen.

»Was ist so lustig?«

»Nichts. Ich bin nur glücklich.«

»Ich auch.«

Ich küsste ihn wieder, und gerade als ich den Kopf zum Schlafen auf seine Brust legte, hörte ich es. Ein Auto auf der stillen Straße. Isaac erstarrte, sein Herz hämmerte in meinem Ohr. Wir lauschten, als das Auto näher kam, langsamer wurde, und der Kies unserer Einfahrt unter seinen Rädern knirschte.

»Oh Gott«, hauchte ich und schlug die Decke zurück. »Meine Eltern.«

# 33. KAPITEL

## Willow

Ich rannte zum Fenster. Unten stiegen meine Eltern aus dem dunklen BMW meines Vaters.

»Verdammt, sie sind zurück. Warum sind sie zurück?«

Ich wirbelte herum. Isaac zog schon seine Jeans an. »Was ist der schnellste Weg nach draußen?«

»Gott, ich habe keine Ahnung«, sagte ich. Adrenalin rauschte durch meine Adern und hinderte mich am Denken.

Draußen hörte ich laute Stimmen. Mein Radiowecker zeigte 03:30 an, aber meine Eltern stritten, und die schrille Stimme meiner Mutter tönte über die ruhigen Straßen.

Isaac hatte jetzt seine Stiefel an. »Willow?«

»Warte«, sagte ich. »Sie kommen nie hier rein. Wir warten, bis sie ins Bett gehen, dann bringe ich dich zur Hintertür raus.«

»Bist du sicher?«

Ich nickte und öffnete meine Zimmertür einen Spalt, um zu lauschen. Das Sicherheitssystem piepte an der Haustür, und meine Eltern brachten ihren Streit herein. Mein Dad sprach gedämpft, meine Mutter so laut, wie sie konnte, beide Stimmen hallten durch das riesige Haus.

»Wann reicht es endlich?«, fragte Mom. »Wann? Wenn sie dich an den Nordpol versetzen?«

Isaac warf mir einen Blick zu. Ich zuckte mit den Achseln und schüttelte den Kopf.

»Ich habe eine wichtige Position in der Firma«, sagte Dad und klang müde und gestresst. »Es ist eine Notfallsituation, also muss ich hier sein.«

»Und dann? Kanada? Wirklich?«

»Hör zu, Regina, wenn du so gern in New York bleiben wolltest, hättest du bleiben sollen.«

»Was soll das bitte heißen?«

Ihre Stimmen wanderten zuerst in die Küche, dann ins Arbeitszimmer. Ich schloss die Tür.

Isaac fuhr sich mit der Hand durchs Haar. »Sie kommen nicht hier rein?«

»Bisher haben sie es noch nie getan.«

»Kanada?«

»Ich habe keine Ahnung, wovon sie reden.«

Schritte kamen die Treppe hinauf. Ich hörte, wie meine Mutter mit sich selbst redete. Wir hielten den Atem an, als sie an meinem Zimmer vorbeiging und die Tür des Schlafzimmers meiner Eltern zuknallte.

»Das heißt, dass mein Vater im Arbeitszimmer schläft«, flüsterte ich.

Wir warteten eine nervenaufreibende Dreiviertelstunde, um sicherzugehen, dass mein Dad schlief, dann schlich ich nach unten und sah nach, ob die Luft rein war. Die Tür des Arbeitszimmers war geschlossen. Das silbrig grüne Licht eines Fernsehers leuchtete in dem Spalt unter der Tür.

Ich schlich wieder hoch, nahm Isaacs Hand und führte ihn nach unten. Leise eilten wir durch das dunkle Haus und wagten kaum zu atmen. An der Tür, die von der Küche nach draußen führte, küsste ich ihn schnell.

»Ich liebe dich«, flüsterte ich und deaktivierte den Alarm.

»Ich liebe dich auch«, antwortete er leise. »Zweifle nicht.«

»Niemals.«

Er schlüpfte in die Dunkelheit hinaus, ein pechschwarzer Schatten, der durch den Garten huschte. Ich machte die Tür wieder zu, aktivierte das Sicherheitssystem und lehnte den Kopf gegen die kühle Glasscheibe. Erleichtert atmete ich aus.

»Was machst du da?«

Ein kleiner Schrei entfuhr mir, und ich wirbelte herum und sah meinen Vater in Unterhemd und langer Hose vor mir stehen. Er sah müde aus und hatte ein Glas mit einer gelben Flüssigkeit und zwei Eiswürfeln darin in der Hand. Seine abgespannte Miene wechselte von Verwirrung über Erkennen zu Wut, ein ganzes Spektrum.

»Was machst du da?«, fragte er wieder und sprach jedes Wort langsam aus. Er eilte zum Küchenfenster und sah hinaus. »Wer ist das? Wer war hier?«

»Niemand, Dad«, sagte ich. »Du und Mom habt geschrien, und ich bin aufgewacht. Ich bin runtergekommen, um nachzusehen …«

Meine Erklärungen zerfielen unter dem harten Blick meines Vaters.

»Er war das, oder? Der Junge vom Schrottplatz.«

»Nenn ihn nicht so. Und nein –«

»Warum hast du am Alarm rumgespielt?«

Bevor ich antworten konnte, packte mein Vater mich am Arm und zog mich vom Fenster weg. Ich keuchte unter seinem kräftigen Griff. Er hatte mich noch nie so hart angefasst.

»Dad, du tust mir weh.«

Er setzte mich auf die Couch im Wohnzimmer und blieb vor mir stehen.

»Es reicht«, sagte er, und sein Gesicht lief rot an. »Ich habe dir gesagt, dass du diesen Jungen nicht treffen sollst. Und jetzt war er hier? *In meinem Haus?*« Er reckte den Hals und schrie über die Schulter: »Regina, komm runter.« Dann drehte er sich wieder zu mir um. »Gib mir dein Handy.«

»Ich hab es nicht hier.«

»Dann hol es.«

»Nein«, sagte ich und verschränkte die Arme vor der Brust. »Es war nichts. Du bist paranoid.«

Meine Mutter kam herunter und band einen seidenen Morgenrock um die Taille zu. Ihr Haar war noch steif von einer Hochfrisur, und ihr Gesicht knautschig vom Schlaf. »Was ist los?«

»Er war hier«, sagte Dad.

»Wer? Oh Gott, doch nicht dieser Junge?« Meine Mutter sah mich flehend an.

*Ja*, dachte ich. *Dieser Junge. Der mir alles bedeutet.*

»Ja, er war hier«, sagte ich schroff, obwohl mir das Herz bis zum Hals schlug. »Justin Baker. Justin Baker war hier. Ändert das die Sache? Ist jetzt alles okay? Super, dann gehe ich ins Bett.«

Ich wollte aufstehen, aber mein Dad hinderte mich daran. »Setz. Dich. Hin.«

Ich setzte mich wieder.

»Wirklich, Schatz?«, fragte Mom. »Justin? Er war wirklich nett ...«

Da ging etwas in mir kaputt. Es war wie ein Dammbruch. All die Lügen und Geheimnisse flossen heraus, und Erschöpfung flutete mich. Ich hatte es satt, Isaac zu verstecken, mich für ihn zu schämen und mir ständig anzuhören, was meine Eltern von ihm hielten. Die Hoffnung in den Augen meiner Mutter, dass es Justin war. Der Blick meines Vaters, als er in Erwägung zog, den Falschen verdächtigt zu haben ... Ich stürzte mich den Abgrund hinunter mitten in die Stromschnellen.

»Ihr seid solche Heuchler«, fuhr ich sie an. »Euch ist egal, ob ich unter eurem Dach mit einem Jungen Sex hatte. Es ist euch nur wichtig, ob es der *richtige* Junge war.«

»Willow.« Dad klang, als würde ihm gleich die Sicherung durchbrennen.

»Isaac ist nicht *dieser Junge*. Er ist *der Junge*. Der einzige. Er ist auf eine Weise gut zu mir, die ihr euch gar nicht vorstellen –«

»Ich *will* es mir nicht vorstellen«, rief Dad. »Er ist neunzehn. Du bist siebzehn. Er ist ein Erwachsener. Du ein Kind. Ich könnte ihn wegen Unzucht mit Minderjährigen anzeigen.«

Das Blut wich mir aus dem Gesicht, und mein Körper fühlte sich schwer und leblos an. Ich hatte das Gefühl, mich übergeben zu müssen.

»Nein«, sagte ich schwach. »Er hat nicht. Er hat nie …«

»Er hat hier übernachtet, während wir weg waren, hat sich um vier Uhr morgens aus deinem Zimmer geschlichen, und es soll nichts passiert sein?«

»Oh Gott, Willow.« Mit einem Stöhnen sank meine Mom auf den Sessel neben der Couch.

Mein Blick schoss zwischen beiden hin und her. »Was ist los mit euch beiden? Warum seid ihr so sauer?«

»Weißt du, warum wir unsere Reise unterbrechen mussten?«, fragte Dad. »Weil der Vater dieses Jungen dafür gesorgt hat, dass unser Unternehmen in die Nachrichten kommt. Und jetzt sind unsere Aktionäre auf die verkommenen Subjekte unter den Franchisenehmern von Wexx aufmerksam geworden. Es ist mein Job – überhaupt der einzige Grund, weshalb wir hier sind –, den Saustall aufzuräumen, den Leute wie Charles Pearce aus ihren Geschäften machen. Er hat unseren Namen und unser Logo mit Dreck beschmiert und dann auch noch angezündet. Und jetzt vögelt sein Sohn, ein Schulabbrecher, meine Tochter unter meinem Dach?«

»Daniel«, sagte meine Mutter mit bleichem Gesicht. »Warte bitte kurz …«

Dad drehte sich zu ihr um. »Nein, ich warte nicht. Dir ist das also egal? Was hast du jeden Tag gemacht, wenn sie bei der *Probe* war? Du hast zugelassen, dass das passiert.«

»Nein, Dad, du musst mir glauben!«, rief ich. »Er ist gut zu mir. Er ist –«

*»Halt den Mund!«*

Ich zitterte. Ich hatte ihn noch nie so wütend gesehen. Die Adern in seinem Hals pochten.

»Du hast dich mit ihm getroffen. Die ganze Zeit. Du hast einen Narren aus mir gemacht. Mir die ganze Zeit ins Gesicht gelogen.«

Blaues und rotes Licht erhellte die Fenster auf der Vorderseite. Meine Mutter riss die Augen auf, dann legte sie den Kopf in die Hände. »Gott, die Polizei. Was sollen die Nachbarn denken?«

Mir wurde eiskalt. Die Polizei. Isaac würde verhaftet werden. Es würde keine Premiere von *Hamlet* stattfinden. Keine Agenten würden ihn sehen und ihm eine Chance auf ein besseres Leben geben.

»Gut«, sagte mein Vater. »Wir werden ihnen erzählen, was passiert ist. Oder vielleicht haben sie ihn schon erwischt.«

»Es gibt nichts zu erzählen«, sagte ich. »Er hat in meinem Bett geschlafen, das ist alles. Wir haben nur geschlafen.«

»Lüg mich nicht an«, sagte mein Vater. »Oder soll die Polizei in deinem Zimmer nach Beweisen suchen, dass er dich unter meinem Dach geschändet hat?«

Als Dad zur Tür ging, zitterte ich am ganzen Leib. Meine Mutter saß steif und blass wie eine Statue da. Nur ihre Finger trommelten auf die Armlehne. Tränen stiegen mir in die Augen. »Mom …?«, fragte ich.

»Du musst das verstehen«, sagte sie. »Er steht extrem unter Druck.«

»Er verhält sich wie ein Irrer.«

»Es ist nicht seine Schuld. Du weißt, wie er ist, wenn er glaubt, dass man ihn herumschubst. Wir haben gerade erfahren …« Sie drückte die Finger gegen die Lippen.

»Was, Mom?« Ich schluckte schwer. »Was habt ihr erfahren?«

Mein Dad stürmte mit zwei Polizisten ins Wohnzimmer zurück. Einer war groß, einer etwas kleiner, aber beide einschüchternd und in Uniform. Der größere hatte Murphy auf seinem Namensschild stehen, der kleine hieß Underwood. Beide trugen auf einer Seite der Hüfte eine Pistole, auf der anderen einen Schlagstock. Ihre Blicke wanderten an mir rauf und runter, registrierten meine kurzen Shorts und das Schlaf-Shirt ohne BH. Zwei Männer, die mich mit ihrer massigen Gegenwart und ihren Blicken auf die Couch drückten.

Mein Dad verschränkte die Arme. »Mrs Chambers von nebenan hat einen jungen Mann aus der Hintertür kommen sehen. Sie hat die Polizei gerufen, weil sie dachte, dass bei uns eingebrochen wurde.«

Ich nahm meinen Mut zusammen. »Und warum hat sie mitten in der Nacht unser Haus beobachtet?«

»Sie hat Ihre Eltern streiten gehört, junge Dame«, sagte Murphy. »Würden Sie uns bitte erzählen, was heute Nacht hier passiert ist?«

»Und es sollte die Wahrheit sein.«

»Nichts ist passiert«, sagte ich. »Wir haben geschlafen. Das ist die Wahrheit. Warum ist das so schwer zu glauben, Dad?«

»Weil er –«

»Weil er arm ist?«, rief ich, und Tränen liefen mir über die Wangen. »Weil sein Vater Alkoholiker ist? Was, wenn er reich wäre? Auf eine Privatschule gegangen wäre? Was, wenn sein Vater der Chef eines milliardenschweren Unternehmens wäre? Würdest du mir dann glauben?«

Meine Mutter wurde blass und starrte mich an.

Der Gesichtsausdruck meines Vaters wankte, Verwirrung stand ihm in den Augen. »Es geht hier nicht um lächerliche Behauptungen«, sagte er. »Es geht darum, was heute passiert ist.«

»*Nichts ist heute passiert*«, sagte ich.

*Es ist letzten Sommer passiert.*

*Geh zur Polizei*, hatte Angie gesagt.

Jetzt war die Polizei hier. Stand breitbeinig und imponierend, distanziert und gelangweilt im Wohnzimmer und kümmerte sich um vier Uhr morgens um ein Familiendrama. Ich empfand sie nicht als bösartig, sie vermittelten aber auch kein Mitgefühl. Keine Verbindung. Kein Gefühl von Sicherheit. Sie erfüllten das Zimmer mit männlicher Gleichgültigkeit gegenüber der Welt eines siebzehnjährigen Mädchens. Wie würden sie reagieren, wenn ich meinen Eltern die Wahrheit über Xavier sagte?

Plötzlich sah ich es aus ihrer Perspektive. Ein ängstliches junges Mädchen, das mit ihrem Freund im Haus erwischt worden war und jetzt allen erzählte, dass sich das wahre Verbrechen vor fast einem Jahr ereignet hatte. Es war ein anderer Typ gewesen, in einer anderen Stadt, einem anderen Haus und ohne Beweise. Es würde wie die schlimmste, geradezu lächerliche Ablenkung aussehen.

Und es würde Xavier nicht wehtun, wenn ich die Wahrheit sagte. Es würde nur mein Leben zerstören. Die Ermittlung würde in meine Privatsphäre eindringen, ich würde endlose Befragungen über mich ergehen lassen müssen, um etwas zu beweisen, das nicht zu beweisen war. Fragen über Fragen mit *Ich kann mich nicht erinnern* beantworten.

Ich sah zu meinem Vater auf.

»Es ist nichts passiert«, flüsterte ich. »Ich sage es immer wieder, und du hörst mich nicht. Ich sage es mit meiner Stimme, und es ist wahr, und *du hörst mich nicht.*«

Mein Vater seufzte und wandte sich an die Beamten. »Können Sie ihn nicht einfach verhaften oder zur Befragung holen? Er hat sie in meinem Haus missbraucht –«

*»Hör auf, das zu sagen!«*, schrie ich. »Er hat mir nicht wehgetan. Nie.«

Underwood hielt eine Hand hoch und sagte mit harter Stimme: »Sie müssen sich beruhigen.«

»Es ist eigentlich kein Missbrauch, Sir«, sagte Murphy.

»Aber er ist neunzehn. Sie ist erst siebzehn.«

Ich starrte diese Männer an, die über mich redeten, als wäre ich nicht hier. Ich war hier. Aber ich war es auch nicht. Halb träumte ich, halb war ich wach. Ich wurde verrückt, weil alles so einleuchtend war.

»Das Schutzalter ist ab sechzehn«, sagte Murphy. »Aber wenn Sie wollen, dass wir ihn auf die Wache holen, damit er ein paar Fragen beantwortet, können wir das tun. Es wird noch ermittelt, was mit der Tankstelle passiert ist, und sein Name ist nicht zum ersten Mal aufgefallen.«

Ich konnte weder reden noch atmen, als ich ein anderes Szenario vor meinen Augen sah. Isaac wurde verhaftet und befragt. In Handschellen auf die Wache gebracht. Sexuelle Nötigung würde zu den vielen anderen Verbrechen, die er nicht begangen hatte, dazukommen. Der letzte Akt in der Tragödie seines Lebens. Einer Tragödie, die er nie gewollt hatte.

»Nein«, sagte ich und stand auf. Oder versuchte es. Meine Knie gaben nach, und ich sank vor Dad auf den Boden. »Das darfst du nicht tun. Bitte hör mir zu. Ich … ich werde ihn nicht mehr treffen. Ich verspreche es. Er wird die Stadt verlassen.

Talentscouts kommen, um ihn in *Hamlet* zu sehen. Er geht weg aus Harmony. Bitte, Dad. Er braucht dieses Theaterstück. Nimm ihm das nicht weg. Ich verspreche, dass ich mich nicht mehr mit ihm treffe.«

Die Polizisten tauschten Blicke. »Sir?«

»Dad. Ich bitte dich.«

Stille senkte sich über den Raum. Der Kiefer meines Vaters mahlte, als er nachdachte.

»Ich danke Ihnen, Officers«, sagte er schließlich und sah mich ernst an. »Ich denke, wir haben alles unter Kontrolle. Trotzdem möchte ich mir das Recht vorbehalten, meine Meinung zu ändern und ihn befragen zu lassen. Wenn ich herausfinde, dass doch etwas Schlimmeres passiert ist, als meine Tochter behauptet. Regina?«

Meine Mutter löste sich aus ihrer Teilnahmslosigkeit. Sie erhob sich und zog den Gürtel ihres Morgenrocks fest. Wie die Gastgeberin der schlimmsten Party der Welt führte sie die Polizisten ins Foyer. »Danke, dass Sie gekommen sind.«

Ich saß auf dem Boden vor meinem Vater, das Haar hing mir ins Gesicht, die Tränen trockneten auf meinen Wangen.

»Er geht weg?«

»Ja«, flüsterte ich.

»Obwohl sein Vater im Krankenhaus liegt?«

»*Weil* er im Krankenhaus liegt«, sagte ich an den Teppich gerichtet. »Isaac muss Geld verdienen, um seinem Vater zu helfen. Jetzt noch mehr als vorher.«

»Als *Schauspieler?*« Mein Dad spuckte das Wort aus, als wäre es Dreck in seinem Mund. »Er und zehn Millionen andere? Ist das so einfach?«

»Du könntest ihm helfen«, sagte ich und hob den Kopf.

»Warum sollte ich das tun?«

»Für mich.«

»Nachdem er und du wer weiß wie lange meine Autorität missachtet habt? Gib mir einen Grund, warum ich das tun sollte.«

Ich nannte ihm den schlimmstmöglichen Grund. Das eine, von dem ich glaubte, es würde das Herz meines Vaters erweichen und Isaac und mich retten. Stattdessen ruinierte ich alles mit drei Worten:

»Ich liebe ihn.«

Meine Mutter war zurück im Wohnzimmer. Sie erstarrte bei meinen Worten, dann hielt sie sich an der Rückenlehne eines Sessels fest. Sie schloss die Augen, und die Zähne machten klick, als ihr der Mund zuklappte.

Mein Vater begriff langsam, und die Farbe wich ihm aus dem Gesicht. Das war nicht mehr nur Sex. Keine beiläufige Liebelei mit dem Bad Boy der Stadt. Keine unbedachte Affäre, die nach ein paar Monaten enden würde. Es war Liebe. Die Zukunft. Isaac würde ständig in meinem Leben präsent sein, und Dad würde jemanden tolerieren müssen, den er des Namens Holloway für unwürdig befand.

»Nein, tust du nicht«, sagte er und betonte jedes Wort. »Ich habe die letzten neun Monate zugesehen, wie du dein Leben wegwirfst. Wie du deine Chancen wegwirfst, auf ein ordentliches College zu gehen, obwohl du auf dem Weg zu einer der besten Unis warst. Ich werde nicht untätig danebenstehen, wenn du den Rest deiner Zukunft mit diesem Abschaum ruinierst.«

»Dad, *hör auf!*«, rief ich. Das Herz zerbrach mir in der Brust.

»Dieser Unsinn endet hier. Du wirst ihn nicht wiedersehen. Nie wieder.« Er atmete geräuschvoll aus, fuhr sich zufrieden durch sein schütter werdendes Haar. »Vorhin war ich niedergeschlagen, Regina, aber jetzt bin ich froh über die Versetzung. Angesichts der Umstände ist es genau das, was wir brauchen.«

»Welche Versetzung?«, fragte ich.

»Wir ziehen um. Mr Wilkinson möchte, dass ich unser Unternehmen in Kanada leite. Anfang Juni ziehen wir nach Edmonton.«

Ich schnaubte. Dann brach ein Lachen aus mir hervor. »Kanada?« Ich lachte wieder. »Nein.«

»Doch.«

Mein Lachen verwandelte sich in neue Schluchzer. »Nein. Wir ziehen nicht schon wieder um. Ich kann nicht …«

»Du kannst – und du wirst.«

»Ich werde nicht«, sagte ich und stand taumelnd auf. »Ich bleibe hier. Ich kann bei Angie wohnen, bis ich achtzehn werde. Ich geh nicht von hier weg.«

»Doch, du gehst. Und du wirst Isaac nicht mehr sehen.«

»Das kannst du nicht machen. Du kannst mich nicht aufhalten. Wenn ich achtzehn bin –«

Dad packte mich an den Schultern. »Ich bin verdammt noch mal dein Vater und habe das letzte Wort. Du bist fertig mit ihm. Wenn ich mitbekomme, dass du ihm auch nur eine einzige Nachricht schreibst, lasse ich ihn wegen Unzucht mit Minderjährigen verhaften und sorge dafür, dass die ganze Welt es erfährt. In Hollywood ist man heutzutage nicht sehr tolerant gegenüber Sexualstraftätern. Was auch immer er für Karrierechancen hat, das ist damit erledigt. Ich werde jedes Mittel nutzen, das mir zur Verfügung steht, jeden Pressekontakt, jede Strippe, die ich ziehen kann …«

*… schütte ihnen Gift in die Ohren …*

»Wenn ich mit ihm fertig bin, kriegt er nicht mal mehr bei McDonald's in Los Angeles einen Job, geschweige denn beim Film.«

»Warum?«, fragte ich heiser flüsternd. »Warum solltest du ihm oder mir so etwas antun?«

Zu meinem Erschrecken füllten die Augen meines Vaters sich mit Tränen, und sein Griff um meine Schultern wurde weicher. »Weil ich dich liebe«, sagte er.

Ich schüttelte den Kopf. »Tust du nicht …«

»Willow, hör zu. Ich kenne solche Typen, ich habe das schon oft gesehen. Alkoholismus ist erblich. Es ist nur eine Frage der Zeit, bis Isaac scheitert, und du würdest mit ihm scheitern.« Er schnaubte, und seine Stimme wurde hart. »Und ich will verdammt sein, wenn ich danebenstehe und das zulasse. Es ist zu deinem Besten. Ich habe Erfahrung. Ich sehe das ganze Bild. Du nicht, weil du eine Siebzehnjährige bist, die glaubt, verliebt zu sein.«

Er ließ mich los und tat alles ab, was ich fühlte oder wollte, als würde er eine Kerze ausblasen.

»Was ist mit dem Stück?«, brachte ich heraus. »Ich wollte … eine Aufführung.«

Er schüttelte den Kopf. »Nicht, wenn er mitspielt.«

»Nur eine Aufführung«, sagte ich. »Bitte. Dann … geht er weg, und das ist das Ende. Und wir ziehen um.« Ein Schluchzer entfuhr mir. »Dad, ich verspreche, ich werde mich bessern.«

Mom meldete sich endlich, ihre Stimme war ein dünner Faden. »Dan, lass sie eine Aufführung haben. Sie hat so hart gearbeitet. Monatelang.«

Der Kiefer meines Vaters mahlte wieder. Die Wut verließ ihn endlich, die Heftigkeit der Nacht machte Erschöpfung Platz. Und vielleicht Mitleid.

»Die Premiere«, sagte mein Vater. »Du bekommst die Premiere und nicht mehr. Morgen und übermorgen kommst du direkt nach der Schule nach Hause. Du gehst nirgendwo anders hin.«

»Okay.«

»Freitag bringen wir dich ins Theater und danach nach

Hause. Das war's. Du wirst Isaac Pearce nach Freitag nicht wiedersehen. Oder es kommt genauso, wie ich gesagt habe.«

Ich nickte, spürte, wie etwas in mir schwarz wurde und sich zusammenrollte, etwas, worauf meine Großmutter stolz gewesen wäre.

Ich klammerte mich an den Docht, aber es war kaum etwas übrig.

## 34. KAPITEL

**Isaac**

Drei Tage lang antwortete Willow nicht auf meine Nachrichten. Als ich sie anrief, klingelte es ewig. Donnerstagmorgen ging ich im Wohnzimmer der Fords auf und ab und überlegte, auf dem Weg ins Krankenhaus an der Schule vorbeizufahren. Marty riet mir davon ab.

»Wenn du glaubst, ihr Vater ist der Grund für die Funkstille, dann komm besser nicht mal in die Nähe der Schule.«

»Was soll ich machen?«, fragte ich. »Ich muss wissen, ob es ihr gut geht. Wenn ihr Dad herausgefunden hat, dass wir uns sehen, muss sie den Ärger ganz allein aushalten.«

»Warte ab«, sagte Marty. »Hab einfach Vertrauen.«

Ich hatte kein Vertrauen. Und keine Geduld. Nur ein entsetzliches Gefühl, dass Willow etwas Schreckliches passiert war. Es nagte an mir bis Freitagabend – dem Abend der Premiere –, als Willow im Theater erschien. Von der anderen Seite des Raums sah ich, wie sie ein paar Worte mit Marty sprach. Die Anspannung fiel vor Erleichterung von mir ab, und einen Moment lang war alles in Ordnung.

Dann verschwand das strahlende Lächeln aus Martys Gesicht. Willow ging mit gesenktem Kopf, blass und mit ausdruckslosem Gesicht in Richtung Frauengarderobe.

Ich rannte zu Marty. »Was ist los?«

»Sie spielt nur eine Vorstellung«, sagte er. »Heute.«

»Was? Warum?«

»Sie will es nicht sagen.«

Ich ballte die Hände zu Fäusten. »Es sind ihre verdammten Eltern. Ihr Dad muss herausgefunden haben, dass ich da war. Scheiße.«

Marty sah mich bohrend an. »Herausgefunden haben, dass du wo warst?«

»Ich bin neulich Nacht zu Willow gefahren. Sie sollten eigentlich nicht in der Stadt sein –«

»Mein Gott, Isaac.«

»Es ist nichts passiert«, sagte ich. »Wir haben zusammen geschlafen … wirklich geschlafen, meine ich. Echter Schlaf zum ersten Mal seit Monaten. Das war alles.«

Marty rieb sich das Kinn. »Ich weiß nicht«, sagte er. »Vielleicht solltest du ihr heute Abend nicht zu nahe kommen. Gib ihr etwas Raum.«

»Damit die Vorstellung reibungslos verläuft?«, schimpfte ich. Sofort hob ich die Hände. »Sorry. Tut mir leid. Ich mach mir einfach solche Sorgen.«

»Das weiß ich doch. Es ist gerade viel los, aber du musst dich konzentrieren. Der Casting-Agent aus Los Angeles hat heute früh bestätigt, dass er kommt. Gib dein Bestes. Für dich. Und auch für Willow, da es ihre einzige Vorstellung ist.«

Ich ging wie in Trance in die Garderobe. Mir war völlig egal, ob dieser Casting-Agent kam oder ob ich gut spielte.

*Gott, ich bin so ein Arschloch.*

Ich hatte gewusst, dass ich nicht zu ihr hatte fahren sollen. Aber ich hatte sie gebraucht. Ich war so verdammt fertig gewesen, hatte keine Lust mehr gehabt, allen zu sagen, dass es mir gut ging. Es war mir nicht gut gegangen, also hatte ich etwas verdammt Dummes gemacht und war hingefahren.

Ich hatte alles kaputt gemacht.

Willow blieb während der Stimm- und Atemübungen in der Garderobe. Ich nahm Lorraine beiseite und fragte, ob es ihr gut ging.

»Sie sieht blass aus und so zart«, sagte Lorraine mit einem königlichen Tonfall. »Ich muss glauben, dass sie sich in die Rolle einfindet. Sie ist ruhig, aber unbeständig.« Sie legte sich eine Hand aufs Herz. »Ich denke, die heutige Vorstellung wird unglaublich werden.«

Nichts davon gab mir ein besseres Gefühl. Ich hatte keine Zeit mehr. Die Räder der Premiere waren in Gang gesetzt. Aufwärmübungen, ein paar letzte aufmunternde Worte von Marty, der letzte Soundcheck, das Publikum, das auf der anderen Seite des Vorhangs den Saal füllte. Und kein Zeichen von Willow.

Ich zwang mich, mich auf meinen Text zu konzentrieren. Hunderte und Aberhunderte Worte, die ich heute sagen würde. Worte, die mir Zuflucht geboten hatten. Die mir eine Stimme gegeben hatten.

Aber die einzigen Worte, die ich sagen wollte, waren *Es tut mir leid.*

Oder *Ich liebe dich.*

Ich sah Willow erst, als sie im ersten Akt zusammen mit Justin, ihrem Bruder, auf die Bühne kam. Laertes warnte Ophelia, sich von Hamlet fernzuhalten, ihn zu fürchten. Hamlet könne ihr nicht die Zukunft bieten, die er ihr versprochen habe. Er sei durch seine Geburt gefesselt, unfähig, sein eigenes Schicksal zu wählen. Was auch immer er sage, man könne es nicht glauben.

Dann kam Polonius, Ophelias Vater, auf die Bühne und ließ sich seinerseits aus. Erklärte, dass sie seelisch zu labil sei, um ihren eigenen Selbstwert zu kennen. Unfähig, ihre eigenen Entscheidungen zu treffen.

*… dass Ihr Euch selber nicht so klar versteht …*

*Pah, Zuneigung! Ihr sprecht, wie junges Blut …*
*… Ihr seid ein dummes Ding …*

Und diese Gespräche zeigten sich auf Ophelias Gesicht. Alles war in ihren wunderschönen Zügen zu sehen. Das Publikum war hingerissen. Sie welkte unter dem Druck ihres Bruders und ihres Vaters. Ihre Liebe zu Hamlet zerbröckelte unter dem Gewicht von deren Erwartungen. Willow erzählte die Geschichte von neulich Nacht, die Geschichte ihres Lebens, als hätte Shakespeare sie für sie geschrieben. Es brach mir das Herz.

Ich nahm diesen Schmerz mit auf die Bühne für die Szene, in der der Geist von Hamlets Vater seine Geschichte erzählt. Betrug und Mord. Gift, das sein Bruder ihm ins Ohr geträufelt hatte.

Sobald ich von der Bühne kam, ging ich Willow suchen. Ich fand sie hinter den seitlichen Kulissen, wo sie auf einem umgedrehten Eimer saß, die Hände im Schoß gefaltet. Sie keuchte erschrocken, als ich ihren Arm nahm, und riss sich sofort los. »Nein. Ich kann nicht mit dir reden, Isaac.«

»Psst.« Ich zog sie in eine dunkle Ecke, schwach von einem Notausgangschild beleuchtet.

»Ich kann nicht mit dir reden«, sagte sie wieder und hob die Stimme.

»Willow …«

»Ich kann nicht.« Ihr Blick fuhr in der Dunkelheit umher. Noch nie hatte ich sie so zerbrechlich und nervös gesehen. Der leiseste Windstoß würde sie davonwehen.

»Du kannst. Erzähl mir, was passiert ist.«

Sie schüttelte den Kopf, ihre Augen waren geweitet. »Ich kann nicht. Ich habe es versprochen.«

»Wem? Deinem Dad?« Sanft nahm ich ihre Schultern. »Er sagt, dass du nicht mit mir reden sollst. Warum? Wofür?«

Ihr Mund ging auf und wieder zu. Sie sah fast panisch aus, als sie sich von mir losriss. »Ich muss gehen. Ich verpasse meinen Auftritt.«

»Scheiß auf das Stück«, sagte ich. »Rede mit mir.«

»Sag das nicht«, sagte sie. »Da sind Talentscouts im Publikum. Es ist dein Abend, du wirst –«

»Geht es um die Schulden meines Vaters?«, fragte ich. »Wenn es das ist, dann denk nicht länger dran. Ich werde mich darum kümmern.«

»Nein, du verstehst nicht«, sagte sie und schüttelte elend den Kopf. »Es geht um so viel mehr als nur Geld.«

»Dann *sag* es mir.«

»Er wird dich zerstören …«

»Scheiß auf ihn«, sagte ich. »Ich hab keine Angst vor ihm!«

»Solltest du aber.«

»Warum?«

»Weil du keine Ahnung hast, was dich erwartet.« Sie war jetzt ruhiger, stoisch und resigniert, was schlimmer war als die panische Angst von eben. »Ich habe selbst erlebt, was Leute tun, wenn sie glauben, das Recht dazu zu haben.«

Ich fuhr mir mit der Hand durchs Haar. »Du glaubst nicht, dass ich es schaffe? Ist es das?«

»Du kannst nichts tun«, sagte sie, und ihre Stimme war nur noch ein Flüstern. »Und wir gehen weg.«

»Weg.«

»Er ist nach Kanada versetzt worden. Wir verlassen Harmony in vier Wochen.«

Die Worte trafen mich mitten in die Brust. Sie durfte nicht nach Kanada gehen. Sie fand gerade erst ihren Weg aus der Kälte. Sie brauchte Harmony, um gesund zu werden.

»Das darf er nicht«, sagte ich, und die Wut brannte in meiner Kehle.

»Er darf. Ich bin noch nicht achtzehn, und selbst wenn –«

»Du wirst in zwei Monaten achtzehn.«

Sie schüttelte den Kopf. »Es ist ihm egal.«

»Was willst du damit sagen? Es … es ist vorbei? Für immer?«

In der Dunkelheit leuchteten ihre Augen weich und groß. »Ich hoffe nicht. Aber …«

»Aber was? Wir warten? Monate? Wochen? Wie lange? Verdammt, Willow …« Ich packte ihre Hand, und sie verzog das Gesicht. »Bleib. Bleib bei mir. Oder bei Marty. Er nimmt dich auf.«

»Nein, Isaac. Du musst auch gehen. Das heute ist deine Chance auf Erfolg.« Sie kämpfte, um ihre Hand zu befreien. »Du tust mir weh«, flüsterte sie.

Sofort ließ ich sie los. Der Schmerz traf mich überall gleichzeitig. Sie gab auf. Entschied sich für *ihn* anstatt für mich.

Ich verlor sie.

»Ich muss gehen?«, fragte ich. »Wofür? Um mich zu beweisen? Was ist nötig, Willow? Wie viel Geld muss ich verdienen, bis ich nicht mehr nach Schrottplatz stinke? Wie viel ist gut genug für deinen Vater? Gut genug für dich?«

»Du weißt, dass das nicht stimmt«, sagte sie. »Du warst immer mehr als gut genug für mich.«

»Warum kämpfst du dann nicht?«, presste ich durch die Zähne hervor. »Du gibst auf. Du lässt ihn gewinnen.«

»Er hat schon gewonnen. Wenn ich …«

»Wenn du was?« Ich nahm wieder ihre Hand und versuchte, die Antworten, die sie mir nicht gab, aus ihr herauszuquetschen. »Was will er?«

»Isaac, hör auf.«

»Sag es mir, Willow. Sag es mir jetzt. Wogegen hast du mich eingetauscht?«

»Ich muss gehen.«

Ich zog sie an mich, atmete sie ein, spürte ihren Körper ein letztes Mal. »Ich hätte alles für dich getan.«

»Ich weiß«, sagte sie, ihre Tränen nass an meinem Hals. »Es tut mir leid.« Sie trat einen Schritt zurück. Dann noch einen. »Leb wohl, Isaac.«

Dann rannte sie auf die Bühne zu, stürmte wie ein Komet ins Licht und fiel ihrem Vater in die Arme.

*»O lieber Herr, ich bin so sehr erschreckt!«*

Als ihre Klage auf der Bühne erklang, schloss der alte Panzer des Schweigens sich um mich.

*Nie wieder.*

Ich würde mich nie wieder jemandem öffnen.

Ich hatte Willow Dinge gesagt, die ich noch nie jemandem gesagt hatte. Ich hatte ihr mein bestes Ich gezeigt. Und wofür? Sie kämpfte nicht für uns. Jetzt stand ich hier, allein, hilflos. Ich konnte ihr nicht helfen. Ich konnte nicht allein für uns kämpfen.

Ein Teil von mir hasste sie. Aber in Wahrheit liebte ich sie. Verstand sie. Ich wusste genau, was passierte: Es waren die Wunden, die Xavier ihr zugefügt hatte. Sie hatten gerade erst angefangen zu heilen, und ihr Vater hatte sie, ohne es zu wissen, wieder aufgerissen.

Es war nicht ihre Schuld.

Es war auch nicht ihre Schuld, dass meine Mutter gestorben war. Aber der Verlust blieb. Die gähnende Leere eines Lebens ohne Willow.

Ich hatte sie verloren, also hatten meine Worte keine Bedeutung mehr.

# 35. KAPITEL

## Willow

Wir kamen zur ersten Szene des dritten Akts. Dem Ende von Ophelia und Hamlet.

Jemand von der Requisite drückte mir eine Perlenkette in die Hand und gab mir ein zusammengerolltes Pergament, das mit einem roten Band umwickelt war. Hamlets Liebesbrief, von Isaacs Hand geschrieben.

*Nur zweifle an meiner Liebe nicht …*

Ich spähte durch eine Lücke im seitlichen Vorhang ins Publikum. Irgendwo im dunklen Theater saßen meine Eltern und sahen zu. Genau wie der Casting-Agent, der Isaac ein neues Leben schenken konnte. Ich musste ihm diese Chance erhalten. Wenn irgendetwas Gutes aus diesem Albtraum entstand, dann, dass Isaac den Erfolg hatte, den sein Talent verdiente.

*Und vielleicht, eines Tages …*

Ich konnte diesen Tag nicht sehen. Alles fühlte sich hoffnungslos an. Ich sah nur eine kalte und verschneite Tundra, die sich in alle Richtungen ausdehnte. Mittendrin ich und ein eisiger Wirbelwind, der über mich hinwegpfiff. Und wenn ich achtzehn wurde, was dann? Ich hatte kein Geld. Mein ganzes Leben war ich von meinen Eltern abhängig gewesen. Jetzt hatten sie mich in der Falle.

Das Einzige, was ich tun konnte, war, Isaac mein Spiel zu schenken. Mein Bestes zu geben.

*Erzähl einfach die Geschichte.*

Isaac stand auf der Bühne und war mitten in dem »Sein oder nicht sein«-Monolog. Er sprach ihn so heftig und unverhüllt, das Publikum hing an seinen Lippen. Sein Zwiespalt brannte hell in jedem Wort. Die Anstrengung, weiterzumachen, obwohl er sich wünschte aufzugeben. Die Qual des Kampfes, obwohl man einfach nur schlafen wollte.

Am Ende hielt das Publikum den Atem an, bis ein einzelnes Paar Hände spontan applaudierte und das ganze Theater mitriss. Ich hatte so etwas noch nie erlebt.

Isaac blieb reglos stehen, bis es vorbei war. Ich trat auf die Bühne.

*»Die reizende Ophelia!«*, sagte er. Seine Stimme war nach innen gerichtet, und er fügte hinzu: *»Nymphe, schließ in dein Gebet all meine Sünden ein!«*

Hamlet ging in einem kleinen Kreis um mich herum, die Hände auf dem Rücken verschränkt. Schwarze Hose, schwarze Stiefel und ein kurzer schwarzer Rock mit einem goldenen Anhänger, der vorne aufgenäht war. Dunkel und gefährlich. Und kurz vor dem Nervenzusammenbruch. Sein Haar war zerwühlt und wild im Kontrast zu den glatten, ordentlichen Kleidern. Auf seinen Lippen lag ein angespanntes, freudloses Lächeln. Seine Augen sahen mich an, eine stürmische See aus Liebe, Sehnsucht, Wut und Schmerz.

*»Mein Prinz, wie geht es Euch seit so viel Tagen?«* Meine Stimme zitterte jetzt schon.

*»Dank untertänigst; wohl, wohl, wohl.«*

Mit zitternder Hand hielt ich ihm den Brief und die Kette hin. *»Mein Prinz, ich hab von Euch noch Angedenken, die ich schon längst begehrt zurückzugeben. Ich bitt Euch nun, nehmt sie zurück!«*

Hamlet ruckte leicht mit dem Kinn, als wäre er verwirrt und amüsiert. *»Nein, ich nicht. Ich gab Euch niemals was.«*

Er ging weiter um mich herum, und ich hielt ihm wieder die Sachen hin.

*»Mein teurer Prinz, Ihr wisst gar wohl, Ihr tatets. Und Worte süßen Hauchs dabei, die reicher die Dinge machten …«* Ich schluckte meine Tränen hinunter. *»… Da ihr Duft dahin, nehmt dies zurück; dem edleren Gemüte verarmt die Gabe mit des Gebers Güte.«* Ich drückte ihm Kette und Brief in die Hand. *»Hier, gnädger Herr!«*

Hamlet nahm beides, ohne seinen Gang zu unterbrechen. Seine Lippen verzogen sich zu einem grauenvollen, höhnischen Grinsen, und sein Lachen war spöttisch.

*»Haha! Seid Ihr tugendhaft?«*

*»Gnädiger Herr?«*

*»Seid Ihr schön?«*

Mir wurde fast schwindelig, als ich versuchte, seinen Blick zu halten, während er nicht aufhörte, um mich herum zu gehen. *»Was meint Eure Hoheit?«*

Hamlet zuckte mit den Achseln, als wäre die Antwort leicht. *»Dass, wenn Ihr tugendhaft und schön seid, Eure Tugend keinen Verkehr mit Eurer Schönheit pflegen muss.«*

*»Könnte Schönheit wohl bessern Umgang haben als mit der Tugend?«*

Er antwortete, dass es dreimal leichter für die Schönheit wäre, eine Jungfrau in eine Hure zu verwandeln, als für die Tugend, aus einer Hure wieder eine Jungfrau zu machen.

*Es ist zu spät*, sagte er. *Der Schaden ist angerichtet.*

*»Dies war ehedem paradox«*, sagte er, seine Stimme wurde sanft, seine Schritte langsamer. *»Aber nun bestätigt es die Zeit.«* Endlich blieb er stehen und erwiderte meinen Blick, Schmerz lag offen auf seinem Gesicht. Dann ließ er den Blick zu dem Brief sinken, und ich sah, wie seine Augen sich mit Tränen füllten.

*»Ich liebte Euch einst.«*

Tränen liefen mir ungewollt über die Wangen. *»In der Tat, mein Prinz, Ihr machtet michs glauben.«*

Das ganze Theater hielt den Atem an. Die Luft fühlte sich gläsern an, bereit zu zerspringen.

*»Ihr hättet mir nicht glauben sollen«*, sagte er ruhig. Und zerriss den Brief und das rote Band. Die Fetzen fielen wie Schnee und Blut zu Boden, als er den Kopf hob und mich ansah.

*»Ich liebte Euch nicht.«*

Seine Worte trafen mich mitten in die Brust, tief ins Herz. Ich richtete mich zu meiner ganzen Größe auf, meine Lippen zitterten, als die Kälte zurückkam und mich taub machte. Gefühllos. Und diesmal hieß ich es willkommen.

Nicht zu fühlen, dachte ich, war besser als der Schmerz, der kommen würde.

*»Umso mehr wurde ich betrogen«*, sagte ich so lässig, wie ich konnte.

Angesichts meiner gleichgültigen Erwiderung riss Hamlet die Augen auf. Seine aufgestaute Wut, sein Schmerz strömten mit den uralten Worten aus ihm heraus. Er kam zu mir, überragte mich drohend.

*»Geh in ein Kloster! Warum wolltest du Sünder zur Welt bringen?«*

Er packte mich bei den Schultern, und ich keuchte. Mein Blick war mit seinem verschränkt, ich konnte ihn nicht abwenden.

*»Wozu sollen solche Gesellen wie ich zwischen Himmel und Erde herumkriechen? Wir sind ausgemachte Schurken, alle: Trau keinem von uns!«*

Sein Griff wurde fester, als er ruhiger atmete und seine Wut bezähmte. In seinen Augen sah ich eine Bitte aufsteigen. Eine letzte Chance für uns.

*»Wo ist Euer Vater?«*, fragte Hamlet, seine Stimme brach, und ich sah Isaac.

Das Stück verschwand. Die Bühne und das Theater lösten sich in Luft auf. Das Publikum schrumpfte, bis nur ein einziger Platz mit meinem Vater darauf übrig war. Der aus dem Dunkel zusah, als Isaac mich bat – mich ein letztes Mal anflehte – ihn zu wählen.

Er glaubte, es sei einfach – meinem Vater nicht zu gehorchen und ihn zu lieben. Ihn bedingungslos zu lieben. Aber er wusste nicht, worum er mich bat. Er wusste nicht, was ich wusste. Was mein Vater ihm antun konnte. In seinen Augen sah ich seine Liebe, aber ich sah auch, wie alles, wofür er gearbeitet hatte, kaputtging. Seine Träume zerschlagen durch die Anschuldigungen, die mein Vater erheben würde. Endlose Mittel und der Einfluss eines Multimilliarden-Dollar-Unternehmens hinter ihm.

Ich würde eher sterben, bevor ich das zuließe – bevor ich zuließe, dass man Isaac eines Verbrechens beschuldigte, an dem er unschuldig war, während Xavier davonkam.

Die Entscheidung zerriss mich. Egal, was ich entschied, es war mein Untergang. Ohne Isaac leben. Oder mit ihm und zusehen, wie er alles verlor.

Ich hatte keine Wahl.

Mein Vater sah aus dem Publikum zu.

Ich atmete stockend ein, meine Augen baten um Vergebung, als ich die einfache Lüge aussprach, die unser Ende war.

*»Zu Hause, gnädiger Herr.«*

Isaacs Augen blitzten auf. Sein Griff um meinen Arm schien sich zu lockern, aber er ließ nicht los. Er drehte sich zum Publikum. Durch die Beleuchtung war es unmöglich, meinen Vater in der Menge auszumachen, aber ich wusste, er sprach nur zu ihm.

*»Lasst die Tür hinter ihm abschließen«*, flüsterte er, *»damit er den Narren nirgend anders spielt als in seinem eignen Hause.«*

Isaac ließ mich los, und ich sank auf die Knie. Ich musste noch etwas sagen, aber konnte nicht, als ich nach Atem rang, während die Schluchzer mir die Kehle zuschnürten. Isaac wandte sich ab, er war fertig mit mir. Fertig mit uns.

Dann wirbelte er noch einmal herum, zitternd, unfähig, den Schmerz länger zu unterdrücken. Er ließ alles raus, die Worte trafen mich wie Ohrfeigen mitten ins Gesicht.

*»Wenn du heiratest, so gebe ich dir diesen Fluch zur Aussteuer: Sei so keusch wie* Eis, *so rein wie* Schnee, *du wirst der Verleumdung nicht entgehn.«*

Er erhob die Stimme, die sich überschlug, als Tränen seine Augen füllten. *»Oder, willst du durchaus heiraten, nimm einen Narren, denn gescheite Männer wissen allzu gut«*, er stieß den Finger gegen sein eigenes Herz, *»was Ihr für Ungeheuer aus ihnen macht.«*

Er stand über mir, die ich noch schluchzte, und atmete schwer. Dann nahm er seinen Schmerz, rief ihn zurück und holte ihn wieder nach innen. Seine letzten Worte sprach er ohne jede Emotion. Ohne Schmerz. Ein Tonfall, der sein Schweigen von diesem Moment an vorwegnahm.

*»Leb wohl!«*

## DRITTER AKT

*Es neigt ein Weidenbaum sich übern Bach*
*Und zeigt im klaren Strom sein graues Laub,*
*Mit welchem sie phantastisch Kränze wand*
*Von Hahnfuß, Nesseln, Maßlieb, Kuckucksblumen*
*Die dreiste Schäfer derber wohl benennen,*
*Doch unsre Mädchen Toten-Mannes-Finger.*
*Dort, als sie aufklomm, um ihr Laubgewinde*
*An den gesenkten Ästen aufzuhängen,*
*Zerbrach ein falscher Zweig, und nieder fielen*
*Die rankenden Trophäen und sie selbst*
*Ins weinende Gewässer. Ihre Kleider*
*Verbreiteten sich weit und trugen sie*
*Sirenen gleich ein Weilchen noch empor,*
*Indes sie Stellen alter Weisen sang,*
*Als ob sie nicht die eigne Not begriffe,*
*Wie ein Geschöpf, geboren und begabt*
*Für dieses Element. Doch lange währt' es nicht,*
*Bis ihre Kleider, die sich schwer getrunken,*
*Das arme Kind von ihren Melodien*
*Hinunterzogen in den schlammigen Tod.*

Akt IV, Szene VII

# 36. KAPITEL

*Drei Jahre später …*

## Willow

Ich erwachte an einem schwülen Sommermorgen in Indiana, die Hitze lag auf mir wie eine feuchte zweite Decke. Eine Klimaanlage stand auf der langen Liste von Verbesserungsplänen für mein gemietetes Haus in The Cottages. Ich war erst seit drei Monaten wieder in Harmony, und Lebensmittel und Miete verbrauchten fast den gesamten kleinen Lohn, den das Harmony-Community-Theater mir zahlte. Für Renovierungen blieb nicht viel übrig.

Ich warf die Decke zur Seite, um etwas Luft an meine Haut zu lassen. Mein Bett war das große Himmelbett aus dem Haus meiner Eltern in Emerson Hills. Zuerst war es mit mir nach Kanada umgezogen, dann nach Billings, Montana, und schließlich nach Austin, Texas. Mein Vater war in drei Jahren dreimal versetzt worden, um den Ölprofiten hinterherzujagen. Meine Mutter hatte das Packen schließlich aufgegeben und bestand bei jedem Umzug auf einem möblierten Haus. Es war dumm und verschwenderisch, aber so protestierte sie dagegen, in Nordamerika herumgeschubst zu werden.

Ich protestierte nicht. Ich hatte keine Stimme. Kein Geld. Nichts. Ich bat nur um mein Bett, einschließlich der Laken und Decken. Wenn ich meine Nase an das Bettzeug hielt und einatmete, stellte ich mir vor, immer noch Isaac riechen zu können – Benzin und Rauch, Pfefferminz und Aftershave.

»Isaac.«

Ich seufzte den Namen, als ich in meinem Cottage auf dem Bett lag, die Hand auf dem Herzen. Egal, wie oft ich an ihn dachte – und ich tat es ständig –, der Schmerz in meiner Brust ließ nicht nach. Es war nie leichter geworden, ihn zu vermissen.

Ich schüttelte die Traurigkeit ab, bevor sie mich runterzog, und stand auf. Ich ging über den Hartholzboden durch den Wohnbereich, den ich mit eigenen kleinen Ideen dekoriert hatte. Auf einem Flohmarkt in Texas hatte ich Theatermasken – Komödie und Tragödie – aus Holz gefunden. Auf dem Weg in die Küche spürte ich den farbenprächtigen Teppich der Cheyenne, den ich in Montana gekauft hatte, weich unter meinen Füßen.

Ich machte die Kaffeemaschine an, und mein Blick fiel auf das gerahmte Gedicht, das neben dem Küchenfenster hing. Angie hatte es in Mr Paulsons Englischkurs in der Highschool für mich geschrieben. Bevor sie nach Stanford gegangen war, hatte sie es mir nach Kanada geschickt.

*Willow – Weide*

*Ihre Zweige das lange Haar*
*eines traurigen Mädchens,*
*das nach dem Boden greift.*
*»Unbeugsam wie eine Eiche«, sagt man.*
*Eine Weide ist stärker.*
*Sie biegt sich im Sturm,*
*Gepeitscht von rauen Winden.*
*Ihre Blätter werden abgerissen*
*und weggeweht.*

*Sie biegt sich, aber bricht nicht.*
*Sie trauert,*
*aber sie*
*fällt*
*nie*
*um.*

Lächelnd hob ich die Kaffeetasse an die Lippen und empfand Dankbarkeit und Freude. Ich zählte die Minuten bis zum Wochenende, wenn Angie zur letzten Vorstellung von *Nora oder Ein Puppenheim* im HCT kommen würde.

Ich hatte meine beste Freundin seit drei Jahren nicht gesehen.

Ich duschte, flocht mein langes Haar zu einem Zopf, der mir über den Rücken fiel, und zog ein hellgrünes Sommerkleid mit Gänseblümchen an. Obwohl Marty für die Arbeit im Büro des HCT keinen Dresscode vorschrieb, sah ich trotz meines kleinen Budgets gern so professionell wie möglich aus.

Nach einem schnellen Frühstück mit Toast, Saft und Kaffee nahm ich mein Fahrrad, das auf der vorderen Veranda stand, und machte den Helm unter dem Kinn fest. Greta, meine Nachbarin, war schon in Kittel und Handschuhen im Vorgarten und jätete Unkraut.

»Morgen, Greta.«

»Guten Morgen, Kindchen.« Sie stand auf und dehnte ihren Rücken. »Ich habe frische Erbsen für dich«, sagte sie mit breitem deutschen Akzent. »Wenn du von der Arbeit zurückkommst.«

»Ich tausche Limonade dagegen«, sagte ich.

»Ja, das wäre schön.«

Ich hatte in meinem hinteren Garten einen kleinen Zitronenbaum im Topf. Er war mein ganzer Stolz, und es machte mir Freude, wie er wuchs und Früchte trug. Helle gelbe Sonnen in einer Galaxie aus grünen Blättern. Greta meinte, er würde den Winter nicht überleben, aber ich hatte ihn genau aus diesem Grund in einen Topf gepflanzt. So konnte ich ihn reinholen, wenn es kalt wurde.

Ich würde ihn nicht draußen in Eis und Schnee sterben lassen, sondern aufpassen, dass er es immer schön warm hatte.

An diesem Nachmittag schien die Sonne hell und wohltuend auf mein Gesicht. Die Leute schimpften über das schwüle Wetter im Mittleren Westen, aber ich genoss es. Ich sehnte mich nach Wärme. Ich hielt also mein Gesicht in die Sonne, ließ sie meine Knochen wärmen und die schrecklichen Erinnerungen an Kanada verjagen, wo ich so verzweifelt gewesen war.

Alles, was ich liebte – Harmony, Isaac, Angie –, hatte man mir entrissen und zertrampelt. Während langer, quälender Monate war ich nur ein Passagier in meinem eigenen Körper gewesen. Ich hatte nichts gefühlt, denn es hatte zu sehr wehgetan, Gefühle zuzulassen. Das dumpfe Taubheitsgefühl war leichter, und ich war zu der dunklen Kälte zurückgekehrt, die in dem Sommer, nachdem Xavier mich vergewaltigt hatte, alles bestimmt hatte.

Meine Eltern hatten nicht gewusst, was sie mit mir machen sollten. Mein achtzehnter Geburtstag kam und ging, aber ich hatte kein Geld, keinen Job und keine Kraft, um irgendetwas zu tun. Ich blieb drei ganze Monate in meinem Zimmer, aß kaum, duschte selten und schlief nicht viel. Meine Mutter bettelte und flehte mich an. Mein Vater sagte streng, ich solle mich nicht länger aufführen, als wäre es »das Ende der Welt« und mich endlich »zusammenreißen«.

Ich wusste nicht mehr, was ich zusammenreißen sollte. Ich war zerbrochen, und die Einzelteile waren auf dem Grund eines kalten Ozeans verteilt. Mehr als einmal stellte ich mir vor, wie meine Beine mich roboterartig auf den kleinen See hinter unserem Haus in Edmonton trugen. Vielleicht war das Eis noch nicht dick genug, und ich würde unter mir ein Knacken hören – wie ein Schuss in der stillen, kalten Luft. Einen Sekundenbruchteil später würde das Eis nachgeben und mich ins schwarze Wasser sinken lassen.

Bonnie McKenzie rettete mich.

Mein Vater hatte monatelang mein Telefon und meinen Laptop konfisziert und mich von der Außenwelt abgeschnitten. Als er mir endlich erlaubte, wieder ein Telefon zu haben, rief ich in einer kalten Novembernacht Angie an. Sie war wegen Thanksgiving zu Hause. Ich sagte nur ein einziges Wort mit meiner gebrochenen und zitternden Stimme, und sie übergab das Telefon ihrer Mutter.

Es brauchte Monate nächtlicher Telefongespräche und geheimer Skype-Sitzungen, um die Gefühllosigkeit zu durchbrechen. Um mich zusammenzureißen. Im Januar hatte ich einen Job in einem Klamottenladen in Edmonton, und ich sparte jeden Penny von diesem ersten Lohn bis zu dem letzten in einer Boutique in Austin, um nach Harmony zurückzukehren.

Jetzt traf ich Bonnie zweimal die Woche in ihrer Praxis im Zentrum in der Juniper Street. Sie war so nett, mir ihre Zeit nicht zu berechnen, und ich schwor, es irgendwie wiedergutzumachen. Allein. Und wenn ich verhungern müsste, ich würde meine Eltern um keinen Cent bitten. Nie wieder wollte ich von ihnen oder ihrem Geld abhängig sein.

Ich fuhr mit dem Fahrrad in die Innenstadt. Vorbei am Scoop, in dem jeder Sitzplatz mit Touristen und Anwohnern besetzt war, bis zum Theater. Ich schloss mein Fahrrad an eine Parkuhr vor dem Gebäude und blickte hoch zur Ankündigung.

*Henrik Ibsen: Nora oder Ein Puppenheim*
*Letzte Vorstellung dieses Wochenende!*

Als ich vor drei Monaten nach Harmony zurückgekehrt war, hatte ich gleich als Erstes Martin besucht. Das Theater wieder zu betreten war, wie nach Hause zu kommen, und Marty schloss mich in die Arme wie ein gütiger, wohlwollender Vater. Er stand kurz vor dem Vorsprechen für *Nora oder Ein Puppenheim*, ein Stück über eine junge Frau, die es satthat, von ihrem älteren Mann wie eine kostbare Puppe behandelt zu werden, sich den Konventionen des neunzehnten Jahrhunderts widersetzt und ihn verlässt, um sich selbst zu finden.

Martin fand mich perfekt für die Rolle. Nora war das Gegenteil von Ophelia. Ihr Vater und ihr Ehemann behandelten sie wie ein hübsches Spielzeug, aber anstatt nachzugeben, wehrte sie sich. Und auch ich lernte langsam, mich zu wehren. Das Stück diente mir als Wegweiser. Die Therapie bei Bonnie baute mein kaputtes Selbstwertgefühl wieder auf. Und Harmony gab mir den Frieden, der dafür nötig war.

In der kühlen, dämmrigen Lobby winkte ich Frank Darian, unserem Inspizienten. Er winkte vom Kassenschalter zurück, wo er sich auf die Aufführung am Freitagabend vorbereitete.

Im Theatersaal waren die Lichter über der Bühne gedimmt und warfen unheimliche Schatten auf das Bühnenbild. Die Stühle und Tische eines vermögenden Heims im neunzehnten Jahrhundert wirkten wie ein Spukhaus, das darauf wartete, dass Len, Lorraine und ich ihm Leben einhauchten.

Marty war im Büro und hatte einen Stapel Papiere vor sich.

»Hallo, mein Schätzchen«, sagte er. Aus professioneller Höflichkeit nannte er mich nur dann Schätzchen, wenn wir allein waren. Mir machte das väterliche Kosewort nichts aus. Marty war mir ein besserer Dad gewesen als mein eigener.

*Auch für Isaac.*

»Hi Marty. Gibt's was Neues?«

»Nichts Gutes, fürchte ich«, sagte er. »Der Stadtrat scheint den ganzen Block, einschließlich des Theaters, zusammenlegen zu wollen. So will man Investoren für die Sanierung anlocken.«

»Glaubst du nicht, du hast vielleicht Glück, und ein wohlwollender Investor lässt dich das Theater so leiten, wie du willst?«

»Das wäre wirklich Glück«, sagte er. »Aber ich fürchte, wir könnten eine hartherzige Kapitalgesellschaft bekommen, der egal ist, was ich hier mache, oder die es nicht versteht. Das wäre uncool, wie ihr jungen Leute sagt. Vor allem, da wir dank Isaac endlich wieder auf einem guten Weg sind.« Er sah mich an. »Es tut mir leid. Stört es dich, wenn ich ihn erwähne?«

»Du fragst mich das jedes Mal, und die Antwort ist jedes Mal Nein«, sagte ich.

Es tat entsetzlich weh, seinen Namen zu hören, als bohrte man in einer Wunde, die nie heilen würde. Gleichzeitig liebte ich es zu hören, dass Isaac sich aus der Ferne um das HCT kümmerte.

Wie vorhergesagt war Isaac in *Hamlet* von einem Agenten entdeckt worden und direkt nach Kalifornien gegangen. Er hatte eine kleine Rolle in einem großen Film bekommen, und mithilfe seiner Gage hatte das HCT einen Teil der Steuerschulden und die rückständigen Mietzahlungen getilgt.

Ich nahm mir ein paar Rechnungen, um sie abzuheften, senkte den Blick und fragte beiläufig: »Wie geht es ihm? Noch keine Nachricht?«

»Kein Wort«, sagte Marty. »Vielleicht sollten wir in eine Klatschzeitschrift schauen. Nur so erfahre ich Neuigkeiten von ihm.«

»Sein letzter Film ist gut gelaufen. Begeisterte Rezensionen.«

»Hast du ihn gesehen?«

*Long Way Down* war wochenlang im Guild Movie House gelaufen, aber ich hatte nicht den Mut aufgebracht, mir eine Karte zu kaufen.

»Nein«, sagte ich. »Ich bin noch nicht bereit. Du?«

Er lächelte traurig. »Sechsmal.« Er tätschelte mir die Hand. »Er spricht mit keinem von uns, Schätzchen. Du, ich, Brenda und Benny. Ich kann ihm nicht einmal für das Geld danken. Eine GmbH überweist es jeden Monat, und alle Briefe oder Mails, die ich geschickt habe …« Er zuckte mit den Achseln. »Nichts.«

»Es tut mir leid«, sagte ich. »Ich wusste, dass er … auf mich böse sein würde, aber ich hätte niemals erwartet, dass er auch den Kontakt zu dir abbricht.«

»Es ist nicht deine Schuld, Liebes«, sagte Marty. »Er macht es eben so. So kommt er mit Verlusten zurecht. Er macht völlig dicht und lässt die Gefühle nur auf der Bühne raus. Oder jetzt bei den Dreharbeiten.«

Er sah den Schmerz in meinem Gesicht. »Ich weiß, dass es wehtut. Du hast getan, was deiner Meinung nach nötig war, um Isaac zu beschützen. Und jetzt hat er eine brillante Karriere vor sich und verdient viel Geld, genau wie er wollte. Und du, meine Liebe, hast *auch* eine brillante Karriere vor dir. Deine Nora ist wunderbar.«

»Nein.«

»Du musst mir nicht glauben.« Er warf mir die heutige Ausgabe der *Harmony Tribune* auf den Schoß. »Vera Redding sagt, dein Spiel ist eine Glanzleistung, und diese Frau hasst alles und jeden.«

Ich lächelte und legte die Zeitung beiseite. »Es ist ein gutes Stück für mich. Genau, was ich gebraucht habe.«

Das Stück, das Theater und Marty Ford waren, was ich brauchte: weitere Schritte in meinem Heilungsprozess. Die Angst, ihn oder das HCT möglicherweise durch die Sanierungspläne des Stadtrats zu verlieren, ging mir richtig nah.

»Wir müssen das mit dem Stadtrat klären, Marty.« Ich räusperte mich. »Kann Isaac helfen?«

»Der Stadtrat meint, das Projekt kann Millionen kosten. Ich glaube nicht, dass er so viel hat.« Er lächelte traurig und hob die Hände. »Und selbst wenn ich wollte, ich habe keine Möglichkeit, ihn zu fragen.«

Als ich mit dem Fahrrad nach Hause fuhr, hatte ich einen Kloß im Hals. Der Schmerz, Isaac zu vermissen, hämmerte mir mit jedem Herzschlag auf die Brust. Ich hatte heute keinen Termin bei Bonnie, aber ich wünschte, es wäre anders.

Zu Hause setzten Greta und ich uns auf meine kleine Veranda. Wir tranken einen Krug selbst gemachte Limonade und aßen Erbsen direkt aus der Schote. Die Sonne ging in Harmony unter, und die Glühwürmchen leuchteten auf und flogen durch die Wacholderbüsche zwischen meinem und Gretas Haus. Die Zikaden waren ohrenbetäubend – ein Surren, das kam und ging wie Ebbe und Flut. Kinder spielten in den Gärten. Die Katzen der Nachbarschaft schlichen herum oder dösten in den letzten Sonnenstrahlen. Greta und ich sprachen nicht viel. Das mussten wir nicht. Der Abend war ruhig. Warm. Friedlich. Alles, was ich brauchte.

Fast.

Als die Sonne ganz weg war, packte Greta ihre Körbe zusammen und sagte Gute Nacht. Im Haus lag mein Handy auf der Arbeitsplatte in der Küche. Eine Benachrichtigung leuchtete auf dem Display: Ich hatte einen Anruf von meinem Dad verpasst, und er hatte auf die Mailbox gesprochen. Nach Texas hatte Ross Wilkinson ihn wieder nach Manhattan versetzt. Meine Eltern waren wieder da, wo sie angefangen hatten, nur diesmal ohne Tochter.

»Hallo Willow.« Dads Stimme klang auf der Mailbox immer angestrengt. Als würde er sie über einen Riesenbrocken Schuld wälzen. »Mom und ich wollten wissen, wie es dir geht. Sie hat mir erzählt, dass du im Theater arbeitest, es zu restaurieren versuchst und … so. Eine wertvolle Aufgabe.« Er hustete. »Wir freuen uns darauf, für die letzte Aufführung deines Stücks nach Harmony zu kommen. Und ich hoffe, es ist nicht zu anmaßend, aber wir hatten danach eine kleine Feier geplant, für dich, die anderen Schauspieler und den Regisseur. Im Renaissance Hotel in Braxton.« Eine Pause. »Ich hoffe, du kommst. Bitte gib mir Bescheid. Okay. Wiederhören.«

Ich legte das Telefon hin. Ich wollte keine Party. Ich war mir nicht einmal sicher, ob ich wollte, dass meine Eltern zur Vorstellung kamen. Wir bauten langsam eine vorsichtige Beziehung auf, aber tief in mir hatte ich den Verdacht, dass es nie wieder wie vorher sein würde. Bonnie hatte gesagt, dass Vergebung dazu da ist, dem Frieden zu geben, der vergibt, nicht dem, dem vergeben wird, aber ich war noch nicht so weit.

Dads Stimme zu hören türmte noch mehr schmerzhafte Erinnerungen auf das Chaos in meinem Herzen und machte Isaacs Schweigen umso ohrenbetäubender.

Ich setzte mich auf meine kleine blaue Couch, klappte meinen Laptop auf und googelte seinen Namen. Ich scrollte an den Artikeln über *Long Way Down* vorbei. Alle sprachen über die bahnbrechende Darbietung von Isaac Pearce – »ein mitreißendes Talent von unglaublicher Kraft«, schrieb die *Los Angeles Times* begeistert. Der Text war mit Szenenbildern aus dem Film illustriert. Er war jetzt zweiundzwanzig und auf seine raue Art noch attraktiver als früher.

Ich las ein paar Artikel von Klatschseiten. Ich musste es wissen.

Ich fand mehr Fotos von Isaac, in Bars und Clubs und auf Veranstaltungen in Los Angeles. Immer allein, eine Zigarette im Mundwinkel, ein hartes Funkeln in den Augen. Man nannte ihn einen dunkelhaarigen James Dean und spekulierte sogar, ob er schwul war. Hollywood hatte das Fehlen weiblicher Begleitung durchaus bemerkt.

Genau wie ich.

Es war verrückt anzunehmen, dass er meinetwegen nichts mit anderen Frauen anfing. Ich hatte ihm das Herz gebrochen. Wahrscheinlich achtete er einfach nur auf seine Privatsphäre. Schützte sie gegen Bedrohungen von außen.

Wer sollte ihm das vorwerfen?

Trotzdem brannte Hoffnung in mir, klein und zerbrechlich. Mit zitternden Händen nahm ich mein Telefon und scrollte durch die Kontakte nach Isaacs Nummer. Es klingelte einmal, bevor eine elektronische Ansage kam: *Es tut uns leid, die von Ihnen gewählte Rufnummer ist nicht vergeben.*

Auch wenn es dumm und hoffnungslos war, tippten meine Finger eine Nachricht.

**A2, S2.**

»Zweifle an meiner Liebe nicht«, flüsterte ich wie ein Gebet.

Dann schickte ich sie ab.

Das kleine rote Ausrufezeichen erschien sofort.

*Die Nachricht konnte nicht versendet werden.*

Die Nachricht *war* versendet worden. Sie konnte nur nicht empfangen werden. Seit drei Jahren nicht.

Trotzdem brannte die Hoffnung.

Ich rief immer weiter nach ihm, schickte meine Bitte in die Leere.

Keine Antwort.

# 37. KAPITEL

## Isaac

»Abgemacht«, sagte Tyler Duncan. Als mein Manager in seinem Büro am Wilshire Boulevard das Telefon auflegte, sah er extrem zufrieden mit sich aus.

»Du bist jetzt 7,1 Millionen Dollar reicher.« Er fuhr sich mit der Hand durch das goldene Haar, seine goldene Rolex glitzerte in der goldenen Sonne von Los Angeles, die durch die Fenster fiel. Tyler erinnerte mich an Matthew McConaughey – glänzend, energiegeladen und immer lächelnd. Das genaue Gegenteil von mir. Schon seine Gegenwart machte mich müde.

Dann verarbeitete ich die Worte.

»Sieben Millionen …?«

Er grinste. »Abzüglich unserer fünfzehn Prozent, bitte und danke.«

»Mein Gott.«

»Nicht schlecht, nicht schlecht, nicht schlecht«, sagte Tyler. »Vor allem, da es erst dein zweiter großer Studiofilm war.« Er presste die Handflächen aneinander und neigte den Kopf. »Und vergessen wir nicht, dass am Ende noch ein paar Prozentpunkte dazukommen. Wenn du es am wenigsten erwartest, wirst du eine hübsche kleine Überraschung auf deinem Konto entdecken.«

»7,1 Millionen«, sagte ich wieder. »Ich habe sieben Millionen Dollar auf meinem Konto? In diesem Moment?«

Tyler verschränkte die Hände hinter dem Kopf und legte die in italienischen Designerschuhen steckenden Füße auf den Schreibtisch. »Ganz genau, Mann.«

Ich nickte; es war surreal. Ich hatte schon bei meinem ersten Film viel Geld verdient, aber nicht so. Als ich mit dem Casting-Agenten, der mich in *Hamlet* gesehen hatte, nach Hollywood gekommen war, hatte er mir geholfen, eine kleine Rolle in einem viel beachteten Film zu bekommen, was mir anderthalb Millionen Dollar eingebracht hatte. Eine unglaubliche Menge Geld für jemanden, der bisher noch nie einen Kontoauszug mit mehr als vier Ziffern darauf gesehen hatte.

*Aber sieben Millionen?*

Es war umso erstaunlicher, wenn man bedachte, wie sehr ich es hasste, vor der Kamera zu spielen.

Ich hasste die ständigen Wiederholungen. Das Aufhören und wieder Anfangen. Ich erzählte die Geschichte ohne Ordnung vor einem Publikum aus Kamera- und Ton-Crew. Während des ersten Films war ich sicher, man würde mir auf jedem Bild ansehen, wie wenig ich den Prozess mochte. Aber das Publikum liebte mich. Hollywood hieß mich mit offenen Armen willkommen.

»Und die Frauen mögen dich *wirklich*«, sagte Tyler, als wir uns zuerst getroffen hatten. »Du bist eine Kreuzung aus James Dean und Henry Cavill. Hollywoodschön mit einem Hauch Raubein und Gefahr. Sie reißen sich praktisch um dich, mein Freund.«

Mir war der Marketingplan egal, solange ich genug Geld verdiente, um aus diesem verfluchten Geschäft auszusteigen.

Das hatte ich jetzt.

Tyler tat mir beinah leid. Er dachte, vor ihm säße der nächste große Star, aber ich war fertig. 7,1 Millionen waren genug, um die Schulden zu bezahlen, die mein Vater bei Wexx hatte. Ich war nicht dazu verpflichtet, aber mein Vater war gestorben, weil er von diesen Schulden runtergezogen worden war wie Jacob Marley von seinen geisterhaften Ketten. Ich war entschlossen, ihn davon zu befreien. Wexx war das egal. Ein Tropfen in einem Eimer, von dem sie nicht mal mehr wussten, dass sie ihn in der Hand hielten. Aber mir war es verdammt wichtig.

»Heilige Scheiße«, hauchte ich. Ich hatte schon die Hypothek für Bennys Mom bezahlt. Jetzt konnte ich Benny das College finanzieren. Ich konnte dafür sorgen, dass Marty alles hatte, was er für das HCT brauchte. Und Willow …

Von einer Zahl wie sieben Millionen hatte ich geträumt, als ich ihr gesagt hatte, ich würde nach Harmony zurückkehren.

Mir tat die Brust weh. Tyler sah, wie ich darüber rieb.

»Was ist das, *compadre*? Eine Magenverstimmung? Schwer zu glauben, dass du ein echter Millionär bist? Gewöhn dich dran.« Er tippte mit dem Finger auf eine Ausgabe der *Variety*, die auf seinem Schreibtisch aus Mahagoni und Glas lag. »Hast du die Rezensionen gelesen? Wegen dir läuft mein Telefon heiß. Was mich zu dem wirklichen Grund für dieses kleine Gespräch heute bringt.« Er beugte sich über den Schreibtisch. »Halt dich fest: Quentin Tarantino will sich mit dir treffen. Quentin Tarantino höchstpersönlich.«

Ich stand auf. »Yeah, danke, Tyler«, sagte ich abwesend. »Ich muss los.«

»Warte. Was?«

»Ich melde mich.«

Tyler starrte mich an. »Du meldest dich? Was soll das heißen?« Er lachte ein Hollywoodlachen – die arschkriecherische Variante, die kam, wenn ich nichts Komisches gesagt hatte. Das hasste ich auch.

»Oh, ich verstehe«, sagte er. »Du willst feiern? Ich bin dabei. Wir suchen uns weibliche Begleitung und lassen uns flachlegen –«

»Ein andermal.«

Er rief mir nach, aber ich hörte ihn kaum. Ich musste schnell aus diesem Büro raus und nachdenken. Ich verließ das schicke Gebäude und trat in die krasse Hitze von Los Angeles. Sie hatte nichts mit Indianas feuchter Schwüle zu tun, die Grün und Wachstum versprach. Diese Wüstenhitze fühlte sich an, als wollte sie einen ersticken.

Ich sprang in meinen geleasten Land Rover. Tyler hatte mich davon überzeugt, dass es die L. A.-Version eines Pick-ups war. Mein Dodge war in Harmony geblieben, genoss den Ruhestand auf dem Schrottplatz.

Der Rover war schön zu fahren, und meine Vierzimmerwohnung in West Hollywood war im Vergleich zu dem Trailer ein verfluchter Palast. Aber beides fühlte sich an wie Verschwendung. Ich brauchte nicht so viel. Ich vermisste meinen Pick-up. Ich vermisste Martys altes Haus und Friedhöfe mit schiefen Grabsteinen und Heckenlabyrinthe …

Ich vermisste Willow.

Heute traf es mich heftig. Heftiger als in den drei Jahren, die ich jetzt fort war. Normalerweise traf es mich von außen wie ein Hammer. Jetzt kam es von innen, von dem Ort, wo ich all meinen Schmerz vergrub; alles, was ich verloren hatte. Jetzt, da ich die Mittel hatte, um wie versprochen nach Harmony zurückzugehen, kam alles zurück. Das Träumen und Hoffen war vorbei, jetzt konnte ich mir die Realität nehmen, wenn ich wollte.

Ich raste mit dem SUV durch den für L. A.-Verhältnisse leichten Verkehr in meine riesige Wohnung. Vier nackte Wände und Hartholzböden. Ein arschteurer Lagerraum mit Panoramablick über eine Stadt, die sich nicht wie meine anfühlte. Los Angeles war gut zu mir, und ich war dankbar, aber es war nicht mein Zuhause.

Ich ging in mein Büro – das Zimmer, in dem ich den Laptop aufbewahrte. Ich hatte mehr Zimmer als Zeug, um sie zu füllen. Ich hatte noch nicht mal einen Laptop gewollt, aber Tyler hatte gemeint, ich bräuchte eine Mailadresse und auch ein besseres Handy. Mein altes Telefon – dessen Nummer Willow hatte – hatte ich in Dallas bei einer Zwischenlandung in den Müll geworfen, als ich Harmony verlassen hatte.

Keine Mailadresse. Keine Telefonnummer. Sie hatte keine Möglichkeit, mich zu kontaktieren, selbst wenn sie wollte, und ich hatte keinen Finger gerührt, um sie zu finden. Ich hatte sie vollkommen aus meinem Leben gelöscht.

Ich hielt den Kopf in den Händen.

»Was machst du hier?« Meine Stimme hallte von den Wänden wider. »Was, verdammt, hast du die ganze Zeit gemacht?«

Damals war es mir logisch vorgekommen. Der Schmerz war so real, so heftig gewesen. Willow zu verlieren, zu sehen, wie sie mir bei der Premiere von *Hamlet* aus den Fingern glitt, war wie immer wieder ins Herz getroffen zu werden. Nach einem so elenden Leben hatte ich endlich etwas Gutes und Perfektes gehabt, und es löste sich auf. Ich hatte nichts tun können, um das zu verhindern. Also hatte ich das Einzige gemacht, was ich konnte.

Ich war abgehauen und hatte nicht zurückgeblickt.

Die ersten Monate waren eine Qual gewesen, aber jeder Tag, der verging, war ein weiterer Stein in der Mauer zwischen mir und meinem alten Leben und allen, die darin vorkamen – Marty, Brenda, Benny, Willow –, bis die Mauer kilometerhoch war und Jahre dick. Ich war nur einmal nach Harmony zurückgekehrt, zur Beerdigung meines Vaters. Ich war gerade lange genug geblieben, um ihn neben meiner Mutter beizusetzen, und dann wieder hinter die Mauer geflohen.

Jetzt zerfiel sie zu Sand.

*Es ist nicht zu spät*, hatte Marty immer gesagt. Und wenn doch? Wenn ihr etwas Schreckliches zugestoßen war?

Ich klappte meinen Laptop auf und tippte Willow Holloway in die Suchmaschine.

Da war sie. Der erste Treffer oben auf der Seite. Mein Mädchen.

Tränen brannten mir in den Augen. Eine Rezension in der *Harmony Tribune* für *Nora oder ein Puppenheim*, das – wie sollte es anders sein? – im HCT aufgeführt wurde.

*Willow Holloway (20) ist eine wunderbare Nora. Eine zarte, geradezu zerbrechliche junge Frau, die stoisch mit den patriarchalen Konventionen in Ibsens Dänemark von 1870 fertigwird.*

»Dänemark«, murmelte ich rau, auch wenn Hoffnung, Stolz und Liebe meine Brust anschwellen ließen. »Wir haben Dänemark nie verlassen, nicht wahr, Baby?«

*Erst im letzten Akt des Stücks erscheint Nora Torvald in Miss Holloways ausdrucksvollem Gesicht. Nicht die Tochter, Ehefrau oder junge Mutter, sondern die Frau, das menschliche Wesen. Das ist überwältigend anzusehen und beweist, dass Miss Holloways Debüt in* Hamlet *vor drei Jahren kein Glückstreffer war.*

Unter dem Artikel war ein Foto von Willow in einem Rüschenkleid mit hohem Kragen, das aussah, als würde es sie würgen. Ihr Lächeln für Len Hostetler, der ihren Ehemann Helmer spielte, war lieb und passiv, aber in ihren Augen brannte ein Feuer. Sie kämpfte noch.

Ich schluckte schwer und klappte den Laptop zu.

»Tja, Pearce, jetzt weißt du, wo sie ist«, sagte ich. »Sie ist nach Hause gekommen.«

Ich ging ins Schlafzimmer und warf mich auf mein riesiges leeres Bett. Ein Luxusgegenstand, in dem nie eine Frau gelegen hatte. Als ich zuerst in Los Angeles angekommen war, hatte ich versucht, mich mit Frauen zu treffen. Um Willow zu vergessen und mich in einer anderen zu verlieren. Aber ich fühlte nichts, wenn ich einer schönen Kandidatin gegenübersaß. Kein Begehren. Kein Interesse. Nicht einmal niedere Lust.

*Ich vermisse sie zu sehr. Ich liebe sie zu sehr.*

Die letzte Vorstellung von *Ein Puppenheim* war am Samstag, in vier Tagen. Ich versuchte den Gedanken, ins nächste Flugzeug zu steigen, abzuwehren. Versuchte, nicht an die Möglichkeit zu denken, mit Willow in einem Raum zu sein. Selbstschutz, obwohl ich nicht wusste, was ich noch schützen wollte. Mein Leben hier war leer. Aber gab es zwischen uns noch etwas zu retten, wenn ich nach Harmony zurückkehrte?

*Sie hat es beendet*, rief ich mir in Erinnerung. *Sie hat dich weggeschoben und wollte nicht sagen, warum. Kein Einspruch. Keine zweite Chance. Sie hat sich dem Scheiß ihres Vaters nicht widersetzt. Sie hat sich für* ihn *entschieden.*

Im Kopf war ich unsere letzte Szene bei der Premiere von *Hamlet* tausendmal durchgegangen. Egal, wie viel Schmerz und Wut sie hervorrief, der herzzerreißende, gequälte Ausdruck in Willows Gesicht blieb immer derselbe. In jener Nacht hatte mein eigener Schmerz mich für den ihren blind gemacht. Aber auch sie war innerlich gestorben. Weil sie mich liebte.

*Die Liebe war zuerst da.*

»Verdammt …« Ich rieb mir mit beiden Händen übers Gesicht, dann setzte ich mich auf und lief wieder ins Arbeitszimmer.

Jetzt, da ich wusste, wo sie war, wuchs das Bedürfnis, sie wiederzusehen, ins Unermessliche, und die schlichte Wahrheit war, dass ich ohne sie verhungern würde.

Sie hasste mich vielleicht oder, schlimmer noch, ignorierte mich, aber …

*Wenigstens werde ich sie spielen sehen. Nur das. Das ist ein Anfang, und ich kann sehen, was passiert.*

Ich rief Tyler an. Er antwortete beim zweiten Klingeln.

»Was gibt's, Mann? Hast du es dir überlegt und willst doch ausgehen?«

»Nein, Mann. Hör zu, ich bin ein paar Tage weg.«

»Okay«, sagte Tyler langsam. Misstrauisch. »Wann kommst du zurück?«

Ich schloss die Augen und beschwor Willow in dem Heckenlabyrinth, die Sonne ging hinter ihrem Haar unter, und ihre Augen waren voller Liebe.

»Wenn alles gut läuft?«, fragte ich. »Nie.«

# 38. KAPITEL

## Willow

Der Samstag schien immer schneller näher zu kommen. Marty hatte in letzter Minute noch eine Vorstellung am Donnerstagabend hinzugefügt, damit ich, Len und Lorraine – die meine beste Freundin Christine spielte – einen zusätzlichen Abend hatten. Sie war innerhalb von Stunden nach der Ankündigung ausverkauft. Der Freitagabend war ebenfalls voll, und als der donnernde Applaus über mich hinwegbrandete, versuchte ich, ihn zu genießen und festzuhalten. Es gab nur noch eine einzige Vorstellung.

Mittags traf ich mich mit Angie im Scoop. Das Herz pochte mir in der Brust, und vor Glück musste ich lachen, als ich mein Fahrrad vor dem Restaurant abschloss. Wir hatten telefoniert und uns geschrieben, aber durch ihren vollen Stundenplan in Stanford und die ständigen Versetzungen meines Vaters hatten wir uns drei Jahre lang nicht gesehen.

Ich öffnete die Tür des Diners, und sie saß in einer Nische für zwei mit Blick zur Tür. Ich bemerkte, dass sie jetzt eine Brille trug. Ihr lockiges Haar war ein bisschen kürzer, und ihr Gesicht ein bisschen blasser, weil sie so viel lernte.

Dann brach ich in Tränen aus.

Sie verschwamm zu einem Fleck, als sie hastig aus der Nische rutschte. Sie fiel mir um den Hals, und ich hielt sie fest und weinte an ihrer Schulter – die ganzen Jahre, die sie mir gefehlt hatte, überwältigten mich so sehr, dass ich mich kaum auf den Beinen halten konnte.

Ich löste mich lange genug von ihr, um mir über die Augen zu wischen und sie anzusehen. Auf ihrem T-Shirt stand: *Ich werde dich mit meiner Unbeholfenheit verführen.* Ich lachte, dann fing ich wieder an zu heulen.

Wir standen mitten im Diner und hielten uns fest, bis wir hörten, wie ein kleines Mädchen fragte: »Mami, was machen die Damen da?«

»Hast du das gehört, Holloway?«, fragte Angie, löste sich von mir und trocknete sich die Augen ab. »Das erste und letzte Mal, dass mich jemand eine Dame nennt.«

Ich lachte wieder und drohte erneut in Tränen auszubrechen. Schnell setzten wir uns in unsere Nische, nahmen uns Servietten, lachten, hielten uns über dem Tisch an den Händen und brauchten noch mehr Servietten.

Ich schüttelte den Kopf, als ich sie ansah. »Oh Gott, Angie, ich hab dich so vermisst.«

»Ich dich auch. Es ist so schön, dich zu sehen. Dich richtig zu sehen. Du siehst großartig aus.«

»Danke«, sagte ich. »Es war ein langer Weg, bis ich halbwegs vorzeigbar war.«

»Wie geht es dir wirklich? Wie ist es mit deinen Eltern?«, fragte sie und machte sich auf die Antwort gefasst.

»Schräg«, sagte ich. »Mein Dad ist im Arschkriechmodus. Ich glaube, die ersten Monate in Kanada haben ihm die Augen geöffnet, und er hat gesehen, wie schlecht es mir ging. Da hat er endlich kapiert, was er angerichtet hat. Er hat geglaubt, dass mein Schmerz vergehen würde. Ist er aber nicht. Ich bin nie über Isaac hinweggekommen.« Ich zuckte mit den Achseln und sah auf meine Hände. »Ich bin jetzt zwanzig und liebe ihn immer noch.«

»Ach, Süße.« Angie griff über den Tisch und nahm meine Hand.

»Nicht, dass es irgendwas bedeuten würde.«

Ihre dunklen Augen flammten vor Wut auf. »Isaac hat gewusst, dass du gezwungen wurdest, ihn zu verlassen, oder?«

»Ich denke schon. Ich habe ihm nie gesagt, womit mein Vater wirklich gedroht hat. Es war so schlimm. So absolut *falsch*. Ich hatte Angst, Isaac würde in Harmony bleiben, wenn er es erführe. Bleiben und für uns kämpfen und am Ende alles verlieren. Seine Zukunft. Das konnte ich nicht zulassen, er hätte es mir bestimmt irgendwann vorgeworfen.« Ich seufzte. »Ich bin froh, dass er gegangen ist. Ich habe nur nicht erwartet, dass er … sich nie wieder meldet. Ich denke, es war zu schwer für ihn. Er hatte schon so viel verloren.«

»Und was ist mit dir?«, stieß Angie hervor. Sie hatte mir durch die dunklen Monate geholfen, nachdem mein Vater mit uns aus Harmony weggezogen war, und ich wusste, sie hatte sich die Bemerkungen über Isaac die ganze Zeit verbissen. »Und das war's jetzt?«, fragte sie und bemühte sich, ruhig zu bleiben. »Du vergibst ihm? Einfach so?«

»Es ist nicht so einfach«, sagte ich. »Es ist nicht einfach Ja oder Nein, es ist … total verworren. Ja, ich bin verletzt und wütend auf ihn. Aber wir waren beide gezwungen, Dinge zu tun, die wir nicht wollten. Jetzt versuchen wir, klarzukommen. Er tut das auf die einzige Art, die er kann, und ich auch. Endlich. Ich habe es zurück nach Harmony geschafft. Ich bin weg von meinen Eltern und kann neu anfangen.«

Angie schüttelte den Kopf. »Drei Jahre, Willow.«

»Ich weiß«, sagte ich. »Ich will nicht leugnen, dass es wehtut. Das tut es. Ich werde jeden Tag stärker, aber so zu tun, als würde ich ihn nicht lieben, nicht vermissen, bringt mich auch nicht weiter.«

»Klingt, als hätte da jemand mit meiner Mutter gesprochen.«

Ich lachte ein bisschen und sah mich um. »Wo ist Bonnie? Ich dachte, sie würde auch kommen?«

»Sie wollte uns ein bisschen Zeit zu zweit geben. Aber sie kommt zur Vorstellung. Das würde sie nie verpassen. Ich habe gehört, du bist der totale Hammer in dem Ibsen-Stück.«

»Ich weiß nicht, aber es macht mir Spaß. Und es hat auch geholfen. Aber genug von meinem Kram. Wie ist es in Stanford? Wie geht's Nash?«

Wir bestellten Burger und Milchshakes und aßen, während Angie mir alles erzählte. Nash studierte in Pennsylvania. Er und Angie führten eine Fernbeziehung, während sie in Stanford Robotik und Medizin studierte.

»Es ist so viel Stoff, ich werde studieren müssen, bis ich achtzig bin«, sagte sie. »Dann kann ich noch etwa ein Jahr als Ärztin arbeiten, bevor ich ins Gras beiße.«

»Aber in dem einen Jahr kannst du dann wirklich solide Kenntnisse anwenden.«

»Absolut!«

Als wir redeten und lachten, spürte ich, wie ein weiterer Teil meiner selbst, der zerbrochen und überall in Nordamerika verteilt gewesen war, wieder an seinen Platz rückte.

Draußen umarmten wir uns erneut.

»Bis später, meine Liebe«, sagte sie. »Wir sehen uns heute Abend, nachdem du sie fertiggemacht hast.«

Sie wollte schon gehen, aber ich nahm ihre Hand und musste schon wieder Tränen wegblinzeln.

»Bevor ich Isaac getroffen hatte, bevor ich für *Hamlet* vorgesprochen hatte oder für irgendetwas gut war, hatte ich dich. Du warst der erste Mensch, der die Mauer durchbrechen konnte, die ich nach all dem Mist mit Xavier um mich hochgezogen hatte, und ich will dir dafür danken.«

»Verdammt, Holloway«, sagte Angie und wischte sich mit den Fingerspitzen unter den Augen entlang.

»Du bist eine Lebensretterin, McKenzie, okay?«, sagte ich. »Du hast mir verdammt noch mal das Leben gerettet.«

Angie zog mich wieder an sich. »Tust du mir einen Gefallen?«, fragte sie und schniefte.

»Alles was du willst.«

»Kannst du das Stanford sagen? Es würde mir einen Haufen Studiengebühren ersparen.«

Ich traf meine Eltern um Viertel nach sechs in der Lobby des HCT. Mir wäre nicht wohl dabei gewesen, sie in meinem kleinen Cottage zu empfangen. Jetzt, da ich nicht länger von ihnen abhängig war, war ihr Einfluss auf mich bestenfalls gering. Genau wie mein Einfluss darauf, ihnen vergeben zu können.

Sie begrüßten mich mit zu breitem Lächeln und sprachen zu laut.

»Ich freue mich, dass du uns diese Party nach der Vorstellung ausrichten lässt«, sagte mein Vater.

»Es ist sehr aufmerksam von euch«, sagte ich.

»Ja, es wird sicher nett, denke ich«, sagte meine Mutter. »Das Hotel – das Renaissance – ist wirklich nett. Klingt das nicht nett?«

Lustig, wie sie alles in Harmony plötzlich *nett* fand, wo der gesamte Mittlere Westen vorher unter ihrer Würde gewesen war. Plötzlich taten sie mir beide unendlich leid.

»Es wird toll«, sagte ich. »Danke, dass ihr gekommen seid. Ich muss mich fertig machen. Ich hoffe, euch gefällt das Stück.«

Gott, ich klang wie eine automatische Ansage.

»Willow«, sagte mein Vater. Er sah aus, als wollte er meine Hand nehmen. »Ich wollte nur, dass du weißt, dass ich stolz auf dich bin«, sagte er und stopfte die Faust in die Tasche seines

Jacketts. »Die Rezensionen waren sehr schmeichelhaft. Und was ihr hier leistet, du und Mr Ford, um das Theater als lebendiges Stück Geschichte in dieser Stadt zu erhalten, ist wirklich verdienstvoll.«

Er blickte zu Boden, dann zwang er sich, mir in die Augen zu sehen. »Du sollst wissen, dass ich deine Leistungen anerkenne. Und deshalb haben wir etwas für dich – für euch – auf der Party. Eine kleine Überraschung.«

Meine Mutter guckte komisch und stieß meinen Vater mit einem aufgeregten Lachen an. »Komm schon, verdirb es jetzt nicht – und mach sie nicht nervös.«

»Ja. Sicher«, sagte mein Vater. »Nach der Vorstellung. Hals- und Beinbruch.«

Sie eilten in den Theatersaal, bevor ich ihnen sagen konnte, dass ich keine Überraschung wollte. Die Party war mir schon zu viel. Ich hatte nur zugestimmt, weil das Ensemble einen besseren Abschluss verdiente als Burger und Pommes im Scoop.

Ich ging nach hinten, um mich vorzubereiten – Make-up, Haar und Kostüm. Dann versammelten sich alle auf der Bühne für Aufwärmübungen, angeleitet von Martin, der den Krogstad spielte. Auf der anderen Seite des Vorhangs hörten wir die Leute ins Theater strömen.

»Es sind nur noch Stehplätze frei«, sagte Marty zu mir. »Hals- und Beinbruch.«

»Ich geb mein Bestes.«

Er war schon am Gehen, als er stehen blieb und mich aufmerksam ansah. »Alles in Ordnung?«

»Klar, alles gut«, sagte ich und zwang mich zu lächeln.

»Dernièren-Lampenfieber?«

»Ach, ich fürchte, diese Party, die meine Eltern unbedingt geben wollen, bringt mich ein bisschen aus der Ruhe. Oder … ich weiß es nicht. Irgendwie ist die Atmosphäre heute merkwürdig. Wie die Luft, bevor der Blitz einschlägt, weißt du? Irgendwie angespannt und sirrend?« Ich schüttelte den Kopf. »Aber ich krieg das schon hin. Es war eine wundervolle Erfahrung, Marty. Ich danke dir so sehr. Ich lass dich nicht im Stich.«

»Danke für deine unglaubliche Nora, meine Liebe«, sagte er. »Und dafür, dass du zu mir gekommen bist, als du zurück warst. Dafür, dass du ein so wunderbarer Teil dieses Theaters bist.«

»Marty«, sagte ich misstrauisch. »Das klang verhängnisvoll. Hast du Nachrichten vom Stadtrat? Schlechte Nachrichten?«

Er grinste. »Als wenn ich dir zwanzig Minuten, bevor der Vorhang aufgeht, etwas Derartiges mitteilen würde. Nein, ich wollte nur –«

Frank, der Inspizient, kam angelaufen und sah blass aus. Er flüsterte Marty etwas ins Ohr und sah mich dabei an. Martys Augen weiteten sich, dann blickte er auch zu mir.

»Was?«, fragte ich. »Was ist los?«

Marty glättete sein Gesicht. »Ich komme sofort«, sagte er ruhig zu Frank. »Danke, Frank.« Dann drehte er sich zu mir um und klopfte mir auf die Schulter. »Ein Intendant hat immer zu tun. Selbst am Abend der Dernière. Ich bin gleich zurück.«

»Marty«, sagte ich und nahm seine Hand. »Sag es mir.«

»Nichts, worüber du dir Sorgen machen müsstest. Versprochen.«

Ihm hätte ich geglaubt. Er war ein fantastischer Schauspieler. Frank allerdings war das nicht, und der sah aus, als hätte er ein Gespenst gesehen.

# 39. KAPITEL

## Isaac

Frank wirkte schwer beunruhigt, als er mich in Martys Büro führte und dann losrannte, um ihm zu sagen, dass ich da war. Ich wartete wie ein Schüler, den man zum Rektor geschickt hatte und der richtig Ärger kriegen würde. Diese Folgen würden schlimmer werden als Hausarrest. Marty war wahrscheinlich unglaublich wütend. Wen wollte ich verarschen – er war *verletzt*.

Ich lehnte mich in meinen teuren Jeans und der schwarzen Jacke an den Schreibtisch und versuchte so zu tun, als wäre es keine große Sache. Als säße ich irgendwie am längeren Hebel. Dann stürmte Marty herein, mit rotem Gesicht und Feuer spuckend. Der Zorn schlug praktisch Funken um ihn herum, so wütend hatte ich ihn noch nie gesehen. Und obwohl ich es erwartet hatte, war es verstörend, Martin Ford so zu sehen.

»Drei Jahre«, sagte er ohne Einleitung und schlug die Tür hinter sich zu. »Drei Jahre ohne ein Wort. Ohne ein einziges Wort. Dass du zur Beerdigung deines Vaters gekommen bist, zählt nicht. Du hast damals nicht mit mir gesprochen. Und auch danach hast du nichts gesagt.«

»Marty«, sagte ich. »Es tut mir leid –«

Er kam einen Schritt näher und stieß mit dem Finger nach mir. »Und von Brenda und Benny und *Willow* will ich gar nicht erst anfangen.«

Ich knirschte mit den Zähnen. »Ich weiß, ich war –«

»Und jetzt tauchst du einfach so hier auf? Eine *Viertelstunde*, bevor ich auf die Bühne muss? Was soll das, Isaac? Soll ich später anfangen, damit wir eine verfluchte Tasse Kaffee trinken können?«

Er starrte mich an und presste die Kiefer zusammen. Einen Moment lang dachte ich, er würde mich rauswerfen lassen. Gott, vielleicht die Polizei rufen. Oder mich einfach mit einem Tritt in den Hintern auf die Straße befördern. Als er zwei Schritte auf mich zuging, wünschte ich fast, er täte es.

*Los*, dachte ich. *Ich verdiene dich nicht, Marty.*

Stattdessen nahm er meine Schultern und zog mich in eine Umarmung. Ich schloss die Augen vor Erleichterung und Dankbarkeit.

»Ich dachte, es wäre zu spät. Ich dachte, du hasst mich«, sagte ich rau.

»Ich hasse dich auch.«

»Ich kann es dir nicht verübeln.«

Marty löste sich von mir und hielt mich auf Armeslänge von sich weg. »Bist du wirklich hier? Um zu bleiben und zu reden? Um hier zu sein?«

Ich nickte.

»Okay, dann zählt, was ich dir einmal gesagt habe. Es gibt kein ›zu spät‹. Wenn du wirklich hier bist, dann bleibe ich dabei. Aber Gott, Isaac. Was soll ich Willow sagen?«

»Sie soll nicht wissen, dass ich hier bin. Erst nach der Vorstellung.«

»Ihretwegen sind wir ausverkauft«, sagte Marty, verschränkte die Arme und lächelte. »Ich weiß nicht, wo du sitzen sollst.«

»Ich stehe hinten. Solange ich sie sehen kann, bin ich glücklich.«

Martys Lächeln verschwand. »Warum bist du zurückgekommen?«

»Wegen ihr«, sagte ich. »Wegen dir und Brenda und Benny, aber vor allem wegen ihr. Um zu klären, was passiert ist und – was?«

Marty schüttelte den Kopf. »Nein, nein, nein. Ich passe ein bisschen auf sie auf, weißt du? *Eigentlich sogar sehr.*«

»Ich will sie nicht verletzen, Marty«, sagte ich. »Es ist das Letzte, was ich will, aber sie … Scheiße.«

»Sie hat dich auch verletzt«, endete Marty. »Du bist wütend auf sie, aber du kennst nicht die ganze Geschichte. Nicht einmal annähernd. Hat sie gesagt, womit ihr Vater gedroht hat?«

»Nein. Sie hat sich geweigert, es mir zu verraten.«

»Du kannst es dir nicht vorstellen?«, fragte er in ernstem Ton.

»Ich weiß nicht. Ja, schon. Er hätte mich verhaften lassen, weil ich in seinem Haus war. Er hätte meinen Dad bis zum Gehtnichtmehr verklagt. Er hätte ihr verboten, an dem Stück teilzunehmen, und wir hätten *Hamlet* verloren, aber na und? Ich hätte alles hergegeben, wenn ich nur sie hätte behalten dürfen. Sie hat mir nicht geglaubt.«

»Du hättest nicht nur *Hamlet* verloren«, sagte Marty. »Ihr Vater hat gedroht, dich wegen sexuellen Missbrauchs einer Jugendlichen verhaften zu lassen.«

Die Worte hingen hässlich und gemein in der Luft. Das Blut wich mir aus dem Gesicht, und ich schluckte. »Okay«, sagte ich langsam. »Ich hätte damit rechnen sollen. Aber trotzdem –«

»Nichts trotzdem. Er hat geschworen, seine Position und seine Macht zu nutzen, um deinen Ruf für immer zu zerstören. Um dich als Sexualstraftäter abzustempeln, damit dir in Hollywood niemand auch nur im Traum eine Rolle gibt. Sie wollte nicht nur *Hamlet* beschützen. Es ging um alles. Dich, die Schulden deines Vaters, deine Zukunft.«

»Ich … ich habe nicht begriffen, dass er mich so sehr gehasst hat. Oder sie.«

»Die Nacht, in der er gesehen hat, wie du aus seinem Haus abgehauen bist, muss für Willow ein Albtraum gewesen sein. Schlimmer als alles, was du dir vorstellen kannst. Und ich sage das nicht, damit du dich schlecht fühlst …«

»Verdammt, Marty. Zu spät.« Ich lehnte mich zusammengesunken an den Schreibtisch.

»Aber ich will ehrlich zu dir sein. Wenn du gekommen bist, um noch einmal aufzuwärmen, was vor drei Jahren passiert ist, trete ich dir so dermaßen in den Hintern, dass du in der übernächsten Woche landest. Das Mädchen hat genug gelitten. Du hast es nicht gewusst. Sie hat es dir nicht erzählt, und du hast so gut es ging versucht, mit dem Verlust fertigzuwerden. Das verstehe ich. Aber ich verlange, dass du vorsichtig mit ihrem Herzen umgehst.«

Ich biss die Zähne zusammen und kämpfte gegen die Tränen, die mir in die Augen traten. »Ich habe dichtgemacht«, sagte ich. »Das mache ich. Ich habe einfach …«

»Das weiß ich doch, Junge. Du hast es auch nicht leicht gehabt.«

»Es tut mir leid«, sagte ich.

»Das weiß ich auch«, sagte Marty und umarmte mich wieder. »Und ihr tut es auch leid.«

»Ich weiß nicht, was jetzt kommt«, sagte ich und wischte mir die Augen in der Armbeuge ab. »Du bist der Regisseur, Marty. Gib mir eine Anweisung.«

»Ihre Eltern geben für uns eine Party im Renaissance Hotel in Braxton. Sieh dir das Stück an – und komm danach mit dahin.«

»Ihre Eltern?« Ich schüttelte den Kopf. »Nein. Ich muss sie allein sehen.«

»Ich glaube, es wäre besser, wenn du sie an einem öffentlichen Ort siehst. So kann sie selbst entscheiden, ob sie allein mit dir reden will oder bei ihren Freunden, ihrer Unterstützung, bleibt. Fair?«

Ich zögerte, und Martin packte mich an den Schultern.

»Verschwende keine einzige Sekunde mehr«, sagte Marty. »Jede Sekunde wäre ein Kilometer mehr, der zwischen euch liegt. Die Distanz ist so schon groß genug.«

»Will sie mich denn sehen?«, fragte ich und fühlte mich so nackt und bloß wie nie zuvor in meinem Leben. Solche nackten Gefühle hatte ich in Schweigen verwandelt, um mich einzugraben und zu schützen.

»Ich weiß es nicht«, sagte Marty. »Aber wenn ich raten müsste …« Er hob die Hände, sein Lächeln war gütig und voller Hoffnung. »… würde ich sagen, es ist nie zu spät.«

In der ersten Reihe war eine Reservierung gecancelt worden. Da es nicht infrage kam, dass ich dort saß, spielte Marty ein bisschen Bäumchen-wechsel-dich, bis ich einen Platz in der letzten Reihe bekam, wo Willow mich nicht sehen konnte.

Die Lichter im Zuschauerraum wurden gedimmt. Das Gemurmel von fünfhundert Menschen legte sich. Dann ging das Bühnenlicht an, und zum ersten Mal seit drei Jahren sah ich Willow.

Stockend holte ich Luft. Sie war so wunderschön. Inzwischen war sie fast einundzwanzig und hielt sich mit der Anmut und Würde einer sehr viel älteren Person. Einer Person, die aus der Hölle zurückgekommen war und noch immer aufrecht stand.

In den nächsten zwei Stunden führte sie ihre Figur von einer naiven, hoffnungsvollen jungen Ehegattin zu einer Frau, die bereit ist, für sich selbst einzustehen in einer Gesellschaft, in der Ehe und Mutterschaft die wichtigsten Ziele sind.

Sie war brillant. Gleichzeitig mitreißend und subtil. Aber vor allem in der letzten Szene fesselte sie mich. Sie saß auf einem Stuhl, die Hände im Schoß gefaltet. Absolut still und aufrecht. Das Auge des Sturms, der ihr Ehemann war. Len Hostetler als Helmer, der sie erst verwirrt und dann in Panik umkreiste.

»*Die Tage des Spiels sind nun vorüber; jetzt kommt die Zeit der Erziehung*«, sagte Len.

»*Wessen Erziehung? Meine oder die der Kinder?*«

Sie stritten. Oder besser, Len stritt. Willow sprach ihren Text mit ruhiger Sicherheit. Und Würde.

»*Ich verlasse dich jetzt*«, sagte Willow, den Blick ins Publikum gerichtet. Sie hätte es zu mir sagen können. Oder zu ihrem Vater. Oder zu Justin Baker oder Xavier. Zu allen Männern in ihrem Leben, die etwas aus ihr machen wollten, das sie nicht war.

»*Ich muss ganz allein stehen, wenn ich mich mit mir selbst und mit der Außenwelt zurechtfinden soll! Deshalb kann ich nicht länger bei Dir bleiben.*«

Len war der Mann, dem die Frau in seinem Leben sagte, dass sie ihn nicht länger brauchte. Der Sitzengelassene. Der gescheiterte Flirt in einer Bar. Die Online-Abfuhr nach einer ungebetenen Anmache.

»*Du bist von Sinnen! Das darfst Du nicht! Ich verbiete es Dir!*«

»*Es hat fortan keinen Zweck mehr, mir etwas zu verbieten*«, entgegnete Willow ruhig. »*Ich nehme mit, was mir gehört. Von Dir will ich nichts haben, – nicht heut, noch später.*«

»*So entziehst Du Dich Deinen heiligsten Pflichten gegen Deinen Mann und Deine Kinder?*«

»*Ich habe andere Pflichten, die ebenso heilig sind.*«

*»Das hast Du nicht. Was für Pflichten könnten* das *wohl sein!«*

*»Die Pflichten gegen mich selbst.«*

Ich sank in meinen Sitz, presste die Hand an die Lippen. Der Schmerz, sie zu verlieren, einst so unerträglich, wurde weicher und verwandelte sich, als ich ihr zusah. Als ich ihr *zuhörte.*

Es war so leicht, ihr an allem die Schuld zu geben. Ihr vorzuwerfen, dass sie nicht für uns eingetreten war, obwohl ich bereit gewesen war, alles zu riskieren. In Wahrheit war sie für uns eingetreten, und ich hatte sie fallen lassen. Sie hatte versucht, mich zu beschützen, und ich konnte sie nicht davon überzeugen, dass ich keinen Schutz brauchte. Dass ich mit Freuden die Pfeile und Schleudern erduldet hätte, mit denen ihr Vater mich angreifen wollte.

Ich hatte nur nicht beachtet, dass sie das nicht konnte.

Ich hatte nur zu dem unglaublichen Druck beigetragen, unter dem sie stand. Die Tatsache, dass sie nicht zerquetscht worden war, war ein Beweis für ihren Mut und ihre Kraft. Als ich sie nun auf der Bühne sah, empfand ich einen wilden Stolz, der mir nicht zustand. Ich hatte nichts mit ihrem Erfolg, Talent oder Mut zu tun. Sie hatte alles sich selbst zu verdanken.

Mir blieb nur noch, mich ihr zu Füßen zu werfen und sie um Vergebung zu bitten.

## 40. KAPITEL

### Willow

Der Applaus nach der Vorstellung war unglaublich. Ich war überwältigt und hielt mich an Lens und Lorraines Händen fest, als wir uns verbeugten. Die merkwürdige Spannung, die ich vor der Aufführung gespürt hatte, lag noch immer knisternd in der Luft. Als ich Nora verließ und wieder Willow wurde, suchte ich den ganzen Zuschauerraum ab, das ganze Meer begeisterter Gesichter.

*Wen suchst du?*

Als jemand nach meinen Händen griff, fand ich ein Lächeln und verbeugte mich erneut.

Danach zog ich für die Feier ein schwarzes Satinkleid an. Martin war ganz nervös, als wir alle unsere Sachen nahmen und hinausgingen.

»Fahrt ihr schon vor«, sagte er. »Ich muss auf Brenda warten.«

»Marty, was ist los? Haben meine Eltern dir von der Überraschung erzählt?«

»Welche Überraschung?«

»Ich weiß es nicht. Etwas, das sie uns bei der Party geben wollen. Vielleicht hat es was mit den Plänen für das Theater zu tun?«

Marty zuckte mit den Achseln. »Ich weiß von nichts.« Er gab mir einen Kuss auf die Stirn. »Geh. Ich komme gleich nach.«

In der Lobby standen Angie, Bonnie, Yolanda und Benny zusammen. Meine Eltern liefen in der Nähe umher. Nach ein paar Glückwünschen und Umarmungen, peinlichem Geplauder und Hin und Her entschieden wir, dass ich mit Angie und Bonnie nach Braxton fahren würde. Yolanda und Ben wollten nach Hause.

Auf der Fahrt nach Braxton setzte Bonnie ihr Therapeutinnengesicht auf.

»Bist du sicher, dass du das machen willst? Es ist eine nette Geste, aber du bist nicht verpflichtet teilzunehmen.«

»Weiß ich«, sagte ich auf dem Rücksitz. »Aber ich habe das Gefühl, wenn sie Teil meines Lebens sind, sind sie Teil meines Lebens. Sonst brauche ich sie gar nicht mehr zu treffen, oder? Und das fühlt sich auch nicht richtig an. Es könnte eine Weile dauern, aber ich denke, der Versuch einer Beziehung ist besser als nichts.«

»Solange sie nicht total toxisch ist«, sagte Angie, die vorne saß. Sie sah hübsch aus in einem Fünfzigerjahre-Kleid, dessen Rock auf Taillenhöhe angesetzt war. Bonnie trug einen eleganten korallenroten Hosenanzug.

»Ich denke, eine Party an einem öffentlichen Ort ist ein guter Anfang«, sagte ich. »Die Chance, dass es eine Szene gibt, ist gering. Meine Mutter kann Szenen nicht ausstehen.«

Wir kamen am Renaissance Hotel an und wurden zu einem Ballsaal geleitet, der für Braxtoner Verhältnisse groß, für Regina Holloways Verhältnisse eher klein war.

Trotzdem war ich gerührt, dass meine Eltern sich solche Mühe gegeben hatten. Sie hatten offensichtlich keine Kosten gescheut, es gab eine Bar, eine kleine Tanzfläche und einen Pianisten, der Broadwaymelodien spielte. Auf den Tischen standen elegante Gestecke aus weißen Rosen mit Schleierkraut. Kerzen flackerten in Kristallleuchtern.

»Das ist die schickste Party, auf der ich je war«, sagte Len Hostetler, als er auf dem Weg an die Bar an uns vorbeikam. Er gab mir einen Kuss auf die Wange. »Sag deiner Familie Grazie von mir.«

Angie, Bonnie und ich setzten uns an einen Tisch. Der Raum füllte sich schnell. Ich runzelte die Stirn angesichts der vielen Leute, die ich nicht kannte – da waren sehr viel mehr als nur die Mitarbeiter und das Ensemble des HCT. Die meisten waren älter und hatten sich gestylt, als wäre das die Oscarverleihung.

*Oder eine Wexx-Tagung*, dachte ich, und ein unangenehmes Gefühl regte sich in meinem Bauch.

Angie gab ihre beste Seinfeld-Imitation zum Besten. »Wer sind … diese Leute?«

»Gute Frage.«

Meine Eltern kamen näher. Beide mit der gleichen besorgten Miene. Meine Mutter war elegant, vielleicht ein bisschen overdressed in einem silbrig glitzernden, bodenlangen Abendkleid. Dad trug einen dunklen Anzug mit einer rubinroten Krawatte, die zum Lippenstift meiner Mutter passte. Moms Gesicht war blass, und ihr Blick huschte hin und her, als wollte sie jemandem aus dem Weg gehen.

»Mom, Dad, das sind Angie und Bonnie McKenzie. Angie studiert in Stanford, und Bonnie ist Therapeutin.« Ich sah meinem Vater ins Gesicht. »Meine Therapeutin, um genau zu sein.«

Mom zuckte bei den Worten leicht zusammen, und mein Vater presste die Lippen aufeinander, bevor er ein Lächeln zustande brachte.

»Regina und Daniel Holloway«, sagte Dad. »Danke, dass Sie gekommen sind.«

Bonnie und Angie nickten und murmelten etwas Höfliches,

aber niemand machte Anstalten, jemandem die Hand zu geben.

»Gefällt dir die Party, Schatz?«, fragte meine Mutter und küsste mich auf die Wange. »Du hast sie verdient. Du warst unglaublich heute.«

»Großartig«, sagte Dad. »Ich bin sehr stolz auf dich.«

»Danke«, sagte ich. Ich wollte mehr sagen, mehr für sie empfinden, aber ich konnte nicht. Die Party war exakt, was alle gesagt hatten: eine nette Geste. Freundlich. Großzügig. Aber nicht genug, um das klaffende Loch zu stopfen, das meine Eltern in mein Leben gerissen hatten.

Plötzlich verstand ich die merkwürdige Anspannung, die ich im Theater gefühlt hatte, sowohl vor als auch nach der Vorstellung. Es war Isaac. Oder eher das Fehlen von Isaac. Er war weder mit mir auf der Bühne, noch hatte er mir zugesehen. Er war nicht hier, konnte nicht fantastisch in einem Smoking aussehen. Konnte nicht mit mir tanzen, mich nicht halten und mir *Zweifle nicht* ins Ohr flüstern.

Dad räusperte sich. Alle sahen mich an.

Schnell setzte ich ein Lächeln auf. »Es ist wirklich schön.«

»Nun, die Party ist nur ein Teil dieses besonderen Abends.« Mein Vater sah sich um, entdeckte offensichtlich nicht, was er suchte, und drehte sich wieder zu mir. »Es ist noch früh. Amüsier dich, Schätzchen.«

Angie beugte sich zu mir, nachdem er gegangen war. »Was meint er damit?«

»Ich habe keine Ahnung. Er hat etwas von einer Überraschung gesagt.« Ich sah mich um. »Wo ist Marty? Ich dachte, er käme uns direkt hinterher.«

»Ich gehe mal kurz auf die Toilette, um mir die Nase zu pudern«, sagte Bonnie. »Angie, holst du mir bitte ein Glas Weißwein?«

Angie salutierte. »Wenn sie meinen Ausweis nicht sehen wollen. Willow?«

»Cola Light mit Zitrone? Ich pass auf unseren Tisch auf.«

»Ja, bitte.« Angie warf ihre Handtasche auf den Stuhl neben mir und ging. Einen Sekundenbruchteil später schnürte sich meine Kehle zusammen, als ich versuchte, sie zurückzurufen. Als ich *schreien* wollte, damit sie zurückkam.

Wieder näherten sich meine Eltern unserem Tisch. Mein Vater hatte ein selbstzufriedenes Lächeln aufgesetzt, meine Mutter sah mich mit ausdruckslosem Gesicht an, als sie Ross und Melinda Wilkinson zu mir führten.

Neben ihnen ging Xavier.

Die Temperatur im Raum sank plötzlich um dreißig Grad. Ich bekam eine Gänsehaut, als das Blut aus meinem Körper wich und mich schwach und kalt zurückließ.

Er trug einen dunklen Anzug mit grauer Krawatte. Sein schwarzes Haar war zurückgegelt und glänzte im gedämpften Licht des Ballsaals. Seine großen dunklen Augen sahen mich von oben bis unten an, ein schwaches Lächeln zeigte sich auf seinen Lippen. Er war gut aussehend, auf die Art, wie ein Vampir gut aussehend war. Gefährlich und sexy, aber trotzdem ein Monster, das dir das Leben aussaugte und dich halb tot, halb lebendig einfach liegen ließ.

*Bis er zurückkommt, um dich endgültig fertigzumachen.*

Ohne zu atmen, starrte ich ihn an. Ein eiskalter Felsblock lag auf meiner Brust.

»Willow, meine Liebe«, sagte mein Vater jetzt souveräner, als würden wir auf festerem Boden stehen. »Du erinnerst dich doch an die Wilkinsons? Ross, Melinda und ihr Sohn Xavier?« Er strahlte stolz. »Xavier hat gerade seinen Abschluss in Amherst gemacht und strebt eine Karriere in der Politik an.«

»Freut mich, dich wiederzusehen, Willow«, sagte Xavier mit

seiner leisen glatten Stimme. Ich starrte ihn nur an, und als ich schwieg, kippte sein Lächeln ein wenig, leichter Ärger zeigte sich darin.

Der Blick meiner Mutter schoss zwischen uns beiden hin und her, ihr Mund war etwas geöffnet.

Meine Beine zitterten, als ich aufstand, immer noch unfähig, den Blick von Xavier abzuwenden. Sobald ich blinzelte oder wegsah, würde er sich auf mich stürzen und mich in Stücke reißen.

»Was machst du hier?«, brachte ich durch die klappernden Zähne heraus.

Mein Vater räusperte sich. »Es gehört zu der Überraschung, die ich dir heute mitteilen wollte. Ist Martin Ford hier? Nein? Nun, du kannst es ihm erzählen, wenn er kommt.«

»Daniel«, sagte meine Mutter mit erstickter Stimme. »Kann ich kurz mit dir sprechen?«

»Gleich, meine Liebe.« Er legte die Hände auf den Rücken, wie wenn er Reden vor Aktionären hielt. »Willow, ich habe Mr Wilkinson von deinen Bemühungen für das Harmony-Community-Theater erzählt. Ich habe meine Sekretärin ein wenig recherchieren lassen, wie es um das Gebäude und seine Finanzen steht. Ich freue mich, dir mitteilen zu können, dass die Wilkinsons – über die Wexx-Stiftung für gemeinnützige Arbeit – gern in das Projekt investieren möchten. Wir werden dafür sorgen, dass der gesamte Block erhalten bleibt, und Martin Ford auf unbestimmte Zeit als Intendanten einsetzen.«

Mein Blick trübte sich. Der Ballsaal hätte nicht kälter sein können. Xavier sah jetzt wütend und nervös aus. Er hatte die Hände in die Taschen geschoben und wippte leicht auf den Füßen.

*Die Wilkinsons würden das Harmony-Community-Theater mitbesitzen.*

Ich glaubte, mich übergeben zu müssen.

»Willow?«, fragte mein Vater. »Geht es dir gut? Ich dachte, das wären erfreuliche Neuigkeiten.«

»Sie sieht ein bisschen blass aus, Mr Holloway«, sagte Xavier und trat vor. »Wahrscheinlich ist sie überwältigt vor Freude. Lass uns tanzen. Wir haben uns viel zu erzählen.«

»Was für eine wunderbare Idee«, sagte Mrs Wilkinson.

»Nein«, flüsterte Mom.

Xavier umfasste meinen Arm. Ich schrie fast. Ich sagte mir, dass ich schreien sollte. Aber all meine Nerven waren jetzt betäubt und gefühllos. Der Schock, dass er hier war, und die damit verbundenen düsteren Erinnerungen wirkten wie eine Droge in meinem Drink. Ich konnte nichts sagen. Ich konnte mich kaum bewegen, als Xavier mich auf die Tanzfläche zog. Ich glaubte, meine Mutter zu hören, die mir etwas hinterherrief. Ich hörte ihre Stimme leise wie durch einen tosenden Schneesturm, weit weg und unerreichbar.

Das Klavier spielte »What I Did For Love« aus *A Chorus Line*, und Xavier zog mich an sich.

»Fass mich nicht an«, flüsterte ich und versteifte mich. »Ich schreie …«

»Schreien?« Für die anderen hatte er eine gelassene, freundliche Miene aufgesetzt, aber sein Blick war verwirrt. »Willow, was ist los? So wie du mich anguckst, musst du irgendetwas falsch verstanden haben beim letzten Mal, als wir geredet haben.«

»Falsch verstanden?«, brachte ich hervor. »*Geredet?* Wir haben nicht … *geredet*.«

»Bist du deswegen sauer? Weil ich dich nach der Party nicht mehr angerufen habe?«

Ich atmete stockend ein. Das war so weit weg von der Realität, dass ich kaum verstand, was er sagte.

Er drehte mich langsam im Kreis, und mein Körper erschauderte. Würgte. Bekam eine Gänsehaut. Der reale Xavier lief herum, trug einen teuren Anzug, lächelte und redete und lebte. Machte einen College-Abschluss und plante eine Zukunft. Litt nicht an Albträumen. Schlief nicht auf dem Boden statt im Bett, markierte seine Haut nicht mit schwarzer Tinte, um zu zeigen, wo früher einmal die Normalität gewesen war.

Er ekelte mich einfach nur an.

Stockend schnappte ich nach Luft, und die Betäubung fiel von mir ab.

»Lass mich sofort los«, zischte ich.

Sofort packte er mich fester und zog mich dichter an sich.

»Ich denke, du hast missverstanden, was in jener Nacht passiert ist, und ich denke, wir sollten darüber reden«, sagte Xavier und lächelte immer noch strahlend für alle, die zusahen. »Ich bin offen dafür. Aber bitte hör auf, so dramatisch zu sein.«

»Du hast mich vergewaltigt.«

Er erstarrte, blinzelte rasch, dann schüttelte er den Kopf. »Wie bitte?«

»Du hast mich gehört, du mieses, sadistisches Arschloch. Nachdem alle weg waren, hast du mir was in den Drink getan und mich in mein Zimmer geführt. Ich erinnere mich nicht an jedes Detail, aber manches weiß ich noch. Du hattest Erdnüsse gegessen. Dein Atem roch danach, als du versucht hast, mich zu küssen. Bis heute muss ich würgen, wenn ich Erdnussbutter rieche. Ich hatte blaue Flecken am Hals, wo du mich gewürgt hast. Mit einer oder beiden Händen? Hast du die andere gebraucht, um mich festzuhalten?«

»Willow, das ist verrückt –«

»Ich weiß noch, dass du auf mir gelegen und mich runtergedrückt hast. Ich konnte mich nicht bewegen, konnte nicht atmen, konnte nicht sprechen. Ich dachte, ich würde sterben.

Es war mein erstes Mal. Wusstest du das? Hast du am nächsten Morgen das Blut gesehen? Bist du überhaupt so lange geblieben? Ich bezweifle es, sonst hättest du deine Spuren verwischt. Die Beweise waren überall. Auf meinem Bett und an meinen Kleidern. Zu deinem Glück habe ich mich so gedemütigt und erniedrigt und *vergewaltigt* gefühlt, dass ich alles vernichtet habe.«

Xaviers Augen wurden dunkel wie die einer Schlange, die sich für den Angriff bereit macht. »Ich weiß nicht, wovon du redest. Ich habe dir etwas gegeben, weil du total nervös warst. Ich wollte, dass du dich entspannst.« Er beugte sich näher. »Du hast in jener Nacht viel getrunken, und glaub nicht, dass das keiner weiß.«

»So viel war es nicht.«

»Macht das einen Unterschied? Du hast mich die ganze Nacht angetanzt, deinen Arsch an mir gerieben. Alle haben es gesehen. Wer kann schon sagen, ob du im Bett nicht genauso warst? Du warst nervös, weil es dein erstes Mal war, und du hast getrunken, um ein bisschen den Druck rauszunehmen.«

Ich wurde blass, und mir schnürte sich die Kehle zu. »Du bist widerlich.«

Er lachte. »Du kannst dich nicht erinnern, wie scharf du auf mich warst? Ich habe da ein Foto, das deiner Erinnerung auf die Sprünge helfen wird …«

Ich kämpfte darum, ruhig zu bleiben, und versuchte, Abstand zu seinem Körper zu halten. »Ich weiß, man wird mich wegen dieses Fotos angreifen. Die Leute werden mir vielleicht nicht glauben, weil ich so lange gebraucht habe, um dich anzuzeigen, aber ich *werde* dich anzeigen. Du machst mich krank. Von deinem Anblick wird mir körperlich übel.«

Xavier presste die Kiefer aufeinander. »Ich schlage vor, du

hörst auf, so mit mir zu reden. Ich schlage vor, du vergisst diese widerwärtige Geschichte.«

»Oder was?«

»Oder ich werde dich und deine Familie zerstören.«

»Meine Familie ist schon zerstört. Du kannst nichts tun, um mir noch einmal wehzutun. Wegen dem, was du getan hast, hab ich jetzt schon zweimal am Abgrund gestanden.«

»Ach, wie herzzerreißend. Ich habe gar nichts getan. Du hast es dir einfach anders überlegt. Hast bereut, dass du mit mir gevögelt hast und denkst dir jetzt diese alberne Vergewaltigungsgeschichte aus. Ich habe vor, für ein Amt zu kandidieren. Senator zu werden. Wenn du glaubst, ich lasse mir meinen Lebenslauf von deinen lächerlichen Rachefantasien kaputt machen, dann –«

»Du bist ein Vergewaltiger, das ist dein Lebenslauf«, zischte ich ihn an. »Und ich lass mich nicht länger lebendig unter deinem X begraben. Es ist vorbei.«

Ich versuchte, mich von ihm loszureißen, aber er verdrehte mein Handgelenk gegen seine Brust, bis ich glaubte, dass es brechen würde.

»Mach nur«, zischte Xavier. »Schau, ob sie dir glauben. Denn das werden sie nicht. In der Zwischenzeit bitte ich meinen Dad, das ganze verdammte Theater zu kaufen. Und dann lasse ich es niederreißen, bis nur noch Schutt und Asche übrig ist.«

Mein Herz blieb stehen und raste gleich wieder los. »Was? Nein …«

Xaviers Lächeln war breit, als ein erleichterter Seufzer zischend aus seiner Nase fuhr. »Daran hast du nicht gedacht, stimmt's? Ich mache dein kostbares Theater dem Erdboden gleich. Und wenn deine kleine Harmony Historical Society versucht mich aufzuhalten, kaufe ich es trotzdem. Ich kaufe den verdammten Block und lasse ihn verrotten. Schließe das Theater für immer.«

»Das kannst du nicht«, sagte ich. »Es ist Teil der Geschichte dieser Stadt …«

»Scheiß auf die Geschichte. Es wird so kommen, wenn du mir drohst. Haben wir uns verstanden?« Er packte mich am Kinn. »Rette dein Theater, Willow. Rette es und behalte deine kleine Geschichte für dich. Dir würde sowieso niemand glauben.«

Er ließ mein Kinn los, und seine Finger wurden weich, liebkosend.

»Und das weißt du.«

Ich konnte mich nicht bewegen, konnte nichts sagen. Das eiskalte Gewicht war zurück, und diesmal würde es mehr als nur mich zerquetschen.

»Braves Mädchen.« Xaviers gute Laune kam mit einem strahlenden Lächeln zurück. »Gehen wir zurück und zeigen unseren Eltern, wie gut wir uns verstehen.«

Meine Knie zitterten, als er mich von der Tanzfläche führte.

»Du siehst übrigens hübsch aus heute.« Er beugte sich vor, seine Lippen fuhren über meine Wange. »Kann ich dir etwas zu trinken holen?«

# 41. KAPITEL

## Isaac

Ich fuhr mit Martin und Brenda zum Renaissance Hotel in Braxton. Martin fand weit hinten auf dem Parkplatz noch eine Lücke für seinen alten Lexus. Wir waren nur fünfzehn Minuten später als alle anderen, aber es sah aus, als wäre schon halb Harmony hier.

Marty machte den Motor aus, aber ich rührte mich nicht vom Fleck.

»Vielleicht ist es keine gute Idee«, sagte ich. »Sie feiert. Sie amüsiert sich. Und dann tauche ich auf und …«

»Und machst es noch besser«, beendete Marty den Satz.

»Woher willst du das wissen?«, fragte ich. »Sie hat jedes Recht, mich zu hassen.«

»Tut sie aber nicht.«

»Sie vermisst dich«, sagte Brenda, die auf dem Beifahrersitz saß, und drehte sich lächelnd zu mir um.

Ich kaute auf der Lippe. Das war schlimmer als jedes Vorsprechen. Es *war* ein Vorsprechen. Das wichtigste Vorsprechen meines ganzen Lebens – und wenn ich es vermasselte …

»Und was mache ich jetzt?«

»Du gehst rein«, sagte Marty leise.

»Ich gehe einfach rein, vor ihren Eltern und Gott und allen anderen?«

»Ja. Und du bittest sie um einen Tanz.«

Ich schluckte einen Kloß im Hals runter. Bis jetzt war der Gedanke, Willow wieder zu berühren, sie zu umarmen, zu küssen oder sie einfach nur aus der Nähe zu sehen, wie ein Traum gewesen, der beim Aufwachen verblasste. Ich hatte einen Teil von mir einfach ausschalten können, um ohne sie weiterzumachen. Aber jetzt, da sie hier war …

»Ich kann nicht«, sagte ich. »Es ist zu lange her. Ich will sie nicht unter Druck setzen.«

»Vielleicht ist es ganz einfach«, sagte Brenda. »Geh rein, zeig dich ihr, und dann siehst du weiter.«

»Ja, okay.« Ich nickte. »Das klingt gut.«

Ich öffnete die Autotür. Die Zeit zu reden war vorbei. Es war Zeit, meinen Hintern in diesen Saal zu bewegen und mein Mädchen zu suchen.

Meine Nervosität war wie weggeblasen, als ich den Ballsaal betrat und Willow entdeckte. Sie saß in einer Gruppe – ihre Eltern, ein weiteres älteres Paar und Angie McKenzie mit einer Frau, die deren Mutter sein musste. Alle standen da und unterhielten sich, nur Willow saß, sah blass und verkrampft aus und bewegte sich kaum.

*Etwas ist nicht in Ordnung.*

Das Bedürfnis, zu ihr zu laufen, war stark, aber mein Herz pochte in meiner Brust, und ich war unruhig. Ich musste mich beruhigen, durchatmen und das richtig machen.

»Sie sitzt zwischen lauter Leuten«, sagte ich Marty. »Ich gehe zum Klo, spritz mir ein bisschen kaltes Wasser ins Gesicht.«

*Oder stecke gleich den ganzen Kopf in das verfluchte Waschbecken.*

Ich nahm einen langen, umständlichen Weg zur Herrentoilette am anderen Ende des Ballsaals. Der Raum war in Grau und Chrom gehalten und roch nach Old Spice. Ein dunkelhaariger Typ im Anzug stand vor einem Pissoir und pinkelte pfeifend.

Ich ging zu einem der Waschbecken und drehte das kalte Wasser auf. Der Typ drehte sich um, machte den Reißverschluss zu und stellte sich vor das Waschbecken neben mir, um sich die Hände zu waschen. Er hatte ein schmales Wieselgesicht und dunkle Augen. Er sah mich einmal, dann ein zweites Mal an.

»Hey«, sagte er und zeigte mit dem Finger auf mich. »Ich kenn Sie, oder? Sie waren in dem Film *All the Way Down?*«

»*Long Way Down*«, sagte ich und trocknete mir das Gesicht ab.

»Ja, stimmt. Superfilm. Sie waren richtig gut.«

»Danke.«

»Isaac … irgendwas, stimmt's? Ich bin nicht gut mit Namen.«

»Pearce«, sagte ich, knüllte das Handtuchpapier zusammen und wünschte, der Typ würde die Klappe halten und mich eine Minute in Ruhe lassen.

»Isaac Pearce, stimmt«, sagte er und runzelte die Stirn. »Ich hab das Gefühl, ich kenne sie noch von woanders. Ihr Name kommt mir bekannt vor … Moment, Sie sind hier aus der Gegend, oder?«

Ich nickte.

Seine Augen weiteten sich, und er lächelte, als er sich langsam erinnerte. »Ich weiß es, Scheiße! Mein Vater hat mir vor ein paar Jahren von Ihnen erzählt. Der Schauspieler. Und Ihre Familie hatte eine unserer Tankstellen in Harmony, stimmt's? Die explodiert ist?« Er schüttelte den Kopf und lachte. »Verrückt.«

Jeder Muskel in meinem Körper spannte sich an, und mein Hals knackte, als ich mich umdrehte, um ihn anzusehen. »Eine *Ihrer* Tankstellen?«

»Wexx Öl & Gas? Mein Vater ist Ross Wilkinson, CEO«, sagte er und hielt mir die Hand hin. »Ich bin Xavier.«

Ich starrte ihn an.

Xavier. X. Der Vergewaltiger. Stand direkt vor mir. Lächelte. *Pfiff.* Lief einfach hier herum, als wäre nichts geschehen, während Willow jahrelang gelitten hatte …

Er ließ die Hand sinken. »Hey, nichts für ungut«, sagte er. »Ist ja nicht so, dass es uns das Genick brechen würde, eine unserer Tankstellen zu verlieren –«

Ich stürzte mich auf ihn, packte ihn am Revers seines Jacketts und riss in näher.

»Du …«, zischte ich durch die zusammengebissenen Zähne, das Blut pochte in meinen Schläfen. »Du warst es …«

Xaviers Augen waren vor Angst geweitet und nur Zentimeter von meinen entfernt. »Was zum Teufel …?«

Ich rang um Ruhe, erinnerte mich daran, was Willow gesagt hatte. Dass es ihr nicht helfen würde, wenn ich ihm wehtat, auch wenn jede Faser meines Körpers sich danach sehnte, ihn zu verprügeln, ihm Schmerzen zuzufügen, ihn für das bezahlen zu lassen, was er getan hatte …

Ich stieß ihn weg. Er fiel gegen das Waschbecken, und ich drehte mich halb weg, fuhr mir mit den Händen durchs Haar und atmete schwer.

»Was ist dein Problem, Mann?«, fragte Xavier und rückte sein Jackett zurecht.

»Ich kenne dich«, sagte ich und zeigte mit dem Finger auf ihn. »Ich weiß, wer du bist. Ich weiß, was du getan hast. Was du ihr angetan hast.«

»Wem? Ich habe keine Ahnung, was du –«

»Willow«, knurrte ich. »Was du Willow Holloway angetan hast.«

Xavier riss die Augen auf, und sein Blick schoss zur Tür hinter mir. »Hör zu, Mann«, sagte er und hob seine tropfenden Hände. »Ich weiß ja nicht, was sie dir erzählt hat, aber –«

»Alles. Sie hat mir alles erzählt.«

Xaviers falsches Lächeln verschwand, seine Stimme klang nervös. »Alles? Hat sie dir auch erzählt, dass sie mir ein Foto von ihren Titten geschickt hat? Ich hab es noch auf meinem Handy. Ich hab es nicht hochgeladen, damit die ganze verdammte Welt sich darauf einen runterholen kann, aber das werde ich. Das werde ich, verdammt, also warum gehst du mir nicht aus dem Weg.«

Er wollte sich an mir vorbeidrängeln. Ruhig legte ich die Hand auf seine Brust und schubste ihn zurück. Ich hatte keinen Plan. Meine Gedanken hatten sich in einem Gewirr aus nackten Emotionen verheddert. Aber ihn aus dieser Toilette in den Raum zu lassen, wo Willow war, kam absolut nicht infrage.

»Du gehörst ins Gefängnis.«

»Verpiss dich«, schimpfte er, seine Stimme war jetzt rau vor Angst. »Pass besser auf, Mann. Ich verklage dich auf jeden Penny, den du besitzt.«

»Das Risiko gehe ich ein.«

Xavier schnaubte beiläufig, dann schlug er plötzlich mit der rechten Faust zu. Er traf meinen Kiefer, mein Kopf wurde zur Seite geschleudert, und der Schmerz war wie Feuer unter einer Sicherung. Die Kontrolle verschwand. Ich sah nur noch dieses Arschloch, wie er sie mit seinem Mund und seinem Körper erstickte …

*Willow …*

Ich landete einen rechten Haken in seinem Gesicht. Meine Knöchel trafen seinen harten Wangenknochen, und er torkelte rückwärts. Der Schmerz in meiner Hand fuhr mir bis in den Ellbogen hoch.

Xavier fand sein Gleichgewicht wieder, berührte seinen Wangenknochen und betrachtete das Blut auf seinen Fingern. »Das hier«, sagte er, »ist eine Klage. Das bedeutet Gefängnis. Für dich.«

»Sagst du ständig«, sagte ich schwer atmend. »Und ich sage ständig, dass es mir scheißegal ist. Ich könnte dich umbringen für das, was du ihr angetan hast …«

»Ach, komm schon«, stieß Xavier hervor. »Du weißt doch, wie die Tussis sind. Sie provozieren dich, bis du hart bist wie Stein, und dann schicken sie dich weg. Das ist scheiße. Sie hat's gewollt. Sie wollen es alle. Man muss ihr Spielchen mitspielen. Ein bisschen Initiative zeigen.«

*Initiative.*

Ich stürzte mich auf ihn, warf ihn auf das harte Linoleum, und wir verwandelten uns in ein Knäuel aus Fäusten und Jacken auf dem Boden der Toilette. Er traf mein rechtes Auge. Ich traf seine Nase. Vage bemerkte ich, dass jemand die Tür öffnete. Ich hörte Schritte um uns herum, Schreie über uns. Ich hielt Xavier am Boden fest, legte die Hände um seinen Hals und drückte zu.

»Wie fühlt sich das an?«, schrie ich. »Kriegst du keine Luft? Stell dir vor, du fühlst das *jahrelang*, du mieses Arschloch.«

Hände rissen mich brutal von ihm weg. Xavier rappelte sich auf, hielt sich mit einer Hand den Hals, mit der anderen zeigte er auf mich. Mit großen Augen wandte er sich an die wachsende Menge in der Toilette.

»Er hat versucht, mich umzubringen. Sie haben es gesehen! Jemand muss die Polizei rufen.«

Einer der Schaulustigen hatte schon sein Handy in der Hand, ein anderer machte Fotos.

Xavier drehte sich zu mir um. »Du bist erledigt. In Hollywood. Du wanderst ins Gefängnis.«

Seine Drohungen waren mir egal. Ich hatte genug von ihm. Ich brauchte Willow. Nichts anderes war von Bedeutung.

Ich schob mich an der kleinen Menschenmenge in der Toilette vorbei. Xavier schrie mir hinterher, aber ich ging einfach weiter in den Ballsaal zu Willow.

Sie saß auf ihrem Stuhl, noch immer reglos und stumm wie eine wunderschöne Statue. Angie und deren Mutter saßen neben ihr. Inzwischen sahen alle besorgt aus, wussten nicht, was sie tun sollten, stellten ihr Fragen und bekamen keine Antwort.

Als ich zehn Meter entfernt war, wurde ich langsamer und tat, was Brenda mir geraten hatte. Zeigte mich ihr. Ließ sie entscheiden.

Willow sah langsam zu mir, und unsere Blicke trafen sich, verschränkten sich. Ich erstarrte. Plötzlich schien es unmöglich, das Gewicht der letzten drei Jahre länger zu tragen. Es war so schwer. Alles fiel von uns ab, als sie aufstand und den schützenden Kreis von Angie und deren Mom verließ.

Ich ging auf sie zu, und sie ging auf mich zu, bis wir voreinander standen.

Sie sah mich an, vorsichtig hob sie eine Hand und berührte die aufgeplatzte Lippe, dann eine Verletzung im Augenwinkel.

»Isaac«, flüsterte sie.

»Hey, Baby.«

Sie war so wunderschön. Blass, aber gefasst. Ich hätte heulen können, weil ihre Augen nicht voller Wut und Hass, sondern voller Liebe waren. Sie liebte mich noch.

»Du bist hier?«, flüsterte sie.

Ich schluckte. »Ich bin hier.«

Ihre Augen schlossen sich einen Moment, und ihre Lippen öffneten sich zu einem leisen erleichterten Seufzer, den nur ich hören konnte, auch wenn sie die Stirn runzelte. Ich konnte spüren, wie der Schmerz und die Fragen in ihr aufstiegen. Sie liebte mich noch, aber dieser Moment war erst der Anfang von dem, was von uns übrig war.

Xavier stürmte aus der Toilette, als die Polizei durch den Vordereingang den Saal betrat. Er winkte sie heran, brüllte, griff sich an den Hals und deutete wild auf mich. Alle drehten sich zu mir um und glotzten mich an.

»Verhaften Sie diesen Mann. Er hat mich in der Toilette angegriffen. Er hat versucht, mich umzubringen.«

Ganz ruhig ließ Willow mich stehen und ging zu Xavier. Ich hätte am liebsten ihre Hand genommen und sie in die Sicherheit zurückgezogen, aber ich ließ sie gehen. Sah zu, wie sie vor ihm stehen blieb. Sie hob das Kinn, dann gab sie ihm eine Ohrfeige. Eine saftige.

Es klang wie ein Schuss, der durch die Menge hallte und erschrockenes Keuchen und Gemurmel auslöste.

Xaviers Kopf wurde durch den harten Schlag zur Seite gerissen, und ein roter Handabdruck zeigte sich auf seiner Wange.

»Verfluchtes Miststück«, zischte er, was noch mehr Keuchen hervorrief. »Es ist vorbei. Dein kostbares Theater? Weg. Ich –«

»Ja, es ist vorbei«, sagte Willow. Ihre Stimme war unendlich ruhig. »Endlich. Es ist vorbei.«

Sie drehte ihm den Rücken zu und kam zu mir, dann nahm sie meine Hand und führte mich zu ihren Eltern und Freunden. Marty und Brenda saßen jetzt auch am Tisch, und alle sahen uns an.

»Isaac, das sind meine Eltern, Dan und Regina. Mom und Dad, das ist Isaac Pearce. Vor drei Jahren hat er geholfen, mir das Leben zu retten. Ich habe mich betrunken und ihm eine Geschichte erzählt. Dann habe ich Angie diese Geschichte erzählt, und dann Bonnie. Und jetzt erzähle ich sie euch. Isaac hat mir niemals wehgetan. Nie. Ihr habt ihn erwischt, als er mit mir in einem Bett geschlafen hatte, und gedroht, ihn verhaften zu lassen. Ihr hattet den Falschen. Es war Xavier. Im Sommer vor meinem letzten Schuljahr habe ich eine Party gegeben, als ihr beide weg wart. Und auf dieser Party hat Xavier Wilkinson mich vergewaltigt.«

Ich sah, wie die Wahrheit über ihre Lippen kam. Das Gift, das sie drei Jahre lang in sich behalten hatte, aus Furcht, es könne denen schaden, die sie liebte. Die strenge Miene ihres Vaters entgleiste entsetzt. Das blasse Gesicht ihrer Mutter wurde totenbleich. Regina Holloway kniff die Augen zusammen, dann stieß sie einen leisen gequälten Laut aus, als sie zu Willow eilte und sie umarmte.

»Oh Süße. Oh, Schätzchen. Mein liebes Mädchen, es tut mir so leid …«

Sie umarmte sie, strich ihr übers Haar, ließ sie weinend los und presste sich die Hand auf den Mund, während sie immer wieder den Kopf schüttelte. Angie und Bonnie stellten sich zu beiden Seiten von Willow auf, als Xavier, der bei seinen Eltern gestanden hatte, herüberkam und die Polizei mitbrachte.

»Das ist er«, sagte er und zeigte auf mich. »Verhaften sie ihn.«

»Waren Sie das?«, fragte mich einer der Polizisten und deutete auf die Fingerabdrücke, die man auf Xaviers Hals sah.

»Er war's«, sagte Xavier. Er drehte sich zu einem anderen Mann um, den ich aus der Toilette erkannte. »Sie haben es gesehen, oder?«

Der Typ nickte. »Er hat ihn zu Boden gedrückt.«

Der Polizist betrachtete die Blutergüsse und Platzwunden in meinem Gesicht, die geschwollenen Knöchel, und nickte seinem Partner zu. Sie drehten mich um und hielten mir die Arme auf den Rücken.

Chaotisches Rufen kam von allen Seiten.

»Was tun Sie da?«, rief Angie. »Isaac hat Willow verteidigt. Nicht er ist es, der –«

Marty breitete in einer beruhigenden Geste die Hände aus. »So warten Sie doch einen Moment, Officers …«

Jetzt erhob sich Ross Wilkinsons Stimme. »Daniel, was in Gottes Namen geht hier vor?«

Dan Holloway antwortete nicht, sondern drehte sich langsam zu Xavier um.

Xavier stand dort, mit Willows Handabdruck wie einem Sonnenbrand auf einer Seite seines Gesichts. Eine Markierung in Form ihrer Hand, krass und rot und für alle sichtbar.

Mit einem Mal brach Mr Holloway aus seiner Erstarrung, stürzte sich auf Xavier und warf ihn zu Boden, wobei er zwei Stühle mitnahm und einen Tisch so zum Wackeln brachte, dass die Blumendekoration umkippte.

Einer der Polizisten ging dazwischen, riss Willows Vater von Xavier weg. Ross trat vor, um seinen Sohn zu verteidigen. Mrs Wilkinson kreischte, jemand solle »ihren Jungen retten«. Regina weinte, Bonnie und Angie stellten sich wie eine Schutzmauer vor Willow. Es kamen immer mehr Polizisten, trennten Leute voneinander, bellten Befehle, um das Handgemenge aufzulösen, und drohten, uns alle aufs Revier zu schaffen. Es war wie in einem Film. Nur Willow stand reglos mitten im Sturm. Sie sah mir in die Augen, als ein Bulle mich am Arm packte, um mich rauszubringen.

»Es ist in Ordnung«, sagte sie, drängte sich an ihren Freunden vorbei an meine Seite. »Alles wird gut.«

Und ich glaubte ihr.

Sobald ich auf dem Revier war, wurde ich vor einem Schreibtisch platziert. Ich wartete zehn Minuten in Handschellen und sah mir das Treiben auf der Wache an, aber niemand beachtete mich. Nicht bis die Wilkinsons kamen, der fluchende Ross und seine Frau, die sich an ihren Sohn klammerte.

Xavier war blass im Kontrast zu dem roten Abdruck von Willows Hand. Er war von knallrot zu rosa verblasst, aber man sah ihn immer noch.

Meine Fantasie sagte mir, dass er an ein W erinnerte, das aus Handfläche und Fingern geformt war.

Kein selbstgefälliges Grinsen, keine polternden Drohungen und keine Beschuldigungen. Er stand schweigend da, während sein Vater alle, die zuhörten, anschrie, dass diese nichtswürdige Stadt für diese Unverschämtheit bezahlen würde.

Dann kamen Willow und Regina Holloway auf die Wache, gefolgt von Angie und ihrer Mutter. Eine Polizistin führte sie in einen Gang mit Vernehmungsräumen. Willow hatte den Kopf erhoben. Unsere Blicke trafen sich, als sie an mir vorbeiging, und ein winziges Lächeln lag auf ihren Lippen.

Ich lehnte mich auf meinem Stuhl zurück, die Handschellen waren eng um meine Handgelenke. Xavier trug keine Handschellen, aber als er und seine Eltern an mir vorbeigeführt wurden, sah auch er mich an. In seinen Augen sah ich nur Scheitern. Er sah aus wie ein Mann auf dem Weg zum elektrischen Stuhl.

Endlich setzte sich ein Polizist an den Schreibtisch und blätterte durch ein paar Papiere. »Scheint ja 'ne Wahnsinnsparty gewesen zu sein«, sagte er. »Wollen Sie mir erzählen, was passiert ist?«

»Vor vier Jahren«, sagte ich mit kühler Ruhe, »hat Xavier Wilkinson die Frau vergewaltigt, die ich liebe. Ich fand, er sollte wissen, dass das verdammt noch mal nicht akzeptabel ist.«

Der Polizist nickte und rieb sich das Gesicht. »Ja. Sie erzählt jetzt ihre Geschichte.« Er hob den Kopf und verzog spöttisch die Lippen. »Vor vier Jahren?«

»Wenn Sie vier Jahre nach der Tat einen Mörder fangen, würden Sie ihn gehen lassen wollen?«, fauchte ich. »Ihn mit Samthandschuhen anfassen? Oder würden Sie sich freuen, dass ein Verbrecher gefasst wurde und es nicht noch einmal tun kann?«

Der Polizist warf mir einen trockenen Blick zu. Ich wusste, ich würde das System nur durch ein paar gut gewählte Worte nicht über Nacht beheben. Und ich war fassungslos, als der Polizist zwanzig Minuten später meine Handschellen aufschloss und sagte, dass ich gehen könnte.

»Die erstatten keine Anzeige?«, fragte ich.

Der Cop warf mir noch einen Blick zu. »Wäre Ihnen das lieber? Nein, Ihr Sparringspartner hat sich geweigert, eine Aussage zu machen. Man kriegt kein Wort aus ihm heraus. Sie können gehen.«

Ich ging Richtung Ausgang und rieb mir die Handgelenke. Brenda saß auf einem Stuhl, während Marty im Kreis ging und sich mit den Händen durchs Haar fuhr. Als er mich sah, blieb er stehen.

»Gott, Isaac, was ist passiert? Was ist los?«

Bevor ich antworten konnte, kam auch Angie. Ihre Augen waren rot und geschwollen, und sie stützte sich schwer auf ihre Mutter.

»Wo ist Willow?«, fragte ich.

»Sie geht nach Hause«, sagte Angie. »Sie ist todmüde und will allein sein. Ihre Eltern fahren sie. Sie sind hinten rausgegangen.«

Sie trat auf mich zu. »Sie hat ihnen alles erzählt. Ich weiß nicht, was es nützen wird. Das Arschloch und seine Eltern haben geschworen, mit allen Waffen zu kämpfen. Aber sie hat es getan.«

Ich nickte. Ich wollte sagen, dass ich froh war, aber der Kampf war noch nicht vorbei. Er hatte gerade erst angefangen.

»Ich soll dir von Willow etwas ausrichten«, fügte Angie hinzu. »Ich soll ›Akt zwei, Szene zwei‹ sagen.« Sie legte den Kopf schief. »Du weißt, was das bedeutet?«

Ich nickte, und Erleichterung durchfuhr mich. »Ja, ich weiß genau, was es bedeutet.«

*Es heißt, wir haben noch eine Chance.*

## 42. KAPITEL

### Willow

Auf der Fahrt von Braxton zu meinem Cottage schwiegen wir. Ich saß hinten in Dads BMW, und Mom saß neben mir, wir hatten die Finger miteinander verschränkt. Es schien, als hätte sie meine Hand seit Stunden nicht losgelassen. Seit wir das Renaissance Hotel verlassen hatten und Isaac zur Wache gefolgt waren.

*Isaac …*

Er war im Ballsaal aufgetaucht, und zuerst hatte ich nicht begriffen, was ich sah. Mein schlimmster Albtraum, Xavier, gefolgt von meinem größten Wunsch. Isaacs Gesicht war blutig und zerschunden gewesen, aber in dem wilden Strudel meiner Gefühle stellte ich mir vor, die Wunden stammten von all dem, was zwischen uns geschehen war.

Und wie bei einer überraschenden Wendung in einem Theaterstück kam die Polizei und legte Isaac Handschellen an, während Xaviers Hände frei blieben. Da wurde ich ganz ruhig, so ruhig, wie man wird, wenn man genau weiß, was man tun muss. Xaviers Drohung, das Theater zu schließen, hatte mich eine Weile zum Schweigen gebracht, aber Isaac zu sehen hatte mich befreit. Wenn ich eine Chance auf Glück wollte, musste das Gift hinaus. Der Preis für mein Schweigen war zu hoch, nicht nur für mich, sondern auch für jede andere Frau, die Xavier vielleicht angegriffen hatte oder die er in Zukunft ins Visier nahm.

Während Mom mir die ganze Zeit die Hand hielt, erzählte ich der Polizei mit meinen Worten meine Geschichte. Es gab keinen tosenden Applaus am Ende. Keine Vorhänge. Aber ich fühlte mich besser. Sauberer. Jahre schwarzer Tinte, die aus meiner Haut heraussickerten und weggespült wurden. Die Dunkelheit lichtete sich, meine Flamme brannte hell und hoch.

Ich stellte mir vor, dass meine Großmutter stolz auf mich war.

Als Dad vor meinem kleinen Haus hielt, war ich völlig erschöpft.

»Bist du sicher, dass du allein sein willst?«, fragte meine Mutter, als beide mich zur Haustür begleiteten. »Ich weiß nicht, ob das eine gute Idee ist. Daniel, was meinst du?«

»Sie kann ihre eigenen Entscheidungen treffen«, sagte Dad mit rauer Stimme. »Was auch immer sie will.«

Im gedämpften Licht auf der vorderen Veranda sahen die beiden müde aus. Die heutigen Ereignisse waren weniger wie eine Bombe, die geplatzt war, sondern eher wie ein Kieselstein, der in einen Teich fiel. Die Wellen würden sich langsam immer weiter ausbreiten. Vielleicht würde Xavier sie irgendwann zu spüren bekommen. Vielleicht nicht. Momentan bekamen meine Eltern das meiste ab.

»Was auch immer sie will«, sagte Dad noch einmal.

»Es tut mir leid«, flüsterte Mom. Wimperntusche war unter ihren Augen verschmiert. Dunkle getrocknete Tränenspuren liefen eine Wange hinunter, ihr Haar hatte sich aus dem Knoten gelöst.

»Gott, ich sehe furchtbar aus«, sagte sie.

»Ich glaube, ich mag dich lieber so.«

Meine Mutter schlang die Arme um mich und drückte mich an sich. »Ich glaube, ich wusste es. Oder hatte wenigstens einen Verdacht.«

Ich schloss die Augen.

»Ich hatte solche Angst davor, etwas zu sagen. Nicht wegen der Arbeit deines Vaters, das war nur der Vorwand. Ich hatte Angst, dich zu enttäuschen. Und das habe ich. Ich habe mich noch nie so schrecklich gefühlt wie in diesem Augenblick. Ich habe dich nicht beschützt, und es tut mir leid. Ich habe dich enttäuscht, und es tut mir so leid.«

»Schon gut, Mom.«

»Nein, das ist es nicht. Nichts ist gut.«

»Aber das wird es sein.«

Sie ließ mich los, und Dad trat vor und räusperte sich.

»Es tut mir leid, Dad«, sagte ich. »Du wirst wahrscheinlich deinen Job verlieren.«

»Ich habe bereits gekündigt. Und dir muss nichts leidtun.« Sein Kiefer arbeitete. »Willow …«

Ich spürte, dass die Tragweite dessen, was zwischen uns vorgefallen war, ihn jetzt auch niederdrückte. Er wusste nicht, wie er damit umgehen sollte. Es gab kein Memo, das er schreiben oder verschicken lassen konnte.

»Wir reden später, okay?«, sagte ich. »Jetzt ist es spät, und wir sind alle müde. Lass uns einfach ein bisschen schlafen.«

Erleichtert ließ er die Schultern hängen, aber er zwang sich, mich anzusehen.

»Ich bin so stolz auf dich«, sagte er. »Und ich … ich hoffe, es ist nicht zu spät.«

Ich lächelte und gab ihm ein Küsschen auf die Wange. »Das ist es nie.«

Als ich die Tür zu meinem kleinen Cottage geschlossen hatte, blieb ich einen Moment stehen und atmete. Die Last, die ich so lange getragen hatte, war leichter geworden. Halbiert. Ich konnte wieder atmen. Trotzdem war da ein Loch in meinem

Herzen, das nichts mit meiner schwarzen, hässlichen Vergangenheit zu tun hatte, sondern alles mit meiner Zukunft.

Es klopfte an der Tür.

*Meine Zukunft.*

Isaac stand auf der vorderen Veranda, die Hände in den Taschen, die Schultern gebeugt. Er hatte das Blut abgewaschen, aber sein rechtes Auge war blau und violett. In der Unterlippe nahe dem Mundwinkel war ein kleiner Riss.

»Hey«, sagte er.

»Hi.«

»Es ist spät. Du bist bestimmt müde. Aber ich wollte sichergehen, dass es dir gut geht.« Er sah mich an. »Geht es dir gut?«

»Ich bin okay«, sagte ich. »Wirklich.«

Er nickte. »Gut.«

»Willst du reinkommen?«

»Ja, gern.«

Ich öffnete die Tür weiter, und er trat ein. Es roch nach teuren Klamotten und Parfüm, als er an mir vorbeiging, nicht mehr nach Benzin und Rauch. Plötzlich hatte ich Angst, dass der Isaac, den ich kannte, weg war. Dass drei Jahre Hollywood ihn in jemand anderen verwandelt hatten.

Ich schloss die Tür. »Willst du was trinken?«

»Nein danke.«

»Hast du aufgehört zu rauchen?«

Er nickte.

»Das freut mich. Auch wenn ich den Geruch ein bisschen vermisse.« Ich schluckte. »Ich habe dich vermisst.«

»Ich habe dich auch vermisst, Willow. So sehr.«

Wir sahen uns einen Moment lang an. Jetzt, da das Chaos des Abends vorüber war, hatten wir nur noch uns beide und drei Jahre Schweigen.

»Ich weiß nicht, was ich sagen soll«, sagte er endlich. »Ich weiß nicht, wo ich anfangen soll – oder wo ich *wieder* anfangen soll ... Ich weiß nicht, ob es das ist, was du willst.«

»Was ich will ...«, sagte ich und sah auf und gleich wieder weg, weil die Tränen schon flossen. »Ich will dir erzählen, was damals passiert ist.«

»Das musst du nicht«, sagte Isaac.

»Aber ich habe dich auch verletzt. Und es tut mir so leid, Isaac, aber ich kann es nicht bereuen. Es war meine einzige Möglichkeit, dich zu beschützen.«

»Ich weiß. Marty hat mir erzählt, womit dein Dad gedroht hat. Er hat gesagt, ich soll den ganzen Mist nicht wieder hochholen. Weil es dir zu sehr wehtut. Und er hat recht. Das Letzte, was ich will, ist dir wehtun.« Seine Stimme war rau, seine Augen schimmerten. »Wieder.«

»Ich glaube dir«, sagte ich langsam. »Aber ...«

»Aber was?«, fragte er, sein Gesicht war blass.

»Aber mir macht etwas anderes Angst«, sagte ich, und ich musste an jenen albtraumhaften ersten Winter ohne ihn denken. »Das Schweigen, Isaac. Das Schweigen macht mir Angst. Drei Jahre ...«

Er legte sich die Hand auf die Brust, als hätten meine Worte ihn ins Herz gestochen. Er packte sein Hemd, der Schmerz entstellte sein Gesicht. »Ich weiß«, sagte er mit erstickter Stimme. »Es tut mir so leid, Willow. Ich schwöre bei Gott, verdammt, es tut mir leid.«

Ich schüttelte schmerzlich den Kopf. »Ich weiß, dass es deine Art ist, klarzukommen«, sagte ich. »Du bist auch verletzt worden. Aber du hast gefragt, was ich will, und ich sage es dir. Dich. Deine Gegenwart. Deine *Stimme*. Ich will mich mit dir verbunden fühlen. Und ich will mich nie wieder so abgeschnitten von dir fühlen. Selbst wenn es zwischen uns nicht funktionieren sollte, dieses ... Nichts halte ich nicht aus. Das kann ich nicht.«

»Das musst du auch nicht«, sagte er mit belegter Stimme. »Nie wieder, ich schwöre es. Ich werde immer für dich da sein, mit dir reden, dir jeden Tag sagen, wie ich mich fühle. Weil mein einziges Gefühl ist, wie sehr ich dich liebe. Und wie sehr es mir leidtut, dass ich dir noch mehr Schmerzen bereitet habe, als du schon so viel ertragen musstest.« Er hustete, sein Kiefer arbeitete. »Du bist so verdammt mutig, Willow. Mutiger als jeder, den ich kenne. Mutiger als ich. Und was du heute getan hast …« Er schüttelte den Kopf. Dann wurde er sehr still. Er schluckte und hob den Blick und bereitete sich vor. »Habe ich dich verloren?«

Ich kniff die Augen zusammen, um die Tränen zurückzuhalten, und schüttelte den Kopf, bis ich wieder sprechen konnte.

»Du kannst mich nicht verlieren, Isaac«, flüsterte ich heiser. »Du bist mein ›*bis*‹. Das ›*bis*‹, das alles besser macht.«

Er hielt meinen Blick einen Moment, dann senkte er den Kopf. »Willow …«

Meine Tränen flossen jetzt, und ich ging zu ihm, um ihn zu umarmen, aber er fiel vorher auf die Knie. Legte die Arme um meine Taille, drückte sein Gesicht an meine Mitte und hielt mich mit bebenden Schultern fest.

»Es tut mir leid, Baby«, sagte er immer wieder. »Ich liebe dich so sehr, und es tut mir so leid.«

Ich weinte, dann berührte ich ihn langsam. Zuerst fuhr ich vorsichtig mit den Fingern durch sein Haar und erinnerte mich, wie weich es war. Dann glitt ich mit den Händen seinen Rücken hinunter und erinnerte mich, strich über seine Schultern und erinnerte mich. Ich sank auch auf die Knie und berührte sein Gesicht, betrachtete es aufmerksam und erinnerte mich.

Seine Tränen waren wie Regen in dem stürmischen Graugrün seiner Augen. Ein Sturm aus Schmerz und Reue und drei verlorenen Jahren. Aber darunter war Liebe.

Die Liebe war zuerst da.

»Mir tut es auch leid«, flüsterte ich. »Ich liebe dich. Ich werde nie aufhören, dich zu lieben.«

Er umfasste mein Gesicht. Breitete die Hände aus und erinnerte sich. Seine belegte Stimme umarmte meinen Namen.

Und er küsste mich.

*Isaac …*

Ein kleiner Laut entfuhr mir, während gleichzeitig tief in seiner Brust ein Geräusch erklang.

*Er ist es, oh Gott.*

Ich schloss die Augen und erinnerte mich, wie sein Mund sich auf meinem anfühlte. Ein süßer Rausch. Ein gegenseitiges Geben und Nehmen. Ich schmeckte ihn – das Salz seiner Tränen und eine Spur von Blut. Die Kluft zwischen uns war endlich überwunden, und ich ließ ihn auf einer Flut erinnerter Sinneseindrücke zu mir zurückkommen.

Lange Abende im halbdunklen Theater, wo wir uralte Texte mit modernen Gefühlen gesprochen hatten. Der Zementquader im Amphitheater und die Berührung seiner Hände, als er mir hinuntergeholfen hatte. Der Duft des Heckenlabyrinths in der Nase, als wir uns küssten. Der Friedhof, wo ich ihm meine Geschichte erzählt hatte und er zugehört hatte, ohne sich abgestoßen zu fühlen oder zu finden, dass mit mir etwas nicht stimmte. Und unser Tanz auf dem Hügel, Harmony zu unseren Füßen ausgebreitet.

Wir küssten uns unter Tränen. Wir küssten uns, obwohl wir kaum atmen konnten, so eng umschlungen und aneinandergeklammert, weil wir uns unmöglich wieder loslassen konnten. Wir küssten uns, bis die Erschöpfung der Nacht zu viel wurde.

Isaac lehnte sich an die Couch. Er zog mich seitlich auf seinen Schoß, mein Kopf lag an seiner Brust, und ich hörte seinen Herzschlag.

»Ich bin so müde«, sagte ich.

»Ich weiß, Baby. Ich auch.«

»Lass uns ins Bett gehen.«

Ich führte ihn in mein Schlafzimmer. Wir ließen uns gerade lange genug los, dass ich mein Kleid ausziehen und ein T-Shirt anziehen konnte. Als ich aus dem Bad kam, trug Isaac nur noch Unterhemd und Boxershorts. Genau wie in jener Nacht vor drei Jahren. Nur dass uns diesmal nichts mitten in der Nacht wecken und voneinander trennen würde.

Wir legten uns einander zugewandt ins Bett, die Finger verschränkt und die Beine ineinander verhakt. Küssten uns, bis die Erschöpfung Isaac in den Schlaf zog. Seine Lippen lagen noch auf meinen.

»Du bist einfach eingeschlafen«, murmelte ich an seinem Mund. »Mitten im Kuss.«

Ich sah ihn noch einen Moment lang an, dann drehte ich mich um und kuschelte mich mit dem Rücken an seine Brust.

»Willow«, sagte er an meinem Hals.

»Ich dachte, du schläfst schon.«

»Ich hab nur die Augen ausgeruht.«

Ich lachte in der Kehle, für etwas anderes war ich zu müde.

»Ich muss dir was sagen«, sagte er. »Etwas sehr Wichtiges.«

»Hmm?«

»Ich werde nie jemanden lieben außer dir.«

Ich öffnete die Augen, und Sonnenlicht flutete mein Schlafzimmer. Die Uhr zeigte zehn Uhr morgens. Ich hatte in meinem ganzen Leben noch nie so lange geschlafen.

Isaacs Körper lag dicht an meinem, und er hatte die Arme um mich gelegt. Ich kuschelte mich an ihn, ließ die Finger über seine Arme wandern, fuhr die Wörter auf seinem linken Unterarm nach.

*Ich schmacht', ich brenn', ich sterbe.*

Dann wanderte ich weiter zu seinen verletzten Fingerknöcheln. Ich hatte ihm einmal gesagt, dass es mir nicht helfen würde, wenn er Xavier verprügelte. Als ich die Wunden jetzt betrachtete, dachte ich unwillkürlich, dass sie der materielle Beweis dafür waren, dass Isaac jedem wehtun würde, der mir wehtat. Einschließlich sich selbst.

»Keine Verletzungen mehr«, flüsterte ich und küsste seine Knöchel.

Er bewegte sich, und seine Lippen berührten meinen Hals.

»Ich mag dein Haus«, sagte er. »Und ich liebe dich darin. Du gehörst hierher.«

Ich drehte mich um und sah ihn an. »Und du? Wohin gehörst du?«

»Zu dir. Wenn du mich willst.«

»So sehr.« Ich küsste seine Lippen, die kleine Wunde am Mundwinkel, sein Kinn. »Aber kannst du hier glücklich sein? Was ist mit deiner Karriere? Was ist mit Hollywood?«

»Mit Hollywood bin ich fertig. Es hat mir gegeben, was ich brauchte, und ich bin abgehauen. Ich gehe nicht zurück.«

»Broadway?«

»Ich oder du?«

Ich bedeckte mein Gesicht. »Oh Gott, ich doch nicht.«

Er zog meine Hände weg. »Oh doch. Du bist brillant, Baby. Die Welt sollte es wissen. Aber es gibt keine Eile. Ich kann hierbleiben. Ich *will* bleiben. Ich habe Harmony mit deinen Augen gesehen – und …« Er zuckte mit den Achseln. »Es ist mein Zuhause. Ich will hier mit dir leben.«

»Wirklich?«

»Versprochen.« Er lächelte. »Marty hat schon den nächsten Shakespeare mit uns besetzt.«

Ich senkte den Blick. »Vielleicht wird es kein Theater mehr

geben, Isaac. Xavier hat gesagt, er würde es kaufen und dem Erdboden gleichmachen.«

Isaacs Blick verdüsterte sich. »Ich kaufe es.«

Ich riss die Augen auf. »Das kannst du?«

Er zog mich an sich. »Ich kann. Und ich werde. Ich kaufe es und schenke es Marty. Oder der Stadt, damit Marty es so lange betreiben kann, wie er will.«

»Er wird so glücklich sein.«

»Was ist mit dir? Ich will, dass *du* glücklich bist. Das ist alles, was ich für den Rest meines Lebens will.«

Ich fuhr ihm mit der Hand über die Wange. »Ich bin glücklich. Im Moment könnte ich nicht glücklicher sein.«

Er beugte den Kopf vor, küsste mich innig, und ich spürte, wie sein Körper an meinem erwachte.

»Tut mir leid«, sagte er, aber ich schüttelte den Kopf.

»Das muss es nicht.« Ich küsste ihn wieder, leidenschaftlicher. »Isaac, diesmal will ich nicht aufhören.«

Er löste sich von mir und sah mich an. »Bist du sicher?«

»Ich war mir nie sicherer.«

Er küsste mich wieder und zog mich an sich. Mein Körper ließ die alte Angst los und zurück blieb nur das Verlangen, Isaac auf jede Weise zu besitzen. Ganz von ihm eingehüllt zu sein, Haut an Haut. Nicht nach unten gedrückt und erstickt, sondern ihn zu halten und von ihm gehalten zu werden. Ihn in mich zu lassen, weil ich ihn überall wollte.

Sein Kuss war langsam und innig und sagte mir, dass wir uns Zeit lassen würden. Mit den Händen fuhr er meinen Rücken hinauf in mein Haar. Er stöhnte leise und machte Fäuste in den dicken Locken. Ich liebte es, wie er mich berührte. Als könnte er nicht genug von mir bekommen, aber gleichzeitig auch ewig warten, wenn ich das wollte.

*Ich will nicht mehr warten.*

Ich legte die Arme um seinen Hals, fuhr mit den Händen seine Brust hinunter und seinen Rücken hinauf, wollte ihn ganz spüren. Ich wollte nicht aufhören, ihn zu küssen, aber ich musste ihn sehen.

»Zieh das aus«, sagte ich und zog an seinem Hemd.

Er zog es sich über den Kopf, warf es zur Seite, dann legte er sich wieder hin und zog mich auf sich. Ein Schauder fuhr mir die Wirbelsäule hinauf, als ich die männliche Schönheit seines Körpers betrachtete. Er gehörte mir, ich konnte ihn berühren und erforschen, wie ich wollte. Meine Hände glitten über die glatten Flächen der Brust zu den Konturen seines Bauchs. Muskeln und Kraft brummten unter meinen Fingern. Die Energie zog mich an, und ich legte mich auf ihn und küsste ihn voller Leidenschaft.

Er packte mein Haar fester, dann fuhr er meinen Rücken hinunter zu meiner Taille, umrundete meinen Hintern und glitt unter meinem T-Shirt nach oben. Es erfüllte mich mit Verlangen, seine Hände auf mir zu spüren. Ihn zu berühren und berührt zu werden. Ihm mehr zu geben. Unsere Münder nahmen sich all die Küsse, die sie in drei Jahren verpasst hatten. Unsere Hände wollten jede versäumte Berührung einfordern. Unsere Körper sehnten sich hungrig und drängend und voller Verlangen nach dem anderen.

Ich setzte mich auf, zog mein T-Shirt aus und ließ mir das Haar über Schultern und Brüste fallen. Isaac starrte mich an, sein Puls pochte in seiner Kehle. Ich wartete zitternd – nicht vor Angst, sondern vor Vorfreude – auf die Berührung seiner Hände. Oder seines Mundes.

Oder von beidem.

Er setzte sich auf und strich mir das Haar auf den Rücken. Es war warm geworden in meinem kleinen Haus, und einzelne Strähnen klebten an meiner schweißnassen Haut.

»Willow«, flüsterte er, als er mich betrachtete und sein Blick heiße Spuren auf meiner Haut hinterließ. »Gott, du bist so wunderschön.«

»Berühr mich«, sagte ich.

Seine Hände fuhren seitlich an mir hinauf und legten sich auf meine Brüste. Schwielige Haut auf meinen zarten Brustwarzen. Ich biss mir auf die Lippen und lehnte mich in seine Berührung.

»Komm«, sagte er.

Er legte sich zurück und zog mich sanft über sich, nahm eine Brustwarze in den Mund. Leise wimmerte ich, hielt mich mit einer Hand am Kopfteil des Bettes fest, als er saugte und leckte. Er biss gerade fest genug zu, dass ich keuchte, dann bewegte er den Mund zur anderen Brust. Seine Zunge umkreiste meinen Nippel und eine leise Hitze schoss meinen Rücken hinunter zwischen meine Beine. Meine Begierde wuchs mit jeder Sekunde. Meine Hüften bewegten sich unwillkürlich an seiner Erektion, nur der dünne Stoff seiner Boxershorts und meines Slips war zwischen uns.

Lustschauder liefen mir den Rücken hinunter, als er die Hand auf die andere Brust legte und mit dem Daumen über den Nippel strich. Ich löste mich von ihm, legte mich ganz auf ihn und küsste seinen Mund und sein Kinn. Dann rutschte ich hinunter und küsste seine Brust. Ich drückte meine Lippen auf die warme Haut und atmete ein. Unter dem teuren Parfüm roch ich schwach den Schweiß von dem Kampf mit Xavier, noch schwächer den Geruch von Blut und all dem, was einfach nur Isaac war.

Ich küsste die gewölbten Muskeln, die unter meiner Berührung zuckten und sich zusammenzogen. Ein leises Knurren tief in ihm, ein zischendes Keuchen, als ich eine seiner Brustwarzen in den Mund nahm. In mir wuchs ein Gefühl von Macht, das ich nie zuvor empfunden hatte. Der erregte Wunsch, zu geben und zu nehmen.

Ich glitt mit der Hand unter den Bund seiner Boxershorts, schloss sie um seine schwere, harte Erektion. Er presste die Kiefer zusammen und stieß ein Zischen aus.

»Gott«, sagte ich und vergrub mein Gesicht an seinem Hals, als ich ihn streichelte. »Du bist so hart. Für mich.«

»Ja, verflucht«, stöhnte er.

Ich hob den Kopf. »Ich will dich sehen. Ich will dich …«

Er schlüpfte aus den Boxershorts, und ich starrte die Erektion an, die hart wie Eisen in meiner kleinen Hand lag. Mein Slip wurde sofort feucht, und ich keuchte leise. »Ich habe …« Die Worte waren schüchtern. Ich schluckte und versuchte es noch einmal. »Ich habe mich noch nie so gefühlt. Ich will dich so sehr …«

Er küsste mich, seine Hände glitten meinen Körper hinab über meine Brüste und meinen Bauch zu meinen Hüften und zupften an meinem Slip.

»Ich will, dass es perfekt für dich wird«, sagte er. Dann legte er mich neben sich aufs Bett, und sein Mund folgte seinen Händen und drückte heiße, feuchte Küsse auf meine Haut. Die Sommerhitze hatte einen Schweißfilm auf mir hinterlassen, und er fuhr an meinem Körper entlang und gab seine eigene Hitze dazu, leckte an meiner und zog mir den Slip aus. Ein Mann, der vor Durst starb und gleich zum ersten Mal trinken würde.

»Isaac …«

Sein Name wurde ein Schrei, als er meine Beine spreizte und den Mund auf mich legte. Mein Rücken löste sich vom Bett, als die Lust die Kontrolle übernahm. Meine Hüften hoben sich an seinen Mund, weil sie mehr wollten, während ich mich mit den Händen am Kopfteil festhielt. Er saugte an mir, leckte mich unaufhaltsam. Meine Fersen glitten über die schweißnasse Haut seines Rückens; er knurrte wild in mich hinein.

Ich spannte mich an, bog ein letztes Mal den Rücken durch, und ein ekstatischer Lustschrei blieb mir in der Kehle stecken, als die erste Welle sich über mir brach. Ich ließ ein leises Stöhnen hören, als mein Rücken langsam wieder das Bett berührte, als wäre ich aus großer Höhe hinabgeschwebt.

»Oh, mein Gott«, keuchte ich und sah zu ihm.

Er lächelte kurz, aber ich spürte, wie seine eigene Lust drängender wurde, als er zu mir hochrutschte, um mich zu küssen.

»Willow, darf ich …?«

»Ja.« Mein Kopf nickte, meine Hände packten seine Schultern, die Nägel gruben sich in seine Haut. »Ja, jetzt. Gott, Isaac, jetzt …« Dann weiteten sich meine Augen, als es mir einfiel. »Oh nein. Oh, verdammt, ich habe nichts.«

Er blinzelte mich an, seine Augen waren glasig.

»Ich meine, ich nehme nicht die Pille.«

»Oh Mist. Warte, ich habe vielleicht eins.« Er rutschte vom Bett, holte seine Brieftasche aus den Jeans. »Mein Gott, bitte, lass mich eins haben …«

Ich biss mir auf die Lippen, als mir die drei Jahre, die wir getrennt gewesen waren, ins Ohr flüsterten: *Er hatte schon genug Frauen, als er arm und in Harmony war. Jetzt ist er ein umwerfender Filmstar. Bestimmt liegen ihm die Frauen scharenweise zu Füßen.*

Isaac fand ein Kondom und schloss vor Erleichterung die Augen. »Gott sei Dank.«

Er pustete darauf, als würde er es von imaginärem Staub befreien, aber sein Lächeln schwand, als er mein Gesicht sah.

»Es gab keine Einzige«, sagte er. »Ich war mit keiner Frau mehr zusammen seit unserem Tanz auf dem Aussichtspunkt. Nein. Schon davor nicht.« Stirnrunzelnd blickte er in die Vergangenheit. »Schon seit ich dich getroffen habe. Seit dem Tag, an dem du mir den Platz im Englischkurs weggeschnappt hast – bis heute … Es gab keine außer dir.«

»Keine?«, fragte ich und fühlte mich gleichzeitig erleichtert und egoistisch. »Ich meine, drei Jahre sind eine lange Zeit, und es ist zwischen uns so schlecht ausgegangen.«

»Es ist nicht ausgegangen«, sagte er. »Es war nie vorbei, es war nur aufgeschoben. Du warst immer mein, Willow, selbst als ich zu sehr mit meinem Selbstmitleid beschäftigt war, um mich bei dir zu melden. Ich konnte andere Frauen nicht mal ansehen, obwohl mein Manager es weiß Gott versucht hat.«

»Du hast die ganze Zeit gewartet? Auf mich?«

»Ich habe es dir schon einmal gesagt. Ich habe mein ganzes Leben auf dich gewartet. Es gibt sonst niemanden. Es kann nie jemanden geben außer dir.«

Ich schluckte und wischte mir mit dem Handgelenk eine Träne weg. »Das machst du mit Absicht.«

Er lächelte und küsste mich, das leise Lachen verschmolz zu Freude und Liebe.

»Ich liebe dich, Isaac«, flüsterte ich, und mein Herz pochte. »Und ich will dich jetzt. Ganz.«

Er nickte und küsste mich wieder. Er hielt mein Gesicht fest. »Ich liebe dich auch. Und ich will, dass es perfekt für dich wird.«

»Das hast du schon gesagt.«

»Weil es die Wahrheit ist.«

Ich sah das Zögern in seinen Augen und wollte es unter meinen Händen schmelzen lassen. Ich vertraute ihm absolut. Da war keine Angst, nur heiße Erwartung. Ich küsste ihn leidenschaftlich, meine Zunge tauchte tief in seinen Mund und hinterließ keinen Zweifel, was ich wollte. Meine Hand glitt zwischen uns, und ich streichelte wieder seine Erektion. Er stöhnte in meinen Mund, und seine Hand fuhr meinen Körper entlang. Zwischen meinen Brüsten hinunter, über meinen Bauch bis zu meiner Mitte. Seine Finger spürten die Feuchtigkeit dort, und er stöhnte wieder und umkreiste mit einem Finger die kleine Knospe.

Ich hob die Hüfte und presste sie an seine Hand.

»Bitte«, sagte ich. »Lass mich dich spüren.«

Langsam glitt er mit zwei Fingern in meine feuchte Hitze. Ich biss in den Muskel zwischen seinem Hals und seiner Schulter und streichelte seine Erektion schneller und kräftiger. Er krümmte die Finger in mir, drückte sie nach oben, und ich stieß einen Schrei aus.

»Oh Gott, jetzt«, bettelte ich. »Isaac … Ich kann nicht. Ich will –«

Er brachte mich mit einem Kuss zum Schweigen. Dann zog er die Finger aus mir heraus und stützte sich auf einen Arm. Legte die freie Hand auf meine, und gemeinsam führten wir ihn zu meinem Eingang.

Ich schloss die Augen und atmete langsam aus.

»Nein«, flüsterte Isaac. »Sieh mich an, Baby. Mach die Augen auf. Sieh mich an.«

Das tat ich. Ich betrachtete seinen Körper über mir. Jeder Muskel war angespannt, die Sehnen an seinem Hals standen hervor, und seine graugrünen Augen waren dunkel vor Verlangen. Aber die Liebe war zuerst da gewesen und umhüllte uns beide in diesem Moment.

»Ich bin hier«, sagte ich. »Bei dir. Nur bei dir.«

Er sah mir in die Augen und drang in mich ein. Einen Zentimeter nach dem anderen, und sah mich an, bis er die Augen in einer Miene reiner Ekstase zusammenkniff – als wäre es so schön, dass es wehtäte. Er runzelte die Stirn und biss die Zähne zusammen, um ein Stöhnen zurückzuhalten.

»Oh Gott«, keuchte ich und spürte ihn mehr und mehr in mir, schwerer und schwerer. Ich packte seine Hüften, um ihn tiefer in mich hineinzuziehen. Unsere Münder legten sich aufeinander, küssten und stöhnten, als er ganz in mich eindrang. Mein Körper nahm ihn vollkommen in sich auf. Einen Moment hielt er still und atmete schwer an meinem Hals.

»Gott, Willow«, sagte er. Ich spürte, wie seine Brust sich bei einem gigantischen Atemzug ausdehnte und wieder zusammenzog. Er hob den Kopf und sah mich an. »Alles in Ordnung?«

»Ja«, sagte ich. »Hör nicht auf.«

Er küsste mich, als er die Hüften von mir löste. Ich keuchte, als ich spürte, wie er ein bisschen aus mir hinausglitt und dann wieder eindrang. Das tat er wieder und wieder, unsere Körper waren heiß und schweißnass und bewegten sich voller Lust aneinander. Perfekt. Schwer. Erfüllend.

Mein.

Er hatte eine Hand an meine Hüfte gelegt und hielt mich fest, als er in mich hineinstieß, dann legte er die Hand auf meinen unteren Rücken. Er kippte meine Hüfte, damit er tiefer in mich eindringen konnte, und ich spürte einen süßen Druck in mir wachsen. Ich schrie auf, als er diese Stelle in mir berührte, wo das Ziehen der Lust immer wieder von Neuem begann. Ich schlang die Beine um ihn und hielt ihn an dieser einen Stelle fest.

»Es fühlt sich so gut an«, flüsterte ich, presste ihn an mich und griff mit den Händen in das feuchte Haar in seinem Nacken. »Gott, ich habe ja nicht geahnt …«

»Ich auch nicht.«

»Fühlt es sich gut an?«

»Perfekt, Baby. Du bist perfekt und so wunderschön.«

Er bewegte sich jetzt schneller, unsere Körper glitten ineinander, stießen gegeneinander, seine Stöße drangen in mich ein. Ich nahm ihn jedes Mal auf, nahm jedes Geräusch, das er machte. Jedes Keuchen, jedes Stöhnen und jeden Fluch, den er ausstieß, neben meinem Namen, ich nahm alles.

»Ja«, sagte ich. Immer wieder. »Ja.« Mein Körper und mein Geist waren berauscht von diesem »Ja«.

»Es ist so gut«, knurrte Isaac. »Du fühlst dich so gut an.«

»Ja«, hauchte ich.

*So soll es sein …*

Ich hätte die Augen jetzt schließen können. Ich hatte keine Angst mehr vor der Dunkelheit. Oder vor Isaacs Gewicht auf mir. Oder vor seinem Mund, der mich voller Lust und zugleich voller Ehrerbietung küsste. Aber ich ließ die Augen offen, als ich es genoss, ihn auf mir und an mir und in mir zu spüren. Ich wollte in jeder Sekunde sein Gesicht sehen. Wollte jeden Augenblick in meinem Herzen und meinem Körper einbrennen. Ihn mir mit Tinte auf die Haut schreiben. Den Moment auf meine Seele tätowieren, damit ich nie vergaß, wie es sich anfühlte, so geschätzt, begehrt und geliebt zu werden.

Seine Hüfte bewegte sich jetzt schneller. Das köstliche Ziehen und Stoßen trieb mich zu einem neuen Höhepunkt, noch höher als der, den er mir mit seinem Mund bereitet hatte. Ich versuchte, mich an ihm festzuhalten, an seiner glatten und heißen Haut, wollte die Nägel in ihn schlagen. Seine Schenkel klatschten gegen meine, die Hitze und Feuchtigkeit zwischen uns war so viel, so gut, bis die aufsteigende Lust sich für eine wundervoll qualvolle Sekunde zusammenzog und dann explodierte.

Ich schrie auf, meine Beine umklammerten seine Taille, meine Arme seinen Oberkörper, als die Lust mich durchfuhr. Ich hielt mich an ihm fest, als er sich weiter auf mir bewegte und mich mitnahm. Seine Stöße wurden unregelmäßig, als wir erzitterten. Die Anspannung strömte auf einem Tsunami der Ekstase aus uns heraus und ließ uns schlaff, atemlos und verschwitzt zurück.

Isaac ließ sich auf mich sinken, sein Atem fuhr heiß über meinen Hals. Er wollte von mir herunterrutschen, aber ich hielt ihn fest. Spürte sein ganzes Gewicht an meinem Körper. Das mich nicht erdrückte, sondern zudeckte. Schützte.

»Ich liebe dich, Isaac«, flüsterte ich zwischen zwei Atemzügen. »Ich liebe dich – und das werde ich immer.«

Er hob den Kopf, und ich hielt sein Gesicht in den Händen. Spiegelte mich in seinen Augen, deren stürmisches Graugrün sich zu einer friedlichen See beruhigte, die ich noch nie dort gesehen hatte. Er flüsterte meinen Namen wie eine Frage. Eine Hoffnung, dass ich diese Worte so meinte und er den Frieden für immer behalten könnte.

Ich lächelte. »Zweifle an meiner Liebe nicht.«

»Zweifle an meiner Liebe nicht.« Er küsste mich sanft und strich mir die feuchten Strähnen aus dem Gesicht. »Aber ich schwöre, ich werde nie aufhören zu sagen, dass ich dich liebe.«

# EPILOG

*Drei Jahre später*

## Isaac

Ich saß in einer Ecke des Garderobenzelts und drehte ein kleines, mit blauem Samt bezogenes Etui in meiner Hand. Es war nicht der sicherste Ort, um einen geheimen Schatz zu betrachten – das Ensemble von *Wie es euch gefällt* ging während der Pause im Zelt ein und aus, trank Wasser und zog sich um. Ich drehte dem Lärm den Rücken zu und öffnete das Etui.

Ein altmodisch geschliffener Diamant, umringt von kleineren Diamanten und filigranem Silber. Der Antiquitätenhändler hatte es Durchbruchtechnik genannt – zarte Muster, die um den Diamanten herum ausgeschnitten waren. »Recht beliebt zur Zeit Edwards VII.«, hatte er gemeint. »Ich denke, er wurde etwa 1910 hergestellt.«

Die Fassung war schlicht und zierlich. Perfekt für Willows kleine Hand. Aber der Diamant war ein volles Karat, und die Sonne, die sich durch einen Spalt ins Zelt ergoss, spiegelte sich in dem Stein und warf perfekte kleine Regenbogen auf das Segeltuch.

*Er ist perfekt für sie.*

Hoffte ich. Gott, ich war so nervös, dass mein Magen völlig verknotet war. Und die Knoten zogen sich noch fester, als ich Willows Lachen am Eingang des Zeltes hörte. Ich klappte das

Etui zu und steckte es in die Tasche meiner hellbraunen Kostümjacke.

Weil wir *Wie es euch gefällt* im Amphitheater aufführten, hatte Martin die Atmosphäre eines Picknicks gewollt, um die Leichtigkeit der Komödie widerzuspiegeln. Das Ensemble trug Kleidung, die man im neunzehnten Jahrhundert auf einer Landpartie getragen hätte. Elegante Hosen, Jacken und Hemden mit hohem Kragen für die Männer. Viktorianische Kleider für die Frauen mit Ausnahme von Willow, die sich die meiste Zeit im Stück als ein Mann namens Ganymed verkleidete und meinem Orlando erklärte, wie er Rosalindes Herz gewinnen konnte.

Willows Herz hatte ich schon gewonnen, und in den letzten drei Jahren war mein Glück wie ein verdammter Traum gewesen.

Ich hatte fast die ganzen sieben Millionen Dollar für das Harmony-Community-Theater und dessen Renovierung ausgegeben. Der Stadtrat hatte sich rasch einverstanden erklärt, denn meine einzige Bedingung war, dass Martin Ford die Leitung des Theaters behielt. Er konnte über alles bestimmen, bis er sich irgendwann zur Ruhe setzte oder etwas anderes machen wollte.

Ich erwartete, dass Wexx zurückschlagen würde, aber stattdessen zogen sie sich zurück. Allerdings steckten sie alle ihre Ressourcen in Xaviers Verteidigung, an der eine ganze Armee von Anwälten arbeitete. Weil Willows Anklage aus Mangel an Beweisen kaum schlagkräftig war, fuhr Xaviers Hauptanwalt eine Strategie, die er tatsächlich »Schlampenverteidigung« nannte.

Er hatte ja keine Ahnung, denn Willows Mut löste eine Kettenreaktion aus. Ihre Worte rissen eine Mauer des Schweigens ein, und sie trug zwar viele blaue Flecken davon, hinterließ aber auch ein Loch, durch das immer mehr Frauen kamen und ihre Geschichten erzählten.

Vier weitere Frauen zeigten Xavier Wilkinson an. Eine hatte einen DNA-Beweis.

Xavier wurde zu sieben Jahren Gefängnis verurteilt. Es war, als hätte sich die letzte Wolke am Horizont verzogen. Willow lebte in Harmony auf. Wir kauften ihr Haus in den Cottages mit einem Teil des Geldes, das ich nachträglich für meinen letzten Film bekommen hatte. Wir ließen es renovieren und umbauen und installierten sogar eine Klimaanlage.

Während der Renovierung spielte ich sechs Wochen lang in einem Off-Broadway-Theater den Tom in *Die Glasmenagerie*. Willow spielte ein paar Häuser weiter eine hochgelobte Honey in *Wer hat Angst vor Virginia Woolf?*. Aber wir kamen immer zurück nach Harmony. Kamen nach Hause zu einem Leben, das kostbarer für uns war als irgendetwas in New York.

Ich hatte immer geglaubt, ich würde ersticken, wenn ich in diesem verborgenen Winkel der Welt leben müsste. Aber mit Willow fand ich das Harmony meiner Kindheit wieder. Die Stadt, die ich gekannt hatte, bevor meine Mutter starb. Nur mit Marty und Brenda als Eltern und Benny als kleinem Bruder.

Und jetzt hoffentlich mit Willow als meiner Frau.

Ich wurde immer nervöser. Ich hatte eine Rede geplant. Eine Liebeserklärung, weil sie all die Worte verdiente, die ich in meinem Herzen trug.

Martin kam zu mir, blickte einmal über die Schulter zurück und grinste. »Kann ich ihn noch mal sehen?«

Willow war in ein Gespräch mit Lorraine vertieft. Schnell zeigte ich Martin den Ring.

»Es ist doch nicht zu viel, oder? Aber auch nicht zu klein. Er ist perfekt, oder?«

Genau wie jedes Mal, wenn er den verfluchten Ring sah, traten Marty Tränen in die Augen. »Sie wird ihn lieben. Er passt so perfekt zu ihr.«

Ich klappte das Etui wieder zu und schob es mir in die Tasche. »Verdammt.«

Martin lachte. »Du wartest doch bis zur Party heute Abend? Bitte. Wir sind zur Hälfte durch mit dem Stück. Fast geschafft.«

»Ja, ich warte. Wenn sie Nein sagt, wäre ich der deprimierendste Orlando, den die Welt je gesehen hat. Es würde deine Komödie in eine Tragödie verwandeln.«

»Du weißt, dass sie Ja sagen wird«, sagte er. »Aber wenn du sie fragst, bevor Rosalinde und Orlando sich verliebt haben, erleben sie eine … Wie sagt man noch unter euch jungen Leuten? Instant-Liebe?«

Ich lachte. »Wir haben sechs Jahre gebraucht, um an diesen Punkt zu kommen.« Meine Stimme wurde weich. »Ich hätte sie fragen können, ob sie mich heiratet, als ich nach Harmony zurückgekehrt bin. Und jede Minute seitdem. Aber ich wollte, dass sie mir vertraut. Dass ich hier in Harmony bleiben und glücklich sein kann.«

Marty schniefte. »Du musst dir diese Worte für sie aufsparen.«

»Ich habe mehr. Sehr viel mehr.«

»*Nach* der Vorstellung.« Er blickte hinter sich. »Da will jemand Hallo sagen, wenn das okay ist.«

Ich entdeckte Benny – jetzt Ben – am Zelteingang. Ich grinste. »Schick ihn her.«

Martin ging, und Ben nahm seinen Platz ein, sah sich mit den Händen in den Taschen um. Mit seinen neunzehn Jahren war er groß und kräftig, das Kind, das ich gekannt hatte, war verschwunden.

*Er ist so alt wie ich, als ich Willow kennengelernt habe.*

»Hey Mann«, sagte ich, stand auf und umarmte ihn. Ich lachte über seine zweifelnde Miene, als Len Hostetler eine opernhaft klingende Stimmübung schmetterte.

»Theaterleute sind echt strange«, sagte er.

»Da hast du recht.«

Ein kurzes Schweigen senkte sich herab. Ben und ich hatten geredet, als ich vor drei Jahren nach Harmony zurückgekehrt war, aber es hatte sich gezwungen angefühlt. Meine Entschuldigung war schwach gewesen. Benny hatte schon seinen Vater verloren, und dann war auch ich einfach aus seinem Leben verschwunden. Wahrscheinlich konnte er mir das nicht verzeihen, und ich konnte es ihm nicht verübeln. Die Anspannung zwischen uns war geblieben, und dann war er zum Studium weggegangen. University of Southern Indiana. Ich hätte nicht stolzer sein können, aber ich hatte nicht mehr das Recht, stolz auf ihn zu sein, und das tat weh.

»Also …« Ben hob die Schultern, seine Arme versteiften sich. »Ich wollte dir nur danken für alles, was du für meine Mom und mich getan hast. Ihr Haus … das College.«

»Das musst du nicht.«

»Doch, Mann, muss ich. Es ist echt viel.«

*Und ich will dir nichts schuldig sein.*

Das stand ihm ins Gesicht geschrieben.

*Bring das in Ordnung. Sag ihm, wie es ist.*

Ich sah mich im Zelt um und hob die Hände. »Siehst du das alles? Das ist viel. Die Frau da vorn?« Ich zeigte auf Willow, die mit Lorraine lachte. »Sie ist viel. Mein ganzes Leben ist jetzt viel, mehr, als ich je gedacht habe zu bekommen.«

Ben runzelte die Stirn. »Damit habe ich nichts zu tun.«

»Oh doch, das hast du«, sagte ich. »Weißt du noch, wie du mir geholfen hast, den Text für die Stücke zu lernen? Für *Hamlet?*«

»Klar.«

»Erinnerst du dich an die Szenen mit Hamlet und Horatio?«

Er zuckte mit den Achseln. »Ich hab nicht viel davon verstanden.«

»Horatio ist eine der wichtigsten Figuren im Stück. Er ist Hamlets bester Freund«, sagte ich. »Er ist die einzige Figur, die zu Hamlet hält, egal was passiert. Und als Hamlet am Ende stirbt, bittet er Horatio, seine Geschichte zu erzählen. Weil er ihm vertraut. Sie waren länger befreundet als alle anderen.«

Bens Augen hellten sich einen Augenblick auf, dann zuckte er wieder mit den Achseln. »Okay. Und?«

»Du warst mein Horatio, Mann. Du warst mein Freund, als die ganze Stadt hinter meinem Rücken über mich geredet oder über Paps gelacht hat.«

»Ich war nur ein Kind.«

Ich zuckte mit den Achseln. »Genau wie ich.« Ich sah mich noch einmal im Zelt um. »Ich habe dieses Theater, diese Aufführung, weil ich in Hollywood groß rausgekommen bin. Und nach Hollywood habe ich es wegen meines Auftritts in *Hamlet* geschafft. Und ohne Horatio gibt es keinen Hamlet. Ich wollte nur, dass du das nicht vergisst.«

Ben dachte kurz darüber nach und schob die Hände tiefer in die Taschen. »Tja, wir müssen aufeinander aufpassen, oder?«

Ich schluckte schwer. »Ja, das müssen wir. Und das hast du getan. Danke, Benny. Ich schulde dir was.«

Er wandte den Blick ab, sah mich wieder an. »Ich sollte zurückgehen. Damit du ein bisschen Ruhe hast.« Er wandte sich zum Gehen, dann drehte er sich rasch noch einmal um und umarmte mich.

Ich hielt ihn fest, biss die Zähne zusammen, um nicht anzufangen zu heulen.

»Ich liebe dich, Mann«, sagte ich.

»Ich dich auch«, sagte er mit belegter Stimme. »Okay. Hals- und Beinbruch«, sagte er, ließ mich los und wandte sich schnell ab. »Sehen wir uns später?«

Ich nickte mit zusammengepressten Lippen. »Klar.«

Er lächelte, winkte und ging.

Leises Lachen und Gemurmel aus dem Publikum trieben auf einer leichten Brise unter der Sommersonne. Viele waren heute gekommen. Darunter Angie und Bonnie, Yolanda und Ben – mein bester Freund, dachte ich mit einem Lächeln –, der zusammen mit all den Freunden, die Willow und ich in der Stadt gewonnen hatten, wieder auf seinen Platz ging.

Ben hatte mir, als ich jünger war, immer als Freund genügt, aber jetzt hatte ich mehr, als ich mir je vorgestellt hatte. Wir trafen uns ständig mit Leuten, luden zu Abendessen bei Kerzenlicht und Wein. Und immer wenn der letzte Gast gegangen war, nahmen Willow und ich uns in den Arm. Wir verbrachten die schläfrige Wärme des Morgens im Bett, redeten oder küssten uns oder klammerten uns vor Lust und Ekstase an die Laken.

Das arme Kind aus der kaputten, gewalttätigen Familie hatte sich so ein Leben nie vorstellen können.

Das Zelt leerte sich, aber Willow blieb am Eingang stehen und blickte durch die Zeltklappe ins Publikum. Ich stellte mich neben sie.

»Ich sehe meine Eltern«, sagte sie. »Der Hut meiner Mutter könnte einem ganzen Dorf Schatten spenden.«

Dan und Regina wohnten in New York und kamen zweimal im Jahr nach Indiana. Die Mauern zwischen uns einzureißen war ein langsamer Prozess, und Regina fiel es leichter, mich zu akzeptieren. Daniel war stolz. Seine Entschuldigung kam nicht in einem einzigen Satz. Er brauchte zahllose Besuche, um das Glück seiner Tochter zu fassen. Und die Dankbarkeit in seinen

Augen, wenn sie lachte oder lächelte, war mir Entschuldigung genug.

Auch die Beziehung zwischen Willow und ihren Eltern verbesserte sich, vor allem weil Willow so großzügig war. Meine Liebste war voller Liebe. Grenzenlos. Nachdem es so lange gedämpft gewesen war, blendete ihr Licht jetzt.

Ich sah sie an, dann wieder ins Publikum. Die Pause war fast vorbei. Wir standen hinter einem Vorhang und warteten darauf, zusammen auf die Bühne zu gehen.

Das war der perfekte Ort. Der perfekte Moment.

Einen anderen gab es nicht.

*Sorry, Marty*, dachte ich. *Ich kann keine Minute länger warten.*

Als ich innerlich noch einmal die Worte durchging, die ich vorbereitet hatte, rückte Willow näher. Ihre Schulter war warm an meiner, ihre Hand schlüpfte in meine. »Isaac?«

»Mmh?«

»Ich muss dir etwas sagen. Ich wollte warten, aber ich kann nicht. Keine Sekunde länger.« Ihre Lippen berührten mein Ohr. »Ich bin schwanger.«

Jeder Gedanke in meinem Kopf löste sich in Luft auf, als ich sie anstarrte. »Was?«

Sie strahlte, Freude kam aus all ihren Poren und leuchtete in dem blauen Topas ihrer Augen. »Ich bin schwanger. Ich werde ein Baby bekommen. Dein Baby.«

»Mein Baby …«

Mein Herz. Mein verdammtes Herz würde vor Glück in meiner Brust explodieren – und ich hatte schon gedacht, dass mehr Glück nicht möglich wäre.

Ich brachte kein Wort heraus, und Willow biss sich auf die Lippen und sah mich an. »Freust du dich? Oder machst du dir Sorgen, dass es zu früh ist? Oder …?«

»Du bist wirklich schwanger?«

Sie nickte.

»Wow, verdammt.« Ein Lachen entfuhr mir. »Wirklich?«

»Wirklich.«

Ich lachte wieder und fuhr mir mit der Hand durchs Haar. »Mist, ich habe meinen ganzen Text vergessen.« Ich nahm ihr Gesicht in die Hände, stürzte in das strahlende Blau ihrer Augen. »Du wirst ein Baby bekommen?«

Sie nickte, Tränen liefen ihr über die Wangen. »Ja, Schatz. Werde ich.« Sie nahm meine Hand und legte sie sich auf den Bauch. »Wir werden ein Baby bekommen. Ich hatte schon vor ein paar Wochen den Verdacht, dass ich schwanger bin, und heute Morgen habe ich einen Test gemacht.« Sie grinste. »Ich habe bestanden.«

»Oh Gott.« Ich taumelte ein paar Schritte rückwärts, dann ging ich zu ihr zurück, um sie wieder und wieder zu küssen. »Ist das mein Leben?«, fragte ich und umarmte sie.

Ich spürte, wie sie unter meinem Kinn nickte. »Ist es«, flüsterte sie, und dann zitterten ihre Schultern, als sie einen riesigen Seufzer ausstieß. »Ich bin so froh, dass du dich freust. Ich wusste nicht, wie du reagieren würdest. Ich meine, wir sind nicht mal verheiratet.«

Wieder entfuhr mir ein glückliches, ungläubiges Lachen, und ich griff in meine Tasche. »Nein, wir sind nicht verheiratet«, sagte ich und holte das Etui hervor. »Aber zufällig habe ich das hier dabei.«

Ich hielt es hoch.

Willows Augen weiteten sich, und die Hände flogen ihr an den Mund. »Isaac …«

»Ich dachte, wir brauchen es, falls du jemals einen ehrbaren Mann aus mir machen willst. Das ist dann wohl heute.«

»Oh, mein Gott.«

Ich beugte ein Knie und öffnete mit zitternden Händen das

Etui. »Willow … Ich wollte dir so viel sagen. Ich hatte eine ganze Rede vorbereitet … Gott, ich kann nicht denken.«

Sie streichelte meine Wange und schüttelte den Kopf. »Ich höre es, Isaac. Ich höre es in jedem Blick, jeder Berührung. Ich höre dich. Die Worte deines Herzens.«

»Ich muss es trotzdem sagen.« Ich schluckte. »Willst du mich heiraten?«

»Ja«, flüsterte sie und sank auf die Knie. »Natürlich will ich. Ja.«

Ich steckte ihr den Ring an den Finger. Wir knieten noch im Zelt und küssten uns unter Tränen, als Martin uns zum Auftritt rief.

»Oh Gott«, sagte sie. »Jetzt hab ich komplett meinen Text vergessen.«

»Wir improvisieren einfach«, sagte ich.

»Wir improvisieren Shakespeare?«

Willow stand auf, und ich küsste ihren Bauch, wo mein Kind heranwuchs. Unser Kind. Ein Kind, das mehr Liebe und Glück von seinen Eltern bekommen würde, als wir je bekommen hatten. Ein Kind, das niemals daran zweifeln würde, dass wir es liebten.

Wir gingen unter der gleißenden Sonne auf die runde Bühne, und Willow – als Rosalinde, die so tat, als wäre sie jemand anders – lächelte schüchtern.

*»Was würdet ihr zu mir sagen, wenn ich eure rechte, rechte Rosalinde wäre?«*

*»Ich würde küssen, ehe ich spräche«*, sagte ich. Wir sahen uns durch die Figuren an, und ich wusste, sie hörte meine ungesagten Worte.

*Und dir sagen, dass ich dich liebe.*

Ende

*Willow Tree*

*Its limbs the long hair*
*of a sad girl,*
*reaching for the*
*ground.*
*›Sturdy as an oak,‹ they say.*
*A willow is stronger.*
*It bends to the storm.*
*Harsh winds whip it,*
*its leaves are torn*
*and carried away.*
*It bends but doesn't break.*
*It may weep*
*but it will*
*never*
*fall.*

## DANKSAGUNGEN

Ich sage immer: »Oh Gott, ich habe keine Zeit! Wie soll ich das schaffen? Mein Zeitplan ist irrsinnig!« Und das ginge ja noch, wenn mein Zeitplan nur für mich irrsinnig wäre. Es liegt in meiner Verantwortung, meine Deadlines zu schaffen, und mein Irrsinn wäre unter Kontrolle, gäbe es da nicht die winzige Tatsache, dass ich mein Buch nicht lektorieren, Korrektur lesen, formatieren oder als Leseexemplar herausgeben kann. Ich kann ein Buch pünktlich zur Deadline *schreiben*, aber es gibt ein Team von außergewöhnlichen Frauen, die dafür sorgen, dass es in der Welt existiert. Sie wachsen über sich hinaus, schenken mir ihre Zeit, ihre Fähigkeiten und ihr Feedback, nehmen gut gelaunt meine ewige heiße Phase auf sich und unterstützen mich großzügig. Ohne diese großartigen Frauen in dieser Community wäre *Never Doubt* meinem »irrsinnigen Zeitplan« zum Opfer gefallen:

Robin Renee Hill, Suanne Laqueur, Melissa Panio-Petersen, Grey Ditto, Joy Kriebel-Sadowski, Angela Shockley, Sarah Torpey, Kennedy Ryan und Amy Burky Mastin.

Ich kann euch Ladys nicht genug danken, aus tiefstem Herzen.

Und ich danke auch meinem Mann, der mehr Zeit und Liebe und Unterstützung in unseren Haushalt investiert hat, damit ich dieses Buch beenden kann; der sich nie beklagt hat, wenn ich lange gearbeitet oder mal am Schreibtisch gegessen habe anstatt mit den Kindern; der mit unseren Töchtern Ausflüge gemacht hat, »damit Mami Zeit zum Schreiben hat«, obwohl er mit seiner eigenen Arbeit genug zu tun hat, und der niemals daran gezweifelt hat, dass ich es schaffen werde … Ich könnte mir keinen besseren Partner für dieses Leben wünschen. Danke, Schatz. All meine Liebe.

Und ich will meinen großen Dank auf die Leserinnen und Bloggerinnen ausdehnen, die ebenfalls unter die Kategorie »außergewöhnliche Frauen in dieser Community« fallen. Eure Unterstützung, eure Ermutigung und Freundschaft sind mein Antrieb (plus Kaffee. Sehr viel Kaffee). Dieses Buch ist auch eine Geschichte von Frauen, die Frauen unterstützen, von besten Freundinnen, von helfenden Händen, die sagen: »Ich bin hier, wenn du mich brauchst.« Diese Community hat mich dazu inspiriert. Danke.

## ANMERKUNG DER AUTORIN

In Indiana gibt es eine Stadt namens New Harmony. Dort spielt diese Geschichte nicht. Das Harmony in Indiana, das in diesem Buch vorkommt, ist rein fiktiv, genau wie die Stadt Braxton. Aber New Harmony war so inspirierend, so wunderschön und ist mir nach einem Besuch so sehr ans Herz gewachsen, dass ich den Namen nicht einfach ändern oder es in einen anderen Bundesstaat versetzen konnte. Ich bitte die Anwohner von New Harmony in Indiana, mein Harmony mit all seinen Fehlern als liebevolle Hommage an das ihre zu betrachten.

*»Du bist das Licht in meiner Dunkelheit ...«*

Emma Scott
THE LIGHT IN US
Aus dem amerikanischen
Englisch von
Inka Marter
416 Seiten
ISBN 978-3-7363-1044-5

Charlotte Conroy stand am Anfang einer großen Karriere als Geigerin, doch dann zerbrach ihr Leben, und die Musik in ihr verstummte. Aus Geldnot nimmt sie den Job als Assistentin für einen jungen Mann an, der sein Augenlicht bei einem Unfall verloren hat. Noah Lake war Fotograf und Extremsportler, immer auf der Jagd nach dem nächsten Adrenalinrausch. Nun stößt er alle Menschen von sich, unfähig, sein Schicksal anzunehmen. Doch Charlotte ist entschlossen, ihm zu beweisen, dass das Leben noch so viel mehr zu bieten hat ...

»Atemberaubend und einzigartig!« MARYSE'S BOOK BLOG

LYX

*»Wir haben Augenblicke. Tausende von Augenblicken. Lass uns jeden davon bis zum Letzten auskosten.«*

Emma Scott
ALL IN – TAUSEND AUGENBLICKE
Aus dem amerikanischen Englisch von Inka Marter
432 Seiten
ISBN 978-3-7363-0819-0

Kaceys Leben als Rockstar ist ein Tanz auf dem Vulkan, den sie nicht überlebt hätte, wäre Jonah Fletcher nicht in ihr Leben getreten. Ihn zu lieben ist ein Sprung ins Ungewisse, der größtes Glück oder größten Schmerz bringen kann. Doch ganz gleich, was kommt, Kacey weiß, dass sie nicht mehr zurück kann – und dass Jonah es wert ist, alles zu riskieren …

»Eine zutiefst berührende Liebesgeschichte, die man nie wieder vergisst – so real, so wunderschön geschrieben, so perfekt.«
TOTALLY BOOKED BLOG

LYX

*»Sie sagt, sie liebt meine Seele. Doch meine Seele ... bist in Wirklichkeit du!«*

Emma Scott
BRING DOWN THE STARS
Aus dem amerikanischen
Englisch von
Inka Marter
400 Seiten
ISBN 978-3-7363-1128-2

College-Studentin Autumn ahnt nicht, dass die wunderschönen Gedichte, die ihr der attraktive Connor schickt, von dessen Freund Weston stammen. Und obwohl Autumn sich stark zu Connor hingezogen fühlt, spürt sie auch zu Wes eine unerklärliche, tiefe Verbindung. Die beiden Freunde verstricken sich immer weiter in ihrer gut gemeinten Täuschung. Und als Connor nach einem Streit mit seiner Familie eine folgenschwere Entscheidung trifft, steht plötzlich noch viel mehr als nur ihre Freundschaft auf dem Spiel ...

»Wunderschön, poetisch, herzzerreißend.« TBBSISTERHOOD

LYX

*Am klarsten sehe ich meine Träume, wenn ich in deine Augen blicke*

L. H. Cosway
DREAMS OF YESTERDAY
Aus dem Englischen
von Maike Hallmann
288 Seiten
ISBN 978-3-7363-1129-9

Als Evelyn den geheimnisvollen Dylan kennenlernt, scheint sie ihren Seelenverwandten gefunden zu haben. Der attraktivste Junge der Schule und sie möchten nicht nur beide weg aus Dublin, sie haben auch einen gemeinsamen Traum: Eines Tages wollen sie ihr eigenes Unternehmen in New York gründen! Doch während Dylan alles dafür tut, ihren Plan in die Tat umzusetzen, fehlt Evelyn der Mut, ihre Vergangenheit hinter sich zu lassen. Aber als ein tragischer Unfall geschieht, muss sie sich entscheiden: für ihre Familie oder ihre Zukunft mit Dylan in New York …

»Brillant und unglaublich poetisch erzählt!« THE GOOD, THE BAD AND THE UNREAD

LYX